线性代数

四川大学数学学院
主　编　杨　亮
副主编　付昌建

北京理工大学出版社
BEIJING INSTITUTE OF TECHNOLOGY PRESS

内容简介

本书是专为大学本科生设计的线性代数教材，旨在帮助学生掌握线性代数的核心概念与应用，从而为他们未来的学术和职业发展打下坚实基础。本教材全面覆盖了线性代数的主要内容，涵盖线性方程组、矩阵运算、行列式、向量空间、特征值与特征向量等主题。作为现代数学的基石，线性代数在各个应用领域中发挥着关键作用。

本书将线性代数的理论与实际应用相结合，通过清晰的解释和丰富的实例，帮助学生构建数学思维，理解抽象概念，并将这些知识应用于实际情景。教材强调实际应用与编程解决问题的方法，每章都配备了 Python 编程范例，这有助于读者巩固理论知识并培养解决实际问题的能力。此外，教材避免了烦琐的证明，而是通过丰富的例子和习题引导学生深入理解和掌握概念。每节末尾提供丰富的习题，附录中还附有详细的习题解答，为学生自主学习提供有力支持。

本书既可作为本科院校非数学类各专业学生的线性代数教材，也可作为线性代数课程教学的参考书。

图书在版编目(CIP)数据

线性代数 / 杨亮主编. -- 北京 : 北京理工大学出版社, 2024.1

ISBN 978-7-5763-3476-0

Ⅰ. ①线… Ⅱ. ①杨… Ⅲ. ①线性代数－高等学校－教材 Ⅳ. ①O151.2

中国国家版本馆 CIP 数据核字(2024)第 035430 号

责任编辑：陈　玉　　**文案编辑**：李　硕
责任校对：刘亚男　　**责任印制**：李志强

出版发行 / 北京理工大学出版社有限责任公司
社　　址 / 北京市丰台区四合庄路 6 号
邮　　编 / 100070
电　　话 / (010) 68914026（教材售后服务热线）
(010) 68944437（课件资源服务热线）
网　　址 / http://www.bitpress.com.cn

版 印 次 / 2024 年 1 月第 1 版第 1 次印刷
印　　刷 / 河北盛世彩捷印刷有限公司
开　　本 / 787 mm×1092 mm　1/16
印　　张 / 17.5
字　　数 / 313 千字
定　　价 / 90.00 元

序言

线性代数是本科生的重要基础课程之一，其理论在现实世界中有诸多重要应用，也是培养学生逻辑思维习惯和抽象能力等数学素养的核心课程。线性代数涉及的概念和内容较多且较抽象，教学时间较短，对学生来说是一项挑战，因此一本合适的线性代数教材在保证教学质量中起着至关重要的作用。

由杨亮等编写的《线性代数》主要包括线性方程组、矩阵运算、行列式、特征值、特征向量、矩阵的相似对角化、二次型等非数学类本科生线性代数课程的标准教学内容。在从事多年线性代数教学工作的基础上，编者在以下几方面进行了有益的探索：首先，通过例子演示概念来导入定理的背景及应用，并适当省略严格的证明过程，因材施教，在提高教学效率的同时，也有助于促进学生对基本概念和基本计算的理解和掌握；其次，通过大量的编程实例来加深对概念和结论的理解，有助于培养学生应用线性代数解决实际问题的能力，而这种将线性代数与计算机编程相结合的方式，使学生能够更深入地参与到学习中去；最后，通过在排版上加入丰富的边注、脚注，有利于激发学生积极主动思考线性代数相关概念、结论的动机，培养学习自主性，这样的设计使得教材更具互动性和启发性，能够引导学生主动思考和探索。本书还配备了大量的习题，其中很多习题具有原创性。这些习题旨在巩固学生对概念和技巧的掌握，帮助学生加深对线性代数的理解。

需要指出的是，大多数本科新生对线性代数中的概念的背景缺乏足够的了解，在逻辑推理方面缺乏足够训练，因此在学习线性代数时往往显得比较被动。另外，由于课时紧张等原因，教师在教学过程中又不太容易详细讲解线性代数的应用场景。本教材很好地体现了学习自主性和教学效率之间的有机融合。

总之，本书可以作为非数学类本科生线性代数的教材或参考书。

谭友军
2023 年 7 月于四川大学数学学院

前言

党的二十大报告指出“推动战略性新兴产业融合集群发展，构建新一代信息技术、人工智能、生物技术、新能源、新材料、高端装备、绿色环保等一批新的增长引擎。”线性代数是大学数学课程中非常重要的一门基础课程，并在实际生活中存在广泛的应用，也是人工智能的基础之一。

从 2012 年起，编者一直给四川大学吴玉章学院的同学开设线性代数（双语）课程。在教学中，编者发现非数学类专业的同学对线性代数中的证明要求不高，但是对线性代数的应用以及如何利用编程解决线性代数中的问题要求比较高。基于这一目的，编者经过长期的积累，在本书中借助 Python 编程解决线性代数中的问题，并在每一章提供 Python 编程的范例，帮助读者运用 Python 求解线性代数问题。在整本教材的编写过程中，编者不断展示矩阵运算、分块矩阵运算的优势，这也是深度学习中常用的技巧，为读者后续学习人工智能相关课程奠定坚实基础。

另外，编者也一直从事线性代数相关教学与研究，在教学中发现同学们对线性代数概念的理解存在较大困难，觉得线性代数很抽象，很难把握。为了解决这一问题，编者在本书中还致力于把线性代数的知识点有机整合起来，清晰地呈现出线性代数的知识脉络，并通过大量的例子帮助读者掌握相关概念，弄清问题的本质。

本书讲解了线性代数的主要概念与基本结论，涵盖线性方程组、高斯消元法、矩阵及分块矩阵的运算、矩阵的秩及可逆矩阵、线性方程组解的存在唯一性定理、行列式、向量及其相关概念、方阵的相似对角化、二次型及其有定性等内容。

本书的撰写尽量简洁，避免烦琐的证明，而是通过大量的例子，帮助读者找到证明的思路，并将难度较大的证明留给读者自己探索。线性代数中涉及的计算基本压缩到前两章完成，涉及的抽象概念主要在后面的章节呈现。正文中穿插了大量的脚注、边注、课后思考以及交叉引用，有助于读者更深入地理解相应概念，呈现一个宏观的线性代数框架。在每一节后面配有大量习题，并在附录中给出了习题的解答，有助于读者巩固相应知识，奠定坚实的线性代数基础。

本书由李彦鹏（执笔第 1 章）、张晴（执笔第 2 章）、付昌建（执笔第 3 章）、杨亮（执笔第 4 章、附录 B）、林秉辰（执笔第 5 章）、赵小娟（执笔附录 A）共同编写。本书的编写受到了教育部首批虚拟教研室建设试点“几何与代数课程群虚拟教研室”的支持，同时感谢四川大学数学学院和北京理工大学出版社编辑的大力支持，感谢家人对我们工作的支持。

由于编者水平有限，书中难免有不妥之处，敬请读者批评指正。

编者
2023 年 7 月

目录

第 1 章 高斯消元法解线性方程组

第 1 章　高斯消元法解线性方程组　思维导图

本章主要介绍为什么需要引入矩阵，展示增广矩阵与线性方程组之间的关系，并着重讲解了解线性方程组的高斯消元法以及线性方程组的解的存在唯一性定理．高斯消元法贯穿整个线性代数课程，在每章中都会反复使用．线性方程组解的存在唯一性定理是一个极为重要的工具，并换不同的语言（定理 1.3.1，定理 2.3.5）进行陈述，建议读者在学习过程中着重掌握．

1.1 线性方程组的基本概念

这一节主要是回顾线性方程组的一些基本概念，并尝试将其转化为矩阵的语言进行重述．

定义 1.1.1　称如下的方程是关于变量[①] x_1，x_2，$\cdots$，x_n 的**线性方程**

$$a_1x_1+a_2x_2+\cdots+a_nx_n=b. \tag{1.1.1}$$

其中，a_1，a_2，$\cdots$，a_n，b 是数．称 a_i 是变量 x_i 的**系数**，称 b 是**常数项**.

如

$$x_1+3x_2+4x_4=0 \tag{1.1.2}$$

就是一个关于变量 x_1，x_2，x_3，x_4 的线性方程，对应的系数分别为 1，3，0，4，常数项是 0．然而

$$\sqrt{x_1}-x_2^2=1$$

却不是线性方程.

将若干个线性方程放到一起，就构成了一个线性方程组，如

$$\begin{cases}2x_1+3x_2=-1\\ x_1+2x_2=-1\end{cases}, \tag{1.1.3}$$

※请读者求出线性方程组(1.1.3)的解.

① 本书中没有特别强调时，默认线性方程组中的变量用 x_1，x_2，x_3，$\cdots$，x_n 表示.

使得线性方程（组）成立的一组有序的数称为线性方程（组）的**解**．如

$$\begin{cases} x_1 = 4 \\ x_2 = 0 \\ x_3 = 0 \\ x_4 = -1 \end{cases}$$

就是线性方程（1.1.2）的一组解．而

$$\begin{cases} x_1 = 1 \\ x_2 = -1 \end{cases}$$

就是线性方程组（1.1.3）的一组解．

矩阵（系数矩阵、增广矩阵）

使得线性方程（组）成立的所有的解构成的集合称为**解集**．如[①]

$$\left\{ \begin{pmatrix} -3c_1-4c_3 \\ c_1 \\ c_2 \\ c_3 \end{pmatrix} \middle| c_1,\ c_2,\ c_3 \text{ 是任意实数} \right\}$$

就是线性方程（1.1.2）的解集．特别地，取

$$c_1=0,\ c_2=0,\ c_3=-1,$$

就得到了前面

$$\begin{cases} x_1 = 4 \\ x_2 = 0 \\ x_3 = 0 \\ x_4 = -1 \end{cases}$$

这组解．

中学时，我们就已经会用消元法（或者叫代入法）解线性方程组．例如，线性方程组（1.1.3）中，把第 2 个方程变形为

$$x_2 = -\frac{1}{2}(1+x_1)$$

以后，代回第 1 个方程，可以求得该方程组的解为

$$\begin{cases} x_1 = 1 \\ x_2 = -1 \end{cases}$$

---

① 有些时候为了简洁，也写作 $\{(-3c_1-4c_3,\ c_1,\ c_2,\ c_3)^{\mathrm{T}} \mid c_1,\ c_2,\ c_3$ 是任意实数$\}$ 或者 $\{(-3c_1-4c_3,\ c_1,\ c_2,\ c_3) \mid c_1,\ c_2,\ c_3$ 是任意实数$\}$．

那么，代入法能解决所有的问题吗？请看下面的例子.

尝试解下面的方程组，其中 b 是常数

$$\begin{cases} x_1 + x_2 + x_3 + \cdots + x_{100} = 1 \\ x_1 + 2x_2 + 3x_3 + \cdots + 100x_{100} = b \\ x_1 + 2^2x_2 + 3^2x_3 + \cdots + 100^2x_{100} = b^2 \\ \vdots \\ x_1 + 2^{99}x_2 + 3^{99}x_3 + \cdots + 100^{99}x_{100} = b^{99} \end{cases}.$$

这个方程组带来 3 个问题：

（1）是否有解？（定理 1.3.1、定理 2.3.5）

（2）有解的时候如何把所有的解表示出来？（定理 4.2.4、定义 4.2.6，定理 4.2.5）

（3）如何利用 Python 解这一方程组？（见附录 B 中例 B.1.1、例 B.4.3、例 B.4.4）

线性代数这门课程在很大程度上是围绕这 3 个问题展开的.

先看第 1 个问题：是否有解？

※如果我们没有找到某个线性方程组的解，是否代表该线性方程组的解不存在？

例 1.1.1　判断线性方程组 $\begin{cases} x_1 + x_2 + 4x_3 = 1 \\ x_2 - 4x_3 = 0 \\ -x_3 = 2 \end{cases}$ 是否有解？如果有解，请把它的解求出来.

解：遮住前两个方程，可以解出 $x_3 = -2$，代回前两个方程得

$$\begin{cases} x_1 + x_2 = 9 \\ x_2 = -8 \\ x_3 = -2 \end{cases}.$$

由第 2 个方程得 $x_2 = -8$，代回第 1 个方程得 $x_1 = 17$，因此该方程组有解 $x_1 = 17$，$x_2 = -8$，$x_3 = -2$. □

例 1.1.2　判断线性方程组 $\begin{cases} x_1 + x_2 + 4x_3 = 1 \\ x_2 - 4x_3 = 0 \\ 0 = 1 \end{cases}$ 是否有解？如果有解，请把它的解求出来.

解：显然，第 3 个方程 $0 = 1$ 是矛盾方程，因此该方程组没有解. □

由此可以看出，对于这**种特殊类型的方程组**[1]，解决的关键在于看有没有"**矛盾方程** $0=1$".

接下来我们考虑第2个问题：如何把这些解表示出来？通过前面的例子，我们已经意识到：即使有解，要把这些解表示出来也是很困难的事情. 特别是当实际应用中的方程个数和变量个数都十分巨大，无法单纯靠人来计算时，就必须引入计算机. 把方程组（1.1.3）翻译成计算机能够接受的语言"**矩阵**"（矩形的表格，表格中的数字是数）

$$\begin{cases}2x_1+3x_2=-1\\ x_1+2x_2=-1\end{cases} \quad \begin{pmatrix}2&3\\1&2\end{pmatrix} \quad \begin{pmatrix}-1\\-1\end{pmatrix} \quad \left(\begin{array}{cc:c}2&3&-1\\1&2&-1\end{array}\right).$$

线性方程组 | 系数矩阵 常数项矩阵 增广矩阵

建立起线性方程组与增广矩阵的联系以后，就可以便捷地把线性方程组与增广矩阵相互转换. 先来看矩阵的定义.

定义 1.1.2 把 $m\times n$ 个数 $a_{ij}(i=1,2,\cdots,m;j=1,2,\cdots,n)$ 按照特定的顺序排成 m 行 n 列的矩形表格，称为 $m\times n$ **矩阵**，记为

$$\begin{pmatrix}a_{11}&a_{12}&\cdots&a_{1n}\\a_{21}&a_{22}&\cdots&a_{2n}\\\vdots&\vdots&\ddots&\vdots\\a_{m1}&a_{m2}&\cdots&a_{mn}\end{pmatrix}\text{或}\begin{bmatrix}a_{11}&a_{12}&\cdots&a_{1n}\\a_{21}&a_{22}&\cdots&a_{2n}\\\vdots&\vdots&\ddots&\vdots\\a_{m1}&a_{m2}&\cdots&a_{mn}\end{bmatrix}.$$

一般用大写的字母表示矩阵，如 $\boldsymbol{A}$，$\boldsymbol{B}$，$\boldsymbol{C}$ 等. 对矩阵 $\boldsymbol{A}$，若该矩形表格的行数是 m，列数是 n，则可以把该矩阵简记为 $\boldsymbol{A}_{m\times n}=(a_{ij})_{m\times n}$，其中 a_{ij} 表示 $\boldsymbol{A}$ 中第 i 行第 j 列的元素. 如

$$\boldsymbol{I}_{3\times3}=\begin{pmatrix}1&0&0\\0&1&0\\0&0&1\end{pmatrix}_{3\times3}, \quad \boldsymbol{A}_{3\times2}=\begin{pmatrix}1&4\\2&5\\3&0\end{pmatrix}_{3\times2},$$

其中，$\boldsymbol{I}_{3\times3}$ 是一个 3×3 矩阵，经常简记为 $\boldsymbol{I}_3$ 或者 $\boldsymbol{I}$；$\boldsymbol{A}_{3\times2}$ 是 3×2 矩阵. 在不引起混淆的时候，一般省略矩阵的大小.

给定 m 个关于未知量 x_1，x_2，$\cdots$，x_3 的线性方程，它们可以组成一个线性方程组

$$\begin{cases}a_{11}x_1+a_{12}x_2+a_{13}x_3+\cdots+a_{1n}x_n=b_1\\a_{21}x_1+a_{22}x_2+a_{23}x_3+\cdots+a_{2n}x_n=b_2\\\qquad\vdots\\a_{m1}x_1+a_{m2}x_2+a_{m3}x_3+\cdots+a_{mn}x_n=b_m\end{cases}. \tag{1.1.4}$$

[1] 后面会介绍用阶梯形矩阵（定义 1.2.2，定义 1.2.3）来解决这一问题.

定义 1.1.3　分别称

$$A=\begin{pmatrix} a_{11} & a_{12} & a_{13} & \cdots & a_{1n} \\ a_{21} & a_{22} & a_{23} & \cdots & a_{2n} \\ \vdots & \vdots & \vdots & \ddots & \vdots \\ a_{m1} & a_{m2} & a_{m3} & \cdots & a_{mn} \end{pmatrix},\ b=\begin{pmatrix} b_1 \\ b_2 \\ \vdots \\ b_m \end{pmatrix},\ x=\begin{pmatrix} x_1 \\ x_2 \\ \vdots \\ x_n \end{pmatrix}$$

是线性方程组（1.1.4）的**系数矩阵、常数项矩阵和未知量矩阵**，称

$$(A \,\vdots\, b)=\left(\begin{array}{ccccc:c} a_{11} & a_{12} & a_{13} & \cdots & a_{1n} & b_1 \\ a_{21} & a_{22} & a_{23} & \cdots & a_{2n} & b_2 \\ \vdots & \vdots & \vdots & \ddots & \vdots & \vdots \\ a_{m1} & a_{m2} & a_{m3} & \cdots & a_{mn} & b_m \end{array}\right)$$

是该方程组的**增广矩阵**. 经常把线性方程组（1.1.4）改写（简记）为 $Ax=b$.

※请想一想线性方程组(1.1.4)的系数矩阵、常数项矩阵、未知量矩阵以及增广矩阵的行数与列数分别是多少.

※选定了变量以后，线性方程组与增广矩阵是否是一一对应的？

当 $b_1=b_2=\cdots=b_m=0$ 时，称线性方程组（1.1.4）为**齐次线性方程组**，否则称其为**非齐次线性方程组**.

例 1.1.3　请写出与下面增广矩阵相对应的线性方程组

$$(A \,\vdots\, b)=\left(\begin{array}{ccc:c} 5 & 2 & 0 & 1 \\ 1 & 1 & 1 & 6 \\ 0 & 0 & 7 & 7 \end{array}\right).$$

解：因常数项矩阵 $b_{3\times 1}$ 有 3 行 1 列，从而方程个数有 $3=3\times 1$ 个. 因系数矩阵 $A_{3\times 3}$ 有 3 列且常数项矩阵有 1 列，因此变量个数是 $3=3\times 1$ 个. 不妨选 x_1，x_2，x_3 为变量，从而对应的线性方程组为

$$\begin{cases} 5x_1+2x_2 \qquad\quad =1 \\ x_1+x_2+x_3=6. \\ \qquad\qquad 7x_3=7 \end{cases}$$

□

※例1.1.3本来一眼就能看出方程个数与变量个数，为什么解析得这么复杂？请读者学了矩阵运算以后，再好好思考一下例2.3.7，例2.3.9.

习题 1.1

习题 1.1 解答

练习 1.1.1　请写出下面方程组的系数矩阵、常数项矩阵、未知量矩阵和增广矩阵

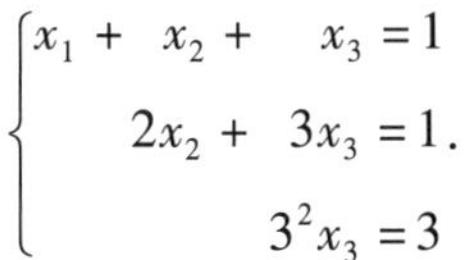

$$\begin{cases} x_1+x_2+x_3=1 \\ 2x_2+3x_3=1. \\ 3^2x_3=3 \end{cases}$$

练习 1.1.2　指出下列表格，哪些是矩阵，哪些不是

$$\begin{pmatrix}1&2&3\\&1&\end{pmatrix},\ \begin{pmatrix}1&2&3&4\\&2&3&\end{pmatrix},\ \begin{pmatrix}1&2&3&4\\0&2&3&0\end{pmatrix}.$$

练习 1.1.3 指出下列矩阵的行数与列数

$$\boldsymbol{A}_{\_\times\_}=\begin{pmatrix}1&2&3&4\\0&2&3&0\end{pmatrix},\ \boldsymbol{I}_{\_}=\boldsymbol{E}_{\_}=\begin{pmatrix}1&0&0\\0&1&0\\0&0&1\end{pmatrix}.$$

练习 1.1.4 写出下列增广矩阵对应的线性方程组

$$\left(\begin{array}{ccc:c}5&4&3&1\\4&2&3&2\\4&3&1&1\end{array}\right),\ \left(\begin{array}{ccc:c}3&3&1&3\\5&0&0&5\\5&1&0&2\end{array}\right),\ \left(\begin{array}{ccc:c}3&1&3&0\\4&2&5&2\\1&1&3&0\end{array}\right).$$

练习 1.1.5 （3，4，−2）是否为下面方程组的解？

$$\begin{cases}5x_1-x_2+2x_3=7\\-2x_1+6x_2+9x_3=0.\\-7x_1+5x_2-3x_3=-7\end{cases}$$

练习 1.1.6 当 h 取何值时，线性方程组 $\begin{cases}x_1+2x_2-4x_3=1\\x_2+4x_3=-3\\2x_2-3x_3=5\\3x_3=h\end{cases}$ 有解？当有解时，把它的解求出来.

1.2 高斯消元法

这一节将详细介绍如何使用高斯消元法解线性方程组，这一方法与中学的代入法在本质上是类似的，但是又有所不同. 代入法逻辑不够清晰，变量个数多的时候容易出错，而高斯消元法更为严谨. 为了让计算机接受这个算法，我们会将其同步转化为增广矩阵的语言并表示出来.

※请读者先求例1.2.1的解，并思考你的解答方式能转化成算法吗？能否画出流程图？

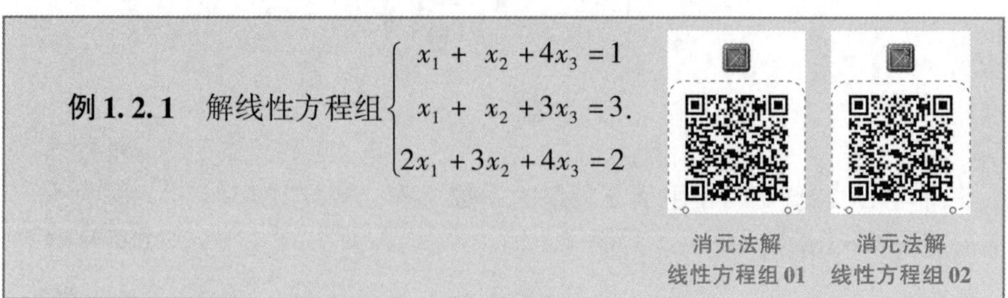

例 1.2.1 解线性方程组 $\begin{cases}x_1+x_2+4x_3=1\\x_1+x_2+3x_3=3.\\2x_1+3x_2+4x_3=2\end{cases}$

解： 先写出原方程组对应的增广矩阵

$$(\boldsymbol{A}\,\vdots\,\boldsymbol{b})=\left(\begin{array}{ccc:c}1&1&4&1\\1&1&3&3\\2&3&4&2\end{array}\right).$$

用第 1 个方程的 x_1 把后面方程中的 x_1 消去：把第 1 个方程的 -1 倍加到第 2 个方程（简记为 r_2-r_1）①，把第 1 个方程的 -2 倍加到第 3 个方程（简记为 r_3-2r_1），则原方程组变形为

$$\begin{cases} x_1+x_2+4x_3=1 \\ -x_3=2 \\ x_2-4x_3=0 \end{cases} \quad \left(\begin{array}{ccc:c} 1 & 1 & 4 & 1 \\ 0 & 0 & -1 & 2 \\ 0 & 1 & -4 & 0 \end{array}\right)$$

此时后面两个方程已经不含 x_1，单看后两个方程已经转化成了关于 x_2、x_3 的一个更简单的线性方程组．交换第 2 个方程与第 3 个方程（简记为$r_2 \leftrightarrow r_3$），得②

$$\begin{cases} x_1+x_2+4x_3=1 \\ x_2-4x_3=0 \\ -x_3=2 \end{cases} \quad \left(\begin{array}{ccc:c} 1 & 1 & 4 & 1 \\ 0 & 1 & -4 & 0 \\ 0 & 0 & -1 & 2 \end{array}\right)$$

接下来做一些“准备回代”的工作．第 3 个方程两边同时乘以 -1（简记为 $-r_3$），得

$$\begin{cases} x_1+x_2+4x_3= 1 \\ x_2-4x_3= 0 \\ x_3= -2 \end{cases} \quad \left(\begin{array}{ccc:c} 1 & 1 & 4 & 1 \\ 0 & 1 & -4 & 0 \\ 0 & 0 & 1 & -2 \end{array}\right)$$

接下来“回代”方程，r_1-4r_3，r_2+4r_3，得

$$\begin{cases} x_1+x_2= 9 \\ x_2= -8 \\ x_3= -2 \end{cases} \quad \left(\begin{array}{ccc:c} 1 & 1 & 0 & 9 \\ 0 & 1 & 0 & -8 \\ 0 & 0 & 1 & -2 \end{array}\right)$$

进一步 r_1-r_2，得

$$\begin{cases} x_1 = 17 \\ x_2 = -8 \\ x_3 = -2 \end{cases} \quad \left(\begin{array}{ccc:c} 1 & 0 & 0 & 17 \\ 0 & 1 & 0 & -8 \\ 0 & 0 & 1 & -2 \end{array}\right)$$

从而原方程组的解为 $x_1=17$，$x_2=-8$，$x_3=-2$. □

在确定变量的情况下，线性方程组与增广矩阵是一一对应的．可以把上述过程全部转换为增广矩阵来进行表述.

例 1.2.2　把例 1.2.1 的解答过程全部转换为增广矩阵的语言进行表述.

解： 记该线性方程组的增广矩阵为 $(\boldsymbol{A} \vdots \boldsymbol{b})$，则

※请读者思考一下，r_1+r_3表示什么呢？r_3+r_1呢？

※请问新的线性方程组与原来的线性方程组的解是相同的吗？

※为什么要交换？不交换不行吗？

※此时称x_1、x_2、x_3为约束变量(定义 1.2.8).

---

① 此处 r 是行的英文 row 的首字母.

② 此步得到的线性方程组在例 1.1.1 中见过，我们一般称其为**阶梯形方程组**（类比阶梯形矩阵的定义 1.2.2）.

$$(\boldsymbol{A} \mid \boldsymbol{b}) \xrightarrow[r_3-2r_2]{r_2-r_1} \left(\begin{array}{ccc:c} 1 & 1 & 4 & 1 \\ 0 & 0 & -1 & 2 \\ 0 & 1 & -4 & 0 \end{array}\right) \xrightarrow{r_2 \leftrightarrow r_3} \left(\begin{array}{ccc:c} 1 & 1 & 4 & 1 \\ 0 & 1 & -4 & 0 \\ 0 & 0 & -1 & 2 \end{array}\right)$$

$$\xrightarrow{-r_3} \left(\begin{array}{ccc:c} 1 & 1 & 4 & 1 \\ 0 & 1 & -4 & 0 \\ 0 & 0 & 1 & -2 \end{array}\right) \xrightarrow[r_2+4r_3]{r_1-4r_3} \left(\begin{array}{ccc:c} 1 & 1 & 0 & 9 \\ 0 & 1 & 0 & -8 \\ 0 & 0 & 1 & -2 \end{array}\right)$$

$$\xrightarrow{r_1-r_2} \left(\begin{array}{ccc:c} 1 & 0 & 0 & 17 \\ 0 & 1 & 0 & -8 \\ 0 & 0 & 1 & -2 \end{array}\right).$$

对应的线性方程组为 $x_1=17$，$x_2=-8$，$x_3=-2$，因此得到了原线性方程组的解. □

在对增广矩阵进行操作的时候，有以下 3 种行变换.

※对增广矩阵进行初等行变换是否改变线性方程组的解？为什么？

定义 1.2.1 称以下 3 种变换为**初等行变换**：

（1）倍加变换：把第 i 行的 l 倍加到第 j 行，简记为 r_j+lr_i；

（2）对换：交换第 i 行与第 j 行，简记为 $r_j \leftrightarrow r_i$；

（3）倍乘变换：第 i 行乘以**非零常数** k，简记为 kr_i.

初等行变换实际上对应着解线性方程组时用到的 3 种方程的变换，如表 1.2.1所示.

表 1.2.1　3 种方程的变换

初等行变换	线性方程组变换	增广矩阵变换
r_j+lr_i	第 i 个方程的 l 倍加到第 j 个方程	把增广矩阵的第 i 行的 l 倍加到第 j 行
$r_j \leftrightarrow r_i$	交换第 i 个方程和第 j 个方程	交换增广矩阵的第 i 行与第 j 行
kr_i，$k\neq 0$	把第 i 个方程两边同时乘以非零常数 k	把增广矩阵的第 i 行乘以非零常数 k

有了这一对应之后，解线性方程组只需要对增广矩阵进行相应的初等行变换即可.

在解例 1.2.2 的过程中有两个特殊的矩阵

$$\begin{pmatrix} \textcircled{1} & 1 & 4 & 1 \\ 0 & \textcircled{1} & -4 & 0 \\ 0 & 0 & \textcircled{-1} & 2 \end{pmatrix}, \quad \begin{pmatrix} \textcircled{1} & 0 & 0 & 17 \\ 0 & \textcircled{1} & 0 & -8 \\ 0 & 0 & \textcircled{1} & -2 \end{pmatrix}.$$

这两个特殊的矩阵实际上跟“准备回代”和“计算结束”这两个节点密切相关. 围绕这两个矩阵，接下来介绍（行）阶梯形矩阵和（行）最简阶梯形矩阵的概念.

定义 1.2.2　若矩阵 $\boldsymbol{A}$ 满足下面 3 个条件，则称该矩阵为**（行）阶梯形矩阵**：

(1) 全为零的行在不全为零的行的下面；

(2) 不全为零的行的首个非零元素（以下简称非零元）下面的元素全部为零；

(3) 上一行的首个非零元位于下一行的首个非零元的左边列.

（行）阶梯形矩阵与（行）最简阶梯形矩阵 01

※如果矩阵$\boldsymbol{A}$满足条件(1)、(3)，那$\boldsymbol{A}$是否满足条件(2)？

例 1.2.3　判断下列矩阵是否为（行）阶梯形矩阵

$$\boldsymbol{A}=\begin{pmatrix}0&0&0&0\\0&1&3&2\\0&0&1&2\end{pmatrix},\ \boldsymbol{B}=\begin{pmatrix}0&1&3&2\\0&0&1&2\\0&0&1&0\end{pmatrix},\ \boldsymbol{C}=\begin{pmatrix}1&1&3\\0&0&1\\0&1&0\end{pmatrix}.$$

解：因 $\boldsymbol{A}$ 不满足"全为零的行在不全为零的行的下面"，从而不是（行）阶梯形矩阵；因 $\boldsymbol{B}$ 不满足"不全为零的行的首个非零元下面的元素全部为零"，从而也不是（行）阶梯形矩阵；因 $\boldsymbol{C}$ 不满足"上一行的首个非零元位于下一行的首个非零元的左边列"，从而也不是（行）阶梯形矩阵. □

定义 1.2.3　若（行）阶梯形矩阵 $\boldsymbol{A}$ 满足下面两个条件，则称该矩阵为**（行）最简阶梯形矩阵**：

(1) 不全为零的行的首个非零元为 1；

(2) 每行的首个非零元所处的列只有一个元素非零.

例 1.2.4　判断下列矩阵是否为（行）最简阶梯形矩阵

$$\boldsymbol{A}=\begin{pmatrix}0&0&0&0\\0&2&3&2\\0&0&1&2\end{pmatrix},\ \boldsymbol{B}=\begin{pmatrix}0&2&3&2\\0&0&1&2\\0&0&0&0\end{pmatrix},\ \boldsymbol{C}=\begin{pmatrix}1&1&0\\0&1&0\\0&0&1\end{pmatrix}.$$

解：因 $\boldsymbol{A}$ 不是（行）阶梯形矩阵，从而不是（行）最简阶梯形矩阵；虽然 $\boldsymbol{B}$ 是（行）阶梯形矩阵，但不满足"不全为零的行的首个非零元为 1"，从而不是（行）最简阶梯形矩阵；虽然 $\boldsymbol{C}$ 是（行）阶梯形矩阵，但不满足"每行的首个非零元所处的列只有一个元素非零"，从而也不是（行）最简阶梯形矩阵. □

※学习了高斯消元法以后，你能否尝试用数学归纳法证明一下定理1.2.1？

※行阶梯形矩阵唯一吗？

定理 1.2.1　任意给定的矩阵 $\boldsymbol{A}_{m\times n}$ 一定可以通过初等行变换化为（行）阶梯形矩阵.

（行）阶梯形矩阵与（行）最简阶梯形矩阵 02

定义 1.2.4 若 $\boldsymbol{A}$ 可以通过一系列初等行变换化为（行）阶梯形矩阵 $\boldsymbol{U}$，则称 $\boldsymbol{U}$ 是 $\boldsymbol{A}$ 的一个（行）阶梯形矩阵.

定理 1.2.2 任意给定的矩阵 $\boldsymbol{A}_{m\times n}$ 一定可以通过初等行变换化为(行)最简阶梯形矩阵,并且该(行)最简阶梯形矩阵是唯一的.

证明：略，可以参见本书参考文献［1］中的附录 A 或本书参考文献［4］. □

※$\boldsymbol{A}$ 的行阶梯形矩阵和行最简阶梯形矩阵中的每行的首个非零元对应的位置是否相同？

定义 1.2.5 设 $\boldsymbol{U}$ 是 $\boldsymbol{A}$ 的（行）最简阶梯形矩阵，称 $\boldsymbol{A}$ 中对应于 $\boldsymbol{U}$ 的每行的首个非零元位置的元素是**主元**，该位置是**主元位置**.

例 1.2.5 找出矩阵 $\boldsymbol{A}=\begin{pmatrix}1&-1&0&2\\1&1&2&1\\0&0&0&3\end{pmatrix}$ 的主元以及主元位置.

解：借助前面消元法的思想得

$$\boldsymbol{A}\xrightarrow{r_2-r_1}\begin{pmatrix}①&-1&0&2\\0&②&2&-1\\0&0&0&③\end{pmatrix}\xrightarrow[\frac{1}{3}r_3]{\frac{1}{2}r_2}\begin{pmatrix}1&-1&0&2\\0&1&1&-\frac{1}{2}\\0&0&0&1\end{pmatrix}$$

$$\xrightarrow[r_2+\frac{1}{2}r_3]{r_1-2r_3}\begin{pmatrix}1&-1&0&0\\0&1&1&0\\0&0&0&1\end{pmatrix}\xrightarrow{r_1+r_2}\begin{pmatrix}①&0&1&0\\0&①&1&0\\0&0&0&①\end{pmatrix}.$$

因此 $\boldsymbol{A}$ 的主元位置分别是第 1 行第 1 列，第 2 行第 2 列和第 3 行第 4 列，如下所示，对应的主元分别是 1，1，3

$$\begin{pmatrix}①&-1&0&2\\1&①&2&1\\0&0&0&③\end{pmatrix}.$$ □

称以下（1）~（6）是**高斯消元法**.

※利用练习1.2.10的结论证明定理1.2.1.

定义 1.2.6 **（化矩阵为（行）阶梯形矩阵）**高斯消元法（1）~（4）：

（1）从最左边不全为零的那一列开始；

（2）若（1）中选出那一列第 1 行元素为零，则通过初等行变换把该列的一个非零元换到第 1 行；

（3）通过初等行变换，用（1）中选定那列的第 1 个元素，把该元素下面的元素全部变为零；

高斯消元法

（4）遮住第 1 行，对剩下的子矩阵重复（1）~（3），直到剩余矩阵的元素全为零或没有子矩阵需要进行操作为止.

注：实际上（1）~（4）得到的矩阵是（行）阶梯形矩阵. □

※利用练习1.2.11的结论与"对增广矩阵进行初等行变换不改变线性方程组的解"这一结论来证明定理1.2.2.

定义 1.2.7 （化（行）阶梯形矩阵为（行）最简阶梯形矩阵） 高斯消元法（5）~（6）：

（5）每一行乘以非零常数，把该行的第 1 个非零元变为 1；

（6）用每一行的第 1 个非零元 1 把该非零元上面的元素全部化为零.

注：实际上（1）~（6）得到的矩阵是（行）最简阶梯形矩阵. □

例 1.2.6 用高斯消元法把矩阵 $\boldsymbol{A}=\begin{pmatrix}1&0&1&-1&-3\\2&-1&4&-3&-4\\3&1&1&0&1\\7&0&7&-3&3\end{pmatrix}$ 化为最简阶梯形矩阵.

解：矩阵 $\boldsymbol{A}$ 中最左边不全为零的列是第 1 列，第 1 列第 1 行的元素是非零的，通过初等行变换用这个元素把它下面的元素化为零. 遮住第 1 行，对剩下的矩阵重复高斯消元法中的（1）-（3）步."

$$\boldsymbol{A}\xrightarrow[r_4-7r_1]{\substack{r_2-2r_1\\r_3-3r_1}}\begin{pmatrix}1&0&1&-1&-3\\0&-1&2&-1&2\\0&1&-2&3&10\\0&0&0&4&24\end{pmatrix}\xrightarrow[r_4-2r_3]{r_3+r_2}\begin{pmatrix}1&0&1&-1&-3\\0&-1&2&-1&2\\0&0&0&2&12\\0&0&0&0&0\end{pmatrix},$$

这里已经把原来的矩阵化为了（行）阶梯形矩阵. 进一步得

$$\xrightarrow[\frac{1}{2}r_3]{-r_2}\begin{pmatrix}1&0&1&-1&-3\\0&1&-2&1&-2\\0&0&0&1&6\\0&0&0&0&0\end{pmatrix}\xrightarrow[r_2-r_3]{r_1+r_3}\begin{pmatrix}1&0&1&0&3\\0&1&-2&0&-8\\0&0&0&1&6\\0&0&0&0&0\end{pmatrix}=\boldsymbol{U},$$

则 $\boldsymbol{U}=\begin{pmatrix}1&0&1&0&3\\0&1&-2&0&-8\\0&0&0&1&6\\0&0&0&0&0\end{pmatrix}$ 是 $\boldsymbol{A}$ 的（行）最简阶梯形矩阵. □

例 1.2.7 求线性方程组 $\begin{cases}2x_1-x_2+4x_3-3x_4=-4\\x_1+\quad\quad x_3-\ x_4=-3\\3x_1+x_2+\ x_3\quad\quad\ =1\\7x_1+\quad\ 7x_3-3x_4=3\end{cases}$ 全部的解.

解：由于初等行变换是同解变形（不改变线性方程组的解，练习 1.2.9），因此可先对增广矩阵进行初等行变换，将其化为（行）最简阶梯形矩阵，再解线性方程组．记该线性方程组的增广矩阵为 $(\boldsymbol{A}\,\vdots\,\boldsymbol{b})$，则

$$(\boldsymbol{A}\,\vdots\,\boldsymbol{b})=\left(\begin{array}{cccc:c}2&-1&4&-3&-4\\1&0&1&-1&-3\\3&1&1&0&1\\7&0&7&-3&3\end{array}\right)\xrightarrow{r_1\leftrightarrow r_2}\left(\begin{array}{cccc:c}1&0&1&-1&-3\\2&-1&4&-3&-4\\3&1&1&0&1\\7&0&7&-3&3\end{array}\right)$$

$$\xrightarrow[\text{的结果}]{\text{由例 1.2.6}}\left(\begin{array}{cccc:c}①&0&1&0&3\\0&①&-2&0&-8\\0&0&0&①&6\\0&0&0&0&0\end{array}\right),$$

对应的线性方程组为

$$\begin{cases}x_1+x_3=3\\x_2-2x_3=-8,\\x_4=-6\end{cases}$$

移项得 $x_1=3-x_3$，$x_2=-8+2x_3$，$x_4=-6$，其中 x_3 是任意的数．因此该线性方程组的解集为

$$\left\{x=\begin{pmatrix}x_1\\x_2\\x_3\\x_4\end{pmatrix}=\begin{pmatrix}3-c\\-8+2c\\c\\-6\end{pmatrix}\,\middle|\,\text{其中 } c \text{ 是任意常数}\right\}.$$

□

※在例 1.2.7 中，哪些变量是约束变量？哪些变量是自由变量？

定义 1.2.8 线性方程组的系数矩阵的主元位置所对应的变量称为**约束变量**，其他的变量称为**自由变量**.

例 1.2.8 解线性方程组 $\begin{cases}5x_1+3x_2+4x_3=3\\2x_1+x_2+x_3=4\end{cases}$.

解：记该方程组的增广矩阵为 $(\boldsymbol{A}\,\vdots\,\boldsymbol{b})$，则

$$(\boldsymbol{A}\,\vdots\,\boldsymbol{b})=\left(\begin{array}{ccc:c}5&3&4&3\\2&1&1&4\end{array}\right)\longrightarrow\left(\begin{array}{ccc:c}1&0&-1&9\\0&1&3&-14\end{array}\right),$$

因此，x_3 是自由变量，x_1，x_2 是约束变量，原方程的解为

$$\begin{cases}x_1=9+c\\x_2=-14-3c,\\x_3=c\end{cases}$$

□

其中，c 是任意常数.

习题 1.2

习题 1.2 解答

练习 1.2.1 求解下列线性方程组：

(1) $\begin{cases} 2x_1+2x_2-x_3=6 \\ x_1-2x_2+4x_3=3 \\ 5x_1+7x_2+x_3=28 \end{cases}$；

(2) $\begin{cases} x_1-3x_2+4x_3=-4 \\ 3x_1-7x_2+7x_3=-8 \\ -4x_1+6x_2-x_3=7 \end{cases}$；

(3) $\begin{cases} x_1-3x_2=5 \\ -x_1+x_2+5x_3=2 \\ x_2+x_3=0 \end{cases}$.

练习 1.2.2　给定增广矩阵 $\left(\begin{array}{ccc:c} 1 & -2 & 1 & 0 \\ 0 & 5 & -2 & 8 \\ 4 & -1 & 3 & -6 \end{array}\right)$ 和 $\left(\begin{array}{ccc:c} 1 & -2 & 1 & 0 \\ 0 & 5 & -2 & 8 \\ 0 & 7 & -1 & -6 \end{array}\right)$，第 1 个矩阵怎样作一次初等行变换化为第 2 个矩阵？第 2 个矩阵能否作一次初等行变换化为第 1 个矩阵？

练习 1.2.3　从矩阵 $\begin{pmatrix} 0 & 2 & 5 \\ 1 & 4 & -7 \\ 3 & -1 & 6 \end{pmatrix}$ 化为矩阵 $\begin{pmatrix} 1 & 4 & -7 \\ 3 & -1 & 6 \\ 0 & 4 & 10 \end{pmatrix}$ 需要作哪些初等行变换？

练习 1.2.4　对矩阵 $\boldsymbol{A}=\begin{pmatrix} 1 & 3 & -4 \\ 0 & 1 & -3 \\ 0 & -5 & 9 \end{pmatrix}$ 作以下初等行变换：

(1) 先作 r_3+5r_2，再作 $2r_2$；

(2) 先作 $2r_2$，再作 r_3+5r_2；

比较以上两种方法得到的矩阵.

练习 1.2.5　若增广矩阵 $\left(\begin{array}{ccc:c} 1 & -4 & 7 & g \\ 0 & 3 & -5 & h \\ -2 & 5 & -9 & k \end{array}\right)$ 对应的线性方程组有解，找出 g、h、k 需满足的等式.

练习 1.2.6　判断下列矩阵是否为行（最简）阶梯形矩阵

$$\begin{pmatrix} 1 & 0 & 3 & 5 \\ 0 & 0 & 1 & 3 \\ 0 & 0 & 0 & 2 \end{pmatrix}, \begin{pmatrix} 1 & 0 & 0 & 0 \\ 1 & 2 & 0 & 0 \\ 2 & 1 & 2 & 2 \end{pmatrix}, \begin{pmatrix} 1 & 0 & 0 & 0 \\ 0 & 2 & 0 & 0 \\ 0 & 0 & 2 & 2 \end{pmatrix}, \begin{pmatrix} 1 & 2 & 3 & 5 \\ 0 & 1 & 1 & 3 \\ 0 & 0 & 1 & 0 \end{pmatrix},$$

$$\begin{pmatrix} 1 & 2 & 0 & 5 \\ 0 & 0 & 1 & 3 \\ 0 & 0 & 0 & 0 \end{pmatrix}, \begin{pmatrix} 1 & 3 & 2 & 4 \\ 0 & 1 & 0 & 2 \\ 0 & 1 & 3 & 1 \\ 0 & 0 & 0 & 3 \end{pmatrix}, \begin{pmatrix} 1 & 3 & 2 & 4 \\ 0 & 0 & 0 & 2 \\ 0 & 1 & 3 & 1 \\ 0 & 0 & 0 & 0 \end{pmatrix}.$$

练习 1.2.7 尝试找出矩阵 $A=\begin{pmatrix}1 & -1 & 0 & 2\\ 1 & 1 & 2 & 1\\ 0 & 0 & 0 & 3\end{pmatrix}$的两个不同的（行）阶梯形矩阵.

练习 1.2.8 找出以下矩阵的主元以及主元位置

$$\begin{pmatrix}1 & -2 & 3\\ 0 & 4 & 5\\ 0 & 0 & 0\end{pmatrix},\ \begin{pmatrix}1 & -2 & -1 & 3 & 0\\ -2 & 4 & 5 & -5 & 3\\ 3 & -6 & -6 & 8 & 2\end{pmatrix},\ \begin{pmatrix}3 & 5 & 7 & 9\\ 1 & 3 & 5 & 7\\ 5 & 7 & 9 & 1\end{pmatrix}.$$

练习 1.2.9 证明：对增广矩阵进行初等行变换不会改变线性方程组的解集.

练习 1.2.10 证明：对任意矩阵 A，经过高斯消元法（1）~(4)，可化为（行）阶梯形矩阵.

练习 1.2.11 证明：对任意矩阵 A，经过高斯消元法（1）~(6)，可化为（行）最简阶梯形矩阵.

练习 1.2.12 同一行（列）能否出现两个主元位置？证明你的猜测.

练习 1.2.13 设 $A=(a_{ij})$是 n 阶方阵①，若 A 有 n 个主元位置，证明这些主元位置都位于主对角线上②.

※先交换1、2两行是否更容易？

练习 1.2.14 求矩阵 $A=\begin{pmatrix}2 & -1 & 4 & -3 & -4\\ 1 & 0 & 1 & -1 & -3\\ 3 & 1 & 1 & 0 & 1\\ 7 & 0 & 7 & -3 & 3\end{pmatrix}$的（行）最简阶梯形矩阵.

练习 1.2.15 求矩阵 $A=\begin{pmatrix}3 & -4 & 2 & 0\\ -9 & 12 & 6 & 0\\ -6 & 8 & -4 & 0\end{pmatrix}$的（行）最简阶梯形矩阵.

练习 1.2.16 判断以练习 1.2.15 中矩阵作为增广矩阵的线性方程组是否有解，如果有解，求出其解集.

练习 1.2.17 判断线性方程组$\begin{cases}x_1+3x_2+2x_3=5\\ x_1+3x_2+x_3=0\end{cases}$是否有解，如果有解，求出其解集.

练习 1.2.18 把练习 1.1.4 中的增广矩阵化为（行）最简阶梯形矩阵，并求出对应的线性方程组的解.

---

① 若矩阵 A 的行数与列数相等，则称该矩阵为 n 阶方阵.

② 即主元为 a_{11}，a_{22}，…，a_{nn}.

练习 1.2.19　判断线性方程组$\begin{cases} x_1 + x_2 + x_3 = 1 \\ 2x_1 + 3x_2 = 2 \\ 3x_1 + 4x_2 + x_3 = 3 \end{cases}$是否有解，如果有解，求出其解集.

练习 1.2.20　判断线性方程组$\begin{cases} 3x_1 + 6x_2 = 6 \\ 4x_1 + x_2 + 7x_3 = 1 \\ 4x_1 + 2x_2 + 6x_3 = 2 \end{cases}$是否有解，如果有解，求出其解集.

练习 1.2.21　判断解线性方程组$\begin{cases} x_1 + 2x_2 + 2x_3 = 5 \\ x_1 + x_2 + x_3 = 2 \\ x_1 + 5x_2 + 5x_3 = 0 \end{cases}$是否有解，如果有解，求出其解集.

1.3　线性方程组的解的存在唯一性定理

这一节将着重讲解线性方程组的解的存在唯一性定理（定理 1.3.1），该定理极为重要，本书中多处使用该定理. 这里先看看上一节的最后一道练习题.

例 1.3.1　判断线性方程组$\begin{cases} x_1 + 2x_2 + 2x_3 = 5 \\ x_1 + x_2 + x_3 = 2 \\ x_1 + 5x_2 + 5x_3 = 0 \end{cases}$是否有解，如果有解，求出其解集.

存在唯一性定理

解： 用初等行变换化增广矩阵为（行）最简阶梯形矩阵可得

$$\left(\begin{array}{ccc:c} 1 & 2 & 2 & 5 \\ 1 & 1 & 1 & 2 \\ 1 & 5 & 5 & 0 \end{array}\right) \longrightarrow \left(\begin{array}{ccc:c} 1 & 2 & 2 & 5 \\ 0 & -1 & -1 & -3 \\ 0 & 0 & 0 & -14 \end{array}\right) \longrightarrow \left(\begin{array}{ccc:c} 1 & 0 & 0 & 0 \\ 0 & 1 & 1 & 0 \\ 0 & 0 & 0 & 1 \end{array}\right).$$

因此原方程组与以下线性方程组

$$\begin{cases} x_1 \qquad\qquad = 0 \\ \quad x_2 + x_3 = 0 \\ \qquad\qquad 0 = 1 \end{cases} \tag{1.3.1}$$

同解. 因为线性方程组（1.3.1）有矛盾方程 0 = 1，所以无解，可知原方程组无解. □

通过上面的例子可以得到下面的定理.

※在把A化为阶梯形矩阵的时候，能否发现矛盾方程？

※仅把增广矩阵化为行阶梯形矩阵能否判断原线性方程组是否有解？有解时，能否由（行）阶梯型矩阵判断出线性方程组有唯一解还是无穷多组解？

定理 1.3.1 [①]线性方程组有解当且仅当其增广矩阵化为(行)最简阶梯形矩阵时不含下面行

$$(0 \quad \cdots \quad 0 \mid 1). \tag{1.3.2}$$

有解时，有唯一的一组解（唯一解）当且仅当该线性方程组不含自由变量；**有解时**，有无穷多组解当且仅当该线性方程组含自由变量.

证明（这里不是严格证明，只是解释）：由例 1.3.1 可以看到线性方程组 (1.1.4) 无解当且仅当该方程组含矛盾方程，或者说其（行）最简阶梯形矩阵里面含矛盾方程，也就是（行）最简阶梯形矩阵含有下面行

$$(0 \quad \cdots \quad 0 \mid 1).$$

由例 1.2.1 可以看到，“有解时，有唯一解当且仅当该线性方程组不含自由变量”. 由例 1.2.7 可以看到，“有解时，有无穷多组解当且仅当该线性方程组含自由变量”. □

例 1.3.2 判断线性方程组 $\begin{cases}5x_1+x_2+5x_3=1\\4x_1+x_2+4x_3=0\\3x_1+\quad\ \ 3x_3=3\end{cases}$ 有解还是无解？如果有解，有唯一解还是无穷多组解？并说明原因.

解：记该方程组的增广矩阵为 $(\boldsymbol{A} \mid \boldsymbol{b})$，则

$$(\boldsymbol{A} \mid \boldsymbol{b}) = \left(\begin{array}{ccc:c}5&1&5&1\\4&1&4&0\\3&0&3&3\end{array}\right) \longrightarrow \left(\begin{array}{ccc:c}1&0&1&1\\0&1&0&-4\\0&0&0&0\end{array}\right).$$

由定理 1.3.1 可知该线性方程组有解，由于 x_3 是自由变量，因此有无穷多组解. 原方程组化为

$$x_1=1-x_3,\ x_2=-4.$$

其中，x_3 是自由变量. 因此该线性方程组的解集为

$$\left\{ x=\begin{pmatrix}1-c\\-4\\c\end{pmatrix} \,\middle|\, \text{其中 } c \text{ 是任意常数} \right\}.$$ □

例 1.3.3 线性方程组 $\begin{cases}x_1+x_2+2x_3=2\\5x_1+x_2+\ x_3=1\\x_1+x_2+ax_3=5\end{cases}$ 什么时候无解？什么时候有解？有解时求出其所有的解. 其中 a 是常数.

① 对比定理 2.3.5.

解：记该方程的增广矩阵为 $(\boldsymbol{A} \mid \boldsymbol{b})$，则

$$(\boldsymbol{A} \mid \boldsymbol{b}) = \left(\begin{array}{ccc:c} 1 & 1 & 2 & 2 \\ 5 & 1 & 1 & 1 \\ 1 & 1 & a & 5 \end{array}\right) \longrightarrow \left(\begin{array}{ccc:c} 1 & 1 & 2 & 2 \\ 0 & -4 & -9 & -9 \\ 0 & 0 & a-2 & 3 \end{array}\right).$$

由定理 1. 3. 1 可知，该线性方程组有解当且仅当 $a-2\neq 0$.

当 $a=2$ 时，原方程组无解.

当 $a\neq 2$ 时，原方程组有解，此时显然没有自由变量，故只有唯一解. 进一步把增广矩阵化为（行）最简阶梯形矩阵得

$$(\boldsymbol{A} \mid \boldsymbol{b}) \longrightarrow \left(\begin{array}{ccc:c} 1 & 0 & 0 & -\dfrac{a-5}{4(a-2)} \\ 0 & 1 & 0 & \dfrac{9(a-5)}{4(a-2)} \\ 0 & 0 & 1 & \dfrac{3}{a-2} \end{array}\right).$$

此时原方程组的解为

$$x_1 = -\frac{a-5}{4(a-2)},\ x_2 = \frac{9(a-5)}{4(a-2)},\ x_3 = \frac{3}{a-2}.$$

□

习题 1. 3

习题 1. 3 解答

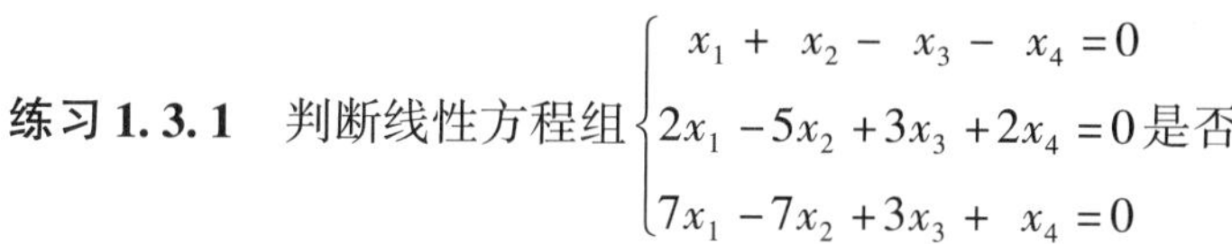
练习 1. 3. 1　判断线性方程组 $\begin{cases} x_1 + x_2 - x_3 - x_4 = 0 \\ 2x_1 - 5x_2 + 3x_3 + 2x_4 = 0 \\ 7x_1 - 7x_2 + 3x_3 + x_4 = 0 \end{cases}$ 是否有解？如果有解，求出其解集.

练习 1. 3. 2　若一个齐次线性方程组有 m 个方程，n 个未知变量，且 $n>m$，证明：该方程组一定有无穷多组解.

练习 1. 3. 3　若一个非齐次线性方程组有 m 个方程，n 个未知变量，且 $n>m$，该方程组是否一定有无穷多组解？为什么？

练习 1. 3. 4　线性方程组 $\begin{cases} x_1 + x_2 + x_3 - x_4 = 2 \\ 3x_1 + x_2 - x_3 + 2x_4 = 3 \\ 2x_1 + 2\lambda x_2 - 2x_3 + 3x_4 = \lambda \end{cases}$ 什么时候有解？有唯一解还是无穷多组解？其中 λ 是常数.

练习 1. 3. 5　线性方程组 $\begin{cases} x_1 + 6x_2 + x_3 = 6 \\ 2x_1 + 4x_2 + ax_3 = 4 \\ 4x_1 + x_2 = 1 \end{cases}$ 什么时候无解？什么时候有解？有解时，什么时候有唯一解？什么时候有无穷多组解？在有解时，将所有的解表示出来. 其中 a 是常数.

练习 1.3.6 线性方程组$\begin{cases}x_1+5x_2+x_3+5x_4=1\\x_1+4x_2+x_3+4x_4=0\\x_1+3x_2+ax_3+3x_4=a\end{cases}$什么时候无解？什么时候有解？有解时，什么时候有唯一解？什么时候有无穷多组解？在有解时，将所有的解表示出来. 其中 a 是常数.

练习 1.3.7 若某个线性方程组的系数矩阵是 4×5 的矩阵，且有 4 个主元，该方程组是否一定有解？若有解，是有唯一解还是无穷多组解？

练习 1.3.8 若某个线性方程组的系数矩阵是 5×4 的矩阵，且有 4 个主元，该方程组是否一定有解？若有解，是有唯一解还是无穷多组解？

1.4 本章小结

1. 矩阵的定义，系数矩阵，未知量矩阵，常数项矩阵.

2. 初等行变换.

（1）倍加：把第 j 行的 l 倍加到第 i 行，记作 r_i+lr_j.

（2）交换：交换第 i 行和第 j 行，记作 $r_i\leftrightarrow r_j$.

（3）倍乘：第 i 行乘以非零常数 k，记作 kr_i.

3. （行）阶梯形矩阵（不唯一）和（行）最简阶梯形矩阵（唯一）. 满足以下 3 条的矩阵是（行）阶梯形矩阵：

（1）全为零的行在不全为零的行的下面；

（2）不全为零的行的首个非零元下面的元素全部为零；

（3）上一行的首个非零元位于下一行的首个非零元的左边列.

（行）阶梯形矩阵若满足以下两条，则称该矩阵为（行）最简阶梯形矩阵：

（4）不全为零的行的首个非零元为 1；

（5）每行的首个非零元所处的列只有一个元素非零.

4. 主元，主元位置，约束变量，自由变量.

5. 高斯消元法：

（1）从最左边不全为零的那一列开始；

（2）若（1）中选出那一列第 1 行元素为零，则通过初等行变换把该列的一个非零元换到第 1 行；

（3）通过初等行变换，用（1）中选定那列的第 1 个元素，把该元素下面的元素全部变为零；

（4）遮住第 1 行，对剩下的子矩阵重复（1）~（3），直到剩余矩阵为零矩阵或没有子矩阵需要进行操作为止；

（5）每一行乘以非零常数，把该行的第 1 个非零元变为 1；

（6）用每一行的第 1 个非零元 1 把该非零元上面的元素全部化为零.

6. 线性方程组有解当且仅当其增广矩阵化为（行）最简阶梯形矩阵时不含下面行

$$(0\quad\cdots\quad 0\mid 1).$$

有解时，有唯一解当且仅当该线性方程组不含自由变量；**有解时**，有无穷多组解当且仅当该线性方程组含自由变量.

数学家的故事

高斯（Gauss，1777—1855，德国）被认为是世界上最重要的数学家之一，享有“数学王子”的美誉. 高斯在代数、天文学、复函数，包括椭圆函数理论、微分方程、微分几何、大地测量、数论、位势理论、统计学等方面都有杰出的贡献.

据说高斯小学的时候已经发现1到100的求和计算方法. 由于高斯在数学上的天赋，从15岁起，卡尔·威廉·费迪南德（Charles William Ferdinand）公爵就开始资助其进一步的学习. 高斯先后在布伦瑞克Carolinum学院（Brunswick Collegium Carolinum，布伦瑞克工业大学前身）、哥廷根大学（University of Göttingen）求学. 他在19岁时完成了正十七边形尺规作图的理论与方法，成为第一位用尺规作图成功画出正十七边形的人.

1801年，他出版了《算术研究》，这本书开创了代数数论. 在该书中，他给出了二次互反律的证明，高斯称该定理是算术数论的基石，该定理对后续算数数论的发展有着深远的影响. 在几何方面，高斯也有杰出的贡献，他在《曲面的一般研究》中首次引入了曲面的高斯曲率的概念，开启了微分几何崭新的分支.

高斯消元法实际上是中国数学家和欧洲数学家独立发现的.《九章算术》（约公元前150年）中对该算法已有类似记载. 牛顿（Newton，1643—1727）在他未发表的手稿中已经介绍了这种方法，欧拉（Euler，1707—1783）和勒让德（Legendre，1752—1833）都认为这个算法很普通，高斯也认为该算法很常见. 由于高斯在统计学方面的研究，并引入了最小二乘法来进行近似计算，对误差进行分析，因此该方法在天文观测以及大地测量上有广泛的应用，并得到了天文学家、大地测量学家和统计学家的认可. 正因为大家对他的认可，后来大家把解线性方程组的消元法命名为高斯消元法.

大家对高斯的认可，既来自他在数学各分支研究结果的深度，也来自他涉足领域的广度. 高斯的“数学是科学的皇后，而数论是数学的皇冠”也得到后人的广泛引用.

第 2 章 矩阵代数

第 2 章　矩阵代数
思维导图

本章围绕线性方程组（1.1.4）如何简记为 $\boldsymbol{A}\boldsymbol{x}=\boldsymbol{b}$ 展开，将引入矩阵的运算，要注意矩阵运算与数的运算的异同. 利用分块矩阵的运算，将引入线性方程组（练习 2.2.2，例 2.3.7）与矩阵方程、向量方程（组）之间的转化. 该转化是第 4 章线性相关（无关）、向量（组）的线性表出的基础，极为重要. 本章进一步会把上述问题全部转化为解矩阵方程的问题并进行求解. 在解矩阵方程时，有一类特殊的矩阵：可逆矩阵（满秩方阵），这类矩阵在矩阵运算中扮演了极为重要的角色，本章最后会详细介绍这类矩阵.

2.1 矩阵及其运算

在定义 1.1.3 中已把线性方程组（1.1.4）简记为 $\boldsymbol{A}\boldsymbol{x}=\boldsymbol{b}$，为了解释为什么能够简记为这样，以及这样做有什么优势，在这一节将把数的加、减、乘、除（在讲矩阵的逆的时候再讲）的运算推广到矩阵上. 读者在学习的过程中，需要特别注意矩阵运算与数的运算的异同.

前面已经讲了矩阵的定义（定义 1.1.2），下面进一步看看更多的特殊的矩阵，如方阵、对角矩阵、单位矩阵、数量矩阵、上（下）三角矩阵、（反）对称矩阵. 这些矩阵有着特殊的性质，在后面的运算中经常用到.

若矩阵 $\boldsymbol{A}$ 的行数与列数相等，则称该矩阵为 n **阶方阵**. 如

$$\boldsymbol{A}_3=\begin{pmatrix}1&2&3\\2&3&4\\4&4&5\end{pmatrix}$$

就是一个 3 阶方阵. 对任意的 n 阶方阵

矩阵以及特殊矩阵 01

$$\boldsymbol{A}=\begin{pmatrix}a_{11}&a_{12}&\cdots&a_{1n}\\a_{21}&a_{22}&\cdots&a_{2n}\\\vdots&\vdots&\ddots&\vdots\\a_{n1}&a_{n2}&\cdots&a_{nn}\end{pmatrix},$$

称 a_{11}，a_{22}，$\cdots$，a_{nn} 为矩阵 $\boldsymbol{A}$ 的**主对角线**.

特别地，若方阵 $\boldsymbol{A}$ 除主对角线上元素可能非零外，其他元素全部为零①，则称

$$\boldsymbol{A}=\begin{pmatrix} a_{11} & 0 & \cdots & 0 \\ 0 & a_{22} & \cdots & 0 \\ \vdots & \vdots & \ddots & \vdots \\ 0 & 0 & \cdots & a_{nn} \end{pmatrix}=\begin{pmatrix} a_{11} & & & \\ & a_{22} & & \\ & & \ddots & \\ & & & a_{nn} \end{pmatrix}$$

为**对角矩阵**. 又如

$$\boldsymbol{I}_n=\begin{pmatrix} 1 & 0 & \cdots & 0 \\ 0 & 1 & \cdots & 0 \\ \vdots & \vdots & \ddots & \vdots \\ 0 & 0 & \cdots & 1 \end{pmatrix}_{n\times n}$$

就是一个对角矩阵，一般称 $\boldsymbol{I}_n$ 为 n **阶单位矩阵**.

若 n 阶方阵 $\boldsymbol{U}=(a_{ij})$ 的元素

$$a_{ij}=0,$$

其中 i，j 是正整数，且 $1\leqslant j<i\leqslant n$，则称 $\boldsymbol{U}$ 是**上三角矩阵**. 也就是说，方阵 $\boldsymbol{U}$ 是上三角矩阵当且仅当主对角线下面的元素全部为零，记

$$\boldsymbol{U}=\begin{pmatrix} a_{11} & a_{12} & \cdots & a_{1n} \\ 0 & a_{22} & \cdots & a_{2n} \\ \vdots & \vdots & \ddots & \vdots \\ 0 & 0 & \cdots & a_{nn} \end{pmatrix}=\begin{pmatrix} a_{11} & a_{12} & \cdots & a_{1n} \\ & a_{22} & \cdots & a_{2n} \\ & & \ddots & \vdots \\ & & & a_{nn} \end{pmatrix}.$$

类似地，若 n 阶方阵 $\boldsymbol{L}=(a_{ij})$ 的元素

$$a_{ij}=0,$$

其中 i，j 是正整数，且 $1\leqslant i<j\leqslant n$，则称 $\boldsymbol{L}$ 是**下三角矩阵**. 也就是说，方阵 $\boldsymbol{L}$ 是下三角矩阵当且仅当主对角线上面的元素全部为零，记

$$\boldsymbol{L}=\begin{pmatrix} a_{11} & 0 & \cdots & 0 \\ a_{21} & a_{22} & \cdots & 0 \\ \vdots & \vdots & \ddots & \vdots \\ a_{n1} & a_{n2} & \cdots & a_{nn} \end{pmatrix}=\begin{pmatrix} a_{11} & & & \\ a_{21} & a_{22} & & \\ \vdots & \vdots & \ddots & \\ a_{n1} & a_{n2} & \cdots & a_{nn} \end{pmatrix}.$$

上三角矩阵与下三角矩阵统称为**三角矩阵**.

若 n 阶方阵 $\boldsymbol{A}=(a_{ij})$ 的元素

$$a_{ij}=a_{ji},$$

其中 $i=1$，2，…，n；$j=1$，2，…，n，则称 $\boldsymbol{A}$ 为**对称矩阵**. 类似地，若 n 阶方阵 $\boldsymbol{A}=(a_{ij})$ 的元素

$$a_{ij}=-a_{ji},$$

矩阵以及特殊矩阵 02

※n阶单位矩阵也记作$\boldsymbol{E}_n$.

※引入上三角矩阵与下三角矩阵的主要原因之一，在于它们与阶梯形矩阵很接近，在解线性方程组时比较容易计算.

※在二次型的时候会非常频繁地用到对称矩阵.

※反对称矩阵的主对角线上元素是多少？

① 此时那些不在主对角线上的零元素一般不写出来，后面类似.

其中 $i=1, 2, \cdots, n$; $j=1, 2, \cdots, n$，则称 $\boldsymbol{A}$ 为**反对称矩阵**.

只有一列（行）的矩阵称为**列（行）向量**. 如

$$\boldsymbol{\alpha}=\begin{pmatrix} a_1 \\ a_2 \\ \vdots \\ a_n \end{pmatrix}, \boldsymbol{\beta}=(b_1 \quad b_2 \quad \cdots \quad b_m)$$

分别是列向量与行向量. 其中 $\boldsymbol{\alpha}$ 有 n 个分量，因此称 $\boldsymbol{\alpha}$ 为 n 维列向量.[①] 类似地，称 $\boldsymbol{\beta}$ 为 m 维行向量. 我们记

$$\mathbb{R}^n=\left\{\begin{pmatrix} x_1 \\ \vdots \\ x_n \end{pmatrix} \middle| x_1, \cdots, x_n \in \mathbb{R}\right\},$$

称 $\mathbb{R}^n$ 为 n 维向量空间.

凡是提到向量，一般指的是列向量. 特别地，在不引起混淆的时候，不区分行向量与列向量.

在介绍矩阵的运算之前，先介绍两个矩阵相等的定义. 根据定义，矩阵实际上是表格，表格中的元素是数. 两张表格相等自然是**大小相等**、**对应元素也相等**，从而有下面定义.

定义 2.1.1 设矩阵 $\boldsymbol{A}=(a_{ij})$，$\boldsymbol{B}=(b_{ij})$ 都是 $m\times n$ 矩阵，若对任意正整数 i, j, $1\leqslant i\leqslant m$, $1\leqslant j\leqslant n$，都有 $a_{ij}=b_{ij}$，则称矩阵 $\boldsymbol{A}$，$\boldsymbol{B}$ 相等，记作 $\boldsymbol{A}=\boldsymbol{B}$.

例 2.1.1 已知 $\boldsymbol{I}_2=\boldsymbol{A}$ 且 $\boldsymbol{A}=\begin{pmatrix} x & y \\ 0 & 1 \end{pmatrix}$，求 x，y 的值.

解：根据题意 $\boldsymbol{I}_2=\begin{pmatrix} 1 & 0 \\ 0 & 1 \end{pmatrix}=\begin{pmatrix} x & y \\ 0 & 1 \end{pmatrix}$，也就是对应位置元素相等，从而 $x=1$，$y=0$. □

接下来定义矩阵的加法与减法. 之前提到只有一列的矩阵也称为（列）向量，因此与中学向量的运算类似，有如下定义.

定义 2.1.2 设矩阵 $\boldsymbol{A}=(a_{ij})$，$\boldsymbol{B}=(b_{ij})$ 都是 $m\times n$ 矩阵，定义 $m\times n$ 矩阵 $\boldsymbol{A}\pm\boldsymbol{B}=(c_{ij})$ 的第 i 行第 j 列的元素为 $c_{ij}=a_{ij}\pm b_{ij}$，也就是"矩阵的加减是对应分量相加减"，亦即

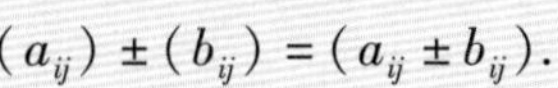

$$(a_{ij})\pm(b_{ij})=(a_{ij}\pm b_{ij}).$$

矩阵的线性运算（加减）

① 此处向量的维数与后面 $\mathbb{R}^n$ 的维数（定义 4.3.4）是两个不同的概念.

例 2.1.2　已知

$$\boldsymbol{A}=\begin{pmatrix}1&0&0\\0&1&0\end{pmatrix},\ \boldsymbol{B}=\begin{pmatrix}1&2&3\\4&5&6\end{pmatrix},\ \boldsymbol{C}=\begin{pmatrix}1&2\\3&4\end{pmatrix}.$$

判断运算 $\boldsymbol{A}+\boldsymbol{B}$，$\boldsymbol{A}-\boldsymbol{C}$ 是否有意义，若有意义，算出结果.

※请读者算算 $\boldsymbol{A}-\boldsymbol{B}$.

解：显然矩阵 $\boldsymbol{A}$，$\boldsymbol{B}$ 的大小相同，从而可以相加，有

$$\boldsymbol{A}+\boldsymbol{B}=\begin{pmatrix}1&0&0\\0&1&0\end{pmatrix}+\begin{pmatrix}1&2&3\\4&5&6\end{pmatrix}=\begin{pmatrix}2&2&3\\4&6&6\end{pmatrix}.$$

显然矩阵 $\boldsymbol{A}$，$\boldsymbol{C}$ 的大小不同，无法相加减，因此 $\boldsymbol{A}-\boldsymbol{C}$ 没有意义. □

矩阵的加减法与数的加减法类似，满足以下的运算律.

命题 2.1.1　设 $\boldsymbol{A}$，$\boldsymbol{B}$，$\boldsymbol{C}$，$\boldsymbol{0}$[1] 都是 $m\times n$ 矩阵，则有以下运算律.

（1）交换律：$\boldsymbol{A}+\boldsymbol{B}=\boldsymbol{B}+\boldsymbol{A}$.

（2）结合律：$(\boldsymbol{A}+\boldsymbol{B})+\boldsymbol{C}=\boldsymbol{A}+(\boldsymbol{B}+\boldsymbol{C})$[2].

（3）零元：$\boldsymbol{A}+\boldsymbol{0}=\boldsymbol{A}$.

（4）对任意的矩阵 $\boldsymbol{A}$，存在矩阵 $\boldsymbol{B}$ 使得 $\boldsymbol{A}+\boldsymbol{B}=\boldsymbol{0}$，此时把 $\boldsymbol{B}$ 记作 $-\boldsymbol{A}$，称其为矩阵 $\boldsymbol{A}$ 的**负矩阵**.

※$\boldsymbol{A}-\boldsymbol{B}$ 与 $\boldsymbol{A}+(-\boldsymbol{B})$ 是否相等呢？

接下来看看矩阵的数乘.

定义 2.1.3　设矩阵 $\boldsymbol{A}=(a_{ij})$ 是 $m\times n$ 矩阵，k 是一个数，则定义 $m\times n$ 矩阵 $k\boldsymbol{A}=(ka_{ij})$.

矩阵的线性运算（数乘）

※原来的负矩阵 $-\boldsymbol{A}$ 可否理解为 $(-1)\boldsymbol{A}$ 呢？

例 2.1.3　已知矩阵 $\boldsymbol{B}=\begin{pmatrix}1&2&3\\4&5&6\end{pmatrix}$，计算 $(-1)\boldsymbol{B}$，$2\boldsymbol{B}$.

解：由数乘定义得

$$\begin{aligned}\boldsymbol{B}&=\begin{pmatrix}(-1)\times1&(-1)\times2&(-1)\times3\\(-1)\times4&(-1)\times5&(-1)\times6\end{pmatrix}\\&=\begin{pmatrix}-1&-2&-3\\-4&-5&-6\end{pmatrix},\end{aligned}$$

$$2\boldsymbol{B}=\begin{pmatrix}2\times1&2\times2&2\times3\\2\times4&2\times5&2\times6\end{pmatrix}=\begin{pmatrix}2&4&6\\8&10&12\end{pmatrix}.$$ □

① $\boldsymbol{0}$ 也称为零矩阵，该矩阵中的元素全为零.

② 由于 3 个矩阵相加的时候不论怎么加括号，都不改变运算结果，因此后面我们记 $(\boldsymbol{A}+\boldsymbol{B})+\boldsymbol{C}=\boldsymbol{A}+(\boldsymbol{B}+\boldsymbol{C})$ 为 $\boldsymbol{A}+\boldsymbol{B}+\boldsymbol{C}$.

类似地，矩阵的数乘满足以下运算律.

命题 2.1.2[①] 设 $\boldsymbol{A}$，$\boldsymbol{B}$，$\boldsymbol{0}$ 都是 $m\times n$ 矩阵，k，l 是数，则有以下运算律.

（1）分配律：$k(\boldsymbol{A}+\boldsymbol{B})=k\boldsymbol{A}+k\boldsymbol{B}$.

（2）分配律：$(k+l)\boldsymbol{A}=k\boldsymbol{A}+l\boldsymbol{A}$.

（3）结合律：$(kl)\boldsymbol{A}=k(l\boldsymbol{A})$.

（4）对任意的矩阵 $\boldsymbol{A}$，都有 $\boldsymbol{A}+(-\boldsymbol{A})=\boldsymbol{0}$，$1\cdot\boldsymbol{A}=\boldsymbol{A}$.

例 2.1.4 计算 $2\boldsymbol{A}-3\boldsymbol{B}$，其中

$$\boldsymbol{A}=\begin{pmatrix}1&2\\0&1\\1&4\end{pmatrix},\quad \boldsymbol{B}=\begin{pmatrix}1&1\\2&3\\2&3\end{pmatrix}.$$

解：先计算矩阵数乘，再计算矩阵的减法.

$$\begin{aligned}2\boldsymbol{A}-3\boldsymbol{B}&=\begin{pmatrix}2\times1&2\times2\\2\times0&2\times1\\2\times1&2\times4\end{pmatrix}-\begin{pmatrix}3\times1&3\times1\\3\times2&3\times3\\3\times2&3\times3\end{pmatrix}\\&=\begin{pmatrix}2\times1-3\times1&2\times2-3\times1\\2\times0-3\times2&2\times1-3\times3\\2\times1-3\times2&2\times4-3\times3\end{pmatrix}\\&=\begin{pmatrix}-1&1\\-6&-7\\-4&-1\end{pmatrix}.\end{aligned}$$

□

接下来看看矩阵乘积的定义. 有了矩阵乘积的定义以后，线性方程组（1.1.4）可以表示为 $\boldsymbol{Ax}=\boldsymbol{b}$ 的形式，极大的简化了记号，为此引入矩阵的乘法并介绍矩阵乘法的性质.

定义 2.1.4 设矩阵 $\boldsymbol{A}=(a_{ij})_{m\times l}$ 的列数与矩阵 $\boldsymbol{B}=(b_{ij})_{l\times n}$ 的行数相等，则由元素

矩阵的乘法

$$c_{ij}=\sum_{k=1}^{l}a_{ik}b_{kj}=a_{i1}b_{1j}+a_{i2}b_{2j}+\cdots+a_{il}b_{lj}$$

构成的 $m\times n$ 矩阵 $\boldsymbol{C}$ 称为 $\boldsymbol{A}$，$\boldsymbol{B}$ 的乘积，记为

$$\boldsymbol{C}=\boldsymbol{AB}=(c_{ij})_{m\times n}=\left(\sum_{k=1}^{l}a_{ik}b_{kj}\right)_{m\times n}.$$

① $-\boldsymbol{A}$ 既可理解为负矩阵，也可理解为矩阵的数乘 $(-1)\cdot\boldsymbol{A}$.

例 2.1.5　已知

$$A=\begin{pmatrix}0&3&2\\3&3&1\end{pmatrix},\ B=\begin{pmatrix}1&1\\0&2\\3&0\end{pmatrix},$$

判断运算 AB，BA 是否有意义，若有意义，算出结果.

解：显然 $A_{2\times3}$的列数与 $B_{3\times2}$的行数相等，从而 $(AB)_{2\times2}$有意义，且

$$\begin{aligned}AB&=\begin{pmatrix}0&3&2\\3&3&1\end{pmatrix}\begin{pmatrix}1&1\\0&2\\3&0\end{pmatrix}\\&=\begin{pmatrix}0\times1+3\times0+2\times3&0\times1+3\times2+2\times0\\3\times1+3\times0+1\times3&3\times1+3\times2+1\times0\end{pmatrix}\\&=\begin{pmatrix}6&6\\6&9\end{pmatrix}\end{aligned}$$

类似地，可以计算 $BA=\begin{pmatrix}3&6&3\\6&6&2\\0&9&6\end{pmatrix}$.①② □

※利用定义3.1.1计算行列式 $|AB|$与 $|BA|$,它们相等吗?

例 2.1.6　已知

$$A=(1\ \ 2\ \ 3),\ B=\begin{pmatrix}1&1\\0&2\\3&0\end{pmatrix},$$

判断运算 AB，BA 是否有意义，若有意义，算出结果.

解：显然 $A_{1\times3}$的列数与 $B_{3\times2}$的行数相等，从而 $(AB)_{1\times2}$有意义且

$$AB=(1\ \ 2\ \ 3)\begin{pmatrix}1&1\\0&2\\3&0\end{pmatrix}=(10\ \ 5),$$

但 $B_{3\times2}$的列数与 $A_{1\times3}$的行数不相等，从而 BA 无意义. □

※左乘单位矩阵或者右乘单位矩阵并不改变该矩阵.

例 2.1.7　设 I_n 是 n 阶单位矩阵，试证明：对任意矩阵 $A_{n\times m}$与 $B_{l\times n}$都有 $I_nA_{n\times m}=A_{n\times m}$，$B_{l\times n}I_n=B_{l\times n}$.

解：为了简单起见，只证明 $n=2$，$m=3$ 时

---

① 矩阵乘法有交换律吗？也就是 $AB=BA$ 吗？

② 在此特别强调，要注意矩阵乘法与数的乘法的区别：**矩阵乘法没有交换律**（例 2.1.5、例 2.1.9、例 2.1.10），**没有消去律**（例 2.1.12、例 2.1.13）.

$$I_n A_{n\times m}=A_{n\times m},$$

一般情形留给读者自行验证．设 $A=\begin{pmatrix}a_{11}&a_{12}&a_{13}\\a_{21}&a_{22}&a_{23}\end{pmatrix}$，则

$$I_2A=\begin{pmatrix}1&0\\0&1\end{pmatrix}\begin{pmatrix}a_{11}&a_{12}&a_{13}\\a_{21}&a_{22}&a_{23}\end{pmatrix}=\begin{pmatrix}a_{11}&a_{12}&a_{13}\\a_{21}&a_{22}&a_{23}\end{pmatrix}=A.$$ □

设 k 是数，称 kI_n 为**数量矩阵**．进一步可得

$$(kI_n)A_{n\times m}=kA_{n\times m},B_{l\times n}(kI_n)=kB_{l\times n} \tag{2.1.1}$$

故**左乘数量矩阵或者右乘数量矩阵即该矩阵乘以相应的数**.

矩阵的乘法满足以下性质.

命题 2.1.3 设 A，B，C 是矩阵，k 是数且以下的运算都有意义，则有以下运算律.

（1）结合律：$A(BC)=(AB)C$.

（2）左分配律：$A(B+C)=AB+AC$.

（3）右分配律：$(B+C)A=BA+CA$.

（4）数乘与矩阵乘积可交换：$A(kB)=(kA)B=k(AB)$.

矩阵乘积的性质

注：由于 $A(BC)=(AB)C$，因此 3 个矩阵相乘的时候，结果与加括号的方式无关，故将结果记为 $ABC=A(BC)=(AB)C$．多个矩阵相乘的时候也是类似的. □

例 2.1.8 已知下列式子有意义，分析式中矩阵的大小.

（1）$A_{3\times2}B_{?\times?}C_{5\times2}$.

（2）$A_{3\times?}X_{?\times?}=X_{?\times?}A_{3\times?}$.

（3）$A_{?\times?}X_{5\times?}=B_{3\times4}$.

解：（1）因 $A_{3\times2}B_{?\times?}$ 有意义，故 A 的列数与 B 的行数相等，从而 $B_{2\times?}$，又因为 $B_{2\times?}C_{5\times2}$ 有意义，故 B 的列数与 C 的行数相等，故 B 是 2×5 矩阵.

（2）因 $AX=XA$，故 AX 的行数与 XA 的行数相等，于是

$$A \text{ 的行数}=AX \text{ 的行数}=XA \text{ 的行数}=X \text{ 的行数}.$$

从而 $X_{3\times?}$，因此 $A_{3\times?}X_{3\times?}=X_{3\times?}A_{3\times?}$．因 $A_{3\times?}X_{3\times?}$ 有意义，故

$$A \text{ 的列数}=X \text{ 的行数}.$$

从而 $A_{3\times3}$ 是 3 阶方阵，类似可得 $X_{3\times3}$ 是 3 阶方阵.

（3）与第（2）问类似，可得 A 是 3×5 矩阵，X 是 5×4 矩阵. □

定义 2.1.5 若两矩阵 $\boldsymbol{A}$，$\boldsymbol{B}$ 的乘积满足 $\boldsymbol{AB}=\boldsymbol{BA}$，则称矩阵 $\boldsymbol{A}$ 与矩阵 $\boldsymbol{B}$ **可交换**.

矩阵乘法没有交换律

※从 $AB=0$ 能推出 $A=0$ 或 $B=0$ 吗？

例 2.1.9 设 $\boldsymbol{A}=\begin{pmatrix}2 & -2\\ 1 & -1\end{pmatrix}$，$\boldsymbol{B}=\begin{pmatrix}1 & 1\\ 1 & 1\end{pmatrix}$，计算 $\boldsymbol{AB}$，$\boldsymbol{BA}$.

解：显然 $\boldsymbol{AB}$，$\boldsymbol{BA}$ 都有意义，则

$$\boldsymbol{AB}=\begin{pmatrix}2 & -2\\ 1 & -1\end{pmatrix}\begin{pmatrix}1 & 1\\ 1 & 1\end{pmatrix}=\begin{pmatrix}0 & 0\\ 0 & 0\end{pmatrix},$$

$$\boldsymbol{BA}=\begin{pmatrix}1 & 1\\ 1 & 1\end{pmatrix}\begin{pmatrix}2 & -2\\ 1 & -1\end{pmatrix}=\begin{pmatrix}3 & -3\\ 3 & -3\end{pmatrix}.$$ □

※这个例子再次让我们看到矩阵乘法没有交换律，即一般 $AB\neq BA$.

例 2.1.10 设 $\boldsymbol{A}$，$\boldsymbol{B}$ 是同阶方阵①，证明 $\boldsymbol{A}$，$\boldsymbol{B}$ 可交换当且仅当②
$$(\boldsymbol{A}-\boldsymbol{B})(\boldsymbol{A}+\boldsymbol{B})=\boldsymbol{A}^2-\boldsymbol{B}^2 ③.$$

解：由矩阵乘法的分配律可得

$$(\boldsymbol{A}-\boldsymbol{B})(\boldsymbol{A}+\boldsymbol{B})=\boldsymbol{A}^2+\boldsymbol{AB}-\boldsymbol{BA}-\boldsymbol{B}^2,$$

故

$$(\boldsymbol{A}-\boldsymbol{B})(\boldsymbol{A}+\boldsymbol{B})=\boldsymbol{A}^2-\boldsymbol{B}^2$$

当且仅当 $\boldsymbol{AB}-\boldsymbol{BA}=\boldsymbol{0}$，也就是 $\boldsymbol{AB}=\boldsymbol{BA}$，亦即 $\boldsymbol{A}$，$\boldsymbol{B}$ 可交换. □

注：可交换矩阵有以下结论.

（1）根据例 2.1.8 中（2）的结果可知，若矩阵 $\boldsymbol{A}$ 与矩阵 $\boldsymbol{B}$ 可交换，则 $\boldsymbol{A}$，$\boldsymbol{B}$ 一定是同阶方阵.

（2）根据例 2.1.5 与例 2.1.9 中的结果可知，两矩阵是否可交换需要计算了才知道.

（3）根据式（2.1.1）中的结果可知，数量矩阵与任意的方阵都可交换④，即 $\boldsymbol{A}_{n\times n}(k\boldsymbol{I}_n)=(k\boldsymbol{I}_n)\boldsymbol{A}_{n\times n}=k\boldsymbol{A}$.

（4）若 $\boldsymbol{A}$ 与 $\boldsymbol{B}$ 可交换，则 $(\boldsymbol{A}+\boldsymbol{B})^n=\sum\limits_{k=0}^{n}\mathrm{C}_n^k\boldsymbol{A}^k\boldsymbol{B}^{n-k}$ ⑤. □

---

① 同阶方阵是指方阵 $\boldsymbol{A}$ 与 $\boldsymbol{B}$ 的阶数相等.

② 矩阵乘法与数的乘法的区别之一是没有交换律：若 a、b 是数，则 $(a-b)(a+b)=a^2-b^2$.

③ 这里 $\boldsymbol{A}^2$ 定义为 $\boldsymbol{AA}$，见定义 2.1.6.

④ 数量矩阵 $k\boldsymbol{I}$ 与任意矩阵 $\boldsymbol{A}_{m\times n}$ "可交换". 实际上此处的可交换并非真正意义上的可交换，因 $k\boldsymbol{I}_n$ 与 $k\boldsymbol{I}_m$ 非同一矩阵.

⑤ 方阵 $\boldsymbol{A}$ 的 n 次幂 $\boldsymbol{A}^n$ 的定义见定义 2.1.6.

例 2.1.11[1]　已知 $\boldsymbol{A}=\begin{pmatrix}1&1\\0&1\end{pmatrix}$，求 $\boldsymbol{A}^n$.

解：记 $\boldsymbol{B}=\begin{pmatrix}0&1\\0&0\end{pmatrix}$，则 $\boldsymbol{A}=\boldsymbol{B}+\boldsymbol{I}$，且 $\boldsymbol{B}$ 与 $\boldsymbol{I}$ 可交换. 又因 $\boldsymbol{B}^2=\boldsymbol{0}$，故

$$\begin{aligned}\boldsymbol{A}^n&=(\boldsymbol{B}+\boldsymbol{I})^n=\mathrm{C}_n^0\boldsymbol{B}^0+\mathrm{C}_n^1\boldsymbol{B}^1+\mathrm{C}_n^2\boldsymbol{B}^2+\cdots+\mathrm{C}_n^n\boldsymbol{B}^n\\&=\mathrm{C}_n^0\boldsymbol{B}^0+\mathrm{C}_n^1\boldsymbol{B}^1=\boldsymbol{I}+n\boldsymbol{B}=\begin{pmatrix}1&n\\0&1\end{pmatrix}.\end{aligned}$$

□

例 2.1.12　已知矩阵

$$\boldsymbol{A}=\begin{pmatrix}2&-2\\1&-1\end{pmatrix},\ \boldsymbol{B}=\begin{pmatrix}0&-1\\-1&0\end{pmatrix},\ \boldsymbol{C}=\begin{pmatrix}1&0\\0&1\end{pmatrix},$$

计算 $\boldsymbol{AB}$，$\boldsymbol{AC}$.

矩阵乘法没有消去律

※从 $AB=AC$ 能推出 $B=C$ 或 $A=0$ 吗？

解：显然 $\boldsymbol{AB}$，$\boldsymbol{AC}$ 都有意义，则

$$\boldsymbol{AB}=\begin{pmatrix}2&-2\\1&-1\end{pmatrix}\begin{pmatrix}0&-1\\-1&0\end{pmatrix}=\begin{pmatrix}2&-2\\1&-1\end{pmatrix}.$$

$$\boldsymbol{AC}=\begin{pmatrix}2&-2\\1&-1\end{pmatrix}\begin{pmatrix}1&0\\0&1\end{pmatrix}=\begin{pmatrix}2&-2\\1&-1\end{pmatrix}.$$

□

例 2.1.13　设 $\boldsymbol{A}=\begin{pmatrix}0&1\\0&0\end{pmatrix}$，计算 $\boldsymbol{AA}$，$\boldsymbol{A0}_{2\times2}$.

解：显然 $\boldsymbol{A0}_{2\times2}=\begin{pmatrix}0&0\\0&0\end{pmatrix}$，易得

$$\boldsymbol{A}^2=\boldsymbol{AA}=\begin{pmatrix}0&1\\0&0\end{pmatrix}\begin{pmatrix}0&1\\0&0\end{pmatrix}=\begin{pmatrix}0&0\\0&0\end{pmatrix}.$$ [2]

□

注：关于矩阵乘法的消去律，有以下结论.

（1）根据例 2.1.9 中的结果可知，从 $\boldsymbol{AB}=\boldsymbol{0}$ 推不出 $\boldsymbol{A}=\boldsymbol{0}$ 或 $\boldsymbol{B}=\boldsymbol{0}$.

（2）根据例 2.1.12 的结果可知，从 $\boldsymbol{AB}=\boldsymbol{AC}$ 推不出 $\boldsymbol{B}=\boldsymbol{C}$.

（3）根据例 2.1.13 的结果可知，从 $\boldsymbol{A}^2=\boldsymbol{0}$ 推不出 $\boldsymbol{A}=\boldsymbol{0}$. □

例 2.1.14　把线性方程组 $\begin{cases}3x_1+x_2+x_3+3x_4=1\\ \qquad 2x_2+x_3+3x_4=1\\ \qquad 3x_2+2x_3+3x_4=2\\ 4x_1+3x_2+4x_3+x_4=4\end{cases}$ 改写为矩阵方程 $\boldsymbol{Ax}=\boldsymbol{b}$.

线性方程组与矩阵方程之间的转化

※类似地，线性方程组（1.1.4）与定义1.1.3的矩阵方程 $Ax=b$ 的解集是相同的.

---

① 对比例 2.1.20，例 2.3.8，例 5.1.9.

② 见定义 2.1.6.

解：取 $\boldsymbol{A}=\begin{pmatrix}3&1&1&3\\0&2&1&3\\0&3&2&3\\4&3&4&1\end{pmatrix}$，$\boldsymbol{x}=\begin{pmatrix}x_1\\x_2\\x_3\\x_4\end{pmatrix}$，$\boldsymbol{b}=\begin{pmatrix}1\\1\\2\\4\end{pmatrix}$，则原线性方程组的解与矩阵方程 $\boldsymbol{Ax}=\boldsymbol{b}$ 的解相同. □

注：原线性方程组的增广矩阵为

$$(\boldsymbol{A}\mid\boldsymbol{b})=\left(\begin{array}{cccc|c}3&1&1&3&1\\0&2&1&3&1\\0&3&2&3&2\\4&3&4&1&4\end{array}\right)\to\left(\begin{array}{cccc|c}1&0&0&1&0\\0&1&0&3&0\\0&0&1&-3&1\\0&0&0&0&0\end{array}\right),$$

从而原线性方程组的解为

$$\begin{cases}x_1=-c\\x_2=-3c\\x_3=1+3c\\x_4=c\end{cases},$$

其中 c 是任意常数. □

接下来我们定义矩阵的幂.

定义 2.1.6　设 $\boldsymbol{A}$ 是 n 阶方阵，对任意正整数 k，定义

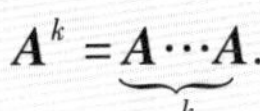

$$\boldsymbol{A}^k=\underbrace{\boldsymbol{A}\cdots\boldsymbol{A}}_{k}.$$

当 $\boldsymbol{A}\neq\boldsymbol{0}$ 时，规定 $\boldsymbol{A}^0=\boldsymbol{I}$.

方阵的幂和矩阵多项式

由定义可得如下性质.

命题 2.1.4　对任意的自然数 k_1、k_2，有：

(1) $\boldsymbol{A}^{k_1}\boldsymbol{A}^{k_2}=\boldsymbol{A}^{k_1+k_2}$；

(2) $(\boldsymbol{A}^{k_1})^{k_2}=\boldsymbol{A}^{k_1k_2}$.

假设 $f(x)=\sum\limits_{i=0}^{m}a_ix^i$ 是关于 x 的一元 m 次多项式，定义

$$f(\boldsymbol{A})=a_0\boldsymbol{A}^0+a_1\boldsymbol{A}^1+\cdots+a_m\boldsymbol{A}^m=\sum_{i=0}^{m}a_i\boldsymbol{A}^i,$$

称 $f(\boldsymbol{A})$ 是矩阵 $\boldsymbol{A}$ 的多项式.

例 2.1.15　设 $\boldsymbol{A}=\begin{pmatrix}1&1\\0&1\end{pmatrix}$，$f(x)=x^2+2x+1$，计算 $f(\boldsymbol{A})$.

※令 $g(x)=(x+1)^2$，验证 $g(A)=(A+I)^2=f(A)$.

解：根据矩阵多项式的定义，得

$$f(\boldsymbol{A})=\boldsymbol{A}^2+2\boldsymbol{A}+\boldsymbol{A}^0=\boldsymbol{A}^2+2\boldsymbol{A}+\boldsymbol{I}$$
$$=\begin{pmatrix}1&2\\0&1\end{pmatrix}+\begin{pmatrix}2&2\\0&2\end{pmatrix}+\begin{pmatrix}1&0\\0&1\end{pmatrix}=\begin{pmatrix}4&4\\0&4\end{pmatrix}.$$ □

命题 2.1.5 若方阵 $\boldsymbol{X}$ 与 $\boldsymbol{A}$ 可交换，则 $\boldsymbol{X}$ 与矩阵 $\boldsymbol{A}$ 的多项式 $f(\boldsymbol{A})=\sum_{i=0}^{m}a_i\boldsymbol{A}^i$ 可交换.

证明：因 $\boldsymbol{X}$ 与 $\boldsymbol{A}$ 可交换，故 $\boldsymbol{AX}=\boldsymbol{XA}$. 进一步，当 $i\geqslant 2$ 时，有

$$\boldsymbol{XA}^i=(\boldsymbol{XA})\boldsymbol{A}^{i-1}=(\boldsymbol{AX})\boldsymbol{A}^{i-1}$$
$$=\boldsymbol{A}(\boldsymbol{XAA}^{i-2})=\boldsymbol{A}^2\boldsymbol{XA}^{i-2}=\cdots=\boldsymbol{A}^i\boldsymbol{X}.$$

因此

$$\boldsymbol{X}f(\boldsymbol{A})=\boldsymbol{X}\sum_{i=0}^{m}a_i\boldsymbol{A}^i=\sum_{i=0}^{m}a_i\boldsymbol{XA}^i$$
$$=\sum_{i=0}^{m}a_i\boldsymbol{A}^i\boldsymbol{X}=\left(\sum_{i=0}^{m}a_i\boldsymbol{A}^i\right)\boldsymbol{X}=f(\boldsymbol{A})\boldsymbol{X}.$$ □

注：虽然之前讲到矩阵的乘积没有可交换性（例 2.1.9），但只有计算后才知道是否可交换，由以上命题可知，方阵 $\boldsymbol{A}$ 和它的矩阵多项式 $f(\boldsymbol{A})$ 是可交换的. □

注：请读者自己证明，若存在多项式 $g(x)$、$h(x)$、$r(x)$ 使得多项式 $f(x)=g(x)h(x)+r(x)$，则 $f(\boldsymbol{A})=g(\boldsymbol{A})h(\boldsymbol{A})+r(\boldsymbol{A})$. □

※请读者验证 $\boldsymbol{A}$ 是对称阵当且仅当 $\boldsymbol{A}^{\mathrm{T}}=\boldsymbol{A}$.

接下来介绍矩阵的转置这一运算，这是新的概念.

定义 2.1.7 假设 $\boldsymbol{A}=(a_{ij})$ 是 $m\times n$ 矩阵，定义 $n\times m$ 矩阵 $\boldsymbol{A}^{\mathrm{T}}$，该矩阵的第 i 行第 j 列的元素为 a_{ji}，即

$$\boldsymbol{A}=\begin{pmatrix}a_{11}&a_{12}&\cdots&a_{1n}\\a_{21}&a_{22}&\cdots&a_{2n}\\\vdots&\vdots&\ddots&\vdots\\a_{m1}&a_{m2}&\cdots&a_{mn}\end{pmatrix},\quad \boldsymbol{A}^{\mathrm{T}}=\begin{pmatrix}a_{11}&a_{21}&\cdots&a_{m1}\\a_{12}&a_{22}&\cdots&a_{m2}\\\vdots&\vdots&\ddots&\vdots\\a_{1n}&a_{2n}&\cdots&a_{mn}\end{pmatrix}.$$

矩阵的转置

称 $\boldsymbol{A}^{\mathrm{T}}$ 是矩阵 $\boldsymbol{A}$ 的转置.

根据矩阵的定义，$\boldsymbol{A}^{\mathrm{T}}$ 的第 i 列（j 行）的元素来自 $\boldsymbol{A}$ 的第 i 行（j 列）. 有了转置这一概念以后，后面关于行的结论可以很容易搬到列上面.

例 2.1.16 设 $\boldsymbol{A}=\begin{pmatrix}1&2&3\\4&5&6\end{pmatrix}$，计算 $\boldsymbol{A}^{\mathrm{T}}$，$(\boldsymbol{A}^{\mathrm{T}})^{\mathrm{T}}$.

解：根据转置的定义，$\boldsymbol{A}^{\mathrm{T}}=\begin{pmatrix}1&4\\2&5\\3&6\end{pmatrix}$，类似可得

$$(A^{T})^{T}=\begin{pmatrix}1&4\\2&5\\3&6\end{pmatrix}^{T}=\begin{pmatrix}1&2&3\\4&5&6\end{pmatrix}=A.$$ □

命题 2.1.6　设下列运算都有意义，则矩阵的转置具有以下的性质：

(1) $(A^{T})^{T}=A$;

(2) $(A+B)^{T}=A^{T}+B^{T}$;

(3) $(kA)^{T}=kA^{T}$;

(4) $(AB)^{T}=B^{T}A^{T}$.

※请读者推广到多个矩阵相乘的情形.

根据上述命题，设 ABC 有意义，则

$$(ABC)^{T}=[A(BC)]^{T}=(BC)^{T}A^{T}=C^{T}B^{T}A^{T}.$$

例 2.1.17　设 $A=\begin{pmatrix}1&0\\0&2\end{pmatrix}$，$B=\begin{pmatrix}1&2\\3&4\end{pmatrix}$，求 $A^{T}B^{T}$，$(AB)^{T}$.

解： 易得 $AB=\begin{pmatrix}1&2\\6&8\end{pmatrix}$，$A^{T}=\begin{pmatrix}1&0\\0&2\end{pmatrix}$，$B^{T}=\begin{pmatrix}1&3\\2&4\end{pmatrix}$，故

$$(AB)^{T}=\begin{pmatrix}1&6\\2&8\end{pmatrix},$$

$$A^{T}B^{T}=\begin{pmatrix}1&0\\0&2\end{pmatrix}\begin{pmatrix}1&3\\2&4\end{pmatrix}=\begin{pmatrix}1&3\\4&8\end{pmatrix}.$$ □

※注意 $A^{T}B^{T}\neq(AB)^{T}$.

例 2.1.18　证明 $AB=BA$ 当且仅当 $A^{T}B^{T}=(AB)^{T}$.

证明： 因 $AB=BA\Leftrightarrow(AB)^{T}=(BA)^{T}=A^{T}B^{T}$，从而结论成立. □

例 2.1.19　设 $\alpha=\begin{pmatrix}a_1\\a_2\end{pmatrix}$，$\beta=\begin{pmatrix}b_1\\b_2\end{pmatrix}$是平面$\mathbb{R}^2$上的向量，计算 $\alpha^{T}\beta$.

解： $\alpha^{T}\beta=(a_1\quad a_2)\begin{pmatrix}b_1\\b_2\end{pmatrix}=a_1b_1+a_2b_2$.① □

例 2.1.20②　设 $\alpha=(1\quad 2\quad 3)$，$\beta=(1\quad 1\quad 1)$，求 $\alpha\beta^{T}$，$\beta^{T}\alpha$. 进一步，记 $A=\beta^{T}\alpha$，求 A^2，A^3，A^{2023}.

---

① 通过该例可以看到，$\alpha^{T}\beta$ 恰好是向量 α 与 β 的数量积. 类似地，可以将其推广到高维向量的情形，参见定义 5.2.1.

② 对比例 2.1.11，例 2.3.8，例 5.1.9.

解：易得 $\boldsymbol{\alpha}\boldsymbol{\beta}^{\mathrm{T}}=6$，$\boldsymbol{A}=\boldsymbol{\beta}^{\mathrm{T}}\boldsymbol{\alpha}=\begin{pmatrix}1&2&3\\1&2&3\\1&2&3\end{pmatrix}$. 则

$$\boldsymbol{A}^2=\boldsymbol{\beta}^{\mathrm{T}}\boldsymbol{\alpha}\boldsymbol{\beta}^{\mathrm{T}}\boldsymbol{\alpha}=\boldsymbol{\beta}^{\mathrm{T}}(\boldsymbol{\alpha}\boldsymbol{\beta}^{\mathrm{T}})\boldsymbol{\alpha}=6\boldsymbol{A},$$
$$\boldsymbol{A}^3=\boldsymbol{\beta}^{\mathrm{T}}\boldsymbol{\alpha}\boldsymbol{\beta}^{\mathrm{T}}\boldsymbol{\alpha}\boldsymbol{\beta}^{\mathrm{T}}\boldsymbol{\alpha}=\boldsymbol{\beta}^{\mathrm{T}}(\boldsymbol{\alpha}\boldsymbol{\beta}^{\mathrm{T}})(\boldsymbol{\alpha}\boldsymbol{\beta}^{\mathrm{T}})\boldsymbol{\alpha}=6^2\boldsymbol{A},$$
$$\boldsymbol{A}^{2023}=\boldsymbol{\beta}^{\mathrm{T}}(\boldsymbol{\alpha}\boldsymbol{\beta}^{\mathrm{T}})\cdots(\boldsymbol{\alpha}\boldsymbol{\beta}^{\mathrm{T}})\boldsymbol{\alpha}=6^{2022}\boldsymbol{A}.$$ □

设 $\boldsymbol{\alpha}=\begin{pmatrix}a_1\\\vdots\\a_n\end{pmatrix}\in\mathbb{R}^n$是 n 维列向量，则 $\boldsymbol{\alpha}^{\mathrm{T}}$ 为 n 维行向量. 常把列向量 $\boldsymbol{\alpha}$ 写作 $\boldsymbol{\alpha}=(a_1\ \cdots\ a_n)^{\mathrm{T}}$.

设 $\boldsymbol{\alpha}=(a_1\ \cdots\ a_n)^{\mathrm{T}}$，$\boldsymbol{\beta}=(b_1\ \cdots\ b_n)^{\mathrm{T}}\in\mathbb{R}^n$，定义向量 $\boldsymbol{\alpha}$ 与 $\boldsymbol{\beta}$ 的内积为

※见定义5.2.1.

$$\boldsymbol{\alpha}\cdot\boldsymbol{\beta}=\boldsymbol{\alpha}^{\mathrm{T}}\boldsymbol{\beta}=\sum_{i=1}^{n}a_ib_i.$$

例 2.1.21 记 $\boldsymbol{A}=\begin{pmatrix}a_{11}&a_{12}&a_{13}\\a_{21}&a_{22}&a_{23}\\a_{31}&a_{32}&a_{33}\end{pmatrix}$，$\boldsymbol{x}=\begin{pmatrix}x_1\\x_2\\x_3\end{pmatrix}$，计算 $\boldsymbol{x}^{\mathrm{T}}\boldsymbol{A}\boldsymbol{x}$.

解：显然 $\boldsymbol{x}^{\mathrm{T}}\boldsymbol{A}$ 是 1×3 矩阵，由矩阵乘法可得

$$\begin{aligned}\boldsymbol{x}^{\mathrm{T}}\boldsymbol{A}&=(x_1\ \ x_2\ \ x_3)\begin{pmatrix}a_{11}&a_{12}&a_{13}\\a_{21}&a_{22}&a_{23}\\a_{31}&a_{32}&a_{33}\end{pmatrix}\\&=(x_1a_{11}+x_2a_{21}+x_3a_{31},x_1a_{12}+x_2a_{22}+x_3a_{32},\\&\quad x_1a_{13}+x_2a_{23}+x_3a_{33}).\end{aligned}$$

因此

$$\begin{aligned}\boldsymbol{x}^{\mathrm{T}}\boldsymbol{A}\boldsymbol{x}&=(x_1a_{11}+x_2a_{21}+x_3a_{31}\quad x_1a_{12}+x_2a_{22}+x_3a_{32}\\&\qquad x_1a_{13}+x_2a_{23}+x_3a_{33})\begin{pmatrix}x_1\\x_2\\x_3\end{pmatrix}\\&=a_{11}x_1x_1+a_{12}x_1x_2+a_{13}x_1x_3\\&\quad+a_{21}x_2x_1+a_{22}x_2x_2+a_{23}x_2x_3\\&\quad+a_{31}x_3x_1+a_{32}x_3x_2+a_{33}x_3x_3=\sum_{i=1}^{3}\sum_{j=1}^{3}a_{ij}x_ix_j.\end{aligned}$$ □

注：设 $\boldsymbol{A}=(a_{ij})$ 是 n 阶方阵，$\boldsymbol{x}=(x_1\ \cdots\ x_n)^{\mathrm{T}}$ 是 n 维列向量，则 $\boldsymbol{x}^{\mathrm{T}}\boldsymbol{A}\boldsymbol{x}=\sum_{i=1}^{n}\sum_{j=1}^{n}a_{ij}x_ix_j$. □

习题 2.1

习题 2.1 解答

练习 2.1.1　已知矩阵 $\boldsymbol{A}=\begin{pmatrix}1&2\\-1&0\\2&3\end{pmatrix}$，$\boldsymbol{B}=\begin{pmatrix}-2&0\\1&-1\\-1&1\end{pmatrix}$，计算：

(1) $2\boldsymbol{A}+\boldsymbol{B}$;

(2) $\boldsymbol{A}^{\mathrm{T}}\boldsymbol{B}$;

(3) $\boldsymbol{A}\boldsymbol{B}^{\mathrm{T}}$.

练习 2.1.2　设 $\boldsymbol{A}=\begin{pmatrix}1&3\\2&-1\end{pmatrix}$，$\boldsymbol{B}=\begin{pmatrix}3&0\\1&2\end{pmatrix}$，计算 $\boldsymbol{AB}-\boldsymbol{BA}$.

练习 2.1.3　下列计算错误的是（　　）.

(A) $k\begin{pmatrix}1&2\\3&4\end{pmatrix}=\begin{pmatrix}k&2k\\3k&4k\end{pmatrix}$

(B) $\begin{pmatrix}1&2\\3&4\end{pmatrix}=2\begin{pmatrix}1&1\\3&2\end{pmatrix}$

(C) $\begin{pmatrix}1&2\\3&4\end{pmatrix}+(0\quad 0)=\begin{pmatrix}1&2\\3&4\end{pmatrix}$

(D) $\begin{pmatrix}1&2\\3&4\end{pmatrix}(0\quad 0)=\begin{pmatrix}0&0\\0&0\end{pmatrix}$

练习 2.1.4　以下陈述错误的是（　　）.

(A) 设 $\boldsymbol{A}$，$\boldsymbol{B}$ 是同阶对称矩阵，则 $\boldsymbol{AB}$ 一定是对称矩阵

(B) 设 2 阶方阵 $\boldsymbol{A}$ 与全部的 2 阶方阵都可交换，则 $\boldsymbol{A}=k\boldsymbol{I}$

(C) 设 $\boldsymbol{AB}=\boldsymbol{I}$ 且 $\boldsymbol{BC}=\boldsymbol{I}$，其中 $\boldsymbol{I}$ 是单位矩阵，则 $\boldsymbol{A}=\boldsymbol{C}$

(D) 设 $\boldsymbol{A}$，$\boldsymbol{B}$ 都是 n 阶方阵，则 $\boldsymbol{A}^3-\boldsymbol{B}^3=(\boldsymbol{A}-\boldsymbol{B})(\boldsymbol{A}^2+\boldsymbol{AB}+\boldsymbol{B}^2)$

练习 2.1.5　设 $f(x)=x^2-x+1$，$\boldsymbol{A}=\begin{pmatrix}2&1&1\\3&1&2\\1&-1&0\end{pmatrix}$，求 $[f(\boldsymbol{A})]^{\mathrm{T}}$.

※算一算 $f(\boldsymbol{A}^{\mathrm{T}})$呢？

练习 2.1.6　设 $\boldsymbol{D}=\begin{pmatrix}\lambda_1&0&0\\0&\lambda_2&0\\0&0&\lambda_3\end{pmatrix}$，$\boldsymbol{A}=\begin{pmatrix}a_{11}&a_{12}&a_{13}\\a_{21}&a_{22}&a_{23}\\a_{31}&a_{32}&a_{33}\end{pmatrix}$：

(1) 计算 $\boldsymbol{DA}$，$\boldsymbol{AD}$；

(2) 若 λ_1、λ_2、λ_3 互不相同，证明 $\boldsymbol{DA}=\boldsymbol{AD}$ 的充分必要条件是 $\boldsymbol{A}$ 是对角矩阵.

练习 2.1.7　设 $\boldsymbol{A}=\begin{pmatrix}1&1&1&1\\1&1&-1&-1\\1&-1&1&-1\\1&-1&-1&1\end{pmatrix}$，计算 $\boldsymbol{A}^2$.

练习 2.1.8 若 n 阶方阵 $\boldsymbol{A}$ 满足 $\boldsymbol{A}^2=9\boldsymbol{I}$，是否一定有 $\boldsymbol{A}=3\boldsymbol{I}$ 或 $\boldsymbol{A}=-3\boldsymbol{I}$？说明理由.

练习 2.1.9 设 $\boldsymbol{A}$ 是 n 阶方阵，则 $2\boldsymbol{A}+5\boldsymbol{I}$ 与 $\boldsymbol{A}-7\boldsymbol{I}$ 是否一定可交换？说明理由.

练习 2.1.10 设 $\boldsymbol{A}$，$\boldsymbol{B}$ 均为 n 阶方阵，则 $(\boldsymbol{A}-\boldsymbol{B})^2=\boldsymbol{A}^2-2\boldsymbol{AB}+\boldsymbol{B}^2$ 是否一定成立？若不一定，那么在 $\boldsymbol{A}$，$\boldsymbol{B}$ 满足什么条件时成立.

练习 2.1.11 设 $\boldsymbol{A}$ 是 n 阶方阵，证明：

(1) $\boldsymbol{A}$ 是对称矩阵当且仅当 $\boldsymbol{A}=\boldsymbol{A}^{\mathrm{T}}$；

(2) $\boldsymbol{A}$ 是反对称矩阵当且仅当 $\boldsymbol{A}=-\boldsymbol{A}^{\mathrm{T}}$.

练习 2.1.12 设 $\boldsymbol{A}$ 是 n 阶方阵，证明 $\boldsymbol{A}$ 是上三角矩阵当且仅当 $\boldsymbol{A}^{\mathrm{T}}$ 是下三角矩阵.

练习 2.1.13 设 $\boldsymbol{\alpha}$ 是 n 维列向量，$\boldsymbol{\alpha}^{\mathrm{T}}\boldsymbol{\alpha}=2$，$\boldsymbol{A}=\boldsymbol{I}_n-\boldsymbol{\alpha}\boldsymbol{\alpha}^{\mathrm{T}}$，证明：

(1) $\boldsymbol{A}$ 是对称矩阵；

(2) $\boldsymbol{A}^2=\boldsymbol{I}_n$.

练习 2.1.14 设 $\boldsymbol{\alpha}=(1\quad 2\quad 3)^{\mathrm{T}}$，$\boldsymbol{\beta}=(1\quad -1\quad 1)^{\mathrm{T}}$ 是 3 维列向量，分别计算 $\boldsymbol{\alpha}\boldsymbol{\beta}^{\mathrm{T}}$，$\boldsymbol{\beta}\boldsymbol{\alpha}^{\mathrm{T}}$，$(\boldsymbol{\alpha}\boldsymbol{\beta}^{\mathrm{T}})^n$，$(\boldsymbol{\beta}\boldsymbol{\alpha}^{\mathrm{T}})^n$，其中 n 是正整数.

练习 2.1.15 已知 3 维列向量 $\boldsymbol{\alpha}$ 满足 $\boldsymbol{\alpha}\boldsymbol{\alpha}^{\mathrm{T}}=\begin{pmatrix}1&-1&1\\-1&1&-1\\1&-1&1\end{pmatrix}$，计算 $(\boldsymbol{\alpha}\boldsymbol{\alpha}^{\mathrm{T}})^{2023}$.

练习 2.1.16 设 $\boldsymbol{\alpha}=(1\quad -1\quad 2)^{\mathrm{T}}$，$\boldsymbol{\beta}=(-1\quad 1\quad 1)^{\mathrm{T}}$，$\boldsymbol{A}=\boldsymbol{I}_3+\boldsymbol{\alpha}\boldsymbol{\beta}^{\mathrm{T}}$，求 $\boldsymbol{A}^n$.

练习 2.1.17 已知矩阵 $\boldsymbol{A}=\begin{pmatrix}2&1&0\\0&2&1\\0&0&2\end{pmatrix}$，求 $\boldsymbol{A}^n$，其中 n 是正整数.

练习 2.1.18 设 $\boldsymbol{A}$、$\boldsymbol{B}$ 均为 n 阶对称矩阵，证明 $\boldsymbol{AB}$ 是对称矩阵的充分必要条件是 $\boldsymbol{AB}=\boldsymbol{BA}$.

练习 2.1.19 证明任意方阵一定可以写成一个对称矩阵与一个反对称矩阵之和.

练习 2.1.20 设 $\boldsymbol{A}=\begin{pmatrix}0&1&0\\0&0&1\\0&0&0\end{pmatrix}$，求所有与 $\boldsymbol{A}$ 可交换的矩阵.

※矩阵求迹(trace)和矩阵乘积是同等优先级，转置的优先级高于乘积和求迹.

练习 2.1.21 设 $\boldsymbol{A}=(a_{ij})$ 是 n 阶方阵，记 $\boldsymbol{A}$ 的主对角线上的元素之和为 $\operatorname{tr}\boldsymbol{A}=\sum\limits_{i=1}^{n}a_{ii}$，$\operatorname{tr}\boldsymbol{A}$ 是矩阵 $\boldsymbol{A}$ 的迹. 设 $\boldsymbol{A}$，$\boldsymbol{B}$ 是 n 阶方阵，证明：

(1) $\operatorname{tr}(k\boldsymbol{A})=k\operatorname{tr}\boldsymbol{A}$；

(2) $\operatorname{tr}(\boldsymbol{A}+\boldsymbol{B})=\operatorname{tr}\boldsymbol{A}+\operatorname{tr}\boldsymbol{B}$；

(3) 若 $\boldsymbol{A}=(a_{ij})$ 是 $m\times n$ 矩阵，$\boldsymbol{B}=(b_{ij})$ 是 $n\times m$ 矩阵，$\operatorname{tr}(\boldsymbol{AB})=\operatorname{tr}(\boldsymbol{BA})$.

练习 2.1.22 设 $\boldsymbol{A}=(a_{ij})$ 是 $m\times n$ 矩阵. 称 $\|\boldsymbol{A}\|_F=\sqrt{\sum\limits_{i=1}^{m}\sum\limits_{j=1}^{n}a_{ij}^2}$ 是 $\boldsymbol{A}$ 的

Frobenius 范数．证明 $\|A\|_F^2 = \mathrm{tr}(AA^{\mathrm{T}})$．

2.2 分块矩阵及其运算

这一节将介绍矩阵的分块以及分块矩阵的运算，并讲解分块矩阵的加法、减法、数乘、乘法以及转置．

对任意的矩阵 $A_{m\times n}$，用水平的直线和竖直的直线把矩阵分割为若干小矩阵即**矩阵的分块**，如

矩阵的分块

$$A=\begin{pmatrix}1&0&2&0\\0&1&0&2\\0&0&1&0\\0&0&0&1\end{pmatrix}\xrightarrow{\text{分块}}\left(\begin{array}{cc:cc}1&0&2&0\\0&1&0&2\\ \hdashline 0&0&1&0\\0&0&0&1\end{array}\right)=\begin{pmatrix}A_{11}&A_{12}\\A_{21}&A_{22}\end{pmatrix},$$

将它的行拆分为 4 = 2 + 2，列拆分为 4 = 2 + 2，得到的以上分块矩阵，其中

$$A_{11}=\frac{1}{2}A_{12}=A_{22}=I_2,\ A_{21}=0_{2\times 2},$$

此处 A 看作分块矩阵 $A=\begin{pmatrix}A_{11}&A_{12}\\A_{21}&A_{22}\end{pmatrix}$有两行两列，第 1 行第 2 列的元素是子矩阵 A_{12}，其他类似．

如果忘记分块，则

$$\left(\begin{array}{cc:cc}1&0&2&0\\0&1&0&2\\ \hdashline 0&0&1&0\\0&0&0&1\end{array}\right)\xrightarrow{\text{忘记分块}}A=\begin{pmatrix}1&0&2&0\\0&1&0&2\\0&0&1&0\\0&0&0&1\end{pmatrix}.$$

对上面的矩阵 A，分块的方式是不唯一的，例如行拆分为 4 = 1 + 3，列拆分为 4 = 3 + 1，则得到分块矩阵

※这种分块方式和上一种分块方式，你觉得哪一个更好呢？

$$A=\begin{pmatrix}1&0&2&0\\0&1&0&2\\0&0&1&0\\0&0&0&1\end{pmatrix}\xrightarrow{\text{分块}}\left(\begin{array}{ccc:c}1&0&2&0\\ \hdashline 0&1&0&2\\0&0&1&0\\0&0&0&1\end{array}\right)=\begin{pmatrix}A_{11}&A_{12}\\A_{21}&A_{22}\end{pmatrix},$$

此时①

$$A_{11}=(1\quad 0\quad 2),\ A_{12}=(0),$$

$$A_{21}=\begin{pmatrix}0&1&0\\0&0&1\\0&0&0\end{pmatrix},\ A_{22}=\begin{pmatrix}2\\0\\1\end{pmatrix}.$$

① 只有一行一列的矩阵 $B=(b)$ 也记作 $B=b$，注意通过上下文分析是一个数还是只有一行一列的矩阵．

至于矩阵该如何分块，需要通过具体的需要来选择.

定义 2.2.1 把矩阵 $\boldsymbol{A}_{ij}(i=1,2,\cdots,p;j=1,2,\cdots,q)$ 按照指定顺序排成 p 行 q 列的矩形表格，其中第 i 行第 j 列的元素是 $\boldsymbol{A}_{ij}$，并且位于同一行的"元素（$\boldsymbol{A}_{ij}$）"的行数相同，位于同一列的"元素（$\boldsymbol{A}_{ij}$）"的列数相同，称这一矩形表格

$$\boldsymbol{A}=\begin{pmatrix}\boldsymbol{A}_{11}&\boldsymbol{A}_{12}&\cdots&\boldsymbol{A}_{1q}\\\boldsymbol{A}_{21}&\boldsymbol{A}_{22}&\cdots&\boldsymbol{A}_{2q}\\\vdots&\vdots&\ddots&\vdots\\\boldsymbol{A}_{p1}&\boldsymbol{A}_{p2}&\cdots&\boldsymbol{A}_{pq}\end{pmatrix}=(\boldsymbol{A}_{ij})_{p\times q}$$

是**分块矩阵**. 忘记分块就回到了普通的矩阵，仍然记作 $\boldsymbol{A}$.

例 2.2.1 下面这个表格是分块矩阵吗？为什么？

$$\boldsymbol{A}=\begin{pmatrix}\boldsymbol{A}_{11}&\boldsymbol{A}_{12}\\\boldsymbol{A}_{21}&\boldsymbol{A}_{22}\end{pmatrix},$$

其中

$$\boldsymbol{A}_{11}=\begin{pmatrix}1&0&2\\0&1&0\end{pmatrix},\ \boldsymbol{A}_{12}=\begin{pmatrix}0\\2\\0\end{pmatrix},$$

$$\boldsymbol{A}_{21}=\begin{pmatrix}0&0&1\\0&0&0\end{pmatrix},\ \boldsymbol{A}_{22}=(1).$$

解：该表格不是分块矩阵，因为 $\boldsymbol{A}_{11}$ 与 $\boldsymbol{A}_{12}$ 位于同一行，但它们的行数却不相等，因此该表格不是分块矩阵. □

注：如下的分块方式是错误的

$$\left(\begin{array}{cc|cc}3&-2&0&-1\\0&2&2&1\\\hline 1&-2&\multicolumn{1}{c|}{-3}&-2\\0&1&\multicolumn{1}{c|}{2}&1\end{array}\right).$$ □

例 2.2.2 判断下列矩阵是否为分块矩阵

$$\boldsymbol{B}=\left(\begin{array}{c|c|c|c}1&0&2&0\\0&1&0&2\\0&0&1&0\\0&0&0&1\end{array}\right),\ \boldsymbol{A}=\left(\begin{array}{cccc}1&0&2&0\\\hline 0&1&0&2\\\hline 0&0&1&0\\\hline 0&0&0&1\end{array}\right).$$

解：显然矩阵 $\boldsymbol{B}$ 是分块矩阵，该矩阵的行 $4=4$，列 $4=1+1+1+1$. 分

别把 $\boldsymbol{B}$ 的列向量记为 $\boldsymbol{\beta}_1$，$\boldsymbol{\beta}_2$，$\boldsymbol{\beta}_3$，$\boldsymbol{\beta}_4$，① 即

$$\boldsymbol{\beta}_1=\begin{pmatrix}1\\0\\0\\0\end{pmatrix},\ \boldsymbol{\beta}_2=\begin{pmatrix}0\\1\\0\\0\end{pmatrix},\ \boldsymbol{\beta}_3=\begin{pmatrix}2\\0\\1\\0\end{pmatrix},\ \boldsymbol{\beta}_4=\begin{pmatrix}0\\2\\0\\1\end{pmatrix},$$

则 $\boldsymbol{B}=(\boldsymbol{\beta}_1\quad\boldsymbol{\beta}_2\quad\boldsymbol{\beta}_3\quad\boldsymbol{\beta}_4)$，$\boldsymbol{B}$ 可看作 1 行 4 列的分块矩阵.

类似地，$\boldsymbol{A}$ 是分块矩阵，该矩阵的行 $4=1+1+1+1$，列 $4=4$. 分别把 $\boldsymbol{A}$ 的行向量记为 $\boldsymbol{\alpha}_1$，$\boldsymbol{\alpha}_2$，$\boldsymbol{\alpha}_3$，$\boldsymbol{\alpha}_4$，② 即

$$\boldsymbol{\alpha}_1=(1\quad 0\quad 2\quad 0),\ \boldsymbol{\alpha}_2=(0\quad 1\quad 0\quad 2),$$
$$\boldsymbol{\alpha}_3=(0\quad 0\quad 1\quad 0),\ \boldsymbol{\alpha}_4=(0\quad 0\quad 0\quad 1).$$

则 $\boldsymbol{A}=\begin{pmatrix}\boldsymbol{\alpha}_1\\\boldsymbol{\alpha}_2\\\boldsymbol{\alpha}_3\\\boldsymbol{\alpha}_4\end{pmatrix}$，$\boldsymbol{A}$ 可看作 4 行 1 列的分块矩阵. □

特别地，把 n 阶单位矩阵 $\boldsymbol{I}_n$ 的第 1 列记作 $\boldsymbol{\varepsilon}_1$，第 2 列记作 $\boldsymbol{\varepsilon}_2$，以此类推，第 n 列记作 $\boldsymbol{\varepsilon}_n$，即

$$\boldsymbol{\varepsilon}_1=\begin{pmatrix}1\\0\\\vdots\\0\\0\\\vdots\\0\end{pmatrix},\ \boldsymbol{\varepsilon}_2=\begin{pmatrix}0\\1\\0\\\vdots\\0\\\vdots\\0\end{pmatrix},\ \cdots,\ \boldsymbol{\varepsilon}_i=\begin{pmatrix}0\\\vdots\\0\\1\\0\\\vdots\\0\end{pmatrix},\ \cdots,\ \boldsymbol{\varepsilon}_n=\begin{pmatrix}0\\\vdots\\0\\0\\\vdots\\0\\1\end{pmatrix},$$

则 $\boldsymbol{I}_n=(\boldsymbol{\varepsilon}_1\quad\boldsymbol{\varepsilon}_2\quad\cdots\quad\boldsymbol{\varepsilon}_i\quad\cdots\quad\boldsymbol{\varepsilon}_n)$.

若分块矩阵 $\boldsymbol{A}=\begin{pmatrix}\boldsymbol{A}_{11}&&&\\&\boldsymbol{A}_{22}&&\\&&\ddots&\\&&&\boldsymbol{A}_{ss}\end{pmatrix}$的主对角线上的元素 $\boldsymbol{A}_{11}$，…，$\boldsymbol{A}_{ss}$都是方阵，则称该矩阵为**分块的对角矩阵**. 类似地，若分块矩阵 $\boldsymbol{A}=\begin{pmatrix}\boldsymbol{A}_{11}&\boldsymbol{A}_{12}&\cdots&\boldsymbol{A}_{1s}\\&\boldsymbol{A}_{22}&\cdots&\boldsymbol{A}_{2s}\\&&\ddots&\vdots\\&&&\boldsymbol{A}_{ss}\end{pmatrix}$的主对角线上的元素 $\boldsymbol{A}_{11}$，…，$\boldsymbol{A}_{ss}$都是方阵，则称该矩阵

① 称 $\boldsymbol{\beta}_1$，$\boldsymbol{\beta}_2$，$\boldsymbol{\beta}_3$，$\boldsymbol{\beta}_4$ 是矩阵 $\boldsymbol{B}$ 的列向量组.

② 称 $\boldsymbol{\alpha}_1$，$\boldsymbol{\alpha}_2$，$\boldsymbol{\alpha}_3$，$\boldsymbol{\alpha}_4$ 是矩阵 $\boldsymbol{A}$ 的行向量组.

为**分块的上三角矩阵**. 请读者类似定义分块的下三角矩阵.

接下来尝试定义分块矩阵的运算.

例 2.2.3 设分块矩阵

$$\boldsymbol{A}=\left(\begin{array}{ccc:c}1&0&0&1\\0&1&0&1\\\hdashline 0&0&1&0\end{array}\right),\ \boldsymbol{B}=\left(\begin{array}{ccc:c}1&0&0&0\\2&1&0&0\\\hdashline 3&2&1&0\end{array}\right)$$

分块矩阵的加减法与数乘

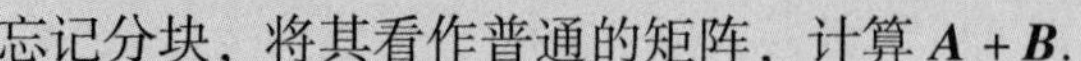
忘记分块，将其看作普通的矩阵，计算 $\boldsymbol{A}+\boldsymbol{B}$.

解：忘记分块，显然 $\boldsymbol{A}$，$\boldsymbol{B}$ 都是 3×4 矩阵，因此可以相加，且

$$\boldsymbol{A}+\boldsymbol{B}=\begin{pmatrix}2&0&0&1\\2&2&0&1\\3&2&2&0\end{pmatrix}\xlongequal{\text{看作分块矩阵}}\left(\begin{array}{ccc:c}2&0&0&1\\2&2&0&1\\\hdashline 3&2&2&0\end{array}\right).$$

通过例 2.2.3 可以看到，如果记前面分块矩阵为

$$\boldsymbol{A}=\begin{pmatrix}\boldsymbol{A}_{11}&\boldsymbol{A}_{12}\\\boldsymbol{A}_{21}&\boldsymbol{A}_{22}\end{pmatrix},\ \boldsymbol{B}=\begin{pmatrix}\boldsymbol{B}_{11}&\boldsymbol{B}_{12}\\\boldsymbol{B}_{21}&\boldsymbol{B}_{22}\end{pmatrix},$$

其中

$$\boldsymbol{A}_{11}=\begin{pmatrix}1&0&0\\0&1&0\end{pmatrix},\ \boldsymbol{A}_{12}=\begin{pmatrix}1\\1\end{pmatrix},\ \boldsymbol{A}_{21}=(0\quad0\quad1),\ \boldsymbol{A}_{22}=(0),$$

$$\boldsymbol{B}_{11}=\begin{pmatrix}1&0&0\\2&1&0\end{pmatrix},\ \boldsymbol{B}_{12}=\begin{pmatrix}0\\0\end{pmatrix},\ \boldsymbol{B}_{21}=(3\quad2\quad1),\ \boldsymbol{B}_{22}=(0),$$

则

$$\boldsymbol{A}+\boldsymbol{B}=\left(\begin{array}{ccc:c}2&0&0&1\\2&2&0&1\\\hdashline 3&2&2&0\end{array}\right)=\begin{pmatrix}\boldsymbol{A}_{11}+\boldsymbol{B}_{11}&\boldsymbol{A}_{12}+\boldsymbol{B}_{12}\\\boldsymbol{A}_{21}+\boldsymbol{B}_{21}&\boldsymbol{A}_{22}+\boldsymbol{B}_{22}\end{pmatrix}.$$ □

也就是说，**先相加再分块**与**先分块再相加**得到的结果一样. 因此引入分块矩阵相加或相减的运算.

※简记作"分块矩阵相加减就是对应子块相加减".

定义 2.2.2 设分块矩阵

$$\boldsymbol{A}=\begin{pmatrix}\boldsymbol{A}_{11}&\boldsymbol{A}_{12}&\cdots&\boldsymbol{A}_{1q}\\\boldsymbol{A}_{21}&\boldsymbol{A}_{22}&\cdots&\boldsymbol{A}_{2q}\\\vdots&\vdots&\ddots&\vdots\\\boldsymbol{A}_{p1}&\boldsymbol{A}_{p2}&\cdots&\boldsymbol{A}_{pq}\end{pmatrix},\ \boldsymbol{B}=\begin{pmatrix}\boldsymbol{B}_{11}&\boldsymbol{B}_{12}&\cdots&\boldsymbol{B}_{1q}\\\boldsymbol{B}_{21}&\boldsymbol{B}_{22}&\cdots&\boldsymbol{B}_{2q}\\\vdots&\vdots&\ddots&\vdots\\\boldsymbol{B}_{p1}&\boldsymbol{B}_{p2}&\cdots&\boldsymbol{B}_{pq}\end{pmatrix}$$

的分块方法一致（对应子块大小相等），则定义分块矩阵 $\boldsymbol{A}\pm\boldsymbol{B}$ 是对应子块相加（减）得到的分块矩阵，且与原来矩阵 $\boldsymbol{A}$（$\boldsymbol{B}$）的分块方式相同，即

$$A\pm B=\begin{pmatrix}A_{11}\pm B_{11} & A_{12}\pm B_{12} & \cdots & A_{1q}\pm B_{1q}\\ A_{21}\pm B_{21} & A_{22}\pm B_{22} & \cdots & A_{2q}\pm B_{2q}\\ \vdots & \vdots & & \vdots\\ A_{p1}\pm B_{p1} & A_{p2}\pm B_{p2} & \cdots & A_{pq}\pm B_{pq}\end{pmatrix}.$$

例 2.2.4　设分块矩阵

$$A=\left(\begin{array}{ccc:c}1 & 0 & 0 & 1\\ 0 & 1 & 0 & 1\\ \hdashline 0 & 0 & 1 & 0\end{array}\right),\quad B=\left(\begin{array}{ccc:c}1 & 0 & 0 & 0\\ 2 & 1 & 0 & 0\\ \hdashline 3 & 2 & 1 & 0\end{array}\right),$$

利用分块矩阵的运算法则计算 $A-B$.

※ $\begin{pmatrix}I_{200} & I_{200}\\ 0 & I_{200}\end{pmatrix}+\begin{pmatrix}I_{200} & 0\\ 0 & I_{200}\end{pmatrix}$ 是否更能体现分块矩阵加法的优势?

解：显然 A，B 的分块方法一致（行分法 $3=2+1$，列分法 $4=3+1$），因此可以用分块矩阵的加法计算，记

$$A=\begin{pmatrix}A_{11} & A_{12}\\ A_{21} & A_{22}\end{pmatrix},\quad B=\begin{pmatrix}B_{11} & B_{12}\\ B_{21} & B_{22}\end{pmatrix},$$

则

$$A-B=\begin{pmatrix}A_{11}-B_{11} & A_{12}-B_{12}\\ A_{21}-B_{21} & A_{22}-B_{22}\end{pmatrix}=\left(\begin{array}{ccc:c}0 & 0 & 0 & 1\\ -2 & 0 & 0 & 1\\ \hdashline -3 & -2 & 0 & 0\end{array}\right).$$ □

※如果忘记 $A-B$ 的分块，会变成什么样?

分块矩阵的加法与普通的矩阵的加法（减法）有如下关系.

命题 2.2.1　普通矩阵 A，B $\xrightarrow{\text{②适当分块}}$ 分块矩阵 A，B

①普通矩阵加（减）法 ↓　　　↓ ③分块矩阵加（减）法

$A+B$ $\xleftarrow{\text{④忘记分块}}$ $A+B$

也就是①=②+③+④，或者是

普通矩阵 A，B $\xrightarrow{\text{②适当分块}}$ 分块矩阵 A，B

①普通矩阵加（减）法 ↓　　　↓ ③分块矩阵加（减）法

$A+B$ $\xrightarrow{\text{④适当分块}}$ $A+B$

也就是①+④=②+③.

类似地，也有分块矩阵数乘的运算.

※简记作“分块矩阵数乘就是每个子块都乘以常数k”.

定义 2.2.3 设 k 是一个数，$\boldsymbol{A}$ 是分块矩阵

$$\boldsymbol{A}=\begin{pmatrix}\boldsymbol{A}_{11} & \boldsymbol{A}_{12} & \cdots & \boldsymbol{A}_{1q}\\ \boldsymbol{A}_{21} & \boldsymbol{A}_{22} & \cdots & \boldsymbol{A}_{2q}\\ \vdots & \vdots & \ddots & \vdots\\ \boldsymbol{A}_{p1} & \boldsymbol{A}_{p2} & \cdots & \boldsymbol{A}_{pq}\end{pmatrix},$$

则定义分块矩阵的数乘 $k\boldsymbol{A}$ 是 $\boldsymbol{A}$ 的每个子块 $\boldsymbol{A}_{ij}$ 都乘以 k 得到的分块矩阵，且与原来矩阵 $\boldsymbol{A}$ 的分块方式相同，即

$$k\boldsymbol{A}=\begin{pmatrix}k\boldsymbol{A}_{11} & k\boldsymbol{A}_{12} & \cdots & k\boldsymbol{A}_{1q}\\ k\boldsymbol{A}_{21} & k\boldsymbol{A}_{22} & \cdots & k\boldsymbol{A}_{2q}\\ \vdots & \vdots & \ddots & \vdots\\ k\boldsymbol{A}_{p1} & k\boldsymbol{A}_{p2} & \cdots & k\boldsymbol{A}_{pq}\end{pmatrix}.$$

※请读者设计一个更能体现分块矩阵数乘的优势的例子.

例 2.2.5 设分块矩阵 $\boldsymbol{A}=\left(\begin{array}{ccc:c}1 & 0 & 0 & 1\\ 0 & 1 & 0 & 1\\ \hdashline 0 & 0 & 1 & 0\end{array}\right)$，$k$ 是一个数，利用分块矩阵的运算法则计算 $k\boldsymbol{A}$.

解：记 $\boldsymbol{A}=\begin{pmatrix}\boldsymbol{A}_{11} & \boldsymbol{A}_{12}\\ \boldsymbol{A}_{21} & \boldsymbol{A}_{22}\end{pmatrix}$，则

$$k\boldsymbol{A}=\begin{pmatrix}k\boldsymbol{A}_{11} & k\boldsymbol{A}_{12}\\ k\boldsymbol{A}_{21} & k\boldsymbol{A}_{22}\end{pmatrix}=\left(\begin{array}{ccc:c}k & 0 & 0 & k\\ 0 & k & 0 & k\\ \hdashline 0 & 0 & k & 0\end{array}\right).$$ □

※如果忘记kA的分块，会变成什么样？

例 2.2.6 设分块矩阵 $\boldsymbol{A}=\begin{pmatrix}\boldsymbol{I}_2 & 2\boldsymbol{I}_2\\ 0 & \boldsymbol{I}_2\end{pmatrix}$，其中 $\boldsymbol{I}_2$ 是 2 阶单位矩阵，k 是一个数，计算 $k\boldsymbol{A}$.

解：利用分块矩阵运算可知

$$k\boldsymbol{A}=\begin{pmatrix}k\boldsymbol{I}_2 & 2k\boldsymbol{I}_2\\ 0 & k\boldsymbol{I}_2\end{pmatrix}=\left(\begin{array}{cc:cc}k & 0 & 2k & 0\\ 0 & k & 0 & 2k\\ \hdashline 0 & 0 & k & 0\\ 0 & 0 & 0 & k\end{array}\right).$$ □

分块矩阵的数乘与普通的矩阵的数乘有如下关系.

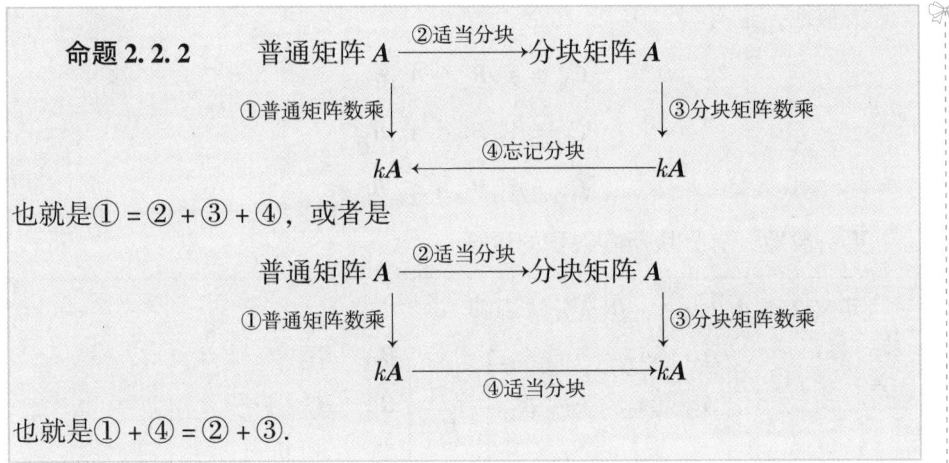

也就是①=②+③+④，或者是

也就是①+④=②+③.

有了分块矩阵的加加减减、数乘. 接下来我们还是从一个具体的例子来引入分块矩阵的乘积.”

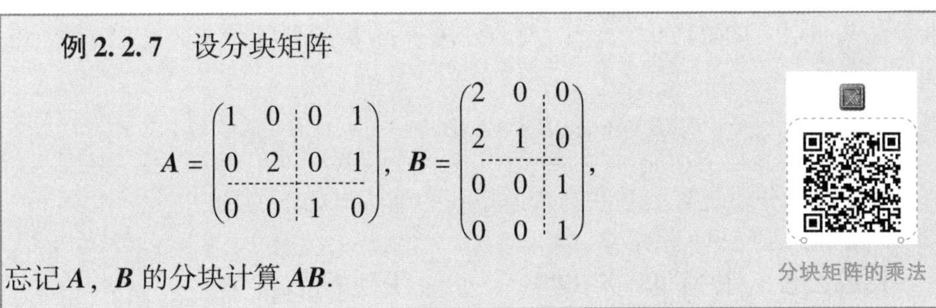

例 2.2.7　设分块矩阵

$$A=\left(\begin{array}{cc:cc}1 & 0 & 0 & 1\\ 0 & 2 & 0 & 1\\ \hdashline 0 & 0 & 1 & 0\end{array}\right),\quad B=\left(\begin{array}{cc:c}2 & 0 & 0\\ 2 & 1 & 0\\ \hdashline 0 & 0 & 1\\ 0 & 0 & 1\end{array}\right),$$

忘记 A，B 的分块计算 AB.

解：因为 A 的列数与 B 的行数相等，所以可以相乘，得

$$AB=\begin{pmatrix}2 & 0 & 1\\ 4 & 2 & 1\\ 0 & 0 & 1\end{pmatrix}.$$

在例 2.2.7 中，记

$$A=\begin{pmatrix}A_{11} & A_{12}\\ A_{21} & A_{22}\end{pmatrix},B=\begin{pmatrix}B_{11} & B_{12}\\ B_{21} & B_{22}\end{pmatrix},$$

进一步记

$$C=AB=\begin{pmatrix}C_{11} & C_{12}\\ C_{21} & C_{22}\end{pmatrix}=\left(\begin{array}{cc:c}2 & 0 & 1\\ 4 & 2 & 1\\ \hdashline 0 & 0 & 1\end{array}\right).$$

则

$$\begin{aligned}C_{11}&=\begin{pmatrix}2 & 0\\ 4 & 2\end{pmatrix}=\begin{pmatrix}1 & 0\\ 0 & 2\end{pmatrix}\begin{pmatrix}2 & 0\\ 2 & 1\end{pmatrix}+\begin{pmatrix}0 & 1\\ 0 & 1\end{pmatrix}\begin{pmatrix}0 & 0\\ 0 & 0\end{pmatrix}\\ &=A_{11}B_{11}+A_{12}B_{21}.\end{aligned}$$

类似地，也有

$$C_{12}=A_{11}B_{12}+A_{12}B_{22},$$

$$C_{21}=A_{21}B_{11}+A_{22}B_{21},$$

$$C_{22}=A_{21}B_{12}+A_{22}B_{22}.$$

□

更一般地，有分块矩阵乘积的运算.

定义 2.2.4 设 $\boldsymbol{A}$，$\boldsymbol{B}$ 是分块矩阵

$$\boldsymbol{A}=\begin{pmatrix}\boldsymbol{A}_{11} & \boldsymbol{A}_{12} & \cdots & \boldsymbol{A}_{1q}\\ \boldsymbol{A}_{21} & \boldsymbol{A}_{22} & \cdots & \boldsymbol{A}_{2q}\\ \vdots & \vdots & \ddots & \vdots\\ \boldsymbol{A}_{p1} & \boldsymbol{A}_{p2} & \cdots & \boldsymbol{A}_{pq}\end{pmatrix},\quad \boldsymbol{B}=\begin{pmatrix}\boldsymbol{B}_{11} & \boldsymbol{B}_{12} & \cdots & \boldsymbol{B}_{1r}\\ \boldsymbol{B}_{21} & \boldsymbol{B}_{22} & \cdots & \boldsymbol{B}_{2r}\\ \vdots & \vdots & \ddots & \vdots\\ \boldsymbol{B}_{q1} & \boldsymbol{B}_{q2} & \cdots & \boldsymbol{B}_{qr}\end{pmatrix},$$

且满足“$\boldsymbol{A}$ 的列的分法与 $\boldsymbol{B}$ 的行的分法一致”，定义分块矩阵 $\boldsymbol{AB}$，它的行的分法来自 $\boldsymbol{A}$ 的行的分法，它的列的分法来自 $\boldsymbol{B}$ 的列的分法，它第 i 行第 j 列的子块为

$$(\boldsymbol{AB})_{ij}=\boldsymbol{A}_{i1}\boldsymbol{B}_{1j}+\boldsymbol{A}_{i2}\boldsymbol{B}_{2j}+\cdots+\boldsymbol{A}_{iq}\boldsymbol{B}_{qj}.$$

类似地，分块矩阵的乘法与普通矩阵的乘法有如下关系.

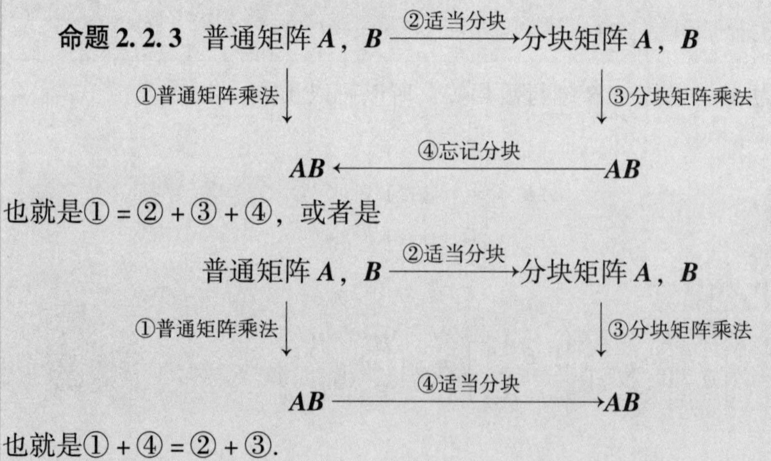

例 2.2.8 设矩阵

$$\boldsymbol{A}=\begin{pmatrix}1&0&2&0\\0&1&0&2\\0&0&1&0\\0&0&0&1\end{pmatrix},\quad \boldsymbol{B}=\begin{pmatrix}2&0&0&1\\2&1&0&2\\0&0&1&3\\0&0&1&4\end{pmatrix},$$

利用分块矩阵的乘法计算 $\boldsymbol{AB}$.

解：此处 $\boldsymbol{A}$，$\boldsymbol{B}$ 并没有分块，按照如下方式对 $\boldsymbol{A}$，$\boldsymbol{B}$ 分块

$$\boldsymbol{A}=\left(\begin{array}{cc|cc}1&0&2&0\\0&1&0&2\\\hline 0&0&1&0\\0&0&0&1\end{array}\right),\quad \boldsymbol{B}=\left(\begin{array}{cc|cc}2&0&0&1\\2&1&0&2\\\hline 0&0&1&3\\0&0&1&4\end{array}\right),$$

则 $\boldsymbol{A}=\begin{pmatrix}\boldsymbol{I}_2&2\boldsymbol{I}_2\\\boldsymbol{0}&\boldsymbol{I}_2\end{pmatrix}$，$\boldsymbol{B}=\begin{pmatrix}\boldsymbol{B}_{11}&\boldsymbol{B}_{12}\\\boldsymbol{0}&\boldsymbol{B}_{22}\end{pmatrix}$，其中

$$\boldsymbol{B}_{11}=\begin{pmatrix}2&0\\2&1\end{pmatrix},\quad \boldsymbol{B}_{12}=\begin{pmatrix}0&1\\0&2\end{pmatrix},\quad \boldsymbol{B}_{22}=\begin{pmatrix}1&3\\1&4\end{pmatrix}.$$

利用分块矩阵的乘法得

$$\begin{aligned}\boldsymbol{AB}&=\begin{pmatrix}\boldsymbol{I}_2&2\boldsymbol{I}_2\\\boldsymbol{0}&\boldsymbol{I}_2\end{pmatrix}\begin{pmatrix}\boldsymbol{B}_{11}&\boldsymbol{B}_{12}\\\boldsymbol{0}&\boldsymbol{B}_{22}\end{pmatrix}\\&=\begin{pmatrix}\boldsymbol{I}_2\boldsymbol{B}_{11}+2\boldsymbol{I}_2\boldsymbol{0}&\boldsymbol{I}_2\boldsymbol{B}_{12}+2\boldsymbol{I}_2\boldsymbol{B}_{22}\\\boldsymbol{0}\boldsymbol{B}_{11}+\boldsymbol{I}_2\boldsymbol{0}&\boldsymbol{0}\boldsymbol{B}_{12}+\boldsymbol{I}_2\boldsymbol{B}_{22}\end{pmatrix}\\&=\begin{pmatrix}\boldsymbol{B}_{11}&\boldsymbol{B}_{12}+2\boldsymbol{B}_{22}\\\boldsymbol{0}&\boldsymbol{B}_{22}\end{pmatrix},\end{aligned}$$

因此

$$\boldsymbol{AB}=\left(\begin{array}{cc|cc}2&0&2&7\\2&1&2&10\\\hline 0&0&1&3\\0&0&1&4\end{array}\right)\xlongequal{\text{忘记分块}}\begin{pmatrix}2&0&2&7\\2&1&2&10\\0&0&1&3\\0&0&1&4\end{pmatrix}.\qquad\square$$

※计算普通矩阵乘积$\boldsymbol{AB}$,你会怎么做?

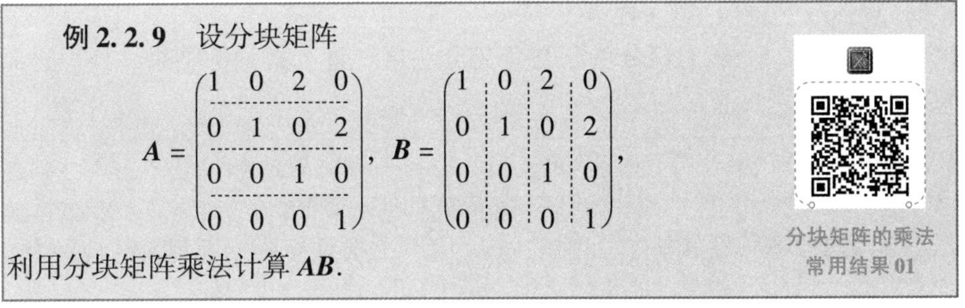

例 2.2.9　设分块矩阵

$$\boldsymbol{A}=\left(\begin{array}{cccc}1&0&2&0\\\hline 0&1&0&2\\\hline 0&0&1&0\\\hline 0&0&0&1\end{array}\right),\quad \boldsymbol{B}=\left(\begin{array}{c|c|c|c}1&0&2&0\\0&1&0&2\\0&0&1&0\\0&0&0&1\end{array}\right),$$

利用分块矩阵乘法计算 $\boldsymbol{AB}$.

解：记 $\boldsymbol{A}$ 的行向量为 $\boldsymbol{\alpha}_1$，$\boldsymbol{\alpha}_2$，$\boldsymbol{\alpha}_3$，$\boldsymbol{\alpha}_4$，$\boldsymbol{B}$ 的列向量为 $\boldsymbol{\beta}_1$，$\boldsymbol{\beta}_2$，$\boldsymbol{\beta}_3$，$\boldsymbol{\beta}_4$.

根据题意知 $\boldsymbol{A}=\begin{pmatrix}\boldsymbol{\alpha}_1\\\boldsymbol{\alpha}_2\\\boldsymbol{\alpha}_3\\\boldsymbol{\alpha}_4\end{pmatrix}$，$\boldsymbol{B}=(\boldsymbol{\beta}_1\quad\boldsymbol{\beta}_2\quad\boldsymbol{\beta}_3\quad\boldsymbol{\beta}_4)$，显然 $\boldsymbol{A}$ 的列的分法 $4=4$ 与 $\boldsymbol{B}$ 的行的分法 $4=4$ 一致，因此可以用分块矩阵乘法计算，得

$$AB=\begin{pmatrix}\boldsymbol{\alpha}_1\boldsymbol{\beta}_1 & \boldsymbol{\alpha}_1\boldsymbol{\beta}_2 & \boldsymbol{\alpha}_1\boldsymbol{\beta}_3 & \boldsymbol{\alpha}_1\boldsymbol{\beta}_4\\ \boldsymbol{\alpha}_2\boldsymbol{\beta}_1 & \boldsymbol{\alpha}_2\boldsymbol{\beta}_2 & \boldsymbol{\alpha}_2\boldsymbol{\beta}_3 & \boldsymbol{\alpha}_2\boldsymbol{\beta}_4\\ \boldsymbol{\alpha}_3\boldsymbol{\beta}_1 & \boldsymbol{\alpha}_3\boldsymbol{\beta}_2 & \boldsymbol{\alpha}_3\boldsymbol{\beta}_3 & \boldsymbol{\alpha}_3\boldsymbol{\beta}_4\\ \boldsymbol{\alpha}_4\boldsymbol{\beta}_1 & \boldsymbol{\alpha}_4\boldsymbol{\beta}_2 & \boldsymbol{\alpha}_4\boldsymbol{\beta}_3 & \boldsymbol{\alpha}_4\boldsymbol{\beta}_4\end{pmatrix}=\begin{pmatrix}1&0&4&0\\0&1&0&4\\0&0&1&0\\0&0&0&1\end{pmatrix}.$$ □

注：请读者尝试按照上述分块方式计算 $\boldsymbol{BA}$. □

例 2.2.10 设矩阵 $\boldsymbol{A}$ 是 $m\times n$ 矩阵，$\boldsymbol{B}_{n\times l}$是分块矩阵，分块为

$$\boldsymbol{B}=(\boldsymbol{\beta}_1\quad\boldsymbol{\beta}_2\quad\cdots\quad\boldsymbol{\beta}_l),$$

利用分块矩阵的乘法计算 $\boldsymbol{AB}$.

※思考一下 $\boldsymbol{AB}$ 的行向量是什么样呢？

解：显然 $\boldsymbol{A}$ 的列的分法 $n=n$ 与 $\boldsymbol{B}$ 的行的分法 $n=n$ 一致，因此可以使用分块矩阵的乘法计算. 根据分块矩阵的乘法，乘积矩阵 $\boldsymbol{AB}$ 看作分块矩阵只有 1 行 l 列，因此

$$\boldsymbol{AB}=(\boldsymbol{A\beta}_1\quad\boldsymbol{A\beta}_2\quad\cdots\quad\boldsymbol{A\beta}_l),$$

即 $\boldsymbol{AB}$ 的第 j 列为 $\boldsymbol{A\beta}_j$. □

注：如果 $\boldsymbol{AB}=\boldsymbol{0}$，显然 $\boldsymbol{B}$ 的列向量都是 $\boldsymbol{Ax}=\boldsymbol{0}$ 的解.

接下来介绍分块矩阵的转置，设

$$\boldsymbol{A}=\left(\begin{array}{cc:c}1&0&1\\ \hdashline 0&2&1\\0&1&1\end{array}\right)=\begin{pmatrix}\boldsymbol{A}_{11}&\boldsymbol{A}_{12}\\ \boldsymbol{A}_{21}&\boldsymbol{A}_{22}\end{pmatrix},$$

则

$$\boldsymbol{A}^{\mathrm T}=\left(\begin{array}{c:cc}1&0&0\\0&2&1\\ \hdashline 1&1&1\end{array}\right)=\begin{pmatrix}\boldsymbol{A}_{11}^{\mathrm T}&\boldsymbol{A}_{21}^{\mathrm T}\\ \boldsymbol{A}_{12}^{\mathrm T}&\boldsymbol{A}_{22}^{\mathrm T}\end{pmatrix}.$$ □

分块矩阵的转置

由此可以看到“先转置再分块”与“先分块再转置”得到的结果一样. 进而有下面定义.

定义 2.2.5 设 $\boldsymbol{A}=\begin{pmatrix}\boldsymbol{A}_{11}&\boldsymbol{A}_{12}&\cdots&\boldsymbol{A}_{1q}\\ \boldsymbol{A}_{21}&\boldsymbol{A}_{22}&\cdots&\boldsymbol{A}_{2q}\\ \vdots&\vdots&\ddots&\vdots\\ \boldsymbol{A}_{p1}&\boldsymbol{A}_{p2}&\cdots&\boldsymbol{A}_{pq}\end{pmatrix}$是分块矩阵，则定义其转置为

$$\boldsymbol{A}^{\mathrm T}=\begin{pmatrix}\boldsymbol{A}_{11}^{\mathrm T}&\boldsymbol{A}_{21}^{\mathrm T}&\cdots&\boldsymbol{A}_{p1}^{\mathrm T}\\ \boldsymbol{A}_{12}^{\mathrm T}&\boldsymbol{A}_{22}^{\mathrm T}&\cdots&\boldsymbol{A}_{p2}^{\mathrm T}\\ \vdots&\vdots&\ddots&\vdots\\ \boldsymbol{A}_{1q}^{\mathrm T}&\boldsymbol{A}_{2q}^{\mathrm T}&\cdots&\boldsymbol{A}_{pq}^{\mathrm T}\end{pmatrix}.$$

※请读者尝试把这一结果推广到一般的矩阵$A_{m\times n}$.

例 2.2.11　设分块矩阵 $\boldsymbol{A}_{m\times 3}=(\boldsymbol{\alpha}_1\quad \boldsymbol{\alpha}_2\quad \boldsymbol{\alpha}_3)$，利用分块矩阵的乘法计算 $\boldsymbol{A}^{\mathrm{T}}\boldsymbol{A}$.

解：由分块矩阵的转置可知

$$\boldsymbol{A}^{\mathrm{T}}=\begin{pmatrix}\boldsymbol{\alpha}_1^{\mathrm{T}}\\ \boldsymbol{\alpha}_2^{\mathrm{T}}\\ \boldsymbol{\alpha}_3^{\mathrm{T}}\end{pmatrix},$$

因此①

$$\boldsymbol{A}^{\mathrm{T}}\boldsymbol{A}=\begin{pmatrix}\boldsymbol{\alpha}_1^{\mathrm{T}}\\ \boldsymbol{\alpha}_2^{\mathrm{T}}\\ \boldsymbol{\alpha}_3^{\mathrm{T}}\end{pmatrix}(\boldsymbol{\alpha}_1\quad \boldsymbol{\alpha}_2\quad \boldsymbol{\alpha}_3)=\begin{pmatrix}\boldsymbol{\alpha}_1^{\mathrm{T}}\boldsymbol{\alpha}_1 & \boldsymbol{\alpha}_1^{\mathrm{T}}\boldsymbol{\alpha}_2 & \boldsymbol{\alpha}_1^{\mathrm{T}}\boldsymbol{\alpha}_3\\ \boldsymbol{\alpha}_2^{\mathrm{T}}\boldsymbol{\alpha}_1 & \boldsymbol{\alpha}_2^{\mathrm{T}}\boldsymbol{\alpha}_2 & \boldsymbol{\alpha}_2^{\mathrm{T}}\boldsymbol{\alpha}_3\\ \boldsymbol{\alpha}_3^{\mathrm{T}}\boldsymbol{\alpha}_1 & \boldsymbol{\alpha}_3^{\mathrm{T}}\boldsymbol{\alpha}_2 & \boldsymbol{\alpha}_3^{\mathrm{T}}\boldsymbol{\alpha}_3\end{pmatrix}.$$ □

例 2.2.12　设 $\boldsymbol{A}$ 是 $m\times n$ 实矩阵，证明 $\boldsymbol{A}=\boldsymbol{0}$ 当且仅当 $\boldsymbol{A}^{\mathrm{T}}\boldsymbol{A}=\boldsymbol{0}$.

证明：若 $\boldsymbol{A}=\boldsymbol{0}$，显然 $\boldsymbol{A}^{\mathrm{T}}\boldsymbol{A}=\boldsymbol{0}$.

若 $\boldsymbol{A}^{\mathrm{T}}\boldsymbol{A}=\boldsymbol{0}$. 不妨设 $\boldsymbol{A}=(\boldsymbol{\alpha}_1\quad \boldsymbol{\alpha}_2\quad \cdots\quad \boldsymbol{\alpha}_n)$，则

$$\boldsymbol{A}^{\mathrm{T}}\boldsymbol{A}=\begin{pmatrix}\boldsymbol{\alpha}_1^{\mathrm{T}}\\ \boldsymbol{\alpha}_2^{\mathrm{T}}\\ \vdots\\ \boldsymbol{\alpha}_n^{\mathrm{T}}\end{pmatrix}(\boldsymbol{\alpha}_1\quad \boldsymbol{\alpha}_2\quad \cdots\quad \boldsymbol{\alpha}_n)=\begin{pmatrix}\boldsymbol{\alpha}_1^{\mathrm{T}}\boldsymbol{\alpha}_1 & \boldsymbol{\alpha}_1^{\mathrm{T}}\boldsymbol{\alpha}_2 & \cdots & \boldsymbol{\alpha}_1^{\mathrm{T}}\boldsymbol{\alpha}_n\\ \boldsymbol{\alpha}_2^{\mathrm{T}}\boldsymbol{\alpha}_1 & \boldsymbol{\alpha}_2^{\mathrm{T}}\boldsymbol{\alpha}_2 & \cdots & \boldsymbol{\alpha}_2^{\mathrm{T}}\boldsymbol{\alpha}_n\\ \vdots & \vdots & \ddots & \vdots\\ \boldsymbol{\alpha}_n^{\mathrm{T}}\boldsymbol{\alpha}_1 & \boldsymbol{\alpha}_n^{\mathrm{T}}\boldsymbol{\alpha}_2 & \cdots & \boldsymbol{\alpha}_n^{\mathrm{T}}\boldsymbol{\alpha}_n\end{pmatrix},$$

又因 $\boldsymbol{\alpha}_i^{\mathrm{T}}\boldsymbol{\alpha}_j=\sum\limits_{k=1}^{m}a_{ki}a_{kj}$. 特别地，当 $i=j$ 时，$a_{1i}^2+a_{2i}^2+\cdots+a_{mi}^2=0$，从而 $a_{1i}=a_{2i}=\cdots=a_{mi}=0$，由 i 的任意性可知 $\boldsymbol{A}=\boldsymbol{0}$. □

注：此类问题一般是通过对简单矩阵的计算，观察得出思路. 例如，取 $\boldsymbol{A}=\begin{pmatrix}a_{11} & a_{12}\\ a_{21} & a_{22}\\ a_{31} & a_{32}\end{pmatrix}$，则

$$\begin{aligned}\boldsymbol{A}^{\mathrm{T}}\boldsymbol{A}&=\begin{pmatrix}a_{11} & a_{21} & a_{31}\\ a_{12} & a_{22} & a_{32}\end{pmatrix}\begin{pmatrix}a_{11} & a_{12}\\ a_{21} & a_{22}\\ a_{31} & a_{32}\end{pmatrix}\\ &=\begin{pmatrix}a_{11}^2+a_{21}^2+a_{31}^2 & a_{11}a_{12}+a_{21}a_{22}+a_{31}a_{32}\\ a_{11}a_{12}+a_{21}a_{22}+a_{31}a_{32} & a_{12}^2+a_{22}^2+a_{32}^2\end{pmatrix},\end{aligned}$$

① 参见例 2.2.9.

若 $\boldsymbol{A}^{\mathrm{T}}\boldsymbol{A}=\boldsymbol{0}$，则 $a_{11}^2+a_{21}^2+a_{31}^2=0$，$a_{12}^2+a_{22}^2+a_{32}^2=0$，因此

$$a_{11}=a_{12}=a_{13}=a_{21}=a_{22}=a_{23}=0.$$ □

接下来将把线性方程组、矩阵方程、向量方程三者统一起来.

例 2.2.13 设 $\boldsymbol{x}_{n\times 1}=(x_1 \quad x_2 \quad \cdots \quad x_n)^{\mathrm{T}}$，分块矩阵 $\boldsymbol{A}_{m\times n}$ 的分块为

$$\boldsymbol{A}=(\boldsymbol{\alpha}_1 \quad \boldsymbol{\alpha}_2 \quad \cdots \quad \boldsymbol{\alpha}_n),$$

利用分块矩阵乘法计算 $\boldsymbol{A}\boldsymbol{x}$.

分块矩阵的乘法
常用结果 02

解： 显然 $\boldsymbol{A}$ 的列的分法为 $n=\underbrace{1+\cdots+1}_{n}$，因此 $\boldsymbol{x}$ 的行的分法为 $n=\underbrace{1+\cdots+1}_{n}$. 根据分块矩阵的乘法，乘积矩阵 $\boldsymbol{A}\boldsymbol{x}$ 看作分块矩阵只有 1 行 1 列，因此

$$\begin{aligned}\boldsymbol{A}\boldsymbol{x}&=\boldsymbol{\alpha}_1x_1+\boldsymbol{\alpha}_2x_2+\cdots+\boldsymbol{\alpha}_nx_n\\&\xlongequal{\text{常写作}}x_1\boldsymbol{\alpha}_1+x_2\boldsymbol{\alpha}_2+\cdots+x_n\boldsymbol{\alpha}_n.\end{aligned}$$ □

注：一般称 $x_1\boldsymbol{\alpha}_1+x_2\boldsymbol{\alpha}_2+\cdots+x_n\boldsymbol{\alpha}_n$ 是 $\boldsymbol{\alpha}_1$，$\boldsymbol{\alpha}_2$，$\cdots$，$\boldsymbol{\alpha}_n$ 的线性组合. □

设

$$\boldsymbol{A}=\begin{pmatrix}a_{11}&a_{12}&\cdots&a_{1n}\\a_{21}&a_{22}&\cdots&a_{2n}\\\vdots&\vdots&\ddots&\vdots\\a_{m1}&a_{m2}&\cdots&a_{mn}\end{pmatrix},\ \boldsymbol{b}=\begin{pmatrix}b_1\\b_2\\\vdots\\b_m\end{pmatrix},\ \boldsymbol{x}=\begin{pmatrix}x_1\\x_2\\\vdots\\x_n\end{pmatrix},$$

进一步令 $\boldsymbol{A}=(\boldsymbol{\alpha}_1 \quad \boldsymbol{\alpha}_2 \quad \cdots \quad \boldsymbol{\alpha}_n)$，根据例 2.1.14 以及例 2.2.13 可得**线性方程组**

$$\begin{cases}a_{11}x_1+a_{12}x_2+a_{13}x_3+\cdots+a_{1n}x_n=b_1\\a_{21}x_1+a_{22}x_2+a_{23}x_3+\cdots+a_{2n}x_n=b_2,\\\qquad\qquad\vdots\\a_{m1}x_1+a_{m2}x_2+a_{m3}x_3+\cdots+a_{mn}x_n=b_m\end{cases}$$

矩阵方程

$$\boldsymbol{A}\boldsymbol{x}=\boldsymbol{b},$$

以及**向量方程**

$$x_1\boldsymbol{\alpha}_1+x_2\boldsymbol{\alpha}_2+\cdots+x_n\boldsymbol{\alpha}_n=\boldsymbol{b},$$

上述 3 个方程（组）是关于未知量 x_1，x_2，$\cdots$，x_n 的同解方程（组）. 称 $\boldsymbol{A}$ 是**系数矩阵**，$\boldsymbol{x}$ 是**未知量矩阵**，$\boldsymbol{b}$ 是**常数项矩阵**，$(\boldsymbol{A} \mid \boldsymbol{b})$ 为**增广矩阵**.

例 2.2.14　设 $A=\begin{pmatrix}1&0&1\\0&2&1\\0&1&1\end{pmatrix}$，$x=\begin{pmatrix}x_1\\x_2\\x_3\end{pmatrix}$，$b=\begin{pmatrix}1\\2\\3\end{pmatrix}$，把矩阵方程 $Ax=b$ 分别转化为线性方程组和向量方程.

线性方程组、矩阵方程、向量方程之间的转化 01

解：矩阵方程 $Ax=b$ 的增广矩阵为 $(A \mid b)$，因此对应的线性方程组为

$$\begin{cases}x_1+x_3=1\\2x_2+x_3=2.\\x_2+x_3=3\end{cases}$$

将 A 改写为 $A=\left(\begin{array}{c:c:c}1&0&1\\0&2&1\\0&1&1\end{array}\right)=(\alpha_1\quad\alpha_2\quad\alpha_3)$，由分块矩阵乘法可得原矩阵方程对应的向量方程为

$$Ax=x_1\alpha_1+x_2\alpha_2+x_3\alpha_3=b.$$ □

注：例 2.2.14 中矩阵方程 $Ax=b$ 有解等价于[①] b 可由 α_1，α_2，α_3 线性表出. □

例 2.2.15[②]　把线性方程组

$$\begin{cases}x_{11}+2x_{21}=2\\x_{11}+3x_{21}=1\\x_{12}+2x_{22}=1\\x_{12}+3x_{22}=2\end{cases}$$

分别转化为矩阵方程和向量方程组.

线性方程组、矩阵方程、向量方程组之间的转化 02

※如果考虑系数矩阵是4阶方阵是否更容易，如果变量更多呢?

解：该线性方程组的前两个方程只含 x_{11}、x_{21}，后两个只含 x_{12}、x_{22}，不妨把这个线性方程组拆为两个线性方程组

$$\begin{cases}x_{11}+2x_{21}=2\\x_{11}+3x_{21}=1\end{cases},\quad\begin{cases}x_{12}+2x_{22}=1\\x_{12}+3x_{22}=2\end{cases}.$$

令 $A=\begin{pmatrix}1&2\\1&3\end{pmatrix}=(\alpha_1\quad\alpha_2)$，$B=\begin{pmatrix}2&1\\1&2\end{pmatrix}=(\beta_1\quad\beta_2)$，

$$X=\begin{pmatrix}x_{11}&x_{12}\\x_{21}&x_{22}\end{pmatrix}=(x_1\quad x_2),$$

则原线性方程组改写为向量方程组为

$$Ax_1=x_{11}\alpha_1+x_{21}\alpha_2=\beta_1,\quad Ax_2=x_{12}\alpha_1+x_{22}\alpha_2=\beta_2.$$

---

① 参见例 4.1.1.

② 对比例 4.2.1.

利用分块矩阵乘法，改写成矩阵方程为

$$(\boldsymbol{A}\boldsymbol{x}_1 \quad \boldsymbol{A}\boldsymbol{x}_2) = (\boldsymbol{\beta}_1 \quad \boldsymbol{\beta}_2),$$

即 $\boldsymbol{AX}=\boldsymbol{B}$. □

一般地，称 $(\boldsymbol{A} \quad \boldsymbol{B})$ 是矩阵方程 $\boldsymbol{AX}=\boldsymbol{B}$ 的增广矩阵，$\boldsymbol{A}$ 是系数矩阵，$\boldsymbol{X}$ 是未知量矩阵，$\boldsymbol{B}$ 是常数项矩阵.

注：上述例子中，可能有读者选择转化为如下矩阵方程

$$\begin{pmatrix} 1 & 2 & 0 & 0 \\ 1 & 3 & 0 & 0 \\ 0 & 0 & 1 & 2 \\ 0 & 0 & 1 & 3 \end{pmatrix}\begin{pmatrix} x_{11} \\ x_{21} \\ x_{12} \\ x_{22} \end{pmatrix} = \begin{pmatrix} 2 \\ 1 \\ 1 \\ 2 \end{pmatrix}.$$

如何解矩阵方程

这样处理会导致矩阵太大，产生大量冗余的计算. 如果按照上述解答中拆成两个线性方程组来解，需要把下面的增广矩阵化为最简阶梯形矩阵

$$\left(\begin{array}{cc:c} 1 & 2 & 2 \\ 1 & 3 & 1 \end{array}\right), \quad \left(\begin{array}{cc:c} 1 & 2 & 1 \\ 1 & 3 & 2 \end{array}\right).$$

在利用高斯消元法求解时，会在系数矩阵的部分产生冗余的操作，因此也不够好. 实际上，在后面会看到

$$(\boldsymbol{\alpha}_1 \quad \boldsymbol{\alpha}_2)\begin{pmatrix} x_{11} & x_{12} \\ x_{21} & x_{22} \end{pmatrix} = (\boldsymbol{\beta}_1 \quad \boldsymbol{\beta}_2)$$

有解等价于[①] $\boldsymbol{\beta}_1$，$\boldsymbol{\beta}_2$ 可由 $\boldsymbol{\alpha}_1$，$\boldsymbol{\alpha}_2$ 线性表出. □

习题 2.2

习题 2.2 解答

练习 2.2.1 验证例 2.2.2 中

$$\boldsymbol{AB} = \begin{pmatrix} \boldsymbol{\alpha}_1\boldsymbol{\beta}_1 & \boldsymbol{\alpha}_1\boldsymbol{\beta}_2 & \boldsymbol{\alpha}_1\boldsymbol{\beta}_3 & \boldsymbol{\alpha}_1\boldsymbol{\beta}_4 \\ \boldsymbol{\alpha}_2\boldsymbol{\beta}_1 & \boldsymbol{\alpha}_2\boldsymbol{\beta}_2 & \boldsymbol{\alpha}_2\boldsymbol{\beta}_3 & \boldsymbol{\alpha}_2\boldsymbol{\beta}_4 \\ \boldsymbol{\alpha}_3\boldsymbol{\beta}_1 & \boldsymbol{\alpha}_3\boldsymbol{\beta}_2 & \boldsymbol{\alpha}_3\boldsymbol{\beta}_3 & \boldsymbol{\alpha}_3\boldsymbol{\beta}_4 \\ \boldsymbol{\alpha}_4\boldsymbol{\beta}_1 & \boldsymbol{\alpha}_4\boldsymbol{\beta}_2 & \boldsymbol{\alpha}_4\boldsymbol{\beta}_3 & \boldsymbol{\alpha}_4\boldsymbol{\beta}_4 \end{pmatrix}.$$

练习 2.2.2 把线性方程组

※把练习2.2.2和例2.3.7对比一下.

$$\begin{cases} x_{11}+3x_{21}+2x_{31}=1 \\ 2x_{11}+3x_{21}+3x_{31}=0 \\ 2x_{11}+2x_{21}+3x_{31}=0 \\ x_{12}+3x_{22}+2x_{32}=0 \\ 2x_{12}+3x_{22}+3x_{32}=1 \\ 2x_{12}+2x_{22}+3x_{32}=0 \\ x_{13}+3x_{23}+2x_{33}=0 \\ 2x_{13}+3x_{23}+3x_{33}=0 \\ 2x_{13}+2x_{23}+3x_{33}=1 \end{cases}$$

① 参见例 4.2.2.

分别转化为矩阵方程和向量方程组.

练习 2.2.3　设矩阵

$$A=\begin{pmatrix}1&0&0&0\\0&1&0&0\\-1&2&1&0\\1&1&0&1\end{pmatrix},\ B=\begin{pmatrix}1&0&1&0\\-1&2&0&1\\1&0&4&1\\-1&-1&2&0\end{pmatrix},$$

利用分块矩阵的乘法计算 $\boldsymbol{AB}$.

练习 2.2.4　将单位矩阵 $\boldsymbol{I}_n$ 按列分块为 $\boldsymbol{I}_n=(\boldsymbol{\varepsilon}_1\quad\boldsymbol{\varepsilon}_2\quad\cdots\quad\boldsymbol{\varepsilon}_i\quad\cdots\quad\boldsymbol{\varepsilon}_n)$，若 $\boldsymbol{A}$ 是 $m\times n$ 矩阵，利用 $\boldsymbol{AI}_n=\boldsymbol{A}$ 证明 $\boldsymbol{A\varepsilon}_i$ 即为矩阵 $\boldsymbol{A}$ 的第 i 列.

练习 2.2.5　设 6 阶方阵 $\boldsymbol{A}=\begin{pmatrix}0&1&0&0&0&0\\0&0&1&0&0&0\\0&0&0&1&0&0\\0&0&0&0&1&0\\0&0&0&0&0&1\\0&0&0&0&0&0\end{pmatrix}$，证明 $\boldsymbol{A}^6=\boldsymbol{0}$.

练习 2.2.6　设 $\boldsymbol{A}=\begin{pmatrix}\boldsymbol{A}_{11}&\boldsymbol{0}\\\boldsymbol{0}&\boldsymbol{A}_{22}\end{pmatrix}$，其中 $\boldsymbol{A}_{11}=\begin{pmatrix}2&0\\2&2\end{pmatrix}$，$\boldsymbol{A}_{22}=\begin{pmatrix}3&4\\4&-3\end{pmatrix}$，计算 $\boldsymbol{A}^4$.

※如果是计算 $\boldsymbol{A}^n$ 呢?

练习 2.2.7　设 $\boldsymbol{A}=\begin{pmatrix}\boldsymbol{0}&\boldsymbol{I}\\\boldsymbol{I}&\boldsymbol{0}\end{pmatrix}$，计算 $\boldsymbol{A}^2$.

练习 2.2.8　设 $\boldsymbol{A}$ 是 $m\times n$ 实矩阵，证明：$\boldsymbol{A}=\boldsymbol{0}$ 当且仅当 $\mathrm{tr}(\boldsymbol{A}^{\mathrm{T}}\boldsymbol{A})=0$.

练习 2.2.9　设 $\boldsymbol{A}$ 是 $m\times 3$ 的矩阵，记 $\boldsymbol{A}=(\boldsymbol{\alpha}_1\quad\boldsymbol{\alpha}_2\quad\boldsymbol{\alpha}_3)$，又已知

$$\boldsymbol{B}=(\boldsymbol{\alpha}_1+\boldsymbol{\alpha}_2+\boldsymbol{\alpha}_3\quad\boldsymbol{\alpha}_1+2\boldsymbol{\alpha}_2+3\boldsymbol{\alpha}_3\quad\boldsymbol{\alpha}_1+4\boldsymbol{\alpha}_2+9\boldsymbol{\alpha}_3).$$

求矩阵 $\boldsymbol{C}$，使得 $\boldsymbol{AC}=\boldsymbol{B}$.

练习 2.2.10　设 $\boldsymbol{Q}$ 是 n 阶实矩阵，若 $\boldsymbol{Q}^{\mathrm{T}}\boldsymbol{Q}=\boldsymbol{I}$，则称 $\boldsymbol{Q}$ 为正交矩阵（定义 5.2.5）. 已知 $\boldsymbol{Q}=(\boldsymbol{\alpha}_1\quad\boldsymbol{\alpha}_2\quad\boldsymbol{\alpha}_3)$是 3 阶正交矩阵，证明

$$\boldsymbol{\alpha}_i^{\mathrm{T}}\boldsymbol{\alpha}_j=\begin{cases}1, & i=j\\0, & i\neq j\end{cases}.$$

2.3 矩阵的秩以及可逆矩阵

这一节首先介绍初等矩阵，然后从初等矩阵出发，定义矩阵的等价标准形矩阵，进而得到矩阵的秩的定义. 将用矩阵的秩的语言重新改写线性方程组解的存在唯一性定理（定理 1.3.1，定理 2.3.5），并将该结果推广到矩阵方程的情形（定理 2.3.6）. 在解矩阵方程的过程中，将会产生可逆矩阵这一概念，该类矩阵的地位与实数运算中的倒数类似，它在解线性方程组中扮演了极为重要的角色.

先回顾一下初等列变换的定义，参见定义 1.2.1.

定义 2.3.1 称以下 3 种变换为**初等列变换**：

(1) 把第 i 列的 l 倍加到第 j 列，简记为 c_j+lc_i；

(2) 交换第 i 列与第 j 列，简记为 $c_j \leftrightarrow c_i$；

(3) 第 i 列乘以**非零常数** k，简记为 kc_i.

初等矩阵

定义 2.3.2 把**初等行变换**和**初等列变换**统称为**初等变换**. n 阶单位矩阵经过一次初等变换得到的矩阵称为**初等矩阵**.

第 1 类初等矩阵：交换单位矩阵 $\boldsymbol{I}_n$ 的第 i 行与第 j 行得到的矩阵，简记为 $\boldsymbol{I}_n(r_i \leftrightarrow r_j)$[①].

$$\boldsymbol{I}_n(r_i \leftrightarrow r_j)=\begin{pmatrix} 1 & & & 0 & & & & 0 & & & \\ & \ddots & & \vdots & & & & \vdots & & & \\ & & 1 & 0 & & & & 0 & & & \\ 0 & \cdots & 0 & 0 & 0 & \cdots & 0 & 1 & 0 & \cdots & 0 \\ & & & 0 & 1 & & & 0 & & & \\ & & & \vdots & & \ddots & & \vdots & & & \\ & & & 0 & & & 1 & 0 & & & \\ 0 & \cdots & 0 & 1 & 0 & \cdots & 0 & 0 & 0 & \cdots & 0 \\ & & & 0 & & & & 0 & 1 & & \\ & & & \vdots & & & & \vdots & & \ddots & \\ & & & 0 & & & & 0 & & & 1 \end{pmatrix}\begin{matrix} \\ \\ \\ \leftarrow \text{第 } i \text{ 行} \\ \\ \\ \\ \leftarrow \text{第 } j \text{ 行} \\ \\ \\ \\ \end{matrix}$$

（上式中 ↑ 第 i 列、↑ 第 j 列分别标注于矩阵下方）

可以验证交换单位矩阵 $\boldsymbol{I}_n$ 的第 i 列与第 j 列得到的矩阵是

$$\boldsymbol{I}_n(c_i \leftrightarrow c_j)=\boldsymbol{I}_n(r_i \leftrightarrow r_j),$$

且$\boldsymbol{I}_n(c_i \leftrightarrow c_j)=\boldsymbol{I}_n(r_i \leftrightarrow r_j)^{\mathrm{T}}$，即 $\boldsymbol{I}_n(r_i \leftrightarrow r_j)$是对称矩阵.

例 2.3.1 写出初等矩阵 $\boldsymbol{I}_3(r_1 \leftrightarrow r_3)$.

解：$\boldsymbol{I}_3(r_1 \leftrightarrow r_3)$是交换 3 阶单位矩阵的第 1 行与第 3 行得到的初等矩阵[②]，因此

$$\boldsymbol{I}_3=\begin{pmatrix} 1 & 0 & 0 \\ 0 & 1 & 0 \\ 0 & 0 & 1 \end{pmatrix} \xrightarrow{r_1 \leftrightarrow r_3} \begin{pmatrix} 0 & 0 & 1 \\ 0 & 1 & 0 \\ 1 & 0 & 0 \end{pmatrix}=\boldsymbol{I}_3(r_1 \leftrightarrow r_3).$$

□

① 此处矩阵中没有写出的元素全为零，后面也是这样的.

② $\boldsymbol{I}_3(r_1 \leftrightarrow r_3)$也可以看作交换 3 阶单位矩阵的第 1 列与第 3 列得到的初等矩阵.

第 2 类初等矩阵：把单位矩阵 $\boldsymbol{I}_n$ 的第 i 行乘以非零常数 k 得到的矩阵，简记为 $\boldsymbol{I}_n(kr_i)$.

$$\boldsymbol{I}_n(kr_i)=\begin{pmatrix}1 & & & 0 & & & \\ & \ddots & & \vdots & & & \\ & & 1 & 0 & & & \\ 0 & \cdots & 0 & k & 0 & \cdots & 0 \\ & & & 0 & 1 & & \\ & & & \vdots & & \ddots & \\ & & & 0 & & & 1\end{pmatrix} \begin{matrix} \\ \\ \\ \leftarrow 第\ i\ 行 \\ \\ \\ \\ \end{matrix}$$

$$\uparrow$$

$$第\ i\ 列$$

可以验证单位矩阵 $\boldsymbol{I}_n$ 的第 i 列乘以非零常数 k 得到的矩阵是 $\boldsymbol{I}_n(kc_i)=\boldsymbol{I}_n(kr_i)$，且 $\boldsymbol{I}_n(kc_i)=\boldsymbol{I}_n(kr_i)^{\mathrm{T}}$，即 $\boldsymbol{I}_n(kr_i)$是对称矩阵.

例 2.3.2　写出初等矩阵 $\boldsymbol{I}_3(kr_2)$，其中 $k\neq 0$ 是常数.

解：$\boldsymbol{I}_3(kr_2)$可以看作把 3 阶单位矩阵的第 2 行乘以非零常数 k 得到的初等矩阵①，因此

$$\boldsymbol{I}_3=\begin{pmatrix}1&0&0\\0&1&0\\0&0&1\end{pmatrix}\xrightarrow{kr_2}\begin{pmatrix}1&0&0\\0&k&0\\0&0&1\end{pmatrix}=\boldsymbol{I}_3(kr_2).$$ □

第 3 类初等矩阵：把单位矩阵 $\boldsymbol{I}_n$ 的第 i 行的 l 倍加到第 j 行得到的矩阵，简记为 $\boldsymbol{I}_n(r_j+lr_i)$，其中 l 是一个常数.

$$\boldsymbol{I}_n(r_j+lr_i)=\begin{pmatrix}1 & & & 0 & & & & 0 & & & \\ & \ddots & & \vdots & & & & \vdots & & & \\ & & 1 & 0 & & & & 0 & & & \\ 0 & \cdots & 0 & 1 & 0 & \cdots & 0 & 0 & 0 & \cdots & 0 \\ & & & 0 & 1 & & & 0 & & & \\ & & & \vdots & & \ddots & & \vdots & & & \\ & & & 0 & & & 1 & 0 & & & \\ 0 & \cdots & 0 & l & 0 & \cdots & 0 & 1 & 0 & \cdots & 0 \\ & & & 0 & & & & 0 & 1 & & \\ & & & \vdots & & & & \vdots & & \ddots & \\ & & & 0 & & & & 0 & & & 1\end{pmatrix} \begin{matrix} \\ \\ \\ \leftarrow 第\ i\ 行 \\ \\ \\ \\ \leftarrow 第\ j\ 行 \\ \\ \\ \\ \end{matrix}$$

$$\uparrow \qquad\qquad \uparrow$$

$$第\ i\ 列 \qquad 第\ j\ 列$$

① $\boldsymbol{I}_3(kr_2)$也可以看作把 3 阶单位矩阵的第 2 列乘以非零常数 k 得到的初等矩阵.

把单位矩阵 $\boldsymbol{I}_n$ 的第 i 列的 l 倍加到第 j 列得到的矩阵记为 $\boldsymbol{I}_n(c_j+lc_i)$，则 $\boldsymbol{I}_n(c_j+lc_i)=\boldsymbol{I}_n(r_j+lr_i)^{\mathrm{T}}$，此时 $\boldsymbol{I}_n(r_j+lr_i)$ 不是对称矩阵.

例 2.3.3 写出初等矩阵 $\boldsymbol{I}_3(r_2+lr_3)$，其中 l 是常数.

解：$\boldsymbol{I}_3(r_2+lr_3)$ 是把 3 阶单位矩阵的第 3 行的 l 倍加到第 2 行得到的初等矩阵①，因此

$$\boldsymbol{I}_3=\begin{pmatrix}1&0&0\\0&1&0\\0&0&1\end{pmatrix}\xrightarrow{r_2+lr_3}\begin{pmatrix}1&0&0\\0&1&l\\0&0&1\end{pmatrix}=\boldsymbol{I}_3(r_2+lr_3).$$ □

注：初等矩阵究竟看成通过初等行变换还是初等列变换得到，要根据上下文判断. □

初等矩阵与初等变换的关系

总结前面的结果，初等变换与相应初等矩阵的关系如表 2.3.1 所示.

表 2.3.1 初等变换与相应初等矩阵的关系

初等变换	相应初等矩阵	关系
$r_j\leftrightarrow r_i$	$\boldsymbol{I}_n(r_j\leftrightarrow r_i)$ 或 $\boldsymbol{E}_n(r_j\leftrightarrow r_i)$	$\boldsymbol{I}_n(r_j\leftrightarrow r_i)^{\mathrm{T}}=\boldsymbol{I}_n(c_j\leftrightarrow c_i)$
$c_j\leftrightarrow c_i$	$\boldsymbol{I}_n(c_j\leftrightarrow c_i)$ 或 $\boldsymbol{E}_n(c_j\leftrightarrow c_i)$	
kr_i	$\boldsymbol{I}_n(kr_i)$ 或 $\boldsymbol{E}_n(kr_i)$	$\boldsymbol{I}_n(kr_i)^{\mathrm{T}}=\boldsymbol{I}_n(kc_i)$，$k\neq0$
kc_i	$\boldsymbol{I}_n(kc_i)$ 或 $\boldsymbol{E}_n(kc_i)$	
r_j+lr_i	$\boldsymbol{I}_n(r_j+lr_i)$ 或 $\boldsymbol{E}_n(r_j+lr_i)$	$\boldsymbol{I}_n(r_j+lr_i)^{\mathrm{T}}=\boldsymbol{I}_n(c_j+lc_i)$
c_j+lc_i	$\boldsymbol{I}_n(c_j+lc_i)$ 或 $\boldsymbol{E}_n(c_j+lc_i)$	

对矩阵作初等变换可以用相应初等矩阵的乘积来刻画，具体地，有下面的定理.

定理 2.3.1 设 $\boldsymbol{A}$ 是 $m\times n$ 矩阵，则：

(1) 对 $\boldsymbol{A}$ 施以某种初等**行**变换得到的矩阵等于用相应的初等矩阵**左**乘 $\boldsymbol{A}$；

(2) 对 $\boldsymbol{A}$ 施以某种初等**列**变换得到的矩阵等于用相应的初等矩阵**右**乘 $\boldsymbol{A}$.

---

① $\boldsymbol{I}_3(r_2+lr_3)$ 也可以看作把 3 阶单位矩阵的第 2 列的 l 倍加到第 3 列得到的初等矩阵 $\boldsymbol{I}_3(c_3+lc_2)$.

例 2.3.4　设 $A=\begin{pmatrix}3&0&1\\-1&-1&2\\0&0&1\end{pmatrix}$，根据定理 2.3.1，完成下列问题：

(1) 交换 A 的第 1 行与第 2 行得到矩阵 B，求一个初等矩阵 P，使得 $PA=B$；

(2) 把 A 的第 3 列的 2 倍加到第 1 列得到矩阵 C，求一个初等矩阵 Q，使得 $AQ=C$.

※请读者验证 $B=I_3(r_1\leftrightarrow r_2)A$.

解：根据题意有

$$A\xrightarrow{r_1\leftrightarrow r_2}\begin{pmatrix}-1&-1&2\\3&0&1\\0&0&1\end{pmatrix}=B=I_3(r_1\leftrightarrow r_2)A,$$

因此选 $P=I_3(r_1\leftrightarrow r_2)=\begin{pmatrix}0&1&0\\1&0&0\\0&0&1\end{pmatrix}$即可. 类似地，有

$$A\xrightarrow{c_1+2c_3}\begin{pmatrix}5&0&1\\3&-1&2\\2&0&1\end{pmatrix}=C=AI_3(c_1+2c_3),$$

因此选 $Q=I_3(c_1+2c_3)=\begin{pmatrix}1&0&0\\0&1&0\\2&0&1\end{pmatrix}$即可.① □

接下来将系统地讲解如何解矩阵方程 $AX=B$. 在此之前，先尝试把数的运算的消去律“推广”到矩阵乘积.

定义 2.3.3　设 A 是 n 阶方阵，若存在 n 阶方阵 B，使得 $AB=I_n=BA$，则称 A 可逆，称 B 是 A 的逆矩阵，记作 A^{-1}.

逆矩阵的概念 01

※请问 A^{-1} 的逆矩阵是多少？

根据逆矩阵的定义，设 A 可逆，显然

$$AA^{-1}=I_n=A^{-1}A.$$

命题 2.3.1　若方阵 A 可逆，则 A 的逆矩阵是唯一的.

① 注意，此处 $I_3(c_1+2c_3)$ 是 3 阶单位矩阵 I_3 的第 3 列的 2 倍加到第 1 列得到的初等矩阵，也可以理解为由 3 阶单位矩阵 I_3 的第 1 行的 2 倍加到第 3 行得到的初等矩阵 $I_3(r_3+2r_1)$.

证明：设 $\boldsymbol{B}$，$\boldsymbol{C}$ 都是 $\boldsymbol{A}$ 的逆矩阵，即

$$\boldsymbol{AB}=\boldsymbol{I}_n=\boldsymbol{BA},\ \boldsymbol{AC}=\boldsymbol{I}_n=\boldsymbol{CA}.$$

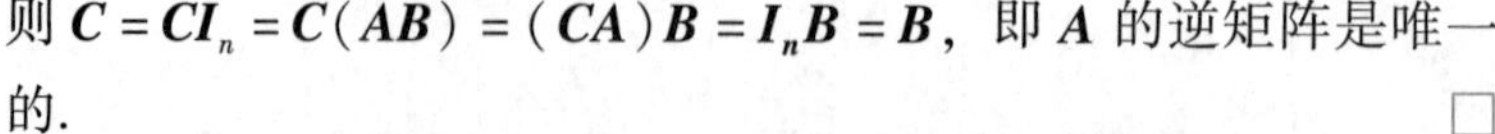

则 $\boldsymbol{C}=\boldsymbol{CI}_n=\boldsymbol{C}(\boldsymbol{AB})=(\boldsymbol{CA})\boldsymbol{B}=\boldsymbol{I}_n\boldsymbol{B}=\boldsymbol{B}$，即 $\boldsymbol{A}$ 的逆矩阵是唯一的. □

逆矩阵的概念 02

例 2.3.5 如果 $\boldsymbol{M}$ 可逆，证明：关于未知量矩阵 $\boldsymbol{X}$ 的方程 $\boldsymbol{AX}=\boldsymbol{B}$ 和 $\boldsymbol{MAX}=\boldsymbol{MB}$ 的解集相同.

如何解矩阵方程（严谨版本）01

证明：设 $\boldsymbol{X}=\boldsymbol{N}$ 是方程 $\boldsymbol{AX}=\boldsymbol{B}$ 的解，即 $\boldsymbol{AN}=\boldsymbol{B}$，等式两边同时左乘 $\boldsymbol{M}$ 得 $\boldsymbol{MAN}=\boldsymbol{MB}$，也就是 $\boldsymbol{X}=\boldsymbol{N}$ 一定是 $\boldsymbol{MAX}=\boldsymbol{MB}$ 的解.

设 $\boldsymbol{X}=\boldsymbol{N}$ 是方程 $\boldsymbol{MAX}=\boldsymbol{MB}$ 的解，即 $\boldsymbol{MAN}=\boldsymbol{MB}$，等式两边同时左乘 $\boldsymbol{M}^{-1}$ 得①

$$\boldsymbol{M}^{-1}\boldsymbol{MAN}=\boldsymbol{M}^{-1}\boldsymbol{MB}\xRightarrow{\boldsymbol{M}^{-1}\boldsymbol{M}=\boldsymbol{I}}\boldsymbol{AN}=\boldsymbol{B},$$

也就是 $\boldsymbol{X}=\boldsymbol{N}$ 一定是 $\boldsymbol{AX}=\boldsymbol{B}$ 的解.

综上所述，$\boldsymbol{AX}=\boldsymbol{B}$ 和 $\boldsymbol{MAX}=\boldsymbol{MB}$ 的解集相同. □

例 2.3.6 证明：2 阶方阵 $\boldsymbol{A}=\begin{pmatrix}a & b\\ c & d\end{pmatrix}$ 可逆当且仅当 $ad-bc\neq0$. 当 $\boldsymbol{A}$ 可逆时

$$\boldsymbol{A}^{-1}=\frac{1}{ad-bc}\begin{pmatrix}d & -b\\ -c & a\end{pmatrix}.$$

证明：当 $ad-bc\neq0$ 时，可以验证

$$\boldsymbol{A}\frac{1}{ad-bc}\begin{pmatrix}d & -b\\ -c & a\end{pmatrix}=\boldsymbol{I}_2=\frac{1}{ad-bc}\begin{pmatrix}d & -b\\ -c & a\end{pmatrix}\boldsymbol{A},$$

从而 $\boldsymbol{A}$ 可逆且 $\boldsymbol{A}^{-1}=\dfrac{1}{ad-bc}\begin{pmatrix}d & -b\\ -c & a\end{pmatrix}$.

若 $\boldsymbol{A}$ 可逆，显然 a、b、c、d 不全为零. 设 $ad-bc=0$，记

$$\boldsymbol{B}=\begin{pmatrix}d & -b\\ -c & a\end{pmatrix},$$

则 $\boldsymbol{AB}=\boldsymbol{0}$，等式两边同时左乘 $\boldsymbol{A}^{-1}$，则有

$$\boldsymbol{B}=\boldsymbol{A}^{-1}\boldsymbol{AB}=\boldsymbol{A}^{-1}\boldsymbol{0}=\boldsymbol{0},$$

① 这就是矩阵乘法的“消去律”. 可逆矩阵才有消去律.

从而 $a=b=c=d=0$，故矛盾，因此 $ad-bc\neq 0$.[①] □

命题 2.3.2　初等矩阵都是可逆矩阵，且

$$\boldsymbol{I}(r_i\leftrightarrow r_j)^{-1}=\boldsymbol{I}(r_i\leftrightarrow r_j),\ \boldsymbol{I}(kr_i)^{-1}=\boldsymbol{I}\left(\frac{1}{k}r_i\right),\ k\neq 0,$$

$$\boldsymbol{I}(r_j+lr_i)^{-1}=\boldsymbol{I}(r_j-lr_i),\ l\text{ 是任意常数.}$$

证明： 以 $\boldsymbol{I}(r_j+lr_i)$ 为例来证明，其他类似.

$$\boldsymbol{I}\xrightarrow{r_j+lr_i}\boldsymbol{A}\xlongequal{\text{定理 2.3.1}}\boldsymbol{I}(r_j+lr_i)\boldsymbol{I}$$

$$\xrightarrow{r_j-lr_i}\boldsymbol{B}\xlongequal{\text{定理 2.3.1}}\boldsymbol{I}(r_j-lr_i)(\boldsymbol{I}(r_j+lr_i)\boldsymbol{I}),$$

此处对单位矩阵 $\boldsymbol{I}$ 作了两次初等行变换得到矩阵 $\boldsymbol{B}$，首先把第 i 行的 l 倍加到第 j 行，接下来把第 i 行的 $-l$ 倍加到第 j 行，因此最后得到的矩阵依然是 $\boldsymbol{I}$. 也就是

$$\boldsymbol{I}(r_j-lr_i)(\boldsymbol{I}(r_j+lr_i)\boldsymbol{I})=\boldsymbol{I}\Rightarrow\boldsymbol{I}(r_j-lr_i)\boldsymbol{I}(r_j+lr_i)=\boldsymbol{I}.$$

类似地，可以证明 $\boldsymbol{I}(r_j+lr_i)\boldsymbol{I}(r_j-lr_i)=\boldsymbol{I}$，从而

$$\boldsymbol{I}(r_j+lr_i)^{-1}=\boldsymbol{I}(r_j-lr_i).$$ □

设 $\boldsymbol{P}$ 是初等矩阵，由命题 2.3.2 和例 2.3.5 可得

$$\boldsymbol{AX}=\boldsymbol{B},\ \boldsymbol{PAX}=\boldsymbol{PB}$$

是同解方程. 换成增广矩阵的语言来表述，有如下定理.

定理 2.3.2　对 $\boldsymbol{AX}=\boldsymbol{B}$ 的增广矩阵 $(\boldsymbol{A}\,\vdots\,\boldsymbol{B})$ 进行初等行变换并不改变矩阵方程 $\boldsymbol{AX}=\boldsymbol{B}$ 的解集.

有了这个定理之后，在求解矩阵方程 $\boldsymbol{AX}=\boldsymbol{B}$ 时，只需用初等行变换把增广矩阵 $(\boldsymbol{A}\,\vdots\,\boldsymbol{B})$ 化为最简阶梯形矩阵即可.

例 2.3.7　设 $\boldsymbol{A}=\begin{pmatrix}1&3&2\\2&3&3\\2&2&3\end{pmatrix}$，求满足 $\boldsymbol{AX}=\boldsymbol{I}$ 的所有的矩阵 $\boldsymbol{X}$[②].

如何求逆矩阵

解： 该矩阵方程的增广矩阵为

$$(\boldsymbol{A}\,\vdots\,\boldsymbol{I})=\left(\begin{array}{ccc:ccc}1&3&2&1&0&0\\2&3&3&0&1&0\\2&2&3&0&0&1\end{array}\right)\xrightarrow[r_3-2r_1]{r_2-2r_1}\left(\begin{array}{ccc:ccc}1&3&2&1&0&0\\0&-3&-1&-2&1&0\\0&-4&-1&-2&0&1\end{array}\right)$$

① 在第 3 章会讲到行列式，届时将称 $ad-bc$ 为 $\boldsymbol{A}$ 的行列式，记为 $\det\boldsymbol{A}$ 或者 $|\boldsymbol{A}|$.

② 此题是练习 2.2.2 的变形.

$$\xrightarrow{r_2-r_3}\left(\begin{array}{ccc:ccc}1&3&2&1&0&0\\0&1&0&0&1&-1\\0&-4&-1&-2&0&1\end{array}\right)$$

$$\xrightarrow{r_3+4r_2}\left(\begin{array}{ccc:ccc}1&3&2&1&0&0\\0&1&0&0&1&-1\\0&0&-1&-2&4&-3\end{array}\right)$$

$$\xrightarrow{-r_3}\left(\begin{array}{ccc:ccc}1&3&2&1&0&0\\0&1&0&0&1&-1\\0&0&1&2&-4&3\end{array}\right)$$

$$\xrightarrow{r_1-2r_3}\left(\begin{array}{ccc:ccc}1&3&0&-3&8&-6\\0&1&0&0&1&-1\\0&0&1&2&-4&3\end{array}\right)$$

$$\xrightarrow{r_1-3r_2}\left(\begin{array}{ccc:ccc}1&0&0&-3&5&-3\\0&1&0&0&1&-1\\0&0&1&2&-4&3\end{array}\right).$$

记 $\boldsymbol{C}=\begin{pmatrix}-3&5&-3\\0&1&-1\\2&-4&3\end{pmatrix}$，则原方程与 $\boldsymbol{IX}=\boldsymbol{C}$ 是同解方程，因此原矩阵方程的解为

$$\boldsymbol{X}=\begin{pmatrix}-3&5&-3\\0&1&-1\\2&-4&3\end{pmatrix}.$$

□

※参见练习2.3.6

注：读者可自行验证 $\boldsymbol{XA}=\boldsymbol{I}$. 因此，实际上求出了 $\boldsymbol{A}$ 的逆矩阵. 也就是说，如果 $\boldsymbol{A}$ 可逆，那么解矩阵方程 $\boldsymbol{AX}=\boldsymbol{I}$ 就可以求出 $\boldsymbol{A}^{-1}$. □

例 2.3.8[①] 设 $\boldsymbol{P}=\begin{pmatrix}1&3&2\\2&3&3\\2&2&3\end{pmatrix}$，$\boldsymbol{\Lambda}=\begin{pmatrix}1&0&0\\0&2&0\\0&0&1\end{pmatrix}$. 又已知 $\boldsymbol{AP}=\boldsymbol{P\Lambda}$，求 $\boldsymbol{A}$ 以及 $\boldsymbol{A}^5$.

※如果$\boldsymbol{P}$不可逆，如何求$\boldsymbol{A}$?

解：由例 2.3.7 可知，$\boldsymbol{P}$ 可逆，且 $\boldsymbol{P}^{-1}=\begin{pmatrix}-3&5&-3\\0&1&-1\\2&-4&3\end{pmatrix}$. 则

① 对比例 2.1.11，例 2.1.20，例 5.1.9.

$$
\begin{aligned}
\boldsymbol{A} &= \boldsymbol{P\Lambda P}^{-1}\\
&=\begin{pmatrix}1&3&2\\2&3&3\\2&2&3\end{pmatrix}\begin{pmatrix}1&0&0\\0&2&0\\0&0&1\end{pmatrix}\begin{pmatrix}-3&5&-3\\0&1&-1\\2&-4&3\end{pmatrix}\\
&=\begin{pmatrix}1&3&-3\\0&4&-3\\0&2&-1\end{pmatrix}.
\end{aligned}
$$

进一步，可得

$$
\begin{aligned}
\boldsymbol{A}^5 &= (\boldsymbol{P\Lambda P}^{-1})^5=\boldsymbol{P\Lambda}^5\boldsymbol{P}^{-1}\\
&=\begin{pmatrix}1&3&2\\2&3&3\\2&2&3\end{pmatrix}\begin{pmatrix}1&0&0\\0&2^5&0\\0&0&1^5\end{pmatrix}\begin{pmatrix}-3&5&-3\\0&1&-1\\2&-4&3\end{pmatrix}\\
&=\begin{pmatrix}1&93&-93\\0&94&-93\\0&62&-61\end{pmatrix}.
\end{aligned}
$$

□

※大家有没有觉得这种类型的矩阵（参见可对角化矩阵的定义5.1.4）的幂很好计算？

例 2.3.9　设 $\boldsymbol{A}=\begin{pmatrix}1&1&2&2\\4&4&4&3\\4&4&4&2\end{pmatrix}$，求满足 $\boldsymbol{AX}=\boldsymbol{I}$ 的所有的矩阵 $\boldsymbol{X}$.

如何解矩阵方程（严谨版本）02

解： 该矩阵方程的增广矩阵为

$$
(\boldsymbol{A}\ \vdots\ \boldsymbol{I})=\left(\begin{array}{cccc:ccc}1&1&2&2&1&0&0\\4&4&4&3&0&1&0\\4&4&4&2&0&0&1\end{array}\right)\to\left(\begin{array}{cccc:ccc}1&1&0&0&-1&1&-\frac{1}{2}\\0&0&1&0&1&-\frac{3}{2}&\frac{5}{4}\\0&0&0&1&0&1&-1\end{array}\right).
$$

记 $\boldsymbol{B}=\begin{pmatrix}1&1&0&0\\0&0&1&0\\0&0&0&1\end{pmatrix}$，$\boldsymbol{C}=\begin{pmatrix}-1&1&-\frac{1}{2}\\1&-\frac{3}{2}&\frac{5}{4}\\0&1&-1\end{pmatrix}$，把 $\boldsymbol{C}$ 的列向量记为 $\boldsymbol{\gamma}_1$，$\boldsymbol{\gamma}_2$，$\boldsymbol{\gamma}_3$，记

$$
\boldsymbol{x}_1=\begin{pmatrix}x_{11}\\x_{21}\\x_{31}\\x_{41}\end{pmatrix},\ \boldsymbol{x}_2=\begin{pmatrix}x_{12}\\x_{22}\\x_{32}\\x_{42}\end{pmatrix},\ \boldsymbol{x}_3=\begin{pmatrix}x_{13}\\x_{23}\\x_{33}\\x_{43}\end{pmatrix}.
$$

则原方程与 $\boldsymbol{BX}=\boldsymbol{C}$ 是同解方程. 从而原方程与矩阵方程组

$$\boldsymbol{Bx}_1=\boldsymbol{\gamma}_1,\ \boldsymbol{Bx}_2=\boldsymbol{\gamma}_2,\ \boldsymbol{Bx}_3=\boldsymbol{\gamma}_3$$

是同解方程. 解 $\boldsymbol{Bx}_1=\boldsymbol{\gamma}_1$, 则

$$x_{11}=-x_{21}-1,\ x_{31}=1,\ x_{41}=0,$$

其中, x_{21}是自由变量. 类似地, 有

$$x_{12}=-x_{22}+1,\ x_{32}=-\frac{3}{2},\ x_{42}=1,$$

其中, x_{22}是自由变量.

$$x_{13}=-x_{23}-\frac{1}{2},\ x_{33}=\frac{5}{4},\ x_{43}=-1,$$

其中, x_{23}是自由变量. 因此原方程的解为

$$\boldsymbol{X}=\begin{pmatrix}-c_1-1 & -c_2+1 & -c_3-\dfrac{1}{2}\\ c_1 & c_2 & c_3\\ 1 & -\dfrac{3}{2} & \dfrac{5}{4}\\ 0 & 1 & -1\end{pmatrix},$$

其中, c_1、c_2、c_3 是任意常数. □

例 2.3.10 设 $\boldsymbol{A}=\begin{pmatrix}3&2&2\\3&2&2\\4&3&0\end{pmatrix}$, $\boldsymbol{B}=\begin{pmatrix}2&1&0\\0&1&4\\3&3&3\end{pmatrix}$, 解矩阵方程 $\boldsymbol{AX}=\boldsymbol{B}$.①

解: 该矩阵方程的增广矩阵为

$$(\boldsymbol{A}\ \vdots\ \boldsymbol{B})=\left(\begin{array}{ccc:ccc}3&2&2&2&1&0\\3&2&2&0&1&4\\4&3&0&3&3&3\end{array}\right)\rightarrow\left(\begin{array}{ccc:ccc}1&0&6&0&-3&-6\\0&1&-8&0&5&11\\0&0&0&1&0&-2\end{array}\right).$$

记 $\boldsymbol{D}=\begin{pmatrix}1&0&6\\0&1&-8\\0&0&0\end{pmatrix}$, $\boldsymbol{C}=\begin{pmatrix}0&-3&-6\\0&5&11\\1&0&-2\end{pmatrix}$, 把 $\boldsymbol{C}$ 的列向量记为 $\boldsymbol{\gamma}_1$, $\boldsymbol{\gamma}_2$, $\boldsymbol{\gamma}_3$, 记

$$\boldsymbol{x}_1=\begin{pmatrix}x_{11}\\x_{21}\\x_{31}\end{pmatrix},\ \boldsymbol{x}_2=\begin{pmatrix}x_{12}\\x_{22}\\x_{32}\end{pmatrix},\ \boldsymbol{x}_3=\begin{pmatrix}x_{13}\\x_{23}\\x_{33}\end{pmatrix}.$$

则原方程与 $\boldsymbol{DX}=\boldsymbol{C}$ 是同解方程. 从而原方程与矩阵方程组

$$\boldsymbol{Dx}_1=\boldsymbol{\gamma}_1,\ \boldsymbol{Dx}_2=\boldsymbol{\gamma}_2,\ \boldsymbol{Dx}_3=\boldsymbol{\gamma}_3$$

是同解方程. 显然 $\boldsymbol{Dx}_1=\boldsymbol{\gamma}_1$ 有矛盾方程, 因此原矩阵方程无解. □

① 参见例 4.1.2 和例 4.2.2.

例 2.3.11　设 $A=\begin{pmatrix}1&-1&0\\0&1&-1\\-1&0&1\end{pmatrix}$. 若 X 满足 $AX=2X+A$，求 X.

解：原方程移项可得 $(A-2I)X=A$，从而增广矩阵为

$$(A-2I \vdots A)=\left(\begin{array}{ccc:ccc}-1&-1&0&1&-1&0\\0&-1&-1&0&1&-1\\-1&0&-1&-1&0&1\end{array}\right)$$

$$\to\left(\begin{array}{ccc:ccc}1&0&0&0&1&-1\\0&1&0&-1&0&1\\0&0&1&1&-1&0\end{array}\right),$$

因此 $X=\begin{pmatrix}0&1&-1\\-1&0&1\\1&-1&0\end{pmatrix}$. □

于是可得如下定理，该定理可以看作定理 1.3.1 的推广.

定理 2.3.3　矩阵方程 $AX=B$ 有解当且仅当其增广矩阵（$A \vdots B$）化为最简阶梯形矩阵时不含下面行[①]

$$(0 \quad \cdots \quad 0 \vdots 0 \quad \cdots \quad 0 \quad 1 \quad * \quad \cdots \quad *). \qquad (2.3.1)$$

有解时，有唯一的一组解当且仅当该线性方程组不含自由变量；**有解时**，有无穷多组解当且仅当该线性方程组含自由变量.

接下来我们将介绍矩阵的秩的概念，由此进一步精确描述矩阵方程 $AX=B$ 的解的存在唯一性定理.

定义 2.3.4　设矩阵 A 可以经过一系列的初等变换化为矩阵 B，则称 A 和 B 等价，简记为 $A\sim B$. 若矩阵 A 可以经过一系列的初等行变换化为矩阵 B，则称 A 和 B 行等价，简记为 $A\stackrel{r}{\sim}B$.

矩阵的等价和等价标准形 01

矩阵的等价和等价标准形 02

类似地，也有列等价的概念，请读者自己补充. 下面的结论是针对矩阵等价来介绍的，行等价与列等价都有类似的结果，也请读者自己补上.

注：若 A，B 等价，则它们必定大小相同，或者称 A，B 是同型矩阵. □

注：关于等价、行等价、列等价有如下关系：

(1) 若 A，B 行（列）等价，则 A，B 等价；

※$A\sim B(A\stackrel{r}{\sim}B)$容易和后面两矩阵相似(定义5.1.3)混淆，因此尽量采用文字陈述，减少记号.

※请读者构造两个矩阵A，B，使得他们等价，但既不是行等价，也不是列等价.

---

① 此处 * 表示一个数，我们不关心它的值具体是多少.

（2）若 $\boldsymbol{A}$，$\boldsymbol{B}$ 等价，推不出 $\boldsymbol{A}$，$\boldsymbol{B}$ 行等价或者列等价. □

命题 2.3.3 矩阵的等价满足以下 3 个性质.

（1）自反性：对任意矩阵 $\boldsymbol{A}$，都有 $\boldsymbol{A}\sim\boldsymbol{A}$.

（2）对称性：若 $\boldsymbol{A}\sim\boldsymbol{B}$，则 $\boldsymbol{B}\sim\boldsymbol{A}$.

（3）传递性：若 $\boldsymbol{A}\sim\boldsymbol{B}$，$\boldsymbol{B}\sim\boldsymbol{C}$，则 $\boldsymbol{A}\sim\boldsymbol{C}$.

定义 2.3.5 形如 $\begin{pmatrix}\boldsymbol{I}_r & \boldsymbol{0}_{r\times q}\\ \boldsymbol{0}_{p\times r} & \boldsymbol{0}_{p\times q}\end{pmatrix}$ 的矩阵称为标准形矩阵，其中 r、p、q 是自然数.

由标准形矩阵的定义，易得零矩阵和单位矩阵都是标准形矩阵.

例 2.3.12 判断下列矩阵哪些是标准形矩阵，哪些不是.

$$\boldsymbol{A}=\begin{pmatrix}1&0&0&0\\0&1&0&0\\0&0&0&0\end{pmatrix},\ \boldsymbol{B}=\begin{pmatrix}1&0&0&0\\0&1&0&0\\0&0&1&0\end{pmatrix},\ \boldsymbol{C}=\begin{pmatrix}1&0&0\\0&1&0\\0&0&1\end{pmatrix},$$

$$\boldsymbol{D}=\begin{pmatrix}1&0&1&0\\0&1&0&0\\0&0&0&0\end{pmatrix},\ \boldsymbol{F}=\begin{pmatrix}1&0&0&0\\0&0&1&0\\0&1&0&0\end{pmatrix},\ \boldsymbol{G}=\begin{pmatrix}0&0&0\\0&1&0\\0&0&1\end{pmatrix}.$$

解：其中 $\boldsymbol{A}$，$\boldsymbol{B}$，$\boldsymbol{C}$ 都是标准形矩阵，$\boldsymbol{D}$，$\boldsymbol{F}$，$\boldsymbol{G}$ 都不是标准形矩阵. □

由高斯消元法可知，任意矩阵 $\boldsymbol{A}$ 一定和某个（行）最简阶梯形矩阵等价，再经过适当的初等列变换，一定可以化为标准形矩阵，因此有下面的定理.

定理 2.3.4 设 $\boldsymbol{A}$ 是 $m\times n$ 矩阵，则 $\boldsymbol{A}$ 一定可以经过一系列的初等变换化为标准形矩阵. 此时称该标准形矩阵是 $\boldsymbol{A}$ 的等价标准形矩阵，并且等价标准形矩阵是唯一的.

证明：证明略. □

例 2.3.13 设 $\boldsymbol{A}=\begin{pmatrix}3&1&1&1\\4&3&1&3\\1&3&3&3\\3&0&4&0\end{pmatrix}$，求 $\boldsymbol{A}$ 的一个（行）阶梯形矩阵、（行）最简阶梯形矩阵和等价标准形矩阵.

解：用高斯消元法[①]来解决

---

① 注意，此处并非严格意义上的高斯消元法，而是在整个初等变换的过程中尽量避免分数出现.

$$A\xrightarrow{r_1\leftrightarrow r_3}\begin{pmatrix}1&3&3&3\\4&3&1&3\\3&1&1&1\\3&0&4&0\end{pmatrix}\xrightarrow[r_4-3r_1]{\substack{r_2-4r_1\\r_3-3r_1}}\begin{pmatrix}1&3&3&3\\0&-9&-11&-9\\0&-8&-8&-8\\0&-9&-5&-9\end{pmatrix}$$

$$\xrightarrow[r_2-r_3]{r_4-r_2}\begin{pmatrix}1&3&3&3\\0&-1&-3&-1\\0&-8&-8&-8\\0&0&6&0\end{pmatrix}\xrightarrow[-\frac{1}{8}r_3]{-r_2}\begin{pmatrix}1&3&3&3\\0&1&3&1\\0&1&1&1\\0&0&6&0\end{pmatrix}$$

$$\xrightarrow[\frac{1}{6}r_4]{r_3-r_2}\begin{pmatrix}1&3&3&3\\0&1&3&1\\0&0&-2&0\\0&0&1&0\end{pmatrix}\xrightarrow[-\frac{1}{2}r_4]{r_4+\frac{1}{2}r_3}\begin{pmatrix}1&3&3&3\\0&1&3&1\\0&0&1&0\\0&0&0&0\end{pmatrix}$$

$$\xrightarrow[r_2-3r_3]{r_1-3r_3}\begin{pmatrix}1&3&0&3\\0&1&0&1\\0&0&1&0\\0&0&0&0\end{pmatrix}\xrightarrow{r_1-3r_2}\begin{pmatrix}1&0&0&0\\0&1&0&1\\0&0&1&0\\0&0&0&0\end{pmatrix}$$

$$\xrightarrow{c_4-c_2}\begin{pmatrix}1&0&0&0\\0&1&0&0\\0&0&1&0\\0&0&0&0\end{pmatrix},$$

因此 $\boldsymbol{A}$ 的一个（行）阶梯形矩阵、（行）最简阶梯形矩阵和等价标准形矩阵分别为

$$\begin{pmatrix}1&3&3&3\\0&1&3&1\\0&0&1&0\\0&0&0&0\end{pmatrix},\begin{pmatrix}1&0&0&0\\0&1&0&1\\0&0&1&0\\0&0&0&0\end{pmatrix},\begin{pmatrix}1&0&0&0\\0&1&0&0\\0&0&1&0\\0&0&0&0\end{pmatrix}.$$ □

因为等价标准形矩阵是唯一的，所以求等价标准形矩阵的关键在于如何找出 $\boldsymbol{I}_r$ 中的 r. 通过上面这个例子可以发现，在将矩阵化为（行）阶梯形矩阵的时候就已经可以确定 r 了：

r = 矩阵 $\boldsymbol{A}$ 的(行)阶梯形矩阵中不全为零的行的行数.

定义 2.3.6　给定 $m\times n$ 矩阵 $\boldsymbol{A}$，称其等价标准形矩阵 $\begin{pmatrix}\boldsymbol{I}_r&\boldsymbol{0}\\\boldsymbol{0}&\boldsymbol{0}\end{pmatrix}$ 中的自然数 r 是矩阵 $\boldsymbol{A}$ 的秩，记为 $r(\boldsymbol{A})$. [①,②]

矩阵的秩 01

① $\boldsymbol{A}$ 的秩也可以记为 $R(\boldsymbol{A})$ 或 $\mathrm{rank}(\boldsymbol{A})$.

② 矩阵的秩的常见的等价定义有定义 3.2.1 以及定义 4.2.4.

注：矩阵的秩满足以下的性质.

（1）因为初等变换不改变矩阵的等价标准形矩阵，所以**初等变换不改变矩阵的秩**，也就是**左乘初等矩阵或者右乘初等矩阵不改变矩阵的秩**.

（2）因为等价矩阵具有相同的等价标准形矩阵，所以**等价矩阵具有相同的秩**.

（3）矩阵的**秩**等于其**（行）阶梯形矩阵中不全为零的行的行数**. □

定义 2.3.7 如果 $m \times n$ 矩阵 $\boldsymbol{A}$ 的秩 $r(\boldsymbol{A}) = m$，称其为**行满秩矩阵**；如果 $r(\boldsymbol{A}) = n$，称其为**列满秩矩阵**. 行满秩矩阵和列满秩矩阵都称为**满秩矩阵**.

例 2.3.14 求以下矩阵的秩

$$\boldsymbol{A} = \begin{pmatrix} 1 & 2 & 3 & 0 \\ 0 & 1 & 0 & 1 \\ 0 & 0 & 1 & 0 \end{pmatrix},\ \boldsymbol{B} = \begin{pmatrix} 1 & 2 \\ 0 & 1 \\ 0 & 0 \end{pmatrix},\ \boldsymbol{C} = \begin{pmatrix} 1 & 1 & 0 \\ 0 & 1 & 0 \\ 0 & 0 & 1 \end{pmatrix}.$$

解：显然 $\boldsymbol{A}$，$\boldsymbol{B}$，$\boldsymbol{C}$ 都是（行）阶梯形矩阵，因此只需数不全为零的行的行数即可，于是

$$r(\boldsymbol{A}) = 3,\ r(\boldsymbol{B}) = 2,\ r(\boldsymbol{C}) = 3.$$ □

实际上，此题中 $\boldsymbol{A}$，$\boldsymbol{B}$，$\boldsymbol{C}$ 都是满秩矩阵，但是 $\boldsymbol{A}$ 只是行满秩而不是列满秩，$\boldsymbol{B}$ 只是列满秩而不是行满秩，$\boldsymbol{C}$ 既是行满秩也是列满秩.

例 2.3.15 求 $\boldsymbol{A} = \begin{pmatrix} 1 & 2 & 3 \\ 2 & 3 & 4 \\ 3 & 4 & 5 \end{pmatrix}$ 的秩.

矩阵的秩 02

解：显然 $\boldsymbol{A}$ 不是（行）阶梯形矩阵，下面将其化为（行）阶梯形矩阵以后再求秩.

$$\boldsymbol{A} \xrightarrow[r_3 - 3r_1]{r_2 - 2r_1} \begin{pmatrix} 1 & 2 & 3 \\ 0 & -1 & -2 \\ 0 & -2 & -4 \end{pmatrix} \xrightarrow{r_3 - 2r_2} \begin{pmatrix} 1 & 2 & 3 \\ 0 & -1 & -2 \\ 0 & 0 & 0 \end{pmatrix},$$

因此 $r(\boldsymbol{A}) = 2$. □

为了方便读者理解，接下来将归纳总结矩阵的秩的性质，其中一些结论的证明会延后.

例 2.3.16　证明 $r(\boldsymbol{A}_{m\times n})\leqslant\min\{m,n\}$.

秩的性质 01

※矩阵的秩小于或等于行数与列数的最小值.

证明： 矩阵 $\boldsymbol{A}$ 经过初等变换化为标准形矩阵 $\begin{pmatrix}\boldsymbol{I}_r & \boldsymbol{0}\\ \boldsymbol{0} & \boldsymbol{0}\end{pmatrix}_{m\times n}$，显然有 $r\leqslant\min\{m,n\}$，即

$$r(\boldsymbol{A}_{m\times n})\leqslant\min\{m,n\}.$$

□

例 2.3.17　证明 $r(\boldsymbol{A})=r(\boldsymbol{A}^{\mathrm{T}})$.

※转置不改变矩阵的秩.

证明： 存在初等矩阵 $\boldsymbol{P}_1$，…，$\boldsymbol{P}_k$ 以及 $\boldsymbol{Q}_1$，…，$\boldsymbol{Q}_l$，使

$$\boldsymbol{P}_1\cdots\boldsymbol{P}_k\boldsymbol{A}\boldsymbol{Q}_1\cdots\boldsymbol{Q}_l=\begin{pmatrix}\boldsymbol{I}_r & \boldsymbol{0}\\ \boldsymbol{0} & \boldsymbol{0}\end{pmatrix}_{m\times n}.$$

等式两边同时转置得

$$\boldsymbol{Q}_l^{\mathrm{T}}\cdots\boldsymbol{Q}_1^{\mathrm{T}}\boldsymbol{A}^{\mathrm{T}}\boldsymbol{P}_k^{\mathrm{T}}\cdots\boldsymbol{P}_1^{\mathrm{T}}=\begin{pmatrix}\boldsymbol{I}_r & \boldsymbol{0}\\ \boldsymbol{0} & \boldsymbol{0}\end{pmatrix}_{n\times m}.$$

由于初等矩阵的转置依然是初等矩阵①，从而 $\begin{pmatrix}\boldsymbol{I}_r & \boldsymbol{0}\\ \boldsymbol{0} & \boldsymbol{0}\end{pmatrix}_{n\times m}$ 是矩阵 $\boldsymbol{A}^{\mathrm{T}}$ 的等价标准形矩阵，因此

$$r(\boldsymbol{A}^{\mathrm{T}})=r=r(\boldsymbol{A}).$$

□

例 2.3.18　设 $\boldsymbol{A}$，$\boldsymbol{B}$ 是同型矩阵，证明 $r(\boldsymbol{A})=r(\boldsymbol{B})$ 当且仅当 $\boldsymbol{A}\sim\boldsymbol{B}$.

※同型矩阵的秩相等当且仅当它们等价.

证明： 不妨设 $\boldsymbol{A}$，$\boldsymbol{B}$ 都是 $m\times n$ 矩阵. 则 $r(\boldsymbol{A})=r(\boldsymbol{B})=r$ 当且仅当 $\boldsymbol{A}$，$\boldsymbol{B}$ 的等价标准形矩阵都是 $\begin{pmatrix}\boldsymbol{I}_r & \boldsymbol{0}\\ \boldsymbol{0} & \boldsymbol{0}\end{pmatrix}$，也就是

$$\boldsymbol{A}\sim\begin{pmatrix}\boldsymbol{I}_r & \boldsymbol{0}\\ \boldsymbol{0} & \boldsymbol{0}\end{pmatrix},\ \boldsymbol{B}\sim\begin{pmatrix}\boldsymbol{I}_r & \boldsymbol{0}\\ \boldsymbol{0} & \boldsymbol{0}\end{pmatrix}.$$

即 $\boldsymbol{A}\sim\boldsymbol{B}$.　□

例 2.3.19　证明 $r(\boldsymbol{A})+r(\boldsymbol{B})=r\begin{pmatrix}\boldsymbol{A} & \boldsymbol{0}\\ \boldsymbol{0} & \boldsymbol{B}\end{pmatrix}$.

※分块的“对角”矩阵的秩等于“对角线”上子块的秩之和. 注意，这里并不是真正的分块的对角矩阵.

证明： 根据等价标准形矩阵的定义，存在初等矩阵 $\boldsymbol{P}_1$，…，$\boldsymbol{P}_k$ 以及

① 参见表 2.3.1.

Q_1, …, Q_l, 使

$$P_1\cdots P_kAQ_1\cdots Q_l=\begin{pmatrix} I_{r(A)} & 0 \\ 0 & 0 \end{pmatrix}.$$

类似地，存在 P_1', …, P_s' 以及 Q_1', …, Q_t', 使

$$P_1'\cdots P_s'BQ_1'\cdots Q_t'=\begin{pmatrix} I_{r(B)} & 0 \\ 0 & 0 \end{pmatrix}.$$

由分块矩阵乘法可得

$$\begin{pmatrix} P_1 & 0 \\ 0 & I \end{pmatrix}\cdots\begin{pmatrix} P_k & 0 \\ 0 & I \end{pmatrix}\begin{pmatrix} I & 0 \\ 0 & P_1' \end{pmatrix}\cdots\begin{pmatrix} I & 0 \\ 0 & P_s' \end{pmatrix}\begin{pmatrix} A & 0 \\ 0 & B \end{pmatrix}$$
$$\begin{pmatrix} Q_1 & 0 \\ 0 & I \end{pmatrix}\cdots\begin{pmatrix} Q_l & 0 \\ 0 & I \end{pmatrix}\begin{pmatrix} I & 0 \\ 0 & Q_1' \end{pmatrix}\cdots\begin{pmatrix} I & 0 \\ 0 & Q_t' \end{pmatrix}$$
$$=\begin{pmatrix} I_{r(A)} & 0 & 0 & 0 \\ 0 & 0 & 0 & 0 \\ 0 & 0 & I_{r(B)} & 0 \\ 0 & 0 & 0 & 0 \end{pmatrix}.$$

因此

$$r\begin{pmatrix} A & 0 \\ 0 & B \end{pmatrix}=r\begin{pmatrix} I_{r(A)} & 0 & 0 & 0 \\ 0 & 0 & 0 & 0 \\ 0 & 0 & I_{r(B)} & 0 \\ 0 & 0 & 0 & 0 \end{pmatrix}=r(A)+r(B).$$ □

例 2.3.20 设 A, B 的行数相同，证明

$$\max\{r(A),r(B)\}\leqslant r(A\quad B)\leqslant r(A)+r(B).$$

秩的性质 02

※矩阵的秩大于或等于子矩阵的秩的最大值且小于或等于子矩阵的秩之和.

证明：先证 $\max\{r(A),r(B)\}\leqslant r(A\quad B)$，不妨设 $r(A)\geqslant r(B)$，因此只需证明 $r(A)\leqslant r(A,B)$.

用初等行变换把 $(A\quad B)$ 化为（行）最简阶梯形矩阵 $(U_A\quad C)$，那么 U_A 一定是 A 的（行）最简阶梯形矩阵，因此

$r(A\quad B)=(U_A\quad C)$ 中不全为零的行的行数.

$r(A)=U_A$ 中不全为零的行的行数.

所以 $r(A)\leqslant r(A\quad B)$.

下面证 $r(A\quad B)\leqslant r(A)+r(B)$. 因

$$\begin{pmatrix} A & 0 \\ 0 & B \end{pmatrix}\overset{r}{\sim}\begin{pmatrix} A & B \\ 0 & B \end{pmatrix},$$

故

$$r(\boldsymbol{A})+r(\boldsymbol{B})=r\begin{pmatrix}\boldsymbol{A} & \boldsymbol{0}\\ \boldsymbol{0} & \boldsymbol{B}\end{pmatrix}=r\begin{pmatrix}\boldsymbol{A} & \boldsymbol{B}\\ \boldsymbol{0} & \boldsymbol{B}\end{pmatrix}$$

$$\xlongequal{\text{转置不改变秩}} r\begin{pmatrix}\boldsymbol{A}^{\mathrm{T}} & \boldsymbol{0}\\ \boldsymbol{B}^{\mathrm{T}} & \mathrm{B}^{\mathrm{T}}\end{pmatrix}.$$

因为$\begin{pmatrix}\boldsymbol{A}^{\mathrm{T}}\\ \boldsymbol{B}^{\mathrm{T}}\end{pmatrix}$是$\begin{pmatrix}\boldsymbol{A}^{\mathrm{T}} & \boldsymbol{0}\\ \boldsymbol{B}^{\mathrm{T}} & \boldsymbol{B}^{\mathrm{T}}\end{pmatrix}$的子矩阵，因此

$$r\begin{pmatrix}\boldsymbol{A}^{\mathrm{T}} & \boldsymbol{0}\\ \boldsymbol{B}^{\mathrm{T}} & \boldsymbol{B}^{\mathrm{T}}\end{pmatrix}\geqslant r\begin{pmatrix}\boldsymbol{A}^{\mathrm{T}}\\ \boldsymbol{B}^{\mathrm{T}}\end{pmatrix}\xlongequal{\text{转置不改变秩}} r(\boldsymbol{A}\quad\boldsymbol{B}),$$

从而 $r(\boldsymbol{A})+r(\boldsymbol{B})\geqslant r(\boldsymbol{A}\quad\boldsymbol{B})$．综上所述，结论成立． □

注：线性方程组 $\boldsymbol{Ax}=\boldsymbol{b}$ 的增广矩阵与系数矩阵的秩满足 $r(\boldsymbol{A})\leqslant r(\boldsymbol{A}\quad\boldsymbol{b})\leqslant r(\boldsymbol{A})+1$． □

例 2.3.21　设 $\boldsymbol{A}$，$\boldsymbol{B}$ 的大小相同，证明 $r(\boldsymbol{A}+\boldsymbol{B})\leqslant r(\boldsymbol{A})+r(\boldsymbol{B})$．

秩的性质 03

※矩阵的和的秩小于或等于矩阵的秩之和．

证明：$(\boldsymbol{A}\quad\boldsymbol{B})$ 可以通过初等列变换化为 $(\boldsymbol{A}+\boldsymbol{B}\quad\boldsymbol{B})$．因此

$$r(\boldsymbol{A})+r(\boldsymbol{B})\geqslant r(\boldsymbol{A}\quad\boldsymbol{B})=r(\boldsymbol{A}+\boldsymbol{B}\quad\boldsymbol{B})\geqslant r(\boldsymbol{A}+\boldsymbol{B}).$$ □

例 2.3.22　设 $\boldsymbol{A}$ 是 n 阶方阵，证明 $r(\boldsymbol{A}+\boldsymbol{I})+r(\boldsymbol{I}-\boldsymbol{A})\geqslant n$．

证明：因为$(\boldsymbol{A}+\boldsymbol{I})+(\boldsymbol{I}-\boldsymbol{A})=2\boldsymbol{I}$，所以

$$r(\boldsymbol{A}+\boldsymbol{I})+r(\boldsymbol{I}-\boldsymbol{A})\geqslant r(2\boldsymbol{I})=n.$$ □

例 2.3.23　设 $\boldsymbol{A}_{m\times n}\boldsymbol{B}_{n\times l}=\boldsymbol{0}$，证明 $r(\boldsymbol{A})+r(\boldsymbol{B})\leqslant n$．

证明：参见例 4.2.12． □

※矩阵乘积的秩小于或等于乘积因子的秩的最小值．

例 2.3.24　设 $\boldsymbol{A}_{m\times n}\boldsymbol{B}_{n\times l}=\boldsymbol{C}$，且 $r(\boldsymbol{A})=n$，证明 $r(\boldsymbol{B})=r(\boldsymbol{C})$．

※左乘列满秩矩阵或者右乘行满秩矩阵不改变矩阵的秩．

证明：因为 $r(\boldsymbol{A})=n$，所以 $\boldsymbol{A}$ 与$\begin{pmatrix}\boldsymbol{I}_n\\ \boldsymbol{0}\end{pmatrix}$等价，从而存在初等矩阵 $\boldsymbol{P}_1$，…，$\boldsymbol{P}_k$ 以及 $\boldsymbol{Q}_1$，…，$\boldsymbol{Q}_l$，使得

$$\boldsymbol{A}=\boldsymbol{P}_1\cdots\boldsymbol{P}_k\begin{pmatrix}\boldsymbol{I}_n\\ \boldsymbol{0}\end{pmatrix}\boldsymbol{Q}_1\cdots\boldsymbol{Q}_l.$$

记 $\boldsymbol{Q}_1\cdots\boldsymbol{Q}_l\boldsymbol{B}=\boldsymbol{D}$，则 $r(\boldsymbol{D})=r(\boldsymbol{B})$，因此

$$r(\boldsymbol{C})=r\left(\boldsymbol{P}_1\cdots\boldsymbol{P}_k\begin{pmatrix}\boldsymbol{I}_n\\\boldsymbol{0}\end{pmatrix}\boldsymbol{Q}_1\cdots\boldsymbol{Q}_l\boldsymbol{B}\right)$$

$$=r\left(\begin{pmatrix}\boldsymbol{I}_n\\\boldsymbol{0}\end{pmatrix}\boldsymbol{D}\right)=r\begin{pmatrix}\boldsymbol{I}_n\boldsymbol{D}\\\boldsymbol{0}\end{pmatrix}=r(\boldsymbol{D})=r(\boldsymbol{B}).$$ □

※左乘或者右乘可逆矩阵不改变矩阵的秩.

例 2.3.25 设$\boldsymbol{A}$，$\boldsymbol{B}$是同阶方阵，且$\boldsymbol{A}$可逆，证明$r(\boldsymbol{AB})=r(\boldsymbol{B})=r(\boldsymbol{BA})$.

证明：见 74 页推论 2.3.2 的证明. □

接下来把前面的线性方程组以及矩阵方程解的存在唯一性定理（定理 1.3.1）翻译成秩的语言，这样描述会更为精确.

定理 2.3.5 线性方程组$\boldsymbol{A}_{m\times n}\boldsymbol{x}=\boldsymbol{b}$［参见线性方程组(1.1.4)］无解的充分必要条件是$r(\boldsymbol{A})<r(\boldsymbol{A}\mid\boldsymbol{b})$. 或者说，有解的充分必要条件是$r(\boldsymbol{A})=r(\boldsymbol{A}\mid\boldsymbol{b})$.

有解时，有唯一解当且仅当$r(\boldsymbol{A})=n$；有解时，有无穷多组解当且仅当$r(\boldsymbol{A})<n$.

线性方程组有解的判定定理 01

证明：根据定理 1.3.1，$\boldsymbol{A}_{m\times n}\boldsymbol{x}=\boldsymbol{b}$无解当且仅当增广矩阵（$\boldsymbol{A}\mid\boldsymbol{b}$）化为（行）最简阶梯形矩阵时含下面行

$$(0\ \cdots\ 0\mid 1).$$

因为（行）最简阶梯形矩阵是唯一的，不妨设（$\boldsymbol{A}\mid\boldsymbol{b}$）的（行）最简阶梯形矩阵为

$$\left(\begin{array}{cccccccc|c}0&\cdots&0&1&\cdots&\cdots&\cdots&\cdots&*\\0&\cdots&0&\cdots&0&1&\cdots&\cdots&*\\\vdots&\ddots&\vdots&\ddots&\vdots&\ddots&\ddots&\ddots&\vdots\\0&\cdots&0&\cdots&\cdots&\cdots&0&0&1\\0&\cdots&0&\cdots&\cdots&\cdots&0&0&0\end{array}\right)=(\boldsymbol{U}\mid\boldsymbol{\beta}),$$

则$\boldsymbol{U}$是$\boldsymbol{A}$的（行）最简阶梯形矩阵，此时（无解时）显然有

$$(\boldsymbol{U}\mid\boldsymbol{\beta})\text{不全为零的行的行数}=\boldsymbol{U}\text{不全为零的行的行数}+1.$$

也就是

$$r(\boldsymbol{U}\mid\boldsymbol{\beta})=r(\boldsymbol{U})+1\Leftrightarrow r(\boldsymbol{A}\mid\boldsymbol{b})=r(\boldsymbol{A})+1.$$

因此$\boldsymbol{Ax}=\boldsymbol{b}$无解当且仅当$r(\boldsymbol{A})<r(\boldsymbol{A}\mid\boldsymbol{b})$.①

根据定理 1.3.1，有解时，$\boldsymbol{Ax}=\boldsymbol{b}$有唯一解当且仅当该线性方程组没有自由变量，或者说全部的变量都是约束变量，也就是

$$\text{变量的个数}=\boldsymbol{U}\text{的不全为零的行的行数}=r(\boldsymbol{A}).$$

① 由于$\boldsymbol{A}$是（$\boldsymbol{A}\mid\boldsymbol{b}$）的子矩阵，故（例 2.3.20）$r(\boldsymbol{A})\leqslant r(\boldsymbol{A}\mid\boldsymbol{b})\leqslant r(\boldsymbol{A})+r(\boldsymbol{b})\leqslant r(\boldsymbol{A})+1$，从而可以证明$r(\boldsymbol{A})<r(\boldsymbol{A}\mid\boldsymbol{b})\Leftrightarrow r(\boldsymbol{A})\neq r(\boldsymbol{A}\mid\boldsymbol{b})\Leftrightarrow r(\boldsymbol{A})=r(\boldsymbol{A}\mid\boldsymbol{b})+1$.

因此 $Ax=b$ 有唯一解当且仅当

$$r(A)=r(A \mid b)=n,$$

$Ax=b$ 有无穷多组解当且仅当

$$r(A)=r(A \mid b)<n.$$

□

例 2.3.26　a，b 取何值的时候，线性方程组

$$\begin{cases} x_1+ax_2+x_3=4 \\ x_1+ax_2+2x_3=2 \\ x_1+x_2+bx_3=1 \end{cases}$$

有唯一解、无解或有无穷多组解[①].

线性方程组有解的判定定理 02

解：该线性方程组的增广矩阵为

$$(A \mid b)=\left(\begin{array}{ccc|c} 1 & a & 1 & 4 \\ 1 & a & 2 & 2 \\ 1 & 1 & b & 1 \end{array}\right) \to \left(\begin{array}{ccc|c} 1 & 1 & b & 1 \\ 1 & a & 1 & 4 \\ 0 & 0 & 1 & -2 \end{array}\right)$$

$$\to \left(\begin{array}{ccc|c} 1 & 1 & b & 1 \\ 0 & a-1 & 1-b & 3 \\ 0 & 0 & 1 & -2 \end{array}\right).$$

从而 $a\neq 1$ 时，$r(A)=r(A \mid b)=3$，此时线性方程组有唯一解.

当 $a=1$ 时，进一步用初等行变换化为

$$\left(\begin{array}{ccc|c} 1 & 1 & b & 1 \\ 0 & 0 & 1 & -2 \\ 0 & 0 & 0 & 5-2b \end{array}\right).$$

则 $a=1$，$b=\dfrac{5}{2}$时，$r(A)=r(A \mid b)=2$，此时线性方程组有无穷多组解.

$a=1$，$b\neq\dfrac{5}{2}$时，$r(A)<r(A \mid b)$，此时线性方程组无解.

□

例 2.3.27　a，b 取何值的时候，线性方程组

$$\begin{cases} x_1+ax_2+x_3=3 \\ x_1+2ax_2+x_3=4 \\ x_1+x_2+bx_3=4 \end{cases}$$

有唯一解、无解或有无穷多组解.

※注意对比例2.3.27和例2.3.26在进行初等行变换时的差异.

解：该线性方程组的增广矩阵为

---

① 参见例 3.2.2，例 4.1.1.

$$(\boldsymbol{A} \vdots \boldsymbol{b})=\left(\begin{array}{ccc:c}1 & a & 1 & 3\\1 & 2a & 1 & 4\\1 & 1 & b & 4\end{array}\right)\xrightarrow[r_3-r_1]{r_2-r_1}\left(\begin{array}{ccc:c}1 & a & 1 & 3\\0 & a & 0 & 1\\0 & 1-a & b-1 & 1\end{array}\right)$$

$$\xrightarrow{r_3+r_2}\left(\begin{array}{ccc:c}1 & a & 1 & 3\\0 & a & 0 & 1\\0 & 1 & b-1 & 2\end{array}\right)$$

$$\xrightarrow{r_3\leftrightarrow r_2}\left(\begin{array}{ccc:c}1 & a & 1 & 3\\0 & 1 & b-1 & 2\\0 & a & 0 & 1\end{array}\right)$$

$$\xrightarrow{r_3-ar_2}\left(\begin{array}{ccc:c}1 & a & 1 & 3\\0 & 1 & b-1 & 2\\0 & 0 & -a(b-1) & 1-2a\end{array}\right).$$

从而 $a(b-1)\neq 0$ 时，即 $a\neq 0$ 且 $b\neq 1$ 时，$r(\boldsymbol{A})=r(\boldsymbol{A} \vdots \boldsymbol{b})=3$，此时线性方程组有唯一解.

当 $a(b-1)=0$ 且 $a=\dfrac{1}{2}$时，增广矩阵的（行）阶梯形矩阵为

$$\left(\begin{array}{ccc:c}1 & a & 1 & 3\\0 & 1 & b-1 & 2\\0 & 0 & 0 & 0\end{array}\right),$$

此时 $r(\boldsymbol{A})=r(\boldsymbol{A} \vdots \boldsymbol{b})=2$，即线性方程组有无穷多组解.

当 $a(b-1)=0$ 且 $a\neq\dfrac{1}{2}$时，增广矩阵的（行）阶梯形矩阵化为

$$\left(\begin{array}{ccc:c}1 & a & 1 & 3\\0 & 1 & b-1 & 2\\0 & 0 & 0 & 1\end{array}\right),$$

此时线性方程组无解. □

类似地，对矩阵方程，有下面的定理.

定理 2.3.6 矩阵方程 $\boldsymbol{A}_{m\times n}\boldsymbol{X}=\boldsymbol{B}$（见定理 2.3.3）无解的充分必要条件是 $r(\boldsymbol{A})<r(\boldsymbol{A} \vdots \boldsymbol{B})$. 或者说，有解的充分必要条件是 $r(\boldsymbol{A})=r(\boldsymbol{A} \vdots \boldsymbol{B})$.

有解时，有唯一解当且仅当 $r(\boldsymbol{A})=n$；有解时，有无穷多组解当且仅当 $r(\boldsymbol{A})<n$.

矩阵方程有解的判定定理

例 2.3.28 设 $\boldsymbol{AB}$ 有意义，证明

$$r(\boldsymbol{AB})\leqslant\min\{r(\boldsymbol{A}),r(\boldsymbol{B})\}.$$

证明：令 $AB=C$，则矩阵方程 $AX=C$ 有解，由定理 2.3.6 可知 $r(A)=r(A\,\vdots\,C)\geqslant r(C)=r(AB)$.

类似地，$r(AB)=r(B^{\mathrm{T}}A^{\mathrm{T}})\leqslant r(B^{\mathrm{T}})=r(B)$，从而

$$r(AB)\leqslant \min\{r(A),r(B)\}.$$

□

例 2.3.29　设 a 是常数，矩阵

$$A=\begin{pmatrix}1&-1&0\\0&2&-1\\-1&-2&2\end{pmatrix},\quad B=\begin{pmatrix}1&-1&1\\0&1&a\\0&-1&-1\end{pmatrix},$$

则矩阵方程 $AX=B$ 什么时候有解，并在有解时求出所有的解.

解：该矩阵方程的增广矩阵为

$$(A\,\vdots\,B)=\left(\begin{array}{ccc:ccc}1&-1&0&1&-1&1\\0&2&-1&0&1&a\\-1&-2&2&0&-1&-1\end{array}\right)$$

$$\xrightarrow{r_3+r_1}\left(\begin{array}{ccc:ccc}1&-1&0&1&-1&1\\0&2&-1&0&1&a\\0&-3&2&1&-2&0\end{array}\right)$$

$$\xrightarrow{r_3+\frac{3}{2}r_2}\left(\begin{array}{ccc:ccc}1&-1&0&1&-1&1\\0&2&-1&0&1&a\\0&0&\frac{1}{2}&1&-\frac{1}{2}&\frac{3a}{2}\end{array}\right)$$

$$\xrightarrow{2r_3}\left(\begin{array}{ccc:ccc}1&-1&0&1&-1&1\\0&2&-1&0&1&a\\0&0&1&2&-1&3a\end{array}\right)$$

$$\xrightarrow{r_2+r_3}\left(\begin{array}{ccc:ccc}1&-1&0&1&-1&1\\0&2&0&2&0&4a\\0&0&1&2&-1&3a\end{array}\right)$$

$$\xrightarrow{\frac{1}{2}r_2}\left(\begin{array}{ccc:ccc}1&-1&0&1&-1&1\\0&1&0&1&0&2a\\0&0&1&2&-1&3a\end{array}\right)$$

$$\xrightarrow{r_1+r_2}\left(\begin{array}{ccc:ccc}1&0&0&2&-1&1+2a\\0&1&0&1&0&2a\\0&0&1&2&-1&3a\end{array}\right).$$

因此 $r(A)=r(A\,\vdots\,B)=3$，故原矩阵方程有唯一解

$$X=\begin{pmatrix}2&-1&1+2a\\1&0&2a\\2&-1&3a\end{pmatrix}.$$

□

※你能不能找出更多的"同一题目，但陈述不同"的例子来？

例 2.3.30 设 a 是常数，矩阵

$$A=\begin{pmatrix}1&-1&0\\0&2&-1\\-1&-2&2\end{pmatrix},\ B=\begin{pmatrix}1&-1&1\\0&1&a\\0&-1&-1\end{pmatrix},$$

则矩阵方程 $BX=A$ 什么时候有解，并求出所有的解①.

解：该矩阵方程的增广矩阵为

$$(B\mid A)=\left(\begin{array}{ccc|ccc}1&-1&1&1&-1&0\\0&1&a&0&2&-1\\0&-1&-1&-1&-2&2\end{array}\right)$$

$$\xrightarrow{r_3+r_2}\left(\begin{array}{ccc|ccc}1&-1&1&1&-1&0\\0&1&a&0&2&-1\\0&0&a-1&-1&0&1\end{array}\right).$$

当 $a\neq1$ 时，$r(B)=r(B\mid A)=3$，此时原方程有唯一解，继续化为（行）最简阶梯形矩阵

$$(B\mid A)\to\left(\begin{array}{ccc|ccc}1&0&0&\frac{2a}{a-1}&1&-\frac{2a}{a-1}\\0&1&0&\frac{a}{a-1}&2&-\frac{2a-1}{a-1}\\0&0&1&-\frac{1}{a-1}&0&\frac{1}{a-1}\end{array}\right),$$

故原方程的解为

$$X=\begin{pmatrix}\frac{2a}{a-1}&1&-\frac{2a}{a-1}\\\frac{a}{a-1}&2&-\frac{2a-1}{a-1}\\-\frac{1}{a-1}&0&\frac{1}{a-1}\end{pmatrix}.$$

当 $a=1$ 时，

① 同一问题有多种问法，以及多种陈述方式，参见例 4.2.3 和例 4.2.4.

$$(\boldsymbol{B} \vdots \boldsymbol{A}) \to \left(\begin{array}{ccc:ccc} 1 & -1 & 1 & 1 & -1 & 0 \\ 0 & 1 & 1 & 0 & 2 & -1 \\ 0 & 0 & 0 & -1 & 0 & 1 \end{array}\right),$$

则 $r(\boldsymbol{B}) < r(\boldsymbol{B} \vdots \boldsymbol{A})$，此时原方程无解. □

根据定义 2.3.3，方阵 $\boldsymbol{A}$ 是可逆矩阵当且仅当存在方阵 $\boldsymbol{B}$，使

$$\boldsymbol{AB} = \boldsymbol{I} = \boldsymbol{BA}.$$

显然单位矩阵 $\boldsymbol{I}$ 是可逆矩阵，并且 $\boldsymbol{I}^{-1} = \boldsymbol{I}$，也就是"单位矩阵的逆矩阵是自身". 根据逆矩阵的定义，可知

$$\boldsymbol{A}^{-1}\boldsymbol{A} = \boldsymbol{A}\boldsymbol{A}^{-1} = \boldsymbol{I},$$

因此 $\boldsymbol{A}$ 与 $\boldsymbol{A}^{-1}$ 是可交换的，从而由本书 27 页注（1）可知 $\boldsymbol{A}$ 与 $\boldsymbol{A}^{-1}$ 一定是同阶方阵，因为只有方阵才可能谈是否可逆. 在命题 2.3.2 中已证明了"初等矩阵都是可逆的".

例 2.3.31　对角矩阵 $\boldsymbol{D} = \begin{pmatrix} \lambda_1 & & & \\ & \lambda_2 & & \\ & & \ddots & \\ & & & \lambda_n \end{pmatrix}$ 可逆当且仅当主对角线上元素全部非零.

证明：设对角矩阵 $\boldsymbol{D} = \begin{pmatrix} \lambda_1 & & & \\ & \lambda_2 & & \\ & & \ddots & \\ & & & \lambda_n \end{pmatrix}$ 的主对角线上元素全部非零，显然 $\boldsymbol{D}$ 可逆且

$$\boldsymbol{D}^{-1} = \begin{pmatrix} \frac{1}{\lambda_1} & & & \\ & \frac{1}{\lambda_2} & & \\ & & \ddots & \\ & & & \frac{1}{\lambda_n} \end{pmatrix} = \begin{pmatrix} \lambda_1^{-1} & & & \\ & \lambda_2^{-1} & & \\ & & \ddots & \\ & & & \lambda_n^{-1} \end{pmatrix}.$$

如果对角矩阵 $\boldsymbol{D} = (\boldsymbol{\alpha}_1 \quad \boldsymbol{\alpha}_2 \quad \cdots \quad \boldsymbol{\alpha}_n)$ 可逆，即存在可逆矩阵

$$\boldsymbol{B} = (\boldsymbol{\beta}_1 \quad \boldsymbol{\beta}_2 \quad \cdots \quad \boldsymbol{\beta}_n),$$

使得 $\boldsymbol{BD}=\boldsymbol{I}$，由分块矩阵乘法可得①

$$\begin{aligned}\boldsymbol{BD}&=(\boldsymbol{B\alpha}_1\quad \boldsymbol{B\alpha}_2\quad \cdots\quad \boldsymbol{B\alpha}_n)\\&=(\lambda_1\boldsymbol{\beta}_1\quad \lambda_2\boldsymbol{\beta}_2\quad \cdots\quad \lambda_n\boldsymbol{\beta}_n)=(\boldsymbol{\varepsilon}_1\quad \boldsymbol{\varepsilon}_2\quad \cdots\quad \boldsymbol{\varepsilon}_n).\end{aligned}$$

则 $\lambda_i\boldsymbol{\beta}_i=\boldsymbol{\varepsilon}_i$，$i=1, 2, \cdots, n$，因 $\boldsymbol{\varepsilon}_i$ 不是零向量，故 $\lambda_i\neq 0$，也就是对角矩阵 $\boldsymbol{D}$ 主对角线上的元素全部非零. □

※该类型题目在矩阵多项式的特征值时还会遇到.

例 2.3.32 设方阵 $\boldsymbol{A}$ 满足 $\boldsymbol{A}^2-2\boldsymbol{A}+\boldsymbol{I}=\boldsymbol{0}$，证明 $\boldsymbol{A}+\boldsymbol{I}$ 可逆.

证明：因 $\boldsymbol{A}^2-2\boldsymbol{A}+\boldsymbol{I}=\boldsymbol{A}(\boldsymbol{A}+\boldsymbol{I})-3\boldsymbol{A}-3\boldsymbol{I}+4\boldsymbol{I}$，所以 $\boldsymbol{A}^2-2\boldsymbol{A}+\boldsymbol{I}=\boldsymbol{0}$ 等价于

$$-4\boldsymbol{I}=\boldsymbol{A}(\boldsymbol{A}+\boldsymbol{I})-3(\boldsymbol{A}+\boldsymbol{I})=(\boldsymbol{A}-3\boldsymbol{I})(\boldsymbol{A}+\boldsymbol{I}),$$

即 $\left[-\frac{1}{4}(\boldsymbol{A}-3\boldsymbol{I})\right](\boldsymbol{A}+\boldsymbol{I})=\boldsymbol{I}$. 又因 $-\frac{1}{4}(\boldsymbol{A}-3\boldsymbol{I})$ 与 $\boldsymbol{A}+\boldsymbol{I}$ 可交换，故

$$(\boldsymbol{A}+\boldsymbol{I})\left[-\frac{1}{4}(\boldsymbol{A}-3\boldsymbol{I})\right]=\boldsymbol{I},$$

因此 $\boldsymbol{A}+\boldsymbol{I}$ 可逆且

$$(\boldsymbol{A}+\boldsymbol{I})^{-1}=-\frac{1}{4}(\boldsymbol{A}-3\boldsymbol{I}).$$ □

命题 2.3.4 设同阶方阵 $\boldsymbol{A}$，$\boldsymbol{B}$ 均可逆，k 是非零常数，则有：

(1) $(\boldsymbol{A}^{-1})^{-1}=\boldsymbol{A}$；

(2) $(\boldsymbol{AB})^{-1}=\boldsymbol{B}^{-1}\boldsymbol{A}^{-1}$；

(3) $(\boldsymbol{A}^{\mathrm{T}})^{-1}=(\boldsymbol{A}^{-1})^{\mathrm{T}}$；

(4) $(k\boldsymbol{A})^{-1}=\frac{1}{k}\boldsymbol{A}^{-1}$.

逆矩阵的性质及可逆的判别法 01

证明：(1) 根据定义，$\boldsymbol{A}$ 可逆即 $\boldsymbol{AA}^{-1}=\boldsymbol{I}=\boldsymbol{A}^{-1}\boldsymbol{A}$，也就是

$$\boldsymbol{A}^{-1}\boldsymbol{A}=\boldsymbol{I}=\boldsymbol{AA}^{-1},$$

从而，$\boldsymbol{A}^{-1}$ 可逆且 $(\boldsymbol{A}^{-1})^{-1}=\boldsymbol{A}$.

(2) 根据逆矩阵的定义，只需验证

$$(\boldsymbol{AB})(\boldsymbol{B}^{-1}\boldsymbol{A}^{-1})=\boldsymbol{I}=(\boldsymbol{B}^{-1}\boldsymbol{A}^{-1})(\boldsymbol{AB}).$$

由矩阵乘法的结合律可知

$$(\boldsymbol{AB})(\boldsymbol{B}^{-1}\boldsymbol{A}^{-1})=\boldsymbol{A}(\boldsymbol{BB}^{-1})\boldsymbol{A}^{-1}=\boldsymbol{AA}^{-1}=\boldsymbol{I},$$

※若 $\boldsymbol{A},\boldsymbol{B},\boldsymbol{C}$ 均可逆，则 $(\boldsymbol{ABC})^{-1}$ 是什么？

类似可得 $\boldsymbol{I}=(\boldsymbol{B}^{-1}\boldsymbol{A}^{-1})(\boldsymbol{AB})$，因此 $\boldsymbol{AB}$ 可逆且

$$(\boldsymbol{AB})^{-1}=\boldsymbol{B}^{-1}\boldsymbol{A}^{-1}.$$

① 等式 $\boldsymbol{BD}=(\lambda_1\boldsymbol{\beta}_1\quad \lambda_2\boldsymbol{\beta}_2\quad \cdots\quad \lambda_n\boldsymbol{\beta}_n)$ 简记为"右乘对角矩阵即原矩阵的每一列乘以对角矩阵的主对角线上相应的数"，类似可以得到"左乘对角矩阵即原矩阵的每一行乘以对角矩阵的主对角线上相应的数".

（3）因为 $\boldsymbol{A}$ 可逆，故

$$\boldsymbol{A}^{-1}\boldsymbol{A}=\boldsymbol{I}=\boldsymbol{A}\boldsymbol{A}^{-1},$$

同时转置得

$$\boldsymbol{A}^{\mathrm{T}}(\boldsymbol{A}^{-1})^{\mathrm{T}}=\boldsymbol{I}=(\boldsymbol{A}^{-1})^{\mathrm{T}}\boldsymbol{A}^{\mathrm{T}},$$

因此，$\boldsymbol{A}^{\mathrm{T}}$ 可逆且 $(\boldsymbol{A}^{\mathrm{T}})^{-1}=(\boldsymbol{A}^{-1})^{\mathrm{T}}$.

※此条告诉我们求逆与求转置可以交换顺序.

（4）根据可逆矩阵的定义，只需验证

$$(k\boldsymbol{A})\left(\frac{1}{k}\boldsymbol{A}^{-1}\right)=\boldsymbol{I}=\left(\frac{1}{k}\boldsymbol{A}^{-1}\right)(k\boldsymbol{A}),$$

因数乘与矩阵乘法可交换，且具有结合律，因此上面式子显然成立，也就是 $(k\boldsymbol{A})^{-1}=\dfrac{1}{k}\boldsymbol{A}^{-1}$. □

定理 2.3.7　n 阶方阵 $\boldsymbol{A}$ 可逆当且仅当 $r(\boldsymbol{A})=n$.

证明： 必要性. 设 $\boldsymbol{A}$ 可逆，则 $\boldsymbol{Ax}=\boldsymbol{b}$ 有唯一解 $\boldsymbol{x}=\boldsymbol{A}^{-1}\boldsymbol{b}$，由解的存在唯一性定理可知，$\boldsymbol{Ax}=\boldsymbol{b}$ 有唯一解当且仅当 $r(\boldsymbol{A})=r(\boldsymbol{A}\mid\boldsymbol{b})=n$，从而 $r(\boldsymbol{A})=n$.

充分性. 若 $r(\boldsymbol{A})=n$，则 $\boldsymbol{A}$ 的等价标准形矩阵为 $\boldsymbol{I}_n$，因此存在初等矩阵 $\boldsymbol{P}_1$，$\boldsymbol{P}_2$，…，$\boldsymbol{P}_k$ 和 $\boldsymbol{Q}_1$，$\boldsymbol{Q}_2$，…，$\boldsymbol{Q}_l$，使得

$$\boldsymbol{P}_1\boldsymbol{P}_2\cdots\boldsymbol{P}_k\boldsymbol{A}\boldsymbol{Q}_1\boldsymbol{Q}_2\cdots\boldsymbol{Q}_l=\boldsymbol{I}_n.$$

又因初等矩阵可逆，故

$$\boldsymbol{A}=\boldsymbol{P}_k^{-1}\cdots\boldsymbol{P}_2^{-1}\boldsymbol{P}_1^{-1}\boldsymbol{I}_n\boldsymbol{Q}_l^{-1}\cdots\boldsymbol{Q}_2^{-1}\boldsymbol{Q}_1^{-1},$$

因可逆矩阵的乘积依然可逆，所以 $\boldsymbol{A}$ 可逆. □

推论 2.3.1　$\boldsymbol{A}$ 可逆当且仅当 $\boldsymbol{A}$ 可以表示为一系列初等矩阵的乘积.

逆矩阵的性质及可逆的判别法 02

证明： 必要性. 设 $\boldsymbol{A}$ 可逆，由定理 2.3.7 的证明可知存在初等矩阵 $\boldsymbol{P}_1$，$\boldsymbol{P}_2$，…，$\boldsymbol{P}_k$ 和 $\boldsymbol{Q}_1$，$\boldsymbol{Q}_2$，…，$\boldsymbol{Q}_l$，使

$$\boldsymbol{A}=\boldsymbol{P}_k^{-1}\cdots\boldsymbol{P}_2^{-1}\boldsymbol{P}_1^{-1}\boldsymbol{Q}_l^{-1}\cdots\boldsymbol{Q}_2^{-1}\boldsymbol{Q}_1^{-1},$$

因为初等矩阵的逆依然是初等矩阵（参见命题 2.3.2），所以可逆矩阵一定可以表示为一系列初等矩阵的乘积.

充分性. 设 $\boldsymbol{A}$ 可以表示为一系列初等矩阵的乘积，因为初等矩阵可逆且可逆矩阵的乘积依然可逆，所以 $\boldsymbol{A}$ 可逆. □

推论 2.3.2　设 $\boldsymbol{A}$，$\boldsymbol{B}$ 是同阶方阵，且 $\boldsymbol{A}$ 可逆，则 $r(\boldsymbol{AB})=r(\boldsymbol{B})=r(\boldsymbol{BA})$.

证明：因为 $\boldsymbol{A}$ 可逆，由推论 2.3.1 可知存在初等矩阵

$$\boldsymbol{P}_1, \boldsymbol{P}_2, \cdots, \boldsymbol{P}_k,$$

使得

$$\boldsymbol{A} = \boldsymbol{P}_1\boldsymbol{P}_2\cdots\boldsymbol{P}_k,$$

由于左乘初等矩阵或者右乘初等矩阵不改变矩阵的秩，因此

$$r(\boldsymbol{AB}) = r(\boldsymbol{P}_1\boldsymbol{P}_2\cdots\boldsymbol{P}_k\boldsymbol{B}) = r(\boldsymbol{P}_2\cdots\boldsymbol{P}_k\boldsymbol{B}) = \cdots = r(\boldsymbol{P}_k\boldsymbol{B}) = r(\boldsymbol{B}).$$

类似可得 $r(\boldsymbol{B}) = r(\boldsymbol{BA})$. □

※分块的下三角矩阵的逆矩阵呢?

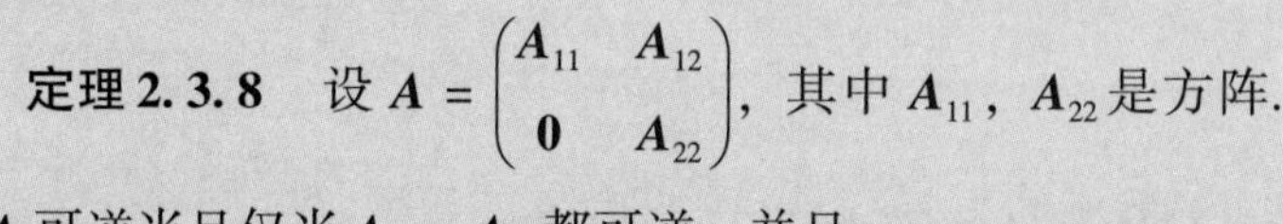

定理 2.3.8 设 $\boldsymbol{A} = \begin{pmatrix} \boldsymbol{A}_{11} & \boldsymbol{A}_{12} \\ \boldsymbol{0} & \boldsymbol{A}_{22} \end{pmatrix}$，其中 $\boldsymbol{A}_{11}$，$\boldsymbol{A}_{22}$ 是方阵.
则 $\boldsymbol{A}$ 可逆当且仅当 $\boldsymbol{A}_{11}$，$\boldsymbol{A}_{22}$ 都可逆，并且

$$\boldsymbol{A}^{-1} = \begin{pmatrix} \boldsymbol{A}_{11}^{-1} & -\boldsymbol{A}_{11}^{-1}\boldsymbol{A}_{12}\boldsymbol{A}_{22}^{-1} \\ 0 & \boldsymbol{A}_{22}^{-1} \end{pmatrix}.$$

分块矩阵的逆

证明：充分性. 设 $\boldsymbol{A}_{11}$，$\boldsymbol{A}_{22}$ 都可逆，则

$$\begin{pmatrix} \boldsymbol{A}_{11} & \boldsymbol{A}_{12} \\ 0 & \boldsymbol{A}_{22} \end{pmatrix}\begin{pmatrix} \boldsymbol{A}_{11}^{-1} & -\boldsymbol{A}_{11}^{-1}\boldsymbol{A}_{12}\boldsymbol{A}_{22}^{-1} \\ 0 & \boldsymbol{A}_{22}^{-1} \end{pmatrix} = \begin{pmatrix} \boldsymbol{I} & \boldsymbol{0} \\ \boldsymbol{0} & \boldsymbol{I} \end{pmatrix}.$$

$$\begin{pmatrix} \boldsymbol{A}_{11}^{-1} & -\boldsymbol{A}_{11}^{-1}\boldsymbol{A}_{12}\boldsymbol{A}_{22}^{-1} \\ 0 & \boldsymbol{A}_{22}^{-1} \end{pmatrix}\begin{pmatrix} \boldsymbol{A}_{11} & \boldsymbol{A}_{12} \\ 0 & \boldsymbol{A}_{22} \end{pmatrix} = \begin{pmatrix} \boldsymbol{I} & \boldsymbol{0} \\ \boldsymbol{0} & \boldsymbol{I} \end{pmatrix}.$$

因此 $\boldsymbol{A}$ 可逆且

$$\boldsymbol{A}^{-1} = \begin{pmatrix} \boldsymbol{A}_{11}^{-1} & -\boldsymbol{A}_{11}^{-1}\boldsymbol{A}_{12}\boldsymbol{A}_{22}^{-1} \\ 0 & \boldsymbol{A}_{22}^{-1} \end{pmatrix}.$$

必要性. 设 $\boldsymbol{A}$ 可逆，并记 $\boldsymbol{A}$ 的逆矩阵为

$$\boldsymbol{B} = \begin{pmatrix} \boldsymbol{B}_{11} & \boldsymbol{B}_{12} \\ \boldsymbol{B}_{21} & \boldsymbol{B}_{22} \end{pmatrix},$$

其中 $\boldsymbol{B}$ 的分块方法与 $\boldsymbol{A}$ 的分块方法一致. 则

$$\boldsymbol{AB} = \begin{pmatrix} \boldsymbol{A}_{11}\boldsymbol{B}_{11} + \boldsymbol{A}_{12}\boldsymbol{B}_{21} & \boldsymbol{A}_{11}\boldsymbol{B}_{12} + \boldsymbol{A}_{12}\boldsymbol{B}_{22} \\ \boldsymbol{A}_{22}\boldsymbol{B}_{21} & \boldsymbol{A}_{22}\boldsymbol{B}_{22} \end{pmatrix} = \begin{pmatrix} \boldsymbol{I} & \boldsymbol{0} \\ \boldsymbol{0} & \boldsymbol{I} \end{pmatrix},$$

则 $\boldsymbol{A}_{22}\boldsymbol{B}_{22} = \boldsymbol{I}$，从而

$$\min\{r(\boldsymbol{A}_{22}), r(\boldsymbol{B}_{22})\} \geqslant r(\boldsymbol{I}),$$

因此方阵 $\boldsymbol{A}_{22}$ 是满秩矩阵，由定理 2.3.7 知 $\boldsymbol{A}_{22}$ 可逆且

$$\boldsymbol{B}_{22} = \boldsymbol{A}_{22}^{-1}.$$

又因 $\boldsymbol{A}_{22}\boldsymbol{B}_{21} = \boldsymbol{0}$，故 $\boldsymbol{B}_{21} = \boldsymbol{0}$，从而 $\boldsymbol{A}_{11}\boldsymbol{B}_{11} = \boldsymbol{I}$，因此 $\boldsymbol{A}_{11}$ 可逆且 $\boldsymbol{B}_{11} = \boldsymbol{A}_{11}^{-1}$. 从而

A_{11}，A_{22}都可逆. □

例 2.3.33　求 $A=\begin{pmatrix}1&1&2&4\\0&1&3&5\\0&0&1&1\\0&0&0&1\end{pmatrix}$的逆矩阵.

解：把 A 分块得 $A=\left(\begin{array}{cc|cc}1&1&2&4\\0&1&3&5\\\hline 0&0&1&1\\0&0&0&1\end{array}\right)=\begin{pmatrix}A_{11}&A_{12}\\\mathbf{0}&A_{22}\end{pmatrix}$，根据例 2.3.6 可知

$$A_{11}^{-1}=A_{22}^{-1}=\begin{pmatrix}1&-1\\0&1\end{pmatrix},$$

则 $-A_{11}^{-1}A_{12}A_{22}^{-1}=\begin{pmatrix}1&0\\-3&-2\end{pmatrix}$，从而

$$A^{-1}=\begin{pmatrix}A_{11}^{-1}&-A_{11}^{-1}A_{12}A_{22}^{-1}\\0&A_{22}^{-1}\end{pmatrix}=\begin{pmatrix}1&-1&1&0\\0&1&-3&-2\\0&0&1&-1\\0&0&0&1\end{pmatrix}.$$ □

习题 2.3

习题 2.3 解答

练习 2.3.1　举例说明从 A，B 等价推不出 A，B 行等价或者列等价.

练习 2.3.2　设 $A=\begin{pmatrix}a_{11}&a_{12}&a_{13}\\a_{21}&a_{22}&a_{23}\\a_{31}&a_{32}&a_{33}\end{pmatrix}$，$B=\begin{pmatrix}a_{21}&a_{22}&a_{23}\\a_{11}&a_{12}&a_{13}\\a_{31}+a_{11}&a_{32}+a_{12}&a_{33}+a_{13}\end{pmatrix}$，$P_1=\begin{pmatrix}0&1&0\\1&0&0\\0&0&1\end{pmatrix}$，$P_2=\begin{pmatrix}1&0&0\\0&1&0\\1&0&1\end{pmatrix}$，则必有（　　）.

（A）$AP_1P_2=B$　　（B）$AP_2P_1=B$

（C）$P_1P_2A=B$　　（D）$P_2P_1A=B$

练习 2.3.3　证明 n 阶方阵 A 可逆与以下陈述等价：

（1）$r(A)=n$；

（2）线性方程组 $Ax=b$ 有唯一解；

（2′）线性方程组 $Ax=\mathbf{0}$ 只有零解.

练习 2.3.4 证明 n 阶方阵 $\boldsymbol{A}$ 可逆与以下陈述等价：

（1）$r(\boldsymbol{A})=n$；

（3）存在 n 阶可逆矩阵 $\boldsymbol{B}$，使 $\boldsymbol{A}$ 与 $\boldsymbol{B}$ 等价；

（4）$\boldsymbol{A}$ 的等价标准形矩阵是 $\boldsymbol{I}$.

练习 2.3.5 证明 n 阶方阵 $\boldsymbol{A}$ 可逆与以下陈述等价：

（1）$r(\boldsymbol{A})=n$；

（5）$\boldsymbol{A}$ 可以表示为一系列初等矩阵的乘积.

练习 2.3.6 证明 n 阶方阵 $\boldsymbol{A}$ 可逆与以下陈述等价：

（1）$r(\boldsymbol{A})=n$；

（6）存在 n 阶方阵 $\boldsymbol{B}$，使 $\boldsymbol{AB}=\boldsymbol{I}$；

（6′）存在 n 阶方阵 $\boldsymbol{B}$，使 $\boldsymbol{BA}=\boldsymbol{I}$.

练习 2.3.7 证明 n 阶方阵 $\boldsymbol{A}$ 可逆与以下陈述等价：

（1）$r(\boldsymbol{A})=n$；

（4）$\boldsymbol{A}$ 的等价标准形矩阵是 $\boldsymbol{I}$；

（5）$\boldsymbol{A}$ 可以表示为一系列初等矩阵的乘积；

（7）$\boldsymbol{A}$ 行等价于 $\boldsymbol{I}$；

（7′）$\boldsymbol{A}$ 列等价于 $\boldsymbol{I}$.

练习 2.3.8 设 $\boldsymbol{A}$ 是 3 阶方阵，将 $\boldsymbol{A}$ 的第 1 列与第 2 列交换得 $\boldsymbol{B}$，再把 $\boldsymbol{B}$ 的第 2 列加到第 3 列得 $\boldsymbol{C}$，求满足 $\boldsymbol{AQ}=\boldsymbol{C}$ 的可逆矩阵 $\boldsymbol{Q}$.

练习 2.3.9 设 $\boldsymbol{A}=\begin{pmatrix}\boldsymbol{A}_{11} & \boldsymbol{0}\\ \boldsymbol{A}_{21} & \boldsymbol{A}_{22}\end{pmatrix}$，其中 $\boldsymbol{A}_{11}$，$\boldsymbol{A}_{22}$是方阵. 证明 $\boldsymbol{A}$ 可逆当且仅当 $\boldsymbol{A}_{11}$，$\boldsymbol{A}_{22}$都可逆，并且

$$\boldsymbol{A}^{-1}=\begin{pmatrix}\boldsymbol{A}_{11}^{-1} & \boldsymbol{0}\\ -\boldsymbol{A}_{22}^{-1}\boldsymbol{A}_{21}\boldsymbol{A}_{11}^{-1} & \boldsymbol{A}_{22}^{-1}\end{pmatrix}.$$

练习 2.3.10 设 $\boldsymbol{A}=\begin{pmatrix}1 & -1\\ 2 & 3\end{pmatrix}$，$\boldsymbol{B}=\boldsymbol{A}^2-3\boldsymbol{A}+2\boldsymbol{I}$，求 $\boldsymbol{B}^{-1}$.

练习 2.3.11 设 $\boldsymbol{A}$ 是 n 阶方阵，且 $\boldsymbol{A}^2-3\boldsymbol{A}-4\boldsymbol{I}=\boldsymbol{0}$，证明 $\boldsymbol{A}-2\boldsymbol{I}$ 可逆.

练习 2.3.12 设 $\boldsymbol{A}=\begin{pmatrix}3 & 1 & 1\\ 0 & 3 & 1\\ 0 & 0 & 3\end{pmatrix}$，求 $(\boldsymbol{A}+3\boldsymbol{I})^{-1}(\boldsymbol{A}^2-9\boldsymbol{I})$.

练习 2.3.13 求下列矩阵的（行）阶梯形矩阵、（行）最简阶梯形矩阵和等价标准形矩阵

$$\begin{pmatrix}3&1&0&2\\1&-1&2&-1\\1&3&-4&4\end{pmatrix},\begin{pmatrix}0&3&-4&-3\\0&4&-7&-1\\0&2&-3&1\end{pmatrix},\begin{pmatrix}2&3&1&-3&-7\\1&2&0&-2&-4\\3&-2&8&3&0\\2&-3&7&4&3\end{pmatrix}.$$

练习 2.3.14　设 $\boldsymbol{A}=\begin{pmatrix}4&1&-2\\2&2&1\\3&1&-1\end{pmatrix}$，$\boldsymbol{B}=\begin{pmatrix}1&-3\\2&2\\3&-1\end{pmatrix}$，解矩阵方程 $\boldsymbol{AX}=\boldsymbol{B}$.

练习 2.3.15　已知 $\begin{pmatrix}1&2&3\\2&3&4\end{pmatrix}\boldsymbol{X}=\begin{pmatrix}4&5\\5&6\end{pmatrix}$，求矩阵 $\boldsymbol{X}$.

练习 2.3.16　求下列矩阵的秩

$$\begin{pmatrix}1&-1&3&-4&3\\3&-3&5&-4&1\\2&-2&3&-2&0\\3&-3&4&-2&-1\end{pmatrix},\begin{pmatrix}0&1&1&-1&2\\0&2&-2&-2&0\\1&1&0&1&-1\\2&1&-1&3&-1\\0&-1&-1&1&1\end{pmatrix},\begin{pmatrix}1&0&2&-1\\2&0&3&1\\3&0&4&3\end{pmatrix}.$$

练习 2.3.17　设 $\boldsymbol{A}$ 为 $m\times n$ 矩阵，$\boldsymbol{C}$ 为 n 阶方阵，$\boldsymbol{B}=\boldsymbol{AC}$，则（　　）.

(A) $r(\boldsymbol{A})>r(\boldsymbol{B})$

(B) $r(\boldsymbol{A})=r(\boldsymbol{B})$

(C) $r(\boldsymbol{A})<r(\boldsymbol{B})$

(D) $r(\boldsymbol{A})$与$r(\boldsymbol{B})$的关系依 $\boldsymbol{C}$ 而定

练习 2.3.18　设 $\boldsymbol{A}$，$\boldsymbol{B}$ 是 $m\times n$ 矩阵，则以下陈述错误的是（　　）.

(A) $\boldsymbol{A}$，$\boldsymbol{B}$ 等价当且仅当 $r(\boldsymbol{A})=r(\boldsymbol{B})$

(B) $\boldsymbol{A}$，$\boldsymbol{B}$ 行等价当且仅当 $\boldsymbol{A}$，$\boldsymbol{B}$ 的（行）最简阶梯形矩阵相同

(C) $\boldsymbol{A}$，$\boldsymbol{B}$ 行等价可以推出 $\boldsymbol{A}$，$\boldsymbol{B}$ 等价，但是反过来不成立

(D) 若 $\boldsymbol{A}$，$\boldsymbol{B}$ 等价，则 $\boldsymbol{A}$ 可以通过一系列的初等行变换化为 $\boldsymbol{B}$

练习 2.3.19　设 $\boldsymbol{A}$，$\boldsymbol{B}$ 的大小相同，证明

$$r(\boldsymbol{A}-\boldsymbol{B})\leqslant r(\boldsymbol{A})+r(\boldsymbol{B}).$$

练习 2.3.20　设 $\boldsymbol{A}$ 是 n 阶方阵，且 $\boldsymbol{A}^2-2\boldsymbol{A}-8\boldsymbol{I}=\boldsymbol{0}$，证明

$$r(\boldsymbol{A}-4\boldsymbol{I})+r(\boldsymbol{A}+2\boldsymbol{I})=n.$$

练习 2.3.21　设 $\boldsymbol{A}_{m\times n}\boldsymbol{B}_{n\times l}=\boldsymbol{A}_{m\times n}\boldsymbol{C}_{n\times l}$，且 $r(\boldsymbol{A})=n$，证明 $\boldsymbol{B}=\boldsymbol{C}$.

练习 2.3.22　a，b 取何值的时候，线性方程组

$$\begin{cases}x_1+x_2+2x_3+3x_4=1\\x_1+3x_2+6x_3+x_4=3\\3x_1-x_2+ax_3+15x_4=3\\x_1-5x_2-10x_3+12x_4=b\end{cases}$$

有唯一解、无解或有无穷多组解.

练习 2.3.23 设 a 是常数，矩阵

$$\boldsymbol{A}=\begin{pmatrix}0&2&-3\\2&-1&3\\1&3&-4\end{pmatrix},\ \boldsymbol{B}=\begin{pmatrix}1&2\\2&a\\3&1\end{pmatrix},$$

则矩阵方程 $\boldsymbol{AX}=\boldsymbol{B}$ 什么时候有解，并求出所有的解.

※希望读者通过练习2.3.24看到直接求 $\boldsymbol{A}^{-1}$ 有很大的局限性.

练习 2.3.24 设 a 是常数，矩阵

$$\boldsymbol{A}=\begin{pmatrix}3&3&4\\2&2&3\\3&3&4\end{pmatrix},\ \boldsymbol{B}=\begin{pmatrix}2&3\\0&1\\a&3\end{pmatrix},$$

则矩阵方程 $\boldsymbol{AX}=\boldsymbol{B}$ 什么时候有解，并求出所有的解.

练习 2.3.25 设 $\boldsymbol{A}=\begin{pmatrix}0&1&0\\-1&1&1\\-1&0&-1\end{pmatrix}$，$\boldsymbol{B}=\begin{pmatrix}1&-1\\2&0\\5&-3\end{pmatrix}$，则矩阵方程 $\boldsymbol{AX}+\boldsymbol{B}=\boldsymbol{X}$ 是否有解？若有，求出所有的解.

练习 2.3.26 设矩阵 $\boldsymbol{A}$，$\boldsymbol{B}$，$\boldsymbol{C}$ 满足 $(\boldsymbol{I}-\boldsymbol{C}^{-1}\boldsymbol{B})^{\mathrm{T}}\boldsymbol{C}^{\mathrm{T}}\boldsymbol{A}=\boldsymbol{I}$，其中 $\boldsymbol{B}=\begin{pmatrix}1&-1&0&0\\0&1&-1&0\\0&0&1&-1\\0&0&0&1\end{pmatrix}$，$\boldsymbol{C}=\begin{pmatrix}2&1&3&4\\0&2&1&3\\0&0&2&1\\0&0&0&2\end{pmatrix}$. 求 $\boldsymbol{A}$.

练习 2.3.27 设 4 阶方阵 $\boldsymbol{A}=\begin{pmatrix}5&2&0&0\\2&1&0&0\\0&0&1&-2\\0&0&1&1\end{pmatrix}$，求 $\boldsymbol{A}$ 的逆矩阵 $\boldsymbol{A}^{-1}$.

练习 2.3.28 设 $\boldsymbol{A}=\begin{pmatrix}0&0&0&1\\0&0&1&0\\0&1&0&0\\1&0&0&0\end{pmatrix}$，求 $\boldsymbol{A}^{-1}$.

练习 2.3.29 设矩阵 $\boldsymbol{A}=\begin{pmatrix}1&1&1&1\\0&2&2&2\\0&0&3&4\\0&0&0&4\end{pmatrix}$，求秩 $r(\boldsymbol{A}^2-2\boldsymbol{A})$.

练习 2.3.30 设 $\boldsymbol{A}$，$\boldsymbol{B}$ 都是 n 阶方阵，且 $\boldsymbol{A}^2+\boldsymbol{AB}=\boldsymbol{I}$，求 $\boldsymbol{AB}-\boldsymbol{BA}+\boldsymbol{A}$ 的秩.

2.4 本章小结

1. 常见的矩阵：零矩阵、单位矩阵、数量矩阵、对角矩阵、三角矩阵、分块的对角矩阵、分块的三角矩阵、对称矩阵、反对称矩阵.

2. 矩阵的加、减、数乘、乘积，注意矩阵运算的前提.

3. 矩阵的乘积没有交换律、消去律；矩阵乘积的时候结合律和分配律依然成立.

4. 矩阵的转置，矩阵乘积转置 $(\boldsymbol{AB})^{\mathrm{T}}=\boldsymbol{B}^{\mathrm{T}}\boldsymbol{A}^{\mathrm{T}}$.

5. 向量的内积.

6. 方阵的幂.

7. 矩阵多项式：设 $\boldsymbol{A}$ 是方阵，$f(x)=a_0+a_1x+\cdots+a_nx^n$，则定义 $f(\boldsymbol{A})=a_0\boldsymbol{I}+a_1\boldsymbol{A}+\cdots+a_n\boldsymbol{A}^n$. 若 $\boldsymbol{X}$ 与 $\boldsymbol{A}$ 可交换，则 $\boldsymbol{X}$ 与 $f(\boldsymbol{A})$ 可交换.

8. 分块矩阵：分块矩阵的定义；分块矩阵的加、减、数乘.

分块矩阵的乘法：设 $\boldsymbol{A}$，$\boldsymbol{B}$ 都是分块矩阵，$\boldsymbol{A}$ 的列数和 $\boldsymbol{B}$ 的行数相同，且 $\boldsymbol{A}$ 的列分法与 $\boldsymbol{B}$ 的行分法相同，则采用 $\boldsymbol{A}$ 的行分法和 $\boldsymbol{B}$ 的列分法对 $\boldsymbol{AB}$ 进行分块，看作分块矩阵 $(\boldsymbol{AB})_{pq}=\sum\limits_{j=1}^{t}A_{pj}B_{jq}$.

分块矩阵乘法常用的结果：

(1) 若 $\boldsymbol{A}_{m\times n}=\begin{pmatrix}\boldsymbol{\alpha}_1\\ \vdots\\ \boldsymbol{\alpha}_m\end{pmatrix}$，$\boldsymbol{B}_{n\times l}=(\boldsymbol{\beta}_1\ \cdots\ \boldsymbol{\beta}_l)$，则

$$\boldsymbol{AB}=(\boldsymbol{A\beta}_1\ \cdots\ \boldsymbol{A\beta}_l)=\begin{pmatrix}\boldsymbol{\alpha}_1\boldsymbol{\beta}_1 & \boldsymbol{\alpha}_1\boldsymbol{\beta}_2 & \cdots & \boldsymbol{\alpha}_1\boldsymbol{\beta}_l\\ \boldsymbol{\alpha}_2\boldsymbol{\beta}_1 & \boldsymbol{\alpha}_2\boldsymbol{\beta}_2 & \cdots & \boldsymbol{\alpha}_2\boldsymbol{\beta}_l\\ \vdots & \vdots & \ddots & \vdots\\ \boldsymbol{\alpha}_m\boldsymbol{\beta}_1 & \boldsymbol{\alpha}_m\boldsymbol{\beta}_2 & \cdots & \boldsymbol{\alpha}_m\boldsymbol{\beta}_l\end{pmatrix};$$

(2) 若 $\boldsymbol{AB}=\boldsymbol{0}$，显然 $\boldsymbol{A\beta}_j=\boldsymbol{0}$，也就是 $\boldsymbol{B}$ 的列向量是 $\boldsymbol{Ax}=\boldsymbol{0}$ 的解；

(3) 设 $\boldsymbol{A}=(\boldsymbol{\alpha}_1\ \ \boldsymbol{\alpha}_2\cdots\boldsymbol{\alpha}_n)$，则

$$(\boldsymbol{\alpha}_1\ \ \boldsymbol{\alpha}_2\cdots\boldsymbol{\alpha}_n)\begin{pmatrix}x_1\\ x_2\\ \vdots\\ x_n\end{pmatrix}=\boldsymbol{\alpha}_1x_1+\boldsymbol{\alpha}_2x_2+\cdots+\boldsymbol{\alpha}_nx_n.$$

分块矩阵的转置：若 $\boldsymbol{A}$ 是分块矩阵，则 $\boldsymbol{A}^{\mathrm{T}}$ 的行采用与 $\boldsymbol{A}$ 的列相同的分法. 即

$$A=\begin{pmatrix}A_{11} & A_{12} & \cdots & A_{1t}\\ A_{21} & A_{22} & \cdots & A_{2t}\\ \vdots & \vdots & \ddots & \vdots\\ A_{s1} & A_{s2} & \cdots & A_{st}\end{pmatrix},\ A^{T}=\begin{pmatrix}A_{11}^{T} & A_{21}^{T} & \cdots & A_{s1}^{T}\\ A_{12}^{T} & A_{22}^{T} & \cdots & A_{s2}^{T}\\ \vdots & \vdots & \ddots & \vdots\\ A_{1t}^{T} & A_{2t}^{T} & \cdots & A_{st}^{T}\end{pmatrix}.$$

9. 线性方程组、矩阵方程、向量方程组的转化.

10. 初等矩阵：对单位矩阵作一次初等变换得到的矩阵.

11. 初等矩阵的分类：

（1）交换其中的两行或两列；

（2）第 i 行（列）乘上一个非零常数；

（3）第 j 行（列）的 l 倍加到第 i 行（列）.

12. 矩阵的等价：定义和性质（3 条）.

13. 标准形矩阵：$\begin{pmatrix}I_r & 0_{r\times q}\\ 0_{p\times r} & 0_{p\times q}\end{pmatrix}$，其中 r、p、q 是自然数. 一个矩阵一定可以通过初等变换化为标准形矩阵.

14. 矩阵的秩. 定义，性质（很重要）：

（1）矩阵的秩小于或等于矩阵的行数与列数的最小值，即 $r(A_{m\times n})\leqslant\min\{m,n\}$；

（2）转置不改变矩阵的秩，即 $r(A)=r(A^{T})$；

（3）等价矩阵的秩相同，即若 $A\sim B$，则 $r(A)=r(B)$；

（4）A、B 是同型矩阵（行数和列数相同），$r(A)=r(B)$ 当且仅当 $A\sim B$；

（5）子矩阵的秩小于或等于矩阵的秩，矩阵的秩小于或等于所有子矩阵的秩之和，即 $\max\{r(A),r(B)\}\leqslant r(A,B)\leqslant r(A)+r(B)$；

（6）矩阵之和的秩小于或等于矩阵的秩之和，即 $r(A+B)\leqslant r(A)+r(B)$；

（7）矩阵乘积的秩小于或等于乘积因子的秩之最小值，即 $r(AB)\leqslant\min\{r(A),r(B)\}$；

（8）若 $A_{m\times n}B_{n\times l}=0$，则 $r(A)+r(B)\leqslant n$；

（9）左乘或右乘可逆矩阵秩不变（左乘列满秩矩阵不改变矩阵的秩，右乘行满秩矩阵不改变矩阵的秩）.

15. 线性方程组 $Ax=b(AX=B)$ 解的存在唯一性定理.

16. 可逆矩阵的定义.

设 A 是 n 阶方阵，若存在 n 阶方阵 B 使 $AB=BA=I$，则称 A 可逆（或称 B 可逆），而称 B 为 A 的逆矩阵（或 A 为 B 的逆矩阵），通常把 A 的逆矩阵表示为 A^{-1}，即 $AA^{-1}=A^{-1}A=I$.

注意：

（1）只有 A 是方阵时，才讨论其可逆性；

（2）可逆矩阵具有左消去律和右消去律，即若 $\boldsymbol{AB}=\boldsymbol{AC}$，且 $\boldsymbol{A}$ 可逆，则 $\boldsymbol{B}=\boldsymbol{C}$；同理 $\boldsymbol{BA}=\boldsymbol{CA}$，且 $\boldsymbol{A}$ 可逆，则 $\boldsymbol{B}=\boldsymbol{C}$；

（3）若 $\boldsymbol{A}$ 可逆，则其逆矩阵一定唯一；

（4）对角矩阵可逆当且仅当主对角线元素全部不为零；

（5）初等矩阵可逆，且其逆矩阵还是初等矩阵.

17. 逆矩阵的性质（以下所指的矩阵都可逆）：

（1）$(\boldsymbol{A}^{-1})^{-1}=\boldsymbol{A}$；

（2）$(\boldsymbol{ABC})^{-1}=\boldsymbol{C}^{-1}\boldsymbol{B}^{-1}\boldsymbol{A}^{-1}$；

（3）$(\boldsymbol{A}^{\mathrm{T}})^{-1}=(\boldsymbol{A}^{-1})^{\mathrm{T}}$；

（4）$(k\boldsymbol{A})^{-1}=\dfrac{1}{k}\boldsymbol{A}^{-1}$；

（5）$(\boldsymbol{A}+\boldsymbol{B})^{-1}\neq\boldsymbol{A}^{-1}+\boldsymbol{B}^{-1}$.

18. n 阶方阵 $\boldsymbol{A}$ 可逆当且仅当 $r(\boldsymbol{A})=n$，即方阵满秩则可逆，可逆则满秩（是充要条件）.

19. n 阶方阵 $\boldsymbol{A}$ 可逆当且仅当以下其中一条成立：

（1）$r(\boldsymbol{A})=n$；

（2）线性方程组 $\boldsymbol{AX}=\boldsymbol{B}$ 有唯一解，即线性方程组 $\boldsymbol{AX}=\boldsymbol{0}$ 只有零解；

（3）$\boldsymbol{A}$ 与可逆矩阵 $\boldsymbol{B}$ 等价；

（4）$\boldsymbol{A}$ 的等价标准形矩阵为 $\boldsymbol{I}$；

（5）$\boldsymbol{A}$ 可以表示为一系列初等矩阵的乘积；

（6）存在矩阵 $\boldsymbol{B}$，使 $\boldsymbol{AB}=\boldsymbol{I}$ 或者 $\boldsymbol{BA}=\boldsymbol{I}$；

（7）$\boldsymbol{A}$ 行等价于 $\boldsymbol{I}$（$\boldsymbol{A}$ 列等价于 $\boldsymbol{I}$）；

（8）$|\boldsymbol{A}|\neq0$.

20. 如何求 n 阶方阵 $\boldsymbol{A}$ 的逆矩阵（本质上在解矩阵方程 $\boldsymbol{AX}=\boldsymbol{I}$）.

将 $(\boldsymbol{A}\mid\boldsymbol{I}_n)$ 化为（行）最简阶梯形矩阵. 若 $\boldsymbol{A}$ 可逆，则（行）最简阶梯形矩阵为 $(\boldsymbol{I}_n\mid\boldsymbol{A}^{-1})$.

21. 分块矩阵的逆：

（1）设 $\boldsymbol{A}=\begin{pmatrix}\boldsymbol{A}_{11} & \boldsymbol{A}_{12}\\ \boldsymbol{0} & \boldsymbol{A}_{22}\end{pmatrix}$，其中 $\boldsymbol{A}_{11}$，$\boldsymbol{A}_{22}$ 是方阵，则 $\boldsymbol{A}$ 可逆当且仅当 $\boldsymbol{A}_{11}$，$\boldsymbol{A}_{22}$ 都可逆，并且 $\boldsymbol{A}^{-1}=\begin{pmatrix}\boldsymbol{A}_{11}^{-1} & -\boldsymbol{A}_{11}^{-1}\boldsymbol{A}_{12}\boldsymbol{A}_{22}^{-1}\\ \boldsymbol{0} & \boldsymbol{A}_{22}^{-1}\end{pmatrix}$；

（2）设 $\boldsymbol{A}=\begin{pmatrix}\boldsymbol{A}_{11} & \boldsymbol{0}\\ \boldsymbol{A}_{21} & \boldsymbol{A}_{22}\end{pmatrix}$，其中 $\boldsymbol{A}_{11}$，$\boldsymbol{A}_{22}$ 是方阵，则 $\boldsymbol{A}$ 可逆当且仅当 $\boldsymbol{A}_{11}$，$\boldsymbol{A}_{22}$ 都可逆，并且 $\boldsymbol{A}^{-1}=\begin{pmatrix}\boldsymbol{A}_{11}^{-1} & \boldsymbol{0}\\ -\boldsymbol{A}_{22}^{-1}\boldsymbol{A}_{21}\boldsymbol{A}_{11}^{-1} & \boldsymbol{A}_{22}^{-1}\end{pmatrix}$.

数学家的故事

凯莱（Cayley，1821—1895，英国）在代数、几何、天文学方面都有杰出的贡献. 凯莱一生写了很多数学回忆录，用于介绍相关的基础数学知识. 他是一个律师，在法律界工作了14 年；是一个和蔼的审稿人，处处提携年轻的数学家；是一个高产的数学家，在他的 13 卷文集中一共收录了 967 篇文章. 他的一生可谓丰富多彩.

凯莱出生在里士满（Richmond in Surrey，England），之后因父亲经商在圣彼得堡（St. Petersburg）居住了 8 年，最后回到英国定居. 他在 14 岁的时候进入国王学院（King's College School，London），院长发现了他在数学上的天赋并说服凯莱的父亲将其送到剑桥大学三一学院（Trinity College，Cambridge）学习数学. 在大学期间，他就发表了 3 篇数学论文.

凯莱在研究生毕业以后继续在伦敦居住，后来因为生活压力，从1836 年开始成为执业律师. 他业余时间投入了大量的精力在数学研究上，于 1860 年获得剑桥大学 Sadlerian 讲座教授职位. 在此期间，凯莱发表了 200 ~ 300 篇数学论文. 可以说在法律界凯莱数学做得最好，在数学界法律最好. ①

凯莱是第一位认识到矩阵不仅是一个记号的人（Memoir on the Theory of Matrices），他引入了现代的矩阵记号，是矩阵论的奠基人. 他还发现了凯莱 - 哈密顿定理（Cayley - Hamilton Theorem），该定理指出：对任意的方阵 $\boldsymbol{A}$，记特征多项式为 $p(\lambda)=|\lambda\boldsymbol{I}-\boldsymbol{A}|$，则矩阵多项式 $p(\boldsymbol{A})=0$，该定理在矩阵理论中起到基石作用，有着深远的影响.

凯莱从数学家到律师，再从律师回到数学家的经历令人感叹. 他在从事律师工作期间也没有停止数学研究，一生产出丰富，在纽结理论、分形理论、动态规划和群论方面都有贡献，他的 13 卷论文集也是认识凯莱和他那个时代的数学的宝贵财富.

① 罗伯特·朗兰兹（Robert Langlands，1936—）于 2007 年获得邵逸夫数学奖，当他受邀在香港科技大学作报告时，曾谦虚地说自己是数学界伐木技术最好，伐木工里数学最好的人.

第 3 章
行列式及其应用

第 3 章　行列式及其应用
思维导图

由第 2 章可知，可逆矩阵具有非常好的性质，方阵是否满秩与该方阵是否可逆关系非常密切．例 2. 3. 6 中

$$\begin{vmatrix} a & b \\ c & d \end{vmatrix} = ad - bc$$

可以非常好地刻画矩阵是否可逆．并且由例 2. 3. 30 可知

$$\boldsymbol{B} = \begin{pmatrix} 1 & -1 & 1 \\ 0 & 1 & a \\ 0 & -1 & -1 \end{pmatrix} \xrightarrow{r_3 + r_2} \begin{pmatrix} 1 & -1 & 1 \\ 0 & 1 & a \\ 0 & 0 & a-1 \end{pmatrix},$$

$\boldsymbol{B}$ 可逆（也就是 $r(\boldsymbol{B})=3$）当且仅当 $1 \cdot 1 \cdot (a-1) \neq 0$，因此本章将引入一个很重要的刻画矩阵是否可逆的量——行列式．

3. 1　行列式的定义与计算

2、3 阶行列式的定义

这一节将介绍行列式的定义、性质以及如何计算行列式．先看看为什么要引入行列式．考虑线性方程组 $\boldsymbol{Ax}=\boldsymbol{b}$，其中

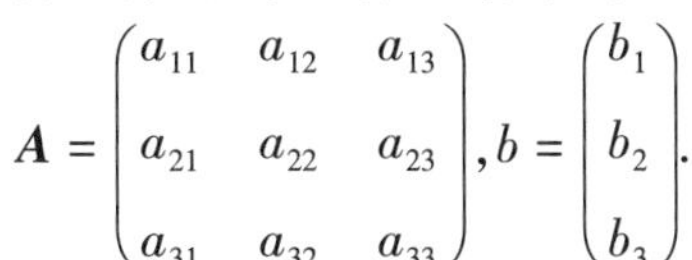

$$\boldsymbol{A} = \begin{pmatrix} a_{11} & a_{12} & a_{13} \\ a_{21} & a_{22} & a_{23} \\ a_{31} & a_{32} & a_{33} \end{pmatrix}, b = \begin{pmatrix} b_1 \\ b_2 \\ b_3 \end{pmatrix}.$$

又设 $a_{11} \neq 0$，$a_{11}a_{22} - a_{12}a_{21} \neq 0$．用高斯消元法把增广矩阵化为阶梯形矩阵得

$$(\boldsymbol{A},\boldsymbol{b}) \to \begin{pmatrix} a_{11} & a_{12} & a_{13} & * \\ 0 & \dfrac{a_{11}a_{22} - a_{12}a_{21}}{a_{11}} & \dfrac{a_{11}a_{23} - a_{13}a_{21}}{a_{11}} & * \\ 0 & \dfrac{a_{11}a_{32} - a_{12}a_{31}}{a_{11}} & \dfrac{a_{11}a_{33} - a_{13}a_{31}}{a_{11}} & * \end{pmatrix}$$

$$\to \begin{pmatrix} \Delta_1 & a_{12} & a_{13} & * \\ 0 & \dfrac{\Delta_2}{a_{11}} & \dfrac{a_{11}a_{23} - a_{13}a_{21}}{a_{11}} & * \\ 0 & 0 & \dfrac{\Delta_3}{a_{11}a_{22} - a_{12}a_{21}} & * \end{pmatrix},$$

其中

$$\Delta_1 = a_{11}, \Delta_2 = a_{11}a_{22} - a_{12}a_{21},$$

$$\Delta_3 = a_{11}a_{22}a_{33} + a_{12}a_{23}a_{31} + a_{13}a_{21}a_{32} - a_{11}a_{23}a_{32} - a_{12}a_{21}a_{33} - a_{13}a_{22}a_{31}.$$

因此原线性方程组是否有唯一解和 Δ_1，Δ_2，Δ_3 是否为零密切相关. 接下来将利用行列式对 Δ_1，Δ_2，Δ_3 进行统一定义.

设 $\boldsymbol{A} = \begin{pmatrix} a_{11} & a_{12} \\ a_{21} & a_{22} \end{pmatrix}$ 是 2 阶方阵，定义 $\boldsymbol{A}$ 的行列式为

$$\det\boldsymbol{A} = \det\begin{pmatrix} a_{11} & a_{12} \\ a_{21} & a_{22} \end{pmatrix} = a_{11}a_{22} - a_{12}a_{21},$$

※注意区分行列式与矩阵的记号.

或者记作 $|\boldsymbol{A}| = \begin{vmatrix} a_{11} & a_{12} \\ a_{21} & a_{22} \end{vmatrix}$①.

例 3.1.1 已知 $\begin{vmatrix} 1 & 3 \\ 2 & x \end{vmatrix} = 0$，求 x 的值.

解：因 $\begin{vmatrix} 1 & 3 \\ 2 & x \end{vmatrix} = 1 \times x - 2 \times 3 = 0$，故 $x = 6$. □

设 $\boldsymbol{A} = \begin{pmatrix} a_{11} & a_{12} & a_{13} \\ a_{21} & a_{22} & a_{23} \\ a_{31} & a_{32} & a_{33} \end{pmatrix}$ 是 3 阶方阵，定义 $\boldsymbol{A}$ 的行列式为

※这个称为画线记忆法：简记为“对角线”上元素乘积之和减去“反对角线”上元素乘积之和.

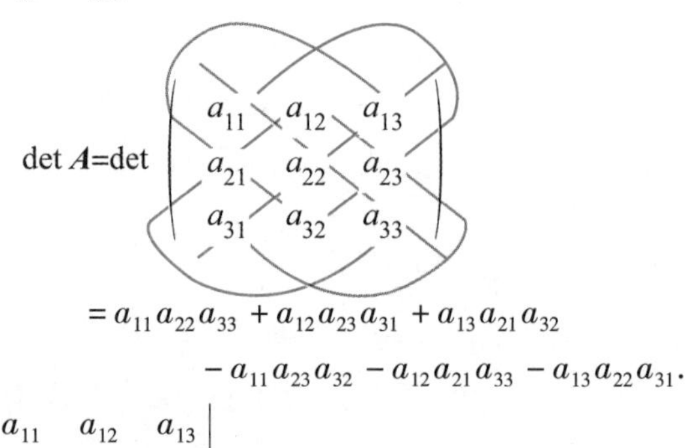

$$= a_{11}a_{22}a_{33} + a_{12}a_{23}a_{31} + a_{13}a_{21}a_{32} - a_{11}a_{23}a_{32} - a_{12}a_{21}a_{33} - a_{13}a_{22}a_{31}.$$

或者记作 $|\boldsymbol{A}| = \begin{vmatrix} a_{11} & a_{12} & a_{13} \\ a_{21} & a_{22} & a_{23} \\ a_{31} & a_{32} & a_{33} \end{vmatrix}$.

例 3.1.2 计算 3 阶行列式 $D = \begin{vmatrix} 1 & 2 & 3 \\ 2 & 0 & 4 \\ 3 & 0 & 6 \end{vmatrix}$.

---

① 如果 $\boldsymbol{A}$ 是 1 阶方阵，即 $\boldsymbol{A} = (a_{11})$，此时 $\det\boldsymbol{A} = |\boldsymbol{A}| = |a_{11}| = a_{11}$，这很容易与绝对值记号混淆，请通过上下文判断是 1 阶行列式还是绝对值.

解：根据 3 阶行列式定义得

$$D=1\times0\times6+2\times4\times3+3\times2\times0-1\times4\times0-2\times2\times6-3\times0\times3=0.\qquad\square$$

n 阶行列式的递归定义 01

设 $\boldsymbol{A}=\begin{pmatrix}a_{11}&a_{12}&a_{13}\\a_{21}&a_{22}&a_{23}\\a_{31}&a_{32}&a_{33}\end{pmatrix}$是 3 阶方阵，则

$$\begin{aligned}|\boldsymbol{A}|&=a_{11}(a_{22}a_{33}-a_{23}a_{32})-a_{12}(a_{21}a_{33}-a_{23}a_{31})+a_{13}(a_{21}a_{32}-a_{22}a_{31})\\&=(-1)^{1+1}a_{11}\begin{vmatrix}a_{22}&a_{23}\\a_{32}&a_{33}\end{vmatrix}+(-1)^{1+2}a_{12}\begin{vmatrix}a_{21}&a_{23}\\a_{31}&a_{33}\end{vmatrix}\\&\quad+(-1)^{1+3}a_{13}\begin{vmatrix}a_{21}&a_{22}\\a_{31}&a_{32}\end{vmatrix},\end{aligned}$$

称

$$\begin{vmatrix}a_{22}&a_{23}\\a_{32}&a_{33}\end{vmatrix},\quad\begin{vmatrix}a_{21}&a_{23}\\a_{31}&a_{33}\end{vmatrix},\quad\begin{vmatrix}a_{21}&a_{22}\\a_{31}&a_{32}\end{vmatrix}$$

分别为 a_{11}，a_{12}，a_{13}在 3 阶方阵$\begin{pmatrix}a_{11}&a_{12}&a_{13}\\a_{21}&a_{22}&a_{23}\\a_{31}&a_{32}&a_{33}\end{pmatrix}$中的余子式.

接下来考虑 4 阶方阵的行列式，设

$$\boldsymbol{A}=\begin{pmatrix}a_{11}&a_{12}&a_{13}&a_{14}\\a_{21}&a_{22}&a_{23}&a_{24}\\a_{31}&a_{32}&a_{33}&a_{34}\\a_{41}&a_{42}&a_{43}&a_{44}\end{pmatrix}.$$

称

$$\begin{vmatrix}a_{22}&a_{23}&a_{24}\\a_{32}&a_{33}&a_{34}\\a_{42}&a_{43}&a_{44}\end{vmatrix},\quad\begin{vmatrix}a_{21}&a_{23}&a_{24}\\a_{31}&a_{33}&a_{34}\\a_{41}&a_{43}&a_{44}\end{vmatrix},\quad\begin{vmatrix}a_{21}&a_{22}&a_{24}\\a_{31}&a_{32}&a_{34}\\a_{41}&a_{42}&a_{44}\end{vmatrix},\quad\begin{vmatrix}a_{21}&a_{22}&a_{23}\\a_{31}&a_{32}&a_{33}\\a_{41}&a_{42}&a_{43}\end{vmatrix}$$

分别为 a_{11}，a_{12}，a_{13}，a_{14}在 4 阶方阵 $\boldsymbol{A}$ 中的余子式. 与 3 阶方阵的行列式类似，也可以利用上述余子式定义 4 阶方阵的行列式. 一般地，有如下定义.

定义 3.1.1 设 $\boldsymbol{A}=(a_{ij})$ 是 $n(n\geqslant 2)$ 阶方阵，其中 a_{ij} 是第 i 行第 j 列的元素．删除 $\boldsymbol{A}$ 中 a_{ij} 所在的行与列得到的 $n-1$ 阶矩阵记为 $\boldsymbol{A}_{ij}$，即

$$\boldsymbol{A}_{ij}=\begin{pmatrix} a_{11} & \cdots & a_{1(j-1)} & a_{1(j+1)} & \cdots & a_{1n} \\ \vdots & \ddots & \vdots & \vdots & \ddots & \vdots \\ a_{(i-1)1} & \cdots & a_{(i-1)(j-1)} & a_{(i-1)(j+1)} & \cdots & a_{(i-1)n} \\ a_{(i+1)1} & \cdots & a_{(i+1)(j-1)} & a_{(i+1)(j+1)} & \cdots & a_{(i+1)n} \\ \vdots & \ddots & \vdots & \vdots & \ddots & \vdots \\ a_{n1} & \cdots & a_{n(j-1)} & a_{n(j+1)} & \cdots & a_{nn} \end{pmatrix},$$

定义

$$\det \boldsymbol{A}=|\boldsymbol{A}|=(-1)^{1+1}a_{11}|\boldsymbol{A}_{11}|+(-1)^{1+2}a_{12}|\boldsymbol{A}_{12}|+\cdots+(-1)^{1+n}a_{1n}|\boldsymbol{A}_{1n}|,$$

并称 $|\boldsymbol{A}_{ij}|$ 为 a_{ij} 在 $\boldsymbol{A}$ 中的余子式，记为 M_{ij}．称 $(-1)^{i+j}|\boldsymbol{A}_{ij}|$ 为 a_{ij} 在 $\boldsymbol{A}$ 中的代数余子式，记为 A_{ij}．

利用代数余子式的概念，前面用递归的方式定义了 n 阶方阵的行列式，在定义中主要用到了第 1 行元素的代数余子式（按照第 1 行展开）．事实上，按照任意一行或者任意一列展开来定义行列式，结果是一样的，见定理 3.1.1.

定理 3.1.1（按行或按列展开定理） 设 $\boldsymbol{A}=(a_{ij})$ 是 n 阶方阵，则对任意整数 i,j，$1\leqslant i, j\leqslant n$，有

$$\begin{aligned}|\boldsymbol{A}| &= a_{i1}A_{i1}+a_{i2}A_{i2}+\cdots+a_{in}A_{in} \\ &= a_{1j}A_{1j}+a_{2j}A_{2j}+\cdots+a_{nj}A_{nj}.\end{aligned}$$

n 阶行列式的递归定义 02

证明：略，见本书参考文献［3］中的定理 8.1. □

例 3.1.3 计算 3 阶行列式 $D=\begin{vmatrix} 1 & 2 & 3 \\ 2 & 0 & 4 \\ 3 & 0 & 5 \end{vmatrix}$.

解：沿第 2 列展开得

$$\begin{aligned} D &= 2(-1)^{1+2}\begin{vmatrix} 2 & 4 \\ 3 & 5 \end{vmatrix}+0(-1)^{2+2}\begin{vmatrix} 1 & 3 \\ 3 & 5 \end{vmatrix}+0(-1)^{3+2}\begin{vmatrix} 1 & 3 \\ 2 & 4 \end{vmatrix} \\ &= 2\times(-1)\times(-2)+0+0=4. \end{aligned}$$

□

※4阶以及4阶以上行列式不能用“对角线上元素乘积之和减去反对角线上元素乘积之和”来计算.

例 3.1.4 设 $\boldsymbol{A}=\begin{pmatrix} 1 & 2 & 0 & 0 \\ 0 & 1 & 2 & 0 \\ 0 & 0 & 1 & 2 \\ 2 & 0 & 0 & 1 \end{pmatrix}$，求 $|\boldsymbol{A}|$.

解： 沿第 1 行展开得

$$|\boldsymbol{A}|=1(-1)^{1+1}\begin{vmatrix}1&2&0\\0&1&2\\0&0&1\end{vmatrix}+2(-1)^{1+2}\begin{vmatrix}0&2&0\\0&1&2\\2&0&1\end{vmatrix}=-15.$$ □

例 3.1.5　证明 $\begin{vmatrix}a_{11}&0&\cdots&0\\a_{21}&a_{22}&\cdots&0\\\vdots&\vdots&\ddots&\vdots\\a_{n1}&a_{n2}&\cdots&a_{nn}\end{vmatrix}=a_{11}a_{22}\cdots a_{nn}.$

特殊行列式

※三角矩阵的行列式(三角行列式)是主对角线上元素的乘积.

解： 沿第 1 行展开得

$$\begin{vmatrix}a_{11}&0&\cdots&0\\a_{21}&a_{22}&\cdots&0\\\vdots&\vdots&\ddots&\vdots\\a_{n1}&a_{n2}&\cdots&a_{nn}\end{vmatrix}=a_{11}\begin{vmatrix}a_{22}&0&\cdots&0\\a_{32}&a_{33}&\cdots&0\\\vdots&\vdots&\ddots&\vdots\\a_{n2}&a_{n3}&\cdots&a_{nn}\end{vmatrix}$$

$$\xlongequal[\text{展开}]{\text{沿第 1 行}}\cdots=a_{11}a_{22}\cdots a_{nn}.$$

类似可证

$$\begin{vmatrix}a_{11}&a_{12}&\cdots&a_{1n}\\0&a_{22}&\cdots&a_{2n}\\\vdots&\vdots&\ddots&\vdots\\0&0&\cdots&a_{nn}\end{vmatrix}=a_{11}a_{22}\cdots a_{nn}.$$

$$\begin{vmatrix}a_{11}&0&\cdots&0\\0&a_{22}&\cdots&0\\\vdots&\vdots&\ddots&\vdots\\0&0&\cdots&a_{nn}\end{vmatrix}=a_{11}a_{22}\cdots a_{nn}.$$ □

特别地，$|\boldsymbol{I}|=1$（行列式的规范性）.

逆序数的概念与性质

目前还有另外一种行列式的定义方法. 在介绍这种定义之前，先看看排列与逆序数的概念.

把 1，2，…，n 这 n 个数排成一排 $i_1i_2\cdots i_n$，称这个有序的数组 $i_1i_2\cdots i_n$ 为一个 n 级排列.

例 3.1.6　列出所有的 3 级排列.

解： 以 1 开头的 3 级排列有 123，132；

以 2 开头的 3 级排列有 213，231；

以 3 开头的 3 级排列有 312，321；

因此所有的 3 级排列有 $6=3\times2\times1$ 个，分别为

$$123,132,213,231,312,321.$$ □

类似地，可以得出 4 级排列有 $24=4\times3\times2\times1=4!$ 个. 更一般地，可以用乘法原理得出 n 级排列的个数为

$$n!=n\times(n-1)\times\cdots\times2\times1.$$

给定一个 n 级排列 $i_1i_2\cdots i_n$，它和自然排列（$123\cdots n$）相比更为“混乱”了，为了描述这个混乱的程度，引入逆序与逆序数的概念.

定义 3.1.2 在 n 级排列 $i_1i_2\cdots i_n$ 中，若前面的数 i_s 比后面的数 $i_t(s<t)$ 大[①]，则称（i_si_t）构成了一个逆序，该 n 级排列中所有的逆序的个数称为逆序数，记为 $N(i_1i_2\cdots i_n)$[②].

例 3.1.7 计算 5 级排列 45231 的逆序数.

解：先从第 1 位数字 4 开始，4 后面比它小的数字有 2、3、1，因此有 3 个逆序；

接下来 5 后面比它小的数字有 2、3、1，因此有 3 个逆序；

再看 2 后面比它小的数字有 1，因此有 1 个逆序；

最后看 3 后面比它小的数字有 1，因此有 1 个逆序；

因此 45231 的逆序数为 $3+3+1+1=8$. □

显然自然排列 $123\cdots n$ 的逆序数为 0. 逆序数为奇数的排列称为奇排列，逆序数为偶数的排列称为偶排列. 如 3 级排列中奇排列有

$$132,213,321.$$

偶排列有

$$123,231,312.$$

定义 3.1.3 设 $\boldsymbol{A}=(a_{ij})$ 是 $n(n\geqslant2)$ 阶方阵，其中 a_{ij} 是第 i 行第 j 列的元素，则称[③]

$$|\boldsymbol{A}|=\sum_{j_1j_2\cdots j_n\text{取遍}n\text{级排列}}(-1)^{N(j_1j_2\cdots j_n)}a_{1j_1}a_{2j_2}\cdots a_{nj_n}$$

是方阵 $\boldsymbol{A}$ 的行列式，或者记为 $|\boldsymbol{A}|$.

利用逆序数定义行列式

一般项的一些结论

这里要特别指出，行列式的两种定义（定义 3.1.1、定义 3.1.3）等价.

---

① 或者说后面的数 i_t 比前面的数 i_s（$s<t$）小.

② 有些教材记为 $\tau(i_1i_2\cdots i_n)$.

③ 通常称 $(-1)^{N(j_1j_2\cdots j_n)}a_{1j_1}a_{2j_2}\cdots a_{nj_n}$ 是行列式的一般项.

特别地，3 阶方阵 $\boldsymbol{A}=\begin{pmatrix} a_{11} & a_{12} & a_{13} \\ a_{21} & a_{22} & a_{23} \\ a_{31} & a_{32} & a_{33} \end{pmatrix}$的行列式为

$$
\begin{aligned}
|\boldsymbol{A}| &= \sum_{j_1j_2j_3\text{取遍3级排列}} (-1)^{N(j_1j_2j_3)} a_{1j_1}a_{2j_2}a_{3j_3} \\
&= (-1)^{N(123)}a_{11}a_{22}a_{33} + (-1)^{N(231)}a_{12}a_{23}a_{31} \\
&\quad + (-1)^{N(312)}a_{13}a_{21}a_{32} + (-1)^{N(132)}a_{11}a_{23}a_{32} \\
&\quad + (-1)^{N(213)}a_{12}a_{21}a_{33} + (-1)^{N(321)}a_{13}a_{22}a_{31} \\
&= a_{11}a_{22}a_{33} + a_{12}a_{23}a_{31} + a_{13}a_{21}a_{32} \\
&\quad - a_{11}a_{23}a_{32} - a_{12}a_{21}a_{33} - a_{13}a_{22}a_{31}.
\end{aligned}
$$

命题 3.1.1　设 $\boldsymbol{A}$ 是 n 阶方阵，则 $|\boldsymbol{A}|=|\boldsymbol{A}^{\mathrm{T}}|$.

※转置不改变行列式.

证明： 显然 $n=1$ 的时候成立．设 $n=k$ 时也成立．当 $n=k+1$ 时，记 $\boldsymbol{A}$ 中删掉第 i 行第 j 列后的方阵为 $\boldsymbol{A}_{ij}$，则

$$
\begin{aligned}
|\boldsymbol{A}^{\mathrm{T}}| &= \begin{vmatrix} a_{11} & a_{21} & \cdots & a_{k+1,1} \\ a_{12} & a_{22} & \cdots & a_{k+1,2} \\ \vdots & \vdots & \ddots & \vdots \\ a_{1,k+1} & a_{2,k+1} & \cdots & a_{k+1,k+1} \end{vmatrix} \\
&\xlongequal[\text{展开}]{\text{沿第 1 列}} (-1)^{1+1}a_{11}|\boldsymbol{A}_{11}^{\mathrm{T}}| + (-1)^{2+1}a_{12}|\boldsymbol{A}_{12}^{\mathrm{T}}| \\
&\qquad + \cdots + (-1)^{k+2}a_{1,k+1}|\boldsymbol{A}_{1,k+1}^{\mathrm{T}}| \\
&= (-1)^{1+1}a_{11}|\boldsymbol{A}_{11}| + (-1)^{1+2}a_{12}|\boldsymbol{A}_{12}| \\
&\qquad + \cdots + (-1)^{k+2}a_{1,k+1}|\boldsymbol{A}_{1,k+1}| = |\boldsymbol{A}|.
\end{aligned}
$$
□

有了命题 3.1.1 以后，方阵的行列式的关于行成立的结论关于列也成立．因此在证明的过程中只需对行或者对列来证明即可．

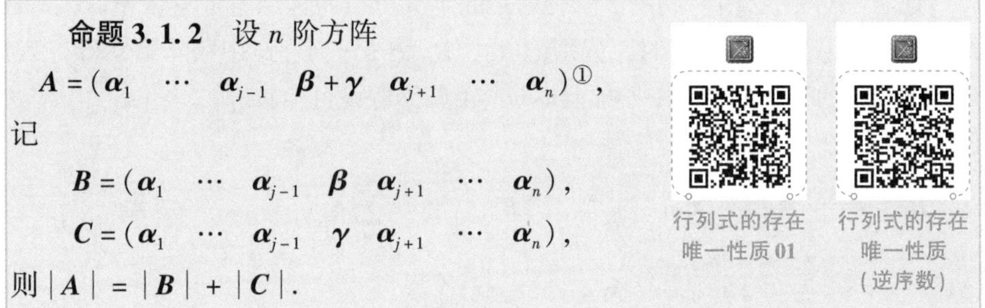

命题 3.1.2　设 n 阶方阵

$$\boldsymbol{A}=(\boldsymbol{\alpha}_1\ \cdots\ \boldsymbol{\alpha}_{j-1}\ \ \boldsymbol{\beta}+\boldsymbol{\gamma}\ \ \boldsymbol{\alpha}_{j+1}\ \cdots\ \boldsymbol{\alpha}_n)\text{①},$$

记

$$\boldsymbol{B}=(\boldsymbol{\alpha}_1\ \cdots\ \boldsymbol{\alpha}_{j-1}\ \ \boldsymbol{\beta}\ \ \boldsymbol{\alpha}_{j+1}\ \cdots\ \boldsymbol{\alpha}_n),$$

$$\boldsymbol{C}=(\boldsymbol{\alpha}_1\ \cdots\ \boldsymbol{\alpha}_{j-1}\ \ \boldsymbol{\gamma}\ \ \boldsymbol{\alpha}_{j+1}\ \cdots\ \boldsymbol{\alpha}_n),$$

则 $|\boldsymbol{A}|=|\boldsymbol{B}|+|\boldsymbol{C}|$.

※由命题3.1.2可知行列式可以按照一列（行）拆开计算.

① 为了书写方便，下面的证明全都针对列来陈述．由命题 3.1.1 可知，对行也是成立的.

证明：不妨设 $\boldsymbol{\beta}=(b_1 \quad \cdots \quad b_n)^{\mathrm{T}}$，$\boldsymbol{\gamma}=(c_1 \quad \cdots \quad c_n)^{\mathrm{T}}$，分别记 A_{kj}，B_{kj}，C_{kj} 是矩阵 $\boldsymbol{A}$，$\boldsymbol{B}$，$\boldsymbol{C}$ 中第 k 行第 j 列元素的代数余子式，则 $A_{ij}=B_{ij}=C_{ij}$，进一步

$$\begin{aligned}|\boldsymbol{A}| &\xlongequal[\text{展开}]{\text{沿第 } j \text{ 列}} (b_1+c_1)A_{1j}+(b_2+c_2)A_{2j}+\cdots+(b_n+c_n)A_{nj}\\ &=\sum_{k=1}^{n} b_k A_{kj}+\sum_{k=1}^{n} c_k A_{kj}\\ &=\sum_{k=1}^{n} b_k B_{kj}+\sum_{k=1}^{n} c_k C_{kj} = |\boldsymbol{B}|+|\boldsymbol{C}|.\end{aligned}$$

□

命题 3.1.3 设 n 阶方阵

$$\boldsymbol{A}=(\boldsymbol{\alpha}_1 \quad \cdots \quad \boldsymbol{\alpha}_{j-1} \quad \boldsymbol{\alpha}_j \quad \boldsymbol{\alpha}_{j+1} \quad \cdots \quad \boldsymbol{\alpha}_n),$$

m 是常数，记

$$\boldsymbol{B}=(\boldsymbol{\alpha}_1 \quad \cdots \quad \boldsymbol{\alpha}_{j-1} \quad m\boldsymbol{\alpha}_j \quad \boldsymbol{\alpha}_{j+1} \quad \cdots \quad \boldsymbol{\alpha}_n),$$

则 $|\boldsymbol{B}|=m|\boldsymbol{A}|$.

行列式的性质

※由命题3.1.3可知行列式可以把一列（行）的公因子提出来计算.命题3.1.2和命题3.1.3合在一起一般称为行列式的线性性质.

证明：分别记 A_{kj}，B_{kj} 是矩阵 $\boldsymbol{A}$，$\boldsymbol{B}$ 中第 k 行第 j 列元素的代数余子式，则 $A_{ij}=B_{ij}$，进一步

$$\begin{aligned}|\boldsymbol{B}| &\xlongequal[\text{展开}]{\text{沿第 } j \text{ 列}} (ma_{1j})A_{1j}+(ma_{2j})A_{2j}+\cdots+(ma_{nj})A_{nj}\\ &= m\sum_{k=1}^{n} a_{kj}A_{kj} = m|\boldsymbol{A}|.\end{aligned}$$

□

注：由于 $\boldsymbol{I}(kr_j)$ 是对角矩阵，故 $|\boldsymbol{I}(kr_j)|=|\boldsymbol{I}(kc_j)|=k$. 由命题 3.1.3 可得 $|\boldsymbol{I}(kr_i)\boldsymbol{A}|=|\boldsymbol{A}\boldsymbol{I}(kc_j)|=k|\boldsymbol{A}|=|\boldsymbol{I}(kr_i)||\boldsymbol{A}|$. □

命题 3.1.4 设 $n(n\geqslant 2)$ 阶方阵

$$\boldsymbol{A}=(\boldsymbol{\alpha}_1 \quad \cdots \quad \boldsymbol{\alpha}_i \quad \cdots \quad \boldsymbol{\alpha}_j \quad \cdots \quad \boldsymbol{\alpha}_n),$$

交换 $\boldsymbol{A}$ 的第 i 列与第 j 列得到的矩阵记为

$$\boldsymbol{B}=(\boldsymbol{\alpha}_1 \quad \cdots \quad \boldsymbol{\alpha}_j \quad \cdots \quad \boldsymbol{\alpha}_i \quad \cdots \quad \boldsymbol{\alpha}_n),$$

则 $|\boldsymbol{B}|=-|\boldsymbol{A}|$.

※由命题3.1.4可知交换方阵的两列（行），行列式变号. 命题3.1.4一般称为行列式的交错性.

证明：当 $n=2$ 时，利用 2 阶行列式的定义可以验证结论成立，设 $n=m$ 时结论也成立. 当 $n=m+1$ 时，分别记 $\boldsymbol{A}_{kl}$，$\boldsymbol{B}_{kl}$ 是矩阵 $\boldsymbol{A}$，$\boldsymbol{B}$ 中删除第 k 行与第 l 列元素剩下的子矩阵，其中 $l\neq i$ 且 $l\neq j$. 由归纳假设可知 $|\boldsymbol{B}_{kn}|=-|\boldsymbol{A}_{kn}|$. 不妨设 $i=1$，$j=2$，则

$$\begin{aligned}|\boldsymbol{B}| &\xlongequal[\text{展开}]{\text{沿第 } m+1 \text{ 列}} \sum_{k=1}^{m+1} a_{k,m+1(-1)^{k+n}}|\boldsymbol{B}_{k,m+1}| = \sum_{k=1}^{n} a_{k,m+1(-1)^{k+n}}(-|\boldsymbol{A}_{k,m+1}|)\\ &= -\sum_{k=1}^{n} a_{k,m+1(-1)^{k+n}}|\boldsymbol{A}_{k,m+1}| = -|\boldsymbol{A}|.\end{aligned}$$

□

注：反复沿第一行或者最后一行展开计算行列式可得 $|\boldsymbol{I}(r_i\leftrightarrow r_j)|=|\boldsymbol{I}(c_i\leftrightarrow c_j)|=-1$. 由命题 3.1.4 可得 $|\boldsymbol{I}(r_i\leftrightarrow r_j)\boldsymbol{A}|=|\boldsymbol{A}\boldsymbol{I}(c_i\leftrightarrow c_j)|=-|\boldsymbol{A}|=|\boldsymbol{I}(r_i\leftrightarrow r_j)||\boldsymbol{A}|$. □

命题 3.1.5 设 $n(n\geqslant 2)$ 阶方阵

$$A=(\alpha_1 \quad \cdots \quad \alpha_i \quad \cdots \quad \alpha_j \quad \cdots \quad \alpha_n),$$

把 A 的第 j 列的 l 倍加到第 i 列得到的矩阵记为

$$B=(\alpha_1 \quad \cdots \quad \alpha_i+l\alpha_j \quad \cdots \quad \alpha_j \quad \cdots \quad \alpha_n),$$

则 $|B|=|A|$.

※由命题3.1.5可知方阵的其中一列（行）乘以常数倍加到另外一列（行），行列式不变.

证明： 沿第 i 列拆开得

$$|B|=|A|+|\alpha_1 \cdots \quad l\alpha_j \quad \cdots \quad \alpha_j \quad \cdots \quad \alpha_n|,$$

只需证明 $|\alpha_1 \quad \cdots \quad l\alpha_j \quad \cdots \quad \alpha_j \quad \cdots \quad \alpha_n|=0$. 记

$$C=(\alpha_1 \quad \cdots \quad \alpha_j \quad \cdots \quad \alpha_j \quad \cdots \quad \alpha_n),$$

则 $C=CI(c_i\leftrightarrow c_j)$，于是

※方阵中两列（行）成比例，则行列式为零.

$$|C|=|CI(c_i\leftrightarrow c_j)|\xlongequal{\text{命题 3.1.4}}-|C|\Rightarrow|C|=0.$$

从而 $|B|=|A|+l|C|=|A|$. □

注： 由于 $I(r_j+lr_i)$ 是三角矩阵，故 $|I(r_j+lr_i)|=|I(c_j+lc_i)|=1$. 由命题 3.1.5 可得 $|I(r_j+lr_i)A|=|AI(c_j+lc_i)|=|A|=|I(r_j+lr_i)||A|$. □

例 3.1.8 设 $A=\begin{pmatrix} a_{11} & a_{12} & a_{13} \\ a_{21} & a_{22} & a_{23} \\ a_{31} & a_{32} & a_{33} \end{pmatrix}$ 且 $|A|=1$，求

$$D=\begin{vmatrix} -2a_{11} & -6a_{12} & -2a_{13} \\ a_{21} & 3a_{22} & a_{23} \\ a_{31} & 3a_{32} & a_{33} \end{vmatrix}.$$

行列式的存在唯一性质 02

解： 利用命题 3.1.3，则

$$D=(-2)\begin{vmatrix} a_{11} & 3a_{12} & a_{13} \\ a_{21} & 3a_{22} & a_{23} \\ a_{31} & 3a_{32} & a_{33} \end{vmatrix}=(-2)\times 3\begin{vmatrix} a_{11} & a_{12} & a_{13} \\ a_{21} & a_{22} & a_{23} \\ a_{31} & a_{32} & a_{33} \end{vmatrix}=-6.$$ □

例 3.1.9 设 $A=\begin{pmatrix} 2 & 1 & 1 & 4 \\ 3 & 5 & 1 & 3 \\ 1 & 1 & 0 & 2 \\ 4 & 4 & 3 & 3 \end{pmatrix}$，求 $|A|$[①].

行列式计算的典型例子 01

解： 方法一：利用初等（行）变换化出尽量多的零，再按行（按列）展开降阶计算

① 参见例 4.1.5.

$$|\boldsymbol{A}| \xlongequal[c_4-2c_1]{c_2-c_1} \begin{vmatrix} 2 & -1 & 1 & 0 \\ 3 & 2 & 1 & -3 \\ 1 & 0 & 0 & 0 \\ 4 & 0 & 3 & -5 \end{vmatrix}$$

$$\xlongequal[\text{展开}]{\text{沿第3行}} (-1)^{3+1} \times 1 \times \begin{vmatrix} -1 & 1 & 0 \\ 2 & 1 & -3 \\ 0 & 3 & -5 \end{vmatrix} = 6.$$

方法二：利用初等（行）变换化为三角行列式计算

$$|\boldsymbol{A}| \xlongequal{r_1 \leftrightarrow r_3} - \begin{vmatrix} 1 & 1 & 0 & 2 \\ 3 & 5 & 1 & 3 \\ 2 & 1 & 1 & 4 \\ 4 & 4 & 3 & 3 \end{vmatrix} \xlongequal[r_4-4r_1]{\substack{r_2-3r_1 \\ r_3-2r_1}} - \begin{vmatrix} 1 & 1 & 0 & 2 \\ 0 & 2 & 1 & -3 \\ 0 & -1 & 1 & 0 \\ 0 & 0 & 3 & -5 \end{vmatrix}$$

$$\xlongequal{r_2 \leftrightarrow r_3} \begin{vmatrix} 1 & 1 & 0 & 2 \\ 0 & -1 & 1 & 0 \\ 0 & 2 & 1 & -3 \\ 0 & 0 & 3 & -5 \end{vmatrix} \xlongequal{r_3+2r_2} \begin{vmatrix} 1 & 1 & 0 & 2 \\ 0 & -1 & 1 & 0 \\ 0 & 0 & 3 & -3 \\ 0 & 0 & 3 & -5 \end{vmatrix}$$

$$\xlongequal{r_4-r_3} \begin{vmatrix} 1 & 1 & 0 & 2 \\ 0 & -1 & 1 & 0 \\ 0 & 0 & 3 & -3 \\ 0 & 0 & 0 & -2 \end{vmatrix} = 6.$$

□

例 3.1.10 设 $f(x) = \begin{vmatrix} x-1 & 1 & -1 & 1 \\ -1 & x+1 & -1 & 1 \\ -1 & 1 & x-1 & 1 \\ -1 & 1 & -1 & x+1 \end{vmatrix}$，求 $f(x)=0$ 的根.

行列式计算的典型例子 02

解：把第 1 行的 -1 倍分别加到第 2，3，4 行

$$f(x) = \begin{vmatrix} x-1 & 1 & -1 & 1 \\ -x & x & 0 & 0 \\ -x & 0 & x & 0 \\ -x & 0 & 0 & x \end{vmatrix} \xlongequal{c_1+c_2+c_3+c_4} \begin{vmatrix} x & 1 & -1 & 1 \\ 0 & x & 0 & 0 \\ 0 & 0 & x & 0 \\ 0 & 0 & 0 & x \end{vmatrix} = x^4,$$

因此 $f(x)=0$ 的根为 $x=0$，重数为 4. □

例 3.1.11 求 $f(\lambda) = \begin{vmatrix} \lambda-2 & -2 & 2 \\ -2 & \lambda-5 & 4 \\ 2 & 4 & \lambda-5 \end{vmatrix} = 0$ 的根.

解：把第 2 行加到第 3 行得

$$f(\lambda)=\begin{vmatrix}\lambda-2 & -2 & 2\\ -2 & \lambda-5 & 4\\ 0 & \lambda-1 & \lambda-1\end{vmatrix}=(\lambda-1)\begin{vmatrix}\lambda-2 & -2 & 2\\ -2 & \lambda-5 & 4\\ 0 & 1 & 1\end{vmatrix}$$

$$\xlongequal{c_2-c_3}(\lambda-1)\begin{vmatrix}\lambda-2 & -4 & 2\\ -2 & \lambda-9 & 4\\ 0 & 0 & 1\end{vmatrix}$$

$$=(\lambda-1)\begin{vmatrix}\lambda-2 & -4\\ -2 & \lambda-9\end{vmatrix}=(\lambda-1)^2(\lambda-10),$$

因此，$f(\lambda)=0$ 的根是 $\lambda=1$，$\lambda=10$. □

例 3.1.12　已知 3 阶范德蒙行列式

$$V_3=\begin{vmatrix}1 & 1 & 1\\ x_1 & x_2 & x_3\\ x_1^2 & x_2^2 & x_3^2\end{vmatrix}=(x_2-x_1)(x_3-x_1)(x_3-x_2),$$

求 4 阶范德蒙行列式 $V_4=\begin{vmatrix}1 & 1 & 1 & 1\\ x_1 & x_2 & x_3 & x_4\\ x_1^2 & x_2^2 & x_3^2 & x_4^2\\ x_1^3 & x_2^3 & x_3^3 & x_4^3\end{vmatrix}$.

范德蒙行列式

解：先把第 3 行的 $-x_1$ 倍加到第 4 行，再把第 2 行的 $-x_1$ 倍加到第 3 行，最后把第 1 行的 $-x_1$ 倍加到第 2 行，可得

$$V_4=\begin{vmatrix}1 & 1 & 1 & 1\\ 0 & x_2-x_1 & x_3-x_1 & x_4-x_1\\ 0 & x_2(x_2-x_1) & x_3(x_3-x_1) & x_4(x_4-x_1)\\ 0 & x_2^2(x_2-x_1) & x_3^2(x_3-x_1) & x_4^2(x_4-x_1)\end{vmatrix}$$

$$=\begin{vmatrix}x_2-x_1 & x_3-x_1 & x_4-x_1\\ x_2(x_2-x_1) & x_3(x_3-x_1) & x_4(x_4-x_1)\\ x_2^2(x_2-x_1) & x_3^2(x_3-x_1) & x_4^2(x_4-x_1)\end{vmatrix}$$

$$=(x_2-x_1)(x_3-x_1)(x_4-x_1)\begin{vmatrix}1 & 1 & 1\\ x_2 & x_3 & x_4\\ x_2^2 & x_3^2 & x_4^2\end{vmatrix}$$

$$=(x_2-x_1)(x_3-x_1)(x_4-x_1)(x_3-x_2)(x_4-x_2)(x_4-x_3).$$ □

注：请读者用数学归纳法证明 n 阶范德蒙行列式

$$V_n = \begin{vmatrix} 1 & 1 & 1 & \cdots & 1 \\ x_1 & x_2 & x_3 & \cdots & x_n \\ x_1^2 & x_2^2 & x_3^2 & \cdots & x_n^2 \\ \vdots & \vdots & \vdots & \ddots & \vdots \\ x_1^{n-1} & x_2^{n-1} & x_3^{n-1} & \cdots & x_n^{n-1} \end{vmatrix} = \prod_{1 \leqslant i < j \leqslant n} (x_j - x_i).$$ □

例 3.1.13 设 $A = \begin{pmatrix} 2a & 1 & 0 & 0 \\ a^2 & 2a & 1 & 0 \\ 0 & a^2 & 2a & 1 \\ 0 & 0 & a^2 & 2a \end{pmatrix}$, 求 $|A|$ (提示：利用初等行变换化为三角行列式).

解：采用初等行变换

$$|A| = \begin{vmatrix} 2a & 1 & 0 & 0 \\ a^2 & 2a & 1 & 0 \\ 0 & a^2 & 2a & 1 \\ 0 & 0 & a^2 & 2a \end{vmatrix} \xlongequal{r_2 - \frac{a}{2}r_1} \begin{vmatrix} 2a & 1 & 0 & 0 \\ 0 & \frac{3a}{2} & 1 & 0 \\ 0 & a^2 & 2a & 1 \\ 0 & 0 & a^2 & 2a \end{vmatrix}$$

$$\xlongequal{r_3 - \frac{2a}{3}r_2} \begin{vmatrix} 2a & 1 & 0 & 0 \\ 0 & \frac{3a}{2} & 1 & 0 \\ 0 & 0 & \frac{4a}{3} & 1 \\ 0 & 0 & a^2 & 2a \end{vmatrix}$$

$$\xlongequal{r_4 - \frac{3a}{4}r_3} \begin{vmatrix} 2a & 1 & 0 & 0 \\ 0 & \frac{3a}{2} & 1 & 0 \\ 0 & 0 & \frac{4a}{3} & 1 \\ 0 & 0 & 0 & \frac{5a}{4} \end{vmatrix} = 5a^4.$$ □

注：设 n 阶方阵 $A = \begin{pmatrix} 2a & 1 & 0 & \cdots & 0 & 0 \\ a^2 & 2a & 1 & \cdots & 0 & 0 \\ 0 & a^2 & 2a & \cdots & 0 & 0 \\ \vdots & \vdots & \vdots & \ddots & \vdots & \vdots \\ 0 & 0 & 0 & \cdots & 2a & 1 \\ 0 & 0 & 0 & \cdots & a^2 & 2a \end{pmatrix}$, 能否证明 $|A| = (n+1)a^n$? □

命题 3.1.6 设 $\boldsymbol{A}$, $\boldsymbol{B}$ 是同阶方阵且 $\boldsymbol{A}$ 可逆，则

$$|\boldsymbol{AB}| = |\boldsymbol{A}||\boldsymbol{B}| = |\boldsymbol{BA}|.$$

分块的三角阵以及方阵乘积的行列式 01

分块的三角阵以及方阵乘积的行列式 02

证明： 由命题3.1.3、命题3.1.4、命题3.1.5 可知，对任意的初等矩阵 $\boldsymbol{P}$，有

$$|\boldsymbol{BP}| = |\boldsymbol{PB}| = |\boldsymbol{B}||\boldsymbol{P}|.$$

因 $\boldsymbol{A}$ 可逆，故存在初等矩阵 $\boldsymbol{P}_1$, …, $\boldsymbol{P}_k$，使

$$\boldsymbol{A} = \boldsymbol{P}_1\boldsymbol{P}_2\cdots\boldsymbol{P}_k.$$

因此

$$\begin{aligned}|\boldsymbol{AB}| &= |\boldsymbol{P}_1\boldsymbol{P}_2\cdots\boldsymbol{P}_k\boldsymbol{B}| = |\boldsymbol{P}_1||\boldsymbol{P}_2|\cdots|\boldsymbol{P}_k||\boldsymbol{B}| \\ &= |\boldsymbol{P}_1\boldsymbol{P}_2\cdots\boldsymbol{P}_k||\boldsymbol{B}| = |\boldsymbol{A}||\boldsymbol{B}|.\end{aligned}$$

类似可证 $|\boldsymbol{BA}| = |\boldsymbol{A}||\boldsymbol{B}|$. □

命题 3.1.7 设 $\boldsymbol{A}$ 是 n 阶方阵，$\boldsymbol{A}$ 经高斯消元法（1）~（4）步（定义 1.2.6）化为（行）阶梯形矩阵 $\boldsymbol{U}$，则 $|\boldsymbol{A}| = (-1)^r|\boldsymbol{U}|$，其中 r 是 $\boldsymbol{A}$ 化为 $\boldsymbol{U}$ 中交换行的次数.

证明： 经高斯消元法（1）~（4）步，即左乘 $\boldsymbol{I}(r_i\leftrightarrow r_j)$ 或者 $\boldsymbol{I}(r_i + lr_j)$，由命题 3.1.6 知，结论显然成立. □

推论 3.1.1 设 $\boldsymbol{A}$ 是 n 阶方阵，则 $\boldsymbol{A}$ 可逆当且仅当 $|\boldsymbol{A}| \neq 0$.

证明： $\boldsymbol{A}$ 可逆 $\Leftrightarrow r(\boldsymbol{A}) = n \Leftrightarrow r(\boldsymbol{U}) = n \Leftrightarrow$[①] $|\boldsymbol{U}| \neq 0$. 又因 $|\boldsymbol{A}| = (-1)^r|\boldsymbol{U}|$，所以 $\boldsymbol{A}$ 可逆当且仅当 $\Leftrightarrow |\boldsymbol{A}| \neq 0$. □

定义 3.1.4 设 $\boldsymbol{A}$ 是 n 阶方阵，若 $|\boldsymbol{A}| = 0$，则称 $\boldsymbol{A}$ 是奇异矩阵，否则称 $\boldsymbol{A}$ 是非奇异矩阵.

定理 3.1.2 设 $\boldsymbol{A}$, $\boldsymbol{B}$ 是同阶方阵，则 $|\boldsymbol{AB}| = |\boldsymbol{A}||\boldsymbol{B}|$.

※方阵乘积的行列式等于行列式的乘积.

证明： 若 $\boldsymbol{A}$, $\boldsymbol{B}$ 中至少一个不可逆，不妨设 $\boldsymbol{A}$ 不可逆，由推论 3.1.1 知 $|\boldsymbol{A}| = 0$.

又由定理 2.3.7 可知 $r(\boldsymbol{A}) < n$，由例 2.3.28 可知 $r(\boldsymbol{AB}) < n$，因此 $\boldsymbol{AB}$ 不可逆，由推论 3.1.1 知 $|\boldsymbol{AB}| = 0$，从而 $|\boldsymbol{AB}| = |\boldsymbol{A}||\boldsymbol{B}|$.

若 $\boldsymbol{A}$, $\boldsymbol{B}$ 都可逆，由命题 3.1.6 得 $|\boldsymbol{AB}| = |\boldsymbol{A}||\boldsymbol{B}|$.

---

① （行）阶梯形矩阵 $\boldsymbol{U}$ 的每一行都不全为零. 因为 $\boldsymbol{U}$ 是方阵，且恰好有 n 个主元位置，则主元位置必在主对角线上（练习 1.2.13），主元位置处的元素非零，也就是 $|\boldsymbol{U}| \neq 0$.

综上所述，定理 3.1.2 成立. □

例 3.1.14 设 $\boldsymbol{A}=(\boldsymbol{\alpha}_1\quad\boldsymbol{\alpha}_2\quad\boldsymbol{\alpha}_3)$ 是 3 阶方阵且 $|\boldsymbol{A}|=1$，记
$$\boldsymbol{B}=(\boldsymbol{\alpha}_1+\boldsymbol{\alpha}_2+\boldsymbol{\alpha}_3\quad\boldsymbol{\alpha}_1+2\boldsymbol{\alpha}_2+3\boldsymbol{\alpha}_3\quad\boldsymbol{\alpha}_1+4\boldsymbol{\alpha}_2+9\boldsymbol{\alpha}_3),$$
求 $|\boldsymbol{B}|$.

解：根据分块矩阵的乘法，显然
$$\boldsymbol{\alpha}_1+\boldsymbol{\alpha}_2+\boldsymbol{\alpha}_3=(\boldsymbol{\alpha}_1\quad\boldsymbol{\alpha}_2\quad\boldsymbol{\alpha}_3)\begin{pmatrix}1\\1\\1\end{pmatrix}=\boldsymbol{A}\begin{pmatrix}1\\1\\1\end{pmatrix}.$$
类似地，有
$$\boldsymbol{\alpha}_1+2\boldsymbol{\alpha}_2+3\boldsymbol{\alpha}_3=\boldsymbol{A}\begin{pmatrix}1\\2\\3\end{pmatrix},\ \boldsymbol{\alpha}_1+4\boldsymbol{\alpha}_2+9\boldsymbol{\alpha}_3=\boldsymbol{A}\begin{pmatrix}1\\4\\9\end{pmatrix}.$$
因此
$$\boldsymbol{B}=\boldsymbol{A}\begin{pmatrix}1&1&1\\1&2&4\\1&3&9\end{pmatrix}.$$
因此，$|\boldsymbol{B}|=|\boldsymbol{A}|\begin{vmatrix}1&1&1\\1&2&4\\1&3&9\end{vmatrix}=2.$ □

※分块三角矩阵的行列式是对角线上子块的行列式的乘积.

定理 3.1.3 设 $\boldsymbol{A}$，$\boldsymbol{B}$ 是方阵，则
$$\begin{vmatrix}\boldsymbol{A}&*\\\boldsymbol{0}&\boldsymbol{B}\end{vmatrix}=|\boldsymbol{A}|\,|\boldsymbol{B}|=\begin{vmatrix}\boldsymbol{A}&\boldsymbol{0}\\*&\boldsymbol{B}\end{vmatrix}.$$

证明：因为转置不改变行列式，所以只需证明
$$\begin{vmatrix}\boldsymbol{A}&*\\\boldsymbol{0}&\boldsymbol{B}\end{vmatrix}=|\boldsymbol{A}|\,|\boldsymbol{B}|.$$
若 $\boldsymbol{A}$，$\boldsymbol{B}$ 中至少一个不可逆，不妨设 $\boldsymbol{B}$ 不可逆，则 $|\boldsymbol{B}|=0$.

又由定理 2.3.7 可知 $r(\boldsymbol{B})<n$，则存在初等矩阵 $\boldsymbol{Q}_1$，$\boldsymbol{Q}_2$，…，$\boldsymbol{Q}_l$ 把 $\boldsymbol{B}$ 化为（行）最简阶梯形矩阵，即
$$\boldsymbol{Q}_1\boldsymbol{Q}_2\cdots\boldsymbol{Q}_l\boldsymbol{B}=\boldsymbol{U}=\begin{pmatrix}*\\\boldsymbol{0}\end{pmatrix}.$$
则在 $\begin{pmatrix}\boldsymbol{A}&*\\\boldsymbol{0}&\boldsymbol{B}\end{pmatrix}$ 左边乘以初等矩阵 $\begin{pmatrix}\boldsymbol{I}&\boldsymbol{0}\\\boldsymbol{0}&\boldsymbol{Q}_l\end{pmatrix}$，…，$\begin{pmatrix}\boldsymbol{I}&\boldsymbol{0}\\\boldsymbol{0}&\boldsymbol{Q}_1\end{pmatrix}$ 得
$$\begin{pmatrix}\boldsymbol{I}&\boldsymbol{0}\\\boldsymbol{0}&\boldsymbol{Q}_1\end{pmatrix}\begin{pmatrix}\boldsymbol{I}&\boldsymbol{0}\\\boldsymbol{0}&\boldsymbol{Q}_2\end{pmatrix}\cdots\begin{pmatrix}\boldsymbol{I}&\boldsymbol{0}\\\boldsymbol{0}&\boldsymbol{Q}_l\end{pmatrix}\begin{pmatrix}\boldsymbol{A}&*\\\boldsymbol{0}&\boldsymbol{B}\end{pmatrix}=\begin{pmatrix}\boldsymbol{A}&*\\\boldsymbol{0}&\boldsymbol{U}\end{pmatrix},$$
因 $\boldsymbol{U}$ 最后一行为零，故 $\begin{vmatrix}\boldsymbol{A}&*\\\boldsymbol{0}&\boldsymbol{U}\end{vmatrix}=0$，从而 $\begin{vmatrix}\boldsymbol{A}&*\\\boldsymbol{0}&\boldsymbol{B}\end{vmatrix}=0$. 因此
$$\begin{vmatrix}\boldsymbol{A}&*\\\boldsymbol{0}&\boldsymbol{B}\end{vmatrix}=|\boldsymbol{A}|\,|\boldsymbol{B}|.$$

若 $\boldsymbol{A}$，$\boldsymbol{B}$ 都可逆，则存在初等矩阵 $\boldsymbol{Q}_1$，…，$\boldsymbol{Q}_l$，使得

$$\boldsymbol{B}=\boldsymbol{Q}_1\boldsymbol{Q}_2\cdots\boldsymbol{Q}_l.$$

于是

$$\begin{pmatrix}\boldsymbol{A} & * \\ \boldsymbol{0} & \boldsymbol{B}\end{pmatrix}=\begin{pmatrix}\boldsymbol{I} & \boldsymbol{0} \\ \boldsymbol{0} & \boldsymbol{Q}_1\end{pmatrix}\begin{pmatrix}\boldsymbol{I} & \boldsymbol{0} \\ \boldsymbol{0} & \boldsymbol{Q}_2\end{pmatrix}\cdots\begin{pmatrix}\boldsymbol{I} & \boldsymbol{0} \\ \boldsymbol{0} & \boldsymbol{Q}_l\end{pmatrix}\begin{pmatrix}\boldsymbol{A} & * \\ \boldsymbol{0} & \boldsymbol{I}\end{pmatrix},$$

反复沿第一行展开，或者反复沿最后一行展开可得

$$\begin{vmatrix}\boldsymbol{I} & \boldsymbol{0} \\ \boldsymbol{0} & \boldsymbol{Q}_i\end{vmatrix}\ |\boldsymbol{Q}_i|,\ i=1,2,\cdots,l,\ \begin{vmatrix}\boldsymbol{A} & * \\ \boldsymbol{0} & \boldsymbol{I}\end{vmatrix}\ |\boldsymbol{A}|.$$

因此

$$\begin{aligned}\begin{vmatrix}\boldsymbol{A} & * \\ \boldsymbol{0} & \boldsymbol{B}\end{vmatrix}&=\begin{vmatrix}\boldsymbol{I} & \boldsymbol{0} \\ \boldsymbol{0} & \boldsymbol{Q}_1\end{vmatrix}\begin{vmatrix}\boldsymbol{I} & \boldsymbol{0} \\ \boldsymbol{0} & \boldsymbol{Q}_2\end{vmatrix}\cdots\begin{vmatrix}\boldsymbol{I} & \boldsymbol{0} \\ \boldsymbol{0} & \boldsymbol{Q}_l\end{vmatrix}\begin{vmatrix}\boldsymbol{A} & * \\ \boldsymbol{0} & \boldsymbol{I}\end{vmatrix}\\&=|\boldsymbol{Q}_1||\boldsymbol{Q}_2|\cdots|\boldsymbol{Q}_l||\boldsymbol{A}|=|\boldsymbol{A}||\boldsymbol{B}|.\end{aligned}$$

综上所述，$\begin{vmatrix}\boldsymbol{A} & * \\ \boldsymbol{0} & \boldsymbol{B}\end{vmatrix}=|\boldsymbol{A}||\boldsymbol{B}|$，从而定理 3. 1. 3 成立. □

例 3. 1. 15　计算行列式 $D=\begin{vmatrix}a & 0 & 0 & c \\ 0 & d & f & 0 \\ 0 & e & g & 0 \\ b & 0 & 0 & d\end{vmatrix}$.

解：利用初等变换化为分块三角矩阵计算

$$\begin{aligned}D&\xlongequal{r_3\leftrightarrow r_4}-\begin{vmatrix}a & 0 & 0 & c \\ 0 & d & f & 0 \\ b & 0 & 0 & d \\ 0 & e & g & 0\end{vmatrix}\xlongequal{r_2\leftrightarrow r_3}\begin{vmatrix}a & 0 & 0 & c \\ b & 0 & 0 & d \\ 0 & d & f & 0 \\ 0 & e & g & 0\end{vmatrix}\\&\xlongequal{c_3\leftrightarrow c_4}-\begin{vmatrix}a & 0 & c & 0 \\ b & 0 & d & 0 \\ 0 & d & 0 & f \\ 0 & e & 0 & g\end{vmatrix}\xlongequal{c_2\leftrightarrow c_3}\begin{vmatrix}a & c & 0 & 0 \\ b & d & 0 & 0 \\ 0 & 0 & d & f \\ 0 & 0 & e & g\end{vmatrix}\\&=\begin{vmatrix}a & c \\ b & d\end{vmatrix}\begin{vmatrix}d & f \\ e & g\end{vmatrix}=(ad-bc)(dg-fe).\end{aligned}$$

□

习题 3. 1

习题 3. 1 解答

练习 3. 1. 1　证明

$$\begin{vmatrix}0 & \cdots & 0 & a_{1n} \\ 0 & \cdots & a_{2,n-1} & a_{2n} \\ \vdots & \iddots & \vdots & \vdots \\ a_{n1} & \cdots & a_{n,n-1} & a_{nn}\end{vmatrix}=(-1)^{\frac{n(n-1)}{2}}a_{1n}a_{2,n-1}\cdots a_{n1}$$

※我们一般称此类矩阵的行列式为反三角矩阵的行列式.

$$=\begin{vmatrix} a_{11} & \cdots & a_{1,n-1} & a_{1n} \\ a_{21} & \cdots & a_{2,n-1} & 0 \\ \vdots & \iddots & \vdots & \vdots \\ a_{n1} & \cdots & 0 & 0 \end{vmatrix}.$$

练习 3.1.2 计算下列行列式

$$\begin{vmatrix} 2 & 0 & 1 \\ 1 & -4 & -1 \\ -1 & 8 & 3 \end{vmatrix}, \quad \begin{vmatrix} 6 & 0 & 0 & 5 \\ 1 & 7 & 2 & -5 \\ 2 & 0 & 0 & 0 \\ 8 & 3 & 1 & 8 \end{vmatrix}, \quad \begin{vmatrix} 1 & -5 & 3 & -3 \\ 2 & 0 & 1 & -1 \\ 3 & 1 & -1 & 2 \\ 4 & 1 & 3 & -1 \end{vmatrix}.$$

练习 3.1.3 设 $\boldsymbol{A}=(\boldsymbol{\alpha}_1 \quad \boldsymbol{\alpha}_2 \quad \boldsymbol{\alpha}_3 \quad \boldsymbol{\alpha}_4)$ 是4阶方阵且 $|\boldsymbol{A}|=2$，记

$$\boldsymbol{B}=(\boldsymbol{\alpha}_1+\boldsymbol{\alpha}_2 \quad 2\boldsymbol{\alpha}_1 \quad \boldsymbol{\alpha}_4 \quad \boldsymbol{\alpha}_2+4\boldsymbol{\alpha}_3),$$

求 $|\boldsymbol{B}|$.

练习 3.1.4 设3阶方阵 $\boldsymbol{A}$，$\boldsymbol{B}$ 按列分块为

$$\boldsymbol{A}=(\boldsymbol{\alpha} \quad \boldsymbol{\beta}_2 \quad \boldsymbol{\beta}_3), \quad \boldsymbol{B}=(\boldsymbol{\gamma} \quad \boldsymbol{\beta}_2 \quad \boldsymbol{\beta}_3),$$

且 $|\boldsymbol{A}|=-2$，$|\boldsymbol{B}|=3$，求 $|\boldsymbol{A}+2\boldsymbol{B}|$.

练习 3.1.5 设 $\boldsymbol{A}=\begin{pmatrix} 1717 & 1708 \\ 2828 & 2819 \end{pmatrix}$，求 $|\boldsymbol{A}|$.

练习 3.1.6 求行列式 $\begin{vmatrix} b^2+c^2 & c^2+a^2 & a^2+b^2 \\ a & b & c \\ a^2 & b^2 & c^2 \end{vmatrix}$.

练习 3.1.7 设多项式 $f(x)=\begin{vmatrix} 3x & 2x & 3 & 1 \\ 1 & x & 1 & -2 \\ 3 & 2 & 3x & 1 \\ 1 & 0 & 1 & x \end{vmatrix}$，求 $f(x)$ 中 x^4 以及 x^3 的系数.

练习 3.1.8 设 $f(x)=\begin{vmatrix} x-1 & 1 & -1 & 1 \\ -1 & x+1 & -1 & 1 \\ -1 & 1 & x-1 & 1 \\ -1 & 1 & -1 & x+1 \end{vmatrix}$，求 $f(x)=0$ 的根.

练习 3.1.9 设 $\boldsymbol{A}$ 是奇数阶反对称矩阵，证明 $|\boldsymbol{A}|=0$.

练习 3.1.10 设 $\boldsymbol{A}$，$\boldsymbol{B}$ 均为3阶方阵，且 $|\boldsymbol{A}|=-2$，$|\boldsymbol{B}|=2$，求 $|4\boldsymbol{A}^{-1}|$，$|(3\boldsymbol{B})^{-1}|$，$|2(\boldsymbol{A}^{\mathrm{T}}\boldsymbol{B}^{-1})^2|$.

练习 3.1.11 设 $\boldsymbol{A}=\begin{pmatrix} 1 & 2 & -2 \\ 4 & t & 3 \\ 3 & -1 & 1 \end{pmatrix}$，当 t 为何值时，$\boldsymbol{A}$ 不可逆.

练习 3.1.12　设 $\boldsymbol{A}$，$\boldsymbol{B}$ 均为 n 阶非零矩阵，若 $\boldsymbol{AB}=\boldsymbol{0}$，证明 $|\boldsymbol{A}|=|\boldsymbol{B}|=0$.

练习 3.1.13　若 $\boldsymbol{A}$ 是 n 阶方阵，且满足 $\boldsymbol{AA}^{\mathrm{T}}=\boldsymbol{I}$. 若 $|\boldsymbol{A}|<0$，证明 $|\boldsymbol{I}+\boldsymbol{A}|=0$.

练习 3.1.14　若 $a_1a_2a_3a_4a_5\neq 0$，计算

$$\begin{vmatrix} 1+a_1 & 1 & 1 & 1 & 1 \\ 2 & 2+a_2 & 2 & 2 & 2 \\ 3 & 3 & 3+a_3 & 3 & 3 \\ 4 & 4 & 4 & 4+a_4 & 4 \\ 5 & 5 & 5 & 5 & 5+a_5 \end{vmatrix}.$$

练习 3.1.15　计算 $\begin{vmatrix} a^4 & (a-1)^4 & (a-2)^4 & (a-3)^4 & (a-4)^4 \\ a^3 & (a-1)^3 & (a-2)^3 & (a-3)^3 & (a-4)^3 \\ a^2 & (a-1)^2 & (a-2)^2 & (a-3)^2 & (a-4)^2 \\ a & a-1 & a-2 & a-3 & a-4 \\ 1 & 1 & 1 & 1 & 1 \end{vmatrix}$.

练习 3.1.16　设 5 阶方阵 $\boldsymbol{A}$，$\boldsymbol{B}$，$\boldsymbol{C}$ 的行列式分别为 4，5，6，计算 $\begin{vmatrix} \boldsymbol{C} & \boldsymbol{A} \\ \boldsymbol{B} & \boldsymbol{0} \end{vmatrix}$.

练习 3.1.17　计算 $\begin{vmatrix} 1 & 2 & 3 & 4 & 5 \\ 2 & 3 & 4 & 5 & 1 \\ 3 & 4 & 5 & 1 & 2 \\ 4 & 5 & 1 & 2 & 3 \\ 5 & 1 & 2 & 3 & 4 \end{vmatrix}$.

练习 3.1.18　设 $\boldsymbol{A}=\begin{pmatrix} a+b & ab & 0 & 0 \\ 1 & a+b & ab & 0 \\ 0 & 1 & a+b & ab \\ 0 & 0 & 1 & a+b \end{pmatrix}$，求 $|\boldsymbol{A}|$.

※请读者思考形如这样的n阶方阵的行列式是多少？

练习 3.1.19　设 $\boldsymbol{A}=\begin{pmatrix} 5 & -7 & 0 & 0 & 0 \\ 0 & 5 & -7 & 0 & 0 \\ 0 & 0 & 5 & -7 & 0 \\ 0 & 0 & 0 & 5 & -7 \\ -7 & 0 & 0 & 0 & 5 \end{pmatrix}$，求 $|\boldsymbol{A}|$.

练习 3.1.20　设 $\boldsymbol{A}=\begin{pmatrix} 2 & 0 \\ 1 & 4 \end{pmatrix}$，若 $\boldsymbol{B}=2\boldsymbol{BA}-3\boldsymbol{I}$，其中 $\boldsymbol{I}$ 是单位矩阵，求 $|\boldsymbol{B}|$.

练习 3.1.21 已知 $\boldsymbol{A}$ 是 3 阶方阵，$\boldsymbol{B}=(\boldsymbol{\beta}_1,\boldsymbol{\beta}_2,\boldsymbol{\beta}_3)$ 是可逆的 3 阶方阵，且 $\boldsymbol{A\beta}_1=\boldsymbol{\beta}_1+\boldsymbol{\beta}_2$，$\boldsymbol{A\beta}_2=\boldsymbol{\beta}_2+\boldsymbol{\beta}_3$，$\boldsymbol{A\beta}_3=\boldsymbol{\beta}_1+\boldsymbol{\beta}_3$，求行列式 $|\boldsymbol{A}|$.

练习 3.1.22 设 n 阶矩阵 $\boldsymbol{A}$ 与 $\boldsymbol{B}$ 等价，则必有（　　）.

(A) 当 $|\boldsymbol{A}|=a(a\neq 0)$ 时，$|\boldsymbol{B}|=a$

(B) 当 $|\boldsymbol{A}|=a(a\neq 0)$ 时，$|\boldsymbol{B}|=-a$

(C) 当 $|\boldsymbol{A}|\neq 0$ 时，$|\boldsymbol{B}|=0$

(D) 当 $|\boldsymbol{A}|=0$ 时，$|\boldsymbol{B}|=0$

3.2 行列式的应用

这一节将介绍行列式的应用，如利用按行按列展开定理把代数余子式的线性组合转化为行列式计算，利用伴随矩阵的概念可以导出克莱姆法则，利用矩阵的最高阶非零子式的阶数可以重新定义矩阵的秩. 下面先看看按行按列展开定理（定理 3.1.1）的应用.

例 3.2.1 设 $\boldsymbol{A}=\begin{pmatrix}2&1&1&4\\3&5&1&3\\1&1&0&2\\4&4&3&3\end{pmatrix}$，记 A_{ij} 是 $\boldsymbol{A}$ 中第 i 行第 j 列元素的代数余子式，计算 $2A_{21}+A_{22}+A_{23}+4A_{24}$.

行列式按行按列展开定理 01

解：设 $\boldsymbol{B}=\begin{pmatrix}2&1&1&4\\2&1&1&4\\1&1&0&2\\4&4&3&3\end{pmatrix}$，显然 $|\boldsymbol{B}|=0$. 沿第 2 行展开计算 $|\boldsymbol{B}|$，则

$$|\boldsymbol{B}|=2A_{21}+A_{22}+A_{23}+4A_{24}=0.$$ □

请读者证明，有如下定理.

定理 3.2.1 设 $\boldsymbol{A}=(a_{ij})$ 是 n 阶方阵，则

$$\sum_{k=1}^{n}a_{ik}A_{jk}=\begin{cases}|\boldsymbol{A}|, & i=j\\0, & i\neq j\end{cases},$$

$$\sum_{k=1}^{n}a_{ki}A_{kj}=\begin{cases}|\boldsymbol{A}|, & i=j\\0, & i\neq j\end{cases}$$

行列式按行按列展开定理 02

将定理 3.2.1 转化为矩阵乘积的语言，则有

$$\begin{pmatrix} a_{11} & a_{12} & \cdots & a_{1n} \\ a_{21} & a_{22} & \cdots & a_{2n} \\ \vdots & \vdots & \ddots & \vdots \\ a_{n1} & a_{n2} & \cdots & a_{nn} \end{pmatrix}\begin{pmatrix} A_{11} & A_{21} & \cdots & A_{n1} \\ A_{12} & A_{22} & \cdots & A_{n2} \\ \vdots & \vdots & \ddots & \vdots \\ A_{1n} & A_{2n} & \cdots & A_{nn} \end{pmatrix} = |\boldsymbol{A}|\boldsymbol{I}.$$

类似地，有

$$\begin{pmatrix} A_{11} & A_{21} & \cdots & A_{n1} \\ A_{12} & A_{22} & \cdots & A_{n2} \\ \vdots & \vdots & \ddots & \vdots \\ A_{1n} & A_{2n} & \cdots & A_{nn} \end{pmatrix}\begin{pmatrix} a_{11} & a_{12} & \cdots & a_{1n} \\ a_{21} & a_{22} & \cdots & a_{2n} \\ \vdots & \vdots & \ddots & \vdots \\ a_{n1} & a_{n2} & \cdots & a_{nn} \end{pmatrix} = |\boldsymbol{A}|\boldsymbol{I}.$$

记

$$\boldsymbol{A}^* = \begin{pmatrix} A_{11} & A_{21} & \cdots & A_{n1} \\ A_{12} & A_{22} & \cdots & A_{n2} \\ \vdots & \vdots & \ddots & \vdots \\ A_{1n} & A_{2n} & \cdots & A_{nn} \end{pmatrix},$$

伴随矩阵

并称 $\boldsymbol{A}^*$ 是 $\boldsymbol{A}$ 的伴随矩阵①. 因此

$$\boldsymbol{A}^*\boldsymbol{A} = |\boldsymbol{A}|\boldsymbol{I} = \boldsymbol{A}\boldsymbol{A}^*.$$

定理 3.2.2(克莱姆法则)　设 $\boldsymbol{A}$ 是 n 阶方阵，则线性方程组

$$\boldsymbol{Ax} = \boldsymbol{b}\ （参见定义 1.1.3）$$

有唯一解当且仅当 $|\boldsymbol{A}| \neq 0$.

克莱姆法则

证明： 根据定理 2.3.6，线性方程组 $\boldsymbol{Ax} = \boldsymbol{b}$ 有唯一解当且仅当

$$r(\boldsymbol{A}) = r(\boldsymbol{A} \mid \boldsymbol{b}) = n,$$

也就是（定理 2.3.7，推论 3.1.1） $|\boldsymbol{A}| \neq 0$.

当 $|\boldsymbol{A}| \neq 0$ 时，$\boldsymbol{Ax} = \boldsymbol{b}$ 两边同时左乘 $\boldsymbol{A}^*$ 得

$$\boldsymbol{A}^*\boldsymbol{Ax} = \boldsymbol{A}^*\boldsymbol{b} \Rightarrow \boldsymbol{x} = \frac{1}{|\boldsymbol{A}|}\boldsymbol{A}^*\boldsymbol{b}.$$

设 $\boldsymbol{x} = (x_1 \quad x_2 \quad \cdots \quad x_n)^{\mathrm{T}}$，$\boldsymbol{b} = (b_1 \quad b_2 \quad \cdots \quad b_n)^{\mathrm{T}}$，则

$$\boldsymbol{x} = \begin{pmatrix} x_1 \\ x_2 \\ \vdots \\ x_n \end{pmatrix} = \frac{1}{|\boldsymbol{A}|}\begin{pmatrix} b_1A_{11} + b_2A_{21} + \cdots + b_nA_{n1} \\ b_1A_{12} + b_2A_{22} + \cdots + b_nA_{n2} \\ \vdots \\ b_1A_{1n} + b_2A_{2n} + \cdots + b_nA_{nn} \end{pmatrix}.$$

亦即 $\forall i = 1, 2, \cdots, n$，有

① 伴随矩阵的秩可能是多少呢？见例 4.2.13.

$$x_i = \frac{|\boldsymbol{A}_i(\boldsymbol{b})|}{|\boldsymbol{A}|},$$

其中 $\boldsymbol{A}_i(\boldsymbol{b})$ 表示把 $\boldsymbol{A}$ 的第 i 列换为 $\boldsymbol{b}$ 得到的方阵. □

推论 3.2.1 设 $\boldsymbol{A}$ 是 n 阶方阵，则线性方程组 $\boldsymbol{A}\boldsymbol{x}=\boldsymbol{0}$ 有唯一解（只有零解）当且仅当 $|\boldsymbol{A}| \neq 0$.

例 3.2.2 a，b 取何值的时候，线性方程组

$$\begin{cases} x_1 + ax_2 + x_3 = 4 \\ x_1 + ax_2 + 2x_3 = 2 \\ x_1 + x_2 + bx_3 = 1 \end{cases}$$

有唯一解，并求出该线性方程组的解[①].

解：根据克莱姆法则，该线性方程组有唯一解当且仅当系数矩阵 $\boldsymbol{A}$ 的行列式非零，即

$$\begin{vmatrix} 1 & a & 1 \\ 1 & a & 2 \\ 1 & 1 & b \end{vmatrix} \xlongequal[r_3 - r_1]{r_2 - r_1} \begin{vmatrix} 1 & a & 1 \\ 0 & 0 & 1 \\ 0 & 1-a & b-1 \end{vmatrix} = a - 1 \neq 0,$$

从而此线性方程组有唯一解当且仅当 $a \neq 1$.

由克莱姆法则得

$$x_1 = \frac{\begin{vmatrix} 4 & a & 1 \\ 2 & a & 2 \\ 1 & 1 & b \end{vmatrix}}{|\boldsymbol{A}|} = \frac{a+2ab-6}{a-1},$$

$$x_2 = \frac{\begin{vmatrix} 1 & 4 & 1 \\ 1 & 2 & 2 \\ 1 & 1 & b \end{vmatrix}}{|\boldsymbol{A}|} = \frac{-2b+5}{a-1},$$

$$x_3 = \frac{\begin{vmatrix} 1 & a & 4 \\ 1 & a & 2 \\ 1 & 1 & 1 \end{vmatrix}}{|\boldsymbol{A}|} = -2.$$ □

矩阵的秩（行列式）

接下来将介绍矩阵的秩的另外一种定义.

设 $\boldsymbol{A}=(a_{ij})$ 是 $m \times n$ 矩阵. 任取 $\boldsymbol{A}$ 中 k 行 k 列，把位于这些行和列交叉处的元素取出来，保持原来的顺序组成的一个 k 阶方阵的行列式称为原来矩阵 $\boldsymbol{A}$ 的一个 k **阶子式**.

---

① 参见例 2.3.26，例 4.1.1.

定义 3.2.1 [1]设 $\boldsymbol{A}=(a_{ij})$ 是 $m\times n$ 矩阵，称 $\boldsymbol{A}$ 的最高阶非零子式的阶数为 $\boldsymbol{A}$ 的秩，记为 $r(\boldsymbol{A})$.

注：可以证明，定义 2.3.6 和定义 3.2.1 等价，具体过程请读者自行验证. □

注：若已知 $r(\boldsymbol{A})=r$，则 $\boldsymbol{A}$ 一定存在一个非零的 r 阶子式，且对任意的正整数 $k\geqslant r+1$，$\boldsymbol{A}$ 的 k 阶子式全为零. □

注："对任意的正整数 $k\geqslant r+1$，$\boldsymbol{A}$ 的 k 阶子式全为零" 等价于 "$\boldsymbol{A}$ 的 $r+1$ 阶子式全为零". □

例 3.2.3 设 $\boldsymbol{A}=\begin{pmatrix}1 & a & -1 & 2\\ 1 & -1 & a & 2\\ 1 & 0 & -1 & 2\end{pmatrix}$的秩为 2，求 a 的值.

解：方法一：因为 $r(\boldsymbol{A})=2$，从而 $\boldsymbol{A}$ 存在一个非零的 2 阶子式，并且所有 3 阶子式均为零. 显然取 $\boldsymbol{A}$ 的第 2、3 行与第 1、2 列可以得到一个非零的 2 阶子式 $\begin{vmatrix}1 & -1\\ 1 & 0\end{vmatrix}=1$.

$\boldsymbol{A}$ 的全部的 3 阶子式为

$$\begin{vmatrix}1 & a & -1\\ 1 & -1 & a\\ 1 & 0 & -1\end{vmatrix}=\begin{vmatrix}1 & a & 2\\ 1 & -1 & 2\\ 1 & 0 & 2\end{vmatrix}=\begin{vmatrix}1 & -1 & 2\\ 1 & a & 2\\ 1 & -1 & 2\end{vmatrix}=\begin{vmatrix}a & -1 & 2\\ -1 & a & 2\\ 0 & -1 & 2\end{vmatrix}=0.$$

解得 $a=0$ 或 -1.

方法二：把 $\boldsymbol{A}$ 化为（行）阶梯形矩阵

$$\boldsymbol{A}\xrightarrow{r_1\leftrightarrow r_3}\begin{pmatrix}1 & 0 & -1 & 2\\ 1 & -1 & a & 2\\ 1 & a & -1 & 2\end{pmatrix}\xrightarrow[r_3-r_1]{r_2-r_1}\begin{pmatrix}1 & 0 & -1 & 2\\ 0 & -1 & a+1 & 0\\ 0 & a & 0 & 0\end{pmatrix}$$

$$\xrightarrow{r_3+ar_2}\begin{pmatrix}1 & 0 & -1 & 2\\ 0 & -1 & a+1 & 0\\ 0 & 0 & a(a+1) & 0\end{pmatrix}.$$

从而 $r(\boldsymbol{A})=2$ 当且仅当 $a(a+1)=0$，即 $a=0$ 或 -1.

方法三，$r(\boldsymbol{A})=2$ 当且仅当 $r(\boldsymbol{A}^{\mathrm{T}})=2$，从而

$$\boldsymbol{A}^{\mathrm{T}}=\begin{pmatrix}1 & 1 & 1\\ a & -1 & 0\\ -1 & a & -1\\ 2 & 2 & 2\end{pmatrix}\xrightarrow[r_4-2r_1]{\substack{r_2-ar_1\\ r_3+r_1}}\begin{pmatrix}1 & 1 & 1\\ 0 & -1-a & -a\\ 0 & a+1 & 0\\ 0 & 0 & 0\end{pmatrix}$$

[1] 对比定义 2.3.6 以及定义 4.2.4.

$$\xrightarrow{r_3+r_2}\begin{pmatrix}1 & 1 & 1\\0 & -1-a & -a\\0 & 0 & -a\\0 & 0 & 0\end{pmatrix}.$$

当 $a=0$ 时，$r(\boldsymbol{A})=r\begin{pmatrix}1 & 1 & 1\\0 & -1 & 0\\0 & 0 & 0\\0 & 0 & 0\end{pmatrix}=2.$

当 $a=-1$ 时，$r(\boldsymbol{A})=r\begin{pmatrix}1 & 1 & 1\\0 & 0 & 1\\0 & 0 & 1\\0 & 0 & 0\end{pmatrix}=r\begin{pmatrix}1 & 1 & 1\\0 & 0 & 1\\0 & 0 & 0\\0 & 0 & 0\end{pmatrix}=2.$

当 $a\neq0$ 且 $a\neq-1$ 时，$r(\boldsymbol{A})=3$，因此 $a=0$ 或 -1. □

习题 3.2

习题 3.2 解答

练习 3.2.1 已知 $\boldsymbol{A}=\begin{pmatrix}1 & 2 & 3 & 4 & 5\\2 & 2 & 2 & 1 & 1\\3 & 1 & 2 & 4 & 5\\1 & 1 & 1 & 2 & 2\\4 & 3 & 1 & 5 & 0\end{pmatrix}$，且 $|\boldsymbol{A}|=27$，求：

（1）$4A_{12}+A_{22}+4A_{32}+2A_{42}+5A_{52}$；

（2）$A_{41}+A_{42}+A_{43}$ 和 $A_{44}+A_{45}$；

（3）$A_{31}+A_{32}+A_{33}$.

练习 3.2.2 设 $\boldsymbol{A}=\begin{pmatrix}a & 1 & 1 & 1 & 1\\1 & a & 1 & 1 & 1\\1 & 1 & a & 1 & 1\\1 & 1 & 1 & a & 1\\1 & 1 & 1 & 1 & a\end{pmatrix}$，记 A_{ij} 是 $\boldsymbol{A}$ 中第 i 行第 j 列元素的代数余子式，计算 $A_{15}+A_{25}+A_{35}+A_{45}+A_{55}$.

练习 3.2.3 若行列式 $D=\begin{vmatrix}1 & 2 & 3 & 4\\0 & 3 & 4 & 6\\0 & 4 & 1 & 2\\0 & 2 & 2 & 2\end{vmatrix}$，求 $M_{11}-2M_{21}+M_{31}-2M_{41}$，其中 M_{ij} 是第 i 行第 j 列元素的余子式.

练习 3.2.4　设 $A=\begin{pmatrix}1&1&1&1\\a&b&c&d\\a^2&b^2&c^2&d^2\\a^3&b^3&c^3&d^3\end{pmatrix}$，记 A 的 $(i,\ j)$ 元的代数余子式为 A_{ij}. 又已知 $|A|=-7$，求 A 的所有代数余子式之和 $\sum\limits_{i,j=1}^{4}A_{ij}$.

练习 3.2.5　设 A 是 $n(n\geqslant2)$ 阶方阵，证明 A 可逆当且仅当 A^* 可逆.

练习 3.2.6　设 A 是 $n(n\geqslant2)$ 阶方阵，证明 $|A^*|=|A|^{n-1}$.

练习 3.2.7　设 A 是 $n(n\geqslant3)$ 阶方阵，证明：当 A 可逆时，$(A^*)^*=|A|^{n-2}A$.

练习 3.2.8　设 A 是 3 阶非零方阵，且 $A^*=A^{\mathrm{T}}$，证明：A 可逆且 $|A|=1$.

练习 3.2.9　设 A 是 n 阶方阵，A^* 是 A 的伴随矩阵，证明：A 可逆时，$(kA)^*=k^{n-1}A^*$.

练习 3.2.10　设 A 为 5 阶方阵，且 $|A|=-1$，求 $|2A^*|$，$|3A^*+2A^{-1}|$，$|A^*(A^*)^*|$.

练习 3.2.11　设 $A=\begin{pmatrix}1&0&1\\0&1&2\\2&1&3\end{pmatrix}$，求 $|A|$、A^* 和 A^{-1}.

练习 3.2.12　设 A 的伴随矩阵 $A^*=\begin{pmatrix}1&2&3&4\\0&2&3&4\\0&0&2&3\\0&0&0&2\end{pmatrix}$，求 $r(A^2-2A)$.

练习 3.2.13　设 $A=\begin{pmatrix}0&4&a\\1&a&9\\1&2&3\end{pmatrix}$，若齐次线性方程组 $A^*x=0$ 有非零解，求 a.

练习 3.2.14　已知方程组 $\begin{cases}x+y+z=a\\x+y-z=b\\x-y+z=c\end{cases}$ 有唯一解，且 $y=2$，求 $\begin{vmatrix}1&a&1\\1&b&-1\\1&c&1\end{vmatrix}$.

练习 3.2.15　解方程组 $\begin{cases}x_1+a_1x_2+a_1^2x_3+a_1^3x_4+a_1^4x_5=1\\x_1+a_2x_2+a_2^2x_3+a_2^3x_4+a_2^4x_5=1\\x_1+a_3x_2+a_3^2x_3+a_3^3x_4+a_3^4x_5=1\\x_1+a_4x_2+a_4^2x_3+a_4^3x_4+a_4^4x_5=1\\x_1+a_5x_2+a_5^2x_3+a_5^3x_4+a_5^4x_5=1\end{cases}$，其中 a_1，a_2，a_3，a_4，a_5 两两不同.

练习 3.2.16 已知 $A^*BA=3BA-6I$，$A=\begin{pmatrix}1&0&0\\0&-3&0\\0&0&1\end{pmatrix}$，求 B.

练习 3.2.17 已知方阵 A 的伴随矩阵 $A^*=\begin{pmatrix}8&0&0&0\\0&1&0&0\\0&0&1&0\\0&0&0&1\end{pmatrix}$，且 $AXA^{-1}=XA^{-1}+6I$，求 X.

练习 3.2.18 设 $A=\begin{pmatrix}3&-2&3&6&-1\\3&2&0&5&0\\1&6&-4&-1&4\\2&0&1&5&-3\end{pmatrix}$，求 A 的秩，并求 A 的一个最高阶非零子式.

练习 3.2.19 已知 a_1，a_2，a_3，a_4，a_5 两两不同，且 $A=\begin{pmatrix}1&a_1&a_1^2&a_1^3\\1&a_2&a_2^2&a_2^3\\1&a_3&a_3^2&a_3^3\\1&a_4&a_4^2&a_4^3\\1&a_5&a_5^2&a_5^3\end{pmatrix}$，求 A 的秩.

练习 3.2.20 设 $A=\begin{pmatrix}3&4&1\\0&2&0\\5&1&3\end{pmatrix}$，$B=\begin{pmatrix}2&-1&3\\0&3&1\\0&0&0\end{pmatrix}$，求 AB 的秩 $r(AB)$.

练习 3.2.21 已知 $A=\begin{pmatrix}2&4&1&0\\1&0&3&2\\-1&5&-3&1\\0&1&0&2\end{pmatrix}$，$B=\begin{pmatrix}1&1&1&1\\1&1&2&2\\a+1&2&3&4\\1&a&1&a\end{pmatrix}$，且 $r(A)=r(B)$，求 a 的取值范围.

练习 3.2.22 n 阶矩阵 A 可逆的充分必要条件是（ ）.

（A）$Ax=0$ 有非零解

（B）A 中任意两个行向量都不成比例

（C）A 的每个行向量都是非零向量

（D）对任何 n 维非零向量 α，均有 $A\alpha\neq 0$

练习 3.2.23 已知 A、B 分别为 3×2 和 2×3 矩阵，证明 AB 不可逆.

3.3 本章小结

1. 行列式的由来，2 阶行列式、3 阶行列式的定义.

2. 余子式、代数余子式的概念. n 阶行列式递归的定义. **行列式按行按列展开定理**：设 $\boldsymbol{A}=(a_{ij})$ 是 n 阶方阵，则对任意整数 i，j，$1\leqslant i$，$j\leqslant n$，有

$$\begin{aligned}|\boldsymbol{A}| &= a_{i1}A_{i1}+a_{i2}A_{i2}+\cdots+a_{in}A_{in}\\ &= a_{1j}A_{1j}+a_{2j}A_{2j}+\cdots+a_{nj}A_{nj}.\end{aligned}$$

3. 特殊的方阵（上三角矩阵、下三角矩阵、对角矩阵、反三角矩阵、反对角矩阵）的行列式.

4. 逆序数的定义. 奇排列，偶排列.

5. 用逆序数定义行列式

$$|\boldsymbol{A}| = \sum_{j_1j_2\cdots j_n\text{取遍}n\text{级排列}} (-1)^{N(j_1j_2\cdots j_n)} a_{1j_1}a_{2j_2}\cdots a_{nj_n}.$$

6. 转置不改变行列式.

7. 行列式的存在唯一性性质：线性性质、交错性、规范性.

8. 行列式的性质：

(1) 行列式计算中，一行（列）的公因子可以提出去

$$|\boldsymbol{I}(kr_i)\boldsymbol{A}| = |\boldsymbol{A}\boldsymbol{I}(kc_j)| = k|\boldsymbol{A}| = |\boldsymbol{I}(kr_i)|\,|\boldsymbol{A}|;$$

(2) 行列式计算中，交换两行（列），行列式变号

$$|\boldsymbol{I}(r_i\leftrightarrow r_j)\boldsymbol{A}| = |\boldsymbol{A}\boldsymbol{I}(c_i\leftrightarrow c_j)| = -|\boldsymbol{A}| = |\boldsymbol{I}(r_i\leftrightarrow r_j)|\,|\boldsymbol{A}|;$$

(3) 行列式计算中，其中一行（列）的常数倍加到另外一行（列），行列式不变

$$|\boldsymbol{I}(r_j+lr_i)\boldsymbol{A}| = |\boldsymbol{A}\boldsymbol{I}(c_j+lc_i)| = |\boldsymbol{A}| = |\boldsymbol{I}(r_j+lr_i)|\,|\boldsymbol{A}|.$$

9. 方阵的一行（一列）元素全为零，则该方阵的行列式为零.

10. 方阵中两行（列）元素成比例，则该方阵的行列式为零.

11. 行列式计算的时候，一般按照零多的行或者零多的列展开进行计算.

12. 行列式计算中常见的 3 种操作：

(1) 后面的行全部加到第 1 行（列）；

(2) 相邻两行（列）作差；

(3) 后面的行（列）全部减去第 1 行（列）的若干倍.

13. 范德蒙行列式.

14. 乘积的行列式与分块的三（对）角矩阵的行列式.

15. 利用按行按列展开定理把（代数）余子式的线性组合还原为行列式计算.

16. 伴随矩阵性质：对任意 n 阶方阵，有

$$AA^* = |A|I = A^*A;\ |AA^*| = ||A|I| = |A|^n|I| = |A|^n.$$

17. 设 A 是 n 阶方阵，若 $|A| \neq 0$，则称 A 为非奇异矩阵；若 $|A| = 0$，则称 A 为奇异矩阵.

18. n 阶方阵 A 可逆的充要条件是 A 为非奇异矩阵. A 可逆时，$A^{-1} = \frac{1}{|A|}A^*$. 2 阶方阵 $A = \begin{pmatrix} a & b \\ c & d \end{pmatrix}$ 可逆当且仅当 $|A| \neq 0$，A 可逆时，$A^{-1} = \frac{1}{|A|}\begin{pmatrix} d & -b \\ -c & a \end{pmatrix}$.

19. 克莱姆法则：$A_{n\times n}x = \beta$ 系数矩阵的行列式 $\det A \neq 0$ 时，方程组 $Ax = \beta$ 恰有唯一解：

$$x_j = \frac{|A_j|}{|A|},\ j = 1,\ 2,\ \cdots,\ n.$$

其中 A_j 是系数矩阵 A 的第 j 列 α_j 换成 β 后得到的方阵.

20. 矩阵的 k 阶子式以及利用最高阶非零子式的阶数定义矩阵的秩.

数学家的故事

雅可比（Jacobi，1804—1851，德国）是一位勤奋且多产的数学家，是历史上最伟大的数学家之一. 他在纯粹数学和应用数学的诸多领域中都有重要的贡献，许多耳熟能详的概念、性质以及问题都冠以他的名字，如雅可比行列式（Jacobi Determinant）、雅可比符号（Jacobi Symbol）、雅可比恒等式（Jacobi Identity）、雅可比猜想（Jacobi Conjecture）等.

雅可比出生在一个富裕且有良好教养的犹太家庭，是 4 个子女中的次子. 1816 年，他进入波茨坦文理中学（Potsdam Gymnasium）学习. 因其杰出的能力，很快便跳级到高年级. 但由于当时大学不招收 16 岁以下的学生，因此直到 5 年后他才从学校毕业. 在此期间，他就曾尝试寻找五次方程的根式解. 1821 年，雅可比进入柏林大学学习. 由于当时数学课程较为基础，而数学教师较为平庸，他便自学这门学科，并攻读欧拉、拉格朗日、高斯的著作. 1823 年，雅可比达到了成为中学教师的资格，并收到了阿希姆斯塔尔中学（Joachimsthal Gymnasium）的邀请信，但他最终放弃了这一邀请，继续追求大学教职. 1825 年，雅可比以一篇关于函数论的学位论文获得了博士学位，其中包含了他对拉格朗日的函数论和解析力学的评论. 1827 年，雅可比成为教授，1836 年，他入选瑞典皇家科学院的外籍成员.

雅可比是继柯西（Cauchy）之后在行列式方面最多产的数学家，他的著名论文《论行列式的形成和性质》标志着行列式系统理论的成型．他引入了函数行列式（雅可比行列式），并指出了其在多重积分的变量替换中的作用以及其与反函数的关系．他在西尔维斯特（Sylvester）之后重新发现并证明了二次型的惯性定律．由于行列式在代数、分析、几何等方向的应用，促使行列式理论在 19 世纪得到了很大发展。

雅可比最杰出的成就之一是对椭圆函数的贡献．在他的著作《椭圆函数的新理论的基础》和发表在杂志 *Crelle's Journal* 的文章中，他对椭圆函数理论进行了阐述．因此，他也被认为是复变函数理论的创立者之一．在数论方面，雅可比受到高斯的影响，致力于高维剩余、分圆理论、二次型等问题的研究，其许多研究结果发表在《数论经典》一书中，为代数数论的发展铺平了道路．同时，他也是第一位将椭圆函数应用于丢番图方程的人，这对于解析数论的发展极为重要．在应用数学研究上，雅可比用纯粹数学的观点，把力学的基础用一种抽象的方式表述出来，特别关注守恒律和空间对称性的关系，以及变分原理的统一作用．其研究成果对数学物理的发展有很大影响．雅可比不仅推进数学的发展，还研究数学历史．他把数学思维看作是发展人类智力，乃至提高人性本身的手段．

第 4 章 向量以及线性方程组的解集的结构

第 4 章　向量以及线性方程组的解集的结构思维导图

本章围绕线性方程组（1.1.4）的解的结构展开，为此将会引入向量的线性表出（定义 4.1.1）、线性相关（定义 4.1.2）、线性无关等概念. 其中，向量的线性表出与线性方程组解的存在性密切相关（定理 4.1.1）；向量的线性相关性与齐次线性方程组解的唯一性密切相关（命题 4.1.1）. 本章还会进一步引入向量组的线性表出与等价，为后面引入极大线性无关组、齐次线性方程组的基础解系、向量空间的基做准备. 本章还会介绍线性方程组解集的结构定理、向量空间中的坐标转换等结果.

4.1 向量的定义以及向量的线性相关性

向量空间$\mathbb{R}^n$

只有一列（行）的矩阵称为**列（行）向量**. 凡是提到向量，一般指的是列向量. 如

$$\boldsymbol{\alpha}=(a_1 \quad a_2 \quad \cdots \quad a_n)^{\mathrm{T}},$$

也常把向量写作 $\boldsymbol{\alpha}=(a_1, a_2, \cdots, a_n)^{\mathrm{T}}$. 称 a_i 是 $\boldsymbol{\alpha}$ 的分量. 在不引起混淆的时候，不区分行向量与列向量. 如果遇到行向量，一般将其转置以后变为列向量来处理. 记

$$\mathbb{R}^n=\left\{\begin{pmatrix} x_1 \\ \vdots \\ x_n \end{pmatrix} \middle| \, x_1, \cdots, x_n \in \mathbb{R}\right\},$$

称$\mathbb{R}^n$ 为 n 维向量空间. $\mathbb{R}^n$ 中的向量称为 n 维向量.

因为向量是特殊的矩阵，所以向量有加法与减法、数乘运算，其运算律与矩阵的运算律一样.

中学平面上（空间中）的向量在进行运算时，向量的加减在几何上可以用三角形（平行四边形）法则来表示；向量的数乘实际上可以看作向量的拉伸、压缩或者反向；等等，这里不再赘述.

线性组合 01

※向量之间有乘法吗?

设 $\boldsymbol{\alpha}_1$，$\boldsymbol{\alpha}_2$，…，$\boldsymbol{\alpha}_n$ 是 $\mathbb{R}^m$ 中的一组向量，任意给定一组数 k_1，k_2，…，k_n，称

$$k_1\boldsymbol{\alpha}_1+k_2\boldsymbol{\alpha}_2+\cdots+k_n\boldsymbol{\alpha}_n$$

是向量组 $\boldsymbol{\alpha}_1$，$\boldsymbol{\alpha}_2$，…，$\boldsymbol{\alpha}_n$ 的一个**线性组合**.

定义 4.1.1　设 $\boldsymbol{\beta}\in\mathbb{R}^m$，若存在数 c_1，c_2，…，c_n，使得

$$c_1\boldsymbol{\alpha}_1+c_2\boldsymbol{\alpha}_2+\cdots+c_n\boldsymbol{\alpha}_n=\boldsymbol{\beta}, \tag{4.1.1}$$

则称 $\boldsymbol{\beta}$ 可以由 α_1，α_2，…，α_n **线性表出（线性表示）**[①]. 并称式（4.1.1）是 $\boldsymbol{\beta}$ 的一个表示式.

根据线性表出的定义，有如下定理.

定理 4.1.1　$\boldsymbol{\beta}$ 可以由 $\boldsymbol{\alpha}_1$，$\boldsymbol{\alpha}_2$，…，$\boldsymbol{\alpha}_n$ 线性表出当且仅当向量方程

$$x_1\boldsymbol{\alpha}_1+x_2\boldsymbol{\alpha}_2+\cdots+x_n\boldsymbol{\alpha}_n=\boldsymbol{\beta}$$

有解. 若记 $\boldsymbol{A}=(\boldsymbol{\alpha}_1\ \ \boldsymbol{\alpha}_2\ \ \cdots\ \ \boldsymbol{\alpha}_n)$，则 $\boldsymbol{\beta}$ 可以由 $\boldsymbol{\alpha}_1$，$\boldsymbol{\alpha}_2$，…，$\boldsymbol{\alpha}_n$ 线性表出当且仅当（参见例 2.2.14 与定理 2.3.5.）

$$r(\boldsymbol{A})=r(\boldsymbol{\alpha}_1\ \ \boldsymbol{\alpha}_2\ \ \cdots\ \ \boldsymbol{\alpha}_n\ \ \boldsymbol{\beta}).$$

※零向量能否由 α_1，α_2，…，α_n 线性表出呢?

例 4.1.1　设 $\boldsymbol{\beta}=(4\ \ 2\ \ 1)^{\mathrm{T}}$，令

$$\boldsymbol{\alpha}_1=(1\ \ 1\ \ 1)^{\mathrm{T}},\ \boldsymbol{\alpha}_2=(a\ \ a\ \ 1)^{\mathrm{T}},\ \boldsymbol{\alpha}_3=(1\ \ 2\ \ b)^{\mathrm{T}},$$

则 a，b 取何值时，$\boldsymbol{\beta}$ 可以由 $\boldsymbol{\alpha}_1$，$\boldsymbol{\alpha}_2$，$\boldsymbol{\alpha}_3$ 线性表出.[②]

解：判断 $\boldsymbol{\beta}$ 能否由 $\boldsymbol{\alpha}_1$，$\boldsymbol{\alpha}_2$，$\boldsymbol{\alpha}_3$ 线性表出等价于判断向量方程

$$x_1\boldsymbol{\alpha}_1+x_2\boldsymbol{\alpha}_2+x_3\boldsymbol{\alpha}_3=\boldsymbol{\beta}$$

是否有解. 令 $\boldsymbol{A}=(\boldsymbol{\alpha}_1\ \ \boldsymbol{\alpha}_2\ \ \boldsymbol{\alpha}_3)$，则增广矩阵为

$$(\boldsymbol{A}\,\vdots\,\boldsymbol{\beta})=\left(\begin{array}{ccc:c}1&a&1&4\\1&a&2&2\\1&1&b&1\end{array}\right)\rightarrow\left(\begin{array}{ccc:c}1&1&b&1\\0&a-1&1-b&3\\0&0&1&-2\end{array}\right).$$

当 $a\neq1$ 时，$r(\boldsymbol{A})=r(\boldsymbol{A}\,\vdots\,\boldsymbol{\beta})=3$，此时 $\boldsymbol{\beta}$ 可由 $\boldsymbol{\alpha}_1$，$\boldsymbol{\alpha}_2$，$\boldsymbol{\alpha}_3$ 线性表出.

当 $a=1$ 时，进一步用初等行变换化为

$$\left(\begin{array}{ccc:c}1&1&b&1\\0&0&1&-2\\0&0&0&5-2b\end{array}\right).$$

故 $a=1$，$b=\dfrac{5}{2}$时，

① 或者称 $\boldsymbol{\beta}$ 是 $\boldsymbol{\alpha}_1$，$\boldsymbol{\alpha}_2$，…，$\boldsymbol{\alpha}_n$ 的线性组合.

② 参见例 2.3.26、例 3.2.2.

$$r(\boldsymbol{A})=r(\boldsymbol{A} \mid \boldsymbol{\beta})=2,$$

此时 $\boldsymbol{\beta}$ 可由 $\boldsymbol{\alpha}_1$，$\boldsymbol{\alpha}_2$，$\boldsymbol{\alpha}_3$ 线性表出.

故 $a=1$、$b\neq\dfrac{5}{2}$时，

$$r(\boldsymbol{A})<r(\boldsymbol{A} \mid \boldsymbol{\beta}),$$

此时 $\boldsymbol{\beta}$ 不能由 $\boldsymbol{\alpha}_1$，$\boldsymbol{\alpha}_2$，$\boldsymbol{\alpha}_3$ 线性表出. □

例 4.1.2 设 $\boldsymbol{\beta}_1=(2\quad 0\quad 3)^{\mathrm{T}}$，$\boldsymbol{\beta}_2=(1\quad 1\quad 3)^{\mathrm{T}}$，判断 $\boldsymbol{\beta}_1$，$\boldsymbol{\beta}_2$ 是否为 $\boldsymbol{\alpha}_1=(3\quad 3\quad 4)^{\mathrm{T}}$，$\boldsymbol{\alpha}_2=(2\quad 2\quad 3)^{\mathrm{T}}$，$\boldsymbol{\alpha}_3=(2\quad 2\quad 0)^{\mathrm{T}}$ 的线性组合. 若是，写出一个表示式[①].

线性组合 02

解：判断 $\boldsymbol{\beta}_1$ 能否由 $\boldsymbol{\alpha}_1$，$\boldsymbol{\alpha}_2$，$\boldsymbol{\alpha}_3$ 线性表出等价于判断向量方程

$$x_{11}\boldsymbol{\alpha}_1+x_{21}\boldsymbol{\alpha}_2+x_{31}\boldsymbol{\alpha}_3=\boldsymbol{\beta}_1 \tag{4.1.2}$$

是否有解.

判断 $\boldsymbol{\beta}_2$ 能否由 $\boldsymbol{\alpha}_1$，$\boldsymbol{\alpha}_2$，$\boldsymbol{\alpha}_3$ 线性表出等价于判断向量方程

$$x_{12}\boldsymbol{\alpha}_1+x_{22}\boldsymbol{\alpha}_2+x_{32}\boldsymbol{\alpha}_3=\boldsymbol{\beta}_2 \tag{4.1.3}$$

是否有解.

令 $\boldsymbol{A}=(\boldsymbol{\alpha}_1\quad\boldsymbol{\alpha}_2\quad\boldsymbol{\alpha}_3)$，$\boldsymbol{B}=(\boldsymbol{\beta}_1\quad\boldsymbol{\beta}_2)$，化下面矩阵为最简阶梯形矩阵

$$(\boldsymbol{A} \mid \boldsymbol{B})=\left(\begin{array}{ccc:cc}3&2&2&2&1\\3&2&2&0&1\\4&3&0&3&3\end{array}\right)\rightarrow\left(\begin{array}{ccc:cc}1&0&6&0&-3\\0&1&-8&0&5\\0&0&0&1&0\end{array}\right).$$

在整个过程中遮住第 5 列，则有

$$r(\boldsymbol{A})=2<r(\boldsymbol{A} \mid \boldsymbol{\beta}_1)=3,$$

从而向量方程（4.1.2）无解，也就是 $\boldsymbol{\beta}_1$ 不能由 $\boldsymbol{\alpha}_1$，$\boldsymbol{\alpha}_2$，$\boldsymbol{\alpha}_3$ 线性表出.

在整个过程中遮住第 4 列，则有 $r(\boldsymbol{A})=2=r(\boldsymbol{A} \mid \boldsymbol{\beta}_2)$，从而向量方程（4.1.3）有解，即 $\boldsymbol{\beta}_2$ 可由 $\boldsymbol{\alpha}_1$，$\boldsymbol{\alpha}_2$，$\boldsymbol{\alpha}_3$ 线性表出. x_{32} 是自由变量，不妨取 $x_{32}=0$，则 $\boldsymbol{\beta}_2=-3\boldsymbol{\alpha}_1+5\boldsymbol{\alpha}_2$. □

定义 4.1.2 设 $\boldsymbol{\alpha}_1$，$\boldsymbol{\alpha}_2$，…，$\boldsymbol{\alpha}_n\in\mathbb{R}^m$，若存在一组不全为零的数 c_1，c_2，…，c_n，使得

$$c_1\boldsymbol{\alpha}_1+c_2\boldsymbol{\alpha}_2+\cdots+c_n\boldsymbol{\alpha}_n=\mathbf{0},$$

则称 $\boldsymbol{\alpha}_1$，$\boldsymbol{\alpha}_2$，…，$\boldsymbol{\alpha}_n$ **线性相关**，否则称 $\boldsymbol{\alpha}_1$，$\boldsymbol{\alpha}_2$，…，$\boldsymbol{\alpha}_n$ **线性无关**.

线性相关（无关）01

① 参见例 2.3.10 和例 4.2.2.

注：根据定义，$\boldsymbol{\alpha}_1$，$\boldsymbol{\alpha}_2$，…，$\boldsymbol{\alpha}_n$ **线性无关**当且仅当“若

$$c_1\boldsymbol{\alpha}_1+c_2\boldsymbol{\alpha}_2+\cdots+c_n\boldsymbol{\alpha}_n=\mathbf{0},$$

则 $c_1=c_2=\cdots=c_n=0$”. □

由定义可以证明，一个向量组成的向量组线性相关当且仅当这个向量是零向量. 两个向量组成的向量组线性相关当且仅当这两个向量成比例.

命题 4.1.1　以下陈述等价：

(1) $\boldsymbol{\alpha}_1$，$\boldsymbol{\alpha}_2$，…，$\boldsymbol{\alpha}_n$ 线性相关；

(2) $x_1\boldsymbol{\alpha}_1+x_2\boldsymbol{\alpha}_2+\cdots+x_n\boldsymbol{\alpha}_n=\mathbf{0}$ 有非零解；

(3) $x_1\boldsymbol{\alpha}_1+x_2\boldsymbol{\alpha}_2+\cdots+x_n\boldsymbol{\alpha}_n=\mathbf{0}$ 有无穷多组解；

(4) $r(\boldsymbol{\alpha}_1\quad\boldsymbol{\alpha}_2\quad\cdots\quad\boldsymbol{\alpha}_n)<n$.

※利用否命题的语言换成线性无关是什么样？

证明：(1)⇔(2). 由定义可得.

(2)⇔(3). 显然 $x_1=x_2=\cdots=x_n=0$ 是向量方程

$$x_1\boldsymbol{\alpha}_1+x_2\boldsymbol{\alpha}_2+\cdots+x_n\boldsymbol{\alpha}_n=\mathbf{0}$$

的一组解. 由定理 2.3.5 可知，该方程有无穷多组解当且仅当该方程有非零解.

(3)⇔(4). 显然 $x_1\boldsymbol{\alpha}_1+x_2\boldsymbol{\alpha}_2+\cdots+x_n\boldsymbol{\alpha}_n=\mathbf{0}$ 有解，由定理 2.3.5 可知，该方程有无穷多组解当且仅当

$$r(\boldsymbol{\alpha}_1\quad\boldsymbol{\alpha}_2\quad\cdots\quad\boldsymbol{\alpha}_n)<n$$ □

推论 4.1.1　n 个 m 维列向量 $\boldsymbol{\alpha}_1$，$\boldsymbol{\alpha}_2$，…，$\boldsymbol{\alpha}_n$ 线性无关当且仅当矩阵 $\boldsymbol{A}=(\boldsymbol{\alpha}_1\quad\boldsymbol{\alpha}_2\quad\cdots\quad\boldsymbol{\alpha}_n)$ 的秩为 n.

记 $\boldsymbol{I}_n=(\boldsymbol{\varepsilon}_1\quad\boldsymbol{\varepsilon}_2\quad\cdots\quad\boldsymbol{\varepsilon}_n)$，称 $\boldsymbol{\varepsilon}_1$，$\boldsymbol{\varepsilon}_2$，…，$\boldsymbol{\varepsilon}_n$ 是 $\mathbb{R}^n$ 的**初始单位向量组**.

※有些教材用 e_1，e_2，…，e_n 表示.

例 4.1.3　证明初始单位向量组 $\boldsymbol{\varepsilon}_1$，$\boldsymbol{\varepsilon}_2$，…，$\boldsymbol{\varepsilon}_n$ 线性无关.

证明：因为 $r(\boldsymbol{I})=n$，从而 $\boldsymbol{\varepsilon}_1$，$\boldsymbol{\varepsilon}_2$，…，$\boldsymbol{\varepsilon}_n$ 线性无关. □

例 4.1.4　设 $\boldsymbol{\alpha}_1$，$\boldsymbol{\alpha}_2$，…，$\boldsymbol{\alpha}_n\in\mathbb{R}^m$，已知 $n>m$，证明向量组 $\boldsymbol{\alpha}_1$，$\boldsymbol{\alpha}_2$，…，$\boldsymbol{\alpha}_n$ 一定线性相关.

※向量个数大于向量维数，则该向量组一定线性相关.

证明：记 $\boldsymbol{A}=(\boldsymbol{\alpha}_1\quad\boldsymbol{\alpha}_2\quad\cdots\quad\boldsymbol{\alpha}_n)$，则 $\boldsymbol{A}$ 是 $m\times n$ 矩阵. 根据矩阵的秩的定义，显然

$$r(\boldsymbol{A})\leqslant\min\{m,n\}\leqslant m<n.$$

由命题 4.1.1 可知向量组 $\boldsymbol{\alpha}_1$，$\boldsymbol{\alpha}_2$，…，$\boldsymbol{\alpha}_n$ 一定线性相关. □

例 4.1.5 判断向量组

$$\boldsymbol{\alpha}_1=(2\quad 3\quad 1\quad 4)^{\mathrm{T}},\ \boldsymbol{\alpha}_2=(1\quad 5\quad 1\quad 4)^{\mathrm{T}},$$
$$\boldsymbol{\alpha}_3=(1\quad 1\quad 0\quad 3)^{\mathrm{T}},\ \boldsymbol{\alpha}_4=(4\quad 3\quad 2\quad 3)^{\mathrm{T}}$$

是否线性相关①.

解：方法一：不妨记 $\boldsymbol{A}=(\boldsymbol{\alpha}_1\quad\boldsymbol{\alpha}_2\quad\boldsymbol{\alpha}_3\quad\boldsymbol{\alpha}_4)$，经一系列初等变换②得

$$\boldsymbol{A}\to\begin{pmatrix}1&1&0&2\\0&-1&1&0\\0&0&3&-3\\0&0&0&-2\end{pmatrix}.$$

从而 $r(\boldsymbol{A})=4$，根据命题 4.1.1 可知，向量组 $\boldsymbol{\alpha}_1$，$\boldsymbol{\alpha}_2$，$\boldsymbol{\alpha}_3$，$\boldsymbol{\alpha}_4$ 线性无关.

方法二：$\boldsymbol{A}=(\boldsymbol{\alpha}_1\quad\boldsymbol{\alpha}_2\quad\boldsymbol{\alpha}_3\quad\boldsymbol{\alpha}_4)$，经计算（例 3.1.9）可得 $|\boldsymbol{A}|=6\neq 0$. 由定理 2.3.7 和定理 3.1.1 可知 $r(\boldsymbol{A})=4$. 根据命题 4.1.1 可知向量组 $\boldsymbol{\alpha}_1$，$\boldsymbol{\alpha}_2$，$\boldsymbol{\alpha}_3$，$\boldsymbol{\alpha}_4$ 线性无关. □

例 4.1.6 设 $\boldsymbol{\beta}_1=\boldsymbol{\alpha}_1+\boldsymbol{\alpha}_2+\boldsymbol{\alpha}_3$，$\boldsymbol{\beta}_2=\boldsymbol{\alpha}_1+2\boldsymbol{\alpha}_2+3\boldsymbol{\alpha}_3$，$\boldsymbol{\beta}_3=\boldsymbol{\alpha}_1+4\boldsymbol{\alpha}_2+9\boldsymbol{\alpha}_3$，证明向量组 $\boldsymbol{\alpha}_1$，$\boldsymbol{\alpha}_2$，$\boldsymbol{\alpha}_3$ 线性无关当且仅当 $\boldsymbol{\beta}_1$，$\boldsymbol{\beta}_2$，$\boldsymbol{\beta}_3$ 线性无关.

线性相关（无关）02

解：不妨记 $\boldsymbol{A}=(\boldsymbol{\alpha}_1\quad\boldsymbol{\alpha}_2\quad\boldsymbol{\alpha}_3)$，$\boldsymbol{B}=(\boldsymbol{\beta}_1\quad\boldsymbol{\beta}_2\quad\boldsymbol{\beta}_3)$. 根据分块矩阵的乘法，显然

$$\boldsymbol{B}=\boldsymbol{A}\begin{pmatrix}1&1&1\\1&2&4\\1&3&9\end{pmatrix}.$$

因为 $\begin{pmatrix}1&1&1\\1&2&4\\1&3&9\end{pmatrix}$ 可逆，故 $r(\boldsymbol{B})=r(\boldsymbol{A})$，从而

$\boldsymbol{\alpha}_1$，$\boldsymbol{\alpha}_2$，$\boldsymbol{\alpha}_3$ 线性无关 $\Leftrightarrow r(\boldsymbol{A})=3\Leftrightarrow r(\boldsymbol{B})=3\Leftrightarrow\boldsymbol{\beta}_1$，$\boldsymbol{\beta}_2$，$\boldsymbol{\beta}_3$ 线性无关. □

例 4.1.7 已知 $\boldsymbol{\alpha}_1$，$\boldsymbol{\alpha}_2$，$\boldsymbol{\alpha}_3$ 线性无关. 证明 $\boldsymbol{\alpha}_1+\boldsymbol{\alpha}_2$，$\boldsymbol{\alpha}_2+\boldsymbol{\alpha}_3$，$\boldsymbol{\alpha}_3+\boldsymbol{\alpha}_1$ 线性无关.

解：方法一：记 $\boldsymbol{A}=(\boldsymbol{\alpha}_1\quad\boldsymbol{\alpha}_2\quad\boldsymbol{\alpha}_3)$，$\boldsymbol{B}=(\boldsymbol{\alpha}_1+\boldsymbol{\alpha}_2\quad\boldsymbol{\alpha}_2+\boldsymbol{\alpha}_3\quad\boldsymbol{\alpha}_3+\boldsymbol{\alpha}_1)$，则

---

① 参见例 3.1.9.

② 涉及同时求多组向量的秩时只用初等行变换，若只是一组向量，则初等列变换也可以用. 本题中只需计算 $r(\boldsymbol{A})$，在计算中用了初等列变换. 但是在例 4.2.2 与例 4.2.3 中，绝对不能用初等列变换.

$$\boldsymbol{B}=\boldsymbol{A}\begin{pmatrix}1&0&1\\1&1&0\\0&1&1\end{pmatrix},$$

显然$\begin{vmatrix}1&0&1\\1&1&0\\0&1&1\end{vmatrix}=2$，故$\begin{pmatrix}1&0&1\\1&1&0\\0&1&1\end{pmatrix}$可逆，因此

$$r(\boldsymbol{B})=r(\boldsymbol{A})=3,$$

从而 $\boldsymbol{\alpha}_1+\boldsymbol{\alpha}_2$，$\boldsymbol{\alpha}_2+\boldsymbol{\alpha}_3$，$\boldsymbol{\alpha}_3+\boldsymbol{\alpha}_1$ 线性无关.

方法二：根据定义，$\boldsymbol{\alpha}_1$，$\boldsymbol{\alpha}_2$，$\boldsymbol{\alpha}_3$ 线性无关当且仅当对任意满足 $k_1\boldsymbol{\alpha}_1+k_2\boldsymbol{\alpha}_2+k_3\boldsymbol{\alpha}_3=0$ 的数 k_1，k_2，k_3，都有 $k_1=k_2=k_3=0$.

设 $l_1(\boldsymbol{\alpha}_1+\boldsymbol{\alpha}_2)+l_2(\boldsymbol{\alpha}_2+\boldsymbol{\alpha}_3)l_3(\boldsymbol{\alpha}_3+\boldsymbol{\alpha}_1)=\boldsymbol{0}$，则

$$(l_1+l_3)\boldsymbol{\alpha}_1+(l_1+l_2)\boldsymbol{\alpha}_2+(l_2+l_3)\boldsymbol{\alpha}_3=\boldsymbol{0}$$

因此

$$\begin{cases}l_1+l_3=0\\l_1+l_2=0,\\l_2+l_3=0\end{cases}$$

解得 $l_1=l_2=l_3=0$，从而 $\boldsymbol{\alpha}_1+\boldsymbol{\alpha}_2$，$\boldsymbol{\alpha}_2+\boldsymbol{\alpha}_3$，$\boldsymbol{\alpha}_3+\boldsymbol{\alpha}_1$ 线性无关. □

※该结论在后面齐次线性方程组解的结构定理以及向量在基下的坐标都会反复使用.

命题 4.1.2　$\boldsymbol{\beta}$ 可以由 $\boldsymbol{\alpha}_1$，$\boldsymbol{\alpha}_2$，…，$\boldsymbol{\alpha}_n$ 唯一线性表出当且仅当

$$r(\boldsymbol{\alpha}_1\ \ \boldsymbol{\alpha}_2\ \ \cdots\ \ \boldsymbol{\alpha}_n)=r(\boldsymbol{\alpha}_1\ \ \boldsymbol{\alpha}_2\ \ \cdots\ \ \boldsymbol{\alpha}_n\ \ \boldsymbol{\beta})=n.$$

也就是说，若 $\boldsymbol{\alpha}_1$，$\boldsymbol{\alpha}_2$，…，α_n 线性无关，但 $\boldsymbol{\alpha}_1$，$\boldsymbol{\alpha}_2$，…，α_n，$\boldsymbol{\beta}$ 线性相关，则 $\boldsymbol{\beta}$ 可以由 $\boldsymbol{\alpha}_1$，$\boldsymbol{\alpha}_2$，…，$\boldsymbol{\alpha}_n$ 唯一线性表出.

证明：$\boldsymbol{\beta}$ 可以由 $\boldsymbol{\alpha}_1$，$\boldsymbol{\alpha}_2$，…，$\boldsymbol{\alpha}_n$ 唯一线性表出当且仅当向量方程

$$x_1\boldsymbol{\alpha}_1+x_2\boldsymbol{\alpha}_2+\cdots+x_n\boldsymbol{\alpha}_n=\boldsymbol{\beta}$$

有唯一解，根据定理 2.3.5，也就是

$$r(\boldsymbol{\alpha}_1\ \ \boldsymbol{\alpha}_2\ \ \cdots\ \ \boldsymbol{\alpha}_n)=r(\boldsymbol{\alpha}_1\ \ \boldsymbol{\alpha}_2\ \ \cdots\ \ \boldsymbol{\alpha}_n\ \ \boldsymbol{\beta})=n.$$ □

例 4.1.8　证明：若向量组 $\boldsymbol{\alpha}_1$，$\boldsymbol{\alpha}_2$，…，$\boldsymbol{\alpha}_n$ 的一部分向量（部分向量组[①]）线性相关，则整个向量组线性相关.

部分与整体相关性的结论

※该结论反过来不正确. 如果把线性相关改为线性无关会怎么样呢?

① $\boldsymbol{\alpha}_1$，$\boldsymbol{\alpha}_2$，…，$\boldsymbol{\alpha}_n$ 也是 $\boldsymbol{\alpha}_1$，$\boldsymbol{\alpha}_2$，…，$\boldsymbol{\alpha}_n$ 的部分向量组. 在谈到部分向量组的时候，有时会剔除 $\boldsymbol{\alpha}_1$，$\boldsymbol{\alpha}_2$，…，$\boldsymbol{\alpha}_n$ 这一情况，我们会特别说明. 有的教材把向量组的非空子集称为子组，把向量组的非空真子集称为真子组.

证明：方法一：不妨设 $\boldsymbol{\alpha}_1$，…，$\boldsymbol{\alpha}_r(r<n)$线性相关，即存在不全为零的 k_1，…，k_r，使得 $k_1\boldsymbol{\alpha}_1+k_2\boldsymbol{\alpha}_2+\cdots+k_r\boldsymbol{\alpha}_r=\mathbf{0}$，因此存在不全为零的数 k_1，…，k_r，0，…，0，使得

$$k_1\boldsymbol{\alpha}_1+\cdots+k_r\boldsymbol{\alpha}_r+0\boldsymbol{\alpha}_{r+1}+\cdots+0\boldsymbol{\alpha}_n=\mathbf{0},$$

从而 $\boldsymbol{\alpha}_1$，$\boldsymbol{\alpha}_2$，…，$\boldsymbol{\alpha}_n$ 线性相关.

方法二：因 $r(\boldsymbol{A},\boldsymbol{B})\leqslant r(\boldsymbol{A})+r(\boldsymbol{B})$，故

$$r(\boldsymbol{\alpha}_1\quad\boldsymbol{\alpha}_2\quad\cdots\quad\boldsymbol{\alpha}_n)\leqslant r(\boldsymbol{\alpha}_1\quad\cdots\quad\boldsymbol{\alpha}_r)+r(\boldsymbol{\alpha}_{r+1}\quad\cdots\quad\boldsymbol{\alpha}_n)<r+n-r=n,$$

从而 $\boldsymbol{\alpha}_1$，$\boldsymbol{\alpha}_2$，…，$\boldsymbol{\alpha}_n$ 线性相关. □

※无法确定这个向量是哪一个向量.

例 4.1.9 证明：向量组 $\boldsymbol{\alpha}_1$，$\boldsymbol{\alpha}_2$，…，$\boldsymbol{\alpha}_n(n\geqslant 2)$线性相关当且仅当其中存在一个向量能由其余 $n-1$ 个向量线性表出.

证明：必要性. 设 $\boldsymbol{\alpha}_1$，$\boldsymbol{\alpha}_2$，…，$\boldsymbol{\alpha}_n$ 线性相关，则存在不全为零的数 k_1，k_2，…，k_n，使得

$$k_1\boldsymbol{\alpha}_1+k_2\boldsymbol{\alpha}_2+\cdots+k_n\boldsymbol{\alpha}_n=\mathbf{0}.$$

不妨设 $k_n\neq 0$，则 $\boldsymbol{\alpha}_n=-\dfrac{k_1}{k_n}\boldsymbol{\alpha}_1-\dfrac{k_2}{k_n}\boldsymbol{\alpha}_2-\cdots-\dfrac{k_{n-1}}{k_n}\boldsymbol{\alpha}_{n-1}$，即 $\boldsymbol{\alpha}_n$ 可以由 $\boldsymbol{\alpha}_1$，$\boldsymbol{\alpha}_2$，…，$\boldsymbol{\alpha}_{n-1}$线性表出.

充分性. 不妨设 $\boldsymbol{\alpha}_n$ 可以由 $\boldsymbol{\alpha}_1$，$\boldsymbol{\alpha}_2$，…，$\boldsymbol{\alpha}_{n-1}$ 线性表出，则存在 k_1，k_2，…，k_{n-1}，使得

$$\boldsymbol{\alpha}_n=k_1\boldsymbol{\alpha}_1+k_2\boldsymbol{\alpha}_2+\cdots+k_{n-1}\boldsymbol{\alpha}_{n-1},$$

从而 $k_1\boldsymbol{\alpha}_1+k_2\boldsymbol{\alpha}_2+\cdots+k_{n-1}\boldsymbol{\alpha}_{n-1}-\boldsymbol{\alpha}_n=\mathbf{0}$，即 $\boldsymbol{\alpha}_1$，$\boldsymbol{\alpha}_2$，…，$\boldsymbol{\alpha}_n$ 线性相关. □

习题 4.1

习题 4.1 解答

练习 4.1.1 设 $\boldsymbol{\alpha}_1=(1\quad 1\quad 1)^{\mathrm{T}}$，$\boldsymbol{\alpha}_2=(2\quad 4\quad 7)^{\mathrm{T}}$，$\boldsymbol{\alpha}_3=(0\quad 2\quad 5)^{\mathrm{T}}$，向量组 $\boldsymbol{\alpha}_1$，$\boldsymbol{\alpha}_2$ 是否线性相关？向量组 $\boldsymbol{\alpha}_1$，$\boldsymbol{\alpha}_2$，$\boldsymbol{\alpha}_3$ 是否线性相关？说明理由.

※该结论反过来不成立.

练习 4.1.2 设向量组 $\boldsymbol{\alpha}_1$，$\boldsymbol{\alpha}_2$，…，$\boldsymbol{\alpha}_n$ 线性无关，证明它的任意部分向量组（此处要求该部分向量组是原来向量组的一个非空的真子集）线性无关.

练习 4.1.3 设向量组 $\boldsymbol{\alpha}_1$，$\boldsymbol{\alpha}_2$，$\boldsymbol{\alpha}_3$ 线性相关，向量组 $\boldsymbol{\alpha}_2$，$\boldsymbol{\alpha}_3$，$\boldsymbol{\alpha}_4$ 线性无关，证明：

（1）$\boldsymbol{\alpha}_1$ 可以由 $\boldsymbol{\alpha}_2$，$\boldsymbol{\alpha}_3$ 线性表出；

（2）$\boldsymbol{\alpha}_4$ 不能由 $\boldsymbol{\alpha}_1$，$\boldsymbol{\alpha}_2$，$\boldsymbol{\alpha}_3$ 线性表出.

练习 4.1.4 设 $\boldsymbol{\alpha}_1=(1\quad 1\quad 2\quad 2)^{\mathrm{T}}$，$\boldsymbol{\alpha}_2=(1\quad 2\quad 1\quad 3)^{\mathrm{T}}$，$\boldsymbol{\alpha}_3=(1\quad -1\quad 4\quad 0)^{\mathrm{T}}$，$\boldsymbol{\beta}=(1\quad 0\quad 3\quad 1)^{\mathrm{T}}$，$\boldsymbol{\beta}$ 是否可以由向量组 $\boldsymbol{\alpha}_1$，$\boldsymbol{\alpha}_2$，$\boldsymbol{\alpha}_3$ 线性表出？若可以，求出所有表示式.

练习 4.1.5 若向量 $\boldsymbol{\beta}=(0\quad k\quad k^2)$ 能由向量组

$$\boldsymbol{\alpha}_1=(1+k\quad 1\quad 1),\ \boldsymbol{\alpha}_2=(1\quad 1+k\quad 1),\ \boldsymbol{\alpha}_3=(1\quad 1\quad 3+k)$$

唯一线性表示，求 k.

练习 4.1.6　设 $\boldsymbol{\alpha}_1=(1\quad 1\quad 1)^{\mathrm{T}}$，$\boldsymbol{\alpha}_2=(1\quad 2\quad 3)^{\mathrm{T}}$，$\boldsymbol{\alpha}_3=(1\quad 3\quad t)^{\mathrm{T}}$，问：

(1) 当 t 为何值时，$\boldsymbol{\alpha}_1$，$\boldsymbol{\alpha}_2$，$\boldsymbol{\alpha}_3$ 线性无关？当 t 为何值时，$\boldsymbol{\alpha}_1$，$\boldsymbol{\alpha}_2$，$\boldsymbol{\alpha}_3$ 线性相关？

(2) 当 $\boldsymbol{\alpha}_1$，$\boldsymbol{\alpha}_2$，$\boldsymbol{\alpha}_3$ 线性相关时，能否将 $\boldsymbol{\alpha}_3$ 表示为 $\boldsymbol{\alpha}_1$，$\boldsymbol{\alpha}_2$ 的线性组合？如果可以，求出全部的线性表示式.

练习 4.1.7　若向量组 $\boldsymbol{\alpha}_1$，$\boldsymbol{\alpha}_2$，$\boldsymbol{\alpha}_3$ 线性无关，问常数 l，m 满足什么条件时，向量组 $l\boldsymbol{\alpha}_1+\boldsymbol{\alpha}_2$，$\boldsymbol{\alpha}_2+\boldsymbol{\alpha}_3$，$\boldsymbol{\alpha}_1+m\boldsymbol{\alpha}_3$ 线性无关.

练习 4.1.8　已知 $\boldsymbol{\beta}$ 可以由 $\boldsymbol{\alpha}_1$，$\boldsymbol{\alpha}_2$，…，$\boldsymbol{\alpha}_{s-1}$，$\boldsymbol{\alpha}_s$ 线性表出，但不能由 $\boldsymbol{\alpha}_1$，$\boldsymbol{\alpha}_2$，…，$\boldsymbol{\alpha}_{s-1}$ 线性表出. 证明：$\boldsymbol{\alpha}_s$ 可由 $\boldsymbol{\alpha}_1$，$\boldsymbol{\alpha}_2$，…，$\boldsymbol{\alpha}_{s-1}$，$\boldsymbol{\beta}$ 线性表出，但不能由 $\boldsymbol{\alpha}_1$，$\boldsymbol{\alpha}_2$，…，$\boldsymbol{\alpha}_{s-1}$ 线性表出.

练习 4.1.9　设 $\boldsymbol{A}=\begin{pmatrix}-2 & 1 & 3\\ 1 & 1 & 0\\ -4 & 1 & t\end{pmatrix}$，又已知存在线性无关的三维列向量 $\boldsymbol{\alpha}_1$，$\boldsymbol{\alpha}_2$，使得 $\boldsymbol{A}\boldsymbol{\alpha}_1$，$\boldsymbol{A}\boldsymbol{\alpha}_2$ 线性相关，求 t.

练习 4.1.10　设 a，b，c 互不相等，向量组 $\boldsymbol{\alpha}_1=(1\quad a\quad a^2)$，$\boldsymbol{\alpha}_2=(1\quad b\quad b^2)$，$\boldsymbol{\alpha}_3=(1\quad c\quad c^2)$，求 $\boldsymbol{\alpha}_1$，$\boldsymbol{\alpha}_2$，$\boldsymbol{\alpha}_3$ 的线性关系.

练习 4.1.11　设向量组 $\boldsymbol{\alpha}_1$，$\boldsymbol{\alpha}_2$，$\boldsymbol{\alpha}_3$ 线性无关，$\boldsymbol{\beta}_1=\boldsymbol{\alpha}_1$，$\boldsymbol{\beta}_2=\boldsymbol{\alpha}_1+\boldsymbol{\alpha}_2$，$\boldsymbol{\beta}_3=\boldsymbol{\alpha}_1+\boldsymbol{\alpha}_2+\boldsymbol{\alpha}_3$，证明：$\boldsymbol{\beta}_1$，$\boldsymbol{\beta}_2$，$\boldsymbol{\beta}_3$ 线性无关.

练习 4.1.12　已知 $\boldsymbol{\beta}_1=\boldsymbol{\alpha}_1+\boldsymbol{\alpha}_2$，$\boldsymbol{\beta}_2=\boldsymbol{\alpha}_1-\boldsymbol{\alpha}_2$，$\boldsymbol{\beta}_3=3\boldsymbol{\alpha}_1-\boldsymbol{\alpha}_2$，证明：$\boldsymbol{\beta}_1$，$\boldsymbol{\beta}_2$，$\boldsymbol{\beta}_3$ 线性相关.

练习 4.1.13　设 $\boldsymbol{A}$ 是 n 阶方阵，若存在正整数 k，使线性方程组 $\boldsymbol{A}^k\boldsymbol{x}=\boldsymbol{0}$ 有解向量 $\boldsymbol{\alpha}$，且 $\boldsymbol{A}^{k-1}\boldsymbol{\alpha}\neq\boldsymbol{0}$，证明向量组 $\boldsymbol{\alpha}$，$\boldsymbol{A}\boldsymbol{\alpha}$，…，$\boldsymbol{A}^{k-1}\boldsymbol{\alpha}$ 线性无关.

4.2　极大无关组以及线性方程组的解集的结构定理

在前一节，我们介绍了向量的线性表出的概念，这一节将把这一概念推广到向量组的情形（定义 4.2.1），并介绍向量组等价（定义 4.2.2）这一概念. 有了这些概念以后，将引入向量组的极大线性无关组（定义 4.2.3）的概念，并介绍如何求向量组的极大线性无关组. 进一步，将利用极大线性无关组中向量的个数定义向量组的秩（定义 4.2.4），由此定义矩阵的列（行）秩，这些概念和矩阵的秩是等价的. 极大线性无关组在一定程度上可以看作某个向量空间（如平面，三维空间）的基，进一步会利用齐次线性方程组的解集的极大线性无关组（基础解系，定义 4.2.5）完整描述齐次线性方程组解集的结构（推论 4.2.2，定义 4.2.6），并将这一结果推广到非齐次线性方程组（定理 4.2.6）.

定义 4.2.1 设 $\boldsymbol{\alpha}_1, \boldsymbol{\alpha}_2, \cdots, \boldsymbol{\alpha}_n \in \mathbb{R}^m$，若 $\boldsymbol{\beta}_1, \cdots, \boldsymbol{\beta}_p$ 都可由 $\boldsymbol{\alpha}_1, \boldsymbol{\alpha}_2, \cdots, \boldsymbol{\alpha}_n$ 线性表出，则称向量组 $\boldsymbol{\beta}_1, \cdots, \boldsymbol{\beta}_p$ 可由向量组 $\boldsymbol{\alpha}_1, \boldsymbol{\alpha}_2, \cdots, \boldsymbol{\alpha}_n$ **线性表出（线性表示）**.

向量组的等价

向量组 $\boldsymbol{\beta}_1, \cdots, \boldsymbol{\beta}_p$ 能否由向量组 $\boldsymbol{\alpha}_1, \boldsymbol{\alpha}_2, \cdots, \boldsymbol{\alpha}_n$ 线性表出等价于 p 个向量方程构成的方程组是否有解. 先看一个简单的例子.

例 4.2.1[①] 设 $\boldsymbol{\alpha}_1=(1\quad 1)^{\mathrm{T}}$, $\boldsymbol{\alpha}_2=(2\quad 3)^{\mathrm{T}}$, $\boldsymbol{\beta}_1=(2\quad 1)^{\mathrm{T}}$, $\boldsymbol{\beta}_2=(1\quad 2)^{\mathrm{T}}$. 判断向量组 $\boldsymbol{\beta}_1, \boldsymbol{\beta}_2$ 能否由向量组 $\boldsymbol{\alpha}_1, \boldsymbol{\alpha}_2$ 线性表出.

解： $\boldsymbol{\beta}_1$ 能由向量组 $\boldsymbol{\alpha}_1, \boldsymbol{\alpha}_2$ 线性表出等价于[②]

$$x_1\boldsymbol{\alpha}_1+x_2\boldsymbol{\alpha}_2=\boldsymbol{\beta}_1$$

有解.

※这里为什么不用 x_1, x_2，而用 y_1, y_2 呢？

$\boldsymbol{\beta}_2$ 能由向量组 $\boldsymbol{\alpha}_1, \boldsymbol{\alpha}_2$ 线性表出等价于[③]

$$y_1\boldsymbol{\alpha}_1+y_2\boldsymbol{\alpha}_2=\boldsymbol{\beta}_2$$

有解.

※有没有觉得用 x_1, x_2, y_1, y_2 也不好呢？

记 $\boldsymbol{A}=(\boldsymbol{\alpha}_1\quad \boldsymbol{\alpha}_2)$，$\boldsymbol{B}=(\boldsymbol{\beta}_1\quad \boldsymbol{\beta}_2)$，则上述两个向量方程都有解等价于下述方程有解

$$(\boldsymbol{\beta}_1\quad \boldsymbol{\beta}_2)=(x_1\boldsymbol{\alpha}_1+x_2\boldsymbol{\alpha}_2\quad y_1\boldsymbol{\alpha}_1+y_2\boldsymbol{\alpha}_2)=\boldsymbol{A}\begin{pmatrix}x_1 & y_1\\ x_2 & y_2\end{pmatrix}.$$

用高斯消元法把增广矩阵化为（行）最简阶梯形矩阵可得

$$(\boldsymbol{A}\quad \boldsymbol{B})=\begin{pmatrix}1 & 2 & 2 & 1\\ 1 & 3 & 1 & 2\end{pmatrix}\to\begin{pmatrix}1 & 0 & 4 & -1\\ 0 & 1 & -1 & 1\end{pmatrix},$$

从而 $r(\boldsymbol{A})=r(\boldsymbol{A}\quad \boldsymbol{B})=2$，因此 $\boldsymbol{\beta}_1, \boldsymbol{\beta}_2$ 能由向量组 $\boldsymbol{\alpha}_1, \boldsymbol{\alpha}_2$ 唯一线性表出，并且线性表示式为

$$\boldsymbol{\beta}_1=4\boldsymbol{\alpha}_1-\boldsymbol{\alpha}_2,\ \boldsymbol{\beta}_2=-\boldsymbol{\alpha}_1+\boldsymbol{\alpha}_2.$$ □

更一般地，有下面的定理.

定理 4.2.1 向量组 $\boldsymbol{\beta}_1, \cdots, \boldsymbol{\beta}_p$ 可以由 $\boldsymbol{\alpha}_1, \boldsymbol{\alpha}_2, \cdots, \boldsymbol{\alpha}_n$ 线性表出当且仅当向量方程组

$$\begin{cases}x_{11}\boldsymbol{\alpha}_1+x_{21}\boldsymbol{\alpha}_2+\cdots+x_{n1}\boldsymbol{\alpha}_n=\boldsymbol{\beta}_1\\ \quad\vdots\\ x_{1p}\boldsymbol{\alpha}_1+x_{2p}\boldsymbol{\alpha}_2+\cdots+x_{np}\boldsymbol{\alpha}_n=\boldsymbol{\beta}_p\end{cases}$$

---

① 对比例 2.2.15.

② 存在 $k_1, k_2\in\mathbb{R}$，使得 $k_1\boldsymbol{\alpha}_1+k_2\boldsymbol{\alpha}_2=\boldsymbol{\beta}_1$.

③ 存在 $l_1, l_2\in\mathbb{R}$，使得 $l_1\boldsymbol{\alpha}_1+l_2\boldsymbol{\alpha}_2=\boldsymbol{\beta}_2$. 想想为什么用 l_1, l_2，为什么不用 k_1, k_2？

有解. 若记 $\boldsymbol{A}=(\boldsymbol{\alpha}_1\ \cdots\ \boldsymbol{\alpha}_n)$, $\boldsymbol{B}=(\boldsymbol{\beta}_1\ \cdots\ \boldsymbol{\beta}_p)$, 则向量组 $\boldsymbol{\beta}_1, \cdots, \boldsymbol{\beta}_p$ 可以由 $\boldsymbol{\alpha}_1, \boldsymbol{\alpha}_2, \cdots, \boldsymbol{\alpha}_n$ 线性表出当且仅当 (参见例 2.2.15 与定理 2.3.6.)

$$r(\boldsymbol{A})=r(\boldsymbol{A}\ \ \boldsymbol{B}).$$

例 4.2.2　设 $\boldsymbol{\beta}_1=(2\ \ 0\ \ 3)^{\mathrm{T}}$, $\boldsymbol{\beta}_2=(1\ \ 1\ \ 3)^{\mathrm{T}}$, 判断 $\boldsymbol{\beta}_1$, $\boldsymbol{\beta}_2$ 能否由 $\boldsymbol{\alpha}_1=(3\ \ 3\ \ 4)^{\mathrm{T}}$, $\boldsymbol{\alpha}_2=(2\ \ 2\ \ 3)^{\mathrm{T}}$, $\boldsymbol{\alpha}_3=(2\ \ 2\ \ 0)^{\mathrm{T}}$ 线性表出①.

解: 令 $\boldsymbol{A}=(\boldsymbol{\alpha}_1\ \ \boldsymbol{\alpha}_2\ \ \boldsymbol{\alpha}_3)$, $\boldsymbol{B}=(\boldsymbol{\beta}_1\ \ \boldsymbol{\beta}_2)$, 化下面矩阵为 (行) 最简阶梯形矩阵

$$(\boldsymbol{A}\ \vdots\ \boldsymbol{B})=\left(\begin{array}{ccc:cc}3&2&2&2&1\\3&2&2&0&1\\4&3&0&3&3\end{array}\right)\rightarrow\left(\begin{array}{ccc:cc}1&0&6&0&-3\\0&1&-8&0&5\\0&0&0&1&0\end{array}\right).$$

则有 $r(\boldsymbol{A})=2\neq r(\boldsymbol{A}\ \vdots\ \boldsymbol{B})$, 根据定理 4.2.1, 向量组 $\boldsymbol{\beta}_1$, $\boldsymbol{\beta}_2$ 不能由向量组 $\boldsymbol{\alpha}_1$, $\boldsymbol{\alpha}_2$, $\boldsymbol{\alpha}_3$ 线性表出. □

例 4.2.3　设 a 是常数, 向量

$$\boldsymbol{\alpha}_1=\begin{pmatrix}1\\0\\-1\end{pmatrix},\ \boldsymbol{\alpha}_2=\begin{pmatrix}-1\\2\\-2\end{pmatrix},\ \boldsymbol{\alpha}_3=\begin{pmatrix}0\\-1\\2\end{pmatrix},$$

$$\boldsymbol{\beta}_1=\begin{pmatrix}1\\0\\0\end{pmatrix},\ \boldsymbol{\beta}_2=\begin{pmatrix}-1\\1\\-1\end{pmatrix},\ \boldsymbol{\beta}_3=\begin{pmatrix}1\\a\\-1\end{pmatrix},$$

则向量组 $\boldsymbol{\alpha}_1$, $\boldsymbol{\alpha}_2$, $\boldsymbol{\alpha}_3$ 什么时候可由向量组 $\boldsymbol{\beta}_1$, $\boldsymbol{\beta}_2$, $\boldsymbol{\beta}_3$ 线性表出? 并求出一个线性表示式②.

解: 根据定理 4.2.1, 向量组 $\boldsymbol{\alpha}_1$, $\boldsymbol{\alpha}_2$, $\boldsymbol{\alpha}_3$ 可由 $\boldsymbol{\beta}_1$, $\boldsymbol{\beta}_2$, $\boldsymbol{\beta}_3$ 线性表出当且仅当

$$r(\boldsymbol{\beta}_1\ \ \boldsymbol{\beta}_2\ \ \boldsymbol{\beta}_3)=r(\boldsymbol{\beta}_1\ \ \boldsymbol{\beta}_2\ \ \boldsymbol{\beta}_3\ \ \boldsymbol{\alpha}_1\ \ \boldsymbol{\alpha}_2\ \ \boldsymbol{\alpha}_3).$$

由于

$$\begin{pmatrix}1&-1&1&1&-1&0\\0&1&a&0&2&-1\\0&-1&-1&-1&-2&2\end{pmatrix}\rightarrow\begin{pmatrix}1&-1&1&1&-1&0\\0&1&a&0&2&-1\\0&0&a-1&-1&0&1\end{pmatrix},$$

---

① 参见例 2.3.10 和例 4.1.2.

② 同一问题有多种问法, 以及多种陈述方式, 参见例 2.3.30 和例 4.2.4.

故当 $a\neq 1$ 时

$$r(\boldsymbol{\beta}_1\quad\boldsymbol{\beta}_2\quad\boldsymbol{\beta}_3)=r(\boldsymbol{\beta}_1\quad\boldsymbol{\beta}_2\quad\boldsymbol{\beta}_3\quad\boldsymbol{\alpha}_1\quad\boldsymbol{\alpha}_2\quad\boldsymbol{\alpha}_3)=3.$$

此时向量组 $\boldsymbol{\alpha}_1$，$\boldsymbol{\alpha}_2$，$\boldsymbol{\alpha}_3$ 可由 $\boldsymbol{\beta}_1$，$\boldsymbol{\beta}_2$，$\boldsymbol{\beta}_3$ 线性表出.

当 $a=1$ 时，

$$r(\boldsymbol{\beta}_1\quad\boldsymbol{\beta}_2\quad\boldsymbol{\beta}_3)=2<r(\boldsymbol{\beta}_1\quad\boldsymbol{\beta}_2\quad\boldsymbol{\beta}_3\quad\boldsymbol{\alpha}_1\quad\boldsymbol{\alpha}_2\quad\boldsymbol{\alpha}_3)=3.$$

此时向量组 $\boldsymbol{\alpha}_1$，$\boldsymbol{\alpha}_2$，$\boldsymbol{\alpha}_3$ 不能由 $\boldsymbol{\beta}_1$，$\boldsymbol{\beta}_2$，$\boldsymbol{\beta}_3$ 线性表出. □

命题 4.2.1 设 $\boldsymbol{\gamma}_1$，$\boldsymbol{\gamma}_2$，…，$\boldsymbol{\gamma}_s$ 可由向量组 $\boldsymbol{\beta}_1$，$\boldsymbol{\beta}_2$，…，$\boldsymbol{\beta}_p$ 线性表出，$\boldsymbol{\beta}_1$，$\boldsymbol{\beta}_2$，…，$\boldsymbol{\beta}_p$ 可由向量组 $\boldsymbol{\alpha}_1$，$\boldsymbol{\alpha}_2$，…，$\boldsymbol{\alpha}_n$ 线性表出，则 $\boldsymbol{\gamma}_1$，$\boldsymbol{\gamma}_2$，…，$\boldsymbol{\gamma}_s$ 可由向量组 $\boldsymbol{\alpha}_1$，$\boldsymbol{\alpha}_2$，…，$\boldsymbol{\alpha}_n$ 线性表出.

证明：不妨记

$$\boldsymbol{A}=(\boldsymbol{\alpha}_1\quad\cdots\quad\boldsymbol{\alpha}_n),\ \boldsymbol{B}=(\boldsymbol{\beta}_1\quad\cdots\quad\boldsymbol{\beta}_p),\ \boldsymbol{C}=(\boldsymbol{\gamma}_1\quad\cdots\quad\boldsymbol{\gamma}_s).$$

由定理 4.2.1 知矩阵方程 $\boldsymbol{AX}=\boldsymbol{B}$ 与 $\boldsymbol{BY}=\boldsymbol{C}$ 都有解. 不妨设 $\boldsymbol{X}=\boldsymbol{M}$ 是 $\boldsymbol{AX}=\boldsymbol{B}$ 的一个解，$\boldsymbol{Y}=\boldsymbol{N}$ 是 $\boldsymbol{BY}=\boldsymbol{C}$ 的一个解，则 $\boldsymbol{Z}=\boldsymbol{MN}$ 是 $\boldsymbol{AZ}=\boldsymbol{C}$ 的一个解，因此矩阵方程 $\boldsymbol{AZ}=\boldsymbol{C}$ 有解. 由定理 2.3.6 知 $r(\boldsymbol{A})=r(\boldsymbol{A}\quad\boldsymbol{C})$，由定理 4.2.1 知 $\boldsymbol{\gamma}_1$，$\boldsymbol{\gamma}_2$，…，$\boldsymbol{\gamma}_s$ 可由 $\boldsymbol{\alpha}_1$，$\boldsymbol{\alpha}_2$，…，$\boldsymbol{\alpha}_n$ 线性表出. □

定义 4.2.2 若向量组 $\boldsymbol{\alpha}_1$，$\boldsymbol{\alpha}_2$，…，$\boldsymbol{\alpha}_n$ 与 $\boldsymbol{\beta}_1$，$\boldsymbol{\beta}_2$，…，$\boldsymbol{\beta}_p$ 可以相互线性表出，则称它们**等价**.

※留给读者自行证明.

根据定义 4.2.2，易得（与命题 4.2.1 证明类似）以下性质.

命题 4.2.2 向量组等价的性质如下.

（1）**自反性**：$\boldsymbol{\alpha}_1$，…，$\boldsymbol{\alpha}_n$ 与其自身等价.

（2）**对称性**：若 $\boldsymbol{\alpha}_1$，…，$\boldsymbol{\alpha}_n$ 与 $\boldsymbol{\beta}_1$，…，$\boldsymbol{\beta}_p$ 等价，则 $\boldsymbol{\beta}_1$，…，$\boldsymbol{\beta}_p$ 与 $\boldsymbol{\alpha}_1$，…，$\boldsymbol{\alpha}_n$ 等价.

（3）**传递性**：若 $\boldsymbol{\alpha}_1$，…，$\boldsymbol{\alpha}_n$ 与 $\boldsymbol{\beta}_1$，…，$\boldsymbol{\beta}_p$ 等价，$\boldsymbol{\beta}_1$，…，$\boldsymbol{\beta}_p$ 与 $\boldsymbol{\gamma}_1$，…，$\boldsymbol{\gamma}_l$ 等价，则 $\boldsymbol{\alpha}_1$，…，$\boldsymbol{\alpha}_n$ 与 $\boldsymbol{\gamma}_1$，…，$\boldsymbol{\gamma}_l$ 等价.

定理 4.2.2 向量组 $\boldsymbol{\alpha}_1$，$\boldsymbol{\alpha}_2$，…，$\boldsymbol{\alpha}_n$ 与 $\boldsymbol{\beta}_1$，$\boldsymbol{\beta}_2$，…，$\boldsymbol{\beta}_p$ 等价当且仅当

$$\begin{aligned}r(\boldsymbol{\alpha}_1\quad\boldsymbol{\alpha}_2\quad\cdots\quad\boldsymbol{\alpha}_n)&=r(\boldsymbol{\alpha}_1\quad\boldsymbol{\alpha}_2\quad\cdots\quad\boldsymbol{\alpha}_n\quad\boldsymbol{\beta}_1\quad\boldsymbol{\beta}_2\quad\cdots\quad\boldsymbol{\beta}_p)\\&=r(\boldsymbol{\beta}_1\quad\boldsymbol{\beta}_2\quad\cdots\quad\boldsymbol{\beta}_p).\end{aligned}$$

证明：$\boldsymbol{\alpha}_1$，$\boldsymbol{\alpha}_2$，…，$\boldsymbol{\alpha}_n$ 与 $\boldsymbol{\beta}_1$，$\boldsymbol{\beta}_2$，…，$\boldsymbol{\beta}_p$ 等价

$\overset{\text{定义4.2.2}}{\Longleftrightarrow}$ $\boldsymbol{\alpha}_1$，$\boldsymbol{\alpha}_2$，…，$\boldsymbol{\alpha}_n$ 可由 $\boldsymbol{\beta}_1$，$\boldsymbol{\beta}_2$，…，$\boldsymbol{\beta}_p$ 线性表出且 $\boldsymbol{\beta}_1$，$\boldsymbol{\beta}_2$，…，$\boldsymbol{\beta}_p$ 可由 $\boldsymbol{\alpha}_1$，$\boldsymbol{\alpha}_2$，…，$\boldsymbol{\alpha}_n$ 线性表出

$$\overset{\text{定理4.2.1}}{\Longleftrightarrow} r(\boldsymbol{\alpha}_1 \quad \boldsymbol{\alpha}_2 \quad \cdots \quad \boldsymbol{\alpha}_n) = r(\boldsymbol{\alpha}_1 \quad \cdots \quad \boldsymbol{\alpha}_n \quad \boldsymbol{\beta}_1 \quad \cdots \quad \boldsymbol{\beta}_p)$$
$$= r(\boldsymbol{\beta}_1 \quad \cdots \quad \boldsymbol{\beta}_p \quad \boldsymbol{\alpha}_1 \quad \cdots \quad \boldsymbol{\alpha}_n) = r(\boldsymbol{\beta}_1 \quad \cdots \quad \boldsymbol{\beta}_p).$$ □

例 4.2.4　设 a 是常数，向量

$$\boldsymbol{\alpha}_1 = (1 \quad 0 \quad -1)^{\mathrm{T}},\ \boldsymbol{\alpha}_2 = (-1 \quad 2 \quad -2)^{\mathrm{T}},\ \boldsymbol{\alpha}_3 = (0 \quad -1 \quad 2)^{\mathrm{T}},$$
$$\boldsymbol{\beta}_1 = (1 \quad 0 \quad 0)^{\mathrm{T}},\ \boldsymbol{\beta}_2 = (-1 \quad 1 \quad -1)^{\mathrm{T}},\ \boldsymbol{\beta}_3 = (1 \quad a \quad -1)^{\mathrm{T}},$$

则向量组 $\boldsymbol{\alpha}_1$，$\boldsymbol{\alpha}_2$，$\boldsymbol{\alpha}_3$ 什么时候与向量组 $\boldsymbol{\beta}_1$，$\boldsymbol{\beta}_2$，$\boldsymbol{\beta}_3$ 等价①？

解：不妨记 $\boldsymbol{A} = (\boldsymbol{\alpha}_1 \quad \boldsymbol{\alpha}_2 \quad \boldsymbol{\alpha}_3)$，$\boldsymbol{B} = (\boldsymbol{\beta}_1 \quad \boldsymbol{\beta}_2 \quad \boldsymbol{\beta}_3)$，根据定理 4.2.2，这两组向量等价当且仅当

$$r(\boldsymbol{A}) = r(\boldsymbol{A} \quad \boldsymbol{B}) = r(\boldsymbol{B}).$$

因 $|\boldsymbol{A}| = 1 \neq 0$，由定理 2.3.7 和定理 3.1.1 可知 $r(\boldsymbol{A}) = 3$．因

$$r(\boldsymbol{A}) \leqslant r(\boldsymbol{A} \quad \boldsymbol{B}) \leqslant 3,$$

从而 $r(\boldsymbol{A} \quad \boldsymbol{B}) = 3$．所以这两组向量等价当且仅当 $r(\boldsymbol{B}) = 3$，也就是 $|\boldsymbol{B}| = a - 1 \neq 0$．因此，向量组 $\boldsymbol{\alpha}_1$，$\boldsymbol{\alpha}_2$，$\boldsymbol{\alpha}_3$ 与向量组 $\boldsymbol{\beta}_1$，$\boldsymbol{\beta}_2$，$\boldsymbol{\beta}_3$ 等价当且仅当 $a \neq 1$． □

设向量组 $\boldsymbol{\alpha}_{i_1}$，$\cdots$，$\boldsymbol{\alpha}_{i_s}$ 是向量组 $\boldsymbol{\alpha}_1$，$\boldsymbol{\alpha}_2$，$\cdots$，$\boldsymbol{\alpha}_n$ 的一部分向量构成的向量组，称为部分向量组，或者简称为部分组．

定义 4.2.3　若 $\boldsymbol{\alpha}_{i_1}$，$\boldsymbol{\alpha}_{i_2}\cdots$，$\boldsymbol{\alpha}_{i_r}$ 是向量组 $\boldsymbol{\alpha}_1$，$\boldsymbol{\alpha}_2$，$\cdots$，$\boldsymbol{\alpha}_n$ 的一个线性无关且使得 r 最大的部分组，则称该向量组是 $\boldsymbol{\alpha}_1$，$\boldsymbol{\alpha}_2$，$\cdots$，$\boldsymbol{\alpha}_n$ 的一个**极大线性无关组**.

极大线性无关组 01

下面分析一个简单的例子.

例 4.2.5　求向量组 $\boldsymbol{\alpha}_1 = (0 \quad 1)^{\mathrm{T}}$，$\boldsymbol{\alpha}_2 = (1 \quad 0)^{\mathrm{T}}$，$\boldsymbol{\alpha}_3 = (1 \quad 1)^{\mathrm{T}}$，$\boldsymbol{\alpha}_4 = (0 \quad 2)^{\mathrm{T}}$ 的一个极大线性无关组.

解：要求极大线性无关组，需要从"无关"和"极大"两个角度入手.

由于涉及无关性，因此需要计算矩阵的秩，不妨将 $\boldsymbol{A} = (\boldsymbol{\alpha}_1 \quad \boldsymbol{\alpha}_2 \quad \boldsymbol{\alpha}_3 \quad \boldsymbol{\alpha}_4^{\mathrm{T}})$ 用高斯消元法化为（行）阶梯形矩阵

$$\boldsymbol{A} = \begin{pmatrix} 0 & 1 & 1 & 0 \\ 1 & 0 & 1 & 2 \end{pmatrix} \to \begin{pmatrix} 1 & 0 & 1 & 2 \\ 0 & 1 & 1 & 0 \end{pmatrix}.$$

首先考虑向量组 $\boldsymbol{\alpha}_1$，显然该向量组是线性无关的，但是不满足极大性②.

※请读者逐一验证.

① 同一问题有多种问法，以及多种陈述方式，参见例 2.3.30 和例 4.2.3.

② 因矩阵（$\boldsymbol{\alpha}_1$，$\boldsymbol{\alpha}_2$）的秩为 2，故向量组 $\boldsymbol{\alpha}_1$，$\boldsymbol{\alpha}_2$ 是线性无关的.

接下来考虑 $\boldsymbol{\alpha}_1$，$\boldsymbol{\alpha}_2$，显然该向量组是线性无关的，并且 $\forall \boldsymbol{\alpha}_i (i=1,2,3,4)$ 都有 $\boldsymbol{\alpha}_1$，$\boldsymbol{\alpha}_2$，$\boldsymbol{\alpha}_i$ 线性相关，从而极大性也满足．因此向量组 $\boldsymbol{\alpha}_1$，$\boldsymbol{\alpha}_2$ 是原向量组的一个极大线性无关组． □

定理 4.2.3 向量组 $\boldsymbol{\alpha}_{i_1}$，$\boldsymbol{\alpha}_{i_2}\cdots$，$\boldsymbol{\alpha}_{i_r}$ 是 $\boldsymbol{\alpha}_1$，$\boldsymbol{\alpha}_2$，$\cdots$，$\boldsymbol{\alpha}_n$ 的一个极大线性无关组当且仅当

$$r(\boldsymbol{\alpha}_{i_1} \quad \boldsymbol{\alpha}_{i_2} \quad \cdots \quad \boldsymbol{\alpha}_{i_r}) = r = r(\boldsymbol{\alpha}_1 \quad \boldsymbol{\alpha}_2 \quad \cdots \quad \boldsymbol{\alpha}_n).$$

证明：因为对矩阵（$\boldsymbol{\alpha}_1 \quad \boldsymbol{\alpha}_2 \quad \cdots \quad \boldsymbol{\alpha}_n$）进行初等列变换并不改变该矩阵的秩，因此不妨假设 $i_1=1$，$i_2=2$，$\cdots$，$i_r=r$．

$\boldsymbol{\alpha}_1$，$\boldsymbol{\alpha}_2$，$\cdots$，$\boldsymbol{\alpha}_r$ **是极大线性无关组**

$\overset{\text{定义}}{\Longleftrightarrow} r(\boldsymbol{\alpha}_1 \quad \boldsymbol{\alpha}_2 \quad \cdots \quad \boldsymbol{\alpha}_r)=r$ 且 $\forall \boldsymbol{\alpha}_j$，$j=r+1$，$r+2$，$\cdots$，$n$，都有 $\boldsymbol{\alpha}_1$，$\boldsymbol{\alpha}_2$ $\cdots$，$\boldsymbol{\alpha}_r$，$\boldsymbol{\alpha}_j$ 线性相关

$\overset{\text{定理4.1.2}}{\Longleftrightarrow} r(\boldsymbol{\alpha}_1 \quad \boldsymbol{\alpha}_2 \quad \cdots \quad \boldsymbol{\alpha}_r)=r$ 且 $\boldsymbol{\alpha}_{r+1}$，$\boldsymbol{\alpha}_{r+2}$，$\cdots$，$\boldsymbol{\alpha}_n$ 可以由 $\boldsymbol{\alpha}_1$，$\boldsymbol{\alpha}_2\cdots$，$\boldsymbol{\alpha}_r$ 线性表出

$\overset{\text{定理4.2.1}}{\Longleftrightarrow} r(\boldsymbol{\alpha}_1 \quad \boldsymbol{\alpha}_2 \quad \cdots \quad \boldsymbol{\alpha}_r)=r=r(\boldsymbol{\alpha}_1 \quad \boldsymbol{\alpha}_2 \quad \cdots \quad \boldsymbol{\alpha}_n)$． □

由上述定理可得向量组 $\boldsymbol{\alpha}_1$，$\boldsymbol{\alpha}_2$，$\cdots$，$\boldsymbol{\alpha}_n$ 的极大线性无关组中向量个数为 $r(\boldsymbol{\alpha}_1 \quad \boldsymbol{\alpha}_2 \quad \cdots \quad \boldsymbol{\alpha}_n)$，从而有下面推论．

※极大线性无关组中向量个数恰等于把这个列向量组拼在一起得到的矩阵的秩．

推论 4.2.1 设 $\boldsymbol{\alpha}_{i_1}$，$\boldsymbol{\alpha}_{i_2}\cdots$，$\boldsymbol{\alpha}_{i_r}$ 与 $\boldsymbol{\alpha}_{j_1}$，$\boldsymbol{\alpha}_{j_2}\cdots$，$\boldsymbol{\alpha}_{j_s}$ 都是向量组 $\boldsymbol{\alpha}_1$，$\boldsymbol{\alpha}_2$，$\cdots$，$\boldsymbol{\alpha}_n$ 的极大线性无关组，则 $r=s$．

再看前面例 4.2.5，能不能求出该向量组全部的极大线性无关组呢？由于 $r(\boldsymbol{\alpha}_1 \quad \boldsymbol{\alpha}_2 \quad \boldsymbol{\alpha}_3 \quad \boldsymbol{\alpha}_4)=2$，则原向量组的可能的极大线性无关组有 $\mathrm{C}_4^2=6$ 个，分别如下

※极大线性无关组唯一吗？

$$\{\boldsymbol{\alpha}_1,\boldsymbol{\alpha}_2\},\{\boldsymbol{\alpha}_1,\boldsymbol{\alpha}_3\},\{\boldsymbol{\alpha}_1,\boldsymbol{\alpha}_4\},\{\boldsymbol{\alpha}_2,\boldsymbol{\alpha}_3\},\{\boldsymbol{\alpha}_2,\boldsymbol{\alpha}_4\},\{\boldsymbol{\alpha}_3,\boldsymbol{\alpha}_4\}.$$

逐一验证，除 $\{\boldsymbol{\alpha}_1$，$\boldsymbol{\alpha}_4\}$ 外①，其他向量组都是原向量组的极大线性无关组．故原向量组全部的极大线性无关组为

$$\{\boldsymbol{\alpha}_1,\boldsymbol{\alpha}_2\},\{\boldsymbol{\alpha}_1,\boldsymbol{\alpha}_3\},\{\boldsymbol{\alpha}_2,\boldsymbol{\alpha}_3\},\{\boldsymbol{\alpha}_2,\boldsymbol{\alpha}_4\},\{\boldsymbol{\alpha}_3,\boldsymbol{\alpha}_4\}.$$

例 4.2.6 $\boldsymbol{\alpha}_1=(1,0,1)$，$\boldsymbol{\alpha}_2=(1,0,0)$，$\boldsymbol{\alpha}_3=(1,0,2)$，求该向量组的所有的极大线性无关组．

极大线性无关组 02

① 不满足无关性．

解：不妨记 $\boldsymbol{A}=(\boldsymbol{\alpha}_1^{\mathrm{T}}\quad \boldsymbol{\alpha}_2^{\mathrm{T}}\quad \boldsymbol{\alpha}_3^{\mathrm{T}})$，用行初等变换化为（行）阶梯形矩阵

$$\boldsymbol{A}=\begin{pmatrix}1&1&1\\0&0&0\\1&0&2\end{pmatrix}\to\begin{pmatrix}1&1&1\\0&-1&1\\0&0&0\end{pmatrix}.$$

因此 $r(\boldsymbol{A})=2$，从而 $\boldsymbol{\alpha}_1$，$\boldsymbol{\alpha}_2$，$\boldsymbol{\alpha}_3$ 的极大线性无关组中向量个数为 2，故可能的极大线性无关组为

$$\{\boldsymbol{\alpha}_1,\boldsymbol{\alpha}_2\},\{\boldsymbol{\alpha}_1,\boldsymbol{\alpha}_3\},\{\boldsymbol{\alpha}_2,\boldsymbol{\alpha}_3\},$$

遮住 $\boldsymbol{A}$ 的第 3 列可得

$$r(\boldsymbol{\alpha}_1^{\mathrm{T}}\quad \boldsymbol{\alpha}_2^{\mathrm{T}})=r\begin{pmatrix}1&1\\0&-1\\0&0\end{pmatrix}=2,$$

从而 $\boldsymbol{\alpha}_1$，$\boldsymbol{\alpha}_2$ 是原向量组的一个极大线性无关组. □

类似可得 $\boldsymbol{\alpha}_1$，$\boldsymbol{\alpha}_3$ 与 $\boldsymbol{\alpha}_2$，$\boldsymbol{\alpha}_3$ 也是原向量组的极大线性无关组.

例 4.2.7　设有向量组 $\boldsymbol{\alpha}_1=(1\quad 1\quad 2\quad 3)^{\mathrm{T}}$，$\boldsymbol{\alpha}_2=(1\quad -1\quad 1\quad 1)^{\mathrm{T}}$，$\boldsymbol{\alpha}_3=(1\quad 2\quad 2\quad 5)^{\mathrm{T}}$，$\boldsymbol{\alpha}_4=(4\quad -2\quad 5\quad 6)^{\mathrm{T}}$. 求：

（1）该向量组的秩与一个极大线性无关组；

（2）将其余向量用（1）中求出的极大线性无关组线性表出.

解：（1）记 $\boldsymbol{A}=(\boldsymbol{\alpha}_1\quad \boldsymbol{\alpha}_2\quad \boldsymbol{\alpha}_3\quad \boldsymbol{\alpha}_4)$，则

$$\boldsymbol{A}=\begin{pmatrix}1&1&1&4\\1&-1&2&-2\\2&1&2&5\\3&1&5&6\end{pmatrix}\to\begin{pmatrix}1&0&0&1\\0&1&0&3\\0&0&1&0\\0&0&0&0\end{pmatrix},$$

因此该向量组的秩为 3，$\boldsymbol{\alpha}_1$，$\boldsymbol{\alpha}_2$，$\boldsymbol{\alpha}_3$ 是一个极大线性无关组.

（2）把 $\boldsymbol{\alpha}_4$ 用 $\boldsymbol{\alpha}_1$，$\boldsymbol{\alpha}_2$，$\boldsymbol{\alpha}_3$ 线性表出，即解相应的向量方程，可得 $\boldsymbol{\alpha}_4=\boldsymbol{\alpha}_1+3\boldsymbol{\alpha}_2$. □

定义 4.2.4[①]　向量组 $\boldsymbol{\alpha}_1$，$\boldsymbol{\alpha}_2$，…，$\boldsymbol{\alpha}_n$ 的极大线性无关组中向量的个数称为该**向量组的秩**，记为 $r(\boldsymbol{\alpha}_1\quad \boldsymbol{\alpha}_2\quad \cdots\quad \boldsymbol{\alpha}_n)$.

向量组的秩

注：记 $\boldsymbol{A}=(\boldsymbol{\alpha}_1\quad \boldsymbol{\alpha}_2\quad \cdots\quad \boldsymbol{\alpha}_n)$，则矩阵 $\boldsymbol{A}$ 的秩 $r(\boldsymbol{A})$ 与 $\boldsymbol{A}$ 的列向量组的秩相等，即 $r(\boldsymbol{A})=r(\boldsymbol{\alpha}_1\quad \boldsymbol{\alpha}_2\quad \cdots\quad \boldsymbol{\alpha}_n)$，因此不区分矩阵 $\boldsymbol{A}$ 的秩和 $\boldsymbol{A}$ 的列向量

① 对比定义 2.3.6 以及定义 3.2.1.

组的秩[①]. □

称 $\boldsymbol{A}$ 的列向量组的秩为 $\boldsymbol{A}$ 的**列秩**，$\boldsymbol{A}$ 的行向量组的秩为 $\boldsymbol{A}$ 的**行秩**.

命题 4.2.3 设 $\boldsymbol{A}$ 是 $m\times n$ 矩阵，则

$$r(\boldsymbol{A})=\boldsymbol{A}\text{ 的列秩}=r(\boldsymbol{A}^{\mathrm{T}})=\boldsymbol{A}^{\mathrm{T}}\text{ 的列秩}=\boldsymbol{A}\text{ 的行秩}.$$

证明：因转置不改变矩阵的秩（例 2.3.17），从而 $r(\boldsymbol{A})=r(\boldsymbol{A}^{\mathrm{T}})$. 根据定义 4.2.4，$r(\boldsymbol{A})$ 等于 $\boldsymbol{A}$ 的列向量组的秩，$r(\boldsymbol{A}^{\mathrm{T}})$ 等于 $\boldsymbol{A}^{\mathrm{T}}$ 的列向量组的秩，也就是 $\boldsymbol{A}$ 的行向量组的秩，从而

$$r(\boldsymbol{A})=\boldsymbol{A}\text{ 的列秩}=r(\boldsymbol{A}^{\mathrm{T}})=\boldsymbol{A}^{\mathrm{T}}\text{ 的列秩}=\boldsymbol{A}\text{ 的行秩}.$$ □

例 4.2.8 解线性方程组

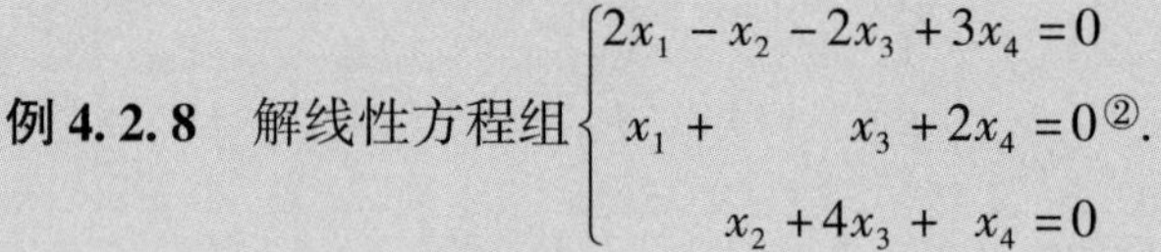

$$\begin{cases}2x_1-x_2-2x_3+3x_4=0\\ x_1+\qquad x_3+2x_4=0\\ \qquad x_2+4x_3+\ x_4=0\end{cases}$$[②].

齐次线性方程组解的结构定理01

解：用初等行变换化增广矩阵为（行）最简阶梯形矩阵

$$\begin{pmatrix}2&-1&-2&3&0\\1&0&1&2&0\\0&1&4&1&0\end{pmatrix}\to\begin{pmatrix}1&0&1&2&0\\0&1&4&1&0\\0&0&0&0&0\end{pmatrix},$$

则原方程组的解为

$$\begin{cases}x_1=-x_3-2x_4,\\ x_2=-4x_3-x_4,\end{cases}\tag{4.2.1}$$

其中 x_3，x_4 是自由变量. 于是原方程组的解为

$$\boldsymbol{x}=\begin{pmatrix}x_1\\x_2\\x_3\\x_4\end{pmatrix}=\begin{pmatrix}-x_3-2x_4\\-4x_3-x_4\\x_3\\x_4\end{pmatrix}=x_3\begin{pmatrix}-1\\-4\\1\\0\end{pmatrix}+x_4\begin{pmatrix}-2\\-1\\0\\1\end{pmatrix}.$$

记 $\boldsymbol{\xi}_1=(-1,-4,1,0)^{\mathrm{T}}$，$\boldsymbol{\xi}_2=(-2,-1,0,1)^{\mathrm{T}}$，则原方程组的解集为

$$\{\boldsymbol{x}\mid\boldsymbol{x}=c_1\boldsymbol{\xi}_1+c_2\boldsymbol{\xi}_2,c_1,c_2\text{ 是任意常数}\}.$$ □

※可以观察到自由变量 $x_3=1$，$x_4=0$ 时，代入式(4.2.1)可以得到解 $\boldsymbol{\xi}_1$；$x_3=0$，$x_4=1$ 时，代入式(4.2.1)可以得到解 $\boldsymbol{\xi}_2$.

进一步，$(\boldsymbol{\xi}_1,\ \boldsymbol{\xi}_2)=\begin{pmatrix}*&*\\ *&*\\1&0\\0&1\end{pmatrix}$. 因此

① 或者写作 $r(\boldsymbol{\alpha}_1\ \ \boldsymbol{\alpha}_2\ \ \cdots\ \ \boldsymbol{\alpha}_n)=r(\boldsymbol{\alpha}_1,\boldsymbol{\alpha}_2,\cdots,\boldsymbol{\alpha}_n)$，后面我们都把矩阵 $(\boldsymbol{\alpha}_1\ \ \boldsymbol{\alpha}_2\ \ \cdots\ \ \boldsymbol{\alpha}_n)$ 写作 $(\boldsymbol{\alpha}_1,\boldsymbol{\alpha}_2,\cdots,\boldsymbol{\alpha}_n)$.

② 参见例 4.2.16.

$$2=r\begin{pmatrix}1&0\\0&1\end{pmatrix}\leqslant r(\boldsymbol{\xi}_1,\boldsymbol{\xi}_2)\leqslant 2.$$

故 $r(\boldsymbol{\xi}_1,\boldsymbol{\xi}_2)=2$，即 $\boldsymbol{\xi}_1$，$\boldsymbol{\xi}_2$ 是线性无关的. 设 $\boldsymbol{\beta}$ 是原方程的一个解，则存在常数 c_1，c_2，使得

$$c_1\boldsymbol{\xi}_1+c_2\boldsymbol{\xi}_2=\boldsymbol{\beta}.$$

由定理 4.1.1 可得 $r(\boldsymbol{\xi}_1,\boldsymbol{\xi}_2)=r(\boldsymbol{\xi}_1,\boldsymbol{\xi}_2,\boldsymbol{\beta})=2$，从而 $\boldsymbol{\xi}_1$，$\boldsymbol{\xi}_2$，$\boldsymbol{\beta}$ 是线性相关的，且 $\boldsymbol{\xi}_1$，$\boldsymbol{\xi}_2$ 是原方程的解的极大线性无关组.

定义 4.2.5　若 $\boldsymbol{\xi}_1$，$\boldsymbol{\xi}_2$，…，$\boldsymbol{\xi}_s$ 是齐次线性方程组 $\boldsymbol{Ax}=\boldsymbol{0}$ 的解的一个极大线性无关组，则称 $\boldsymbol{\xi}_1$，$\boldsymbol{\xi}_2$，…，$\boldsymbol{\xi}_s$ 是 $\boldsymbol{Ax}=\boldsymbol{0}$ 的一个**基础解系**.

齐次线性方程组解的结构定理 02

从而 $\boldsymbol{\xi}_1=(-1,-4,1,0)^{\mathrm{T}}$，$\boldsymbol{\xi}_2=(-2,-1,0,1)^{\mathrm{T}}$ 是例 4.2.8 中齐次线性方程组的一个基础解系.

若 $\boldsymbol{\xi}_1$，$\boldsymbol{\xi}_2$，…，$\boldsymbol{\xi}_s$ 是 $\boldsymbol{Ax}=\boldsymbol{0}$ 的一个基础解系，则对任意的数 c_1，c_2，…，c_s，有

$$\boldsymbol{A}(c_1\boldsymbol{\xi}_1+c_2\boldsymbol{\xi}_2+\cdots+c_s\boldsymbol{\xi}_s)=c_1\boldsymbol{A\xi}_1+c_2\boldsymbol{A\xi}_2+\cdots+c_s\boldsymbol{A\xi}_s=\boldsymbol{0}.$$

于是，$c_1\boldsymbol{\xi}_1+c_2\boldsymbol{\xi}_2+\cdots+c_s\boldsymbol{\xi}_s$ 也是 $\boldsymbol{Ax}=\boldsymbol{0}$ 的一个解.

定理 4.2.4　设 $\boldsymbol{A}$ 是 $m\times n$ 矩阵，且 $r(\boldsymbol{A})=r<n$，则齐次线性方程组 $\boldsymbol{Ax}=\boldsymbol{0}$ 的基础解系存在，且恰好含有 $n-r$ 个向量.

证明： 显然 $\boldsymbol{Ax}=\boldsymbol{0}$ 有解，把该线性方程组的增广矩阵化为（行）最简阶梯形矩阵，不妨假设如下（其他情况类似）

$$\begin{pmatrix}1&0&\cdots&0&k_{1,r+1}&k_{1,r+2}&\cdots&k_{1n}&0\\0&1&\cdots&0&k_{2,r+1}&k_{2,r+2}&\cdots&k_{2n}&0\\\vdots&\vdots&\ddots&\vdots&\vdots&\vdots&\ddots&\vdots&\vdots\\0&0&\cdots&1&k_{r,r+1}&k_{r,r+2}&\cdots&k_{rn}&0\\0&0&\cdots&0&0&0&\cdots&0&0\\\vdots&\vdots&\ddots&\vdots&\vdots&\vdots&\ddots&\vdots&\vdots\\0&0&\cdots&0&0&0&\cdots&0&0\end{pmatrix}.$$

则原方程的解为

$$x = \begin{pmatrix} -k_{1,r+1}x_{r+1} - k_{1,r+2}x_{r+2} - \cdots - k_{1n}x_n \\ -k_{2,r+1}x_{r+1} - k_{2,r+2}x_{r+2} - \cdots - k_{2n}x_n \\ \vdots \\ -k_{r,r+1}x_{r+1} - k_{r,r+2}x_{r+2} - \cdots - k_{rn}x_n \\ x_{r+1} \\ x_{r+2} \\ \vdots \\ x_n \end{pmatrix},$$

其中 x_{r+1}，x_{r+2}，…，x_n 是自由变量．记

$$\boldsymbol{\xi}_1 = (-k_{1,r+1}, -k_{2,r+1}, \cdots, -k_{r,r+1}, 1, 0, \cdots, 0)^{\mathrm{T}},$$
$$\boldsymbol{\xi}_2 = (-k_{1,r+2}, -k_{2,r+2}, \cdots, -k_{r,r+2}, 0, 1, \cdots, 0)^{\mathrm{T}},$$
$$\vdots$$
$$\boldsymbol{\xi}_{n-r} = (-k_{1n}, -k_{2n}, \cdots, -k_{rn}, 0, 0, \cdots, 1)^{\mathrm{T}}.$$

则原方程组的解集为

$$\{\boldsymbol{x} \mid \boldsymbol{x} = c_1\boldsymbol{\xi}_1 + \cdots + c_{n-r}\boldsymbol{\xi}_{n-r}, c_1, \cdots, c_{n-r}\text{是任意常数}\}.$$

因矩阵（$\boldsymbol{\xi}_1$，$\boldsymbol{\xi}_2$，…，$\boldsymbol{\xi}_{n-r}$）的最后 $n-r$ 行恰好是 $\boldsymbol{I}_{n-r}$，故 $\boldsymbol{\xi}_1$，$\boldsymbol{\xi}_2$，…，$\boldsymbol{\xi}_{n-r}$ 线性无关，从而是原齐次线性方程组的解的一个极大线性无关组．根据推论 4.2.1，极大线性无关组中含有的向量个数是相同的，因此原齐次线性方程组的解的任意极大线性无关组中向量个数都是 $n-r$． □

推论 4.2.2　设 $\boldsymbol{A}$ 是 $m \times n$ 矩阵，且 $r(\boldsymbol{A}) = r < n$，若 $\boldsymbol{\xi}_1$，…，$\boldsymbol{\xi}_{n-r}$是齐次线性方程组 $\boldsymbol{Ax}=\boldsymbol{0}$ 的一个基础解系，则 $\boldsymbol{Ax}=\boldsymbol{0}$ 的任意的解 $\boldsymbol{v}$ 都能唯一表示为 $\boldsymbol{\xi}_1$，…，$\boldsymbol{\xi}_{n-r}$的线性组合．

证明：因 $\boldsymbol{\xi}_1$，…，$\boldsymbol{\xi}_{n-r}$是齐次线性方程组 $\boldsymbol{Ax}=\boldsymbol{0}$ 的一个基础解系，对任意的数 c_1，…，c_{n-r}，显然 $c_1\boldsymbol{\xi}_1 + \cdots + c_{n-r}\boldsymbol{\xi}_{n-r}$是 $\boldsymbol{Ax}=\boldsymbol{0}$ 的解．又因

$$n - r = r(\boldsymbol{\xi}_1, \cdots, \boldsymbol{\xi}_{n-r}) \leqslant r(\boldsymbol{\xi}_1, \cdots, \boldsymbol{\xi}_{n-r}, \boldsymbol{v}) < n - r + 1,$$

从而 $n-r = r(\boldsymbol{\xi}_1, \cdots, \boldsymbol{\xi}_{n-r}) = r(\boldsymbol{\xi}_1, \cdots, \boldsymbol{\xi}_{n-r}, \boldsymbol{v})$．也就是说，$\boldsymbol{v}$ 能唯一（也可以参照命题 4.1.2）表示为 $\boldsymbol{\xi}_1$，…，$\boldsymbol{\xi}_{n-r}$的线性组合． □

定义 4.2.6　设 $\boldsymbol{\xi}_1$，…，$\boldsymbol{\xi}_{n-r}$是齐次线性方程组 $\boldsymbol{Ax}=\boldsymbol{0}$ 的一个基础解系，则称 $\boldsymbol{x} = c_1\boldsymbol{\xi}_1 + \cdots + c_{n-r}\boldsymbol{\xi}_{n-r}$是该齐次线性方程组的**通解**，其中 c_1，…，c_{n-r} 是任意常数．

例 4.2.9　求线性方程组$\begin{cases}-3x_1-2x_2-x_3-2x_4=0\\ x_1+x_2+2x_3+x_4=0\\ -x_1-x_2-2x_3-x_4=0\end{cases}$的通解①.

齐次线性方程组的解的结构定理的应用 01

解：用初等行变换化增广矩阵为（行）最简阶梯形矩阵

$$\begin{pmatrix}-3&-2&-1&-2&0\\1&1&2&1&0\\-1&-1&-2&-1&0\end{pmatrix}\to\begin{pmatrix}1&0&-3&0&0\\0&1&5&1&0\\0&0&0&0&0\end{pmatrix},$$

则原方程组的解为

$$\begin{cases}x_1=3x_3\\x_2=-5x_3-x_4\end{cases},$$

其中 x_3，x_4 是自由变量. 分别取

$$\begin{cases}x_3=1\\x_4=0\end{cases},\ \begin{cases}x_3=0\\x_4=1\end{cases},$$

得 $\boldsymbol{\xi}_1=(3,-5,1,0)^{\mathrm{T}}$，$\boldsymbol{\xi}_2=(0,-1,0,1)^{\mathrm{T}}$，则原方程组的通解为

$$c_1\boldsymbol{\xi}_1+c_2\boldsymbol{\xi}_2,$$

其中 c_1，c_2 是任意常数. □

例 4.2.10　求线性方程组$\begin{cases}3x_1+2x_2+3x_3+3x_4=0\\2x_1+x_2+3x_3+3x_4=0\\4x_1+3x_2+3x_3+3x_4=0\end{cases}$的通解.

解：用初等行变换化增广矩阵为（行）最简阶梯形矩阵

$$\begin{pmatrix}3&2&3&3&0\\2&1&3&3&0\\4&3&3&3&0\end{pmatrix}\to\begin{pmatrix}1&0&3&3&0\\0&1&-3&-3&0\\0&0&0&0&0\end{pmatrix},$$

则原方程的解为

$$\begin{cases}x_1=-3x_3-3x_4\\x_2=3x_3+3x_4\end{cases},$$

其中 x_3，x_4 是自由变量. 分别取

$$\begin{cases}x_3=1\\x_4=0\end{cases},\ \begin{cases}x_3=0\\x_4=1\end{cases},$$

得 $\boldsymbol{\xi}_1=(-3,3,1,0)^{\mathrm{T}}$，$\boldsymbol{\xi}_2=(-3,3,0,1)^{\mathrm{T}}$，则原方程组的通解为

$$c_1\boldsymbol{\xi}_1+c_2\boldsymbol{\xi}_2,$$

其中 c_1，c_2 是任意常数. □

---

① 参见例 4.2.17.

例 4.2.11 设 $\boldsymbol{\xi}_1$，$\boldsymbol{\xi}_2$，$\boldsymbol{\xi}_3$ 是某 4 元齐次线性方程组的解，且该方程组的系数矩阵的秩为 2. 已知 $2\boldsymbol{\xi}_1-3\boldsymbol{\xi}_2+\boldsymbol{\xi}_3=(-1,0,2,3)^{\mathrm{T}}$，$\boldsymbol{\xi}_1+\boldsymbol{\xi}_2-6\boldsymbol{\xi}_3=(0,2,-3,-1)^{\mathrm{T}}$，求该方程组的通解.

解：记 $\boldsymbol{\eta}_1=(-1,0,2,3)^{\mathrm{T}}$，$\boldsymbol{\eta}_2=(0,2,-3,-1)^{\mathrm{T}}$，显然 $\boldsymbol{\eta}_1$，$\boldsymbol{\eta}_2$ 是 $\boldsymbol{Ax}=\boldsymbol{0}$ 的两个线性无关的解. 又因系数矩阵的秩为 2，故 $\boldsymbol{Ax}=\boldsymbol{0}$ 的通解为 $c_1\boldsymbol{\eta}_1+c_2\boldsymbol{\eta}_2$，其中 c_1，c_2 是任意常数. □

例 4.2.12 设 $\boldsymbol{A}_{m\times n}\boldsymbol{B}_{n\times l}=\boldsymbol{0}$，证明 $r(\boldsymbol{A})+r(\boldsymbol{B})\leqslant n$.

齐次线性方程组的解的结构定理的应用 02

证明：不妨设 $r(\boldsymbol{A})=r$，记 $\boldsymbol{B}=(\boldsymbol{\beta}_1,\boldsymbol{\beta}_2,\cdots,\boldsymbol{\beta}_l)$，则

$$\boldsymbol{AB}=(\boldsymbol{A\beta}_1,\boldsymbol{A\beta}_2,\cdots,\boldsymbol{A\beta}_l)=(\boldsymbol{0},\boldsymbol{0},\cdots,\boldsymbol{0}),$$

因此 $\boldsymbol{\beta}_1$，$\boldsymbol{\beta}_2$，$\cdots$，$\boldsymbol{\beta}_l$ 是 $\boldsymbol{Ax}=\boldsymbol{0}$ 的解. 根据定理 4.2.4，$\boldsymbol{Ax}=\boldsymbol{0}$ 的基础解系的向量个数为 $n-r$. 从而 $\boldsymbol{\beta}_1$，$\boldsymbol{\beta}_2$，$\cdots$，$\boldsymbol{\beta}_l$ 的极大线性无关组中向量个数小于或等于 $n-r$，也就是

$$r(\boldsymbol{B})=r(\boldsymbol{\beta}_1,\boldsymbol{\beta}_2,\cdots,\boldsymbol{\beta}_l)\leqslant n-r(\boldsymbol{A}),$$

从而 $r(\boldsymbol{A})+r(\boldsymbol{B})\leqslant n$. □

例 4.2.13 证明：若 $\boldsymbol{A}$ 是 n 阶方阵，则 $r(\boldsymbol{A}^*)=\begin{cases}0, & r(\boldsymbol{A})\leqslant n-2\\ 1, & r(\boldsymbol{A})=n-1.\\ n, & r(\boldsymbol{A})=n\end{cases}$

证明：若 $r(\boldsymbol{A})=n$，则 $\boldsymbol{A}^*=|\boldsymbol{A}|\boldsymbol{A}^{-1}$，从而 $r(\boldsymbol{A}^*)=n$.

若 $r(\boldsymbol{A})=n-1$，则 $\boldsymbol{A}$ 有一个非零的 $n-1$ 阶子式，从而 $\boldsymbol{A}$ 的某一个元素的代数余子式①非零，故 $\boldsymbol{A}^*\neq\boldsymbol{0}$，因此 $r(\boldsymbol{A}^*)\geqslant 1$. 又因 $\boldsymbol{AA}^*=\boldsymbol{0}$，故 $r(\boldsymbol{A}^*)\leqslant n-r(\boldsymbol{A})=1$，从而 $r(\boldsymbol{A}^*)=1$.

若 $r(\boldsymbol{A})\leqslant n-2$，则 $\boldsymbol{A}$ 的 $n-1$ 阶子式全部为零，故 $\boldsymbol{A}^*=\boldsymbol{0}$，从而 $r(\boldsymbol{A}^*)=0$. □

---

① $\boldsymbol{A}$ 的 $n-1$ 阶子式与 $\boldsymbol{A}$ 的元素的余子式是一样的. 不妨以 3 阶方阵为例. $\boldsymbol{A}=\begin{pmatrix}a_{11} & a_{12} & a_{13}\\ a_{21} & a_{22} & a_{23}\\ a_{31} & a_{32} & a_{33}\end{pmatrix}$，则 $3-1=2$ 阶子式共有 $C_3^1C_3^1=9$ 个. 不妨考虑取第 2，3 行，第 2，3 列得到的子式 $\begin{vmatrix}a_{22} & a_{23}\\ a_{32} & a_{33}\end{vmatrix}$，显然该 2 阶子式是 $\boldsymbol{A}$ 的 (1，1)元的余子式 M_{11}，其他类似. $\boldsymbol{A}$ 有一个非零的 $n-1$ 阶子式，则存在某个余子式 M_{ij} 非零，从而存在某个代数余子式 $A_{ij}=(-1)^{i+j}M_{ij}$ 非零.

例 4.2.14　设 A 是 3 阶方阵，且它的伴随矩阵为 $A^* = \begin{pmatrix} 1 & -1 & 2 \\ -1 & 1 & -2 \\ 3 & -3 & 6 \end{pmatrix}$，求齐次线性方程组 $Ax=0$ 的通解.

齐次线性方程组的解的结构定理的应用 03

解： 易得 $r(A^*)=1$，因此（例 4.2.13）$r(A)=2$，又因为 $AA^*=|A|I=0$，从而 $\xi=(1,-1,3)^{\mathrm{T}}$ 是 $Ax=0$ 的解，因此 $Ax=0$ 的通解为 $c\xi$，其中 c 是任意常数. □

例 4.2.15　已知 $Q=\begin{pmatrix} 1 & 2 & 3 \\ 2 & 4 & t \\ 3 & 6 & 9 \end{pmatrix}$，$P$ 为 3 阶非零矩阵，且满足 $QP=0$，试讨论 $r(P)$.

解： 因 $QP=0$，故 $r(P)+r(Q)\leqslant 3$. 由高斯消元法易得

$$Q=\begin{pmatrix} 1 & 2 & 3 \\ 2 & 4 & t \\ 3 & 6 & 9 \end{pmatrix} \to \begin{pmatrix} 1 & 2 & 3 \\ 0 & 0 & t-6 \\ 0 & 0 & 0 \end{pmatrix}.$$

当 $t\neq 6$ 时，$r(Q)=2$，故 $r(P)\leqslant 3-r(Q)=1$，又因 P 是非零矩阵，故 $r(P)\geqslant 1$，从而 $r(P)=1$. 此时记 ξ_1 是 $Qx=0$ 的一个基础解系，取 $P=(\xi_1,0,0)$ 即得 $r(P)=1$.

当 $t=6$ 时，$r(Q)=1$，则 $1\leqslant r(P)\leqslant 2$，从而 $r(P)=1$ 或 $r(P)=2$，此时记 η_1，η_2 是 $Qx=0$ 的一个基础解系. 取 $P=(\eta_1,0,0)$ 即得 $r(P)=1$. 取 $P=(\eta_1,\eta_2,0)$ 即得 $r(P)=2$.

综上所述，当 $t\neq 6$ 时，$r(Q)=2$，$r(P)=1$；当 $t=6$ 时，$r(Q)=1$，$r(P)=1$ 或 2. □

例 4.2.16　解线性方程组 $\begin{cases} 2x_1-x_2-2x_3+3x_4=-2 \\ x_1+x_3+2x_4=0 \\ x_2+4x_3+x_4=2 \end{cases}$ ①.

非齐次线性方程组的解的结构 01

解： 用初等行变换化增广矩阵为（行）最简阶梯形矩阵

$$\begin{pmatrix} 2 & -1 & -2 & 3 & -2 \\ 1 & 0 & 1 & 2 & 0 \\ 0 & 1 & 4 & 1 & 2 \end{pmatrix} \to \begin{pmatrix} 1 & 0 & 1 & 2 & 0 \\ 0 & 1 & 4 & 1 & 2 \\ 0 & 0 & 0 & 0 & 0 \end{pmatrix},$$

则原方程组与方程组

① 参见例 4.2.8.

$$\begin{cases} x_1 = -x_3 - 2x_4 \\ x_2 = -4x_3 - x_4 + 2 \end{cases} \tag{4.2.2}$$

的解相同，进一步，原方程组的解为

$$\begin{cases} x_1 = -c_1 - 2c_2 \\ x_2 = -4c_1 - c_2 + 2 \\ x_3 = c_1 \\ x_4 = c_2 \end{cases}$$

其中 c_1，c_2 是任意常数.

在这个例子中线性方程组的解为

$$\boldsymbol{x} = \begin{pmatrix} -c_1 - 2c_2 \\ -4c_1 - c_2 + 2 \\ c_1 \\ c_2 \end{pmatrix} = c_1 \begin{pmatrix} -1 \\ -4 \\ 1 \\ 0 \end{pmatrix} + c_2 \begin{pmatrix} -2 \\ -1 \\ 0 \\ 1 \end{pmatrix} + \begin{pmatrix} 0 \\ 2 \\ 0 \\ 0 \end{pmatrix}.$$

※可以观察到自由变量 $x_3=0$，$x_4=0$ 时，代入式(4.2.2)可以得到解 η. 把 $\begin{cases} x_3=1 \\ x_4=0 \end{cases}$ 和 $\begin{cases} x_3=0 \\ x_4=1 \end{cases}$ 分别代入与式(4.2.2)对应的齐次线性方程组 $\begin{cases} x_1=-x_3-2x_4 \\ x_2=-4x_3-x_4 \end{cases}$ 可以得到相应的齐次线性方程组的基础解系 ξ_1，ξ_2.

记 $\boldsymbol{\xi}_1 = (-1,-4,1,0)^{\mathrm{T}}$，$\boldsymbol{\xi}_2 = (-2,-1,0,1)^{\mathrm{T}}$，$\boldsymbol{\eta} = (0,2,0,0)^{\mathrm{T}}$，则原方程组的解集为

$$\{\boldsymbol{x} \mid \boldsymbol{x} = c_1\boldsymbol{\xi}_1 + c_2\boldsymbol{\xi}_2 + \boldsymbol{\eta}, c_1, c_2 \text{ 是任意常数}\}.$$ □

由例 4.2.8 知 $c_1\boldsymbol{\xi}_1 + c_2\boldsymbol{\xi}_2$ 是相应的齐次线性方程组的通解，而 $\boldsymbol{\eta}$ 是原线性方程组的一个解.

对任意的非齐次线性方程组 $\boldsymbol{Ax}=\boldsymbol{b}$，称 $\boldsymbol{Ax}=\boldsymbol{0}$ 是其**导出组**.

定理 4.2.5 设齐次线性方程组 $\boldsymbol{Ax}=\boldsymbol{0}$ 的通解为 $\boldsymbol{v}^*$，$\boldsymbol{\eta}$ 是非齐次线性方程组 $\boldsymbol{Ax}=\boldsymbol{b}$ 的一个解（特解），则 $\boldsymbol{Ax}=\boldsymbol{b}$ 的全部的解（通解）为 $\boldsymbol{v}^* + \boldsymbol{\eta}$.

证明：因 $\boldsymbol{A\eta}=\boldsymbol{b}$，$\boldsymbol{Av}^*=\boldsymbol{0}$，故

$$\boldsymbol{A}(\boldsymbol{v}^* + \boldsymbol{\eta}) = \boldsymbol{Av}^* + \boldsymbol{A\eta} = \boldsymbol{b},$$

从而 $\boldsymbol{v}^* + \boldsymbol{\eta}$ 是 $\boldsymbol{Ax}=\boldsymbol{b}$ 的解.

非齐次线性方程组的解的结构 02

设 $\boldsymbol{w}$ 是 $\boldsymbol{Ax}=\boldsymbol{b}$ 的解，则 $\boldsymbol{w} = (\boldsymbol{w}-\boldsymbol{\eta}) + \boldsymbol{\eta}$，且

$$\boldsymbol{A}(\boldsymbol{w}-\boldsymbol{\eta}) = \boldsymbol{Aw} - \boldsymbol{A\eta} = \boldsymbol{0}.$$

故 $\boldsymbol{w}-\boldsymbol{\eta}$ 是 $\boldsymbol{Ax}=\boldsymbol{0}$ 的解. 因此 $\boldsymbol{v}^* + \boldsymbol{\eta}$ 是 $\boldsymbol{Ax}=\boldsymbol{b}$ 的全部的解. □

推论 4.2.3(叠加原理) 特别地，有下面的结论：

（1）设 $\boldsymbol{\eta}$ 是 $\boldsymbol{Ax}=\boldsymbol{b}$ 的一个解，$\boldsymbol{\xi}$ 是 $\boldsymbol{Ax}=\boldsymbol{0}$ 的一个解，则 $\boldsymbol{\eta}+\boldsymbol{\xi}$ 也是 $\boldsymbol{Ax}=\boldsymbol{b}$ 的一个解；

（2）设 $\boldsymbol{\eta}_1$，$\boldsymbol{\eta}_2$ 是 $\boldsymbol{Ax}=\boldsymbol{b}$ 的解，则 $\boldsymbol{\eta}_1 - \boldsymbol{\eta}_2$ 是 $\boldsymbol{Ax}=\boldsymbol{0}$ 的一个解；

（3）设 $\boldsymbol{\eta}_1$，$\boldsymbol{\eta}_2$ 分别是 $\boldsymbol{Ax}=\boldsymbol{\beta}_1$，$\boldsymbol{Ax}=\boldsymbol{\beta}_2$ 的解，则 $k_1\boldsymbol{\eta}_1 + k_2\boldsymbol{\eta}_2$ 是 $\boldsymbol{Ax}=k_1\boldsymbol{\beta}_1 + k_2\boldsymbol{\beta}_2$ 的一个解.

例 4.2.17　求线性方程组$\begin{cases}-3x_1-2x_2-\ x_3-2x_4=\ \ 2\\ \ \ x_1+\ x_2+2x_3+\ x_4=-2\\ -x_1-\ x_2-2x_3-\ x_4=\ \ 2\end{cases}$的

非齐次线性方程组的解的结构 03

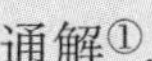

通解①.

解：用初等行变换化增广矩阵为（行）最简阶梯形矩阵

$$\begin{pmatrix}-3 & -2 & -1 & -2 & 2\\ 1 & 1 & 2 & 1 & -2\\ -1 & -1 & -2 & -1 & 2\end{pmatrix}\to\begin{pmatrix}1 & 0 & -3 & 0 & 2\\ 0 & 1 & 5 & 1 & -4\\ 0 & 0 & 0 & 0 & 0\end{pmatrix},$$

则原方程组与

$$\begin{cases}x_1=3x_3+2\\ x_2=-5x_3-x_4-4\end{cases}$$

同解，其中 x_3，x_4 是自由变量. 当$\begin{cases}x_3=0\\ x_4=0\end{cases}$时，得非齐线性次方程组的特解 $\boldsymbol{\eta}=(2,-4,0,0)^{\mathrm{T}}$. 分别取

$$\begin{cases}x_3=1\\ x_4=0\end{cases},\ \begin{cases}x_3=0\\ x_4=1\end{cases},$$

代入相应齐次线性方程组

$$\begin{cases}x_1=3x_3\\ x_2=-5x_3-x_4\end{cases},$$

得 $\boldsymbol{\xi}_1=(3,-5,1,0)^{\mathrm{T}}$，$\boldsymbol{\xi}_2=(0,-1,0,1)^{\mathrm{T}}$.

则原方程组的通解为

$$c_1\boldsymbol{\xi}_1+c_2\boldsymbol{\xi}_2+\boldsymbol{\eta},$$

其中 c_1，c_2 是任意常数. □

齐次线性方程组与非齐次线性方程组的解的极大线性无关组的关系密切，有如下定理.

定理 4.2.6　设 $\boldsymbol{A}$ 是 $m\times n$ 矩阵，且 $r(\boldsymbol{A})=r(\boldsymbol{A},\boldsymbol{b})=r<n$，则 $\boldsymbol{Ax}=\boldsymbol{b}$ 有无穷多组解. 设导出组 $\boldsymbol{Ax}=\boldsymbol{0}$ 的一个基础解系为 $\boldsymbol{\xi}_1$，$\boldsymbol{\xi}_2$，…，$\boldsymbol{\xi}_{n-r}$，又已知 $\boldsymbol{\eta}$ 是 $\boldsymbol{Ax}=\boldsymbol{b}$ 的一个特解②，则 $\boldsymbol{Ax}=\boldsymbol{b}$ 的通解为

$$\boldsymbol{\eta}+c_1\boldsymbol{\xi}_1+c_2\boldsymbol{\xi}_2+\cdots+c_{n-r}\boldsymbol{\xi}_{n-r},$$

其中 c_1，c_2，…，c_{n-r} 是任意常数. 进一步，$\boldsymbol{\eta}$，$\boldsymbol{\eta}+\boldsymbol{\xi}_1$，$\boldsymbol{\eta}+\boldsymbol{\xi}_2$，…，$\boldsymbol{\eta}+\boldsymbol{\xi}_{n-r}$ 是 $\boldsymbol{Ax}=\boldsymbol{b}$ 的解的一个极大线性无关组.

---

① 参见例 4.2.9.

② 线性方程组 $\boldsymbol{Ax}=\boldsymbol{b}$ 的不含任意常数的解称为该线性方程组的一个特解.

还有如下推论.

推论 4.2.4 设 $\boldsymbol{\eta}_0$，$\boldsymbol{\eta}_1$，…，$\boldsymbol{\eta}_{n-r}$ 是 $\boldsymbol{Ax}=\boldsymbol{b}$ 的解的一个极大线性无关组，则 $\boldsymbol{\eta}_1-\boldsymbol{\eta}_0$，$\boldsymbol{\eta}_2-\boldsymbol{\eta}_0$，…，$\boldsymbol{\eta}_{n-r}-\boldsymbol{\eta}_0$ 是 $\boldsymbol{Ax}=\boldsymbol{0}$ 的解的一个极大线性无关组，从而 $\boldsymbol{Ax}=\boldsymbol{0}$ 的通解为 $c_1(\boldsymbol{\eta}_1-\boldsymbol{\eta}_0)+c_2(\boldsymbol{\eta}_2-\boldsymbol{\eta}_0)+\cdots+c_{n-r}(\boldsymbol{\eta}_{n-r}-\boldsymbol{\eta}_0)$，其中 c_1，c_2，…，c_{n-r} 是任意常数.

证明：略. 请读者自行证明. □

例 4.2.18 设 $\boldsymbol{\eta}_1$，$\boldsymbol{\eta}_2$，$\boldsymbol{\eta}_3$，$\boldsymbol{\eta}_4$ 是 $\boldsymbol{A}_{3\times4}\boldsymbol{x}=\boldsymbol{b}$ 的解，又 $r(\boldsymbol{A})=2$，已知 $\boldsymbol{\eta}_1=(-1,0,2,3)^{\mathrm{T}}$，$\boldsymbol{\eta}_2=(1,1,-1,-1)^{\mathrm{T}}$，$\boldsymbol{\eta}_3+\boldsymbol{\eta}_4=(0,2,-3,-1)^{\mathrm{T}}$，求该方程组的通解.

解：显然 $\boldsymbol{\eta}_2-\boldsymbol{\eta}_1$，$\boldsymbol{\eta}_3+\boldsymbol{\eta}_4-2\boldsymbol{\eta}_1$ 是 $\boldsymbol{Ax}=\boldsymbol{0}$ 的两个线性无关的解，又因系数矩阵的秩为 2，故 $\boldsymbol{Ax}=\boldsymbol{0}$ 的通解为 $c_1(\boldsymbol{\eta}_2-\boldsymbol{\eta}_1)+c_2(\boldsymbol{\eta}_3+\boldsymbol{\eta}_4-2\boldsymbol{\eta}_1)$，其中 c_1，c_2 是任意常数. 因此，$\boldsymbol{Ax}=\boldsymbol{b}$ 的通解为 $\boldsymbol{\eta}_1+c_1(\boldsymbol{\eta}_2-\boldsymbol{\eta}_1)+c_2(\boldsymbol{\eta}_3+\boldsymbol{\eta}_4-2\boldsymbol{\eta}_1)$. □

习题 4.2

习题 4.2 解答

练习 4.2.1 设 $\boldsymbol{\alpha}_1$，$\boldsymbol{\alpha}_2$，…，$\boldsymbol{\alpha}_n$ 是 n 个 n 维向量，若初始单位向量 $\boldsymbol{\varepsilon}_1$，$\boldsymbol{\varepsilon}_2$，…，$\boldsymbol{\varepsilon}_n$ 能由它们线性表出，证明 $\boldsymbol{\alpha}_1$，$\boldsymbol{\alpha}_2$，…，$\boldsymbol{\alpha}_n$ 线性无关.

练习 4.2.2 求下列线性方程组的通解

$$\begin{cases} x_1+x_2-x_3-x_4=0 \\ 2x_1-5x_2+3x_3+2x_4=0 \\ 7x_1-7x_2+3x_3+x_4=0 \end{cases},\quad \begin{cases} x_1-x_2-x_3+x_4=0 \\ x_1-x_2+x_3-3x_4=0 \\ x_1-x_2-2x_3+3x_4=0 \end{cases}.$$

练习 4.2.3 求下列线性方程组的通解

$$\begin{cases} x_1+5x_2-x_3-x_4=-1 \\ x_1-2x_2+x_3+3x_4=3 \\ 3x_1+8x_2-x_3+x_4=1 \\ x_1-9x_2+3x_3+7x_4=7 \end{cases},\quad \begin{cases} 2x_1-3x_2+6x_3-5x_4=3 \\ x_2-4x_3+x_4=1 \\ 4x_1-5x_2+8x_3-9x_4=7 \end{cases}.$$

练习 4.2.4 设非齐次线性方程组 $\begin{cases} (1+a)x_1+x_2+x_3=0 \\ x_1+(1+a)x_2+x_3=3 \\ x_1+x_2+(1+a)x_3=a \end{cases}$，问 a 取何值时，此方程组：

(1) 有唯一解；

（2）无解；

（3）有无穷多组解，并在有无穷多组解时求出其通解.

练习 4.2.5　设 $\boldsymbol{A}$，$\boldsymbol{B}$ 都是 $m\times n$ 矩阵，若齐次线性方程组 $\boldsymbol{Ax}=\boldsymbol{0}$ 的解都是齐次线性方程组 $\boldsymbol{Bx}=\boldsymbol{0}$ 的解，证明 $r(\boldsymbol{A})\geqslant r(\boldsymbol{B})$.

练习 4.2.6　设 $\boldsymbol{\alpha}_1=(1,0,0,1)$，$\boldsymbol{\alpha}_2=(0,2,1,0)$，$\boldsymbol{\alpha}_3=(1,1,3,0)$，$\boldsymbol{\alpha}_4=(1,2,1,1)$，求：

（1）向量组 $\boldsymbol{\alpha}_1$，$\boldsymbol{\alpha}_2$，$\boldsymbol{\alpha}_3$，$\boldsymbol{\alpha}_4$ 的秩；

（2）向量组 $\boldsymbol{\alpha}_1$，$\boldsymbol{\alpha}_2$，$\boldsymbol{\alpha}_3$，$\boldsymbol{\alpha}_4$ 的一个极大线性无关组，并用它来线性表示向量组中其他向量.

练习 4.2.7　设 $\boldsymbol{\alpha}_1$，$\boldsymbol{\alpha}_2$，$\boldsymbol{\alpha}_3$ 是齐次线性方程组 $\boldsymbol{Ax}=\boldsymbol{0}$ 的基础解系，证明 $\boldsymbol{\alpha}_1$，$\boldsymbol{\alpha}_1+\boldsymbol{\alpha}_2$，$\boldsymbol{\alpha}_1+\boldsymbol{\alpha}_2+\boldsymbol{\alpha}_3$ 也是基础解系.

练习 4.2.8　设向量 $\boldsymbol{\beta}$ 是非齐次线性方程组 $\boldsymbol{Ax}=\boldsymbol{b}$ 的一个解，向量组 $\boldsymbol{\alpha}_1$，$\boldsymbol{\alpha}_2$，…，$\boldsymbol{\alpha}_t$ 是导出组的基础解系，证明：向量组 $\boldsymbol{\beta}$，$\boldsymbol{\beta}+\boldsymbol{\alpha}_1$，$\boldsymbol{\beta}+\boldsymbol{\alpha}_2$，…，$\boldsymbol{\beta}+\boldsymbol{\alpha}_t$ 线性无关.

练习 4.2.9　设向量组 $\boldsymbol{\alpha}_1=(1,1,2,-2)$，$\boldsymbol{\alpha}_2=(1,3,-x,-2x)$，$\boldsymbol{\alpha}_3=(1,-1,6,0)$，若此向量组的秩为 2，求 x.

练习 4.2.10　已知向量组 $\boldsymbol{\alpha}_1$，$\boldsymbol{\alpha}_2$，$\boldsymbol{\alpha}_3$ 可由 $\boldsymbol{\beta}_1$，$\boldsymbol{\beta}_2$，$\boldsymbol{\beta}_3$ 线性表出，且

$$\begin{cases}\boldsymbol{\alpha}_1=\boldsymbol{\beta}_1-\boldsymbol{\beta}_2+\boldsymbol{\beta}_3\\ \boldsymbol{\alpha}_2=\boldsymbol{\beta}_1+\boldsymbol{\beta}_2-\boldsymbol{\beta}_3\\ \boldsymbol{\alpha}_3=-\boldsymbol{\beta}_1+\boldsymbol{\beta}_2+\boldsymbol{\beta}_3\end{cases},$$

将 $\boldsymbol{\beta}_1$，$\boldsymbol{\beta}_2$，$\boldsymbol{\beta}_3$ 用向量组 $\boldsymbol{\alpha}_1$，$\boldsymbol{\alpha}_2$，$\boldsymbol{\alpha}_3$ 线性表出.

练习 4.2.11　设向量组 $\boldsymbol{\alpha}_1$，$\boldsymbol{\alpha}_2$，…，$\boldsymbol{\alpha}_m$ 线性无关，且可由向量组 $\boldsymbol{\beta}_1$，$\boldsymbol{\beta}_2$，…，$\boldsymbol{\beta}_m$ 线性表示. 证明：这两个向量组等价，从而 $\boldsymbol{\beta}_1$，$\boldsymbol{\beta}_2$，…，$\boldsymbol{\beta}_m$ 也线性无关.

练习 4.2.12　已知以下向量组：

（Ⅰ）$\boldsymbol{\beta}_1$，$\boldsymbol{\beta}_2$，$\boldsymbol{\beta}_3$；

（Ⅱ）$\boldsymbol{\beta}_1$，$\boldsymbol{\beta}_2$，$\boldsymbol{\beta}_3$，$\boldsymbol{\beta}_4$；

（Ⅲ）$\boldsymbol{\beta}_1$，$\boldsymbol{\beta}_2$，$\boldsymbol{\beta}_3$，$\boldsymbol{\beta}_5$.

证明：若向量组（Ⅰ）和向量组（Ⅱ）的秩为 3，向量组（Ⅲ）的秩为 4，则向量组 $\boldsymbol{\beta}_1$，$\boldsymbol{\beta}_2$，$\boldsymbol{\beta}_3$，$\boldsymbol{\beta}_5-\boldsymbol{\beta}_4$ 的秩为 4.

练习 4.2.13　设 $\boldsymbol{A}$ 是 $n\times m$ 矩阵，$\boldsymbol{B}$ 是 $m\times n$ 矩阵，其中 $n<m$，若 $\boldsymbol{AB}=\boldsymbol{I}$，证明：$\boldsymbol{B}$ 的列向量组线性无关.

练习 4.2.14　设矩阵 $\boldsymbol{A}=\begin{pmatrix}1&0&1\\1&1&2\\0&1&1\end{pmatrix}$，$\boldsymbol{\alpha}_1$，$\boldsymbol{\alpha}_2$，$\boldsymbol{\alpha}_3$ 为线性无关的三维向量组，求 $\boldsymbol{A\alpha}_1$，$\boldsymbol{A\alpha}_2$，$\boldsymbol{A\alpha}_3$ 的秩.

练习 4.2.15 设矩阵 $\boldsymbol{A}_{m\times n}$ 的秩 $r(\boldsymbol{A})=m<n$，$\boldsymbol{I}_m$ 是 m 阶单位矩阵，下列结论中正确的是（　　）.

（A）$\boldsymbol{A}$ 的任意 m 个列向量必线性无关

（B）$\boldsymbol{A}$ 的任意一个 m 阶子式不等于零

（C）若矩阵 $\boldsymbol{B}$ 满足 $\boldsymbol{BA}=\boldsymbol{0}$，则 $\boldsymbol{B}=\boldsymbol{0}$

（D）$\boldsymbol{A}$ 通过初等行变换，必可以化为 $(\boldsymbol{I}_m,\ \boldsymbol{0})$ 的形式

练习 4.2.16 设 $\boldsymbol{A}$ 为 n 阶方阵，$r(\boldsymbol{A})=r<n$，则在 $\boldsymbol{A}$ 的 n 个行向量中（　　）.

（A）必有 r 个行向量线性无关

（B）任意 r 个行向量线性无关

（C）任意 r 个行向量都构成极大线性无关组

（D）任意一个行向量都能被其他 r 个行向量线性表示

练习 4.2.17 n 维向量组 $\boldsymbol{\alpha}_1,\ \boldsymbol{\alpha}_2,\ \cdots,\ \boldsymbol{\alpha}_s$ 线性无关的充分条件是（　　）.

（A）$\boldsymbol{\alpha}_1,\ \boldsymbol{\alpha}_2,\ \cdots,\ \boldsymbol{\alpha}_s$ 都不是零向量

（B）$\boldsymbol{\alpha}_1,\ \boldsymbol{\alpha}_2,\ \cdots,\ \boldsymbol{\alpha}_s$ 中任一向量均不能由其他向量线性表示

（C）$\boldsymbol{\alpha}_1,\ \boldsymbol{\alpha}_2,\ \cdots,\ \boldsymbol{\alpha}_s$ 中任意两个向量都不成比例

（D）$\boldsymbol{\alpha}_1,\ \boldsymbol{\alpha}_2,\ \cdots,\ \boldsymbol{\alpha}_s$ 中存在一个部分组线性无关

练习 4.2.18 n 维向量组 $\boldsymbol{\alpha}_1,\ \boldsymbol{\alpha}_2,\ \cdots,\ \boldsymbol{\alpha}_s(3\leqslant s\leqslant n)$ 线性无关的充要条件是（　　）.

（A）存在一组不全为零的数 $k_1,k_2,\cdots,k_s$，使得 $k_1\boldsymbol{\alpha}_1+k_2\boldsymbol{\alpha}_2+\cdots+k_s\boldsymbol{\alpha}_s\neq\boldsymbol{0}$

（B）$\boldsymbol{\alpha}_1,\ \boldsymbol{\alpha}_2,\ \cdots,\ \boldsymbol{\alpha}_s$ 中任意两个向量都线性无关

（C）$\boldsymbol{\alpha}_1,\ \boldsymbol{\alpha}_2,\ \cdots,\ \boldsymbol{\alpha}_s$ 中存在一个向量，它不能被其他向量线性表示

（D）$\boldsymbol{\alpha}_1,\ \boldsymbol{\alpha}_2,\ \cdots,\ \boldsymbol{\alpha}_s$ 中任一部分组线性无关

练习 4.2.19 设 $\boldsymbol{\alpha}_1,\ \boldsymbol{\alpha}_2,\ \cdots,\ \boldsymbol{\alpha}_s$ 为 n 维列向量，$\boldsymbol{B}$ 是 $m\times n$ 矩阵，下列结论正确的是（　　）.

（A）若 $\boldsymbol{\alpha}_1,\ \boldsymbol{\alpha}_2,\ \cdots,\ \boldsymbol{\alpha}_s$ 线性相关，则 $\boldsymbol{B\alpha}_1,\ \boldsymbol{B\alpha}_2,\ \cdots,\ \boldsymbol{B\alpha}_s$ 线性相关

（B）若 $\boldsymbol{\alpha}_1,\ \boldsymbol{\alpha}_2,\ \cdots,\ \boldsymbol{\alpha}_s$ 线性相关，则 $\boldsymbol{B\alpha}_1,\ \boldsymbol{B\alpha}_2,\ \cdots,\ \boldsymbol{B\alpha}_s$ 线性无关

（C）若 $\boldsymbol{\alpha}_1,\ \boldsymbol{\alpha}_2,\ \cdots,\ \boldsymbol{\alpha}_s$ 线性无关，则 $\boldsymbol{B\alpha}_1,\ \boldsymbol{B\alpha}_2,\ \cdots,\ \boldsymbol{B\alpha}_s$ 线性相关

（D）若 $\boldsymbol{\alpha}_1,\ \boldsymbol{\alpha}_2,\ \cdots,\ \boldsymbol{\alpha}_s$ 线性无关，则 $\boldsymbol{B\alpha}_1,\ \boldsymbol{B\alpha}_2,\ \cdots,\ \boldsymbol{B\alpha}_s$ 线性无关

练习 4.2.20 设 $\boldsymbol{A}=\begin{pmatrix}1&2&1&2\\0&1&t&t\\1&t&0&1\end{pmatrix}$，且方程组 $\boldsymbol{Ax}=\boldsymbol{0}$ 的基础解系中含有两个解向量，求 $\boldsymbol{Ax}=0$ 的通解.

练习 4.2.21 设方程组（Ⅰ）为 $\begin{cases}x_1+x_4=0\\x_2+x_3=0\end{cases}$，方程组（Ⅱ）为

$\begin{cases} x_1 + 2x_3 = 0 \\ 2x_2 + x_4 = 0 \end{cases}$，求（Ⅰ）和（Ⅱ）的公共解.

练习 4.2.22　已知方程组 $\begin{pmatrix} \lambda & 1 & 1 \\ 0 & \lambda-1 & 0 \\ 1 & 1 & \lambda \end{pmatrix}\begin{pmatrix} x_1 \\ x_2 \\ x_3 \end{pmatrix} = \begin{pmatrix} a \\ 1 \\ 1 \end{pmatrix}$ 存在两个不同的解，求：

（1）λ 和 a；

（2）方程组的通解.

练习 4.2.23　设 $\boldsymbol{A}$ 为 4 阶方阵，$\boldsymbol{A}^*$ 为 $\boldsymbol{A}$ 的伴随矩阵，若线性方程组 $\boldsymbol{Ax}=\boldsymbol{0}$ 的基础解系中只有两个解向量，求 $\boldsymbol{A}^*$ 的秩.

练习 4.2.24　设 $\boldsymbol{A}=(\boldsymbol{\alpha}_1,\boldsymbol{\alpha}_2,\boldsymbol{\alpha}_3)$ 为 3 阶方阵，若 $\boldsymbol{\alpha}_1$，$\boldsymbol{\alpha}_2$ 线性无关，且 $\boldsymbol{\alpha}_3=-\boldsymbol{\alpha}_1+2\boldsymbol{\alpha}_2$，求线性方程组 $\boldsymbol{Ax}=\boldsymbol{0}$ 的通解.

练习 4.2.25　设 $\boldsymbol{\xi}_1$，$\boldsymbol{\xi}_2$ 是齐次线性方程组 $\boldsymbol{Ax}=\boldsymbol{0}$ 的解，$\boldsymbol{\eta}_1$，$\boldsymbol{\eta}_2$ 是非齐次线性方程组 $\boldsymbol{Ax}=\boldsymbol{b}$ 的解，则（　　）.

（A）$2\boldsymbol{\xi}_1+\boldsymbol{\eta}_1$ 为 $\boldsymbol{Ax}=\boldsymbol{0}$ 的解

（B）$\boldsymbol{\eta}_1+\boldsymbol{\eta}_2$ 为 $\boldsymbol{Ax}=\boldsymbol{b}$ 的解

（C）$\boldsymbol{\xi}_1+\boldsymbol{\xi}_2$ 为 $\boldsymbol{Ax}=\boldsymbol{0}$ 的解

（D）$\boldsymbol{\eta}_1-\boldsymbol{\eta}_2$ 为 $\boldsymbol{Ax}=\boldsymbol{b}$ 的解

练习 4.2.26　已知 $\boldsymbol{\eta}_1$，$\boldsymbol{\eta}_2$，$\boldsymbol{\eta}_3$ 是 3 元非齐次线性方程组 $\boldsymbol{Ax}=\boldsymbol{b}$ 的解，$r(\boldsymbol{A})=1$，且

$$\boldsymbol{\eta}_1+\boldsymbol{\eta}_2=\begin{pmatrix}1\\0\\0\end{pmatrix},\ \boldsymbol{\eta}_2+\boldsymbol{\eta}_3=\begin{pmatrix}1\\1\\0\end{pmatrix},\ \boldsymbol{\eta}_1+\boldsymbol{\eta}_3=\begin{pmatrix}1\\1\\1\end{pmatrix},$$

求方程组的通解.

练习 4.2.27　设矩阵 $\boldsymbol{A}=(\boldsymbol{\alpha}_1,\boldsymbol{\alpha}_2,\boldsymbol{\alpha}_3,\boldsymbol{\alpha}_4)$，其中 $\boldsymbol{\alpha}_2$，$\boldsymbol{\alpha}_3$，$\boldsymbol{\alpha}_4$ 线性无关，$\boldsymbol{\alpha}_1=2\boldsymbol{\alpha}_2-\boldsymbol{\alpha}_3$，向量 $\boldsymbol{b}=\boldsymbol{\alpha}_1+\boldsymbol{\alpha}_2+\boldsymbol{\alpha}_3+\boldsymbol{\alpha}_4$，求 $\boldsymbol{Ax}=\boldsymbol{b}$ 的通解.

练习 4.2.28　已知 $\boldsymbol{A}$ 是 3 阶非零矩阵而 $\boldsymbol{\beta}$ 为 3 维非零列向量. 设 $\boldsymbol{\alpha}_1$，$\boldsymbol{\alpha}_2$，$\boldsymbol{\alpha}_3$ 是 3 元非齐次线性方程组 $\boldsymbol{Ax}=\boldsymbol{\beta}$ 的 3 个线性无关的解向量. 证明：$\boldsymbol{\alpha}_2-\boldsymbol{\alpha}_1$，$\boldsymbol{\alpha}_3-\boldsymbol{\alpha}_1$ 是 3 元齐次线性方程组 $\boldsymbol{Ax}=\boldsymbol{0}$ 的基础解系.

练习 4.2.29　已知 $\boldsymbol{\eta}_1$，$\boldsymbol{\eta}_2$ 是非齐次线性方程组 $\boldsymbol{Ax}=\boldsymbol{b}$ 的两个不同的解，$\boldsymbol{\xi}_1$，$\boldsymbol{\xi}_2$ 是对应齐次线性方程组 $\boldsymbol{Ax}=\boldsymbol{0}$ 的基础解系，k_1，$k_2\in\mathbb{R}$，则 $\boldsymbol{Ax}=\boldsymbol{b}$ 的通解是（　　）.

（A）$\boldsymbol{k}_1\boldsymbol{\xi}_1+\boldsymbol{k}_2(\boldsymbol{\xi}_1+\boldsymbol{\xi}_2)+\dfrac{\boldsymbol{\eta}_2-\boldsymbol{\eta}_1}{2}$

（B）$\boldsymbol{k}_1\boldsymbol{\xi}_1+\boldsymbol{k}_2(\boldsymbol{\xi}_2-\boldsymbol{\xi}_1)+\dfrac{\boldsymbol{\eta}_1+\boldsymbol{\eta}_2}{2}$

(C) $k_1\boldsymbol{\xi}_1+k_2(\boldsymbol{\eta}_1+\boldsymbol{\eta}_2)+\frac{\boldsymbol{\eta}_2-\boldsymbol{\eta}_1}{2}$

(D) $k_1\boldsymbol{\xi}_1+k_2(\boldsymbol{\eta}_2-\boldsymbol{\eta}_1)+\frac{\boldsymbol{\eta}_1+\boldsymbol{\eta}_2}{2}$

4.3 向量空间以及过渡矩阵①

这一节将把前面的齐次线性方程组的解集的一些性质以及极大线性无关组的一些性质抽象出来，介绍向量空间、向量空间的基的概念. 先看看抽象的向量空间的定义.

定义 4.3.1 对非空集合 V，存在元素 $\mathbf{0}\in V$，且 V 存在“加法运算”$(+)$ 以及“数乘运算”$(\cdot)$②，对任意的 $\boldsymbol{u}$，$\boldsymbol{v}$，$\boldsymbol{w}\in V$，k，$l\in\mathbb{R}$，若满足如下的规律.

(1) 结合律：$\boldsymbol{u}+(\boldsymbol{v}+\boldsymbol{w})=(\boldsymbol{u}+\boldsymbol{v})+\boldsymbol{w}$.

(2) 交换律：$\boldsymbol{u}+\boldsymbol{v}=\boldsymbol{v}+\boldsymbol{u}$.

(3) 零向量：$\boldsymbol{u}+\mathbf{0}=\boldsymbol{u}$.

(4) 负向量：$\forall\boldsymbol{u}\in V$，存在 $\boldsymbol{v}\in V$，使得 $\boldsymbol{u}+\boldsymbol{v}=\mathbf{0}$，此时称 $\boldsymbol{v}$ 是 $\boldsymbol{u}$ 的负向量，记作 $-\boldsymbol{u}$.

向量空间的概念

(5) $1\boldsymbol{u}=\boldsymbol{u}$.

(6) 结合律：$k(l\boldsymbol{u})=(kl)\boldsymbol{u}$.

(7) 分配律：$(k+l)\boldsymbol{u}=k\boldsymbol{u}+l\boldsymbol{u}$.

(8) 分配律：$k(\boldsymbol{u}+\boldsymbol{v})=k\boldsymbol{u}+k\boldsymbol{v}$.

则称 V 中的元素为向量，称 V 是向量空间③.

最常见的向量空间就是建立了坐标系的直线、平面和三维空间. 这些例子在中学已有接触，下面再介绍一下抽象的向量空间的一些性质，在理解这些性质的时候，务必回到我们熟悉的直线和平面来思考.

例 4.3.1 证明：若 V 是向量空间，则零向量一定唯一.

证明：设 $\mathbf{0}$，$\mathbf{0}'\in V$ 都是零向量，则 $\mathbf{0}=\mathbf{0}+\mathbf{0}'=\mathbf{0}'$，因此零向量一定唯一. □

例 4.3.2 证明：$\forall\boldsymbol{v}\in V$，$0\boldsymbol{v}=\mathbf{0}$.

证明：因 $2(0\boldsymbol{v})=0\boldsymbol{v}$，两边同时加上 $-0\boldsymbol{v}$，则有 $0\boldsymbol{v}=\mathbf{0}$. □

---

① 本节内容数三（经管类）的同学不要求.

② 这个 · 常常被省略.

③ 目前流行的教材上一般称为线性空间，但为了统一性，本书都称为向量空间.

例 4.3.3　证明：$\forall \boldsymbol{v}\in V$，$\boldsymbol{v}$ 的负向量恰好为 $(-1)\boldsymbol{v}$.

※请读者自行验证.

证明：因 $\boldsymbol{v}+(-1)\boldsymbol{v}=(1+(-1))\boldsymbol{v}=0\boldsymbol{v}=\boldsymbol{0}$，故 $\boldsymbol{v}$ 的负向量为 $(-1)\boldsymbol{v}$. 因此 $-\boldsymbol{v}=(-1)\boldsymbol{v}$. □

注：一些简单的向量空间如下.

(1) 设 $\mathbb{R}^n=n\times 1$ 矩阵的全体，$\mathbb{R}^n$ 上的加法就是矩阵的加法，$\mathbb{R}^n$ 上的数乘就是矩阵的数乘，则 $\mathbb{R}^n$ 构成一个向量空间.

(2) 将 $\mathbb{R}^n$ 中的零向量记为 $\boldsymbol{0}$，则在 $\mathbb{R}^n$ 的加法与数乘下，$\{\boldsymbol{0}\}$ 是一个向量空间. □

注：向量空间不仅仅是上面的例子，还有很抽象的，比如 V 是 $[0,1]$ 上的连续函数的全体. 定义两个函数 f，$g\in V$ 的加法如下：

$$\forall x\in[0,1],\quad (f+g)(x)=f(x)+g(x).$$

定义函数 $f\in V$ 的数乘如下：

$$\forall x\in[0,1],\quad (k\cdot f)(x)=kf(x),$$

其中 $k\in\mathbb{R}$. 请读者自己验证，在上述定义的加法和数乘下，V 成为一个线性空间. □

定义 4.3.2　设 H 是向量空间 V① 的一个非空子集，且满足：

(1) $\boldsymbol{0}\in H$;

(2) $\forall \boldsymbol{u}$，$\boldsymbol{v}\in H$，$\boldsymbol{u}+\boldsymbol{v}\in H$;

(3) $\forall \boldsymbol{u}\in H$，$k\in\mathbb{R}$，$k\boldsymbol{u}\in H$，

将 V 中的加法与数乘限制到 H 上，则 H 成为一个向量空间②，进一步称 H 是 V 的子空间.

$\mathbb{R}^n$ 是最常见的向量空间③，为了内容的简洁，后面一直讨论 $\mathbb{R}^n$ 的子空间.

例 4.3.4　记 $H=\{(x_1,x_2,x_3)^{\mathrm{T}}\mid x_1+x_2+x_3=0\}$，证明 H 是 $\mathbb{R}^3$ 的子空间.

n 维向量空间的子空间

证明：显然零向量属于 H，设 $\boldsymbol{\alpha}=(a_1,a_2,a_3)^{\mathrm{T}}$，$\boldsymbol{\beta}=(b_1,b_2,b_3)^{\mathrm{T}}\in H$，即

① 如 $V=\mathbb{R}^n$.

② 请读者自行验证.

③ $\mathbb{R}$ 上的有限维空间都和某个 $\mathbb{R}^n$ 同构. 有兴趣的读者可以参考本书参考文献 [1] 中的第 4 章定理 8.

$a_1+a_2+a_3=0$，$b_1+b_2+b_3=0$，从而

$$(a_1+b_1)+(a_2+b_2)+(a_3+b_3)=0, ka_1+ka_2+ka_3=0,$$

因此 $\boldsymbol{\alpha}+\boldsymbol{\beta}\in H$，$k\boldsymbol{\alpha}\in H$，故 H 是$\mathbb{R}^3$ 的子空间. □

例 4.3.5 设 $\boldsymbol{A}$ 是 $m\times n$ 矩阵，记 $\mathrm{Nul}\,\boldsymbol{A}=\{\boldsymbol{x}\in\mathbb{R}^n \mid \boldsymbol{Ax}=\boldsymbol{0}\}$，证明 $\mathrm{Nul}\,\boldsymbol{A}$ 是$\mathbb{R}^n$ 的一个子空间.

证明：显然零向量属于 $\mathrm{Nul}\,\boldsymbol{A}$，设 $\boldsymbol{\alpha}$，$\boldsymbol{\beta}\in\mathrm{Nul}\,\boldsymbol{A}$，即 $\boldsymbol{A\alpha}=\boldsymbol{0}$，$\boldsymbol{A\beta}=\boldsymbol{0}$，从而

$$\boldsymbol{A}(\boldsymbol{\alpha}+\boldsymbol{\beta})=\boldsymbol{A\alpha}+\boldsymbol{A\beta}=\boldsymbol{0},\ \boldsymbol{A}(k\boldsymbol{\alpha})=k\boldsymbol{A\alpha}=\boldsymbol{0},$$

因此 $\boldsymbol{\alpha}+\boldsymbol{\beta}\in\mathrm{Nul}\,\boldsymbol{A}$，$k\boldsymbol{\alpha}\in\mathrm{Nul}\,\boldsymbol{A}$，故 $\mathrm{Nul}\,\boldsymbol{A}$ 是$\mathbb{R}^n$ 的子空间. □

称 $\mathrm{Nul}\,\boldsymbol{A}$ 是矩阵 $\boldsymbol{A}$ 的零化空间，也就是说，$\mathrm{Nul}\,\boldsymbol{A}$ 是齐次线性方程组 $\boldsymbol{Ax}=\boldsymbol{0}$ 的解集.

例 4.3.6 设 $\boldsymbol{\alpha}=(1,2,1)^{\mathrm{T}}$，$\boldsymbol{\beta}=(0,1,0)^{\mathrm{T}}$，记 $H=\{x_1\boldsymbol{\alpha}+x_2\boldsymbol{\beta} \mid x_1,x_2\in\mathbb{R}\}$，验证 H 是$\mathbb{R}^3$ 的子空间.

证明：显然零向量属于 H，设 $\boldsymbol{u}=x_1\boldsymbol{\alpha}+x_2\boldsymbol{\beta}$，$\boldsymbol{v}=y_1\boldsymbol{\alpha}+y_2\boldsymbol{\beta}\in H$，$k\in\mathbb{R}$，则 $\boldsymbol{u}+\boldsymbol{v}=(x_1+y_1)\boldsymbol{\alpha}+(x_2+y_2)\boldsymbol{\beta}\in H$，$k\boldsymbol{u}=kx_1\boldsymbol{\alpha}+kx_2\boldsymbol{\beta}\in H$，故 H 是$\mathbb{R}^3$ 的子空间. □

例 4.3.7 设 $\boldsymbol{A}=(\boldsymbol{\alpha}_1,\boldsymbol{\alpha}_2,\cdots,\boldsymbol{\alpha}_n)$是 $m\times n$ 矩阵，记

$$\mathrm{Col}\,\boldsymbol{A}=\{x_1\boldsymbol{\alpha}_1+\cdots+x_n\boldsymbol{\alpha}_n \mid x_1,\cdots,x_n\in\mathbb{R}\},$$

证明 $\mathrm{Col}\,\boldsymbol{A}$ 是$\mathbb{R}^m$ 的子空间.

证明：显然零向量属于 $\mathrm{Col}\,\boldsymbol{A}$，设 $\boldsymbol{u}=x_1\boldsymbol{\alpha}_1+\cdots+x_n\boldsymbol{\alpha}_n$，$\boldsymbol{v}=y_1\boldsymbol{\alpha}_1+\cdots+y_n\boldsymbol{\alpha}_n\in\mathrm{Col}\,\boldsymbol{A}$，$k\in\mathbb{R}$，则 $\boldsymbol{u}+\boldsymbol{v}=(x_1+y_1)\boldsymbol{\alpha}_1+\cdots+(x_n+y_n)\boldsymbol{\alpha}_n\in\mathrm{Col}\,\boldsymbol{A}$，$k\boldsymbol{u}=(kx_1)\boldsymbol{\alpha}_1+\cdots+(kx_n)\boldsymbol{\alpha}_n\in\mathrm{Col}\,\boldsymbol{A}$，故 $\mathrm{Col}\,\boldsymbol{A}$ 是$\mathbb{R}^m$ 的子空间. □

称 $\mathrm{Col}\,\boldsymbol{A}$ 是矩阵 $\boldsymbol{A}$ 的列空间. 一般地，记

$$\mathrm{Span}\{\boldsymbol{\alpha}_1,\cdots,\boldsymbol{\alpha}_n\}=\{x_1\boldsymbol{\alpha}_1+\cdots+x_n\boldsymbol{\alpha}_n \mid x_1,\cdots,x_n\in\mathbb{R}\},$$

称 $\mathrm{Span}\{\boldsymbol{\alpha}_1,\cdots,\boldsymbol{\alpha}_n\}$是由 $\boldsymbol{\alpha}_1$，…，$\boldsymbol{\alpha}_n$ 生成的子空间.

这里只考虑了$\mathbb{R}^n$ 及其子空间，因此前面关于线性相关、线性无关、极大线性无关组、向量组的秩等一系列结论都是成立的. 事实上，在一般的向量空间中，这些结论也成立.

※为什么在一般的向量空间中也成立?

定义 4.3.3 设 V 是向量空间，若存在线性无关的向量组 $\boldsymbol{\alpha}_1$，…，$\boldsymbol{\alpha}_s\in V$ 且 $V=\mathrm{Span}\{\boldsymbol{\alpha}_1,\cdots,\boldsymbol{\alpha}_s\}$，则称 $\boldsymbol{\alpha}_1$，…，$\boldsymbol{\alpha}_s$ 是 V 的一组基.

※向量空间V的一组基实际上就是V的一个极大线性无关组.

线性空间的基与维数

例 4.3.8　设 $\boldsymbol{\alpha}_1=(2,4,2)$，$\boldsymbol{\alpha}_2=(1,1,0)$，$\boldsymbol{\alpha}_3=(2,3,1)$，$\boldsymbol{\alpha}_4=(3,5,2)$，记 $H=\mathrm{Span}\{\boldsymbol{\alpha}_1,\boldsymbol{\alpha}_2,\boldsymbol{\alpha}_3,\boldsymbol{\alpha}_4\}$，求 H 的一组基.

求向量空间的基的例子

解：记 $\boldsymbol{A}=(\boldsymbol{\alpha}_1^{\mathrm{T}},\boldsymbol{\alpha}_2^{\mathrm{T}},\boldsymbol{\alpha}_3^{\mathrm{T}},\boldsymbol{\alpha}_4^{\mathrm{T}})$，则

$$\boldsymbol{A}=\begin{pmatrix}2&1&2&3\\4&1&3&5\\2&0&1&2\end{pmatrix}\to\begin{pmatrix}2&1&2&3\\0&-1&-1&-1\\0&0&0&0\end{pmatrix}.$$

易得向量组 $\boldsymbol{\alpha}_1$，$\boldsymbol{\alpha}_2$ 是 $\boldsymbol{\alpha}_1$，$\boldsymbol{\alpha}_2$，$\boldsymbol{\alpha}_3$，$\boldsymbol{\alpha}_4$ 的一个极大线性无关组，且 $H=\mathrm{Span}\{\boldsymbol{\alpha}_1,\boldsymbol{\alpha}_2\}$，故 $\boldsymbol{\alpha}_1$，$\boldsymbol{\alpha}_2$ 是 H 的一组基①. □

※再次强调，凡是遇到行向量，请转置为列向量处理.

注：从这个例子可以看出，求 $\mathrm{Span}\{\boldsymbol{\alpha}_1,\cdots,\boldsymbol{\alpha}_s\}$ 的一组基，只需将矩阵

$$\boldsymbol{A}=(\boldsymbol{\alpha}_1,\cdots,\boldsymbol{\alpha}_s)$$

用初等行变换化为（行）阶梯形矩阵，则主元对应的 $\boldsymbol{A}$ 中的列向量放在一起就构成了 $\mathrm{Span}\{\boldsymbol{\alpha}_1,\cdots,\boldsymbol{\alpha}_s\}$ 的一组基. □

※这和求极大线性无关组是否类似？

定理 4.3.1　设 $\boldsymbol{\alpha}_1$，…，$\boldsymbol{\alpha}_s$ 和 $\boldsymbol{\beta}_1$，…，$\boldsymbol{\beta}_t$ 是向量空间 V 的两组基，则必有 $s=t$.

证明：因 $\boldsymbol{\alpha}_1$，…，$\boldsymbol{\alpha}_s$ 和 $\boldsymbol{\beta}_1$，…，$\boldsymbol{\beta}_t$ 都是 V 的基，故

$$V=\mathrm{Span}\{\boldsymbol{\alpha}_1,\cdots,\boldsymbol{\alpha}_s\}=\mathrm{Span}\{\boldsymbol{\beta}_1,\cdots,\boldsymbol{\beta}_t\},$$

因此 $\boldsymbol{\alpha}_1$，…，$\boldsymbol{\alpha}_s$ 与 $\boldsymbol{\beta}_1$，…，$\boldsymbol{\beta}_t$ 等价，从而（见定理 4.2.2）

$$r(\boldsymbol{\alpha}_1,\cdots,\boldsymbol{\alpha}_s)=r(\boldsymbol{\alpha}_1,\cdots,\boldsymbol{\alpha}_s,\boldsymbol{\beta}_1,\cdots,\boldsymbol{\beta}_t)=r(\boldsymbol{\beta}_1,\cdots,\boldsymbol{\beta}_t),$$

即 $s=t$. □

由此可见，向量空间的基虽然不唯一，但是不同的基中向量的个数相等，因此有下面的定义.

定义 4.3.4　向量空间 V 的一组基中所含向量个数称为向量空间的维数，记作 $\dim V$. 定义 $\{\boldsymbol{0}\}$ 的维数为 0.

显然，初始单位向量组 $\boldsymbol{\varepsilon}_1$，$\boldsymbol{\varepsilon}_2$，…，$\boldsymbol{\varepsilon}_n$ 是 $\mathbb{R}^n$ 的一组基，从而 $\mathbb{R}^n$ 的维数为 n.

例 4.3.9　设 $\boldsymbol{A}=\begin{pmatrix}1&-1&5&-1\\1&1&-2&3\\3&-1&8&1\\1&3&-9&7\end{pmatrix}$，求 $\dim \mathrm{Nul}\,\boldsymbol{A}$.

① 类似可得向量组 $\boldsymbol{\alpha}_1$，$\boldsymbol{\alpha}_3$ 是 $\boldsymbol{\alpha}_1$，$\boldsymbol{\alpha}_2$，$\boldsymbol{\alpha}_3$，$\boldsymbol{\alpha}_4$ 的一个极大线性无关组，且 $H=\mathrm{Span}\{\boldsymbol{\alpha}_1,\boldsymbol{\alpha}_3\}$，故 $\boldsymbol{\alpha}_1$，$\boldsymbol{\alpha}_3$ 是 H 的一组基，从而可知向量空间的基不唯一.

※实际上把系数矩阵的秩求出来之后，就可以得到 dim Nul A=自由变量的个数.

解：首先求 Nul $\boldsymbol{A}$ 的一组基（$\boldsymbol{Ax}=\boldsymbol{0}$ 的一个基础解系），用高斯消元法把 $\boldsymbol{A}$ 化为（行）最简阶梯形矩阵得

$$\boldsymbol{A}\to\begin{pmatrix}1 & 0 & \frac{3}{2} & 1\\ 0 & 1 & -\frac{7}{2} & 2\\ 0 & 0 & 0 & 0\\ 0 & 0 & 0 & 0\end{pmatrix},$$

从而 $\boldsymbol{Ax}=\boldsymbol{0}$ 与线性方程组 $\begin{cases}x_1=-\frac{3}{2}x_3-x_4\\ x_2=\frac{7}{2}x_3-2x_4\end{cases}$ 的解相同，记

$$\boldsymbol{\xi}_1=\left(-\frac{3}{2},\frac{7}{2},1,0\right)^{\mathrm{T}},\ \boldsymbol{\xi}_2=(-1,-2,0,1)^{\mathrm{T}},$$

则 $\boldsymbol{\xi}_1$，$\boldsymbol{\xi}_2$ 是 Nul $\boldsymbol{A}$ 的一组基，因此 dim Nul $\boldsymbol{A}=2$. □

由例 4.3.8 和例 4.3.9 可以得出下面结论.

定理 4.3.2 设 $\boldsymbol{A}=(\boldsymbol{\alpha}_1,\boldsymbol{\alpha}_2,\cdots,\boldsymbol{\alpha}_n)$，则 $\boldsymbol{A}$ 的列空间维数为 $\dim \mathrm{Col}\,\boldsymbol{A}=r(\boldsymbol{A})$，$\boldsymbol{A}$ 的零化空间维数为 $\dim\mathrm{Nul}\,\boldsymbol{A}=n-r(\boldsymbol{A})$，且

$$\dim\mathrm{Col}\,\boldsymbol{A}+\dim\mathrm{Nul}\,\boldsymbol{A}=n.$$

在已知向量空间的维数的情况下，下面的定理可以用来判断某组向量是否是一组基.

定理 4.3.3 已知子空间 H 的维数为 n：

（1）若 $\boldsymbol{v}_1$，$\boldsymbol{v}_2$，…，$\boldsymbol{v}_n\in H$ 是一组线性无关的向量，则该向量组构成了 H 的一组基；

（2）若 $\boldsymbol{v}_1$，$\boldsymbol{v}_2$，…，$\boldsymbol{v}_n$ 生成 H，即 $H=\mathrm{Span}\{\boldsymbol{v}_1,\boldsymbol{v}_2,\cdots,\boldsymbol{v}_n\}$，则 $\boldsymbol{v}_1$，$\boldsymbol{v}_2$，…，$\boldsymbol{v}_n$ 一定是 H 的一组基.

接下来将用线性表出的观点重新看待坐标，并将坐标这一概念引入一般的向量空间中. 由命题 4.1.2 可得如下定义.

定义 4.3.5 设 $\mathscr{A}=\{\boldsymbol{\alpha}_1,\boldsymbol{\alpha}_2,\cdots,\boldsymbol{\alpha}_s\}$ 是向量空间 V 的一组基，则 $\forall\boldsymbol{v}\in V$，存在唯一的一组数 k_1，k_2，…，k_s，使得

$$\boldsymbol{v}=k_1\boldsymbol{\alpha}_1+k_2\boldsymbol{\alpha}_2+\cdots+k_s\boldsymbol{\alpha}_s,$$

称 $[\boldsymbol{v}]_{\mathscr{A}}=(k_1,k_2,\cdots,k_s)^{\mathrm{T}}$ 是 $\boldsymbol{v}$ 在基 $\mathscr{A}$ 下的坐标.

向量的坐标

例 4.3.10　设 $\boldsymbol{\alpha}_1=\left(\frac{1}{\sqrt{2}},\frac{1}{\sqrt{2}}\right)^{\mathrm{T}}$，$\boldsymbol{\alpha}_2=\left(-\frac{1}{\sqrt{2}},\frac{1}{\sqrt{2}}\right)^{\mathrm{T}}$，显然 $\boldsymbol{\alpha}_1$，$\boldsymbol{\alpha}_2$ 是$\mathbb{R}^2$ 的一组基，求 $\boldsymbol{\beta}=(b_1,b_2)^{\mathrm{T}}$ 在 $\boldsymbol{\alpha}_1$，$\boldsymbol{\alpha}_2$ 下的坐标.

解：求 $\boldsymbol{\beta}$ 在 $\boldsymbol{\alpha}_1$，$\boldsymbol{\alpha}_2$ 下的坐标，也就是解向量方程 $x_1\boldsymbol{\alpha}_1+x_2\boldsymbol{\alpha}_2=\boldsymbol{\beta}$. 记 $\boldsymbol{A}=\begin{pmatrix}\frac{1}{\sqrt{2}} & -\frac{1}{\sqrt{2}}\\ \frac{1}{\sqrt{2}} & \frac{1}{\sqrt{2}}\end{pmatrix}$，$\boldsymbol{x}=(x_1,x_2)^{\mathrm{T}}$，或者解矩阵方程 $\boldsymbol{Ax}=\boldsymbol{\beta}$，得

$$\boldsymbol{x}=\boldsymbol{A}^{-1}\boldsymbol{\beta}=\begin{pmatrix}\frac{1}{\sqrt{2}} & \frac{1}{\sqrt{2}}\\ -\frac{1}{\sqrt{2}} & \frac{1}{\sqrt{2}}\end{pmatrix}\begin{pmatrix}b_1\\ b_2\end{pmatrix}=\begin{pmatrix}\frac{1}{\sqrt{2}}b_1+\frac{1}{\sqrt{2}}b_2\\ -\frac{1}{\sqrt{2}}b_1+\frac{1}{\sqrt{2}}b_2\end{pmatrix},$$

故 $\boldsymbol{\beta}$ 在 $\boldsymbol{\alpha}_1$，$\boldsymbol{\alpha}_2$ 下的坐标为$\left(\frac{1}{\sqrt{2}}b_1+\frac{1}{\sqrt{2}}b_2,\ -\frac{1}{\sqrt{2}}b_1+\frac{1}{\sqrt{2}}b_2\right)^{\mathrm{T}}$. □

定义 4.3.6　设 $\mathscr{A}=\{\boldsymbol{\alpha}_1,\cdots,\boldsymbol{\alpha}_n\}$，$\mathscr{B}=\{\boldsymbol{\beta}_1,\cdots,\boldsymbol{\beta}_n\}$ 是向量空间 $V\subset\mathbb{R}^m$ 的两组基，且

$$(\boldsymbol{\beta}_1,\cdots,\boldsymbol{\beta}_n)=(\boldsymbol{\alpha}_1,\cdots,\boldsymbol{\alpha}_n)\boldsymbol{P},$$

则称 $\boldsymbol{P}$ 是基 $\mathscr{A}$ 到 $\mathscr{B}$ 的过渡矩阵.

基变换与过渡矩阵

例 4.3.11　设 $\mathscr{A}=\{\boldsymbol{\alpha}_1,\cdots,\boldsymbol{\alpha}_n\}$，$\mathscr{B}=\{\boldsymbol{\beta}_1,\cdots,\boldsymbol{\beta}_n\}$ 是向量空间 $V\subset\mathbb{R}^m$ 的两组基，$\boldsymbol{P}$ 是基 $\boldsymbol{\alpha}_1$，…，$\boldsymbol{\alpha}_n$ 到基 $\boldsymbol{\beta}_1$，…，$\boldsymbol{\beta}_n$ 的过渡矩阵，证明 $\boldsymbol{P}$ 可逆.

※请读者思考还有没有其他方法可以证明过渡矩阵可逆?

证明：显然 $\boldsymbol{P}$ 是 n 阶方阵. $\forall\boldsymbol{b}=(b_1,b_2,\cdots,b_n)^{\mathrm{T}}\in\mathbb{R}^n$，则

$$\boldsymbol{v}=b_1\boldsymbol{\alpha}_1+\cdots+b_n\boldsymbol{\alpha}_n$$

在基 $\mathscr{A}$ 下的坐标为 $[\boldsymbol{v}]_{\mathscr{A}}=\boldsymbol{b}$. 记 $\boldsymbol{v}$ 在基 $\mathscr{B}$ 下的坐标为 $[\boldsymbol{v}]_{\mathscr{B}}$，由过渡矩阵的定义可知 $\boldsymbol{Ab}=\boldsymbol{B}[\boldsymbol{v}]_{\mathscr{B}}=\boldsymbol{AP}[\boldsymbol{v}]_{\mathscr{B}}$，因此向量 $\boldsymbol{v}$ 在基 $\mathscr{A}$ 下的坐标也等于 $\boldsymbol{P}[v]_{\mathscr{B}}$，由坐标的唯一性可知 $\boldsymbol{b}=\boldsymbol{P}[\boldsymbol{v}]_{\mathscr{B}}$. 由此可知，$\forall\boldsymbol{b}\in\mathbb{R}^n$，$\boldsymbol{b}=\boldsymbol{Px}$ 存在唯一的解 $[\boldsymbol{v}]_{\mathscr{B}}$，因此 $\boldsymbol{P}$ 可逆且 $[\boldsymbol{v}]_{\mathscr{B}}=\boldsymbol{P}^{-1}[\boldsymbol{v}]_{\mathscr{A}}$. □

注：由此可见，过渡矩阵不仅起到“基的转化”的作用，还起到“坐标转化”的作用. □

习题 4.3

习题 4.3 解答

练习 4.3.1　设 $\boldsymbol{\alpha}_1$，$\boldsymbol{\alpha}_2$，$\boldsymbol{\alpha}_3$ 和 $\boldsymbol{\beta}_1$，$\boldsymbol{\beta}_2$，$\boldsymbol{\beta}_3$ 是$\mathbb{R}^3$ 的两组基，其中

$$\boldsymbol{\alpha}_1=\begin{pmatrix}1\\1\\0\end{pmatrix},\ \boldsymbol{\alpha}_2=\begin{pmatrix}0\\1\\1\end{pmatrix},\ \boldsymbol{\alpha}_3=\begin{pmatrix}0\\0\\1\end{pmatrix},$$

$$\boldsymbol{\beta}_1=\begin{pmatrix}1\\-1\\2\end{pmatrix},\ \boldsymbol{\beta}_2=\begin{pmatrix}1\\1\\-1\end{pmatrix},\ \boldsymbol{\beta}_3=\begin{pmatrix}-2\\1\\3\end{pmatrix},$$

求基 $\boldsymbol{\alpha}_1$，$\boldsymbol{\alpha}_2$，$\boldsymbol{\alpha}_3$ 到基 $\boldsymbol{\beta}_1$，$\boldsymbol{\beta}_2$，$\boldsymbol{\beta}_3$ 的过渡矩阵.

练习 4.3.2 已知向量组 $\boldsymbol{\alpha}_1=\begin{pmatrix}1\\-1\\1\end{pmatrix}$，$\boldsymbol{\alpha}_2=\begin{pmatrix}1\\-2\\2\end{pmatrix}$，$\boldsymbol{\alpha}_3=\begin{pmatrix}1\\a\\5\end{pmatrix}$为$\mathbb{R}^3$ 的一组基，求 a.

练习 4.3.3 已知$\mathbb{R}^3$ 的一组基为 $\boldsymbol{\alpha}_1=\begin{pmatrix}1\\1\\0\end{pmatrix}$，$\boldsymbol{\alpha}_2=\begin{pmatrix}1\\0\\1\end{pmatrix}$，$\boldsymbol{\alpha}_3=\begin{pmatrix}0\\1\\1\end{pmatrix}$，求向量 $\boldsymbol{\beta}=\begin{pmatrix}2\\0\\0\end{pmatrix}$在上述基下的坐标.

练习 4.3.4 设向量组 $\boldsymbol{\alpha}_1=\begin{pmatrix}1\\2\\1\end{pmatrix}$，$\boldsymbol{\alpha}_2=\begin{pmatrix}1\\3\\2\end{pmatrix}$，$\boldsymbol{\alpha}_3=\begin{pmatrix}1\\3\\3\end{pmatrix}$为$\mathbb{R}^3$ 的一组基，$\boldsymbol{\beta}$ 在这组基下的坐标为（2，−2，1）^{T}，证明：$\boldsymbol{\alpha}_2$，$\boldsymbol{\alpha}_3$，$\boldsymbol{\beta}$ 也是$\mathbb{R}^3$ 的一组基.

练习 4.3.5 设 $\boldsymbol{\alpha}_1=(1,2,-1,0)^{\mathrm{T}}$，$\boldsymbol{\alpha}_2=(1,1,0,2)^{\mathrm{T}}$，$\boldsymbol{\alpha}_3=(2,1,1,a)^{\mathrm{T}}$，若向量空间 $\mathrm{Span}\{\boldsymbol{\alpha}_1,\boldsymbol{\alpha}_2,\boldsymbol{\alpha}_3\}$ 的维数为 2，求 a.

练习 4.3.6 设 $\boldsymbol{A}=\begin{pmatrix}1&2&3\\2&t&1\\-1&3&2\\-2&1&-1\end{pmatrix}$，讨论 $\dim\mathrm{Nul}\,\boldsymbol{A}$.

练习 4.3.7 设 $\boldsymbol{\alpha}_1=(1,-1,2,4)$，$\boldsymbol{\alpha}_2=(0,3,1,2)$，$\boldsymbol{\alpha}_3=(3,0,7,14)$，$\boldsymbol{\alpha}_4=(1,-1,2,0)$，$\boldsymbol{\alpha}_5=(2,1,5,6)$，记 $H=\mathrm{Span}\{\boldsymbol{\alpha}_1,\boldsymbol{\alpha}_2,\boldsymbol{\alpha}_3,\boldsymbol{\alpha}_4,\boldsymbol{\alpha}_5\}$，求 H 的一组基.

练习 4.3.8 记 $\boldsymbol{A}=\begin{pmatrix}4&4&3&0\\4&4&2&4\\3&3&2&1\end{pmatrix}$，求 $\mathrm{Nul}\,\boldsymbol{A}$ 的一组基.

练习 4.3.9 设向量组 $\boldsymbol{\alpha}_1$，$\boldsymbol{\alpha}_2$，$\boldsymbol{\alpha}_3$ 是$\mathbb{R}^3$ 的一组基，$\boldsymbol{\beta}_1=\boldsymbol{\alpha}_1+t\boldsymbol{\alpha}_2$，$\boldsymbol{\beta}_2=\boldsymbol{\alpha}_2+\boldsymbol{\alpha}_3$，$\boldsymbol{\beta}_3=\boldsymbol{\alpha}_1+s\boldsymbol{\alpha}_3$，其中 t，s 为参数，证明：当 $t+s\neq 0$ 时，$\boldsymbol{\beta}_1$，$\boldsymbol{\beta}_2$，$\boldsymbol{\beta}_3$ 也是$\mathbb{R}^3$ 的一组基.

练习 4.3.10 记 $H=\{(x_1,x_2,x_3)^{\mathrm{T}}\mid x_1-x_2+5x_3=1\}$，判断 H 是否为$\mathbb{R}^3$ 的子空间，说明理由.

练习 4.3.11　设 V 是由 $\boldsymbol{\alpha}_1=(2,3,1,1)^{\mathrm{T}}$，$\boldsymbol{\alpha}_2=(1,2,-1,1)^{\mathrm{T}}$ 所生成的子空间. $\boldsymbol{\beta}_1=(4,7,-1,3)^{\mathrm{T}}$，$\boldsymbol{\beta}_2=(3,4,3,1)^{\mathrm{T}}$. (1) 求子空间 V 的维数 $\dim V$；(2) 判断是否有 $\boldsymbol{\beta}_1\in V$，$\boldsymbol{\beta}_2\in V$；(3) $\boldsymbol{\beta}_1$，$\boldsymbol{\beta}_2$ 是否是子空间 V 的一组基？请说明理由. 如果是，求基 $\boldsymbol{\beta}_1$，$\boldsymbol{\beta}_2$ 到基 $\boldsymbol{\alpha}_1$，$\boldsymbol{\alpha}_2$ 的过渡矩阵.

4.4　本章小结

1. 向量：只有一行或一列的矩阵，一般用 $\boldsymbol{\alpha}$，$\boldsymbol{\beta}$，$\boldsymbol{\gamma}$ 表示.

2. 向量空间 $\mathbb{R}^n$：由所有的 n 维行（列）向量组成的集合称为 n 维向量空间.

3. 两个 n 维向量相等当且仅当对应分量相等.

4. 零向量：每个分量都为 0.

5. 向量的运算（和矩阵运算类似）.

6. 线性组合.

7. $\boldsymbol{\beta}$ 可以由 $\boldsymbol{\alpha}_1$，$\boldsymbol{\alpha}_2$，…，$\boldsymbol{\alpha}_n$ 线性表出当且仅当

$$x_1\boldsymbol{\alpha}_1+x_2\boldsymbol{\alpha}_2+\cdots x_n\boldsymbol{\alpha}_n=\boldsymbol{\beta}$$

有解，也就是

$$r(\boldsymbol{\alpha}_1,\boldsymbol{\alpha}_2,\cdots,\boldsymbol{\alpha}_n)=r(\boldsymbol{\alpha}_1,\boldsymbol{\alpha}_2,\cdots,\boldsymbol{\alpha}_n,\boldsymbol{\beta}).$$

$\boldsymbol{\alpha}_1$，$\boldsymbol{\alpha}_2$，…，$\boldsymbol{\alpha}_s$ 可由 $\boldsymbol{\beta}_1$，$\boldsymbol{\beta}_2$，…，$\boldsymbol{\beta}_t$ 线性表出当且仅当

$$(\boldsymbol{\beta}_1,\boldsymbol{\beta}_2,\cdots,\boldsymbol{\beta}_t)\boldsymbol{X}=(\boldsymbol{\alpha}_1,\boldsymbol{\alpha}_2,\cdots,\boldsymbol{\alpha}_s)$$

有解，也就是

$$r(\boldsymbol{\beta}_1,\boldsymbol{\beta}_2,\cdots,\boldsymbol{\beta}_t)=r(\boldsymbol{\beta}_1,\boldsymbol{\beta}_2,\cdots,\boldsymbol{\beta}_t,\boldsymbol{\alpha}_1,\boldsymbol{\alpha}_2,\cdots,\boldsymbol{\alpha}_s).$$

8. 向量组的等价：$\boldsymbol{\alpha}_1$，$\boldsymbol{\alpha}_2$，…，$\boldsymbol{\alpha}_s$ 和 $\boldsymbol{\beta}_1$，$\boldsymbol{\beta}_2$，…，$\boldsymbol{\beta}_t$ 可以相互线性表出，则称 $\boldsymbol{\alpha}_1$，$\boldsymbol{\alpha}_2$，…，$\boldsymbol{\alpha}_s$ 和 $\boldsymbol{\beta}_1$，$\boldsymbol{\beta}_2$，…，$\boldsymbol{\beta}_t$ 等价. 判断两向量组等价的方法为

$$r(\boldsymbol{\alpha}_1,\boldsymbol{\alpha}_2,\cdots,\boldsymbol{\alpha}_s)=r(\boldsymbol{\alpha}_1,\boldsymbol{\alpha}_2,\cdots,\boldsymbol{\alpha}_s,\boldsymbol{\beta}_1,\boldsymbol{\beta}_2,\cdots,\boldsymbol{\beta}_t)=r(\boldsymbol{\beta}_1,\boldsymbol{\beta}_2,\cdots,\boldsymbol{\beta}_t).$$

向量组等价的性质：自反性、对称性、传递性.

9. 线性相关：对于向量组 $\boldsymbol{\alpha}_1$，$\boldsymbol{\alpha}_2$，…，$\boldsymbol{\alpha}_n$，若

$$x_1\boldsymbol{\alpha}_1+x_2\boldsymbol{\alpha}_2+\cdots+x_n\boldsymbol{\alpha}_n=\mathbf{0}$$

有不全为零的解，则称向量组 $\boldsymbol{\alpha}_1$，$\boldsymbol{\alpha}_2$，…，$\boldsymbol{\alpha}_n$ 线性相关[$r(\boldsymbol{A})<n$]，否则称 $\boldsymbol{\alpha}_1$，$\boldsymbol{\alpha}_2$，…，$\boldsymbol{\alpha}_n$ 线性无关[$r(\boldsymbol{A})=n$].

(1) n 个 n 维列向量构成的向量组线性无关当且仅当 $|\boldsymbol{A}|\neq 0$.

(2) m 个 $n(m>n)$ 维列向量一定线性相关.

(3) 两个向量线性相关当且仅当两个向量成比例.

10. 极大线性无关组：在不全为零的向量组 $\boldsymbol{\alpha}_1$，$\boldsymbol{\alpha}_2$，…，$\boldsymbol{\alpha}_s$ 中取出一组线性无关的向量 $\boldsymbol{\alpha}_{i_1}$，$\boldsymbol{\alpha}_{i_2}$，…，$\boldsymbol{\alpha}_{i_k}$，若任意添加 $\boldsymbol{\beta}\in\{\boldsymbol{\alpha}_1,\boldsymbol{\alpha}_2,\cdots,\boldsymbol{\alpha}_s\}$ 得到的向量组 $\boldsymbol{\alpha}_{i_1}$，$\boldsymbol{\alpha}_{i_2}$，…，$\boldsymbol{\alpha}_{i_k}$，$\boldsymbol{\beta}$ 线性相关，则称 $\boldsymbol{\alpha}_{i_1}$，$\boldsymbol{\alpha}_{i_2}$，…，$\boldsymbol{\alpha}_{i_k}$ 是 $\boldsymbol{\alpha}_1$，$\boldsymbol{\alpha}_2$，…，$\boldsymbol{\alpha}_s$ 的一个极大线性无关组. 向量组 $\boldsymbol{\alpha}_1$，$\boldsymbol{\alpha}_2$，…，$\boldsymbol{\alpha}_s$ 的极大线性无关组所含的

向量的个数称为向量组的秩.

11. 部分组 $\boldsymbol{\alpha}_{i_1}$，$\boldsymbol{\alpha}_{i_2}$，…，$\boldsymbol{\alpha}_{i_k}$是 $\boldsymbol{\alpha}_1$，$\boldsymbol{\alpha}_2$，…，$\boldsymbol{\alpha}_s$ 的一个极大线性无关组的充分必要条件是

$$k = r(\boldsymbol{\alpha}_{i_1},\boldsymbol{\alpha}_{i_2},\cdots,\boldsymbol{\alpha}_{i_k}) = r(\boldsymbol{\alpha}_1,\boldsymbol{\alpha}_2,\cdots,\boldsymbol{\alpha}_s).$$

将 $\boldsymbol{\alpha}_1$，$\boldsymbol{\alpha}_2$，…，$\boldsymbol{\alpha}_s$ 化为（行）阶梯形矩阵后，将不全为零的行的首个非零元对应的向量放在一起得到的就是极大线性无关组.

12. 向量组 $\boldsymbol{\alpha}_1$，$\boldsymbol{\alpha}_2$，…，$\boldsymbol{\alpha}_s$ 中一部分向量（部分向量组）线性相关，则整个向量组线性相关.

推论：部分相关则整体相关，反之不成立；整体无关则部分无关，反之不成立.

13. 向量组的秩：向量组 $\boldsymbol{\alpha}_1$，$\boldsymbol{\alpha}_2$，…，$\boldsymbol{\alpha}_s$ 的极大线性无关组所含向量的个数称为向量组的秩，记为 $r(\boldsymbol{\alpha}_1,\boldsymbol{\alpha}_2,\cdots,\boldsymbol{\alpha}_s)$.

14. $r(\boldsymbol{A}) = \boldsymbol{A}$ 的列秩 $= r(\boldsymbol{A}^{\mathrm{T}}) = \boldsymbol{A}^{\mathrm{T}}$ 的列秩 $= \boldsymbol{A}$ 的行秩.

向量组 $\boldsymbol{\alpha}_1$，$\boldsymbol{\alpha}_2$，…，$\boldsymbol{\alpha}_s(s>2)$线性相关当且仅当其中至少有一个向量是其余 $s-1$ 个向量的线性组合.

15. 如何求 $\boldsymbol{Ax}=\boldsymbol{0}$ 的通解？

（1）将（$\boldsymbol{A}$，$\boldsymbol{0}$）化为（行）最简阶梯形矩阵.

（2）找出自由变量，假设自由变量是 x_{r+1}，x_{r+2}，…，x_n.

（3）写出基础解系（基础解系是解的极大线性无关组）$\boldsymbol{\xi}_i$：取 $x_{r+i}=1$，其余自由变量取 0 得到的解. 则通解为

$$c_1\boldsymbol{\xi}_1 + c_2\boldsymbol{\xi}_2 + \cdots + c_{n-r}\boldsymbol{\xi}_{n-r},$$

其中 c_1，c_2，…，c_{n-r}是任意常数.

16. 称齐次方程 $\boldsymbol{Ax}=\boldsymbol{0}$ 是 $\boldsymbol{Ax}=\boldsymbol{b}$ 的导出组.

（1）$\boldsymbol{\eta}$ 是 $\boldsymbol{Ax}=\boldsymbol{b}$ 的一个解，$\boldsymbol{\xi}$ 是 $\boldsymbol{Ax}=\boldsymbol{0}$ 的解，则 $\boldsymbol{\eta}+\boldsymbol{\xi}$ 也是 $\boldsymbol{Ax}=\boldsymbol{b}$ 的一个解.

（2）$\boldsymbol{\eta}_1$，$\boldsymbol{\eta}_2$ 是 $\boldsymbol{Ax}=\boldsymbol{b}$ 的解，则 $\boldsymbol{\eta}_1-\boldsymbol{\eta}_2$ 是 $\boldsymbol{Ax}=\boldsymbol{0}$ 的解.

（3）$\boldsymbol{\eta}$ 是 $\boldsymbol{Ax}=\boldsymbol{b}$ 的一个（特）解，则 $\boldsymbol{Ax}=\boldsymbol{b}$ 的（通解）任意解都可以表示为 $\boldsymbol{\eta}+\boldsymbol{\xi}$ 的形式，其中 $\boldsymbol{\xi}$ 是 $\boldsymbol{Ax}=\boldsymbol{0}$ 的通解.

17. 向量空间的概念.

18. 子空间：H 是$\mathbb{R}^n$ 的一个非空子集，如果满足以下条件：

（1）零向量属于 H；

（2）H 对加法封闭，即 $\boldsymbol{\alpha}$，$\boldsymbol{\beta}\in H\Rightarrow\boldsymbol{\alpha}+\boldsymbol{\beta}\in H$；

（3）H 对数乘封闭，即 $\boldsymbol{\alpha}\in H$，$k\in\mathbb{R}\Rightarrow k\boldsymbol{\alpha}\in H$，

称 H 是$\mathbb{R}^n$ 的一个子空间.

19. 零化空间 Nul $\boldsymbol{A}$ 和列空间 Col $\boldsymbol{A}$ 的概念.

20. 向量空间的基与维数. 注意与极大线性无关组进行对比. 掌握求零化空间 Nul $\boldsymbol{A}$ 和列空间 Col $\boldsymbol{A}$ 的基与维数的方法.

21. 向量在选定基下的坐标，不同基之间转换的过渡矩阵.

数学家的故事

厄尔米特（Hermite，1822—1901，法国）是一位令人敬仰的数学巨人，其在数学的诸多研究领域（如代数、数论、二次型、不变式理论、椭圆函数、微分方程等）都留下了不可磨灭的足迹。以他的名字命名的数学概念不胜枚举，如厄尔米特矩阵（Hermitian Matrix）、厄尔米特多项式（Hermitian Polynomial）、厄尔米特函数（Hermitian Function）、高斯 - 厄尔米特二次型（Gauss - Hermite Quadrature）等.

厄尔米特的一生也颇为曲折和传奇. 他在父母的 7 个孩子中排行第 6，出生时右足便带有残疾. 他的中学先是进入南锡皇家中学（Collègede Nancy），后又转往巴黎亨利四世中学（Collège Henri IV），1841 年从路易大帝中学（Lycée Louis - le - Grand）毕业. 在此期间，他开始研读拉格朗日和高斯的数学著作. 在著名数学家卡塔兰（Catalan）的指导下，厄尔米特经过一年的准备，通过了巴黎综合工科学院（École Polytechnique）的入学考试并于 1842 年被该校录取。在当年末，他就完成了他的第一篇原创性的文章，给出了阿贝尔（Abel）关于五次代数方程没有根式解这一命题的简单证明. 这一成就使他得到了雅可比的认可，并由此开始了与雅可比就椭圆函数和数论中相关问题的通信. 在雅可比的文集中，收录了两篇厄尔米特的文章. 而他在 1843 年提出的一些想法则直接启发刘维尔（Liouville）得到了著名的“刘维尔定理”. 不幸的是，仅在入校一年后，巴黎综合工科学院就以“身体健康原因”为由拒绝厄尔米特继续在该校学习。经过几番争取交涉，他最终还是因校方提出的苛刻条件于 1844 年退学。此后，经过自修，厄尔米特终于在 1847 年通过学士资格考试并获得学士学位. 1848 年，厄尔米特被这所曾劝退他的学院聘为助教和入学考试考官. 1856 年，厄尔米特不幸感染了天花，前辈柯西（Cauchy）给了他很大的鼓励以熬过病痛的折磨. 在柯西和刘维尔的推荐和支持下，厄尔米特当选了巴黎科学院院士. 1858 年，他发现了用椭圆函数来表示一般五次方程的根的方法，这为他赢得了广泛的国际声誉. 尽管其成就早已被同时期法国数学界所广泛认可，但厄尔米特在助教这一职位上耕耘了 21 年，才终于在 1869 年担任教授. 他于 1873 年运用巧妙的分析方法证明了自然对数的底数是超越数.

厄尔米特注重数学教学，善于发现激励后进，是一代数学家的有影响的导师. 他的门生中就有震古烁今的大数学家庞加莱（Poincare）. 直到他去世时，他对于数学界的影响仍然是很强的.

第 5 章 特征值、特征向量与二次型

第 5 章 特征值、特征向量与二次型思维导图

这一章主要讲解可相似对角化（简称对角化）的矩阵及其在二次型分类上的应用．首先介绍特征值和特征向量（定义 5.1.1），相似（定义 5.1.3）以及可对角化（例 2.3.8，定义 5.1.4）的概念与性质；其次介绍内积（定义 5.2.1）、施密特正交化方法（算法 5.2.1）、正交矩阵，以及实对称矩阵正交对角化（定理 5.2.5）；最后将实对称矩阵正交对角化应用到二次型（定义 5.3.1），利用正负惯性指数在合同（定义 5.3.3）意义下对二次型进行分类（定理 5.3.2，定理 5.3.3）．本章未作特别说明的时候，一般默认矩阵是方阵．

5.1 特征值、特征向量与相似对角化

这一节首先引入特征值以及特征向量的概念，并且介绍了如何求特征值与特征向量．其次介绍了特征值与特征向量的性质．最后引入矩阵可对角化的概念，并且讲解了怎样判断矩阵能否对角化．

定义 5.1.1 设 $\boldsymbol{A}$ 是 n 阶方阵，若存在**非零向量** $\boldsymbol{v}\in\mathbb{R}^n$ 使得 $\boldsymbol{A}\boldsymbol{v}=\lambda\boldsymbol{v}$，则称 λ 是 $\boldsymbol{A}$ 的一个**特征值**，$\boldsymbol{v}$ 是 $\boldsymbol{A}$ 对应于特征值 λ 的**特征向量**．①

特征值与特征向量 01

注：其中 λ 可能是复数，$\boldsymbol{A}$ 中的元素和 $\boldsymbol{v}$ 的分量也可能是复数．

由特征值的定义可见，λ 是 $\boldsymbol{A}$ 的特征值当且仅当 $\boldsymbol{A}\boldsymbol{x}=\lambda\boldsymbol{x}$ 有非零的解；求对应于特征值 λ 的全部的特征向量就是求齐次线性方程组 $(\lambda\boldsymbol{I}-\boldsymbol{A})x=\boldsymbol{0}$ 的全部非零解．由推论 3.2.1 得如下定理．

※用 $|\lambda\boldsymbol{I}-\boldsymbol{A}|$ 是为了保证 λ 的最高次幂 λ^n 的系数为 1.

定理 5.1.1 λ 是 $\boldsymbol{A}$ 的特征值当且仅当 $|\lambda\boldsymbol{I}-\boldsymbol{A}|=0$.

① 也可称 $\boldsymbol{v}$ 是 $\boldsymbol{A}$ 的属于特征值 λ 的特征向量．

进一步，有如下定义.

定义 5.1.2　设 A 是 n 阶方阵，称 $|\lambda I-A|$ 是 A 的**特征多项式**，称 $|\lambda I-A|=0$ 为 A 的**特征方程**，并称该方程的根为**特征根**.

注：显然，A 的特征方程的根（特征根）就是 A 的特征值，求 A 的特征值就是解 A 的特征方程. □

例 5.1.1　设 $A=\begin{pmatrix}1&1&0\\0&1&0\\0&0&3\end{pmatrix}$，求 A 的所有特征值与特征向量.

特征值与特征向量 02

解：A 的特征多项式为

$$|\lambda I-A|=\begin{vmatrix}\lambda-1&-1&0\\0&\lambda-1&0\\0&0&\lambda-3\end{vmatrix}=(\lambda-1)^2(\lambda-3).$$

因此特征值为 $\lambda_1=\lambda_2=1$，$\lambda_3=3$.

把齐次线性方程组$(\lambda_1 I-A)x=0$ 的增广矩阵化为（行）最简阶梯形矩阵得

$$\left(\begin{array}{ccc:c}0&1&0&0\\0&0&1&0\\0&0&0&0\end{array}\right),$$

基础解系为 $v_1=(1,0,0)^{\mathrm{T}}$，从而对应于特征值 1 的所有的特征向量为 c_1v_1，其中 c_1 是任意非零常数.

把齐次线性方程组$(\lambda_3 I-A)x=0$ 的增广矩阵化为（行）最简阶梯形矩阵得

$$\left(\begin{array}{ccc:c}1&0&0&0\\0&1&0&0\\0&0&0&0\end{array}\right),$$

基础解系为 $v_2=(0,0,1)^{\mathrm{T}}$，从而对应于特征值 3 的所有的特征向量为 c_2v_2，其中 c_2 是任意非零常数. □

注：三角矩阵的特征值就是主对角线上的元素. □

例 5.1.2　设矩阵 $A=\begin{pmatrix}9&0&0\\-2&7&-4\\-2&-2&5\end{pmatrix}$，求 A 的特征值与特征向量.

解：A 的特征多项式为

$$|\lambda \boldsymbol{I}-\boldsymbol{A}|=\begin{vmatrix}\lambda-9 & 0 & 0\\ 2 & \lambda-7 & 4\\ 2 & 2 & \lambda-5\end{vmatrix}=(\lambda-9)^2(\lambda-3),$$

所以 $\boldsymbol{A}$ 的全部特征值为 $\lambda_1=\lambda_2=9$，$\lambda_3=3$.

对于特征值 9，$(9\boldsymbol{I}-\boldsymbol{A})\boldsymbol{x}=\boldsymbol{0}$ 的系数矩阵为

$$\begin{pmatrix}0 & 0 & 0\\ 2 & 2 & 4\\ 2 & 2 & 4\end{pmatrix}\to\begin{pmatrix}1 & 1 & 2\\ 0 & 0 & 0\\ 0 & 0 & 0\end{pmatrix},$$

由此得到一个基础解系：$\boldsymbol{\alpha}_1=(-1,1,0)^{\mathrm{T}}$，$\boldsymbol{\alpha}_2=(-2,0,1)^{\mathrm{T}}$. 因此 $\boldsymbol{A}$ 的属于特征值 9 的全部特征向量为 $c_1\boldsymbol{\alpha}_1+c_2\boldsymbol{\alpha}_2$，其中 c_1，c_2 是不全为零的任意常数.

对于特征值 3，$(3\boldsymbol{I}-\boldsymbol{A})\boldsymbol{x}=\boldsymbol{0}$ 的系数矩阵为

$$\begin{pmatrix}-6 & 0 & 0\\ 2 & -4 & 4\\ 2 & 2 & -2\end{pmatrix}\to\begin{pmatrix}1 & 0 & 0\\ 0 & 1 & -1\\ 0 & 0 & 0\end{pmatrix},$$

由此得到一个基础解系：$\boldsymbol{\alpha}_3=(0,1,1)^{\mathrm{T}}$，即 $\boldsymbol{A}$ 的属于特征值 3 的全部特征向量为 $c_3\boldsymbol{\alpha}_3$，其中 c_3 是任意的非零常数. □

例 5.1.3 证明：n 阶方阵 $\boldsymbol{A}$ 的行列式为 0 当且仅当 0 是 $\boldsymbol{A}$ 的一个特征值.

矩阵多项式的特征值

证明：因 $|\boldsymbol{A}|=0\Leftrightarrow|0\boldsymbol{I}-\boldsymbol{A}|=0$，亦即 0 是 $\boldsymbol{A}$ 的一个特征值. □

例 5.1.4 已知 λ 是 n 阶方阵 $\boldsymbol{A}$ 的一个特征值，又已知 $f(x)$ 是一个多项式，证明 $f(\lambda)$ 是 $f(\boldsymbol{A})$ 的一个特征值.

证明：不妨设 $f(x)=\sum\limits_{i=0}^{m}a_ix^i$，$\boldsymbol{v}$ 是 $\boldsymbol{A}$ 的对应于特征值 λ 的一个特征向量. 则

$$f(\boldsymbol{A})\boldsymbol{v}=\sum_{i=0}^{m}a_i\boldsymbol{A}^i\boldsymbol{v}=\sum_{i=0}^{m}a_i\lambda^i\boldsymbol{v}=f(\lambda)\boldsymbol{v},$$

因此 $\boldsymbol{v}$ 是 $f(\boldsymbol{A})$ 的一个对应于特征值 $f(\lambda)$ 的特征向量. □

注：可以证明，设 λ_1，λ_2，$\cdots$，λ_n 是 n 阶方阵 $\boldsymbol{A}$ 的全部特征值，则 $f(\lambda_1),f(\lambda_2),\cdots,f(\lambda_n)$ 是 $f(\boldsymbol{A})$ 的全部特征值. □

例 5.1.5 设 n 阶方阵 $\boldsymbol{A}$ 可逆，证明：λ 是 $\boldsymbol{A}$ 的特征值当且仅当 λ^{-1} 是 $\boldsymbol{A}^{-1}$ 的特征值.

证明：设 $\boldsymbol{v}$ 是 $\boldsymbol{A}$ 的对应于 λ 的特征向量，则 $\boldsymbol{A}\boldsymbol{v}=\lambda\boldsymbol{v}$. 因 $\boldsymbol{A}$ 可逆，从而 $\lambda\neq 0$，进一步可得

$$\boldsymbol{A}^{-1}\boldsymbol{A}\boldsymbol{v}=\lambda\boldsymbol{A}^{-1}\boldsymbol{v},$$

从而 $\boldsymbol{A}^{-1}\boldsymbol{v}=\lambda^{-1}\boldsymbol{v}$，故 λ^{-1}是 $\boldsymbol{A}^{-1}$的一个特征值，反之亦然，从而该结论成立. □

※进一步，可以证明$\frac{|\boldsymbol{A}|}{\lambda}$是$\boldsymbol{A}^*$的特征值.

命题 5.1.1　设 $\boldsymbol{A}$ 是 n 阶方阵，$\boldsymbol{A}^{\mathrm{T}}$ 与 $\boldsymbol{A}$ 的特征多项式相同，且特征值相同.

特征值的性质 01

证明：因 $\boldsymbol{A}^{\mathrm{T}}$ 的特征多项式为

$$|\lambda\boldsymbol{I}-\boldsymbol{A}^{\mathrm{T}}|=|(\lambda\boldsymbol{I}-\boldsymbol{A}^{\mathrm{T}})^{\mathrm{T}}|=|\lambda\boldsymbol{I}-\boldsymbol{A}|,$$

因此 $\boldsymbol{A}^{\mathrm{T}}$ 与 $\boldsymbol{A}$ 的特征多项式相同，进而特征值相同. □

定义 5.1.3　设 $\boldsymbol{A}$，$\boldsymbol{B}$ 是 n 阶方阵，若存在可逆矩阵 $\boldsymbol{P}$ 使得 $\boldsymbol{A}=\boldsymbol{P}\boldsymbol{B}\boldsymbol{P}^{-1}$，则称矩阵 $\boldsymbol{A}$ 与矩阵 $\boldsymbol{B}$ 相似.

※有些教材把$\boldsymbol{A}$和$\boldsymbol{B}$相似记为$\boldsymbol{A}\sim\boldsymbol{B}$，但是这样容易产生歧义，本书用文字描述.

注：显然相似具有下面的性质.

(1) **自反性**：$\boldsymbol{A}$ 与自己本身相似①.

(2) **反身性**：若 $\boldsymbol{A}$ 与 $\boldsymbol{B}$ 相似，则 $\boldsymbol{B}$ 与 $\boldsymbol{A}$ 也相似②.

(3) **传递性**：若 $\boldsymbol{A}$ 与 $\boldsymbol{B}$ 相似，$\boldsymbol{B}$ 与 $\boldsymbol{C}$ 相似，则 $\boldsymbol{A}$ 与 $\boldsymbol{C}$ 也相似. □

※请读者自行证明.

定理 5.1.2　若 n 阶方阵 $\boldsymbol{A}$，$\boldsymbol{B}$ 相似，则它们的特征多项式、特征值均相等.

证明：因 $\boldsymbol{A}$ 与 $\boldsymbol{B}$ 相似，从而存在可逆矩阵 $\boldsymbol{P}$，使得 $\boldsymbol{A}=\boldsymbol{P}\boldsymbol{B}\boldsymbol{P}^{-1}$，从而

$$|\lambda\boldsymbol{I}-\boldsymbol{A}|=|\lambda\boldsymbol{I}-\boldsymbol{P}\boldsymbol{B}\boldsymbol{P}^{-1}|=|\boldsymbol{P}(\lambda\boldsymbol{I}-\boldsymbol{B})\boldsymbol{P}^{-1}|=|\lambda\boldsymbol{I}-\boldsymbol{B}|,$$ □

因此它们的特征多项式、特征值都相等.

该定理反过来不成立. 比如

$$\boldsymbol{A}=\begin{pmatrix}1&1\\0&1\end{pmatrix},\ \boldsymbol{I}=\begin{pmatrix}1&0\\0&1\end{pmatrix},$$

显然 $\boldsymbol{I}$ 与 $\boldsymbol{A}$ 的特征多项式、特征值以及行列式都相等，但是对任意 2 阶可逆矩阵 $\boldsymbol{P}$，都有 $\boldsymbol{A}\neq\boldsymbol{P}\boldsymbol{I}\boldsymbol{P}^{-1}=\boldsymbol{I}$.

※能不能找到两个矩阵，特征值全为零，但是不相似？能不能举出多个这样的例子？

注：可以证明，相似矩阵的秩与行列式均相等③. 也可以证明相似矩阵的

① $\boldsymbol{A}=\boldsymbol{I}\boldsymbol{A}\boldsymbol{I}^{-1}$.

② 若 $\boldsymbol{A}$ 与 $\boldsymbol{B}$ 相似，则存在可逆矩阵 $\boldsymbol{P}$ 使 $\boldsymbol{A}=\boldsymbol{P}\boldsymbol{B}\boldsymbol{P}^{-1}$，记 $\boldsymbol{Q}=\boldsymbol{P}^{-1}$，则 $\boldsymbol{B}=\boldsymbol{Q}\boldsymbol{A}\boldsymbol{Q}^{-1}$，从而 $\boldsymbol{B}$ 与 $\boldsymbol{A}$ 也相似.

③ $|\boldsymbol{A}|=|\boldsymbol{P}\boldsymbol{B}\boldsymbol{P}^{-1}|=|\boldsymbol{B}|$，即行列式相等.

伴随矩阵也相似，若可逆，则逆矩阵也相似． □

※称tr$\boldsymbol{A}$是矩阵$\boldsymbol{A}$的迹，见练习2.1.21.

定理 5.1.3 设 n 阶方阵 $\boldsymbol{A}$ 的全部特征值为 λ_1，λ_2，$\cdots$，λ_n，记 $\boldsymbol{A}$ 的主对角线上的元素之和为 $\operatorname{tr}\boldsymbol{A}=\sum\limits_{i=1}^{n}a_{ii}$，则

$$\operatorname{tr}\boldsymbol{A}=\sum_{i=1}^{n}\lambda_i,\ |\boldsymbol{A}|=\prod_{i=1}^{n}\lambda_i.$$

特征值的性质 02

特征值的性质 03

※如果你觉得这个证明比较抽象，想一下n=3的情形.

证明：根据特征根的定义（定义 5.1.2），$\boldsymbol{A}$ 的特征多项式因式分解后为

$$\begin{aligned}p_{\boldsymbol{A}}(\lambda)&=(\lambda-\lambda_1)(\lambda-\lambda_2)\cdots(\lambda-\lambda_n)\\&=\lambda^n-(\lambda_1+\lambda_2+\cdots+\lambda_{n-1})\lambda^n+\cdots+(-1)^n\prod_{i=1}^{n}\lambda_i.\end{aligned}$$

由特征多项式的定义可得，$\boldsymbol{A}$ 的特征多项式为[①]

$$\begin{aligned}p_{\boldsymbol{A}}(\lambda)&=|\lambda\boldsymbol{I}-\boldsymbol{A}|\\&=\lambda^n-(a_{11}+a_{22}+\cdots+a_{nn})\lambda^{n-1}+\text{低次项}.\end{aligned}$$

因此 $\operatorname{tr}\boldsymbol{A}=\sum\limits_{i=1}^{n}\lambda_i$，又因

$$p_{\boldsymbol{A}}(0)=|-\boldsymbol{A}|=(-1)^n|\boldsymbol{A}|=(-1)^n\prod_{i=1}^{n}\lambda_i,$$

从而 $|\boldsymbol{A}|=\prod\limits_{i=1}^{n}\lambda_i$． □

注：也可以由上述定理导出，相似矩阵的迹（练习 2.1.21）相同，行列式也相同． □

例 5.1.6 设 $\boldsymbol{A}=\begin{pmatrix}1&1&0\\0&x&1\\0&0&y\end{pmatrix}$，已知 $\boldsymbol{A}$ 的行列式为 3，迹为 6，求 x^2+y^2 的值．

解：根据题意 $|\boldsymbol{A}|=xy=3$，$\operatorname{tr}\boldsymbol{A}=1+x+y=6$，从而 $xy=3$，$x+y=5$，故

$$x^2+y^2=(x+y)^2-2xy=25-6=19.$$ □

例 5.1.7 设 3 阶方阵 $\boldsymbol{A}$ 的特征值为 0，1，1，求 $\boldsymbol{A}^2+\boldsymbol{A}+\boldsymbol{I}$ 的行列式．

解：根据题意和例 5.1.4 后的注释可知，$\boldsymbol{A}^2+\boldsymbol{A}+\boldsymbol{I}$ 的全部特征值为 1，3，3，因此

$$|\boldsymbol{A}^2+\boldsymbol{A}+\boldsymbol{I}|=1\times3\times3=9.$$ □

① 请读者自行分析，λ^{n-1} 只可能来自 $\prod\limits_{i=1}^{n}(\lambda-a_{ii})$．

例 5.1.8　设 $\lambda=1$，2 是 $\boldsymbol{A}=\begin{pmatrix}1&-1&0\\2&x&0\\4&2&1\end{pmatrix}$的特征值，求 x 的值以及 $\boldsymbol{A}$ 的另一个特征值.

解：方法一：设 $\boldsymbol{A}$ 的另一特征值为 λ_3，则

$$\operatorname{tr}\boldsymbol{A}=1+2+\lambda_3=1+x+1,$$

$$|\boldsymbol{A}|=1\times2\times\lambda_3=x+2,$$

解得 $x=4$，$\lambda_3=3$.

方法二：因 λ 是 $\boldsymbol{A}$ 的特征值当且仅当 $|\lambda\boldsymbol{I}-\boldsymbol{A}|=0$，从而

$$|\boldsymbol{I}-\boldsymbol{A}|=\begin{vmatrix}0&1&0\\-2&1-x&0\\-4&-2&0\end{vmatrix}=0,$$

$$|2\boldsymbol{I}-\boldsymbol{A}|=\begin{vmatrix}1&1&0\\-2&2-x&0\\-4&-2&1\end{vmatrix}=4-x=0,$$

因此 $x=4$. 剩余解答略.

方法三，设 $\boldsymbol{A}$ 的另一特征值为 λ_3，则特征多项式为

$$\begin{aligned}|\lambda\boldsymbol{I}-\boldsymbol{A}|&=\begin{vmatrix}\lambda-1&1&0\\-2&\lambda-x&0\\-4&-2&\lambda-1\end{vmatrix}\\&=\lambda^3-(x+2)\lambda^2+(3+2x)\lambda-x-2\\&=(\lambda-1)(\lambda-2)(\lambda-\lambda_3)\\&=\lambda^3-(3+\lambda_3)\lambda^2+(2+3\lambda_3)\lambda-2\lambda_3.\end{aligned}$$

比较系数可得：$x+2=3+\lambda_3$，$3+2x=2+3\lambda_3$，$2+x=2\lambda_3$，解得 $x=4$，$\lambda_3=3$. □

注：类似题目，已知 $\boldsymbol{A}=\begin{pmatrix}1&-1&0\\2&x&0\\4&2&1\end{pmatrix}$与$\begin{pmatrix}1&0&0\\0&2&0\\0&0&y\end{pmatrix}$相似，求 x，y 的值. □

定理 5.1.4　设 $\boldsymbol{A}$ 是 n 阶方阵，$\boldsymbol{v}_1$，$\boldsymbol{v}_2$，…，$\boldsymbol{v}_m$ 是其对应于不同特征值的特征向量，则向量组 $\boldsymbol{v}_1$，$\boldsymbol{v}_2$，…，$\boldsymbol{v}_m$ 线性无关.

特征向量的性质 01

特征向量的性质 02

※对应于不同特征值的特征向量线性无关.

证明：设 $\boldsymbol{v}_1$，$\boldsymbol{v}_2$，…，$\boldsymbol{v}_m$ 分别对应于特征值 λ_1，λ_2，…，λ_m. 不妨设 $\boldsymbol{v}_1$，$\boldsymbol{v}_2$，…，$\boldsymbol{v}_m$ 线性相关. 取正整数 k 是使得 $\boldsymbol{v}_1$，$\boldsymbol{v}_2$，…，$\boldsymbol{v}_k$ 线性相关的最小的正整数，显然 $k\geqslant 2$. 又因 $\boldsymbol{v}_1$，$\boldsymbol{v}_2$，…，$\boldsymbol{v}_{k-1}$线性无关，从而 $\boldsymbol{v}_k$ 可以由 $\boldsymbol{v}_1$，$\boldsymbol{v}_2$，…，$\boldsymbol{v}_{k-1}$线性表出，则存在不全为零的数 c_1，c_2，…，c_{k-1}，使

$$\boldsymbol{v}_k = c_1\boldsymbol{v}_1 + c_2\boldsymbol{v}_2 + \cdots + c_{k-1}\boldsymbol{v}_{k-1},$$

在上式两边同时左乘 $\boldsymbol{A}$，则

$$\boldsymbol{A}\boldsymbol{v}_k = \lambda_1 c_1\boldsymbol{v}_1 + \lambda_2 c_2\boldsymbol{v}_2 + \cdots + \lambda_{k-1}c_{k-1}\boldsymbol{v}_{k-1},$$

前式两边乘以 λ_k 与上式作差得

$$(\lambda_k-\lambda_1)c_1\boldsymbol{v}_1 + (\lambda_k-\lambda_2)c_2\boldsymbol{v}_2 + \cdots + (\lambda_k-\lambda_{k-1})c_{k-1}\boldsymbol{v}_{k-1} = \boldsymbol{0},$$

因 c_1，c_2，…，c_{k-1}是不全为零的数，故 $\boldsymbol{v}_1$，$\boldsymbol{v}_2$，…，$\boldsymbol{v}_{k-1}$线性相关，与 k 的取法矛盾，因此假设不成立，即 $\boldsymbol{v}_1$，$\boldsymbol{v}_2$，…，$\boldsymbol{v}_m$ 线性无关. □

※对应于相同特征值的特征向量的非零线性组合依然是特征向量.

定理 5.1.5 设 $\boldsymbol{A}$ 是 n 阶方阵，$\boldsymbol{v}_1$，$\boldsymbol{v}_2$，…，$\boldsymbol{v}_m$ 是其对应于特征值 λ 的特征向量，又已知 $c_1\boldsymbol{v}_1 + c_2\boldsymbol{v}_2 + \cdots + c_m\boldsymbol{v}_m$ 是非零向量，则该向量也是 $\boldsymbol{A}$ 的对应于特征值 λ 的一个特征向量.

证明：记 $\boldsymbol{v} = c_1\boldsymbol{v}_1 + c_2\boldsymbol{v}_2 + \cdots + c_m\boldsymbol{v}_m$，根据题意有

$$\begin{aligned}\boldsymbol{A}\boldsymbol{v} &= c_1\boldsymbol{A}\boldsymbol{v}_1 + c_2\boldsymbol{A}\boldsymbol{v}_2 + \cdots + c_m\boldsymbol{A}\boldsymbol{v}_m\\ &= \lambda(c_1\boldsymbol{v}_1 + c_2\boldsymbol{v}_2 + \cdots + c_m\boldsymbol{v}_m) = \lambda\boldsymbol{v}.\end{aligned}$$

因此 $c_1\boldsymbol{v}_1 + c_2\boldsymbol{v}_2 + \cdots + c_m\boldsymbol{v}_m$ 是 $\boldsymbol{A}$ 的对应于特征值 λ 的一个特征向量. □

注：若 $\boldsymbol{v}_1$，$\boldsymbol{v}_2$ 是 $\boldsymbol{A}$ 的对应于 λ_1，λ_2 的特征向量，其中 $\lambda_1\neq\lambda_2$，则 $\boldsymbol{v}_1+\boldsymbol{v}_2$ 一定不是 $\boldsymbol{A}$ 的特征向量. □

※对应于不同特征值的线性无关的特征向量组的并依然线性无关.

定理 5.1.6 设 $\boldsymbol{A}$ 是 n 阶方阵，设向量组

$$\begin{gathered}\boldsymbol{v}_{11},\ \boldsymbol{v}_{12},\ \cdots,\ \boldsymbol{v}_{1i_1};\\ \boldsymbol{v}_{21},\ \boldsymbol{v}_{22},\ \cdots,\ \boldsymbol{v}_{2i_2};\\ \vdots\\ \boldsymbol{v}_{m1},\ \boldsymbol{v}_{m2},\ \cdots,\ \boldsymbol{v}_{mi_m};\end{gathered}$$

分别是对应于特征值 λ_1，λ_2，…，λ_m 的线性无关的特征向量组. 则向量组

$$\boldsymbol{v}_{11},\ \boldsymbol{v}_{12},\ \cdots,\ \boldsymbol{v}_{1i_1},\ \boldsymbol{v}_{21},\ \boldsymbol{v}_{22},\ \cdots,\ \boldsymbol{v}_{2i_2},\ \cdots,\ \boldsymbol{v}_{mi_m}$$

线性无关.

证明：若 $c_{11}\boldsymbol{v}_{11} + \cdots + c_{1i_1}\boldsymbol{v}_{1i_1} + \cdots + c_{m1}\boldsymbol{v}_{m1} + \cdots + c_{mi_m}\boldsymbol{v}_{mi_m} = \boldsymbol{0}$，不妨记

$$\boldsymbol{\alpha}_j = c_{j1}\boldsymbol{v}_{j1} + c_{j2}\boldsymbol{v}_{j2} + \cdots + c_{ji_j}\boldsymbol{v}_{ji_j},\ j=1,2\cdots,m.$$

根据定理 5.1.4 和定理 5.1.5 可知，$\boldsymbol{\alpha}_1$，$\boldsymbol{\alpha}_2$，…，$\boldsymbol{\alpha}_m$ 全部为零向量[①]. 又因 $\boldsymbol{v}_{j1}$，$\boldsymbol{v}_{j2}$，…，$\boldsymbol{v}_{ji_j}$ 线性无关，从而

$$c_{j1}=c_{j2}=\cdots=c_{ji_j}=0,\ j=1,\ 2,\ \cdots,\ m.$$

可知向量组

$$\boldsymbol{v}_{11},\ \boldsymbol{v}_{12},\ \cdots,\ \boldsymbol{v}_{1i_1},\ \boldsymbol{v}_{21},\ \boldsymbol{v}_{22},\ \cdots,\ \boldsymbol{v}_{2i_2},\ \cdots,\ \boldsymbol{v}_{mi_m}$$

线性无关. □

※可对角化的矩阵好在哪里呢？参见例2.3.8.

定义 5.1.4　设 $\boldsymbol{A}$ 是 n 阶方阵，如果存在对角矩阵 $\boldsymbol{\Lambda}$，使得 $\boldsymbol{A}$ 与 $\boldsymbol{\Lambda}$ 相似，则称 $\boldsymbol{A}$ 可以对角化[②].

矩阵相似对角化 01

定理 5.1.7　n 阶方阵 $\boldsymbol{A}$ 可以对角化当且仅当 $\boldsymbol{A}$ 有 n 个线性无关的特征向量.

※该定理的证明实际告诉了如何找到可逆矩阵 $\boldsymbol{P}$ 和对角阵 $\boldsymbol{\Lambda}$，使 $\boldsymbol{P}^{-1}\boldsymbol{AP}$ 是对角阵 $\boldsymbol{\Lambda}$.

证明： 设 $\boldsymbol{A}$ 可以对角化，也就是存在 n 阶可逆矩阵

$$\boldsymbol{P}=(\boldsymbol{\alpha}_1,\boldsymbol{\alpha}_2,\cdots,\boldsymbol{\alpha}_n)$$

以及对角矩阵

$$\boldsymbol{\Lambda}=\begin{pmatrix}\lambda_1 & & & \\ & \lambda_2 & & \\ & & \ddots & \\ & & & \lambda_n\end{pmatrix}$$

使得 $\boldsymbol{A}=\boldsymbol{P\Lambda P}^{-1}$，也就是 $\boldsymbol{AP}=\boldsymbol{P\Lambda}$，用分块矩阵的语言写出来就是

$$(\boldsymbol{A\alpha}_1,\boldsymbol{A\alpha}_2,\cdots,\boldsymbol{A\alpha}_n)=(\lambda_1\boldsymbol{\alpha}_1,\lambda_2\boldsymbol{\alpha}_2,\cdots,\lambda_n\boldsymbol{\alpha}_n).$$

从而 $\forall i=1,\ 2,\ \cdots,\ n$，有 $\boldsymbol{A\alpha}_i=\lambda_i\boldsymbol{\alpha}_i$. 又因 $\boldsymbol{P}$ 可逆，从而 $\boldsymbol{\alpha}_1$，$\boldsymbol{\alpha}_2$，…，$\boldsymbol{\alpha}_n$ 线性无关，因此 $\boldsymbol{A}$ 有 n 个线性无关的特征向量. 反之亦然. □

推论 5.1.1　若 n 阶方阵 $\boldsymbol{A}$ 有 n 个互不相同的特征值 λ_1，λ_2，…，λ_n，则 $\boldsymbol{A}$ 与对角矩阵

$$\boldsymbol{\Lambda}=\begin{pmatrix}\lambda_1 & & & \\ & \lambda_2 & & \\ & & \ddots & \\ & & & \lambda_n\end{pmatrix}$$

相似.

矩阵相似对角化 02

---

① 若这些向量不全为零向量，不妨设 $\boldsymbol{\alpha}_{l_1}$，$\boldsymbol{\alpha}_{l_2}$，…，$\boldsymbol{\alpha}_{l_t}$ 不为零，则 $\boldsymbol{\alpha}_{l_1}+\boldsymbol{\alpha}_{l_2}+\cdots+\boldsymbol{\alpha}_{l_t}=\boldsymbol{0}$，从而 $\boldsymbol{\alpha}_{l_1}$，$\boldsymbol{\alpha}_{l_2}$，…，$\boldsymbol{\alpha}_{l_t}$ 线性相关，这一结论与定理 5.1.4 矛盾，故 $\boldsymbol{\alpha}_1$，$\boldsymbol{\alpha}_2$，…，$\boldsymbol{\alpha}_m$ 全部为零向量.

② 也就是存在可逆矩阵 $\boldsymbol{P}$，使得 $\boldsymbol{P}^{-1}\boldsymbol{AP}$ 是对角矩阵.

证明：记对应于特征值 λ_i 的特征向量为 $\boldsymbol{v}_i$，则 $\boldsymbol{v}_1$，$\boldsymbol{v}_2$，…，$\boldsymbol{v}_n$ 是 $\boldsymbol{A}$ 的 n 个线性无关的特征向量，从而矩阵 $\boldsymbol{A}$ 可以对角化. □

定义 5.1.5 设 λ_i 是 n 阶方阵 $\boldsymbol{A}$ 的一个特征值，则把 λ_i 作为特征方程 $|\lambda\boldsymbol{I}-\boldsymbol{A}|=0$ 的根的重数称为 λ_i 的代数重数.

定义 5.1.6 设 λ_i 是 n 阶方阵 $\boldsymbol{A}$ 的一个特征值，则把方程 $(\lambda_i\boldsymbol{I}-\boldsymbol{A})\boldsymbol{x}=\boldsymbol{0}$ 的基础解系中向量的个数称为 λ_i 的几何重数①.

注：可以证明，λ_i 的代数重数 $\geqslant \lambda_i$ 的几何重数，因此 n 阶方阵至多有 n 个特征值和 n 个线性无关的特征向量. □

于是有下面的定理，该定理本书不作证明.

※想想 $\begin{pmatrix}1&1\\0&1\end{pmatrix}$ 能不能相似对角化呢？能不能构造一个不能相似对角化的3阶方阵呢？

定理 5.1.8 n 阶方阵 $\boldsymbol{A}$ 可以对角化当且仅当对每一个 n_i 重特征根 λ_i，都有 $n_i=n-r(\lambda_i\boldsymbol{I}-\boldsymbol{A})$. ②

例 5.1.9③ 设 $\boldsymbol{A}=\begin{pmatrix}2&1&1\\3&1&5\\1&1&2\end{pmatrix}$，判断 $\boldsymbol{A}$ 是否与对角矩阵相似，并求 $\boldsymbol{A}^3$.

矩阵相似对角化的例子

解：解特征方程

$$|\lambda\boldsymbol{I}-\boldsymbol{A}|=\begin{vmatrix}\lambda-2&-1&-1\\-3&\lambda-1&-5\\-1&-1&\lambda-2\end{vmatrix}$$

$$=(\lambda+1)(\lambda-1)(\lambda-5)=0,$$

※第一步，求出特征根及其重数.

得特征根为 $\lambda_1=-1$，$\lambda_2=1$，$\lambda_3=5$.

※第二步，求出每个特征值对应的齐次线性方程组 $(\lambda\boldsymbol{I}-\boldsymbol{A})x=\boldsymbol{0}$ 的基础解系.

把 $\lambda=-1$ 代入 $(\lambda\boldsymbol{I}-\boldsymbol{A})=\boldsymbol{0}$，并把增广矩阵化为（行）最简阶梯形矩阵得

$$\left(\begin{array}{ccc:c}-3&-1&-1&0\\-3&-2&-5&0\\-1&-1&-3&0\end{array}\right)\rightarrow\left(\begin{array}{ccc:c}1&0&-1&0\\0&1&4&0\\0&0&0&0\end{array}\right),$$

从而基础解系为 $\boldsymbol{v}_1=(1,-4,1)^{\mathrm{T}}$.

把 $\lambda=1$ 代入 $(\lambda\boldsymbol{I}-\boldsymbol{A})=\boldsymbol{0}$，并把增广矩阵化为（行）最简阶梯形矩阵得

① 根据定义，λ_i 的几何重数 = 自由变量的个数 $=n-r(\lambda_i\boldsymbol{I}-\boldsymbol{A})$.

② 亦即 $\lambda_i\boldsymbol{I}-\boldsymbol{A}$ 的秩为 $n-n_i$. 或者说对任意的特征值 λ_i，都有 λ_i 的代数重数等于 λ_i 的几何重数.

③ 对比附录 B 中例 B.5.3.

$$\begin{pmatrix}-1 & -1 & -1 & 0\\ -3 & 0 & -5 & 0\\ -1 & -1 & -1 & 0\end{pmatrix}\to\begin{pmatrix}1 & 0 & \frac{5}{3} & 0\\ 0 & 1 & -\frac{2}{3} & 0\\ 0 & 0 & 0 & 0\end{pmatrix},$$

从而基础解系为 $\boldsymbol{v}_2=(-5,2,3)^{\mathrm{T}}$.

把 $\lambda=5$ 代入 $(\lambda\boldsymbol{I}-\boldsymbol{A})=\boldsymbol{0}$，并把增广矩阵化为（行）最简阶梯形矩阵得

$$\begin{pmatrix}3 & -1 & -1 & 0\\ -3 & 4 & -5 & 0\\ -1 & -1 & 3 & 0\end{pmatrix}\to\begin{pmatrix}1 & 0 & -1 & 0\\ 0 & 1 & -2 & 0\\ 0 & 0 & 0 & 0\end{pmatrix},$$

从而基础解系为 $\boldsymbol{v}_3=(1,2,1)^{\mathrm{T}}$.

因此 $\boldsymbol{A}$ 可以对角化．取

$$\boldsymbol{P}=(\boldsymbol{v}_1,\boldsymbol{v}_2,\boldsymbol{v}_3)=\begin{pmatrix}1 & -5 & 1\\ -4 & 2 & 2\\ 1 & 3 & 1\end{pmatrix},\boldsymbol{\Lambda}=\begin{pmatrix}-1 & & \\ & 1 & \\ & & 5\end{pmatrix},$$

则 $\boldsymbol{P}^{-1}\boldsymbol{A}\boldsymbol{P}=\boldsymbol{\Lambda}$，即 $\boldsymbol{A}=\boldsymbol{P}\boldsymbol{\Lambda}\boldsymbol{P}^{-1}$，从而

$$\begin{aligned}\boldsymbol{A}^3&=\boldsymbol{P}\boldsymbol{\Lambda}^3\boldsymbol{P}^{-1}\\ &=\begin{pmatrix}1 & -5 & 1\\ -4 & 2 & 2\\ 1 & 3 & 1\end{pmatrix}\begin{pmatrix}-1 & & \\ & 1 & \\ & & 125\end{pmatrix}\begin{pmatrix}\frac{1}{12} & -\frac{1}{6} & \frac{1}{4}\\ -\frac{1}{8} & 0 & \frac{1}{8}\\ \frac{7}{24} & \frac{1}{6} & \frac{3}{8}\end{pmatrix}\\ &=\begin{pmatrix}37 & 21 & 46\\ 73 & 41 & 95\\ 36 & 21 & 47\end{pmatrix}.\end{aligned}$$

□

※第三步，逐一检查代数重数与几何重数是否相等，若能对角化，$\boldsymbol{P}$ 的列向量依次填入特征向量，并在对角阵 $\boldsymbol{\Lambda}$ 主对角线上放相应的特征值即可．

例 5.1.10　设 $\boldsymbol{A}=\begin{pmatrix}3 & 2 & 2\\ 2 & 3 & 2\\ 2 & 2 & 3\end{pmatrix}$，判断 $\boldsymbol{A}$ 能否对角化，若可以对角化，则将 $\boldsymbol{A}$ 对角化．

解：解特征方程

$$|\lambda\boldsymbol{I}-\boldsymbol{A}|=\begin{vmatrix}\lambda-3 & -2 & -2\\ -2 & \lambda-3 & -2\\ -2 & -2 & \lambda-3\end{vmatrix}=(\lambda-7)(\lambda-1)^2=0,$$

得特征根为 $\lambda_1=\lambda_2=1$，$\lambda_3=7$.

把 $\lambda=1$ 代入 $(\lambda\boldsymbol{I}-\boldsymbol{A})\boldsymbol{x}=\boldsymbol{0}$，并把系数矩阵化为（行）最简阶梯形矩阵得

$$\begin{pmatrix}-2&-2&-2\\-2&-2&-2\\-2&-2&-2\end{pmatrix}\to\begin{pmatrix}1&1&1\\0&0&0\\0&0&0\end{pmatrix},$$

从而基础解系为 $\boldsymbol{v}_1=(-1,1,0)^{\mathrm{T}},\boldsymbol{v}_2=(-1,0,1)^{\mathrm{T}}$.

把 $\lambda=7$ 代入 $(\lambda\boldsymbol{I}-\boldsymbol{A})\boldsymbol{x}=\boldsymbol{0}$，并把系数矩阵化为（行）最简阶梯形矩阵得

$$\begin{pmatrix}4&-2&-2\\-2&4&-2\\-2&-2&4\end{pmatrix}\to\begin{pmatrix}1&0&-1\\0&1&-1\\0&0&0\end{pmatrix},$$

从而基础解系为 $\boldsymbol{v}_3=(1,1,1)^{\mathrm{T}}$.

因此 $\boldsymbol{A}$ 可以对角化. 取

$$\boldsymbol{P}=(\boldsymbol{v}_1,\boldsymbol{v}_2,\boldsymbol{v}_3)=\begin{pmatrix}-1&-1&1\\1&0&1\\0&1&1\end{pmatrix},\boldsymbol{\Lambda}=\begin{pmatrix}1&&\\&1&\\&&7\end{pmatrix},$$

则 $\boldsymbol{P}^{-1}\boldsymbol{A}\boldsymbol{P}=\boldsymbol{\Lambda}$. □

习题 5.1

习题 5.1 解答

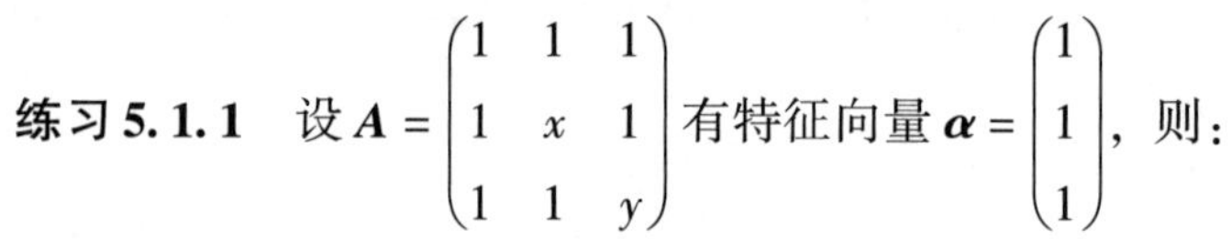

练习 5.1.1 设 $\boldsymbol{A}=\begin{pmatrix}1&1&1\\1&x&1\\1&1&y\end{pmatrix}$ 有特征向量 $\boldsymbol{\alpha}=\begin{pmatrix}1\\1\\1\end{pmatrix}$，则：

（1）计算 $\boldsymbol{A}\boldsymbol{\alpha}$，指出 $\boldsymbol{\alpha}$ 对应的特征值，并确定 x，y 的值；

（2）求 $\boldsymbol{A}$ 的所有特征值和特征向量.

练习 5.1.2 设 $n(n>2)$ 阶方阵 $\boldsymbol{A}$ 的特征值分别为整数 $-(n-1),-(n-2),\cdots,-2,-1,0$，且方阵 $\boldsymbol{B}$ 与 $\boldsymbol{A}$ 相似，$\boldsymbol{I}$ 是 n 阶单位矩阵，求 $|\boldsymbol{B}+n\boldsymbol{I}|$.

练习 5.1.3 设 $\boldsymbol{A}_{3\times3}$ 的特征值为 -3，1，2，则：

（1）证明 $\boldsymbol{A}$ 为可逆矩阵；

（2）求 $\operatorname{tr}\boldsymbol{A}$；

（3）求 $\boldsymbol{A}^{-1}$ 和 $\boldsymbol{A}^*$ 的特征值；

（4）求 $|\boldsymbol{A}^3-3\boldsymbol{A}+\boldsymbol{I}|$.

练习 5.1.4 设方阵 $\boldsymbol{A}$ 满足 $\boldsymbol{A}^2=2\boldsymbol{A}+8\boldsymbol{I}$，证明 $\boldsymbol{A}$ 的特征值只能为 -2 或 4.

练习 5.1.5 设 $\boldsymbol{A}$ 为 n 阶非零矩阵，$\boldsymbol{I}$ 为 n 阶单位矩阵，若 $\boldsymbol{A}^3=\boldsymbol{0}$，则（　　）.

(A) $\boldsymbol{I}-\boldsymbol{A}$ 不可逆，$\boldsymbol{I}+\boldsymbol{A}$ 不可逆

(B) $\boldsymbol{I}-\boldsymbol{A}$ 不可逆，$\boldsymbol{I}+\boldsymbol{A}$ 可逆

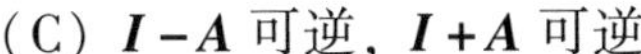

(C) $\boldsymbol{I}-\boldsymbol{A}$ 可逆，$\boldsymbol{I}+\boldsymbol{A}$ 可逆

(D) $\boldsymbol{I}-\boldsymbol{A}$ 可逆，$\boldsymbol{I}+\boldsymbol{A}$ 不可逆

练习 5.1.6　设 $\boldsymbol{\alpha}=(1,2,3)^{\mathrm{T}}$，$\boldsymbol{A}=\boldsymbol{\alpha\alpha}^{\mathrm{T}}$，求 $\boldsymbol{A}$ 的特征值.

练习 5.1.7　设 $\boldsymbol{v}_1$，$\boldsymbol{v}_2$ 是矩阵 $\boldsymbol{A}$ 的属于不同特征值的特征向量，证明 $\boldsymbol{v}_1+\boldsymbol{v}_2$ 不是 $\boldsymbol{A}$ 的特征向量.

练习 5.1.8　设 $\boldsymbol{A}$ 是 3 阶方阵，若 $\boldsymbol{Ax}=\boldsymbol{b}$ 有通解 $3\boldsymbol{b}+k_1\boldsymbol{\eta}_1+k_2\boldsymbol{\eta}_2(k_1,k_2\in\mathbb{R})$，求矩阵 $\boldsymbol{A}$ 的特征值和特征向量.

练习 5.1.9　设 $\boldsymbol{A}=\begin{pmatrix}2&0&0\\1&1&0\\1&1&1\end{pmatrix}$，判断 $\boldsymbol{A}$ 是否与对角矩阵相似.

练习 5.1.10　设 $\boldsymbol{A}=\begin{pmatrix}3&1\\5&-1\end{pmatrix}$，则：

(1) $\boldsymbol{A}$ 是否与对角矩阵相似？若相似，将 $\boldsymbol{A}$ 对角化.

(2) 计算 $\boldsymbol{A}^{50}\begin{pmatrix}1\\-5\end{pmatrix}$.

练习 5.1.11　设 $\boldsymbol{A}=\begin{pmatrix}1&4&-2\\0&-1&0\\1&2&-2\end{pmatrix}$，求 $\boldsymbol{A}^{2\,023}$.

练习 5.1.12　设 $\boldsymbol{A}=\begin{pmatrix}0&0&1\\x&1&y\\1&0&0\end{pmatrix}$有 3 个线性无关的特征向量，求 x 与 y 应满足的条件.

练习 5.1.13　设矩阵 $\boldsymbol{A}=\begin{pmatrix}-2&-2&1\\2&x&-2\\0&0&-2\end{pmatrix}$与 $\boldsymbol{B}=\begin{pmatrix}2&1&0\\0&-1&0\\0&0&y\end{pmatrix}$相似，求 x，y 的值，并求可逆矩阵 $\boldsymbol{P}$，使 $\boldsymbol{P}^{-1}\boldsymbol{AP}=\boldsymbol{B}$.

练习 5.1.14　设 $\boldsymbol{A}$ 是 3 阶方阵，$\boldsymbol{\alpha}_1$，$\boldsymbol{\alpha}_2$，$\boldsymbol{\alpha}_3$ 是线性无关的三维列向量，且 $\boldsymbol{A\alpha}_1=\boldsymbol{\alpha}_1-\boldsymbol{\alpha}_2+2\boldsymbol{\alpha}_3$，$\boldsymbol{A\alpha}_2=\boldsymbol{\alpha}_1+3\boldsymbol{\alpha}_2-6\boldsymbol{\alpha}_3$，$\boldsymbol{A\alpha}_3=\boldsymbol{0}$，求矩阵 $\boldsymbol{A}$ 的特征值.

练习 5.1.15　设 $\boldsymbol{\eta}_1=(1,1,1)^{\mathrm{T}}$，$\boldsymbol{\eta}_2=(1,0,-1)^{\mathrm{T}}$，$\boldsymbol{\eta}_3=(1,-2,1)^{\mathrm{T}}$ 为 $\boldsymbol{A}_{3\times3}$的分别属于特征值 $\lambda_1=0$，$\lambda_2=1$，$\lambda_3=3$ 的特征向量，求 $\boldsymbol{A}$.

练习 5.1.16　若 4 阶方阵 $\boldsymbol{A}$ 与 $\boldsymbol{B}$ 相似，矩阵 $\boldsymbol{A}$ 的特征值为$\dfrac{1}{2}$，$\dfrac{1}{3}$，$\dfrac{1}{4}$，$\dfrac{1}{5}$，求 $|\boldsymbol{B}^{-1}-\boldsymbol{I}|$.

练习 5.1.17　设矩阵 $\boldsymbol{A}=\begin{pmatrix}a&-1&c\\5&b&3\\1-c&0&-a\end{pmatrix}$，其行列式 $|\boldsymbol{A}|=-1$，$\boldsymbol{A}$ 的

伴随矩阵 $\boldsymbol{A}^*$ 有一个特征值 λ_0，属于 λ_0 的一个特征向量为 $\boldsymbol{\alpha}=(-1,-1,1)^{\mathrm{T}}$，求 a，b，c 和 λ_0 的值.

练习 5.1.18 设 $\boldsymbol{A}$ 为 3 阶方阵，3 阶可逆矩阵 $\boldsymbol{P}$ 按列分块为 $\boldsymbol{P}=(\boldsymbol{v}_1,\boldsymbol{v}_2,\boldsymbol{v}_3)$，且 $\boldsymbol{P}^{-1}\boldsymbol{A}\boldsymbol{P}=\begin{pmatrix}1&0&0\\0&1&0\\0&0&2\end{pmatrix}$，设 $\boldsymbol{Q}=(2\boldsymbol{v}_3,\boldsymbol{v}_1+\boldsymbol{v}_2,5\boldsymbol{v}_1)$，求 $\boldsymbol{Q}^{-1}\boldsymbol{A}\boldsymbol{Q}$.

练习 5.1.19 设 $\boldsymbol{A}$ 为 2 阶方阵，$\boldsymbol{\alpha}_1$，$\boldsymbol{\alpha}_2$ 为线性无关的二维列向量，$\boldsymbol{A}_1=0$，$\boldsymbol{A}\boldsymbol{\alpha}_2=2\boldsymbol{\alpha}_1+\boldsymbol{\alpha}_2$，求 $\boldsymbol{A}$ 的非零特征值.

练习 5.1.20 设 n 阶方阵 $\boldsymbol{A}$ 满足 $\boldsymbol{A}^2-3\boldsymbol{A}+2\boldsymbol{I}=\boldsymbol{0}$，其中 $\boldsymbol{I}$ 是 n 阶单位矩阵. 证明 $\boldsymbol{A}$ 一定可以对角化.

练习 5.1.21 若 $\boldsymbol{v}_1$，$\boldsymbol{v}_2$ 分别是方阵 $\boldsymbol{A}$ 的两个不同的特征值对应的特征向量，则 $k_1\boldsymbol{v}_1+k_2\boldsymbol{v}_2$ 也是 $\boldsymbol{A}$ 的特征向量的充分条件是（　　）.

（A）$k_1=0$ 且 $k_2=0$

（B）$k_1\neq0$ 且 $k_2\neq0$

（C）$k_1k_2=0$

（D）$k_1\neq0$ 且 $k_2=0$

练习 5.1.22 设方阵 $\boldsymbol{A}$ 与 $\boldsymbol{B}$ 相似，则（　　）.

（A）$\boldsymbol{A}-\lambda\boldsymbol{I}=\boldsymbol{B}-\lambda\boldsymbol{I}$

（B）$\boldsymbol{A}$ 与 $\boldsymbol{B}$ 有相同的特征值和特征向量

（C）$\boldsymbol{A}$ 与 $\boldsymbol{B}$ 都相似于一个对角矩阵

（D）对任意常数 t，$\boldsymbol{A}-t\boldsymbol{I}$ 与 $\boldsymbol{B}-t\boldsymbol{I}$ 相似

5.2 实对称矩阵正交对角化

这一节将把$\mathbb{R}^2$，$\mathbb{R}^3$上的数量积推广到一般的$\mathbb{R}^n$；进一步引入正交向量组(基)，规范正交向量组（基）①，并介绍构造正交向量组的施密特正交化方法；最后将介绍正交矩阵的概念与性质，并利用正交矩阵把实对称矩阵对角化.

※有些教材记作 $\langle\alpha,\beta\rangle$.

定义 5.2.1 设 $\boldsymbol{\alpha}=(a_1,a_2,\cdots,a_n)^{\mathrm{T}}$，$\boldsymbol{\beta}=(b_1,b_2,\cdots,b_n)^{\mathrm{T}}\in\mathbb{R}^n$，称 $a_1b_1+a_2b_2+\cdots+a_nb_n$ 是向量 $\boldsymbol{\alpha}$ 和 $\boldsymbol{\beta}$ 的内积，记作 $\boldsymbol{\alpha}\cdot\boldsymbol{\beta}=\boldsymbol{\alpha}^{\mathrm{T}}\boldsymbol{\beta}$.

向量的内积与长度

设 $\boldsymbol{\alpha}=(-2,2,1,-2)^{\mathrm{T}}$，$\boldsymbol{\beta}=(2,2,1,1)^{\mathrm{T}}$，则

① 类似于建立直角坐标系.

$$\boldsymbol{\alpha}\cdot\boldsymbol{\beta}=(-2)\times 2+2\times 2+1\times 1+(-2)\times 1=-1.$$

内积具有下述性质，留给读者自行验证.

命题 5.2.1　设 $\boldsymbol{\alpha}$，$\boldsymbol{\beta}$，$\boldsymbol{\gamma}\in\mathbb{R}^n$，$k$，$l\in\mathbb{R}$，则有以下性质.

(1) 对称性：$\boldsymbol{\alpha}\cdot\boldsymbol{\beta}=\boldsymbol{\beta}\cdot\boldsymbol{\alpha}$.

(2) 线性性质：$(k\boldsymbol{\alpha}+l\boldsymbol{\beta})\cdot\boldsymbol{\gamma}=k\boldsymbol{\alpha}\cdot\boldsymbol{\gamma}+l\boldsymbol{\beta}\cdot\boldsymbol{\gamma}$.

(3) 非负性：$\boldsymbol{\alpha}\cdot\boldsymbol{\alpha}\geqslant 0$，取等号当且仅当 $\boldsymbol{\alpha}=\mathbf{0}$.

定义 5.2.2　设 $\forall\boldsymbol{\alpha}=(a_1,a_2,\cdots,a_n)^{\mathrm{T}}\in\mathbb{R}^n$，定义其长度为 $\|\boldsymbol{\alpha}\|=\sqrt{\boldsymbol{\alpha}\cdot\boldsymbol{\alpha}}$. 向量的长度也称为向量的范数.

向量的长度具有以下的性质，留给读者自行验证.

命题 5.2.2　设 $\boldsymbol{\alpha}$，$\boldsymbol{\beta}\in\mathbb{R}^n$，$k\in\mathbb{R}$，则

(1) 非负性：$\|\boldsymbol{\alpha}\|\geqslant 0$，且 $\|\boldsymbol{\alpha}\|=0$ 当且仅当 $\boldsymbol{\alpha}=\mathbf{0}$.

(2) 齐次性：$\|k\boldsymbol{\alpha}\|=|k|\,\|\boldsymbol{\alpha}\|$.

(3) 柯西 - 施瓦茨不等式：$|\boldsymbol{\alpha}\cdot\boldsymbol{\beta}|\leqslant\|\boldsymbol{\alpha}\|\,\|\boldsymbol{\beta}\|$.

注：定义向量 $\boldsymbol{\alpha}$ 和 $\boldsymbol{\beta}$ 的夹角 $(\widehat{\boldsymbol{\alpha},\boldsymbol{\beta}})$ 的余弦 $\cos(\widehat{\boldsymbol{\alpha},\boldsymbol{\beta}})=\dfrac{\boldsymbol{\alpha}\cdot\boldsymbol{\beta}}{\|\boldsymbol{\alpha}\|\,\|\boldsymbol{\beta}\|}$.　□

把长度为 1 的向量称为单位向量. 对任意的非零向量 $\boldsymbol{\alpha}\in\mathbb{R}^n$，$\dfrac{\boldsymbol{\alpha}}{\|\boldsymbol{\alpha}\|}$ 是一个单位向量，将由 $\boldsymbol{\alpha}$ 得到 $\dfrac{\boldsymbol{\alpha}}{\|\boldsymbol{\alpha}\|}$ 的过程称为把向量 $\boldsymbol{\alpha}$ 单位化.

例如，把 $\boldsymbol{\alpha}=(1,2,3)^{\mathrm{T}}$ 单位化，得到 $\dfrac{\boldsymbol{\alpha}}{\|\boldsymbol{\alpha}\|}=\dfrac{1}{\sqrt{14}}(1,2,3)^{\mathrm{T}}$.

例 5.2.1　设 $\boldsymbol{A}$ 为 $m\times n$ 实矩阵. $\boldsymbol{A}^{\mathrm{T}}$ 是 $\boldsymbol{A}$ 的转置矩阵，证明 $\boldsymbol{Ax}=\mathbf{0}$ 和 $\boldsymbol{A}^{\mathrm{T}}\boldsymbol{Ax}=\mathbf{0}$ 的解相同.

证明：设 $\boldsymbol{\alpha}$ 是 $\boldsymbol{Ax}=\mathbf{0}$ 的解，显然 $(\boldsymbol{A}^{\mathrm{T}}\boldsymbol{A})\boldsymbol{\alpha}=\boldsymbol{A}^{\mathrm{T}}(\boldsymbol{A\alpha})=\mathbf{0}$，从而 $\boldsymbol{\alpha}$ 也是 $(\boldsymbol{A}^{\mathrm{T}}\boldsymbol{A})\boldsymbol{x}=\mathbf{0}$ 的解.

设 $\boldsymbol{\alpha}$ 是 $(\boldsymbol{A}^{\mathrm{T}}\boldsymbol{A})\boldsymbol{x}=\mathbf{0}$ 的解，即 $(\boldsymbol{A}^{\mathrm{T}}\boldsymbol{A})\boldsymbol{\alpha}=\mathbf{0}$，显然 $\boldsymbol{\alpha}^{\mathrm{T}}(\boldsymbol{A}^{\mathrm{T}}\boldsymbol{A})\boldsymbol{\alpha}=0$，即 $(\boldsymbol{A\alpha})^{\mathrm{T}}(\boldsymbol{A\alpha})=0$，从而 $\boldsymbol{A\alpha}=\mathbf{0}$，故 $\boldsymbol{\alpha}$ 也是 $\boldsymbol{Ax}=\mathbf{0}$ 的解.

综上所述，$\boldsymbol{Ax}=\mathbf{0}$ 和 $\boldsymbol{A}^{\mathrm{T}}\boldsymbol{Ax}=\mathbf{0}$ 的解相同.　□

注：进一步，可以利用线性方程组解的结构定理（定理 4.2.4）证明 $r(\boldsymbol{A})=r(\boldsymbol{A}^{\mathrm{T}}\boldsymbol{A})$.　□

利用这一结论，可以把求 $\boldsymbol{Ax}=\mathbf{0}$ 的基础解系转化为求 $\boldsymbol{A}^{\mathrm{T}}\boldsymbol{Ax}=\mathbf{0}$ 的基础解系.

定义 5.2.3 设 $\boldsymbol{\alpha}, \boldsymbol{\beta} \in \mathbb{R}^n$，若 $\boldsymbol{\alpha}$ 和 $\boldsymbol{\beta}$ 的内积为零，则称 $\boldsymbol{\alpha}$ 和 $\boldsymbol{\beta}$ 正交（垂直）.

正交向量组与斯密特正交化方法 01

由于零向量与任意的向量的内积都为零，因此零向量与任意的向量都正交.

定义 5.2.4 若$\mathbb{R}^n$中的非零向量组[①] $\boldsymbol{\alpha}_1, \boldsymbol{\alpha}_2, \cdots, \boldsymbol{\alpha}_s$ 两两正交，即 $\forall i \neq j$，$\boldsymbol{\alpha}_i \cdot \boldsymbol{\alpha}_j = 0$，则称该向量组是正交向量组. 进一步，$\forall i$，$\|\boldsymbol{\alpha}_i\| = 1$，则称该向量组为单位（规范）正交向量组.

显然初始单位向量组 $\boldsymbol{\varepsilon}_1, \boldsymbol{\varepsilon}_2, \cdots, \boldsymbol{\varepsilon}_n \in \mathbb{R}^n$ 是一个单位（规范）正交向量组.

定理 5.2.1 $\mathbb{R}^n$中的正交向量组线性无关.

※请读者自行尝试用定义证明.

证明：设 $\boldsymbol{\alpha}_1, \boldsymbol{\alpha}_2, \cdots, \boldsymbol{\alpha}_s \in \mathbb{R}^n$ 是一个正交向量组. 取

$$\boldsymbol{A} = (\boldsymbol{\alpha}_1, \boldsymbol{\alpha}_2, \cdots, \boldsymbol{\alpha}_s), \ \boldsymbol{A}^{\mathrm{T}} = \begin{pmatrix} \boldsymbol{\alpha}_1^{\mathrm{T}} \\ \boldsymbol{\alpha}_2^{\mathrm{T}} \\ \vdots \\ \boldsymbol{\alpha}_s^{\mathrm{T}} \end{pmatrix},$$

因此[②] $\boldsymbol{A}^{\mathrm{T}}\boldsymbol{A} = \begin{pmatrix} \|\boldsymbol{\alpha}_1\|^2 & & & \\ & \|\boldsymbol{\alpha}_2\|^2 & & \\ & & \ddots & \\ & & & \|\boldsymbol{\alpha}_s\|^2 \end{pmatrix}$. 又因

$$s \leqslant r(\boldsymbol{A}^{\mathrm{T}}\boldsymbol{A}) \leqslant \min\{r(\boldsymbol{A}^{\mathrm{T}}), r(\boldsymbol{A})\} = r(\boldsymbol{A}) \leqslant s,$$

故 $r(\boldsymbol{A}) = s$，即 $\boldsymbol{\alpha}_1, \boldsymbol{\alpha}_2, \cdots, \boldsymbol{\alpha}_s$ 线性无关. □

下面介绍施密特正交化方法，该方法可以从给定的一个线性无关的向量组 $\boldsymbol{\alpha}_1, \boldsymbol{\alpha}_2, \cdots, \boldsymbol{\alpha}_s$ 出发，构造一个正交向量组 $\boldsymbol{\beta}_1, \boldsymbol{\beta}_2, \cdots, \boldsymbol{\beta}_s$，该向量组与原向量组等价（或者说从一组普通的基出发，找到一组正交基.），并且

※如果给定的向量组线性相关，就取一个极大线性无关组出来即可.

$$\begin{aligned} \boldsymbol{\alpha}_1 &\xleftrightarrow{\text{等价}} \boldsymbol{\beta}_1 \\ \boldsymbol{\alpha}_1, \boldsymbol{\alpha}_2 &\xleftrightarrow{\text{等价}} \boldsymbol{\beta}_1, \boldsymbol{\beta}_2 \\ &\vdots \\ \boldsymbol{\alpha}_1, \boldsymbol{\alpha}_2, \cdots, \boldsymbol{\alpha}_s &\xleftrightarrow{\text{等价}} \boldsymbol{\beta}_1, \boldsymbol{\beta}_2, \cdots, \boldsymbol{\beta}_s. \end{aligned}$$

正交向量组与斯密特正交化方法 02

① 不含零向量.

② 见例 2.2.12.

取$\boldsymbol{\beta}_1=\boldsymbol{\alpha}_1$，显然$\boldsymbol{\alpha}_1$与$\boldsymbol{\beta}_1$等价．不妨设满足前述条件的$\boldsymbol{\beta}_1$，$\boldsymbol{\beta}_2$，…，$\boldsymbol{\beta}_{n-1}$已经构造出来了，取

$$\boldsymbol{\beta}_n=\boldsymbol{\alpha}_n-\sum_{i=1}^{n-1}k_i\boldsymbol{\beta}_i,$$

显然$\boldsymbol{\alpha}_1$，$\boldsymbol{\alpha}_2$，…，$\boldsymbol{\alpha}_n$与$\boldsymbol{\beta}_1$，$\boldsymbol{\beta}_2$，…，$\boldsymbol{\beta}_n$等价①，只需要取适当的k_1，k_2，…，k_{n-1}，使$\boldsymbol{\beta}_1$，$\boldsymbol{\beta}_2$，…，$\boldsymbol{\beta}_n$正交即可．由于$\boldsymbol{\beta}_1$，$\boldsymbol{\beta}_2$，…，$\boldsymbol{\beta}_{n-1}$是正交向量组，$\forall j=1$，2，…，$n-1$，$\boldsymbol{\beta}_n\cdot\boldsymbol{\beta}_j=0$，亦即

$$0=\left(\boldsymbol{\alpha}_n-\sum_{i=1}^{n-1}k_i\boldsymbol{\beta}_i\right)\cdot\boldsymbol{\beta}_j=\boldsymbol{\alpha}_n\cdot\boldsymbol{\beta}_j-k_j\boldsymbol{\beta}_j\cdot\boldsymbol{\beta}_j,$$

因此$k_j=\dfrac{\boldsymbol{\alpha}_n\cdot\boldsymbol{\beta}_j}{\boldsymbol{\beta}_j\cdot\boldsymbol{\beta}_j}$. 重复以上过程即可．

综上所述，有下面的算法．

算法 5.2.1　（施密特正交化方法）步骤如下：

（1）$\boldsymbol{\beta}_1=\boldsymbol{\alpha}_1$；

（2）对$n\geqslant2$，依次取$n=2$，3，…，s，由$\boldsymbol{\beta}_n=\boldsymbol{\alpha}_n-\sum\limits_{i=1}^{n-1}\dfrac{\boldsymbol{\alpha}_n\cdot\boldsymbol{\beta}_i}{\boldsymbol{\beta}_i\cdot\boldsymbol{\beta}_i}\boldsymbol{\beta}_i$，得出$\boldsymbol{\beta}_2$，$\boldsymbol{\beta}_3$，…，$\boldsymbol{\beta}_s$.

注：如果需要构造的向量组是单位正交向量组，只需要在施密特正交化以后再单位化即可．　□

例 5.2.2　设$\boldsymbol{\alpha}_1=(-1,2,0,-2)^{\mathrm{T}}$，$\boldsymbol{\alpha}_2=(1,0,-1,0)^{\mathrm{T}}$，$\boldsymbol{\alpha}_3=(-2,-2,3,3)^{\mathrm{T}}$，求一个与该向量组等价的单位正交向量组．

解：取$\boldsymbol{\beta}_1=\boldsymbol{\alpha}_1=(-1,2,0,-2)^{\mathrm{T}}$，

$$\begin{aligned}\boldsymbol{\beta}_2&=\boldsymbol{\alpha}_2-\frac{\boldsymbol{\alpha}_2\cdot\boldsymbol{\beta}_1}{\boldsymbol{\beta}_1\cdot\boldsymbol{\beta}_1}\boldsymbol{\beta}_1\\&=(1,0,-1,0)^{\mathrm{T}}-\frac{-1}{9}(-1,2,0,-2)^{\mathrm{T}}\\&=\left(\frac{8}{9},\frac{2}{9},-1,-\frac{2}{9}\right)^{\mathrm{T}},\end{aligned}$$

$$\begin{aligned}\boldsymbol{\beta}_3&=\boldsymbol{\alpha}_3-\frac{\boldsymbol{\alpha}_3\cdot\boldsymbol{\beta}_1}{\boldsymbol{\beta}_1\cdot\boldsymbol{\beta}_1}\boldsymbol{\beta}_1-\frac{\boldsymbol{\alpha}_3\cdot\boldsymbol{\beta}_2}{\boldsymbol{\beta}_2\cdot\boldsymbol{\beta}_2}\boldsymbol{\beta}_2\\&=\boldsymbol{\alpha}_3-\frac{\boldsymbol{\alpha}_3\cdot\boldsymbol{\beta}_1}{\boldsymbol{\beta}_1\cdot\boldsymbol{\beta}_1}\boldsymbol{\beta}_1-\frac{\boldsymbol{\alpha}_3\cdot(9\boldsymbol{\beta}_2)}{(9\boldsymbol{\beta}_2)\cdot(9\boldsymbol{\beta}_2)}(9\boldsymbol{\beta}_2)\\&=(-2,-2,3,3)^{\mathrm{T}}-\frac{-8}{9}(-1,2,0,-2)^{\mathrm{T}}-\frac{-53}{153}(8,2,-9,-2)^{\mathrm{T}}\end{aligned}$$

① 思考一下，为什么$\boldsymbol{\alpha}_1$，$\boldsymbol{\alpha}_2$，…，$\boldsymbol{\alpha}_n$与$\boldsymbol{\beta}_1$，$\boldsymbol{\beta}_2$，…，$\boldsymbol{\beta}_n$可以相互线性表出．

$$=\left(-\frac{2}{17},\frac{8}{17},-\frac{2}{17},\frac{9}{17}\right)^{\mathrm{T}},$$

单位化得

$$\boldsymbol{\gamma}_1=\frac{\boldsymbol{\beta}_1}{\|\boldsymbol{\beta}_1\|}=\left(-\frac{1}{3},\ \frac{2}{3},\ 0,\ -\frac{2}{3}\right)^{\mathrm{T}},$$

$$\boldsymbol{\gamma}_2=\frac{\boldsymbol{\beta}_2}{\|\boldsymbol{\beta}_2\|}=\left(\frac{8}{3\sqrt{17}},\ \frac{2}{3\sqrt{17}},\ -\frac{3}{\sqrt{17}},\ -\frac{2}{3\sqrt{17}}\right)^{\mathrm{T}},$$

$$\boldsymbol{\gamma}_3=\frac{\boldsymbol{\beta}_3}{\|\boldsymbol{\beta}_3\|}=\left(-\frac{2}{3\sqrt{17}},\ \frac{8}{3\sqrt{17}},\ -\frac{2}{3\sqrt{17}},\ \frac{3}{\sqrt{17}}\right)^{\mathrm{T}}.$$

则 $\boldsymbol{\gamma}_1$，$\boldsymbol{\gamma}_2$，$\boldsymbol{\gamma}_3$ 是与原向量组等价的一个单位正交向量组．□

接下来介绍正交矩阵的概念，并且实对称矩阵一定可以利用正交矩阵对角化．下面的内容会涉及一些复数上的矩阵．

正交矩阵

※请读者思考一下，$\pm\boldsymbol{I}$ 是不是正交矩阵呢？正交矩阵和实对称矩阵一样吗？

定义 5.2.5 设 $\boldsymbol{Q}$ 是 n 阶实矩阵，若 $\boldsymbol{Q}^{\mathrm{T}}\boldsymbol{Q}=\boldsymbol{I}$，则称 $\boldsymbol{Q}$ 为正交矩阵．

例如

$$\begin{pmatrix}\cos\theta & -\sin\theta\\ \sin\theta & \cos\theta\end{pmatrix}^{\mathrm{T}}\begin{pmatrix}\cos\theta & -\sin\theta\\ \sin\theta & \cos\theta\end{pmatrix}=\boldsymbol{I},$$

从而 $\begin{pmatrix}\cos\theta & -\sin\theta\\ \sin\theta & \cos\theta\end{pmatrix}$ 是正交矩阵．

※请读者自行验证 $(\cos\theta,\ \sin\theta)^{\mathrm{T}}$，$(-\sin\theta,\ \cos\theta)^{\mathrm{T}}$ 构成了一个单位正交向量组．

命题 5.2.3 正交矩阵具有下述性质：

(1) 若 $\boldsymbol{Q}$ 是正交矩阵，则 $|\boldsymbol{Q}|=1$ 或 -1；

(2) 若 $\boldsymbol{Q}$ 是正交矩阵，则 $\boldsymbol{Q}^{\mathrm{T}}=\boldsymbol{Q}^{-1}$；

(3) 若 $\boldsymbol{P}$，$\boldsymbol{Q}$ 都是正交矩阵，则 $\boldsymbol{PQ}$ 也是正交矩阵；

(4) $\boldsymbol{Q}$ 是正交矩阵当且仅当 $\boldsymbol{QQ}^{\mathrm{T}}=\boldsymbol{I}$. ①

实对称矩阵的乘积不一定是实对称矩阵，见练习2.1.18.

证明：(1) 若 $\boldsymbol{Q}$ 是正交矩阵，则 $\boldsymbol{Q}^{\mathrm{T}}\boldsymbol{Q}=\boldsymbol{I}$，从而 $|\boldsymbol{Q}^{\mathrm{T}}||\boldsymbol{Q}|=|\boldsymbol{I}|=1$，因此 $|\boldsymbol{Q}|^2=1$，故 $|\boldsymbol{Q}|=1$ 或 -1；

(2) 若 $\boldsymbol{Q}$ 是正交矩阵，则 $\boldsymbol{Q}^{\mathrm{T}}\boldsymbol{Q}=\boldsymbol{I}$ 且 $\boldsymbol{Q}$ 可逆，等式两边同时右乘 $\boldsymbol{Q}^{-1}$，则 $\boldsymbol{Q}^{\mathrm{T}}=\boldsymbol{Q}^{-1}$；

(3) 若 $\boldsymbol{P}$，$\boldsymbol{Q}$ 都是正交矩阵，则 $(\boldsymbol{PQ})^{\mathrm{T}}\boldsymbol{PQ}=\boldsymbol{Q}^{\mathrm{T}}(\boldsymbol{P}^{\mathrm{T}}\boldsymbol{P})\boldsymbol{Q}=\boldsymbol{I}$，从而 $\boldsymbol{PQ}$ 也是正交矩阵；

(4) $\boldsymbol{Q}$ 是正交矩阵，则 $\boldsymbol{Q}^{\mathrm{T}}=\boldsymbol{Q}^{-1}$，故 $\boldsymbol{QQ}^{\mathrm{T}}=\boldsymbol{QQ}^{-1}=\boldsymbol{I}$，反之亦然．□

① 这一条告诉我们，$\boldsymbol{Q}$ 是正交矩阵当且仅当 $\boldsymbol{Q}^{\mathrm{T}}$ 是正交矩阵．

定理 5.2.2　设 $\boldsymbol{Q}$ 是 n 阶实矩阵，则 $\boldsymbol{Q}$ 是正交矩阵的充分必要条件是其列（行）向量组是单位正交向量组 .

※对照练习 2.2.10.

证明：设 $\boldsymbol{Q}=(\boldsymbol{\alpha}_1,\boldsymbol{\alpha}_1,\cdots,\boldsymbol{\alpha}_n)$，$\boldsymbol{Q}$ 是正交矩阵当且仅当

$$\boldsymbol{I}=\boldsymbol{Q}^{\mathrm{T}}\boldsymbol{Q}=\begin{pmatrix}\boldsymbol{\alpha}_1^{\mathrm{T}}\\ \boldsymbol{\alpha}_2^{\mathrm{T}}\\ \vdots\\ \boldsymbol{\alpha}_n^{\mathrm{T}}\end{pmatrix}(\boldsymbol{\alpha}_1,\ \boldsymbol{\alpha}_2,\ \cdots,\ \boldsymbol{\alpha}_n)$$

$$=\begin{pmatrix}\boldsymbol{\alpha}_1^{\mathrm{T}}\boldsymbol{\alpha}_1 & \boldsymbol{\alpha}_1^{\mathrm{T}}\boldsymbol{\alpha}_2 & \cdots & \boldsymbol{\alpha}_1^{\mathrm{T}}\boldsymbol{\alpha}_n\\ \boldsymbol{\alpha}_2^{\mathrm{T}}\boldsymbol{\alpha}_1 & \boldsymbol{\alpha}_2^{\mathrm{T}}\boldsymbol{\alpha}_2 & \cdots & \boldsymbol{\alpha}_2^{\mathrm{T}}\boldsymbol{\alpha}_n\\ \vdots & \vdots & & \vdots\\ \boldsymbol{\alpha}_n^{\mathrm{T}}\boldsymbol{\alpha}_1 & \boldsymbol{\alpha}_n^{\mathrm{T}}\boldsymbol{\alpha}_2 & \cdots & \boldsymbol{\alpha}_n^{\mathrm{T}}\boldsymbol{\alpha}_n\end{pmatrix}.$$

因此 $\boldsymbol{I}=\boldsymbol{Q}^{\mathrm{T}}\boldsymbol{Q}$ 等价于 $\boldsymbol{\alpha}_i\cdot\boldsymbol{\alpha}_j=\boldsymbol{\alpha}_i^{\mathrm{T}}\boldsymbol{\alpha}_j=\begin{cases}1, & i=j\\ 0, & i\neq j\end{cases}$. 也就是 $\boldsymbol{Q}$ 是 n 阶实矩阵，则 $\boldsymbol{Q}$ 是正交矩阵的充分必要条件是其列向量组是单位正交向量组 .

又因为 $\boldsymbol{Q}$ 是正交矩阵当且仅当 $\boldsymbol{Q}^{\mathrm{T}}$ 是正交矩阵，亦即 $\boldsymbol{Q}$ 的行向量组是单位正交向量组 . □

定理 5.2.3　设 $\boldsymbol{Q}$ 是 n 阶正交矩阵，$\boldsymbol{v}$，$\boldsymbol{u}\in\mathbb{R}^n$，则有以下结论.

（1）正交矩阵保持长度：$\|\boldsymbol{Q}\boldsymbol{v}\|=\|\boldsymbol{v}\|$.

（2）正交矩阵保持内积：$(\boldsymbol{Q}\boldsymbol{v})\cdot(\boldsymbol{Q}\boldsymbol{u})=\boldsymbol{v}\cdot\boldsymbol{u}$.

※请读者尝试证明正交矩阵的特征值的模为 1.

证明：（1）是（2）的特例，只需证明（2）. 显然

$$(\boldsymbol{Q}\boldsymbol{v})\cdot(\boldsymbol{Q}\boldsymbol{u})=(\boldsymbol{Q}\boldsymbol{v})^{\mathrm{T}}(\boldsymbol{Q}\boldsymbol{u})=\boldsymbol{v}^{\mathrm{T}}(\boldsymbol{Q}^{\mathrm{T}}\boldsymbol{Q})\boldsymbol{u}=\boldsymbol{v}^{\mathrm{T}}\boldsymbol{u}=\boldsymbol{v}\cdot\boldsymbol{u}.$$

从而（2）成立，取 $\boldsymbol{u}=\boldsymbol{v}$，则（1）成立. □

注：反过来也正确. 若 $\forall\boldsymbol{v}\in\mathbb{R}^n$，$\|\boldsymbol{Q}\boldsymbol{v}\|=\|\boldsymbol{v}\|$，则 $\boldsymbol{Q}$ 一定是正交阵. 证明需要利用习题 5.2.12 的结论. □

矩阵的加减、数乘、乘积、转置等运算也可以推广到复矩阵 . 特别地，设 $\boldsymbol{A}=(a_{ij})$ 是 $m\times n$ 复矩阵，定义共轭运算 $\bar{\boldsymbol{A}}=(\bar{a}_{ij})$，针对共轭运算，有以下性质 .

命题 5.2.4　设 $\boldsymbol{A}$，$\boldsymbol{B}$ 是复矩阵，$k\in\mathbb{C}$，且下列运算有意义，则：

（1）$\overline{\boldsymbol{A}\pm\boldsymbol{B}}=\bar{\boldsymbol{A}}\pm\bar{\boldsymbol{B}}$;

（2）$\overline{k\boldsymbol{A}}=\bar{k}\,\bar{\boldsymbol{A}}$;

（3）$\overline{\boldsymbol{A}^{\mathrm{T}}}=\bar{\boldsymbol{A}}^{\mathrm{T}}$;

（4）$\overline{\boldsymbol{A}\boldsymbol{B}}=\bar{\boldsymbol{A}}\,\bar{\boldsymbol{B}}$.

※请读者自行验证.

定义 5.2.6 若 n 阶方阵 $\boldsymbol{A}$ 的元素全为实数且 $\boldsymbol{A}^{\mathrm{T}}=\boldsymbol{A}$，则称 $\boldsymbol{A}$ 是实对称矩阵.

实对称矩阵在二次型分类中扮演了重要的角色，接下来介绍实对称矩阵的特征值与特征向量的性质.

实对称矩阵的特征值和特征向量 01

定理 5.2.4 实对称矩阵的特征值都是实数.

证明：设 λ 是实对称矩阵 $\boldsymbol{A}$ 的特征值，对应的特征向量为 $\boldsymbol{v}$，则

$$\bar{\boldsymbol{v}}^{\mathrm{T}}\boldsymbol{A}\boldsymbol{v}=\bar{\boldsymbol{v}}^{\mathrm{T}}\lambda\boldsymbol{v}=\lambda\bar{\boldsymbol{v}}^{\mathrm{T}}\boldsymbol{v},$$

因此 $\lambda=\dfrac{\bar{\boldsymbol{v}}^{\mathrm{T}}\boldsymbol{A}\boldsymbol{v}}{\bar{\boldsymbol{v}}^{\mathrm{T}}\boldsymbol{v}}$，进一步可得

$$\begin{aligned}\bar{\lambda}&=\overline{\frac{\bar{\boldsymbol{v}}^{\mathrm{T}}\boldsymbol{A}\boldsymbol{v}}{\bar{\boldsymbol{v}}^{\mathrm{T}}\boldsymbol{v}}}=\frac{\boldsymbol{v}^{\mathrm{T}}\bar{\boldsymbol{A}}\bar{\boldsymbol{v}}}{\boldsymbol{v}^{\mathrm{T}}\bar{\boldsymbol{v}}}=\frac{\boldsymbol{v}^{\mathrm{T}}\boldsymbol{A}\bar{\boldsymbol{v}}}{\boldsymbol{v}^{\mathrm{T}}\bar{\boldsymbol{v}}}\\&=\frac{(\boldsymbol{v}^{\mathrm{T}}\boldsymbol{A}\bar{\boldsymbol{v}})^{\mathrm{T}}}{(\boldsymbol{v}^{\mathrm{T}}\bar{\boldsymbol{v}})^{\mathrm{T}}}=\frac{\bar{\boldsymbol{v}}^{\mathrm{T}}\boldsymbol{A}^{\mathrm{T}}\boldsymbol{v}}{\bar{\boldsymbol{v}}^{\mathrm{T}}\boldsymbol{v}}=\lambda,\end{aligned}$$

从而 λ 是实数. □

注：从后面起，考虑的特征向量都是实的. □

定理 5.2.5 实对称矩阵的对应于不同特征值的特征向量是正交的.

证明：设 $\boldsymbol{v}_1$，$\boldsymbol{v}_2$ 是实对称矩阵 $\boldsymbol{A}$ 的对应于不同特征值 λ_1，λ_2 的特征向量，则

$$\boldsymbol{v}_1^{\mathrm{T}}\boldsymbol{A}\boldsymbol{v}_2=(\boldsymbol{v}_1^{\mathrm{T}}\boldsymbol{A}\boldsymbol{v}_2)^{\mathrm{T}}=\boldsymbol{v}_2^{\mathrm{T}}\boldsymbol{A}^{\mathrm{T}}\boldsymbol{v}_1=\boldsymbol{v}_2^{\mathrm{T}}\boldsymbol{A}\boldsymbol{v}_1,$$

故 $\lambda_2\boldsymbol{v}_1^{\mathrm{T}}\boldsymbol{v}_2=\lambda_1\boldsymbol{v}_2^{\mathrm{T}}\boldsymbol{v}_1=\lambda_1\boldsymbol{v}_1^{\mathrm{T}}\boldsymbol{v}_2$，即 $(\lambda_2-\lambda_1)\boldsymbol{v}_1^{\mathrm{T}}\boldsymbol{v}_2=0$，从而 $\boldsymbol{v}_1^{\mathrm{T}}\boldsymbol{v}_2=0$，即 $\boldsymbol{v}_1$ 与 $\boldsymbol{v}_2$ 是正交的.

※请读者对比实对称矩阵和正交矩阵，实对称矩阵和一般的方阵的性质呢？

可以证明，有下面的定理. □

定理 5.2.6 设 $\boldsymbol{A}$ 是实对称矩阵，则存在正交矩阵 $\boldsymbol{Q}$，使 $\boldsymbol{Q}^{-1}\boldsymbol{A}\boldsymbol{Q}$ 是对角矩阵.

证明：略，见本书参考文献［2］中的第 4 章定理 4.3.3. □

※请读者自己证明一个实矩阵能够正交对角化当且仅当这个矩阵是实对称矩阵.

例 5.2.3 设 $\boldsymbol{A}=\begin{pmatrix}1&1&1\\1&1&1\\1&1&1\end{pmatrix}$，求正交矩阵 $\boldsymbol{Q}$，使得 $\boldsymbol{Q}^{-1}\boldsymbol{A}\boldsymbol{Q}$ 是对角矩阵①.

实对称矩阵的特征值和特征向量 02

① 一个等价的陈述是：将实对称矩阵 $\boldsymbol{A}$ 正交对角化.

解：第 1 步，求特征值．由于

$$|\lambda I-A|=\begin{vmatrix}\lambda-1 & -1 & -1\\ -1 & \lambda-1 & -1\\ -1 & -1 & \lambda-1\end{vmatrix}=\lambda^2(\lambda-3),$$

因此，A 的特征值为 $\lambda_1=3$，$\lambda_2=\lambda_3=0$.

第 2 步，对每一个特征值，求线性无关的特征向量组．

当 $\lambda=3$ 时，把 $(\lambda I-A)x=0$ 的系数矩阵化为（行）最简阶梯形矩阵得

$$\lambda I-A=\begin{pmatrix}2 & -1 & -1\\ -1 & 2 & -1\\ -1 & -1 & 2\end{pmatrix}\to\begin{pmatrix}1 & 0 & -1\\ 0 & 1 & -1\\ 0 & 0 & 0\end{pmatrix}$$

从而基础解系为 $\alpha_1=(1,1,1)^{\mathrm{T}}$.

当 $\lambda=0$ 时，把 $(\lambda I-A)x=0$ 的系数矩阵化为（行）最简阶梯形矩阵得

$$\lambda I-A=\begin{pmatrix}-1 & -1 & -1\\ -1 & -1 & -1\\ -1 & -1 & -1\end{pmatrix}\to\begin{pmatrix}1 & 1 & 1\\ 0 & 0 & 0\\ 0 & 0 & 0\end{pmatrix}$$

从而基础解系为 $\alpha_2=(-1,1,0)^{\mathrm{T}}$，$\alpha_3=(-1,0,1)^{\mathrm{T}}$.

第 3 步，用施密特正交化方法构造单位正交特征向量组．

用施密特正交化方法化为正交向量组，留意到 α_1 与 α_2，α_3 是正交的，则

$$\beta_1=\alpha_1=(1,1,1)^{\mathrm{T}},\ \beta_2=\alpha_2=(-1,1,0)^{\mathrm{T}},$$

$$\beta_3=\alpha_3-\frac{\beta_2^{\mathrm{T}}\alpha_3}{\beta_2^{\mathrm{T}}\beta_2}\beta_2=\frac{1}{2}(-1,-1,2)^{\mathrm{T}}.$$

记 $Q=\left(\dfrac{\beta_1}{\|\beta_1\|},\dfrac{\beta_2}{\|\beta_2\|},\dfrac{\beta_3}{\|\beta_3\|}\right)=\begin{pmatrix}\frac{1}{\sqrt3} & -\frac{1}{\sqrt2} & -\frac{1}{\sqrt6}\\ \frac{1}{\sqrt3} & \frac{1}{\sqrt2} & -\frac{1}{\sqrt6}\\ \frac{1}{\sqrt3} & 0 & \frac{2}{\sqrt6}\end{pmatrix}$，则

$$Q^{-1}AQ=\begin{pmatrix}3 & 0 & 0\\ 0 & 0 & 0\\ 0 & 0 & 0\end{pmatrix}$$ □

※为什么实对称矩阵的线性无关的特征向量组经施密特正交化方法变换以后依然是特征向量组呢？为什么一般的矩阵不能这么做？请读者以$\begin{pmatrix}1 & 1\\ 0 & 2\end{pmatrix}$为例验证自己的猜测.

习题 5.2

练习 5.2.1　设 $\alpha_1=(1,0,-1)^{\mathrm{T}}$，$\alpha_2=(0,1,-1)^{\mathrm{T}}$，$\alpha_3=(1,1,1)^{\mathrm{T}}$，求一个与该向量组等价的单位正交向量组．

习题 5.2 解答

练习 5.2.2 设 $\boldsymbol{A}=\begin{pmatrix}5&-4&2\\-4&5&-2\\2&-2&2\end{pmatrix}$，求正交矩阵 Q，使得 $Q^{-1}\boldsymbol{AQ}$ 是对角矩阵.

练习 5.2.3 设 3 阶实对称矩阵 $\boldsymbol{A}$ 的特征值为 1，2，3，矩阵 $\boldsymbol{A}$ 的属于特征值 1，2 的特征向量分别是 $\boldsymbol{\alpha}_1=(-1,-1,1)^{\mathrm{T}}$，$\boldsymbol{\alpha}_2=(1,-2,-1)^{\mathrm{T}}$. 求：

（1）$\boldsymbol{A}$ 的属于特征值 3 的特征向量；

（2）矩阵 $\boldsymbol{A}$.

练习 5.2.4 设 $\boldsymbol{A}$ 为 3 阶实对称矩阵，$\boldsymbol{A}$ 的秩为 2，且

$$\boldsymbol{A}\begin{pmatrix}1&1\\0&0\\-1&1\end{pmatrix}=\begin{pmatrix}-1&1\\0&0\\1&1\end{pmatrix}.$$

（1）求 $\boldsymbol{A}$ 的所有特征值和特征向量.

（2）矩阵 $\boldsymbol{A}$ 是否与对角矩阵相似？若相似，写出其相似对角矩阵.

练习 5.2.5 设 3 阶实对称矩阵 $\boldsymbol{A}$ 的特征值为 6，3，3，与特征值 6 对应的一个特征向量为 $\boldsymbol{v}=(1,1,1)^{\mathrm{T}}$，求 $\boldsymbol{A}$.

练习 5.2.6 设 $\boldsymbol{A}$ 是 3 阶实对称矩阵，且 $\boldsymbol{A}^2+2\boldsymbol{A}=\boldsymbol{0}$，若 $\boldsymbol{A}$ 的秩为 2，求与 $\boldsymbol{A}$ 相似的对角矩阵.

练习 5.2.7 设 $\boldsymbol{A}$ 是正交矩阵，证明 $\boldsymbol{A}^*$ 也是正交矩阵.

练习 5.2.8 设 $\boldsymbol{x}$ 是 n 维列向量，$\|\boldsymbol{x}\|=1$，证明：$\boldsymbol{H}=\boldsymbol{I}-2\boldsymbol{x}\boldsymbol{x}^{\mathrm{T}}$ 是对称的正交矩阵.

练习 5.2.9 设 n 阶方阵 $\boldsymbol{A}$ 满足 $\boldsymbol{A}^{\mathrm{T}}=-\boldsymbol{A}$，且 $\boldsymbol{I}-\boldsymbol{A}$ 可逆，$\boldsymbol{B}=(\boldsymbol{I}-\boldsymbol{A})^{-1}(\boldsymbol{I}+\boldsymbol{A})$，证明 $\boldsymbol{B}$ 是正交矩阵.

练习 5.2.10 设 $\boldsymbol{\alpha}_1$，$\boldsymbol{\alpha}_2$，$\boldsymbol{\alpha}_3$ 是单位正交向量组，求向量 $\boldsymbol{\alpha}_1-2\boldsymbol{\alpha}_2+3\boldsymbol{\alpha}_3$ 的长度 $\|\boldsymbol{\alpha}_1-2\boldsymbol{\alpha}_2+3\boldsymbol{\alpha}_3\|$.

练习 5.2.11 设 $\boldsymbol{\alpha}$，$\boldsymbol{\beta}\in\mathbb{R}^3$ 是相互正交的单位列向量，则 $\boldsymbol{A}=2\boldsymbol{\alpha}\boldsymbol{\alpha}^{\mathrm{T}}+\boldsymbol{\beta}\boldsymbol{\beta}^{\mathrm{T}}$ 的全部特征值为（　　）.

（A）0，1，2　（B）1，1，2　（C）1，2，2　（D）无法确定

练习 5.2.12 设 $\boldsymbol{A}$，$\boldsymbol{B}$ 是 n 阶实对称阵，满足：对任意 n 维向量 $\boldsymbol{v}$ 都有 $\boldsymbol{v}^T\boldsymbol{A}\boldsymbol{v}=\boldsymbol{v}^T\boldsymbol{B}\boldsymbol{v}$. 证明：$\boldsymbol{A}=\boldsymbol{B}$.（提示：考虑证明 $\forall\,\boldsymbol{v}\in\mathbb{R}^n$，$\boldsymbol{v}^T\boldsymbol{A}\boldsymbol{v}=0$，则 $\boldsymbol{A}=\boldsymbol{0}$.）

5.3 二次型以及二次型的有定性

二次型有着广泛的应用，如二次曲面的分类，多元函数的极值的判别法，等等. 本书不在此处展开讲解，有兴趣的读者可以参见本书参考文献［1］中

的第 7 章．这一节将介绍二次型的概念，并利用实对称矩阵正交对角化证明二次型的标准形的存在性．进一步利用合同变换求二次型的标准形与规范形．在合同意义下，二次型的规范形是唯一的，可以利用正负惯性指数对二次型进行分类．与规范形相对应有二次型的有定性的概念．特别地，二次型的正定性可以利用二次型矩阵的顺序主子式进行判断．

定义 5.3.1　只含有二次项的 n 元多项式

$$f(x_1,x_2,\cdots,x_n)=\sum_{i=1}^{n}a_{ii}x_i^2+2\sum_{i=1}^{n-1}\sum_{j=i+1}^{n}a_{ij}x_ix_j$$

称为 x_1，x_2，…，x_n 的一个 n 元二次齐次多项式，简称为 x_1，x_2，…，x_n 的一个 n 元二次型．

二次型的概念

对任意的 n 阶实对称矩阵 $\boldsymbol{A}=(a_{ij})$，记 $\boldsymbol{x}=(x_1,x_2,\cdots,x_n)^{\mathrm{T}}$，可以验证 $f(x_1,x_2,\cdots,x_n)=\boldsymbol{x}^{\mathrm{T}}\boldsymbol{A}\boldsymbol{x}$ 是一个二次型．

※留给读者自行验证 (参考练习 5.2.11).

一般地，对任意的二次型

$$f(x_1,x_2,\cdots,x_n)=\sum_{i=1}^{n}a_{ii}x_i^2+2\sum_{i=1}^{n-1}\sum_{j=i+1}^{n}a_{ij}x_ix_j,$$

记

$$\boldsymbol{A}=\begin{pmatrix}a_{11}&a_{12}&\cdots&a_{1n}\\a_{12}&a_{22}&\cdots&a_{2n}\\\vdots&\vdots&\ddots&\vdots\\a_{1n}&a_{2n}&\cdots&a_{nn}\end{pmatrix},\quad \boldsymbol{x}=\begin{pmatrix}x_1\\x_2\\\vdots\\x_n\end{pmatrix},$$

则 $f(x_1,x_2,\cdots,x_n)=\boldsymbol{x}^{\mathrm{T}}\boldsymbol{A}\boldsymbol{x}$，称实对称矩阵 $\boldsymbol{A}$ 是二次型 $f(\boldsymbol{x})$ 的矩阵．

在选定变元 $x_1,x_2,\cdots,x_n$ 的情况下，可以证明实对称矩阵 $\boldsymbol{A}$ 与二次型

$$f(x_1,x_2,\cdots,x_n)=\sum_{i=1}^{n}a_{ii}x_i^2+2\sum_{i=1}^{n-1}\sum_{j=i+1}^{n}a_{ij}x_ix_j$$

是一一对应的．此时称 $r(\boldsymbol{A})$ 是该二次型的秩．

例如，二元二次型 $x_1^2+2x_1x_2+2x_2^2$ 的矩阵是 $\boldsymbol{A}=\begin{pmatrix}1&1\\1&2\end{pmatrix}$，并且该二次型的秩为 $r(\boldsymbol{A})=2$.

三元二次型 $x_1^2+2x_2^2+3x_3^2+x_1x_2+2x_1x_3+4x_2x_3$ 的矩阵为 $\boldsymbol{A}=\begin{pmatrix}1&\frac{1}{2}&1\\\frac{1}{2}&2&2\\1&2&3\end{pmatrix}$，并且该二次型的秩为 $r(\boldsymbol{A})=3$.

例 5.3.1 设 $A=\begin{pmatrix}1&2\\0&1\end{pmatrix}$，$x=(x_1,x_2)^{\mathrm{T}}$，$f(x)=x^{\mathrm{T}}Ax$，求该二次型 $f(x)$ 的秩.

解：根据定义得

$$f(x)=(x_1,x_2)\begin{pmatrix}1&2\\0&1\end{pmatrix}\begin{pmatrix}x_1\\x_2\end{pmatrix}=(x_1,2x_1+x_2)\begin{pmatrix}x_1\\x_2\end{pmatrix}$$
$$=x_1^2+2x_1x_2+x_2^2,$$

从而该二次型的矩阵为

$$B=\frac{1}{2}(A+A^{\mathrm{T}})=\begin{pmatrix}1&1\\1&1\end{pmatrix},$$

从而原二次型 $f(x)=x^{\mathrm{T}}Ax$ 的秩为 $r(B)=1$. □

定义 5.3.2① 设 C 是 $m\times n$ 矩阵，称② C：$\mathbb{R}^n\to\mathbb{R}^m$，$\forall v\in\mathbb{R}^n$，$v\to Cv$ 是从 $\mathbb{R}^n$ 到 $\mathbb{R}^m$ 的一个线性变换.

线性变换与二次型的标准形 01

※请读者思考怎么利用实对称矩阵正交对角化把平面上的二次曲线分为三类：抛物线，椭圆，双曲线.

例 5.3.2 通过坐标变换证明 $x_1x_2=1$ 是双曲线③.

证明：记 $x=(x_1,x_2)^{\mathrm{T}}$，$A=\begin{pmatrix}0&\frac{1}{2}\\\frac{1}{2}&0\end{pmatrix}$，则

$$f(x_1,x_2)=x^{\mathrm{T}}Ax.$$

易得 A 的特征多项式为

$$|\lambda I-A|=\begin{vmatrix}\lambda&-\frac{1}{2}\\-\frac{1}{2}&\lambda\end{vmatrix}=\left(\lambda-\frac{1}{2}\right)\left(\lambda+\frac{1}{2}\right).$$

因此，A 的特征值为 $\lambda_1=-\frac{1}{2}$，$\lambda_2=\frac{1}{2}$.

---

① 这里严格来讲应该把 C：$\mathbb{R}^n\to\mathbb{R}^m$ 记为 T_C：$\mathbb{R}^n\to\mathbb{R}^m$ 才恰当，为了简单起见，我们这里把 T_C 姑且记为 C.

② 对一般的线性空间，也可以定义线性变换，这里不再赘述.

③ 参考例 4.3.10，例 4.3.11.

把 $\lambda=\frac{1}{2}$ 代入方程 $(\lambda \boldsymbol{I}-\boldsymbol{A})\boldsymbol{x}=\boldsymbol{0}$，系数矩阵化为（行）最简阶梯形矩阵得

$$\begin{pmatrix} \frac{1}{2} & -\frac{1}{2} \\ -\frac{1}{2} & \frac{1}{2} \end{pmatrix} \to \begin{pmatrix} 1 & -1 \\ 0 & 0 \end{pmatrix},$$

因此，基础解系为 $\boldsymbol{\alpha}_1=(1,1)^{\mathrm{T}}$.

把 $\lambda=-\frac{1}{2}$ 代入方程 $(\lambda \boldsymbol{I}-\boldsymbol{A})\boldsymbol{x}=\boldsymbol{0}$，系数矩阵化为（行）最简阶梯形矩阵得

$$\begin{pmatrix} -\frac{1}{2} & -\frac{1}{2} \\ -\frac{1}{2} & -\frac{1}{2} \end{pmatrix} \to \begin{pmatrix} 1 & 1 \\ 0 & 0 \end{pmatrix},$$

因此，基础解系为 $\boldsymbol{\alpha}_2=(-1,1)^{\mathrm{T}}$.

因 $\boldsymbol{\alpha}_1$，$\boldsymbol{\alpha}_2$ 是实对称矩阵 $\boldsymbol{A}$ 的对应于不同特征值的特征向量，所以其是一个正交向量组，单位化以后得规范正交特征向量组

$$\boldsymbol{\beta}_1=\frac{\boldsymbol{\alpha}_1}{\|\boldsymbol{\alpha}_1\|},\ \boldsymbol{\beta}_2=\frac{\boldsymbol{\alpha}_2}{\|\boldsymbol{\alpha}_2\|}.$$

令 $\boldsymbol{Q}=(\boldsymbol{\beta}_1,\boldsymbol{\beta}_2)=\begin{pmatrix} \frac{1}{\sqrt{2}} & -\frac{1}{\sqrt{2}} \\ \frac{1}{\sqrt{2}} & \frac{1}{\sqrt{2}} \end{pmatrix}$，因此考虑变换 $\boldsymbol{x}=\boldsymbol{Q}\boldsymbol{y}$，[①]其中 $\boldsymbol{y}=(y_1,y_2)^{\mathrm{T}}$，

则

$$\boldsymbol{Q}^{-1}\boldsymbol{A}\boldsymbol{Q}=\boldsymbol{Q}^{\mathrm{T}}\boldsymbol{A}\boldsymbol{Q}=\begin{pmatrix} \frac{1}{2} & \\ & -\frac{1}{2} \end{pmatrix}.$$

从而，$f(x_1,x_2)=\frac{1}{2}y_1^2-\frac{1}{2}y_2^2=1$ 是双曲线[①]. □

设 $\boldsymbol{C}$ 是 n 阶可逆矩阵，称 $\boldsymbol{x}=\boldsymbol{C}\boldsymbol{y}$ 是 $\mathbb{R}^n$ 到 $\mathbb{R}^n$ 的一个可逆线性变换．此时二次型

$$f(\boldsymbol{x})=\boldsymbol{x}^{\mathrm{T}}\boldsymbol{A}\boldsymbol{x}=(\boldsymbol{C}\boldsymbol{y})^{\mathrm{T}}\boldsymbol{A}(\boldsymbol{C}\boldsymbol{y})=\boldsymbol{y}^{\mathrm{T}}(\boldsymbol{C}^{\mathrm{T}}\boldsymbol{A}\boldsymbol{C})\boldsymbol{y},$$

变为对应于矩阵 $\boldsymbol{B}=\boldsymbol{C}^{\mathrm{T}}\boldsymbol{A}\boldsymbol{C}$ 的关于 y_1，y_2，…，y_n 的 n 元二次型．若 $\boldsymbol{y}^{\mathrm{T}}(\boldsymbol{C}^{\mathrm{T}}\boldsymbol{A}\boldsymbol{C})\boldsymbol{y}$ 形如 $d_1y_1^2+d_2y_2^2+\cdots+d_ny_n^2$，则称 $\boldsymbol{y}^{\mathrm{T}}(\boldsymbol{C}^{\mathrm{T}}\boldsymbol{A}\boldsymbol{C})\boldsymbol{y}$ 是 $\boldsymbol{x}^{\mathrm{T}}\boldsymbol{A}x$ 的一个标准形．

---

① 这里 $\boldsymbol{Q}$ 是正交阵，在后面的时候我们会称 $\boldsymbol{x}=\boldsymbol{Q}\boldsymbol{y}$ 是正交变换.

② 请读者验证新坐标系 $(y_1,y_2)^{\mathrm{T}}$ 可以由旧坐标系 $(x_1,x_2)^{\mathrm{T}}$ 逆时针转过 $\theta=\frac{\pi}{4}$ 得到.

定义 5.3.3 设 $\boldsymbol{A}$，$\boldsymbol{B}$ 都是 n 阶方阵，若存在 n 阶可逆矩阵 $\boldsymbol{C}$，使得 $\boldsymbol{C}^{\mathrm{T}}\boldsymbol{A}\boldsymbol{C}=\boldsymbol{B}$，则称矩阵 $\boldsymbol{A}$ 与 $\boldsymbol{B}$ 合同，记为 $\boldsymbol{A}\backsimeq\boldsymbol{B}$，把 $\boldsymbol{C}^{\mathrm{T}}\boldsymbol{A}\boldsymbol{C}$ 称为合同变换．

线性变换与二次型的标准形 02

命题 5.3.1 合同关系具有以下的性质：

(1) 对任意的方阵 $\boldsymbol{A}$，都有 $\boldsymbol{A}\backsimeq\boldsymbol{A}$；

(2) 若 $\boldsymbol{A}\backsimeq\boldsymbol{B}$，则 $\boldsymbol{B}\backsimeq\boldsymbol{A}$；

(3) 若 $\boldsymbol{A}\backsimeq\boldsymbol{B}$ 且 $\boldsymbol{B}\backsimeq\boldsymbol{C}$，则 $\boldsymbol{A}\backsimeq\boldsymbol{C}$.

证明：略，请读者自行证明． □

若线性变换 $\boldsymbol{x}=\boldsymbol{C}\boldsymbol{y}$ 中 $\boldsymbol{C}$ 是正交矩阵，则称该线性变换为正交变换．由于实对称矩阵一定能够正交对角化（定理 5.2.6），即对实对称矩阵 $\boldsymbol{A}$，存在正交矩阵 $\boldsymbol{Q}$，使 $\boldsymbol{Q}^{-1}\boldsymbol{A}\boldsymbol{Q}=\boldsymbol{\Lambda}=\boldsymbol{Q}^{\mathrm{T}}\boldsymbol{A}\boldsymbol{Q}$ 是对角矩阵，因此有下面的定理.

定理 5.3.1 对任意的实的 n 元二次型 $f(\boldsymbol{x})=\boldsymbol{x}^{\mathrm{T}}\boldsymbol{A}\boldsymbol{x}$，存在正交变换 $\boldsymbol{x}=\boldsymbol{Q}\boldsymbol{y}$，使得 $f(\boldsymbol{x})=\boldsymbol{y}^{\mathrm{T}}\boldsymbol{Q}^{\mathrm{T}}\boldsymbol{A}\boldsymbol{Q}\boldsymbol{y}=\lambda_1y_1^2+\lambda_2y_2^2+\cdots+\lambda_ny_n^2$，其中 λ_1，λ_2，…，λ_n 是二次型 $f(\boldsymbol{x})$ 的矩阵 $\boldsymbol{A}$ 的全部特征值，也就是任意的实的二次型都可通过正交变换化为标准形.

正交变换法化二次型为标准形

例 5.3.3 用正交变换把二次型 $f(x)=2x_1^2+5x_2^2+5x_3^2+4x_1x_2-4x_1x_3-8x_2x_3$ 化为标准形，并写出所作的正交变换．

解：该二次型的矩阵为 $\boldsymbol{A}=\begin{pmatrix}2&2&-2\\2&5&-4\\-2&-4&5\end{pmatrix}$，则

$$|\lambda\boldsymbol{I}-\boldsymbol{A}|=\begin{vmatrix}\lambda-2&-2&2\\-2&\lambda-5&4\\2&4&\lambda-5\end{vmatrix}=(\lambda-10)(\lambda-1)^2,$$

因此 $\boldsymbol{A}$ 的特征值为 $\lambda_1=10$，$\lambda_2=\lambda_3=1$.

当 $\lambda=10$ 时，把 $(\lambda\boldsymbol{I}-\boldsymbol{A})\boldsymbol{x}=\boldsymbol{0}$ 的系数矩阵化为（行）最简阶梯形矩阵得

$$\lambda\boldsymbol{I}-\boldsymbol{A}=\begin{pmatrix}8&-2&2\\-2&5&4\\2&4&5\end{pmatrix}\to\begin{pmatrix}1&0&\frac{1}{2}\\0&1&1\\0&0&0\end{pmatrix},$$

从而，基础解系为 $\boldsymbol{\alpha}_1=(-1,-2,2)^{\mathrm{T}}$.

当 $\lambda=1$ 时，把 $(\lambda\boldsymbol{I}-\boldsymbol{A})\boldsymbol{x}=\boldsymbol{0}$ 的系数矩阵化为（行）最简阶梯形矩阵得

$$\lambda\boldsymbol{I}-\boldsymbol{A}=\begin{pmatrix}-1&-2&2\\-2&-4&4\\2&4&-4\end{pmatrix}\rightarrow\begin{pmatrix}1&2&-2\\0&0&0\\0&0&0\end{pmatrix},$$

从而，基础解系为 $\boldsymbol{\alpha}_2=(-2,1,0)^{\mathrm{T}}$，$\boldsymbol{\alpha}_3=(2,0,1)^{\mathrm{T}}$.

用施密特正交化方法化为正交向量组，留意到 $\boldsymbol{\alpha}_1$ 与 $\boldsymbol{\alpha}_2$，$\boldsymbol{\alpha}_3$ 是正交的，则

$$\boldsymbol{\beta}_1=\boldsymbol{\alpha}_1=(-1,-2,2)^{\mathrm{T}},\ \boldsymbol{\beta}_2=\boldsymbol{\alpha}_2=(-2,1,0)^{\mathrm{T}},$$

$$\boldsymbol{\beta}_3=\boldsymbol{\alpha}_3-\frac{\boldsymbol{\beta}_2^{\mathrm{T}}\boldsymbol{\alpha}_3}{\boldsymbol{\beta}_2^{\mathrm{T}}\boldsymbol{\beta}_2}\boldsymbol{\beta}_2=\frac{1}{5}(2,4,5)^{\mathrm{T}}.$$

记

$$\boldsymbol{Q}=\left(\frac{\boldsymbol{\beta}_1}{\|\boldsymbol{\beta}_1\|},\frac{\boldsymbol{\beta}_2}{\|\boldsymbol{\beta}_2\|},\frac{\boldsymbol{\beta}_3}{\|\boldsymbol{\beta}_3\|}\right)=\begin{pmatrix}-\frac{1}{3}&-\frac{2}{\sqrt{5}}&\frac{2}{3\sqrt{5}}\\-\frac{2}{3}&\frac{1}{\sqrt{5}}&\frac{4}{3\sqrt{5}}\\\frac{2}{3}&0&\frac{\sqrt{5}}{3}\end{pmatrix},$$

则 $\boldsymbol{Q}^{\mathrm{T}}\boldsymbol{A}\boldsymbol{Q}=\begin{pmatrix}10&0&0\\0&1&0\\0&0&1\end{pmatrix}$，因此正交变换 $\boldsymbol{x}=\boldsymbol{Q}\boldsymbol{y}$ 化原二次型为标准形 $10y_1^2+y_2^2+y_3^2$.

□

接下来看看用配方法和合同变换法化二次型为标准形．实际上这两者是同一个东西，只是一个用配方的语言写出来，一个是用初等变换的语言写出来．配方法（合同变换）分以下 4 种类型.

配方法化二次型为标准形

情形 1　脚标“最小”的平方项系数非零．

例如 $x_1^2+2x_1x_2+2x_1x_3$，此时利用完全平方公式

$$\left(\sum_{i=1}^{n}t_i\right)^2=\sum_{i=1}^{n}t_i^2+\sum_{i=1}^{n-1}\sum_{j=i+1}^{n}2t_it_j,$$

配方可得

$$x_1^2+2x_1x_2+2x_1x_3=(x_1+x_2+x_3)^2-x_2^2-x_3^2-2x_2x_3,$$

采用 $\begin{cases}y_1=x_1+x_2+x_3\\y_2=x_2\\y_3=x_3\end{cases}$ 换元以后变为 $y_1^2-y_2^2-y_3^2-2y_2y_3$，脚标最小的项不含交叉项，对剩余变元 y_2，y_3 进一步处理[①]即可．

---

① 也就是把关于 y_2，y_3 的二次型 $-y_2^2-y_3^2-2y_2y_3$ 化为标准形.

情形 2 有平方项，但是脚标“最小”的平方项系数为零. 这种情形通过交换下标回到情形 1.

例如 $2x_1x_2+x_2^2+2x_1x_3$，选取脚标“最小”的平方项（此处选出的项为 x_2^2）交换下标 $\begin{cases}x_1=y_2\\x_2=y_1\\x_3=y_3\end{cases}$ 以后变为 $y_1^2+2y_1y_2+2y_2y_3$，此时回到了情形 1.

情形 3 没有平方项，且脚标“最小”的项的系数不全为零. 这种情形通过简单换元回到情形 1.

例如 $2x_1x_2+2x_1x_3$ 没有平方项，且脚标“最小”的项的系数不全为零. 选取脚标尽量小（字典排序①）的非零交叉项，此处选出的项为 x_1x_2，保持角标小的 x_1 不动，对 x_2 进行简单换元，也就是用 $\begin{cases}x_1=y_1\\x_2=y_1+y_2\\x_3=y_3\end{cases}$ 换元以后变为 $2y_1^2+2y_1y_2+2y_1y_3$，此时回到了情形 1.

情形 4 没有平方项，而且脚标“最小”的项的系数全为零. 这种情形通过交换下标回到情形 3.

例如 $2x_2x_3$ 是关于 x_1，x_2，x_3 的二次型，不含平方项，含 x_1 的项的系数全为零，但是 x_2x_3 的系数非零，交换下标 $\begin{cases}x_1=y_2\\x_2=y_1\\x_3=y_3\end{cases}$ 以后变为 $2y_1y_3$，回到了情形 3.

例 5.3.4 利用配方法把二次型 $f=x_1^2+2x_1x_2+2x_1x_3+x_2^2+4x_2x_3+x_3^2$ 化为标准形.

解： 有平方项，且平方项脚标最小的 x_1^2 的系数非零，凑成完全平方的形式

$$\begin{aligned}f&=(x_1+x_2+x_3)^2-2x_1x_2-2x_1x_3-x_2^2-2x_2x_3-x_3^2+\\&\quad 2x_1x_2+2x_1x_3+x_2^2+4x_2x_3\\&=(x_1+x_2+x_3)^2+2x_2x_3,\end{aligned}$$

采用 $\begin{cases}y_1=x_1+x_2+x_3\\y_2=x_2\\y_3=x_3\end{cases}$ 换元②后化为 $y_1^2+2y_2y_3$.

---

① 首先行标最小，在行标最小的条件下再取列标最小.

② 或者说 $x_1=y_1-y_2-y_3$，$x_2=y_2$，$x_3=y_3$.

此时后面的项不含 y_1，只需要考虑关于 y_2，y_3 的二元二次型 $2y_2y_3$，该二次型没有平方项，脚标最小的项有．作简单的线性变换 $\begin{cases} y_1 = z_1 \\ y_2 = z_2 \\ y_3 = z_2 + z_3 \end{cases}$ 得 $y_1^2 + 2y_2y_3 = z_1^2 + 2z_2^2 + 2z_2z_3$. 接下来配方得

$$z_1^2 + 2z_2^2 + 2z_2z_3 = z_1^2 + 2\left(z_2 + \frac{z_3}{2}\right)^2 - \frac{z_3^2}{2},$$

从而令 $w_1 = z_1$，$w_2 = z_2 + \frac{z_3}{2}$，$w_3 = z_3$，即 $x_1 = w_1 - 2w_2$，$x_2 = w_2 - \frac{w_3}{2}$，$x_3 = w_2 + \frac{w_3}{2}$，其标准形为 $w_1^2 + 2w_2^2 - \frac{w_3^2}{2}$. □

例 5.3.5　将三元二次型 $x_1^2 + 2x_1x_2 + 2x_1x_3 + 2x_2x_3 + x_3^2$ 化为标准形．

解：因 $x_1^2 + 2x_1x_2 + 2x_1x_3 + 2x_2x_3 + x_3^2 = (x_1 + x_2 + x_3)^2 - x_2^2$，令①

$$\begin{cases} y_1 = x_1 + x_2 + x_3 \\ y_2 = x_2 \\ y_3 = x_1 \end{cases},$$

即可逆线性变换 $\begin{pmatrix} x_1 \\ x_2 \\ x_3 \end{pmatrix} = \begin{pmatrix} 0 & 0 & 1 \\ 0 & 1 & 0 \\ 1 & -1 & -1 \end{pmatrix}\begin{pmatrix} y_1 \\ y_2 \\ y_3 \end{pmatrix}$ 化原二次型为标准形 $y_1^2 - y_2^2$. □

注：以下为常见错误解法：

因 $x_1^2 + 2x_1x_2 + 2x_1x_3 + 2x_2x_3 + x_3^2 = (x_1 + x_2 + x_3)^2 - x_2^2$，令

$$\begin{cases} y_1 = x_1 + x_2 + x_3 \\ y_2 = x_2 \end{cases},$$

则化原二次型为标准形 $y_1^2 - y_2^2$.

该方法之所以错误，在于忽略了“可逆”线性变换中的“可逆”二字．□

接下来用合同变换的语言重新对上面配方法的结果进行陈述．

由于实的二次型一定可以通过可逆线性变换化为标准形，即存在可逆线性变换 $\boldsymbol{x} = \boldsymbol{C}\boldsymbol{y}$，使②

$$f(\boldsymbol{x}) = \boldsymbol{x}^{\mathrm{T}}\boldsymbol{A}\boldsymbol{x} = \boldsymbol{y}^{\mathrm{T}}(\boldsymbol{C}^{\mathrm{T}}\boldsymbol{A}\boldsymbol{C})\boldsymbol{y} = d_1y_1^2 + d_2y_2^2 + \cdots + d_ny_n^2,$$

因为 $\boldsymbol{C}$ 是可逆矩阵，故存在初等矩阵 $\boldsymbol{P}_1$，$\boldsymbol{P}_2$，…，$\boldsymbol{P}_s$，使 $\boldsymbol{C} = \boldsymbol{P}_1\boldsymbol{P}_2\cdots\boldsymbol{P}_s$，因此 $\boldsymbol{x} = \boldsymbol{C}\boldsymbol{y}$，且

$$\boldsymbol{C}^{\mathrm{T}}\boldsymbol{A}\boldsymbol{C} = \boldsymbol{P}_s^{\mathrm{T}}(\cdots(\boldsymbol{P}_2^{\mathrm{T}}(\boldsymbol{P}_1^{\mathrm{T}}\boldsymbol{A}\boldsymbol{P}_1)\boldsymbol{P}_2)\cdots)\boldsymbol{P}_s,$$

合同变换法化二次型为标准形 01

① 或者说 $x_1 = y_3$，$x_2 = y_2$，$x_3 = y_1 - y_2 - y_3$.

② 若该二次型的秩为 r，实际上可以进一步使 $d_1d_2\cdots d_r \neq 0$，$d_{r+1} = d_{r+2} = \cdots = d_n = 0$.

或者对下面矩阵进行合同变换（成对的初等变换）

$$\begin{pmatrix}A\\I\end{pmatrix}\xrightarrow[\text{相应初等行变换 }P_1^{\mathrm T}]{\text{初等列变换 }P_1}\begin{pmatrix}P_1^{\mathrm T}AP_1\\IP_1\end{pmatrix}$$

$$\xrightarrow[\text{相应初等行变换 }P_2^{\mathrm T}]{\text{初等列变换 }P_2}\begin{pmatrix}P_2^{\mathrm T}P_1^{\mathrm T}AP_1P_2\\IP_1P_2\end{pmatrix}$$

$$\to\cdots$$

$$\xrightarrow[\text{相应初等行变换 }P_s^{\mathrm T}]{\text{初等列变换 }P_s}\begin{pmatrix}P_s^{\mathrm T}\cdots P_2^{\mathrm T}P_1^{\mathrm T}AP_1P_2\cdots P_s\\IP_1P_2\cdots P_s\end{pmatrix}=\begin{pmatrix}C^{\mathrm T}AC\\C\end{pmatrix}.$$

初始化 $M=\begin{pmatrix}A\\I\end{pmatrix}$，在对其进行合同变换时，把中间步骤得到的矩阵记也为 $M=\begin{pmatrix}\Lambda & 0\\0 & A\\ * & *\end{pmatrix}_{2n\times n}$，其中 $\begin{pmatrix}\Lambda & 0\\0 & A\end{pmatrix}$ 是 n 阶方阵且 Λ 是对角线上元素全部非零的对角矩阵. 与前面配方法类似，合同变换有以下 4 种类型.

合同变换法化二次型为标准形 02

情形 1 前述分块矩阵 M 中子块 A 主对角线上第 1 个元素非零. 用 A 中第 1 行第 1 列的元素把（倍加变换）A 中第 1 列中元素全部变为零，对 M 作相应的初等列变换.

例如，前述配方法对应二次型 $x_1^2+2x_1x_2+2x_1x_3=y_1^2-y_2^2-y_3^2-2y_2y_3$，对应作的合同变换如下

$$\begin{pmatrix}A\\I\end{pmatrix}=\begin{pmatrix}① & 1 & 1\\1 & 0 & 0\\1 & 0 & 0\\1 & 0 & 0\\0 & 1 & 0\\0 & 0 & 1\end{pmatrix}\xrightarrow[c_2-c_1]{r_2-r_1}\begin{pmatrix}1 & 0 & 1\\0 & -1 & -1\\1 & -1 & 0\\1 & -1 & 0\\0 & 1 & 0\\0 & 0 & 1\end{pmatrix}\xrightarrow[c_3-c_1]{r_3-r_1}\begin{pmatrix}1 & 0 & 0\\0 & -1 & -1\\0 & -1 & -1\\1 & -1 & -1\\0 & 1 & 0\\0 & 0 & 1\end{pmatrix}=M.$$

※因为此处先作行变换，再作列变换. 实际上先作列变换，再作行变换，结果也是一样的.

则取 $\Lambda=(1)$，$A=\begin{pmatrix}-1 & -1\\-1 & -1\end{pmatrix}$，更新 $M=\begin{pmatrix}\Lambda & 0\\0 & A\\ * & *\end{pmatrix}$.

情形 2 前述分块矩阵 M 中子块 A 主对角线上元素不全为零，但是第 1 行第 1 列元素为零. 设 A 的主对角线上非零且脚标最小的项为 a_{ii}，交换 M 中 a_{ii} 所处的行与 A 中第 1 行第 1 列的元素所处的行，对 M 作相应的初等列变换.

例如，前述配方法对应二次型 $2x_1x_2+x_2^2+2x_1x_3=y_1^2+2y_1y_2+2y_2y_3$，对应作的合同变换如下

$$\begin{pmatrix} \boldsymbol{A} \\ \boldsymbol{I} \end{pmatrix} = \begin{pmatrix} 0 & 1 & 1 \\ 1 & \textcircled{1} & 0 \\ 1 & 0 & 0 \\ 1 & 0 & 0 \\ 0 & 1 & 0 \\ 0 & 0 & 1 \end{pmatrix} \xrightarrow{r_1 \leftrightarrow r_2} \begin{pmatrix} 1 & 1 & 0 \\ 0 & 1 & 1 \\ 1 & 0 & 0 \\ 1 & 0 & 0 \\ 0 & 1 & 0 \\ 0 & 0 & 1 \end{pmatrix} \xrightarrow{c_1 \leftrightarrow c_2} \begin{pmatrix} 1 & 1 & 0 \\ 1 & 0 & 1 \\ 0 & 1 & 0 \\ 0 & 1 & 0 \\ 1 & 0 & 0 \\ 0 & 0 & 1 \end{pmatrix} = \boldsymbol{M}.$$

则取 $\boldsymbol{A} = \begin{pmatrix} 1 & 1 & 0 \\ 1 & 0 & 1 \\ 0 & 1 & 0 \end{pmatrix}$，更新 $\boldsymbol{M} = \begin{pmatrix} \boldsymbol{A} \\ * \end{pmatrix}$.

情形 3　前述分块矩阵 $\boldsymbol{M}$ 中子块 $\boldsymbol{A}$ 主对角线上元素全为零，但是第 1 行元素不全为零．设 $\boldsymbol{A}$ 的第 1 行的第 1 个非零元为 a_{1i}，把 $\boldsymbol{M}$ 中 a_{1i}所处的列的 1 倍加到 $\boldsymbol{A}$ 中第 1 行第 1 列的元素所处的列，对 $\boldsymbol{M}$ 作相应的初等行变换．

例如，前述配方法对应二次型 $2x_1x_2 + 2x_1x_3 = 2y_1^2 + 2y_1y_2 + 2y_1y_3$，对应作的合同变换如下

$$\begin{pmatrix} \boldsymbol{A} \\ \boldsymbol{I} \end{pmatrix} = \begin{pmatrix} 0 & \textcircled{1} & 1 \\ 1 & 0 & 0 \\ 1 & 0 & 0 \\ 1 & 0 & 0 \\ 0 & 1 & 0 \\ 0 & 0 & 1 \end{pmatrix} \xrightarrow{r_1 + r_2} \begin{pmatrix} 1 & 1 & 1 \\ 1 & 0 & 0 \\ 1 & 0 & 0 \\ 1 & 0 & 0 \\ 0 & 1 & 0 \\ 0 & 0 & 1 \end{pmatrix} \xrightarrow{c_1 + c_2} \begin{pmatrix} 2 & 1 & 1 \\ 1 & 0 & 0 \\ 1 & 0 & 0 \\ 1 & 0 & 0 \\ 1 & 1 & 0 \\ 0 & 0 & 1 \end{pmatrix} = \boldsymbol{M}.$$

则取 $\boldsymbol{A} = \begin{pmatrix} 2 & 1 & 1 \\ 1 & 0 & 0 \\ 1 & 0 & 0 \end{pmatrix}$，更新 $\boldsymbol{M} = \begin{pmatrix} \boldsymbol{A} \\ * \end{pmatrix}$.

情形 4　前述分块矩阵 $\boldsymbol{M}$ 中子块 $\boldsymbol{A} \neq 0$，主对角线上元素全为零，且第 1 行元素全为零．在字典排序下，设 $\boldsymbol{A}_1$ 中非零且脚标最小的项为 a_{ij}，交换 $\boldsymbol{M}$ 中 a_{ij}所处的行与 $\boldsymbol{A}$ 中第 1 行第 1 列的元素所处的行，对 $\boldsymbol{M}$ 作相应的初等列变换．

例如，前述配方法对应二次型 $2x_2x_3 = 2y_1y_3$，对应作的合同变换如下

$$\begin{pmatrix} \boldsymbol{A} \\ \boldsymbol{I} \end{pmatrix} = \begin{pmatrix} 0 & 0 & 0 \\ 0 & 0 & \textcircled{1} \\ 0 & 1 & 0 \\ 1 & 0 & 0 \\ 0 & 1 & 0 \\ 0 & 0 & 1 \end{pmatrix} \xrightarrow{r_1 \leftrightarrow r_2} \begin{pmatrix} 0 & 0 & 1 \\ 0 & 0 & 0 \\ 0 & 1 & 0 \\ 1 & 0 & 0 \\ 0 & 1 & 0 \\ 0 & 0 & 1 \end{pmatrix} \xrightarrow{c_1 \leftrightarrow c_2} \begin{pmatrix} 0 & 0 & 1 \\ 0 & 0 & 0 \\ 1 & 0 & 0 \\ 0 & 1 & 0 \\ 1 & 0 & 0 \\ 0 & 0 & 1 \end{pmatrix} = \boldsymbol{M}.$$

则取 $\boldsymbol{A}=\begin{pmatrix}0&0&1\\0&0&0\\1&0&0\end{pmatrix}$，更新 $\boldsymbol{M}=\begin{pmatrix}\boldsymbol{A}\\ *\end{pmatrix}$.

例 5.3.6 设 $\boldsymbol{A}=\begin{pmatrix}1&1&1\\1&1&2\\1&2&1\end{pmatrix}$，求可逆矩阵 $\boldsymbol{C}$，使得 $\boldsymbol{C}^{\mathrm{T}}\boldsymbol{A}\boldsymbol{C}$ 是对角矩阵.

解：采用合同变换对 $\begin{pmatrix}\boldsymbol{A}\\ \boldsymbol{I}\end{pmatrix}$ 进行操作

$$\begin{pmatrix}\boldsymbol{A}\\ \boldsymbol{I}\end{pmatrix}=\begin{pmatrix}①&1&1\\1&1&2\\1&2&1\\1&0&0\\0&1&0\\0&0&1\end{pmatrix}\xrightarrow[c_3-c_1]{c_2-c_1}\begin{pmatrix}1&0&0\\1&0&1\\1&1&0\\1&-1&-1\\0&1&0\\0&0&1\end{pmatrix}\xrightarrow[r_3-r_1]{r_2-r_1}\begin{pmatrix}1&0&0\\0&0&①\\0&1&0\\1&-1&-1\\0&1&0\\0&0&1\end{pmatrix}$$

合同变换法化二次型为标准形 03

$$\xrightarrow{c_2+c_3}\begin{pmatrix}1&0&0\\0&1&1\\0&1&0\\1&-2&-1\\0&1&0\\0&1&1\end{pmatrix}\xrightarrow{r_2+r_3}\begin{pmatrix}1&0&0\\0&②&1\\0&1&0\\1&-2&-1\\0&1&0\\0&1&1\end{pmatrix}$$

$$\xrightarrow{c_3-\frac{1}{2}c_2}\begin{pmatrix}1&0&0\\0&2&0\\0&1&-\frac{1}{2}\\1&-2&0\\0&1&-\frac{1}{2}\\0&1&\frac{1}{2}\end{pmatrix}\xrightarrow{r_3-\frac{1}{2}r_2}\begin{pmatrix}1&0&0\\0&2&0\\0&0&-\frac{1}{2}\\1&-2&0\\0&1&-\frac{1}{2}\\0&1&\frac{1}{2}\end{pmatrix},$$

因此取 $\boldsymbol{C}=\begin{pmatrix}1&-2&0\\0&1&-\frac{1}{2}\\0&1&\frac{1}{2}\end{pmatrix}$，则 $\boldsymbol{C}^{\mathrm{T}}\boldsymbol{A}\boldsymbol{C}=\begin{pmatrix}1&0&0\\0&2&0\\0&0&-\frac{1}{2}\end{pmatrix}$. □

利用合同变换化二次型为标准形的时候，实际上是对 $\boldsymbol{A}$ 的大小进行递归. 有以下的算法.

算法 5.3.1　合同变换化二次型为标准形的步骤（对 $\boldsymbol{A}$ 的大小进行递归）：

（1）初始化 $\boldsymbol{M}=\begin{pmatrix}\boldsymbol{A}\\ \boldsymbol{I}\end{pmatrix}$；

（2）若 $\boldsymbol{A}$ 满足情形 1，进行相应变换以后 $\boldsymbol{A}_1$ 变为 $\begin{pmatrix}d_1 & \boldsymbol{0}\\ \boldsymbol{0} & \boldsymbol{A}'\end{pmatrix}$，取 $\boldsymbol{A}=\boldsymbol{A}'$，$\boldsymbol{M}=\begin{pmatrix}\boldsymbol{A} & \boldsymbol{0}\\ \boldsymbol{0} & \boldsymbol{A}\\ * & *\end{pmatrix}_{2n\times n}$，如果是其他情形，进行相应变换；

（3）重复第（2）步，直到 $\boldsymbol{A}$ 为 1 阶方阵或者是零矩阵为止．

在例 5.3.6 中，还可以进一步进行合同变换

$$\begin{pmatrix}1 & 0 & 0\\ 0 & 2 & 0\\ 0 & 0 & -\frac{1}{2}\\ 1 & -2 & 0\\ 0 & 1 & -\frac{1}{2}\\ 0 & 1 & \frac{1}{2}\end{pmatrix}\xrightarrow[\sqrt{2}c_3]{\frac{1}{\sqrt{2}}c_2}\begin{pmatrix}1 & 0 & 0\\ 0 & \sqrt{2} & 0\\ 0 & 0 & -\frac{1}{\sqrt{2}}\\ 1 & -\sqrt{2} & 0\\ 0 & \frac{1}{\sqrt{2}} & -\frac{1}{\sqrt{2}}\\ 0 & \frac{1}{\sqrt{2}} & \frac{1}{\sqrt{2}}\end{pmatrix}\xrightarrow[\sqrt{2}r_3]{\frac{1}{\sqrt{2}}r_2}\begin{pmatrix}1 & 0 & 0\\ 0 & 1 & 0\\ 0 & 0 & -1\\ 1 & -\sqrt{2} & 0\\ 0 & \frac{1}{\sqrt{2}} & -\frac{1}{\sqrt{2}}\\ 0 & \frac{1}{\sqrt{2}} & \frac{1}{\sqrt{2}}\end{pmatrix},$$

由此可见，二次型 $x_1^2+x_2^2+x_3^2+2x_1x_2+2x_1x_3+4x_2x_3$，可以经过可逆线性变换

$$\begin{pmatrix}x_1\\ x_2\\ x_3\end{pmatrix}=\begin{pmatrix}1 & -2 & 0\\ 0 & 1 & -\frac{1}{2}\\ 0 & 1 & \frac{1}{2}\end{pmatrix}\begin{pmatrix}y_1\\ y_2\\ y_3\end{pmatrix}$$

化为标准形 $y_1^2+2y_2^2-\frac{1}{2}y_3^2$. 也可以通过可逆线性变换

$$\begin{pmatrix}x_1\\ x_2\\ x_3\end{pmatrix}=\begin{pmatrix}1 & -\sqrt{2} & 0\\ 0 & \frac{1}{\sqrt{2}} & -\frac{1}{\sqrt{2}}\\ 0 & \frac{1}{\sqrt{2}} & \frac{1}{\sqrt{2}}\end{pmatrix}\begin{pmatrix}y_1\\ y_2\\ y_3\end{pmatrix}\tag{5.3.1}$$

化为标准形 $y_1^2+y_2^2-y_3^2$. 由此可见，标准形不是唯一的. 接下来要引入规范形的概念（二次型的规范形是唯一的）.

※$r=p+q$中的p, q恰好是定义5.3.4中的正惯性指数和负惯性指数.

在前面可以看到，二次型可以经过可逆（非退化）的线性变换化为标准形. 设该二次型的秩为 $r=p+q$，进一步可以化为

二次型的规范形 01

$$d_1x_1^2+\cdots+d_px_p^2-d_{p+1}x_{p+1}^2-\cdots-d_{p+q}x_r^2,$$

其中 $d_i>0$，$i=1, 2, \cdots, r$. 还可以进一步作下面的线性变换：

$$\begin{cases}x_i=\dfrac{1}{\sqrt{d_i}}y_i, & i=1, 2, \cdots, r\\ x_j=y_j, & j=r+1, r+2, \cdots, n\end{cases},$$

则原二次型可以化为 $y_1^2+\cdots+y_p^2-y_{p+1}^2-\cdots-y_r^2$. 我们称这是原二次型的规范形.

定理 5.3.2 凡是二次型都可以通过可逆线性变换化为规范形，且规范形唯一.

证明：留给读者自行完成. □

定义 5.3.4 规范形中正项的个数 p 称为二次型的正惯性指数，负项的个数 $r-p$ 称为二次型的负惯性指数，其中 r 为二次型的秩.

前面定理换成矩阵的语言如下.

定理 5.3.3 设 $\boldsymbol{A}$ 是任意的实对称矩阵，则一定存在可逆矩阵 $\boldsymbol{C}$，使得

$$\boldsymbol{C}^{\mathrm{T}}\boldsymbol{A}\boldsymbol{C}=\begin{pmatrix}\boldsymbol{I}_p & \boldsymbol{0} & \boldsymbol{0}\\ \boldsymbol{0} & -\boldsymbol{I}_{r-p} & \boldsymbol{0}\\ \boldsymbol{0} & \boldsymbol{0} & \boldsymbol{0}\end{pmatrix}.$$

二次型的规范形 02

若存在可逆矩阵 $\boldsymbol{Q}$，使得

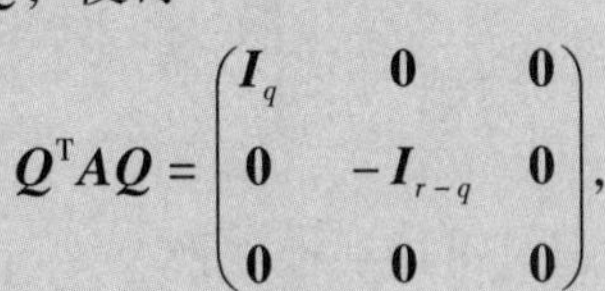

$$\boldsymbol{Q}^{\mathrm{T}}\boldsymbol{A}\boldsymbol{Q}=\begin{pmatrix}\boldsymbol{I}_q & \boldsymbol{0} & \boldsymbol{0}\\ \boldsymbol{0} & -\boldsymbol{I}_{r-q} & \boldsymbol{0}\\ \boldsymbol{0} & \boldsymbol{0} & \boldsymbol{0}\end{pmatrix},$$

则 $p=q$，但是 $\boldsymbol{C}$，$\boldsymbol{Q}$ 未必相等.

注：实际上，在求出二次型的标准形的时候，已经可以得到正惯性指数与负惯性指数了，这样规范形也就出来了. □

注：请读者自己证明，两个实对称矩阵合同当且仅当它们具有相同的规范形，也就是它们的正惯性指数相等且负惯性指数也相等. □

例 5.3.7 求二次型 $x_1^2+2x_1x_2+2x_1x_3+x_2^2+4x_2x_3+x_3^2$ 的规范形.

解：该二次型的矩阵为 $A=\begin{pmatrix}1&1&1\\1&1&2\\1&2&1\end{pmatrix}$.

方法一（利用特征值的正负），则

$$|\lambda I-A|=\begin{vmatrix}\lambda-1&-1&-1\\-1&\lambda-1&-2\\-1&-2&\lambda-1\end{vmatrix}=(\lambda+1)(\lambda-2+\sqrt{3})(\lambda-2-\sqrt{3})=0,$$

所以 A 的特征值为 -1，$2+\sqrt{3}$，$2-\sqrt{3}$，故规范形为 $y_1^2+y_2^2-y_3^2$.

方法二（利用合同变换），由例 5.3.6 以及式（5.3.1）可知，用可逆线性变换

$$\begin{pmatrix}x_1\\x_2\\x_3\end{pmatrix}=\begin{pmatrix}1&-\sqrt{2}&0\\0&\frac{1}{\sqrt{2}}&-\frac{1}{\sqrt{2}}\\0&\frac{1}{\sqrt{2}}&\frac{1}{\sqrt{2}}\end{pmatrix}\begin{pmatrix}y_1\\y_2\\y_3\end{pmatrix}\tag{5.3.1}$$

化原二次型为规范形 $y_1^2+y_2^2-y_3^2$. □

例 5.3.8　设 $A=\begin{pmatrix}1&1&2\\1&1&2\\2&2&1\end{pmatrix}$，求二次型 $f=x^{\mathrm{T}}Ax$ 的惯性指标 .

解：方法一（利用特征值的正负），则

$$|\lambda I-A|=\begin{vmatrix}\lambda-1&-1&-2\\-1&\lambda-1&-2\\-2&-2&\lambda-1\end{vmatrix}=\lambda\left(\lambda-\frac{3+\sqrt{33}}{2}\right)\left(\lambda-\frac{3-\sqrt{33}}{2}\right)=0,$$

所以 A 的特征值为 0，$\frac{3+\sqrt{33}}{2}$，$\frac{3-\sqrt{33}}{2}$，故正负惯性指标均为 1.

方法二（利用合同变换）

$$\begin{pmatrix}A\\I\end{pmatrix}=\begin{pmatrix}1&1&2\\1&1&2\\2&2&1\\1&0&0\\0&1&0\\0&0&1\end{pmatrix}\to\begin{pmatrix}1&0&0\\0&0&0\\0&0&-3\\1&-1&-2\\0&1&0\\0&0&1\end{pmatrix},$$

因此取 $C=\begin{pmatrix}1&-1&-2\\0&1&0\\0&0&1\end{pmatrix}$，则 $C^{\mathrm{T}}AC=\begin{pmatrix}1&0&0\\0&0&0\\0&0&-3\end{pmatrix}$，故正负惯性指标均为 1. □

前面利用规范形已经对二次型进行了分类，接下来从二次型取值的正负出发，介绍二次型的有定性，并将二次型进行分类.

定义 5.3.5 设 $\boldsymbol{A}$ 是 n 阶实对称矩阵，若 $\forall \boldsymbol{x}\neq\boldsymbol{0}\in\mathbb{R}^n$，都有 $f(\boldsymbol{x})=\boldsymbol{x}^{\mathrm{T}}\boldsymbol{A}\boldsymbol{x}>0(<0,\geqslant 0,\leqslant 0)$，则称 $\boldsymbol{A}$ 是正定（负定，半正定，半负定）矩阵，或称二次型 $f(\boldsymbol{x})=\boldsymbol{x}^{\mathrm{T}}\boldsymbol{A}\boldsymbol{x}$ 为正定（负定，半正定，半负定）二次型.

二次型的有定性 01

若实对称矩阵不具有以上几种有定性，则称该实对称矩阵是不定的.

注：请读者用定义判断下列实对称矩阵的有定性 $\begin{pmatrix}1&0\\0&1\end{pmatrix}$，$\begin{pmatrix}1&0\\0&0\end{pmatrix}$，$\begin{pmatrix}1&0\\0&-1\end{pmatrix}$，$\begin{pmatrix}-1&0\\0&-1\end{pmatrix}$，$\begin{pmatrix}-1&0\\0&0\end{pmatrix}$，$\begin{pmatrix}1&0&0\\0&-1&0\\0&0&0\end{pmatrix}$. □

定理 5.3.4 设 $\boldsymbol{A}$ 是正（负）定矩阵，若 $\boldsymbol{A}$ 与 $\boldsymbol{B}$ 合同，则 $\boldsymbol{B}$ 也是正（负）定矩阵.

证明：设 $\boldsymbol{A}$ 正定. 因 $\boldsymbol{A}$，$\boldsymbol{B}$ 合同，故存在可逆矩阵 $\boldsymbol{C}$，使得 $\boldsymbol{C}^{\mathrm{T}}\boldsymbol{A}\boldsymbol{C}=\boldsymbol{B}$，令 $\boldsymbol{x}=\boldsymbol{C}\boldsymbol{y}$，因 $\boldsymbol{C}$ 可逆，故 $\boldsymbol{x}\neq\boldsymbol{0}$ 当且仅当 $\boldsymbol{y}\neq\boldsymbol{0}$. 从而 $\forall \boldsymbol{y}\neq\boldsymbol{0}$，有

$$\boldsymbol{y}^{\mathrm{T}}\boldsymbol{B}\boldsymbol{y}=\boldsymbol{y}^{\mathrm{T}}\boldsymbol{C}^{\mathrm{T}}\boldsymbol{A}\boldsymbol{C}\boldsymbol{y}=(\boldsymbol{C}\boldsymbol{y})^{\mathrm{T}}\boldsymbol{A}(\boldsymbol{C}\boldsymbol{y})=\boldsymbol{x}^{\mathrm{T}}\boldsymbol{A}\boldsymbol{x}>0,$$

从而 $\boldsymbol{B}$ 是正定矩阵. □

※也可以从正惯性指数和负惯性指数读出有定性，请读者自己思考.

该定理实际上告诉我们，合同的矩阵具有相同的有定性. 又因实对称阵的规范形一定存在（定理 5.3.3），从而只需判断规范形的有定性，因此下面考虑规范形 $\begin{pmatrix}\boldsymbol{I}_p&\boldsymbol{0}&\boldsymbol{0}\\\boldsymbol{0}&-\boldsymbol{I}_q&\boldsymbol{0}\\\boldsymbol{0}&\boldsymbol{0}&\boldsymbol{0}\end{pmatrix}$ 的有定性，其中 $p\geqslant 0$，$q\geqslant 0$.

例 5.3.9 证明 $\boldsymbol{I}_n$ 是正定的.

二次型的有定性 02

证明：因 $\forall \boldsymbol{x}\in\mathbb{R}^n$，$\boldsymbol{x}\neq\boldsymbol{0}$，有

$$\boldsymbol{x}^{\mathrm{T}}\boldsymbol{A}\boldsymbol{x}=x_1^2+x_2^2+\cdots+x_n^2>0,$$

所以 $\boldsymbol{I}_n$ 是正定的. □

注：常见的矩阵的有定性（请读者自行证明）.

（1）$\boldsymbol{I}_n$ 是正定的.

（2）$-\boldsymbol{I}_n$ 是负定的.

（3）设 $p>0$，$q>0$，则 $\boldsymbol{I}_{p,q}=\begin{pmatrix} I_p & \mathbf{0} \\ \mathbf{0} & -I_q \end{pmatrix}$，$\begin{pmatrix} I_p & \mathbf{0} & \mathbf{0} \\ \mathbf{0} & -I_q & \mathbf{0} \\ \mathbf{0} & \mathbf{0} & \mathbf{0} \end{pmatrix}$是不定的.

（4）设 $p\geqslant 0$，$\begin{pmatrix} \boldsymbol{I}_p & \mathbf{0} \\ \mathbf{0} & \mathbf{0} \end{pmatrix}$是半正定的.

（5）设 $q\geqslant 0$，$\begin{pmatrix} -\boldsymbol{I}_p & \mathbf{0} \\ \mathbf{0} & \mathbf{0} \end{pmatrix}$是半负定的.　□

定理 5.3.5　设 $\boldsymbol{A}$ 是实对称矩阵，则以下结论成立：

（1）$\boldsymbol{A}$ 是正定矩阵当且仅当 $\boldsymbol{A}$ 的特征值全部大于零；

（2）$\boldsymbol{A}$ 是负定矩阵当且仅当 $\boldsymbol{A}$ 的特征值全部小于零；

（3）$\boldsymbol{A}$ 是半正定矩阵当且仅当 $\boldsymbol{A}$ 的特征值全部大于或等于零；

（4）$\boldsymbol{A}$ 是半负定矩阵当且仅当 $\boldsymbol{A}$ 的特征值全部小于或等于零；

（5）$\boldsymbol{A}$ 是不定矩阵当且仅当 $\boldsymbol{A}$ 的特征值既有小于零的也有大于零的.

证明：证明略.　□

定义 5.3.6　设 $\boldsymbol{A}=(a_{ij})$ 是 n 阶方阵，称

$$\Delta_k=\begin{vmatrix} a_{11} & a_{12} & \cdots & a_{1k} \\ a_{21} & a_{22} & \cdots & a_{2k} \\ \vdots & \vdots & \ddots & \vdots \\ a_{k1} & a_{k2} & \cdots & a_{kk} \end{vmatrix}$$

利用顺序主子式判断正定性 01

是 $\boldsymbol{A}$ 的 k 阶顺序主子式.

例如，$\boldsymbol{A}=\begin{pmatrix} 0 & -1 & 1 \\ -1 & -1 & 0 \\ 1 & 0 & 8 \end{pmatrix}$，则 $\boldsymbol{A}$ 的全部的顺序主子式为

$$\Delta_1=0,\ \Delta_2=\begin{vmatrix} 0 & -1 \\ -1 & -1 \end{vmatrix}=-1,\ \Delta_3=|\boldsymbol{A}|=-7.$$

有下面的定理，证明略.

定理 5.3.6　实对称矩阵 $\boldsymbol{A}=(a_{ij})$ 为正定矩阵当且仅当 $\Delta_k>0$（$k=1$，2，…，n）.

注：若实对称矩阵 $\boldsymbol{A}=(a_{ij})$ 的任意阶顺序主子式 $\Delta_k\geqslant 0$（$k=1$，2，…，n），

得不出 $\boldsymbol{A}$ 半正定. 如例 5.3.8, $\boldsymbol{A}=\begin{pmatrix}1&1&2\\1&1&2\\2&2&1\end{pmatrix}$, 则有 $\Delta_1=1\geqslant 0$, $\Delta_2=0\geqslant 0$, $\Delta_3=0\geqslant 0$. 取 $\boldsymbol{C}=\begin{pmatrix}1&-1&-2\\0&1&0\\0&0&1\end{pmatrix}$, 则 $\boldsymbol{C}^{\mathrm{T}}\boldsymbol{A}\boldsymbol{C}=\begin{pmatrix}1&0&0\\0&0&0\\0&0&-3\end{pmatrix}$, 因此 $\boldsymbol{A}$ 是不定的. □

定理 5.3.7 设 $\boldsymbol{A}$ 是 n 阶实对称矩阵, 则以下陈述等价:

(1) $\boldsymbol{A}$ 是正定矩阵;

(2) $\boldsymbol{A}$ 的正惯性指数为 n;

(3) $\boldsymbol{A}$ 的特征值全部大于零;

(4) $\boldsymbol{A}$ 的规范形是 $\boldsymbol{I}_n$;

(5) 存在可逆矩阵 $\boldsymbol{C}$, 使得 $\boldsymbol{C}^{\mathrm{T}}\boldsymbol{A}\boldsymbol{C}=\boldsymbol{I}_n$;

(6) 存在可逆矩阵 $\boldsymbol{C}$, 使得 $\boldsymbol{A}=\boldsymbol{C}^{\mathrm{T}}\boldsymbol{C}$;

(7) $\boldsymbol{A}$ 的顺序主子式全部大于零.

证明: 证明略. □

注: $\boldsymbol{A}$ 负定当且仅当 $-\boldsymbol{A}$ 正定. □

例 5.3.10 设 $f(x_1,x_2,x_3)=2x_1^2+x_2^2+6x_3^2+2x_1x_2+2x_1x_3+2x_2x_3$, 判断该二次型的正定性.

利用顺序主子式判断正定性 02

解: 该二次型的矩阵为 $\boldsymbol{A}=\begin{pmatrix}2&1&1\\1&1&1\\1&1&6\end{pmatrix}$, 其顺序主子式为

$$\Delta_1=2>0,\ \Delta_2=1>0,\ \Delta_3=5>0,$$

从而 $\boldsymbol{A}$ 是正定矩阵. □

例 5.3.11 设 $f(x_1,x_2,x_3)=4x_1^2+3x_2^2+4x_3^2+4x_1x_2+6x_1x_3+2\lambda x_2x_3$ 是正定二次型, 求 λ 的取值范围.

解: 该二次型的矩阵为 $\boldsymbol{A}=\begin{pmatrix}4&2&3\\2&3&\lambda\\3&\lambda&4\end{pmatrix}$, $\boldsymbol{A}$ 正定当且仅当其顺序主子式全部大于零. 即

$$\Delta_1=4>0,\ \Delta_2=8>0,\ \Delta_3=-4\left(\lambda-\frac{3}{2}\right)^2+14>0,$$

解得$\frac{3-\sqrt{14}}{2}<\lambda<\frac{3+\sqrt{14}}{2}$. □

例 5.3.12　已知实对称矩阵 $\boldsymbol{A}=\begin{pmatrix}-1&t&-2\\t&-1&-2\\-2&-2&-6\end{pmatrix}$是负定的，求 t 的取值范围.

解：$\boldsymbol{A}$ 负定当且仅当 $-\boldsymbol{A}$ 正定，即 $-\boldsymbol{A}=\begin{pmatrix}1&-t&2\\-t&1&2\\2&2&6\end{pmatrix}$的顺序主子式全部大于零. 即

$$\Delta_1=1>0,\ \Delta_2=1-t^2>0,\ \Delta_3=-2(t+1)(3t+1)>0,$$

解得 $-1<t<-\frac{1}{3}$. □

例 5.3.13　已知二次型 $f(x_1,x_2,x_3)=3x_1^2+6x_1x_3+x_2^2-4x_2x_3+8x_3^2$，判断该二次型的有定性.

解：该二次型的矩阵为 $\boldsymbol{A}=\begin{pmatrix}3&0&3\\0&1&-2\\3&-2&8\end{pmatrix}$，用合同变换法化二次型为标准形

$$\begin{pmatrix}\boldsymbol{A}\\\boldsymbol{I}\end{pmatrix}=\begin{pmatrix}3&0&3\\0&1&-2\\3&-2&8\\1&0&0\\0&1&0\\0&0&1\end{pmatrix}\to\begin{pmatrix}3&0&0\\0&1&-2\\0&-2&5\\1&0&-1\\0&1&0\\0&0&1\end{pmatrix}\to\begin{pmatrix}3&0&0\\0&1&0\\0&0&1\\1&0&-1\\0&1&2\\0&0&1\end{pmatrix}$$

从而该二次型的正惯性指数为 3，规范形为 $\boldsymbol{I}_3$，因此该二次型正定. □

※也可以利用该二次型矩阵$\boldsymbol{A}$的顺序主子式全部大于零，从而得出该二次型正定.

例 5.3.14　判断二次型 $f(x_1,x_2,x_3)=x_1^2+2x_1x_2+4x_1x_3+2x_2^2+6x_2x_3+\lambda x_3^2$ 的有定性.

解：该二次型的矩阵为 $\boldsymbol{A}=\begin{pmatrix}1&1&2\\1&2&3\\2&3&\lambda\end{pmatrix}$，用合同变换法化二次型为标准形

$$\begin{pmatrix} A \\ I \end{pmatrix} = \begin{pmatrix} 1 & 1 & 2 \\ 1 & 2 & 3 \\ 2 & 3 & \lambda \\ 1 & 0 & 0 \\ 0 & 1 & 0 \\ 0 & 0 & 1 \end{pmatrix} \to \begin{pmatrix} 1 & 0 & 0 \\ 0 & 1 & 1 \\ 0 & 1 & \lambda-4 \\ 1 & -1 & -2 \\ 0 & 1 & 0 \\ 0 & 0 & 1 \end{pmatrix} \to \begin{pmatrix} 1 & 0 & 0 \\ 0 & 1 & 0 \\ 0 & 0 & \lambda-5 \\ 1 & -1 & -1 \\ 0 & 1 & -1 \\ 0 & 0 & 1 \end{pmatrix}$$

当 $\lambda>5$ 时，该二次型的正惯性指数为 3，规范形为 $\boldsymbol{I}_3$，因此该二次型正定.

当 $\lambda=5$ 时，该二次型的正惯性指数为 2，负惯性指数为 0，因此该二次型半正定.

当 $\lambda<5$ 时，该二次型的正惯性指数为 2，负惯性指数为 1，因此该二次型不定. □

习题 5.3

习题 5.3 解答

练习 5.3.1 设 $\boldsymbol{A}=\begin{pmatrix} 1 & 2 & 3 \\ 2 & 4 & 6 \\ 3 & 0 & 9 \end{pmatrix}$，$\boldsymbol{x}=(x_1,x_2,x_3)^{\mathrm{T}}$，$f(\boldsymbol{x})=\boldsymbol{x}^{\mathrm{T}}\boldsymbol{A}\boldsymbol{x}$，求该二次型 $f(\boldsymbol{x})$ 的秩.

练习 5.3.2 已知三元二次型：$f(\boldsymbol{x})=x_1^2+4x_2^2+x_3^2+4x_1x_2-8x_1x_3+4x_2x_3$.

(1) 求该二次型的矩阵 $\boldsymbol{A}$，(2) 求正交变换 $\boldsymbol{x}=\boldsymbol{Q}\boldsymbol{y}$，化该二次型为标准形.

练习 5.3.3 设 $f(\boldsymbol{x})=\boldsymbol{x}^{\mathrm{T}}\boldsymbol{A}\boldsymbol{x}=2x_1^2-x_2^2+ax_3^2+2x_1x_2-8x_1x_3+2x_2x_3$ 是三元实二次型，已知二次型 $f(\boldsymbol{x})$ 的秩为 2，求：

(1) a 的值；

(2) 正交变换 $\boldsymbol{x}=\boldsymbol{Q}\boldsymbol{y}$，把 $f(\boldsymbol{x})$ 化为标准形.

练习 5.3.4 已知二次型

$$f(x_1,x_2,x_3)=2x_1^2+3x_2^2+3x_3^2+2ax_2x_3\,(a>0)$$

通过正交变换化为标准形 $f(y_1,y_2,y_3)=y_1^2+2y_2^2+5y_3^2$，求参数 a 及所用的正交变换矩阵.

练习 5.3.5 求二次曲面方程 $x^2+y^2+3z^2-6xy=1$ 的标准方程.

练习 5.3.6 利用配方法把二次型 $f(x_1,x_2,x_3)=x_1^2-4x_1x_2+2x_1x_3+4x_2^2+2x_3^2$ 化为标准形.

练习 5.3.7 设 $\boldsymbol{A}=\begin{pmatrix} 0 & 1 & 1 & -1 \\ 1 & 0 & -1 & 1 \\ 1 & -1 & 0 & 1 \\ -1 & 1 & 1 & 0 \end{pmatrix}$，求可逆矩阵 $\boldsymbol{C}$，使得 $\boldsymbol{C}^{\mathrm{T}}\boldsymbol{A}\boldsymbol{C}$ 是对角矩阵.

练习 5.3.8 求二次型 $x_1x_2+x_2x_3+x_1x_3$ 的规范形.

练习 5.3.9　设 $A=\begin{pmatrix}0&-1&1\\-1&0&-1\\1&-1&2\end{pmatrix}$，求二次型 $f=x^{\mathrm{T}}Ax$ 的惯性指标.

练习 5.3.10　已知二次型 $f(x_1,x_2,x_3)=t(x_1^2+x_2^2+x_3^2)+2x_1x_2$ 为正定二次型，求 t 的取值范围.

练习 5.3.11　已知二次型 $f(x_1,x_2,x_3)=ax_1^2+ax_2^2+ax_3^2-2x_1x_2+2x_1x_3+2x_2x_3$ 为负定二次型，求 a 的取值范围.

练习 5.3.12　设 A 是 n 阶正定矩阵，证明 $|A+I|>1$.

练习 5.3.13　设 A 是 n 阶实对称矩阵，证明：当 t 足够大时，$A-tI$ 是负定矩阵.

练习 5.3.14　二次型 $f=x^{\mathrm{T}}Ax$ 的矩阵 A 的所有对角元为正是 f 为正定的（　　）.

（A）充分条件但非必要条件　　（B）必要条件但非充分条件

（C）充要条件　　（D）既不充分也不必要条件

练习 5.3.15　设 $A=\begin{pmatrix}1&1&1&1\\1&1&1&1\\1&1&1&1\\1&1&1&1\end{pmatrix}$，$B=\begin{pmatrix}4&0&0&0\\0&0&0&0\\0&0&0&0\\0&0&0&0\end{pmatrix}$，则 A 与 B（　　）.

（A）合同且相似　　（B）合同但不相似

（C）不合同但相似　　（D）既不合同也不相似

练习 5.3.16　设 A，B 为同阶可逆矩阵，则（　　）.

（A）矩阵 A 与 B 等价　　（B）矩阵 A 与 B 相似

（C）矩阵 A 与 B 合同　　（D）矩阵 A 与 B 可交换

5.4　本章小结

1. 设 A 为 n 阶矩阵，λ 是一个数，如果存在非零向量 v，使得 $Av=\lambda v$，则称 λ 为 A 的一个特征值，v 称为 A 的与特征值 λ 对应的特征向量.

2. 设 A 为 n 阶矩阵，$\lambda I-A$ 为 A 的特征矩阵，称 $|\lambda I-A|$ 为 A 的特征多项式. $|\lambda I-A|=0$ 称为 A 的特征方程. 该方程的根为特征根.

3. n 阶矩阵 A 是奇异矩阵的充分必要条件是 A 有一个特征值为 0.

4. 设 λ_0 是 A 的一个特征值，则：

（1）λ_0^n 是 A^n 的一个特征值；

（2）$\forall k\in\mathbb{R}$，$k-\lambda_0$ 是 $kI-A$ 的一个特征值；

（3）设 $f(x)=a_nx^n+a_{n-1}x^{n-1}+\cdots+a_1x+a_0$，定义 $f(A)=a_nA^n+a_{n-1}A^{n-1}+\cdots+a_1A+a_0$，$f(\lambda_0)$ 是 $f(A)$ 的一个特征值.

（4）设$\boldsymbol{A}$可逆，则$\frac{1}{\lambda_0}$是$\boldsymbol{A}^{-1}$的一个特征值．因为$\boldsymbol{A}^* = |\boldsymbol{A}|\boldsymbol{A}^{-1}$，所以$\frac{|\boldsymbol{A}|}{\lambda_0}$是$\boldsymbol{A}^*$的一个特征值．

5. 特征值的性质：

（1）n阶矩阵$\boldsymbol{A}$与它的转置矩阵$\boldsymbol{A}^{\mathrm{T}}$有相同的特征值；

（2）相似矩阵：设$\boldsymbol{A}$，$\boldsymbol{B}$为n阶矩阵，如果存在可逆矩阵$\boldsymbol{P}$，使得$\boldsymbol{P}^{-1}\boldsymbol{A}\boldsymbol{P}=\boldsymbol{B}$，$\boldsymbol{A}$与$\boldsymbol{B}$相似；相似矩阵具有相同的秩、行列式、特征多项式和特征值，相似矩阵的逆矩阵、伴随矩阵也相似；

（3）设n阶矩阵$\boldsymbol{A}$的全部特征值为λ_1，…，λ_n（其中可能有重根、复根），则

$$\sum_{i=1}^{n}\lambda_i = \sum_{i=1}^{n}a_{ii} = \operatorname{tr}\boldsymbol{A}, \prod_{i=1}^{n}\lambda_i = |\boldsymbol{A}|.$$

6. 特征向量的性质：

（1）n阶矩阵$\boldsymbol{A}$互不相同的特征值对应的特征向量$\boldsymbol{v}_1$，$\boldsymbol{v}_2$，…，$\boldsymbol{v}_m$线性无关；

（2）n阶矩阵$\boldsymbol{A}$对应于相同特征值的特征向量的非零线性组合依然是特征向量；

（3）对应于不同特征值的线性无关的特征向量组仍然是线性无关的．

7. 对角化：设$\boldsymbol{A}$，$\boldsymbol{B}$为n阶矩阵，若存在可逆矩阵$\boldsymbol{P}$，使得$\boldsymbol{P}^{-1}\boldsymbol{A}\boldsymbol{P}=\boldsymbol{\Lambda}=\begin{pmatrix}\lambda_1 & & \\ & \ddots & \\ & & \lambda_n\end{pmatrix}$，则称$\boldsymbol{A}$可对角化．

8. n阶矩阵$\boldsymbol{A}$与n阶对角矩阵$\boldsymbol{\Lambda}$相似的充要条件是$\boldsymbol{A}$有n个线性无关的特征向量．

n阶矩阵$\boldsymbol{A}$有n个互不相同的特征值λ_1，…，λ_n，则$\boldsymbol{A}$与对角矩阵$\boldsymbol{\Lambda}$相似．

9. 方程$(\lambda_i\boldsymbol{I}-\boldsymbol{A})\boldsymbol{x}=\boldsymbol{0}$的基础解系向量的个数称为$\lambda_i$的几何重数（等于自由变量的个数，等于$n-r(\lambda_i\boldsymbol{I}-\boldsymbol{A})$）．$\lambda_i$作为特征方程的特征根的重数称为$\lambda_i$的代数重数．

10. n阶矩阵$\boldsymbol{A}$与对角矩阵相似的充分必要条件是对于每一个n_i重特征根λ_i，矩阵$\lambda_i\boldsymbol{I}-\boldsymbol{A}$的秩是$n-n_i$．即$\lambda_i$的代数重数等于几何重数．

11. 在$\mathbb{R}^n$中，设向量$\boldsymbol{\alpha}=\begin{pmatrix}a_1\\a_2\\\vdots\\a_n\end{pmatrix}$，$\boldsymbol{\beta}=\begin{pmatrix}b_1\\b_2\\\vdots\\b_n\end{pmatrix}$，实数$a_1b_1+a_2b_2+\cdots+a_nb_n=$

$\sum_{i=1}^{n-1} a_i b_i$ 称为向量 $\boldsymbol{\alpha}$ 和 $\boldsymbol{\beta}$ 的内积．记作 $\boldsymbol{\alpha}^{\mathrm{T}}\boldsymbol{\beta}$ 或 $\boldsymbol{\alpha}\cdot\boldsymbol{\beta}$.

性质：

(1) $\boldsymbol{\alpha}^{\mathrm{T}}\boldsymbol{\beta}=\boldsymbol{\beta}^{\mathrm{T}}\boldsymbol{\alpha}$;

(2) $(k\boldsymbol{\alpha})^{\mathrm{T}}\boldsymbol{\beta}=k\boldsymbol{\beta}^{\mathrm{T}}\boldsymbol{\alpha}$;

(3) $(\boldsymbol{\alpha}+\boldsymbol{\beta})^{\mathrm{T}}\boldsymbol{\gamma}=\boldsymbol{\alpha}^{\mathrm{T}}\boldsymbol{\gamma}+\boldsymbol{\beta}^{\mathrm{T}}\boldsymbol{\gamma}$;

(4) $\boldsymbol{\alpha}^{\mathrm{T}}\boldsymbol{\alpha}\geqslant 0$，$\boldsymbol{\alpha}^{\mathrm{T}}\boldsymbol{\alpha}=0$ 当且仅当 $\boldsymbol{\alpha}=\mathbf{0}$.

12. $\forall\boldsymbol{\alpha}=(a_1,\cdots,a_n)\in\mathbb{R}^n$，定义其长度

$$\|\boldsymbol{\alpha}\|=\sqrt{\boldsymbol{\alpha}\cdot\boldsymbol{\alpha}}=\sqrt{a_1^2+a_2^2+\cdots+a_n^2},$$

向量长度称为向量范数．

性质：

(1) $\|\boldsymbol{\alpha}\|\geqslant 0$，$\|\boldsymbol{\alpha}\|=0$ 当且仅当 $\boldsymbol{\alpha}=\mathbf{0}$（非负性）；

(2) $\|k\boldsymbol{\alpha}\|=|k|\,\|\boldsymbol{\alpha}\|$，$k$ 为实数；

(3) 对任意向量 $\boldsymbol{\alpha}$，$\boldsymbol{\beta}$，有 $|\boldsymbol{\alpha}^{\mathrm{T}}\boldsymbol{\beta}|\leqslant\|\boldsymbol{\alpha}\|\,\|\boldsymbol{\beta}\|$.

13. 单位向量．对任意非零向量 $\boldsymbol{\alpha}\in\mathbb{R}^n$，向量 $\dfrac{\boldsymbol{\alpha}}{\|\boldsymbol{\alpha}\|}$ 是一个单位向量．

14. $\boldsymbol{\alpha}$，$\boldsymbol{\beta}\in\mathbb{R}^n$，若 $\boldsymbol{\alpha}$ 与 $\boldsymbol{\beta}$ 的内积为零，则称 $\boldsymbol{\alpha}$ 与 $\boldsymbol{\beta}$ 正交（垂直）．

15. 若 $\mathbb{R}^n$ 中的非零向量组 $\boldsymbol{\alpha}_1$，…，$\boldsymbol{\alpha}_s$ 两两正交，$\boldsymbol{\alpha}_i^{\mathrm{T}}\boldsymbol{\alpha}_j=0$（$i\neq j$；$i$，$j=1$，2，…，$s$），则称该向量组为正交向量组．进一步，若 $\forall i$，$\|\boldsymbol{\alpha}_i\|=1$，则称其为单位（规范）正交向量组．

16. $\mathbb{R}^n$ 中的正交向量组线性无关．

17. $\mathbb{R}^n$ 中的线性无关向量组 $\boldsymbol{\alpha}_1$，…，$\boldsymbol{\alpha}_s$ 可化为另一正交向量组 $\boldsymbol{\beta}_1$，…，$\boldsymbol{\beta}_s$，并且

$$\boldsymbol{\alpha}_1 \xleftrightarrow{\text{等价}} \boldsymbol{\beta}_1$$

$$\boldsymbol{\alpha}_1,\ \boldsymbol{\alpha}_2 \xleftrightarrow{\text{等价}} \boldsymbol{\beta}_1,\ \boldsymbol{\beta}_2$$

$$\vdots$$

$$\boldsymbol{\alpha}_1,\ \boldsymbol{\alpha}_2,\ \cdots,\ \boldsymbol{\alpha}_s \xleftrightarrow{\text{等价}} \boldsymbol{\beta}_1,\ \boldsymbol{\beta}_2,\ \cdots,\ \boldsymbol{\beta}_s.$$

这一方法称为施密特正交化方法，于是

$$\boldsymbol{\beta}_n=\boldsymbol{\alpha}_n-\sum_{i=1}^{n-1}\frac{\boldsymbol{\alpha}_n^{\mathrm{T}}\boldsymbol{\beta}_i}{\boldsymbol{\beta}_i^{\mathrm{T}}\boldsymbol{\beta}_i}\boldsymbol{\beta}_i\quad(n=1,2,\cdots,s).$$

18. 若 n 阶实矩阵 $\boldsymbol{Q}$，满足 $\boldsymbol{Q}^{\mathrm{T}}\boldsymbol{Q}=\boldsymbol{I}$，则称 $\boldsymbol{Q}$ 为正交矩阵．

性质：

(1) 若 $\boldsymbol{Q}$ 为正交矩阵，则 $|\boldsymbol{Q}|=1$ 或 $|\boldsymbol{Q}|=-1$；

(2) 若 $\boldsymbol{Q}$ 为正交矩阵，则 $\boldsymbol{Q}^{-1}=\boldsymbol{Q}^{\mathrm{T}}$；

(3) 若 $\boldsymbol{P}$，$\boldsymbol{Q}$ 为正交矩阵，则 $\boldsymbol{PQ}$ 是正交矩阵；

（4）$\boldsymbol{Q}$ 是正交矩阵等价于 $\boldsymbol{Q}\boldsymbol{Q}^{\mathrm{T}}=\boldsymbol{I}$.

19. 设 $\boldsymbol{Q}$ 为 n 阶实矩阵，则 $\boldsymbol{Q}$ 为正交矩阵的充分必要条件是其列（行）向量组是规范正交向量组.

20. 实对称矩阵的特征值都是实数.

21. 实对称矩阵对应于不同特征值的特征向量是正交的.

22. 设 $\boldsymbol{A}$ 为实对称矩阵，则存在正交矩阵 $\boldsymbol{Q}$，使得 $\boldsymbol{Q}^{-1}\boldsymbol{A}\boldsymbol{Q}$ 为对角矩阵.

23. 只含有二次项的 n 元多项式 $f(x_1,x_2,\cdots,x_n)=a_{11}x_1^2+2a_{12}x_1x_2+\cdots+2a_{1n}x_1x_n+a_{22}x_2^2+2a_{23}x_2x_3+\cdots+2a_{2n}x_2x_n+\cdots+\cdots+a_{nn}x_n^2$ 称为 x_1，x_2，$\cdots$，x_n 的一个 n 元二次齐次多项式，简称为 x_1，x_2，$\cdots$，x_n 的一个 n 元二次型.

24. 作一个 n 阶对称矩阵 $\boldsymbol{A}=\begin{pmatrix}a_{11} & a_{12} & \cdots & a_{1n}\\ a_{12} & a_{22} & \cdots & a_{2n}\\ \vdots & \vdots & \ddots & \vdots\\ a_{1n} & a_{2n} & \cdots & a_{nn}\end{pmatrix}$，$\boldsymbol{x}=\begin{pmatrix}x_1\\ x_2\\ \vdots\\ x_n\end{pmatrix}$，可以验证 $f(x_1,x_2,\cdots,x_n)=\boldsymbol{x}^{\mathrm{T}}\boldsymbol{A}\boldsymbol{x}$，一般用 $f(\boldsymbol{x})=\boldsymbol{x}^{\mathrm{T}}\boldsymbol{A}\boldsymbol{x}$ 表示二次型. 矩阵 $\boldsymbol{A}$ 称为二次型 $f(\boldsymbol{x})$ 的矩阵. 对称矩阵 $\boldsymbol{A}$ 与二次型 $f(\boldsymbol{x})$ 是一一对应的，定义二次型 $f(\boldsymbol{x})$ 的秩为 $r(\boldsymbol{A})$.

25. 设 $\boldsymbol{C}=\boldsymbol{C}_{m\times n}$，称 $\boldsymbol{C}$：$\mathbb{R}^n\to\mathbb{R}^m$，$\boldsymbol{v}\to\boldsymbol{C}\boldsymbol{v}$ 是从 $\mathbb{R}^n$ 到 $\mathbb{R}^m$ 的一个线性变换.

26. 设 $\boldsymbol{C}=\boldsymbol{C}_{n\times n}$ 是可逆矩阵，$\boldsymbol{x}\in\mathbb{R}^n$，此时称 $\boldsymbol{x}=\boldsymbol{C}\boldsymbol{y}$ 是可逆线性变换，此时二次型

$$f(x_1,x_2,\cdots,x_n)=\boldsymbol{x}^{\mathrm{T}}\boldsymbol{A}\boldsymbol{x}=(\boldsymbol{C}\boldsymbol{y})^{\mathrm{T}}\boldsymbol{A}(\boldsymbol{C}\boldsymbol{y})=\boldsymbol{y}^{\mathrm{T}}\boldsymbol{C}^{\mathrm{T}}\boldsymbol{A}\boldsymbol{C}\boldsymbol{y}=\boldsymbol{y}^{\mathrm{T}}(\boldsymbol{C}^{\mathrm{T}}\boldsymbol{A}\boldsymbol{C})\boldsymbol{y}$$

变为矩阵 $\boldsymbol{B}=\boldsymbol{C}^{\mathrm{T}}\boldsymbol{A}\boldsymbol{C}$ 关于 $\boldsymbol{y}$ 的 n 元二次型.

若 $\boldsymbol{y}^{\mathrm{T}}(\boldsymbol{C}^{\mathrm{T}}\boldsymbol{A}\boldsymbol{C})\boldsymbol{y}$ 形如 $d_1y_1^2+\cdots+d_ry_r^2$，其中 $d_1\cdots d_r\neq 0$，则称 $\boldsymbol{y}^{\mathrm{T}}(\boldsymbol{C}^{\mathrm{T}}\boldsymbol{A}\boldsymbol{C})\boldsymbol{y}$ 为 $\boldsymbol{x}^{\mathrm{T}}\boldsymbol{A}\boldsymbol{x}$ 的一个标准形.

27. 设 $\boldsymbol{A}$，$\boldsymbol{B}$ 为两个 n 阶矩阵，若存在 n 阶可逆矩阵 $\boldsymbol{C}$，使得 $\boldsymbol{B}=\boldsymbol{C}^{\mathrm{T}}\boldsymbol{A}\boldsymbol{C}$，则称矩阵 $\boldsymbol{A}$ 合同于矩阵 $\boldsymbol{B}$，或 $\boldsymbol{A}$ 与 $\boldsymbol{B}$ 合同. 记为 $\boldsymbol{A}\backsimeq\boldsymbol{B}$.

28. 若线性变换 $\boldsymbol{C}$ 是正交矩阵，则称 $\boldsymbol{x}=\boldsymbol{C}\boldsymbol{y}$ 为正交变换.

设 $\boldsymbol{A}$ 为实对称矩阵，则存在正交矩阵 $\boldsymbol{Q}$，使 $\boldsymbol{Q}^{-1}\boldsymbol{A}\boldsymbol{Q}$ 为对角矩阵，由于二次型的矩阵是一个实对称矩阵，则 $\boldsymbol{Q}^{\mathrm{T}}\boldsymbol{A}\boldsymbol{Q}$ 为对角矩阵.

29. 二次型一定可以用正交变换化为标准形.

30. 对任意二次型 $f(\boldsymbol{x})=\boldsymbol{x}^{\mathrm{T}}\boldsymbol{A}\boldsymbol{x}$，存在正交矩阵 $\boldsymbol{Q}$，经过正交变换 $\boldsymbol{x}=\boldsymbol{Q}\boldsymbol{y}$ 可化为标准形

$$\lambda_1y_1^2+\lambda_2y_2^2+\cdots+\lambda_ny_n^2,$$

其中 λ_1，λ_2，$\cdots$，λ_n 是二次型 $f(\boldsymbol{x})$ 的矩阵 $\boldsymbol{A}$ 的全部特征值.（注：非零特征值要放在前面.）

正交变换化二次型为标准形的方法（以 3 阶为例）：

（1）写出二次型的矩阵 $\boldsymbol{A}$；

（2）求矩阵 $\boldsymbol{A}$ 的特征值 λ_1，λ_2，λ_3；

（3）求出矩阵的特征向量 $\boldsymbol{\alpha}_1$，$\boldsymbol{\alpha}_2$，$\boldsymbol{\alpha}_3$；

（4）把（3）中的特征向量改造（施密特正交化，单位化）为 $\boldsymbol{\gamma}_1$，$\boldsymbol{\gamma}_2$，$\boldsymbol{\gamma}_3$；

（5）构造正交矩阵 $\boldsymbol{Q}=(\boldsymbol{\gamma}_1,\boldsymbol{\gamma}_2,\boldsymbol{\gamma}_3)$，经正交变换 $\boldsymbol{x}=\boldsymbol{Q}\boldsymbol{y}$ 得

$$\boldsymbol{x}^{\mathrm{T}}\boldsymbol{A}\boldsymbol{x}=\boldsymbol{y}^{\mathrm{T}}\boldsymbol{\Lambda}\boldsymbol{y}=\lambda_1 y_1^2+\lambda_2 y_2^2+\lambda_3 y_3^2.$$

应当注意：$\boldsymbol{\Lambda}$ 中特征值的顺序应与 $\boldsymbol{Q}$ 中对应的向量顺序一致．

31．对任意一个实对称矩阵 $\boldsymbol{A}$，存在一个非奇异矩阵 $\boldsymbol{C}$，使得 $\boldsymbol{C}^{\mathrm{T}}\boldsymbol{A}\boldsymbol{C}$ 为对角矩阵．即任何一个实对称矩阵都与一个对角矩阵合同．（称这个对角矩阵为 $\boldsymbol{A}$ 的标准形）

32．二次型可以通过非退化线性变换化为规范形且规范形唯一．

规范形中正项个数 p 称为二次型的正惯性指标，负项个数 $r-p$ 称为二次型的负惯性指标，r 是二次型的秩．

33．任给 $\mathbf{0}\neq\boldsymbol{x}\in\mathbb{R}^n$ 都有 $f(\boldsymbol{x})=\boldsymbol{x}^{\mathrm{T}}\boldsymbol{A}\boldsymbol{x}>0$（或 <0），则称 $\boldsymbol{A}$ 为正定矩阵（负定矩阵）．或称 $f(\boldsymbol{x})=\boldsymbol{x}^{\mathrm{T}}\boldsymbol{A}\boldsymbol{x}>0$（或 <0）为正定（负定）二次型．

34．半正定，半负定．

35．设 $\boldsymbol{A}$ 为正（负）定矩阵，若 $\boldsymbol{A}$，$\boldsymbol{B}$ 合同，则 $\boldsymbol{B}$ 也是正（负）定矩阵．合同矩阵具有相同的有定性．

36．单位矩阵是正定的，负单位矩阵是负定的．设 $p>0$，$q>0$，则：

（1）$\boldsymbol{I}_{p,q}=\begin{pmatrix}\boldsymbol{I}_p & \\ & -\boldsymbol{I}_q\end{pmatrix}$不定；

（2）$\begin{pmatrix}\boldsymbol{I}_p & \\ & \mathbf{0}\end{pmatrix}$半正定；

（3）$\begin{pmatrix}-\boldsymbol{I}_q & \\ & \mathbf{0}\end{pmatrix}$半负定；

（4）$\begin{pmatrix}\boldsymbol{I}_p & & \\ & -\boldsymbol{I}_q & \\ & & \mathbf{0}\end{pmatrix}$不定．

37．实对称矩阵 $\boldsymbol{A}$ 为：

（1）正定矩阵，当且仅当 $\boldsymbol{A}$ 的特征值全大于 0；

（2）负定矩阵，当且仅当 $\boldsymbol{A}$ 的特征值全小于 0；

（3）半正定矩阵，当且仅当 $\boldsymbol{A}$ 的特征值大于或等于 0；

（4）半负定矩阵，当且仅当 $\boldsymbol{A}$ 的特征值小于或等于 0；

（5）不定矩阵，当且仅当 $\boldsymbol{A}$ 的特征值有正有负．

38．如果矩阵 $\boldsymbol{A}$ 正定，以下描述等价：

(1) $\boldsymbol{A}$ 的特征值全大于0;

(2) $\boldsymbol{A}$ 的规范形为 $\boldsymbol{I}_n$;

(3) 存在可逆矩阵 $\boldsymbol{C}$, 使 $\boldsymbol{C}^{\mathrm{T}}\boldsymbol{A}\boldsymbol{C}=\boldsymbol{I}_n$;

(4) 存在可逆矩阵 $\boldsymbol{B}$, 使 $\boldsymbol{B}=\boldsymbol{C}^{-1}$, $\boldsymbol{A}=\boldsymbol{B}^{\mathrm{T}}\boldsymbol{B}$.

39. k 阶主子式, k 阶顺序主子式.

40. 实对称矩阵 $\boldsymbol{A}=(a_{ij})_{n\times n}$ 为正定矩阵当且仅当 $\boldsymbol{A}$ 的所有顺序主子式大于0.

数学家的故事

西尔维斯特(Sylvester, 1814—1897, 英国)的主要研究领域是代数.

西尔维斯特是犹太裔英国人, 在伦敦私立学校接受的小学教育, 后在利物浦皇家中学(Royal Institution in Liverpool)接受中学教育. 1934 年进入圣约翰学院(St. John's College, Cambridge)学习, 3 年后以排名第 2 的成绩毕业. 但是由于他的宗教信仰, 导致他没得到学位他后来在都柏林大学(University of Dublin)获得学位. 直到 1872 年牛津大学与剑桥大学废除了学位的神学测试以后, 剑桥大学才授予西尔维斯特文学学士和文学硕士的学位.

1841 年, 西尔维斯特成为弗吉尼亚大学(University of Virginia)的教授. 由于对学生的批评, 导致他和学生发生了冲突, 刺伤了学生, 最后又返回了伦敦. 1846 年, 他成为内殿律师学院(Inner Temple)的学生, 并于 1850 年获得律师资格. 西尔维斯特和凯莱(Cayley, 1821—1895)都走上了法律的道路, 不过他们讨论数学比法律多一些. 凯莱和西尔维斯特是两个性格不同的人, 凯莱温和而耐心, 西尔维斯特急躁而充满激情, 他们都是那个时代伟大的数学家.

经过多次大学求职失败以后, 西尔维斯特于 1855 年在伦敦伍尔威奇皇家陆军军官学校(Royal Military Academy at Woolwich)得到了一个数学教授的职位. 他后来于 1866 年成为伦敦数学会的主席. 55 岁的时候, 西尔维斯特从数学教授职位上退休, 沉寂了一段时间后, 又继续从事数学研究. 1877—1882 年, 西尔维斯特成为约翰斯·霍普金斯大学(Johns Hopkins University)的第一位数学教授, 离职后回到伦敦直到去世.

西尔维斯特在代数领域贡献较多, 如二次型的惯性定理(定理 5.3.2)就是他证明的. 他还创办了 *American Journal of Mathematics*, 他的不少文章都发表在这个杂志上.

附录 A　习题解答

A.1　第 1 章习题解答

习题 1.1 解答

练习 1.1.1　解：系数矩阵为$\begin{pmatrix}1&1&1\\0&2&3\\0&0&9\end{pmatrix}$，常数项矩阵为$\begin{pmatrix}1\\1\\3\end{pmatrix}$，增广矩阵为$\begin{pmatrix}1&1&1&1\\0&2&3&1\\0&0&9&3\end{pmatrix}$.

练习 1.1.2　解：$\begin{pmatrix}1&2&3\\&1&\end{pmatrix}$，$\begin{pmatrix}1&2&3&4\\&2&3&\end{pmatrix}$不是矩阵．原因可能是第 2 行元素与第 1 行元素数量不一致，从而不是矩形表格，因此不是矩阵．或者是第 2 行有些元素为空（不是数），因此不是矩阵．$\begin{pmatrix}1&2&3&4\\0&2&3&0\end{pmatrix}$是矩阵.

练习 1.1.3　解：$\begin{pmatrix}1&2&3&4\\0&2&3&0\end{pmatrix}$是 2×4 的矩阵，$\begin{pmatrix}1&0&0\\0&1&0\\0&0&1\end{pmatrix}$是 3 阶方阵.

练习 1.1.4　解：对应的线性方程组分别为$\begin{cases}5x_1+4x_2+3x_3=1\\4x_1+2x_2+3x_3=2\\4x_1+3x_2+x_3=1\end{cases}$，$\begin{cases}3x_1+3x_2+x_3=3\\5x_1=5\\5x_1+x_2=2\end{cases}$，$\begin{cases}3x_1+x_2+3x_3=0\\4x_1+2x_2+5x_3=2\\x_1+x_2+3x_3=0\end{cases}$.

练习 1.1.5　解：把（3，4，−2）代入前两个方程均成立，代入第 3 个方程时，左边 $=-7\times3+5\times4-3\times(-2)=5\neq-7=$ 右边，从而（3，4，−2）不是原线性方程组的解．

练习 1.1.6　解：原线性方程组有解当且仅当 $h=-3$，进一步可以求出解为 $x_1=-5$，$x_2=1$，$x_3=-1$.

※需要化为最简阶梯形矩阵才知道无解吗?

习题 1.2 解答

练习 1.2.1　解：(1) 原方程组的解为 $x_1=1$，$x_2=3$，$x_3=2$；

(2) 原方程组无解；

(3) 原方程组的解为 $x_1=2$，$x_2=-1$，$x_3=1$.

练习 1.2.2　解：可以通过一次初等行变换得到

$$\left(\begin{array}{ccc:c}1&-2&1&0\\0&5&-2&8\\4&-1&3&-6\end{array}\right)\xrightarrow{r_3-4r_1}\left(\begin{array}{ccc:c}1&-2&1&0\\0&5&-2&8\\0&7&-1&-6\end{array}\right)$$

$$\xrightarrow{r_3+4r_1}\left(\begin{array}{ccc:c}1&-2&1&0\\0&5&-2&8\\4&-1&3&-6\end{array}\right).$$

练习 1.2.3　解：作初等行变换可得

$$\begin{pmatrix}0&2&5\\1&4&-7\\3&-1&6\end{pmatrix}\xrightarrow{r_1\leftrightarrow r_2}\begin{pmatrix}1&4&-7\\0&2&5\\3&-1&6\end{pmatrix}\xrightarrow{r_2\leftrightarrow r_3}\begin{pmatrix}1&4&-7\\3&-1&6\\0&2&5\end{pmatrix}$$

$$\xrightarrow{2r_3}\begin{pmatrix}1&4&-7\\3&-1&6\\0&4&10\end{pmatrix}.$$

练习 1.2.4　解：作初等行变换可得

$$\begin{pmatrix}1&3&-4\\0&1&-3\\0&-5&9\end{pmatrix}\xrightarrow{r_3+5r_2}\begin{pmatrix}1&3&-4\\0&1&-3\\0&0&-6\end{pmatrix}\xrightarrow{2r_2}\begin{pmatrix}1&3&-4\\0&2&-6\\0&0&-6\end{pmatrix}.$$

$$\begin{pmatrix}1&3&-4\\0&1&-3\\0&-5&9\end{pmatrix}\xrightarrow{2r_2}\begin{pmatrix}1&3&-4\\0&2&-6\\0&-5&9\end{pmatrix}\xrightarrow{r_3+5r_2}\begin{pmatrix}1&3&-4\\0&2&-6\\0&5&-21\end{pmatrix}.$$

可见交换初等行变换的顺序以后结果不一致.

练习 1.2.5　解：原方程组有解当且仅当 $2g+h+k=0$.

练习 1.2.6　解：(行) 阶梯形矩阵有

$$\begin{pmatrix}1&0&3&5\\0&0&1&3\\0&0&0&2\end{pmatrix},\begin{pmatrix}1&0&0&0\\0&2&0&0\\0&0&2&2\end{pmatrix},\begin{pmatrix}1&2&3&5\\0&1&1&3\\0&0&1&0\end{pmatrix},\begin{pmatrix}1&2&0&5\\0&0&1&3\\0&0&0&0\end{pmatrix}.$$

(行) 最简阶梯形矩阵有 $\begin{pmatrix}1&2&0&5\\0&0&1&3\\0&0&0&0\end{pmatrix}$.

练习 1.2.7　解：略.

练习 1.2.8　解： $\begin{pmatrix}1 & -2 & 3\\ 0 & 4 & 5\\ 0 & 0 & 0\end{pmatrix}$已经是（行）阶梯形矩阵，从而主元位置为第 1 行第 1 列的位置[①]和（2，2）元位置，对应主元为 1，4.

$\begin{pmatrix}1 & -2 & -1 & 3 & 0\\ -2 & 4 & 5 & -5 & 3\\ 3 & -6 & -6 & 8 & 2\end{pmatrix}\to\begin{pmatrix}1 & -2 & -1 & 3 & 0\\ 0 & 0 & 3 & 1 & 3\\ 0 & 0 & 0 & 0 & 5\end{pmatrix}$从而主元位置为（1，1）元位置、(2，3）元位置、(3，5）元位置，对应主元为 1，5，2.

$\begin{pmatrix}3 & 5 & 7 & 9\\ 1 & 3 & 5 & 7\\ 5 & 7 & 9 & 1\end{pmatrix}\to\begin{pmatrix}3 & 5 & 7 & 9\\ 0 & \frac{4}{3} & \frac{8}{3} & 4\\ 0 & 0 & 0 & -10\end{pmatrix}$，从而主元位置为（1，1）元位置、(2，2）元位置、(3，4）元位置，对应主元为 3，3，1.

练习 1.2.9　证明： 对每一类初等行变换逐一证明，略.

练习 1.2.10　证明： 用数学归纳法可以证明（见本书参考文献 [4]）.

练习 1.2.11　证明： 用数学归纳法可以证明（见本书参考文献 [4]）.

练习 1.2.12　解： 不能.

练习 1.2.13　解： 略.

练习 1.2.14　解： 可以得到（行）最简阶梯形矩阵为 $\begin{pmatrix}1 & 0 & 1 & 0 & 3\\ 0 & 1 & -2 & 0 & -8\\ 0 & 0 & 0 & 1 & 6\\ 0 & 0 & 0 & 0 & 0\end{pmatrix}$.

练习 1.2.15　解： 可以得到（行）最简阶梯形矩阵为$\begin{pmatrix}1 & -\frac{4}{3} & 0 & 0\\ 0 & 0 & 1 & 0\\ 0 & 0 & 0 & 0\end{pmatrix}$.

练习 1.2.16　解： 原方程组与$\begin{cases}x_1 = \frac{4}{3}x_2\\ x_3 = 0\end{cases}$的解集相同，从而原方程组的解集为

$$\left\{\begin{pmatrix}\frac{4}{3}c_1\\ c_1\\ 0\end{pmatrix}\middle|\text{其中 } c_1 \text{ 是任意常数}\right\}.$$

---

① 简称为（1，1）元位置.

练习 1.2.17　解：利用高斯消元法把增广矩阵化为（行）最简阶梯形矩阵可得

$$\begin{pmatrix}1&3&2&5\\1&3&1&0\end{pmatrix}\to\begin{pmatrix}1&3&0&-5\\0&0&1&5\end{pmatrix}.$$

原方程组与$\begin{cases}x_1=-3x_2-5\\x_3=5\end{cases}$的解集相同，从而原方程组的解集为

$$\left\{\begin{pmatrix}-3c_1-5\\c_1\\5\end{pmatrix}\middle|\,\text{其中 } c_1 \text{ 是任意常数}\right\}.$$

练习 1.2.18　解：将对应的增广矩阵化为（行）最简阶梯形矩阵分别为

$$\begin{pmatrix}1&0&0&1\\0&1&0&-1\\0&0&1&0\end{pmatrix},\ \begin{pmatrix}1&0&0&1\\0&1&0&-3\\0&0&1&9\end{pmatrix},\ \begin{pmatrix}1&0&0&0\\0&1&0&6\\0&0&1&-2\end{pmatrix}.$$

从而对应的解分别为

$$\begin{cases}x_1=1\\x_2=-1,\\x_3=0\end{cases}\ \begin{cases}x_1=1\\x_2=-3,\\x_3=9\end{cases}\ \begin{cases}x_1=0\\x_2=6.\\x_3=-2\end{cases}$$

练习 1.2.19　解：略.

练习 1.2.20　解：略.

练习 1.2.21　解：利用高斯消元法把增广矩阵化为（行）阶梯形矩阵可得

$$\begin{pmatrix}1&2&2&5\\1&1&1&2\\1&5&5&0\end{pmatrix}\to\begin{pmatrix}1&2&2&5\\0&-1&-1&-3\\0&0&0&-14\end{pmatrix},$$

有矛盾方程，从而原方程组无解.

习题 1.3 解答

练习 1.3.1　解： 详细解答见本书附录 B 中例 B.1.1，原方程组的解集为

$$\left\{\begin{pmatrix}\frac{2}{7}c_1+\frac{3}{7}c_2\\ \frac{5}{7}c_1+\frac{4}{7}c_2\\ c_1\\ c_2\end{pmatrix}\middle|\text{其中 } c_1,\ c_2 \text{ 是任意常数}\right\}.$$

练习 1.3.2　解： 齐次线性方程组一定有解．将增广矩阵化为（行）最简阶梯形矩阵．根据练习 1.2.12 可知，最多有 m 个主元位置，因此至少有 $n-m\geqslant 1$ 个自由变量，从而一定有无穷多组解．

练习 1.3.3　解： 不一定，因为只能保证有自由变量，可能会出现矛盾方程导致无解，如 $\begin{cases}x_1+x_2+x_3=0\\ x_1+x_2+x_3=1\end{cases}$ 无解．

练习 1.3.4　解： 利用高斯消元法把增广矩阵化为（行）阶梯形矩阵可得

$$\begin{pmatrix}1&1&1&-1&2\\3&1&-1&2&3\\2&2\lambda&-2&3&\lambda\end{pmatrix}\to\begin{pmatrix}1&1&1&-1&2\\0&-2&-4&5&-3\\0&0&-4\lambda&5\lambda&-2\lambda-1\end{pmatrix}.$$

当 $\lambda=0$ 时，原方程组有矛盾方程，从而无解．

当 $\lambda\neq 0$ 时，进一步化为（行）最简阶梯形矩阵可得

$$\begin{pmatrix}1&1&0&\frac{1}{4}&\frac{6\lambda-1}{4\lambda}\\0&1&0&0&\frac{\lambda-1}{2\lambda}\\0&0&1&-\frac{5}{4}&\frac{2\lambda+1}{4\lambda}\end{pmatrix}.$$

原方程组与 $\begin{cases}x_1=\frac{6\lambda-1}{4\lambda}-\frac{1}{4}x_4\\ x_2=\frac{\lambda-1}{2\lambda}\\ x_3=\frac{2\lambda+1}{4\lambda}+\frac{5}{4}x_4\end{cases}$ 的解集相同，从而原方程组有无穷多组解，解集为

$$\left\{\begin{pmatrix}\frac{6\lambda-1}{4\lambda}-\frac{1}{4}c_1\\ \frac{\lambda-1}{2\lambda}\\ \frac{2\lambda+1}{4\lambda}+\frac{5}{4}c_1\\ c_1\end{pmatrix}\middle|\text{其中 } c_1 \text{ 是任意常数}\right\}.$$

练习 1.3.5　解： 略.

练习 1.3.6　解： 略.

练习 1.3.7　解： 一定有解，并且有无穷多组解. 增广矩阵是 4×6 矩阵，则把增广矩阵化为（行）最简阶梯形矩阵以后，最多有 4 个主元位置. 根据题意，主元位置全部位于系数矩阵部分，从而不会出现在最后一列，因此没有矛盾方程，从而有解. 又因约束变量有 4 个，自由变量有 1 个，从而有无穷多组解.

练习 1.3.8　解： 不一定有解，例子略.

A.2　第 2 章习题解答

习题 2.1 解答

练习 2.1.1　解：(1) $2\boldsymbol{A}+\boldsymbol{B}=\begin{pmatrix}0 & 4\\ -1 & -1\\ 3 & 7\end{pmatrix}$;

(2) $\boldsymbol{A}^{\mathrm{T}}\boldsymbol{B}=\begin{pmatrix}-5 & 3\\ -7 & 3\end{pmatrix}$;

(3) $\boldsymbol{A}\boldsymbol{B}^{\mathrm{T}}=\begin{pmatrix}-2 & -1 & 1\\ 2 & -1 & 1\\ -4 & -1 & 1\end{pmatrix}$.

练习 2.1.2　解：$\boldsymbol{AB}-\boldsymbol{BA}=\begin{pmatrix}3 & -3\\ 0 & -3\end{pmatrix}$.

练习 2.1.3　解：(B)，(C)，(D) 均错误 .

练习 2.1.4　解：(A)，(D) 错误，(B)，(C) 正确 .

练习 2.1.5　解：$[f(\boldsymbol{A})]^{\mathrm{T}}=\begin{pmatrix}7 & 8 & -2\\ 1 & 2 & 1\\ 3 & 3 & 0\end{pmatrix}$.

练习 2.1.6　解：(1) 易得

$$\boldsymbol{DA}=\begin{pmatrix}\lambda_1a_{11} & \lambda_1a_{12} & \lambda_1a_{13}\\ \lambda_2a_{21} & \lambda_2a_{22} & \lambda_2a_{23}\\ \lambda_3a_{31} & \lambda_3a_{32} & \lambda_3a_{33}\end{pmatrix},\ \boldsymbol{AD}=\begin{pmatrix}\lambda_1a_{11} & \lambda_2a_{12} & \lambda_3a_{13}\\ \lambda_1a_{21} & \lambda_2a_{22} & \lambda_3a_{23}\\ \lambda_1a_{31} & \lambda_2a_{32} & \lambda_3a_{33}\end{pmatrix}.$$

(2) 若 $\boldsymbol{DA}=\boldsymbol{AD}$，则 $\lambda_ia_{ij}=\lambda_ja_{ij}$. 即 $a_{ij}(\lambda_i-\lambda_j)=0$，又因为 $\forall i\neq j$，$\lambda_i\neq\lambda_j$，从而 $a_{ij}=0$，也就是 $\boldsymbol{A}$ 是对角矩阵 .

若 $\boldsymbol{A}$ 是对角矩阵，显然 $\boldsymbol{DA}=\boldsymbol{AD}$. 从而结论成立 .

练习 2.1.7　解：$\boldsymbol{A}^2=4\boldsymbol{I}$.

练习 2.1.8　解：不一定，因为 $\boldsymbol{A}^2-9\boldsymbol{I}=(\boldsymbol{A}-3\boldsymbol{I})(\boldsymbol{A}+3\boldsymbol{I})=\boldsymbol{0}$，不能得到 $\boldsymbol{A}-3\boldsymbol{I}=\boldsymbol{0}$ 或 $\boldsymbol{A}+3\boldsymbol{I}=\boldsymbol{0}$，如 $\boldsymbol{A}=\begin{pmatrix}3 & 0\\ 0 & -3\end{pmatrix}$.

练习 2.1.9　解：一定可交换，证明略 .

练习 2.1.10　解：不一定（例子请读者构造），当 $\boldsymbol{AB}=\boldsymbol{BA}$ 时结论成立.

练习 2.1.11　证明：(1) 根据定义，$\boldsymbol{A}$ 是对称矩阵当且仅当 $\forall i$，j，$a_{ij}=a_{ji}$. 由于 a_{ij}恰好是 $\boldsymbol{A}$ 的(i,j)元，$a_{j,i}$恰好是 $\boldsymbol{A}^{\mathrm{T}}$ 的(i,j)元，从而 $\forall i$，j，$a_{ij}=a_{ji}$ 等价于 $\boldsymbol{A}=\boldsymbol{A}^{\mathrm{T}}$，也就是 $\boldsymbol{A}$ 是对称矩阵当且仅当 $\boldsymbol{A}=\boldsymbol{A}^{\mathrm{T}}$;

(2) 类似可得，留给读者证明 .

练习 2.1.12　证明：略 .

练习 2.1.13　证明：(1) 即证 $\boldsymbol{A}=\boldsymbol{A}^{\mathrm{T}}$

$$\begin{aligned}\boldsymbol{A}^{\mathrm{T}}&=(\boldsymbol{I}_n-\boldsymbol{\alpha}\boldsymbol{\alpha}^{\mathrm{T}})^{\mathrm{T}}=(\boldsymbol{I}_n)^{\mathrm{T}}-(\boldsymbol{\alpha}\boldsymbol{\alpha})^{\mathrm{T}}\\&=\boldsymbol{I}_n-\boldsymbol{\alpha}\boldsymbol{\alpha}^{\mathrm{T}}=\boldsymbol{A};\end{aligned}$$

(2) 利用矩阵运算的分配律，可得

$$\begin{aligned}\boldsymbol{A}^2&=(\boldsymbol{I}_n-\boldsymbol{\alpha}\boldsymbol{\alpha}^{\mathrm{T}})(\boldsymbol{I}_n-\boldsymbol{\alpha}\boldsymbol{\alpha}^{\mathrm{T}})\\&=\boldsymbol{I}_n-2\boldsymbol{\alpha}\boldsymbol{\alpha}^{\mathrm{T}}+\alpha(\boldsymbol{\alpha}^{\mathrm{T}}\boldsymbol{\alpha})\boldsymbol{\alpha}^{\mathrm{T}}\\&=\boldsymbol{I}_n-2\boldsymbol{\alpha}\boldsymbol{\alpha}^{\mathrm{T}}+2\boldsymbol{\alpha}\boldsymbol{\alpha}^{\mathrm{T}}=\boldsymbol{I}_n.\end{aligned}$$

练习 2.1.14　解：$\boldsymbol{\alpha}\boldsymbol{\beta}^{\mathrm{T}}=\begin{pmatrix}1&-1&1\\2&-2&2\\3&-3&3\end{pmatrix}$，$\boldsymbol{\beta}\boldsymbol{\alpha}^{\mathrm{T}}=\begin{pmatrix}1&2&3\\-1&-2&-3\\1&2&3\end{pmatrix}$，

$$\begin{aligned}(\boldsymbol{\alpha}\boldsymbol{\beta}^{\mathrm{T}})^n&=\boldsymbol{\alpha}\boldsymbol{\beta}^{\mathrm{T}}\boldsymbol{\alpha}\boldsymbol{\beta}^{\mathrm{T}}\cdots\boldsymbol{\alpha}\boldsymbol{\beta}^{\mathrm{T}}\\&=\boldsymbol{\alpha}(\boldsymbol{\beta}^{\mathrm{T}}\boldsymbol{\alpha})(\boldsymbol{\beta}^{\mathrm{T}}\boldsymbol{\alpha})\cdots(\boldsymbol{\beta}^{\mathrm{T}}\boldsymbol{\alpha})\boldsymbol{\beta}^{\mathrm{T}}\\&=(\boldsymbol{\beta}^{\mathrm{T}}\boldsymbol{\alpha})^{n-1}\boldsymbol{\alpha}\boldsymbol{\beta}^{\mathrm{T}}=2^{n-1}\begin{pmatrix}1&-1&1\\2&-2&2\\3&-3&3\end{pmatrix},\end{aligned}$$

※特别注意，$\boldsymbol{\beta}^{\mathrm{T}}\alpha=2$ 是一个数！

同理可得$(\boldsymbol{\beta}\boldsymbol{\alpha}^{\mathrm{T}})^n=(\boldsymbol{\alpha}^{\mathrm{T}}\boldsymbol{\beta})^{n-1}\boldsymbol{\beta}\boldsymbol{\alpha}^{\mathrm{T}}=2^{n-1}\begin{pmatrix}1&2&3\\-1&-2&-3\\1&2&3\end{pmatrix}$.

练习 2.1.15　解：略.

练习 2.1.16　解：略 .

练习 2.1.17　解：略 .

练习 2.1.18　解：$\boldsymbol{AB}$ 是对称矩阵当且仅当 $\boldsymbol{AB}=(\boldsymbol{AB})^{\mathrm{T}}$. 又因 $\boldsymbol{A}$，$\boldsymbol{B}$ 均为对称矩阵

$$(\boldsymbol{AB})^{\mathrm{T}}=\boldsymbol{B}^{\mathrm{T}}\boldsymbol{A}^{\mathrm{T}}=\boldsymbol{BA},$$

从而 $\boldsymbol{AB}=(\boldsymbol{AB})^{\mathrm{T}}$，当且仅当 $\boldsymbol{AB}=\boldsymbol{BA}$.

练习 2.1.19　证明：易得 $\boldsymbol{A}=\frac{1}{2}(\boldsymbol{A}+\boldsymbol{A}^{\mathrm{T}})+\frac{1}{2}(\boldsymbol{A}-\boldsymbol{A}^{\mathrm{T}})$. 显然$\frac{1}{2}(\boldsymbol{A}+\boldsymbol{A}^{\mathrm{T}})=\left(\frac{1}{2}(\boldsymbol{A}+\boldsymbol{A}^{\mathrm{T}})\right)^{\mathrm{T}}$，因此$\frac{1}{2}(\boldsymbol{A}+\boldsymbol{A}^{\mathrm{T}})$是对称矩阵 . 类似可得$\frac{1}{2}(\boldsymbol{A}-\boldsymbol{A}^{\mathrm{T}})$是反对称矩阵 . 从而结论成立 .

练习 2.1.20　解：略 .

练习 2.1.21　证明：略 .

练习 2.1.22　证明：略 .

习题 2.2 解答

练习 2.2.1　解：略.

练习 2.2.2　解：观察到前 3 个方程只含 x_{11}，x_{21}，x_{31}，中间 3 个方程只含 x_{12}，x_{22}，x_{32}，后 3 个方程只含 x_{13}，x_{23}，x_{33}，解原方程组等价于解 3 个方程组

$$\begin{cases}x_{11}+3x_{21}+2x_{31}=1\\2x_{11}+3x_{21}+3x_{31}=0,\\2x_{11}+2x_{21}+3x_{31}=0\end{cases}\quad\begin{cases}x_{12}+3x_{22}+2x_{32}=0\\2x_{12}+3x_{22}+3x_{32}=1,\\2x_{12}+2x_{22}+3x_{32}=0\end{cases}$$

$$\begin{cases}x_{13}+3x_{23}+2x_{33}=0\\2x_{13}+3x_{23}+3x_{33}=0.\\2x_{13}+2x_{23}+3x_{33}=1\end{cases}$$

记 $\boldsymbol{A}=\begin{pmatrix}1&3&2\\2&3&3\\2&2&3\end{pmatrix}$，$\boldsymbol{x}_1=(x_{11}\quad x_{21}\quad x_{31})^{\mathrm{T}}$，$\boldsymbol{x}_2=(x_{12}\quad x_{22}\quad x_{32})^{\mathrm{T}}$，$\boldsymbol{x}_3=(x_{13}\quad x_{23}\quad x_{33})^{\mathrm{T}}$，$\boldsymbol{\beta}_1=(1\quad 0\quad 0)^{\mathrm{T}}$，$\boldsymbol{\beta}_2=(0\quad 1\quad 0)^{\mathrm{T}}$，$\boldsymbol{\beta}_3=(0\quad 0\quad 1)^{\mathrm{T}}$，则解原方程组等价于解 3 个矩阵方程

$$\boldsymbol{A}\boldsymbol{x}_1=\boldsymbol{\beta}_1,\ \boldsymbol{A}\boldsymbol{x}_2=\boldsymbol{\beta}_2,\ \boldsymbol{A}\boldsymbol{x}_3=\boldsymbol{\beta}_3.$$

记 $\boldsymbol{B}=\begin{pmatrix}1&0&0\\0&1&0\\0&0&1\end{pmatrix}$，$\boldsymbol{X}=\begin{pmatrix}x_{11}&x_{12}&x_{13}\\x_{21}&x_{22}&x_{23}\\x_{31}&x_{32}&x_{33}\end{pmatrix}$，则等价于解

$$\begin{aligned}\boldsymbol{B}&=(\boldsymbol{\beta}_1\quad\boldsymbol{\beta}_2\quad\boldsymbol{\beta}_3)=(\boldsymbol{A}\boldsymbol{x}_1\quad\boldsymbol{A}\boldsymbol{x}_2\quad\boldsymbol{A}\boldsymbol{x}_3)\\&=\boldsymbol{A}(\boldsymbol{x}_1\quad\boldsymbol{x}_2\quad\boldsymbol{x}_3)=\boldsymbol{A}\boldsymbol{X}.\end{aligned}$$

练习 2.2.3　解：$\boldsymbol{AB}=\left(\begin{array}{cc:cc}1&0&0&0\\0&1&0&0\\\hdashline-1&2&1&0\\1&1&0&1\end{array}\right)\left(\begin{array}{cc:cc}1&0&1&0\\-1&2&0&1\\\hdashline1&0&4&1\\-1&-1&2&0\end{array}\right)=\left(\begin{array}{cc:cc}1&0&1&0\\-1&2&0&1\\\hdashline-2&4&3&3\\-1&1&3&1\end{array}\right).$

练习 2.2.4　证明：由分块矩阵乘法可得

$$\begin{aligned}\boldsymbol{A}=\boldsymbol{A}\boldsymbol{I}_n&=\boldsymbol{A}(\boldsymbol{\varepsilon}_1\quad\boldsymbol{\varepsilon}_2\quad\cdots\quad\boldsymbol{\varepsilon}_i\quad\cdots\quad\boldsymbol{\varepsilon}_n)\\&=(\boldsymbol{A}\boldsymbol{\varepsilon}_1\quad\boldsymbol{A}\boldsymbol{\varepsilon}_2\quad\cdots\quad\boldsymbol{A}\boldsymbol{\varepsilon}_i\quad\cdots\quad\boldsymbol{A}\boldsymbol{\varepsilon}_n),\end{aligned}$$

因此，$\boldsymbol{A}\boldsymbol{\varepsilon}_i$ 即为矩阵 $\boldsymbol{A}$ 的第 i 列.

练习 2.2.5　证明：略.

练习 2.2.6　解：计算可得 $\boldsymbol{A}_{11}^4=\begin{pmatrix}16&0\\64&16\end{pmatrix}$，$\boldsymbol{A}_{22}^4=\begin{pmatrix}625&0\\0&625\end{pmatrix}$，于是

※如果是计算A^n怎么办？见例2.1.11，例2.1.20，例2.3.8，例5.1.8.

$$A^4=\begin{pmatrix}A_{11}^4 & \mathbf{0}\\ \mathbf{0} & A_{22}^4\end{pmatrix}=\begin{pmatrix}16&0&0&0\\64&16&0&0\\0&0&625&0\\0&0&0&625\end{pmatrix}.$$

练习 2.2.7　解：$A^2=\begin{pmatrix}\mathbf{0}&I\\I&\mathbf{0}\end{pmatrix}\begin{pmatrix}\mathbf{0}&I\\I&\mathbf{0}\end{pmatrix}=\begin{pmatrix}I&\mathbf{0}\\\mathbf{0}&I\end{pmatrix}.$

练习 2.2.8　证明：略.

练习 2.2.9　证明：利用分块矩阵乘法可得

$$\begin{aligned}B&=\left(A\begin{pmatrix}1\\1\\1\end{pmatrix}\quad A\begin{pmatrix}1\\2\\3\end{pmatrix}\quad A\begin{pmatrix}1\\4\\9\end{pmatrix}\right)\\&=A\begin{pmatrix}1&1&1\\1&2&4\\1&3&9\end{pmatrix},\end{aligned}$$

从而取$C=\begin{pmatrix}1&1&1\\1&2&4\\1&3&9\end{pmatrix}$即可.

练习 2.2.10　证明：根据正交矩阵的定义可得

$$\begin{aligned}Q^{\mathrm{T}}Q&=\begin{pmatrix}\alpha_1^{\mathrm{T}}\\\alpha_2^{\mathrm{T}}\\\alpha_3^{\mathrm{T}}\end{pmatrix}(\alpha_1\quad\alpha_2\quad\alpha_3)\\&=\begin{pmatrix}\alpha_1^{\mathrm{T}}\alpha_1&\alpha_1^{\mathrm{T}}\alpha_2&\alpha_1^{\mathrm{T}}\alpha_3\\\alpha_2^{\mathrm{T}}\alpha_1&\alpha_2^{\mathrm{T}}\alpha_2&\alpha_2^{\mathrm{T}}\alpha_3\\\alpha_3^{\mathrm{T}}\alpha_1&\alpha_3^{\mathrm{T}}\alpha_2&\alpha_3^{\mathrm{T}}\alpha_3\end{pmatrix}=\begin{pmatrix}1&0&0\\0&1&0\\0&0&1\end{pmatrix},\end{aligned}$$

也就是$\alpha_i^{\mathrm{T}}\alpha_j=\begin{cases}1, & i=j\\0, & i\neq j\end{cases}.$

习题 2.3 解答

练习 2.3.1　解：不妨取 $A=\begin{pmatrix}1&0&0\\0&0&0\\0&1&0\end{pmatrix}$，$\boldsymbol{B}=\begin{pmatrix}1&0&0\\0&0&1\\0&0&0\end{pmatrix}$，显然两个矩阵等价（有相同的秩）. 但是这两个矩阵不是行等价的（（行）最简阶梯形矩阵不同）. 等价而不是列等价的例子请读者自己构造.

※转置一下列就变成行了哦.所以这里两个矩阵是不是列等价的呢?

练习 2.3.2　解：选（C）.

练习 2.3.3　证明：(1) ⇒ (2). 假设 $r(\boldsymbol{A})=n$，则

$$n=r(\boldsymbol{A})\leqslant r(\boldsymbol{A}\quad \boldsymbol{b})\leqslant n,$$

从而 $r(\boldsymbol{A})=r(\boldsymbol{A}\quad \boldsymbol{b})=n$，故 $\boldsymbol{Ax}=\boldsymbol{b}$ 有唯一解.

(2)⇒(1). 反之亦然.

(1)↔(2′) 的证明类似.

练习 2.3.4　证明：(1)⇒(3). 假设 $r(\boldsymbol{A})=n$，则（练习 1.2.13）$\boldsymbol{A}$ 的主元位置全部在主对角线上，因此 $\boldsymbol{I}$ 是 $\boldsymbol{A}$ 的（行）最简阶梯形矩阵，也就是 $\boldsymbol{A}$ 通过一系列初等行变换化为 $\boldsymbol{I}$，从而 $\boldsymbol{A}$ 与可逆矩阵 $\boldsymbol{I}$ 行等价. 故 $\boldsymbol{A}$ 与可逆矩阵 $\boldsymbol{I}$ 行等价.

(3)⇒(4). 因 $\boldsymbol{A}$ 与可逆矩阵 $\boldsymbol{B}$ 等价，从而 $r(\boldsymbol{A})=r(\boldsymbol{B})=n$，从而 $\boldsymbol{A}$ 的等价标准形矩阵为 $\boldsymbol{I}$.

(4)⇒(1). 若 $\boldsymbol{A}$ 的等价标准形矩阵为 $\boldsymbol{I}$，则 $r(\boldsymbol{A})=r(\boldsymbol{I})=n$，从而 $\boldsymbol{A}$ 可逆.

练习 2.3.5　证明：(1)⇒(5). 假设 $r(\boldsymbol{A})=n$，则（练习 1.2.13）$\boldsymbol{A}$ 的主元位置全部在主对角线上，因此 $\boldsymbol{I}$ 是 $\boldsymbol{A}$ 的（行）最简阶梯形矩阵，也就是 $\boldsymbol{A}$ 通过一系列初等行变换化为 $\boldsymbol{I}$（$\boldsymbol{I}$ 通过一系列初等行变换化为 $\boldsymbol{A}$），因此存在初等矩阵 $\boldsymbol{P}_1$，$\boldsymbol{P}_2$，…，$\boldsymbol{P}_s$，使

$$\boldsymbol{A}=\boldsymbol{P}_1\boldsymbol{P}_2\cdots\boldsymbol{P}_s\boldsymbol{I}=\boldsymbol{P}_1\boldsymbol{P}_2\cdots\boldsymbol{P}_s,$$

从而 $\boldsymbol{A}$ 可以表示为一系列初等矩阵的乘积.

(5)⇒(1). 反之亦然.

练习 2.3.6　证明：(1)⇒(6). 假设 $r(\boldsymbol{A})=n$，则 $\boldsymbol{A}$ 可逆，取 $\boldsymbol{B}=\boldsymbol{A}^{-1}$，则有 $\boldsymbol{AB}=\boldsymbol{I}$. (6)⇒(1). 若 $\boldsymbol{AB}=\boldsymbol{I}$，则

$$n=r(\boldsymbol{I})=r(\boldsymbol{AB})\leqslant r(\boldsymbol{A})\leqslant n,$$

因此，$r(\boldsymbol{A})=n$.

(1)⇔(6′) 的证明类似.

练习 2.3.7　证明：(4)⇔(1)⇔(5) 在前面题目中已经证明.

(1)⇒(7) 参见前面 (1)⇒(5) 的证明.

(7)⇒(1)．若 $\boldsymbol{A}$ 与可逆矩阵 $\boldsymbol{I}$ 行等价，则 $\boldsymbol{A}$ 与 $\boldsymbol{I}$ 等价，故 $r(\boldsymbol{A})=r(\boldsymbol{I})=n$.

(1)⇔(7′) 的证明类似．

练习 2.3.8　解：记把 $\boldsymbol{I}$ 的第 1 列与第 2 列交换得到的初等矩阵记为 $\boldsymbol{I}(c_1\leftrightarrow c_2)$，把 $\boldsymbol{I}$ 的第 2 列加到第 3 列得到的初等矩阵记为 $\boldsymbol{I}(c_3+c_2)$，则 $\boldsymbol{B}=\boldsymbol{AI}(c_1\leftrightarrow c_2)$，$\boldsymbol{C}=\boldsymbol{BI}(c_3+c_2)=\boldsymbol{AI}(c_1\leftrightarrow c_2)\boldsymbol{I}(c_3+c_2)$，因此[①]

$$\boldsymbol{Q}=\boldsymbol{I}(c_1\leftrightarrow c_2)\boldsymbol{I}(c_3+c_2)=\begin{pmatrix}0&1&1\\1&0&0\\0&0&1\end{pmatrix}.$$

练习 2.3.9　证明：和定理 2.3.8 证明类似．略．

练习 2.3.10　解：略．

练习 2.3.11　证明：因[②]

$$\boldsymbol{0}=\boldsymbol{A}^2-3\boldsymbol{A}-4\boldsymbol{I}=(\boldsymbol{A}-2\boldsymbol{I})(\boldsymbol{A}-\boldsymbol{I})-6\boldsymbol{I},$$

故

$$(\boldsymbol{A}-2\boldsymbol{I})(\boldsymbol{A}-\boldsymbol{I})=6\boldsymbol{I},$$

因此 $\boldsymbol{A}-2\boldsymbol{I}$ 可逆．

练习 2.3.12　解：显然 $\boldsymbol{A}+3\boldsymbol{I}$ 可逆，故

$$\begin{aligned}(\boldsymbol{A}+3\boldsymbol{I})^{-1}(\boldsymbol{A}^2-9\boldsymbol{I})&=(\boldsymbol{A}+3\boldsymbol{I})^{-1}(\boldsymbol{A}+3\boldsymbol{I})(\boldsymbol{A}-3\boldsymbol{I})\\&=\boldsymbol{A}-3\boldsymbol{I}=\begin{pmatrix}0&1&1\\0&0&1\\0&0&0\end{pmatrix}.\end{aligned}$$

练习 2.3.13　解：$\begin{pmatrix}3&1&0&2\\1&-1&2&-1\\1&3&-4&4\end{pmatrix}$的（行）阶梯形矩阵、（行）最简阶梯形矩阵、等价标准形矩阵分别为

$$\begin{pmatrix}3&1&0&2\\0&-\frac{4}{3}&2&-\frac{5}{3}\\0&0&0&0\end{pmatrix},\ \begin{pmatrix}1&0&\frac{1}{2}&\frac{1}{4}\\0&1&-\frac{3}{2}&\frac{5}{4}\\0&0&0&0\end{pmatrix},\ \begin{pmatrix}1&0&0&0\\0&1&0&0\\0&0&0&0\end{pmatrix}.$$

其他例子略．

---

① $\boldsymbol{Q}=\boldsymbol{I}(c_1\leftrightarrow c_2)\boldsymbol{I}(c_3+c_2)=\begin{pmatrix}0&1&0\\1&0&0\\0&0&1\end{pmatrix}\begin{pmatrix}1&0&0\\0&1&1\\0&0&1\end{pmatrix}=\begin{pmatrix}0&1&1\\1&0&0\\0&0&1\end{pmatrix}$.

② 因$\frac{x^2-3x-4}{x-2}=x-1-\frac{6}{x-2}$，故 $x^2-3x-4=(x-2)(x-1)-6$.

练习 2.3.14　解：方法一：易得 $A^{-1}=\begin{pmatrix}-3&-1&5\\5&2&-8\\-4&-1&6\end{pmatrix}$，从而

$$X=A^{-1}B=\begin{pmatrix}-3&-1&5\\5&2&-8\\-4&-1&6\end{pmatrix}\begin{pmatrix}1&-3\\2&2\\3&-1\end{pmatrix}=\begin{pmatrix}10&2\\-15&-3\\12&4\end{pmatrix}.$$

方法二：把 $AX=B$ 的增广矩阵化为（行）最简阶梯形矩阵可得

$$(A\mid B)\to\left(\begin{array}{ccc:cc}1&0&0&10&2\\0&1&0&-15&-3\\0&0&1&12&4\end{array}\right),$$

从而原方程的解为 $X=\begin{pmatrix}10&2\\-15&-3\\12&4\end{pmatrix}$.

练习 2.3.15　解：将增广矩阵化为最简阶梯形矩阵可得

$$(A\mid B)=\left(\begin{array}{ccc:cc}1&2&3&4&5\\2&3&4&5&6\end{array}\right)\to\left(\begin{array}{ccc:cc}1&0&-1&-2&-3\\0&1&2&3&4\end{array}\right),$$

因此原方程的解为

$$X=\begin{pmatrix}-2+x_{31}&-3+x_{32}\\3-2x_{31}&4-2x_{32}\\x_{31}&x_{32}\end{pmatrix},$$

其中，x_{31}，x_{32}是任意常数.

练习 2.3.16　解：题中矩阵化为（行）阶梯形矩阵依次为

$$\begin{pmatrix}1&-1&3&-4&3\\0&0&-4&8&-8\\0&0&0&0&0\\0&0&0&0&0\end{pmatrix},\quad\begin{pmatrix}1&1&0&1&-1\\0&2&-2&-2&0\\0&0&2&0&2\\0&0&0&0&3\\0&0&0&0&0\end{pmatrix},\quad\begin{pmatrix}1&0&2&-1\\0&0&-1&3\\0&0&0&0\end{pmatrix}.$$

从而，秩依次为2，4，2.

练习 2.3.17　解：选（D）.

练习 2.3.18　解：选（D）.

练习 2.3.19　证明：因例 2.3.21，故

$$\begin{aligned}r(A-B)&=r(A+(-B))\leqslant r(A)+r(-B)\\&=r(A)+r(B).\end{aligned}$$

练习 2.3.20　证明：由$(A-4I)(A+2I)=0$ 可得（例 2.3.23）

$$r(\boldsymbol{A}-4\boldsymbol{I})+r(\boldsymbol{A}+2\boldsymbol{I})\leqslant n;$$

又因（例 2.3.21）

$$r(\boldsymbol{A}-4\boldsymbol{I})+r(\boldsymbol{A}+2\boldsymbol{I})\geqslant r((\boldsymbol{A}-4\boldsymbol{I})-(\boldsymbol{A}+2\boldsymbol{I}))=r(-6\boldsymbol{I})=n,$$

从而 $r(\boldsymbol{A}-4\boldsymbol{I})+r(\boldsymbol{A}+2\boldsymbol{I})=n.$

练习 2.3.21　证明： 方法一：移项可得 $\boldsymbol{A}(\boldsymbol{B}-\boldsymbol{C})=\boldsymbol{0}$，故

$$r(\boldsymbol{A})+r(\boldsymbol{B}-\boldsymbol{C})\leqslant n,$$

从而 $r(\boldsymbol{B}-\boldsymbol{C})=0$，即 $\boldsymbol{B}-\boldsymbol{C}=\boldsymbol{0}$，因此 $\boldsymbol{B}=\boldsymbol{C}$.

方法二：因 $\boldsymbol{A}(\boldsymbol{B}-\boldsymbol{C})=\boldsymbol{0}$，从而 $\boldsymbol{B}-\boldsymbol{C}$ 的列向量是 $\boldsymbol{Ax}=\boldsymbol{0}$ 的解．又因 $r(\boldsymbol{A})=n$，从而 $\boldsymbol{Ax}=\boldsymbol{0}$ 只有零解，因此 $\boldsymbol{B}-\boldsymbol{C}$ 的列向量全是零向量，也就是 $\boldsymbol{B}-\boldsymbol{C}=\boldsymbol{0}$，因此 $\boldsymbol{B}=\boldsymbol{C}$.

练习 2.3.22　解： 略．

练习 2.3.23　解： 无论 a 取何值，原方程的解为 $\boldsymbol{X}=\begin{pmatrix}2 & -a-7\\ -1 & 3a+16\\ -1 & 2a+10\end{pmatrix}$.

练习 2.3.24　解： 把 $\boldsymbol{AX}=\boldsymbol{B}$ 的增广矩阵化为（行）阶梯形矩阵可得

$$(\boldsymbol{A}\,\vdots\,\boldsymbol{B})=\left(\begin{array}{ccc:cc}3 & 3 & 4 & 2 & 3\\ 2 & 2 & 3 & 0 & 1\\ 3 & 3 & 4 & a & 3\end{array}\right)\to\left(\begin{array}{ccc:cc}3 & 3 & 4 & 2 & 3\\ 0 & 0 & \frac{1}{3} & -\frac{4}{3} & -1\\ 0 & 0 & 0 & a-2 & 0\end{array}\right).$$

当 $a\neq 2$ 时，$r(\boldsymbol{A})=2\neq r(\boldsymbol{A}\,\vdots\,\boldsymbol{B})=3$，从而原矩阵方程无解．

当 $a=2$ 时，$r(\boldsymbol{A})=r(\boldsymbol{A}\,\vdots\,\boldsymbol{B})=2$，从而原矩阵方程有无穷多组解，进一步化为（行）最简阶梯形矩阵得

$$(\boldsymbol{A}\,\vdots\,\boldsymbol{B})\to\left(\begin{array}{ccc:cc}1 & 1 & 0 & 6 & 5\\ 0 & 0 & 1 & -4 & -3\\ 0 & 0 & 0 & 0 & 0\end{array}\right).$$

原方程的解为 $\boldsymbol{X}=\begin{pmatrix}6-c_1 & 5-c_2\\ c_1 & c_2\\ -4 & -3\end{pmatrix}$，其中 c_1，c_2 是任意常数．

练习 2.3.25　解： 原方程变形为 $(\boldsymbol{I}-\boldsymbol{A})\boldsymbol{X}=\boldsymbol{B}$. 把增广矩阵化为（行）阶梯形矩阵可得

$$(\boldsymbol{I}-\boldsymbol{A}\,\vdots\,\boldsymbol{B})=\left(\begin{array}{ccc:cc}1 & -1 & 0 & 1 & -1\\ 1 & 0 & -1 & 2 & 0\\ 1 & 0 & 2 & 5 & -3\end{array}\right)\to\left(\begin{array}{ccc:cc}1 & -1 & 0 & 1 & -1\\ 0 & 1 & -1 & 1 & 1\\ 0 & 0 & 3 & 3 & -3\end{array}\right).$$

$r(\boldsymbol{A})=r(\boldsymbol{A}\,\vdots\,\boldsymbol{B})=3$，从而原矩阵方程有唯一解．

进一步化为（行）最简阶梯形矩阵可得

$$(\boldsymbol{A} \mid \boldsymbol{B}) \to \left(\begin{array}{ccc|cc} 1 & 0 & 0 & 3 & -1 \\ 0 & 1 & 0 & 2 & 0 \\ 0 & 0 & 1 & 1 & -1 \end{array}\right).$$

原方程的解为 $\boldsymbol{X} = \begin{pmatrix} 3 & -1 \\ 2 & 0 \\ 1 & -1 \end{pmatrix}$.

练习 2.3.26　解： 原方程变形得 $(\boldsymbol{C}(\boldsymbol{I} - \boldsymbol{C}^{-1}\boldsymbol{B}))^{\mathrm{T}}\boldsymbol{A} = \boldsymbol{I}$，即 $(\boldsymbol{C} - \boldsymbol{B})^{\mathrm{T}}\boldsymbol{A} = \boldsymbol{I}$，故

$$\boldsymbol{A} = ((\boldsymbol{C} - \boldsymbol{B})^{\mathrm{T}})^{-1} = \begin{pmatrix} 1 & 0 & 0 & 0 \\ 2 & 1 & 0 & 0 \\ 3 & 2 & 1 & 0 \\ 4 & 3 & 2 & 1 \end{pmatrix}^{-1}.$$

记 $\boldsymbol{A}_{11} = \begin{pmatrix} 1 & 0 \\ 2 & 1 \end{pmatrix}$，$\boldsymbol{A}_{21} = \begin{pmatrix} 3 & 2 \\ 4 & 3 \end{pmatrix}$，$\boldsymbol{A}_{22} = \begin{pmatrix} 1 & 0 \\ 2 & 1 \end{pmatrix}$，则 $\boldsymbol{A}_{11}^{-1} = \begin{pmatrix} 1 & 0 \\ -2 & 1 \end{pmatrix}$，且

$$\boldsymbol{A} = \begin{pmatrix} \boldsymbol{A}_{11} & \boldsymbol{0} \\ \boldsymbol{A}_{21} & \boldsymbol{A}_{22} \end{pmatrix}^{-1} = \begin{pmatrix} \boldsymbol{A}_{11}^{-1} & \boldsymbol{0} \\ -\boldsymbol{A}_{22}^{-1}\boldsymbol{A}_{21}\boldsymbol{A}_{11}^{-1} & \boldsymbol{A}_{22}^{-1} \end{pmatrix}$$

$$= \begin{pmatrix} 1 & 0 & 0 & 0 \\ -2 & 1 & 0 & 0 \\ 1 & -2 & 1 & 0 \\ 0 & 1 & -2 & 1 \end{pmatrix}.$$

练习 2.3.27　解： 记 $\boldsymbol{A}_{11} = \begin{pmatrix} 5 & 2 \\ 2 & 1 \end{pmatrix}$，$\boldsymbol{A}_{22} = \begin{pmatrix} 1 & -2 \\ 1 & 1 \end{pmatrix}$，则 $\boldsymbol{A}_{11}^{-1} = \begin{pmatrix} 1 & -2 \\ -2 & 5 \end{pmatrix}$，$\boldsymbol{A}_{22}^{-1} = \dfrac{1}{3}\begin{pmatrix} 1 & 2 \\ -1 & 1 \end{pmatrix}$，从而

$$\boldsymbol{A}^{-1} = \begin{pmatrix} \boldsymbol{A}_{11} & \boldsymbol{0} \\ \boldsymbol{0} & \boldsymbol{A}_{22} \end{pmatrix}^{-1} = \begin{pmatrix} \boldsymbol{A}_{11}^{-1} & \boldsymbol{0} \\ \boldsymbol{0} & \boldsymbol{A}_{22}^{-1} \end{pmatrix} = \begin{pmatrix} 1 & -2 & 0 & 0 \\ -2 & 5 & 0 & 0 \\ 0 & 0 & \frac{1}{3} & \frac{2}{3} \\ 0 & 0 & -\frac{1}{3} & \frac{1}{3} \end{pmatrix}.$$

练习 2.3.28　解： 略.

练习 2.3.29　解： 因为 $\boldsymbol{A}^2 - 2\boldsymbol{A} = \boldsymbol{A}(\boldsymbol{A} - 2\boldsymbol{I})$，并且 $\boldsymbol{A}$ 可逆，则 $r(\boldsymbol{A}^2 - 2\boldsymbol{A}) = r(\boldsymbol{A} - 2\boldsymbol{I})$，又

$$A-2I=\begin{pmatrix}-1&1&1&1\\0&0&2&2\\0&0&1&4\\0&0&0&2\end{pmatrix}\to\begin{pmatrix}-1&1&1&1\\0&0&1&1\\0&0&0&1\\0&0&0&0\end{pmatrix}.$$

从而 $r(A^2-2A)=3$.

练习 2.3.30　解：略.

A.3　第 3 章习题解答

习题 3.1 解答

练习 3.1.1　证明：略.

练习 3.1.2　解：略.

练习 3.1.3　解：与例 3.1.14 类似，有

$$\boldsymbol{B}=\boldsymbol{A}\begin{pmatrix}1&2&0&0\\1&0&0&1\\0&0&0&4\\0&0&1&0\end{pmatrix},$$

从而

$$|\boldsymbol{B}|=|\boldsymbol{A}|\begin{vmatrix}1&2&0&0\\1&0&0&1\\0&0&0&4\\0&0&1&0\end{vmatrix}=2\times8=16.$$

练习 3.1.4　解：$|\boldsymbol{A}+2\boldsymbol{B}|=36.$

注：常见错误

$$|\boldsymbol{A}+2\boldsymbol{B}|=|\boldsymbol{A}|+|2\boldsymbol{B}|=|\boldsymbol{A}|+2|\boldsymbol{B}|=4.$$

练习 3.1.5　解：$|\boldsymbol{A}|=9\,999.$

练习 3.1.6　解：把第 3 行加到第 1 行，则

$$\begin{vmatrix}b^2+c^2&c^2+a^2&a^2+b^2\\a&b&c\\a^2&b^2&c^2\end{vmatrix}=\begin{vmatrix}a^2+b^2+c^2&a^2+b^2+c^2&a^2+b^2+c^2\\a&b&c\\a^2&b^2&c^2\end{vmatrix}$$

$$=\begin{vmatrix}a^2+b^2+c^2&0&0\\a&b-a&c-a\\a^2&b^2-a^2&c^2-a^2\end{vmatrix}$$

$$=(a^2+b^2+c^2)(b-a)(c-a)\begin{vmatrix}1&1\\b+a&c+a\end{vmatrix}$$

$$=(a^2+b^2+c^2)(b-a)(c-a)(c-b).$$

练习 3.1.7　解：方法一：考虑把 $f(x)$ 按第 1 列展开．注意到（2，1）元、（3，1）元和（4，1）元的代数余子式中不可能含有 x^4，所以，只需考虑（1，1）元的代数余子式，即

$$f(x)=3x(-1)^{1+1}\begin{vmatrix}x&1&-2\\2&3x&1\\0&1&x\end{vmatrix}+(\text{其他不含 } x^4 \text{ 的项})$$

$$=3x\cdot x\cdot 3x\cdot x+(\text{其他不含 }x^4\text{ 的项})$$
$$=9x^4+(\text{其他不含 }x^4\text{ 的项}),$$

所以，$f(x)$中 x^4 的系数为 9.

类似可得，$f(x)$中 x^3 的系数为 -6.

方法二：行列式中含 x^4 的项只有一项$(-1)^{N(1234)}3x\cdot x\cdot 3x\cdot x$，因此 $f(x)$中 x^4 的系数为 9.

行列式中含 x^3 的项也只有一项$(-1)^{N(2134)}2x\cdot 1\cdot 3x\cdot x$，因此 $f(x)$中 x^3 的系数为 -6.

练习 3.1.8　解： 把第 1 行的 -1 倍分别加到第 2，3，4 行得

$$f(x)\xlongequal[r_4-r_1]{r_2-r_1,r_3-r_1}\begin{vmatrix}x-1 & 1 & -1 & 1\\ -x & x & 0 & 0\\ -x & 0 & x & 0\\ -x & 0 & 0 & x\end{vmatrix}\xlongequal{c_1+c_2+c_3+c_4}\begin{vmatrix}x & 1 & -1 & 1\\ 0 & x & 0 & 0\\ 0 & 0 & x & 0\\ 0 & 0 & 0 & x\end{vmatrix}=x^4.$$

因此 $f(x)=0$ 的根为 $x=0$（重数为 4）.

练习 3.1.9　证明： 根据题意，$\boldsymbol{A}^{\mathrm{T}}=-\boldsymbol{A}$，因此

$$|\boldsymbol{A}|=|\boldsymbol{A}^{\mathrm{T}}|=|-\boldsymbol{A}|=(-1)^n|\boldsymbol{A}|=-|\boldsymbol{A}|,$$

从而 $|\boldsymbol{A}|=0$.

练习 3.1.10　解： 利用行列式的性质进行计算可得

$$|4\boldsymbol{A}^{-1}|=4^3|\boldsymbol{A}^{-1}|=64\,\frac{1}{|\boldsymbol{A}|}=-32.$$

$$|(3\boldsymbol{B})^{-1}|=\frac{1}{|3\boldsymbol{B}|}=\frac{1}{3^3|\boldsymbol{B}|}=\frac{1}{54}.$$

$$|2(\boldsymbol{A}^{\mathrm{T}}\boldsymbol{B}^{-1})^2|=2^3\ |\boldsymbol{A}^{\mathrm{T}}\boldsymbol{B}^{-1}|^2=8\left(\frac{|\boldsymbol{A}|}{|\boldsymbol{B}|}\right)^2=8.$$

练习 3.1.11　解： $\boldsymbol{A}$ 不可逆当且仅当 $|\boldsymbol{A}|=7(t+3)=0$，也就是 $t=-3$.

练习 3.1.12　证明： 因 $\boldsymbol{AB}=\boldsymbol{0}$，故 $r(\boldsymbol{A})+r(\boldsymbol{B})\leqslant n$，又因 $\boldsymbol{B}$ 是非零矩阵，故 $r(\boldsymbol{B})\geqslant 1$，从而

$$r(\boldsymbol{A})\leqslant n-r(\boldsymbol{B})\leqslant n-1,$$

因此 $|\boldsymbol{A}|=0$，类似可得 $|\boldsymbol{B}|=0$.

练习 3.1.13　证明： 因 $\boldsymbol{AA}^{\mathrm{T}}=\boldsymbol{I}$，故 $\boldsymbol{A}$ 是正交矩阵，从而 $\boldsymbol{A}^{-1}=\boldsymbol{A}^{\mathrm{T}}$，故 $1=|\boldsymbol{A}||\boldsymbol{A}^{\mathrm{T}}|=|\boldsymbol{A}|^2$，则 $|\boldsymbol{A}|=\pm 1$，又因 $|\boldsymbol{A}|<0$，故 $|\boldsymbol{A}|=-1$. 进一步可得

$$|\boldsymbol{A}+\boldsymbol{I}|=|\boldsymbol{A}+\boldsymbol{AA}^{\mathrm{T}}|=|\boldsymbol{A}||\boldsymbol{I}+\boldsymbol{A}^{\mathrm{T}}|=-|\boldsymbol{I}+\boldsymbol{A}|$$

因此，$|\boldsymbol{A}+\boldsymbol{I}|=0$.

练习 3.1.14　解： $a_2a_3a_4a_5\left(1+a_1+\sum\limits_{i=2}^{5}i\,\dfrac{a_1}{a_i}\right)$.

练习 3.1.15　解： 288.

练习 3.1.16　解：记所求行列式为 D，$\boldsymbol{A}=(\boldsymbol{\alpha}_1\quad\boldsymbol{\alpha}_2\quad\boldsymbol{\alpha}_3\quad\boldsymbol{\alpha}_4\quad\boldsymbol{\alpha}_5)$，经过 5 次初等列变换可得

$$D=(-1)^5\begin{vmatrix}\boldsymbol{\alpha}_1 & \boldsymbol{C} & \boldsymbol{\alpha}_2 & \boldsymbol{\alpha}_3 & \boldsymbol{\alpha}_4 & \boldsymbol{\alpha}_5\\ \boldsymbol{0} & \boldsymbol{B} & \boldsymbol{0} & \boldsymbol{0} & \boldsymbol{0} & \boldsymbol{0}\end{vmatrix}.$$

再经 5 次初等列变可得

$$D=(-1)^{5+5}\begin{vmatrix}\boldsymbol{\alpha}_1 & \boldsymbol{\alpha}_2 & \boldsymbol{C} & \boldsymbol{\alpha}_3 & \boldsymbol{\alpha}_4 & \boldsymbol{\alpha}_5\\ \boldsymbol{0} & \boldsymbol{0} & \boldsymbol{B} & \boldsymbol{0} & \boldsymbol{0} & \boldsymbol{0}\end{vmatrix}.$$

总计经过 5×5 次初等列变可得

$$\begin{aligned}D&=(-1)^{5\times5}\begin{vmatrix}\boldsymbol{\alpha}_1 & \boldsymbol{\alpha}_2 & \boldsymbol{\alpha}_3 & \boldsymbol{\alpha}_4 & \boldsymbol{\alpha}_5 & \boldsymbol{C}\\ \boldsymbol{0} & \boldsymbol{0} & \boldsymbol{0} & \boldsymbol{0} & \boldsymbol{0} & \boldsymbol{B}\end{vmatrix}\\ &=-\begin{vmatrix}\boldsymbol{A} & \boldsymbol{C}\\ \boldsymbol{0} & \boldsymbol{B}\end{vmatrix}=-20.\end{aligned}$$

注：设 $\boldsymbol{A}$ 是 n 阶方阵，$\boldsymbol{B}$ 是 m 阶方阵，则

$$\begin{vmatrix}\boldsymbol{C} & \boldsymbol{A}\\ \boldsymbol{B} & \boldsymbol{0}\end{vmatrix}=(-1)^{mn}\begin{vmatrix}\boldsymbol{A} & \boldsymbol{C}\\ \boldsymbol{0} & \boldsymbol{B}\end{vmatrix}=(-1)^{mn}|\boldsymbol{A}||\boldsymbol{B}|.$$

练习 3.1.17　解：记所求行列式为 D，分别把第 2，3，4，5 列加到第 1 列，得

$$D=\begin{vmatrix}15 & 2 & 3 & 4 & 5\\ 15 & 3 & 4 & 5 & 1\\ 15 & 4 & 5 & 1 & 2\\ 15 & 5 & 1 & 2 & 3\\ 15 & 1 & 2 & 3 & 4\end{vmatrix},$$

分别把第 1 行的 -1 倍加到第 2，3，4，5 行，得

$$D=\begin{vmatrix}15 & 2 & 3 & 4 & 5\\ 0 & 1 & 1 & 1 & -4\\ 0 & 2 & 2 & -3 & -3\\ 0 & 3 & -2 & -2 & -2\\ 0 & -1 & -1 & -1 & -1\end{vmatrix}=\begin{vmatrix}15 & 2 & 3 & 4 & 5\\ 0 & 1 & 1 & 1 & -4\\ 0 & 0 & 0 & -5 & 5\\ 0 & 0 & -5 & -5 & 10\\ 0 & 0 & 0 & 0 & -5\end{vmatrix}=1875.$$

练习 3.1.18　解：略.

练习 3.1.19　解：记所求行列式为 D，沿第 1 列展开

$$D=5\begin{vmatrix}5 & -7 & 0 & 0\\ 0 & 5 & -7 & 0\\ 0 & 0 & 5 & -7\\ 0 & 0 & 0 & 5\end{vmatrix}+(-7)(-1)^{5+1}\begin{vmatrix}-7 & 0 & 0 & 0\\ 5 & -7 & 0 & 0\\ 0 & 5 & -7 & 0\\ 0 & 0 & 5 & -7\end{vmatrix}$$

$$=5^5+(-1)^{5+1}(-7)^5=5^5+(-7)^5.$$

练习 3.1.20 解： $\boldsymbol{B}=2\boldsymbol{BA}-3\boldsymbol{I}$ 变形得 $\boldsymbol{B}(\boldsymbol{I}-2\boldsymbol{A})=-3\boldsymbol{I}$，因此 $|\boldsymbol{B}||\boldsymbol{I}-2\boldsymbol{A}|=|-3\boldsymbol{I}|$，即

$$|\boldsymbol{B}|\begin{vmatrix}-3 & 0\\ -1 & -7\end{vmatrix}=\begin{vmatrix}-3 & 0\\ 0 & -3\end{vmatrix},$$

从而 $|\boldsymbol{B}|=\dfrac{3}{7}$.

练习 3.1.21 解： 根据题意 $\boldsymbol{A}(\boldsymbol{\beta}_1\quad\boldsymbol{\beta}_2\quad\boldsymbol{\beta}_3)=(\boldsymbol{\beta}_1\quad\boldsymbol{\beta}_2\quad\boldsymbol{\beta}_3)\begin{pmatrix}1 & 0 & 1\\ 1 & 1 & 0\\ 0 & 1 & 1\end{pmatrix}$ 又因 $(\boldsymbol{\beta}_1\quad\boldsymbol{\beta}_2\quad\boldsymbol{\beta}_3)$ 可逆，[①] 故 $|\boldsymbol{\beta}_1\quad\boldsymbol{\beta}_2\quad\boldsymbol{\beta}_3|\neq 0$. 进一步可得

$$|\boldsymbol{A}||\boldsymbol{\beta}_1\quad\boldsymbol{\beta}_2\quad\boldsymbol{\beta}_3|=|\boldsymbol{\beta}_1\quad\boldsymbol{\beta}_2\quad\boldsymbol{\beta}_3|\begin{vmatrix}1 & 0 & 1\\ 1 & 1 & 0\\ 0 & 1 & 1\end{vmatrix},$$

从而 $|\boldsymbol{A}|=\begin{vmatrix}1 & 0 & 1\\ 1 & 1 & 0\\ 0 & 1 & 1\end{vmatrix}=2.$

练习 3.1.22 解： 两矩阵等价当且仅当它们是同型矩阵且秩相等．因 $\boldsymbol{A}$ 与 $\boldsymbol{B}$ 等价，故 $r(\boldsymbol{A})=r(\boldsymbol{B})$．若 $|\boldsymbol{A}|=0$，则 $r(\boldsymbol{A})<n$，故 $r(\boldsymbol{B})<n$，因此 $|\boldsymbol{B}|=0$. 即（D）正确．类似可证 $|\boldsymbol{B}|=0$ 时，$|\boldsymbol{A}|=0$，从而（C）错误．

不妨取 $\boldsymbol{A}=\begin{pmatrix}1 & 0\\ 0 & 1\end{pmatrix}$，$\boldsymbol{B}=\begin{pmatrix}1 & 0\\ 0 & 2\end{pmatrix}$，显然 $r(\boldsymbol{A})=r(\boldsymbol{B})$ 且 $\boldsymbol{A}$ 与 $\boldsymbol{B}$ 均为 2 阶方阵，因此 $\boldsymbol{A}$ 与 $\boldsymbol{B}$ 等价，但是 $|\boldsymbol{A}|=1$，$|\boldsymbol{B}|=2$，从而（A），（B）均错误．综上所述，选（D）.

---

① 可以得到 $\boldsymbol{A}$ 与 $\begin{pmatrix}1 & 0 & 1\\ 1 & 1 & 0\\ 0 & 1 & 1\end{pmatrix}$ 相似，见定义 5.1.3.

习题 3.2 解答

练习 3.2.1　解：(1) 记 $D=4A_{12}+A_{22}+4A_{32}+2A_{42}+5A_{52}$，由按行按列展开定理可得

$$D=\begin{vmatrix}1&4&3&4&5\\2&1&2&1&1\\3&4&2&4&5\\1&2&1&2&2\\4&5&1&5&0\end{vmatrix}=0.$$

(2) 由按行按列展开定理可得

$$A_{41}+A_{42}+A_{43}=\begin{vmatrix}1&2&3&4&5\\2&2&2&1&1\\3&1&2&4&5\\1&1&1&0&0\\4&3&1&5&0\end{vmatrix}=-9.$$

$$A_{44}+A_{45}=\begin{vmatrix}1&2&3&4&5\\2&2&2&1&1\\3&1&2&4&5\\0&0&0&1&1\\4&3&1&5&0\end{vmatrix}=18.$$

(3) 由按行按列展开定理可得

$$A_{31}+A_{32}+A_{33}=\begin{vmatrix}1&2&3&4&5\\2&2&2&1&1\\1&1&1&0&0\\1&1&1&2&2\\4&3&1&5&0\end{vmatrix}=0.$$

练习 3.2.2　解：记 $D=A_{15}+A_{25}+A_{35}+A_{45}+A_{55}$，由按行按列展开定理可得

$$D=\begin{vmatrix}a&1&1&1&1\\1&a&1&1&1\\1&1&a&1&1\\1&1&1&a&1\\1&1&1&1&1\end{vmatrix}$$
$$=(a-1)^4.$$

练习 3.2.3　解：

$$M_{11}-2M_{21}+M_{31}-2M_{41}=A_{11}+2A_{21}+A_{31}+2A_{41}=12.$$

练习 3.2.4　解：先计算第 1 行元素的代数余子式之和．记 $D=A_{11}+$

$A_{12}+A_{13}+A_{14}$，则

$$D=\begin{vmatrix}1&1&1&1\\a&b&c&d\\a^2&b^2&c^2&d^2\\a^3&b^3&c^3&d^3\end{vmatrix}=|\boldsymbol{A}|=-7.$$

类似可得

$$A_{21}+A_{22}+A_{23}+A_{24}=0,$$
$$A_{31}+A_{32}+A_{33}+A_{34}=0,$$
$$A_{41}+A_{42}+A_{43}+A_{44}=0.$$

因此 $\sum_{i,j}A_{ij}=|\boldsymbol{A}|=-7$.

练习 3.2.5 证明： 若 $\boldsymbol{A}$ 可逆，则 $|\boldsymbol{A}|\neq 0$，且 $\boldsymbol{A}\boldsymbol{A}^*=|\boldsymbol{A}|\boldsymbol{I}$. 因此

$$n=r(\boldsymbol{A}\boldsymbol{A}^*)\leqslant r(\boldsymbol{A}^*)\leqslant n,$$

故 $r(\boldsymbol{A}^*)=n$，即 $\boldsymbol{A}^*$ 可逆.

若 $\boldsymbol{A}^*$ 可逆. 设 $\boldsymbol{A}$ 不可逆，则 $|\boldsymbol{A}|=0$，且 $\boldsymbol{A}\boldsymbol{A}^*=|\boldsymbol{A}|\boldsymbol{I}=\boldsymbol{0}$. 等式两边同时右乘 $(\boldsymbol{A}^*)^{-1}$，从而 $\boldsymbol{A}=\boldsymbol{0}$，则 $\boldsymbol{A}^*=\boldsymbol{0}$. 与已知矛盾，从而 $\boldsymbol{A}$ 可逆.

练习 3.2.6 证明： 若 $\boldsymbol{A}$ 不可逆，根据练习 3.2.5 可知 $\boldsymbol{A}^*$ 也不可逆，从而 $|\boldsymbol{A}^*|=|\boldsymbol{A}|^{n-1}$.

若 $\boldsymbol{A}$ 可逆，则 $|\boldsymbol{A}|\neq 0$，且 $\boldsymbol{A}\boldsymbol{A}^*=|\boldsymbol{A}|\boldsymbol{I}$. 因此 $|\boldsymbol{A}||\boldsymbol{A}^*|=|\boldsymbol{A}|^n$，从而 $|\boldsymbol{A}^*|=|\boldsymbol{A}|^{n-1}$.

综上所述 $|\boldsymbol{A}^*|=|\boldsymbol{A}|^{n-1}$.

练习 3.2.7 证明： 若 $\boldsymbol{A}$ 可逆，则 $|\boldsymbol{A}|\neq 0$，且 $\boldsymbol{A}^*$ 也可逆，则

$$\boldsymbol{A}\boldsymbol{A}^*=|\boldsymbol{A}|\boldsymbol{I},\ \boldsymbol{A}^*(\boldsymbol{A}^*)^*=|\boldsymbol{A}^*|\boldsymbol{I}.$$

因此

$$\boldsymbol{A}^*=|\boldsymbol{A}|\boldsymbol{A}^{-1},(\boldsymbol{A}^*)^*=|\boldsymbol{A}^*|(\boldsymbol{A}^*)^{-1}.$$

故

$$(\boldsymbol{A}^*)^*=|\boldsymbol{A}|^{n-1}(|\boldsymbol{A}|\boldsymbol{A}^{-1})^{-1}=|\boldsymbol{A}|^{n-2}\boldsymbol{A}.$$

练习 3.2.8 证明： 设 $\boldsymbol{A}=(a_{ij})$，根据题意（对比练习 2.2.10）

$$|\boldsymbol{A}|\boldsymbol{I}=\boldsymbol{A}^*\boldsymbol{A}=\boldsymbol{A}^{\mathrm{T}}\boldsymbol{A},$$

因此 $|\boldsymbol{A}|=\sum_{j=1}^{3}a_{ji}^2$，其中 $i=1, 2, 3$. 又因 $\boldsymbol{A}$ 不是零矩阵，从而 $|\boldsymbol{A}|>0$，故 $\boldsymbol{A}$ 可逆. 进一步可得

$$|\boldsymbol{A}|^3=||\boldsymbol{A}|\boldsymbol{I}|=|\boldsymbol{A}^{\mathrm{T}}||\boldsymbol{A}|=|\boldsymbol{A}|^2,$$

解得 $|\boldsymbol{A}|=1$.

练习 3.2.9 证明： 略.

练习 3.2.10 解： 因 $|\boldsymbol{A}^*|=|\boldsymbol{A}|^{n-1}$. 故

$$|2\boldsymbol{A}^*|=2^5|\boldsymbol{A}^*|=2^5|\boldsymbol{A}|^{5-1}=32.$$

因为$|\boldsymbol{A}|=-1$，故$\boldsymbol{A}$可逆且$\boldsymbol{A}^{-1}=\dfrac{1}{|\boldsymbol{A}|}\boldsymbol{A}^*=-\boldsymbol{A}^*$. 故

$$|3\boldsymbol{A}^*+2\boldsymbol{A}^{-1}|=|3\boldsymbol{A}^*-2\boldsymbol{A}^*|=|\boldsymbol{A}^*|=|\boldsymbol{A}|^{5-1}=1.$$

由伴随矩阵的性质可得

$$\boldsymbol{A}^*(\boldsymbol{A}^*)^*=|\boldsymbol{A}^*|\boldsymbol{I}=\boldsymbol{I},$$

故$|\boldsymbol{A}^*(\boldsymbol{A}^*)^*|=1.$

练习 3.2.11 解： 直接计算可得$|\boldsymbol{A}|=-1$. 则$\boldsymbol{A}$可逆，利用高斯消元法把$\boldsymbol{AX}=\boldsymbol{I}$的增广矩阵化为（行）最简阶梯形矩阵得

$$(\boldsymbol{A}\quad\boldsymbol{I})=\begin{pmatrix}1&0&1&1&0&0\\0&1&2&0&1&0\\2&1&3&0&0&1\end{pmatrix}\to\begin{pmatrix}1&0&0&-1&-1&1\\0&1&0&-4&-1&2\\0&0&1&2&1&-1\end{pmatrix},$$

因此$\boldsymbol{A}^{-1}=\begin{pmatrix}-1&-1&1\\-4&-1&2\\2&1&-1\end{pmatrix}$.

故[①] $\boldsymbol{A}^*=|\boldsymbol{A}|\boldsymbol{A}^{-1}=\begin{pmatrix}1&1&-1\\4&1&-2\\-2&-1&1\end{pmatrix}$.

练习 3.2.12 解： 因$|\boldsymbol{A}^*|\neq0$，从而$\boldsymbol{A}^*$可逆，$\boldsymbol{A}$可逆，因$\boldsymbol{AA}^*=|\boldsymbol{A}|\boldsymbol{I}$，从而$|\boldsymbol{A}^*|=|\boldsymbol{A}|^3=8$，$|\boldsymbol{A}|=2$. 由于$\boldsymbol{A}^*$可逆，左乘可逆矩阵不改变矩阵的秩，因此

$$\begin{aligned}r(\boldsymbol{A}^2-2\boldsymbol{A})&=r((\boldsymbol{A}^*)^2(\boldsymbol{A}^2-2\boldsymbol{A}))=r(|\boldsymbol{A}|^2\boldsymbol{I}-2|\boldsymbol{A}|\boldsymbol{A}^*)\\&=r(4(\boldsymbol{I}-\boldsymbol{A}^*))=r(\boldsymbol{I}-\boldsymbol{A}^*)=3.\end{aligned}$$

练习 3.2.13 解： 由克莱姆法则，齐次线性方程组$\boldsymbol{A}^*\boldsymbol{x}=0$有非零解当且仅当$|\boldsymbol{A}^*|=0$，也就是$\boldsymbol{A}^*$不可逆，这也等价于$\boldsymbol{A}$不可逆，即

$$|\boldsymbol{A}|=\begin{vmatrix}0&4&a\\1&a&9\\1&2&3\end{vmatrix}=-(a+4)(a-6)=0.$$

因此$a=-4$或6.

练习 3.2.14 解： 记系数矩阵为$\boldsymbol{A}=\begin{pmatrix}1&1&1\\1&1&-1\\1&-1&1\end{pmatrix}$，记$\boldsymbol{A}_2=\begin{pmatrix}1&a&1\\1&b&-1\\1&c&1\end{pmatrix}$.

① 也可以计算 (i,j)元的代数余子式，得到伴随矩阵.

由克莱姆法则可得

$$y=2=\frac{|\boldsymbol{A}_2|}{|\boldsymbol{A}|},$$

从而 $\begin{vmatrix}1 & a & 1\\ 1 & b & -1\\ 1 & c & 1\end{vmatrix}=2\begin{vmatrix}1 & 1 & 1\\ 1 & 1 & -1\\ 1 & -1 & 1\end{vmatrix}=-8.$

练习 3.2.15 解：记系数矩阵为

$$\boldsymbol{A}=\begin{pmatrix}1 & a_1 & a_1^2 & a_1^3 & a_1^4\\ 1 & a_2 & a_2^2 & a_2^3 & a_2^4\\ 1 & a_3 & a_3^2 & a_3^3 & a_3^4\\ 1 & a_4 & a_4^2 & a_4^3 & a_4^4\\ 1 & a_5 & a_5^2 & a_5^3 & a_5^4\end{pmatrix},$$

则 $|\boldsymbol{A}|=\prod\limits_{1\leqslant i<j\leqslant 5}(a_j-a_i)\neq 0$. 由克莱姆法则可知①

$$x_1=1,\ x_2=0,\ x_3=0,\ x_4=0,\ x_5=0.$$

练习 3.2.16 解：方法一：等式 $\boldsymbol{A}^*\boldsymbol{BA}=3\boldsymbol{BA}-6\boldsymbol{I}$ 两边左乘 $\boldsymbol{A}$，由 $\boldsymbol{A}^*\boldsymbol{A}=|\boldsymbol{A}|\boldsymbol{I}=-3\boldsymbol{I}$ 得

$$|\boldsymbol{A}|\boldsymbol{BA}=3\boldsymbol{ABA}-6\boldsymbol{A}.$$

进一步，两边右乘 $\boldsymbol{A}^{-1}$ 得 $|\boldsymbol{A}|\boldsymbol{B}=3\boldsymbol{AB}-6\boldsymbol{I}$. 又因 $|\boldsymbol{A}|=-3$，故 $(3\boldsymbol{A}+3\boldsymbol{I})\boldsymbol{B}=6\boldsymbol{I}$，因此

$$\boldsymbol{B}=2(\boldsymbol{A}+\boldsymbol{I})^{-1}=\begin{pmatrix}1 & 0 & 0\\ 0 & -1 & 0\\ 0 & 0 & 1\end{pmatrix}.$$

方法二：等式 $\boldsymbol{A}^*\boldsymbol{BA}=3\boldsymbol{BA}-6\boldsymbol{I}$ 两边右乘 $\boldsymbol{A}^{-1}$ 得 $\boldsymbol{A}^*\boldsymbol{B}=3\boldsymbol{B}-6\boldsymbol{A}^{-1}$，故 $(\boldsymbol{A}^*-3\boldsymbol{I})\boldsymbol{B}=-6\boldsymbol{A}^{-1}$，因 $|\boldsymbol{A}|=-3$，且 $\boldsymbol{A}^*=|\boldsymbol{A}|\boldsymbol{A}^{-1}=-3\boldsymbol{A}^{-1}$，从而

$$\boldsymbol{A}^{-1}=\begin{pmatrix}1 & 0 & 0\\ 0 & -\frac{1}{3} & 0\\ 0 & 0 & 1\end{pmatrix},$$

$$\boldsymbol{A}^*=\begin{pmatrix}-3 & 0 & 0\\ 0 & 1 & 0\\ 0 & 0 & -3\end{pmatrix},$$

① 也可以用观察法解决：显然 $x_1=1$，$x_2=0$，$x_3=0$，$x_4=0$，$x_5=0$ 是原方程组的一组解，又因为系数矩阵可逆，即有唯一解，从而得到了全部的解．

$$A^* - 3I = \begin{pmatrix} -6 & 0 & 0 \\ 0 & -2 & 0 \\ 0 & 0 & -6 \end{pmatrix},$$

故 $B = -6(A^* - 3I)^{-1}A^{-1} = \begin{pmatrix} 1 & 0 & 0 \\ 0 & -1 & 0 \\ 0 & 0 & 1 \end{pmatrix}.$

练习 3.2.17　解： 略.

练习 3.2.18　解： 利用初等行变换把 A 化为阶梯形矩阵可得

$$A \to \begin{pmatrix} 3 & -2 & 3 & 6 & -1 \\ 0 & 4 & -3 & -1 & 1 \\ 0 & 0 & 0 & -\frac{4}{3} & \frac{8}{3} \\ 0 & 0 & 0 & 0 & 0 \end{pmatrix}.$$

因此 $r(A)=3$. 易得

$$\begin{vmatrix} 3 & 6 & -1 \\ 0 & 5 & 0 \\ -4 & -1 & 4 \end{vmatrix} = 40$$

是 A 的一个最高阶非零子式.

练习 3.2.19　解： 显然 $r(A) \leqslant 4$. 又因为

$$\begin{vmatrix} 1 & a_1 & a_1^2 & a_1^3 \\ 1 & a_2 & a_2^2 & a_2^3 \\ 1 & a_3 & a_3^2 & a_3^3 \\ 1 & a_4 & a_4^2 & a_4^3 \end{vmatrix} = \prod_{1 \leqslant i < j \leqslant 4} (a_j - a_i) \neq 0.$$

从而 A 的最高阶非零子式的阶数是 4，从而 $r(A)=4$.

练习 3.2.20　解： 易得 $|A| = 2\begin{vmatrix} 3 & 1 \\ 5 & 3 \end{vmatrix} = 8 \neq 0$，从而 A 可逆，因此 $r(AB) = r(B) = 2$.

练习 3.2.21　解： $|A| = \begin{vmatrix} 2 & 4 & 1 & -8 \\ 1 & 0 & 3 & 2 \\ -1 & 5 & -3 & -9 \\ 0 & 1 & 0 & 0 \end{vmatrix} = \begin{vmatrix} 2 & 1 & -8 \\ 1 & 3 & 2 \\ -1 & -3 & -9 \end{vmatrix} = -35 \neq 0$，从而 $r(A) = 4 = r(B)$，即 $|B| \neq 0$. 因

$$|B| = \begin{vmatrix} 0 & 0 & 1 & 0 \\ -1 & -1 & 2 & 0 \\ a-2 & -1 & 3 & 1 \\ 0 & a-1 & 1 & a-1 \end{vmatrix}$$

$$=\begin{vmatrix} -1 & -1 & 0 \\ a-2 & -1 & 1 \\ 0 & a-1 & a-1 \end{vmatrix}=a(a-1),$$

因此 a 的取值范围为 $a\neq 0$ 且 $a\neq 1$.

练习 3.2.22　解：由克莱姆法则可知 $\boldsymbol{Ax}=\boldsymbol{0}$ 有非零解当且仅当 $|\boldsymbol{A}|=0$，即 $\boldsymbol{A}$ 不可逆. 不妨考虑 $\boldsymbol{A}=\begin{pmatrix} 1 & 0 & 1 \\ 1 & 1 & 0 \\ 0 & 1 & -1 \end{pmatrix}$，显然 $\boldsymbol{A}$ 不可逆，但 $\boldsymbol{A}$ 的任意两行均不成比例. 从而（B）错误. 类似可得（C）错误.

"对任何 n 维非零向量 $\boldsymbol{\alpha}$，均有 $\boldsymbol{A\alpha}\neq\boldsymbol{0}$" 即 $\boldsymbol{Ax}=\boldsymbol{0}$ 只有零解，亦即系数矩阵的秩 $r(\boldsymbol{A})=n$.

综上所述，选（D）.

练习 3.2.23　证明：因 $r(\boldsymbol{AB})\leqslant\min\{r(\boldsymbol{A}),r(\boldsymbol{B})\}\leqslant 2$，从而 $\boldsymbol{AB}$ 不可逆.

A.4 第 4 章习题解答

习题 4.1 解答

练习 4.1.1 解： 不妨记 $\boldsymbol{A}=(\boldsymbol{\alpha}_1\quad\boldsymbol{\alpha}_2\quad\boldsymbol{\alpha}_3)$，经一系列初等变换得

$$\boldsymbol{A}=\begin{pmatrix}1&2&0\\1&4&2\\1&7&5\end{pmatrix}\rightarrow\begin{pmatrix}1&2&0\\0&2&2\\0&0&0\end{pmatrix}.$$

从而 $r(\boldsymbol{\alpha}_1\quad\boldsymbol{\alpha}_2)=2$，根据命题 4.1.1 可知向量组 $\boldsymbol{\alpha}_1$，$\boldsymbol{\alpha}_2$ 线性无关. 因 $r(\boldsymbol{\alpha}_1\quad\boldsymbol{\alpha}_2\quad\boldsymbol{\alpha}_3)=2$，故向量组 $\boldsymbol{\alpha}_1$，$\boldsymbol{\alpha}_2$，$\boldsymbol{\alpha}_3$ 线性相关.

练习 4.1.2 证明： 略.

练习 4.1.3 证明： 略.

练习 4.1.4 解： $\boldsymbol{\beta}$ 能否由 $\boldsymbol{\alpha}_1$，$\boldsymbol{\alpha}_2$，$\boldsymbol{\alpha}_3$ 线性表出等价于向量方程

$$x_1\boldsymbol{\alpha}_1+x_2\boldsymbol{\alpha}_2+x_3\boldsymbol{\alpha}_3=\boldsymbol{\beta}$$

是否有解. 令 $\boldsymbol{A}=(\boldsymbol{\alpha}_1\quad\boldsymbol{\alpha}_2\quad\boldsymbol{\alpha}_3)$，则增广矩阵为

$$(\boldsymbol{A}\quad\boldsymbol{\beta})=\begin{pmatrix}1&1&1&1\\1&2&-1&0\\2&1&4&3\\2&3&0&1\end{pmatrix}\rightarrow\begin{pmatrix}1&0&3&2\\0&1&-2&-1\\0&0&0&0\\0&0&0&0\end{pmatrix}.$$

则 $r(\boldsymbol{\alpha}_1\quad\boldsymbol{\alpha}_2\quad\boldsymbol{\alpha}_3)=r(\boldsymbol{\alpha}_1\quad\boldsymbol{\alpha}_2\quad\boldsymbol{\alpha}_3\quad\boldsymbol{\beta})=2$，故 $\boldsymbol{\beta}$ 可由 $\boldsymbol{\alpha}_1$，$\boldsymbol{\alpha}_2$，$\boldsymbol{\alpha}_3$ 线性表出.

解得 $\begin{cases}x_1=2-3c\\x_2=-1+2c\\x_3=c\end{cases}$，其中 c 是任意常数. 故所有的线性表达式为

$$(2-3c)\boldsymbol{\alpha}_1+(-1+2c)\boldsymbol{\alpha}_2+c\boldsymbol{\alpha}_3=\boldsymbol{\beta}.$$

练习 4.1.5 解： 略.

练习 4.1.6 解： (1) $\boldsymbol{\alpha}_1$，$\boldsymbol{\alpha}_2$，$\boldsymbol{\alpha}_3$ 线性无关当且仅当 $r(\boldsymbol{\alpha}_1\quad\boldsymbol{\alpha}_2\quad\boldsymbol{\alpha}_3)=3$. 记 $\boldsymbol{A}=(\boldsymbol{\alpha}_1\quad\boldsymbol{\alpha}_2\quad\boldsymbol{\alpha}_3)$，即①

$$|\boldsymbol{A}|=\begin{vmatrix}1&1&1\\1&2&3\\1&3&t\end{vmatrix}=t-5\neq0.$$

故 $\boldsymbol{\alpha}_1$，$\boldsymbol{\alpha}_2$，$\boldsymbol{\alpha}_3$ 线性无关当且仅当 $t\neq5$.

(2) 当 $t=5$ 时，用初等行变换化为

$$\boldsymbol{A}\rightarrow\begin{pmatrix}1&1&1\\0&1&2\\0&0&0\end{pmatrix}\rightarrow\begin{pmatrix}1&0&-1\\0&1&2\\0&0&0\end{pmatrix}.$$

① 也可以用初等行变换化为（行）阶梯形矩阵求向量组的秩来解决.

从而 $\boldsymbol{\alpha}_3$ 能由 $\boldsymbol{\alpha}_1$，$\boldsymbol{\alpha}_2$ 线性表出. 所有的线性表示式为 $-\boldsymbol{\alpha}_1+2\boldsymbol{\alpha}_2=\boldsymbol{\alpha}_3$.

练习 4.1.7　解：记 $\boldsymbol{A}=(\boldsymbol{\alpha}_1\quad\boldsymbol{\alpha}_2\quad\boldsymbol{\alpha}_3)$，$\boldsymbol{B}=(l\boldsymbol{\alpha}_1+\boldsymbol{\alpha}_2\quad\boldsymbol{\alpha}_2+\boldsymbol{\alpha}_3\quad\boldsymbol{\alpha}_1+m\boldsymbol{\alpha}_3)$，则（例 2.2.15，练习 2.2.2，练习 2.2.9，例 3.1.14）

$$\boldsymbol{B}=\boldsymbol{A}\begin{pmatrix} l & 0 & 1\\ 1 & 1 & 0\\ 0 & 1 & m\end{pmatrix},$$

因 $r(\boldsymbol{A})=3$，从而（例 2.3.25）

$$r(\boldsymbol{B})=r\begin{pmatrix} l & 0 & 1\\ 1 & 1 & 0\\ 0 & 1 & m\end{pmatrix},$$

因此 $l\boldsymbol{\alpha}_1+\boldsymbol{\alpha}_2$，$\boldsymbol{\alpha}_2+\boldsymbol{\alpha}_3$，$\boldsymbol{\alpha}_1+m\boldsymbol{\alpha}_3$ 线性无关当且仅当

$$\begin{vmatrix} l & 0 & 1\\ 1 & 1 & 0\\ 0 & 1 & m\end{vmatrix}=lm+1\neq 0,$$

即 $lm\neq -1$.

练习 4.1.8　证明：略.

练习 4.1.9　解：根据题意 $r(\boldsymbol{\alpha}_1\quad\boldsymbol{\alpha}_2)=2$，$r(\boldsymbol{A}\boldsymbol{\alpha}_1\quad\boldsymbol{A}\boldsymbol{\alpha}_2)\leqslant 1$. 从而 $\boldsymbol{A}$ 一定不可逆. 反之亦然.

显然 $\boldsymbol{A}$ 不可逆当且仅当

$$|\boldsymbol{A}|=\begin{vmatrix} -2 & 1 & 3\\ 1 & 1 & 0\\ -4 & 1 & t\end{vmatrix}=3(5-t)=0,$$

也就是 $t=5$.

练习 4.1.10　解：记 $\boldsymbol{A}=(\boldsymbol{\alpha}_1^{\mathrm{T}}\quad\boldsymbol{\alpha}_2^{\mathrm{T}}\quad\boldsymbol{\alpha}_3^{\mathrm{T}})$，则

$$|\boldsymbol{A}|=(b-a)(c-a)(c-b)\neq 0,$$

从而 $r(\boldsymbol{\alpha}_1\quad\boldsymbol{\alpha}_2\quad\boldsymbol{\alpha}_3)=r(\boldsymbol{A})=3$，即 $\boldsymbol{\alpha}_1$，$\boldsymbol{\alpha}_2$，$\boldsymbol{\alpha}_3$ 线性无关.

练习 4.1.11　证明：记 $\boldsymbol{A}=(\boldsymbol{\alpha}_1\quad\boldsymbol{\alpha}_2\quad\boldsymbol{\alpha}_3)$，$\boldsymbol{B}=(l\boldsymbol{\alpha}_1+\boldsymbol{\alpha}_2\quad\boldsymbol{\alpha}_2+\boldsymbol{\alpha}_3\quad\boldsymbol{\alpha}_1+m\boldsymbol{\alpha}_3)$，则（例 2.2.15，练习 2.2.2，练习 2.2.9，例 3.1.14，例 4.1.6）

$$\boldsymbol{B}=\boldsymbol{A}\begin{pmatrix} 1 & 1 & 1\\ 0 & 1 & 1\\ 0 & 0 & 1\end{pmatrix},$$

显然 $\begin{vmatrix} 1 & 1 & 1\\ 0 & 1 & 1\\ 0 & 0 & 1\end{vmatrix}=1\neq 0$，从而 $\begin{pmatrix} 1 & 1 & 1\\ 0 & 1 & 1\\ 0 & 0 & 1\end{pmatrix}$ 可逆. 故 $3=r(\boldsymbol{A})=r(\boldsymbol{B})$. 因此 $\boldsymbol{\beta}_1$，$\boldsymbol{\beta}_2$，$\boldsymbol{\beta}_3$ 线性无关.

练习 4.1.12　证明：记 $\boldsymbol{A}=(\boldsymbol{\alpha}_1\quad\boldsymbol{\alpha}_2\quad\boldsymbol{\alpha}_3)$，$\boldsymbol{B}=(\boldsymbol{a}_1\quad\boldsymbol{a}_1+\boldsymbol{a}_2\quad\boldsymbol{a}_1+\boldsymbol{a}_2+$

$\boldsymbol{a}_3$)，则（例 2. 2. 15，练习 2. 2. 2，练习 2. 2. 9，例 3. 1. 14）

$$\boldsymbol{B}=\boldsymbol{A}\begin{pmatrix}1&1&3\\1&-1&-1\\0&0&0\end{pmatrix},$$

显然 $\begin{vmatrix}1&1&3\\1&-1&-1\\0&0&0\end{vmatrix}=0$，从而 $r\begin{pmatrix}1&1&3\\1&-1&-1\\0&0&0\end{pmatrix}\leqslant 2$. 故

$$r(\boldsymbol{B})\leqslant r\begin{pmatrix}1&1&3\\1&-1&-1\\0&0&0\end{pmatrix}\leqslant 2.$$

因此 $\boldsymbol{\beta}_1$，$\boldsymbol{\beta}_2$，$\boldsymbol{\beta}_3$ 线性相关.

练习 4. 1. 13　证明：略.

习题 4.2 解答

练习 4.2.1　解： $\boldsymbol{\varepsilon}_1$，$\boldsymbol{\varepsilon}_2$，…，$\boldsymbol{\varepsilon}_n$ 能由 $\boldsymbol{\alpha}_1$，$\boldsymbol{\alpha}_2$，…，$\boldsymbol{\alpha}_n$ 线性表出等价于

$$r(\boldsymbol{\alpha}_1,\cdots,\boldsymbol{\alpha}_n)=r(\boldsymbol{\alpha}_1,\cdots,\boldsymbol{\alpha}_n,\boldsymbol{\varepsilon}_1,\cdots,\boldsymbol{\varepsilon}_n),$$

又因

$$n=r(\boldsymbol{\varepsilon}_1,\cdots,\boldsymbol{\varepsilon}_n)\leqslant r(\boldsymbol{\alpha}_1,\cdots,\boldsymbol{\alpha}_n,\boldsymbol{\varepsilon}_1,\cdots,\varepsilon_n)\leqslant n,$$

从而

$$r(\boldsymbol{\alpha}_1,\cdots,\boldsymbol{\alpha}_n)=r(\boldsymbol{\alpha}_1,\cdots,\boldsymbol{\alpha}_n,\boldsymbol{\varepsilon}_1,\cdots,\boldsymbol{\varepsilon}_n)=n,$$

因此 $\boldsymbol{\alpha}_1$，$\boldsymbol{\alpha}_2$，…，$\boldsymbol{\alpha}_n$ 线性无关.

练习 4.2.2　解： 略.

练习 4.2.3　解： 略.

练习 4.2.4　解： 略.

练习 4.2.5　解： 略.

练习 4.2.6　解：（1）记 $\boldsymbol{A}=(\boldsymbol{\alpha}_1^{\mathrm{T}},\boldsymbol{\alpha}_2^{\mathrm{T}},\boldsymbol{\alpha}_3^{\mathrm{T}},\boldsymbol{\alpha}_4^{\mathrm{T}})$，则

$$\boldsymbol{A}=\begin{pmatrix}1&0&1&1\\0&2&1&2\\0&1&3&1\\1&0&0&1\end{pmatrix}\rightarrow\begin{pmatrix}1&0&0&1\\0&1&0&1\\0&0&1&0\\0&0&0&0\end{pmatrix},$$

因此该向量组的秩为 3.

（2）$\boldsymbol{\alpha}_1$，$\boldsymbol{\alpha}_2$，$\boldsymbol{\alpha}_3$ 是一个极大线性无关组. 把 $\boldsymbol{\alpha}_4$ 用 $\boldsymbol{\alpha}_1$，$\boldsymbol{\alpha}_2$，$\boldsymbol{\alpha}_3$ 线性表出，即解相应的向量方程，可得 $\boldsymbol{\alpha}_4=\boldsymbol{\alpha}_1+\boldsymbol{\alpha}_2$.

练习 4.2.7　证明： 略.

练习 4.2.8　证明： 略.

练习 4.2.9　解： 记 $\boldsymbol{A}=(\boldsymbol{\alpha}_1^{\mathrm{T}},\boldsymbol{\alpha}_2^{\mathrm{T}},\boldsymbol{\alpha}_3^{\mathrm{T}})$，利用初等行变换化为（行）阶梯形矩阵[①]：

$$\boldsymbol{A}=\begin{pmatrix}1&1&1\\1&3&-1\\2&-x&6\\-2&-2x&0\end{pmatrix}\rightarrow\begin{pmatrix}1&1&1\\0&2&-2\\0&0&2-x\\0&0&0\end{pmatrix},$$

该向量组的秩为 2 当且仅当 $x=2$.

练习 4.2.10　解： 记 $\boldsymbol{A}=(\boldsymbol{\alpha}_1,\boldsymbol{\alpha}_2,\boldsymbol{\alpha}_3)$，$\boldsymbol{B}=(\boldsymbol{\beta}_1,\boldsymbol{\beta}_2,\boldsymbol{\beta}_3)$，则

$$\boldsymbol{A}=\boldsymbol{B}\begin{pmatrix}1&1&-1\\-1&1&1\\1&-1&1\end{pmatrix}.$$

① 显然该矩阵有一个非零的 2 阶子式，只需计算全部的 3 阶子式，3 阶子式全为零则可解出 x.

又因$\begin{vmatrix} 1 & 1 & -1 \\ -1 & 1 & 1 \\ 1 & -1 & 1 \end{vmatrix}=4$，从而$\begin{pmatrix} 1 & 1 & -1 \\ -1 & 1 & 1 \\ 1 & -1 & 1 \end{pmatrix}$可逆，且

$$\begin{pmatrix} 1 & 1 & -1 \\ -1 & 1 & 1 \\ 1 & -1 & 1 \end{pmatrix}^{-1}=\begin{pmatrix} \frac{1}{2} & 0 & \frac{1}{2} \\ \frac{1}{2} & \frac{1}{2} & 0 \\ 0 & \frac{1}{2} & \frac{1}{2} \end{pmatrix}.$$

从而①

$$\boldsymbol{B}=\boldsymbol{A}\begin{pmatrix} \frac{1}{2} & 0 & \frac{1}{2} \\ \frac{1}{2} & \frac{1}{2} & 0 \\ 0 & \frac{1}{2} & \frac{1}{2} \end{pmatrix},$$

即$\begin{cases} \boldsymbol{\beta}_1=\frac{1}{2}\boldsymbol{\alpha}_1+\frac{1}{2}\boldsymbol{\alpha}_2 \\ \boldsymbol{\beta}_2=\frac{1}{2}\boldsymbol{\alpha}_2+\frac{1}{2}\boldsymbol{\alpha}_3. \\ \boldsymbol{\beta}_3=\frac{1}{2}\boldsymbol{\alpha}_1+\frac{1}{2}\boldsymbol{\alpha}_3 \end{cases}$

练习 4.2.11　证明：$\boldsymbol{A}=(\boldsymbol{\alpha}_1,\boldsymbol{\alpha}_2,\cdots,\boldsymbol{\alpha}_m)$，$\boldsymbol{B}=(\boldsymbol{\beta}_1,\boldsymbol{\beta}_2,\cdots,\boldsymbol{\beta}_m)$. 因$\boldsymbol{\alpha}_1$，$\boldsymbol{\alpha}_2$，$\cdots$，$\boldsymbol{\alpha}_m$线性无关，故$r(\boldsymbol{A})=m$. 由于向量组$\boldsymbol{\alpha}_1$，$\boldsymbol{\alpha}_2$，$\cdots$，$\boldsymbol{\alpha}_m$可由向量组$\boldsymbol{\beta}_1$，$\boldsymbol{\beta}_2$，$\cdots$，$\boldsymbol{\beta}_m$线性表出，则（定理 4.2.1）

$$m=r(\boldsymbol{A})\leqslant r(\boldsymbol{B},\boldsymbol{A})=r(\boldsymbol{B})\leqslant m,$$

从而

$$r(\boldsymbol{A})=r(\boldsymbol{B},\boldsymbol{A})=r(\boldsymbol{B})=m.$$

因此（推论 4.1.1）$\boldsymbol{\beta}_1$，$\boldsymbol{\beta}_2$，$\cdots$，$\boldsymbol{\beta}_m$也线性无关. 因$r(\boldsymbol{A})\leqslant r(\boldsymbol{B},\boldsymbol{A})$，故（定理 4.2.1）向量组$\boldsymbol{\beta}_1$，$\boldsymbol{\beta}_2$，$\cdots$，$\boldsymbol{\beta}_m$可由向量组$\boldsymbol{\alpha}_1$，$\boldsymbol{\alpha}_2$，$\cdots$，$\boldsymbol{\alpha}_m$线性表出.

综上所述，这两个向量组等价，从而$\boldsymbol{\beta}_1$，$\boldsymbol{\beta}_2$，$\cdots$，$\boldsymbol{\beta}_m$也线性无关.

练习 4.2.12　解：根据题意$r(\boldsymbol{\beta}_1,\boldsymbol{\beta}_2,\boldsymbol{\beta}_3)=3$，$r(\boldsymbol{\beta}_1,\boldsymbol{\beta}_2,\boldsymbol{\beta}_3,\boldsymbol{\beta}_4)=3$，故$\boldsymbol{\beta}_4$可由$\boldsymbol{\beta}_1$，$\boldsymbol{\beta}_2$，$\boldsymbol{\beta}_3$线性表出. 不妨设$\boldsymbol{\beta}_4=k_1\boldsymbol{\beta}_1+k_2\boldsymbol{\beta}_2+k_3\boldsymbol{\beta}_3$，则分别把矩阵（$\boldsymbol{\beta}_1$，$\boldsymbol{\beta}_2$，$\boldsymbol{\beta}_3$，$\boldsymbol{\beta}_5-\boldsymbol{\beta}_4$）第 1，2，3 列的$k_1$，$k_2$，$k_3$倍加到第 4 列可得

$$r(\boldsymbol{\beta}_1,\boldsymbol{\beta}_2,\boldsymbol{\beta}_3,\boldsymbol{\beta}_5-\boldsymbol{\beta}_4)=r(\boldsymbol{\beta}_1,\boldsymbol{\beta}_2,\boldsymbol{\beta}_3,\boldsymbol{\beta}_5)=4,$$

① 该题也可以通过观察法直接求解.

从而向量组$\boldsymbol{\beta}_1$，$\boldsymbol{\beta}_2$，$\boldsymbol{\beta}_3$，$\boldsymbol{\beta}_5-\boldsymbol{\beta}_4$的秩为4.

练习 4.2.13　证明：显然$\boldsymbol{AB}$是n阶方阵，故

$$n=r(\boldsymbol{I})=r(\boldsymbol{AB})\leqslant r(\boldsymbol{B})\leqslant n,$$

因此$r(\boldsymbol{B})=n$，从而$\boldsymbol{B}$的列向量组线性无关.

※类似可证$r(\boldsymbol{A})=n$，从而$\boldsymbol{A}$的行向量组线性无关.

练习 4.2.14　解：因（练习 2.2.9）

$$(\boldsymbol{A\alpha}_1,\boldsymbol{A\alpha}_2,\boldsymbol{A\alpha}_3)=\boldsymbol{A}(\boldsymbol{\alpha}_1,\boldsymbol{\alpha}_2,\boldsymbol{\alpha}_3),$$

且$r(\boldsymbol{\alpha}_1,\boldsymbol{\alpha}_2,\boldsymbol{\alpha}_3)=3$，故3阶方阵（$\boldsymbol{\alpha}_1$，$\boldsymbol{\alpha}_2$，$\boldsymbol{\alpha}_3$）可逆，故（推论 2.3.2）

$$r(\boldsymbol{A\alpha}_1,\boldsymbol{A\alpha}_2,\boldsymbol{A\alpha}_3)=r(\boldsymbol{A}),$$

由初等行变换化$\boldsymbol{A}$为（行）阶梯形矩阵得

$$\begin{pmatrix}1&0&1\\1&1&2\\0&1&1\end{pmatrix}\to\begin{pmatrix}1&0&1\\0&1&1\\0&0&0\end{pmatrix},$$

因此$r(\boldsymbol{A\alpha}_1,\boldsymbol{A\alpha}_2,\boldsymbol{A\alpha}_3)=r(\boldsymbol{A})=2$.

练习 4.2.15　解：选（C）.

练习 4.2.16　解：选（A）.

练习 4.2.17　解：选（B）.

练习 4.2.18　解：选（D）.

练习 4.2.19　解：选（A）.

练习 4.2.20　解：因$\boldsymbol{Ax}=\boldsymbol{0}$的基础解系中含有两个解向量，故$4-r(\boldsymbol{A})=2$，从而$r(\boldsymbol{A})=2$. 初等行变换化$\boldsymbol{A}$为（行）阶梯形矩阵得

$$\boldsymbol{A}=\begin{pmatrix}1&2&1&2\\0&1&t&t\\1&t&0&1\end{pmatrix}\to\begin{pmatrix}1&2&1&2\\0&1&t&t\\0&0&-(t-1)^2&-(t-1)^2\end{pmatrix},$$

从而$t=1$. 进一步化为（行）最简阶梯形矩阵得

$$\boldsymbol{A}\to\begin{pmatrix}1&0&-1&0\\0&1&1&1\\0&0&0&0\end{pmatrix},$$

原线性方程组与$\begin{cases}x_1=x_3\\x_2=-x_3-x_4\end{cases}$的解集相同，其中$x_3$，$x_4$是自由变量. 分别取

$$\begin{cases}x_3=1\\x_4=0\end{cases},\ \begin{cases}x_3=0\\x_4=1\end{cases},$$

得$\boldsymbol{\xi}_1=(1,-1,1,0)^{\mathrm{T}}$，$\boldsymbol{\xi}_2=(0,-1,0,1)^{\mathrm{T}}$，则原方程组的通解为

$$c_1\boldsymbol{\xi}_1+c_2\boldsymbol{\xi}_2,$$

其中c_1，c_2是任意常数.

练习 4.2.21　解：求题中两线性方程组的公共解，即解线性方程组

$$\begin{cases} x_1 + x_4 = 0 \\ x_2 + x_3 = 0 \\ x_1 + 2x_3 = 0 \\ 2x_2 + x_4 = 0 \end{cases}.$$

利用初等行变换把系数矩阵化为（行）最简阶梯形矩阵得

$$\boldsymbol{A} = \begin{pmatrix} 1 & 0 & 0 & 1 \\ 0 & 1 & 1 & 0 \\ 1 & 0 & 2 & 0 \\ 0 & 2 & 0 & 1 \end{pmatrix} \to \begin{pmatrix} 1 & 0 & 0 & 1 \\ 0 & 1 & 0 & \frac{1}{2} \\ 0 & 0 & 1 & -\frac{1}{2} \\ 0 & 0 & 0 & 0 \end{pmatrix},$$

该线性方程组与 $\begin{cases} x_1 = -x_4 \\ x_2 = -\frac{1}{2}x_4 \\ x_3 = \ \ \frac{1}{2}x_4 \end{cases}$ 的解集相同，其中 x_4 是自由变量．取 $x_4 = 2$，得 $\boldsymbol{\xi} = (-2, -1, 1, 2)^{\mathrm{T}}$，则（Ⅰ）和（Ⅱ）的公共解为 $c\boldsymbol{\xi}$，其中 c 是任意常数.

练习 4.2.22　解：因非齐次线性方程组存在两个不同的解，即有无穷多组解，从而 $r(\boldsymbol{A}) \leqslant 2$. 因此

$$\begin{vmatrix} \lambda & 1 & 1 \\ 0 & \lambda - 1 & 0 \\ 1 & 1 & \lambda \end{vmatrix} = (\lambda + 1)(\lambda - 1)^2 = 0.$$

当 $\lambda = -1$ 时，把增广矩阵化为（行）阶梯形矩阵得

$$(\boldsymbol{A}, \boldsymbol{b}) = \begin{pmatrix} -1 & 1 & 1 & a \\ 0 & -2 & 0 & 1 \\ 1 & 1 & -1 & 1 \end{pmatrix} \to \begin{pmatrix} -1 & 1 & 1 & a \\ 0 & -2 & 0 & 1 \\ 0 & 0 & 0 & a+2 \end{pmatrix},$$

因此 $a = -2$，进一步化为（行）最简阶梯形矩阵得

$$(\boldsymbol{A}, \boldsymbol{b}) \to \begin{pmatrix} 1 & 0 & -1 & \frac{3}{2} \\ 0 & 1 & 0 & -\frac{1}{2} \\ 0 & 0 & 0 & 0 \end{pmatrix},$$

从而 $\lambda = -1$ 且 $a = -2$ 时，$r(\boldsymbol{A}) = r(\boldsymbol{A}, \boldsymbol{b}) = 2$，此时原方程组与 $\begin{cases} x_1 = \frac{3}{2} + x_3 \\ x_2 = -\frac{1}{2} \end{cases}$ 的解集相同. 其中 x_3 是自由变量，当 $x_3 = 0$ 时，得非齐线性次方程组的特解

※用克莱姆法则最便捷,也可以把增广矩阵化为行阶梯形矩阵以后进行分析.

$\boldsymbol{\eta}=\left(\frac{3}{2},-\frac{1}{2},0\right)^{\mathrm{T}}$. 取 $x_3=1$ 代入相应齐次线性方程组

$$\begin{cases}x_1=x_3\\x_2=0\end{cases},$$

得 $\boldsymbol{\xi}=(1,0,1)^{\mathrm{T}}$，则原方程组的通解为 $c\boldsymbol{\xi}+\boldsymbol{\eta}$，其中 c 是任意常数.

当 $\lambda=1$ 时，把增广矩阵化为（行）阶梯形矩阵得

$$(\boldsymbol{A},\boldsymbol{b})=\begin{pmatrix}1&1&1&a\\0&0&0&1\\1&1&1&1\end{pmatrix}\to\begin{pmatrix}1&1&1&a\\0&0&0&1\\0&0&0&0\end{pmatrix},$$

则 $r(\boldsymbol{A})=1\neq r(\boldsymbol{A},\boldsymbol{b})=2$，此时原方程组无解.

综上所述，$\lambda=-1$ 且 $a=-2$. 原方程组的通解为 $c\boldsymbol{\xi}+\boldsymbol{\eta}$，其中 c 是任意常数.

练习 4.2.23　解： 因 $\boldsymbol{Ax}=\boldsymbol{0}$ 的基础解系中有 2 个解向量，从而 $4-r(\boldsymbol{A})=2$，则 $r(\boldsymbol{A})=2$. 则 $\boldsymbol{A}$ 的 3 阶子式全为零，从而 $\boldsymbol{A}^*=\boldsymbol{0}$，故（例 4.2.13）$r(\boldsymbol{A}^*)=0$.

练习 4.2.24　解： 根据题意 $r(\boldsymbol{\alpha}_1,\boldsymbol{\alpha}_2)=r(\boldsymbol{\alpha}_1,\boldsymbol{\alpha}_2,\boldsymbol{\alpha}_3)=2$，则 $\boldsymbol{Ax}=\boldsymbol{0}$ 的基础解系里面只有一个向量. 又因 $-\boldsymbol{\alpha}_1+2\boldsymbol{\alpha}_2-\boldsymbol{\alpha}_3=\boldsymbol{0}$，即

$$\boldsymbol{A}\begin{pmatrix}-1\\2\\-1\end{pmatrix}=(\boldsymbol{\alpha}_1,\boldsymbol{\alpha}_2,\boldsymbol{\alpha}_3)\begin{pmatrix}-1\\2\\-1\end{pmatrix}=\boldsymbol{0},$$

从而 $\boldsymbol{\xi}=(-1,2,-1)^{\mathrm{T}}$ 是 $\boldsymbol{Ax}=\boldsymbol{0}$ 的一个解，从而 $\boldsymbol{Ax}=\boldsymbol{0}$ 的通解为 $c\boldsymbol{\xi}$，其中 c 是任意常数.

练习 4.2.25　解： 选（C）.

练习 4.2.26　解： 因 $r(\boldsymbol{A})=1$，故 $\boldsymbol{Ax}=\boldsymbol{0}$ 的基础解系含 $3-r(\boldsymbol{A})=2$ 个向量. 易得

$$(\boldsymbol{\eta}_2+\boldsymbol{\eta}_3)-(\boldsymbol{\eta}_1+\boldsymbol{\eta}_2)=\begin{pmatrix}0\\1\\0\end{pmatrix},(\boldsymbol{\eta}_1+\boldsymbol{\eta}_3)-(\boldsymbol{\eta}_1+\boldsymbol{\eta}_2)=\begin{pmatrix}0\\1\\1\end{pmatrix},$$

是 $\boldsymbol{Ax}=\boldsymbol{0}$ 的两个线性无关的解. 记 $\boldsymbol{\xi}_1=(0,1,0)^{\mathrm{T}}$，$\boldsymbol{\xi}_2=(0,1,1)^{\mathrm{T}}$，从而导出组的通解为 $c_1\boldsymbol{\xi}_1+c_2\boldsymbol{\xi}_2$，其中 c_1，c_2 是任意常数. 记 $\boldsymbol{\eta}=\frac{1}{2}(\boldsymbol{\eta}_1+\boldsymbol{\eta}_2)=\left(\frac{1}{2},0,0\right)^{\mathrm{T}}$，显然 $\boldsymbol{\eta}$ 是 $\boldsymbol{Ax}=\boldsymbol{b}$ 的特解，因此 $\boldsymbol{Ax}=\boldsymbol{b}$ 的通解为

$$c_1\boldsymbol{\xi}_1+c_2\boldsymbol{\xi}_2+\boldsymbol{\eta},$$

其中 c_1，c_2 是任意常数.

练习 4.2.27　解： 记 $\boldsymbol{\eta}=(1,1,1,1)^{\mathrm{T}}$，因

$$\boldsymbol{b}=\boldsymbol{\alpha}_1+\boldsymbol{\alpha}_2+\boldsymbol{\alpha}_3+\boldsymbol{\alpha}_4=\boldsymbol{A\eta},$$

从而 $\boldsymbol{\eta}$ 是 $\boldsymbol{Ax}=\boldsymbol{b}$ 的特解. 因 $\boldsymbol{\alpha}_2$，$\boldsymbol{\alpha}_3$，$\boldsymbol{\alpha}_4$ 线性无关，从而 $r(\boldsymbol{\alpha}_2,\boldsymbol{\alpha}_3,\boldsymbol{\alpha}_4)=3$. 又

因 $\boldsymbol{\alpha}_1=2\boldsymbol{\alpha}_2-\boldsymbol{\alpha}_3$，从而 $\boldsymbol{\alpha}_1$ 可由 $\boldsymbol{\alpha}_2$，$\boldsymbol{\alpha}_3$，$\boldsymbol{\alpha}_4$ 线性表出，即

$$r(\boldsymbol{\alpha}_2,\boldsymbol{\alpha}_3,\boldsymbol{\alpha}_4)=r(\boldsymbol{\alpha}_1,\boldsymbol{\alpha}_2,\boldsymbol{\alpha}_3,\boldsymbol{\alpha}_4)=3.$$

故 $\boldsymbol{Ax}=\boldsymbol{0}$ 的基础解系含一个向量. 又因 $\boldsymbol{\alpha}_1=2\boldsymbol{\alpha}_2-\boldsymbol{\alpha}_3$，故

$$\boldsymbol{A}\begin{pmatrix}-1\\2\\-1\\0\end{pmatrix}=0,$$

记 $\boldsymbol{\xi}=(-1,2,-1,0)^{\mathrm{T}}$，则 $\boldsymbol{Ax}=\boldsymbol{b}$ 的通解为 $c\boldsymbol{\xi}+\boldsymbol{\eta}$，其中 c 是任意常数.

练习 4.2.28　解：因 $\boldsymbol{A}\neq\boldsymbol{0}$，故 $r(\boldsymbol{A})\geqslant 1$. 从而 $\boldsymbol{Ax}=\boldsymbol{0}$ 的基础解系中向量个数 $3-r(\boldsymbol{A})\leqslant 2$. 又因

$$3=r(\boldsymbol{\alpha}_1,\boldsymbol{\alpha}_2,\boldsymbol{\alpha}_3)=r(\boldsymbol{\alpha}_1,\boldsymbol{\alpha}_2-\boldsymbol{\alpha}_1,\boldsymbol{\alpha}_3-\boldsymbol{\alpha}_1),$$

从而 $\boldsymbol{\alpha}_2-\boldsymbol{\alpha}_1$，$\boldsymbol{\alpha}_3-\boldsymbol{\alpha}_1$ 线性无关. 显然 $\boldsymbol{\alpha}_2-\boldsymbol{\alpha}_1$，$\boldsymbol{\alpha}_3-\boldsymbol{\alpha}_1$ 都是 $\boldsymbol{Ax}=\boldsymbol{0}$ 的解，从而 $\boldsymbol{\alpha}_2-\boldsymbol{\alpha}_1$，$\boldsymbol{\alpha}_3-\boldsymbol{\alpha}_1$ 是 $\boldsymbol{Ax}=\boldsymbol{0}$ 的解的极大线性无关组，因此其是 $\boldsymbol{Ax}=\boldsymbol{0}$ 的基础解系.

练习 4.2.29　解：选（B）.

习题 4.3 解答

练习 4.3.1　解：所求过渡矩阵为$\begin{pmatrix} 1 & 1 & -2 \\ -2 & 0 & 3 \\ 4 & -1 & 0 \end{pmatrix}$.

练习 4.3.2　解：向量组 $\boldsymbol{\alpha}_1$，$\boldsymbol{\alpha}_2$，$\boldsymbol{\alpha}_3$ 是$\mathbb{R}^3$的一组基当且仅当（定理 4.3.3）$r(\boldsymbol{\alpha}_1,\boldsymbol{\alpha}_2,\boldsymbol{\alpha}_3)=3$[①]. 记 $\boldsymbol{A}=(\boldsymbol{\alpha}_1,\boldsymbol{\alpha}_2,\boldsymbol{\alpha}_3)$，利用初等行变换把 $\boldsymbol{A}$ 化为阶梯形矩阵可得

$$\boldsymbol{A}=\begin{pmatrix} 1 & 1 & 1 \\ -1 & -2 & a \\ 1 & 2 & 5 \end{pmatrix}\to\begin{pmatrix} 1 & 1 & 1 \\ 0 & -1 & a+1 \\ 0 & 0 & a+5 \end{pmatrix}.$$

从而 $r(\boldsymbol{\alpha}_1,\boldsymbol{\alpha}_2,\boldsymbol{\alpha}_3)=3$ 当且仅当 $a\neq-5$. 即 $\boldsymbol{\alpha}_1$，$\boldsymbol{\alpha}_2$，$\boldsymbol{\alpha}_3$ 是$\mathbb{R}^3$的一组基当且仅当 $a\neq-5$.

练习 4.3.3　解：求 $\boldsymbol{\beta}$ 在基 $\boldsymbol{\alpha}_1$，$\boldsymbol{\alpha}_2$，$\boldsymbol{\alpha}_3$ 下的坐标也就是解向量方程

$$x_1\boldsymbol{\alpha}_1+x_2\boldsymbol{\alpha}_2+x_3\boldsymbol{\alpha}_3=\boldsymbol{\beta}.$$

利用高斯消元法把增广矩阵化为（行）最简阶梯形矩阵可得

$$(\boldsymbol{A},\boldsymbol{\beta})=\begin{pmatrix} 1 & 1 & 0 & 2 \\ 0 & -1 & 1 & -2 \\ 0 & 1 & 1 & 0 \end{pmatrix}\to\begin{pmatrix} 1 & 0 & 0 & 1 \\ 0 & 1 & 0 & 1 \\ 0 & 0 & 1 & -1 \end{pmatrix}.$$

从而 $\boldsymbol{\beta}$ 在基 $\boldsymbol{\alpha}_1$，$\boldsymbol{\alpha}_2$，$\boldsymbol{\alpha}_3$ 下的坐标为 $(1,\ 1,\ -1)^{\mathrm{T}}$.

练习 4.3.4　解：方法一：根据题意 $\boldsymbol{\beta}=2\boldsymbol{\alpha}_1-2\boldsymbol{\alpha}_2+\boldsymbol{\alpha}_3$，故 $\boldsymbol{\alpha}_1=\frac{1}{2}(\boldsymbol{\beta}+2\boldsymbol{\alpha}_2-\boldsymbol{\alpha}_3)$，从而 $\boldsymbol{\alpha}_1$ 可由 $\boldsymbol{\alpha}_2$，$\boldsymbol{\alpha}_3$，$\boldsymbol{\beta}$ 线性表出. 从而 $\boldsymbol{\alpha}_1$，$\boldsymbol{\alpha}_2$，$\boldsymbol{\alpha}_3$ 可由 $\boldsymbol{\alpha}_2$，$\boldsymbol{\alpha}_3$，$\boldsymbol{\beta}$ 线性表出. 因此（练习 4.2.11）$\boldsymbol{\alpha}_2$，$\boldsymbol{\alpha}_3$，$\boldsymbol{\beta}$ 线性无关且与 $\boldsymbol{\alpha}_1$，$\boldsymbol{\alpha}_2$，$\boldsymbol{\alpha}_3$ 等价. 即 $\boldsymbol{\alpha}_2$，$\boldsymbol{\alpha}_3$，$\boldsymbol{\beta}$ 也是$\mathbb{R}^3$的一组基.

方法二：由 $\boldsymbol{\beta}=2\boldsymbol{\alpha}_1-2\boldsymbol{\alpha}_2+\boldsymbol{\alpha}_3$ 可得 $\boldsymbol{\beta}=(1,1,1)^{\mathrm{T}}$. 则

$$|\boldsymbol{\alpha}_2,\boldsymbol{\alpha}_3,\boldsymbol{\beta}|=\begin{vmatrix} 1 & 1 & 1 \\ 3 & 3 & 1 \\ 2 & 3 & 1 \end{vmatrix}=2\neq0.$$

因此 $r(\boldsymbol{\alpha}_2,\boldsymbol{\alpha}_3,\boldsymbol{\beta})=3$，从而 $\boldsymbol{\alpha}_2$，$\boldsymbol{\alpha}_3$，$\boldsymbol{\beta}$ 也是$\mathbb{R}^3$的一组基.

练习 4.3.5　解：因 $\dim \mathrm{Span}\{\boldsymbol{\alpha}_1,\boldsymbol{\alpha}_2,\boldsymbol{\alpha}_3\}=2$，故 $\boldsymbol{\alpha}_1$，$\boldsymbol{\alpha}_2$，$\boldsymbol{\alpha}_3$ 的极大线性无关组中含两个向量，也就是 $r(\boldsymbol{\alpha}_1,\boldsymbol{\alpha}_2,\boldsymbol{\alpha}_3)=2$. 用初等行变换将 $\boldsymbol{A}=(\boldsymbol{\alpha}_1,\boldsymbol{\alpha}_2,\boldsymbol{\alpha}_3)$化为（行）阶梯形矩阵得[②]

---

① 由于 $\boldsymbol{A}$ 是 3 阶方阵，$r(\boldsymbol{A})=3$ 当且仅当 $|\boldsymbol{A}|=-(a-5)\neq0$.

② 也可利用$\begin{vmatrix} 1 & 1 \\ 2 & 1 \end{vmatrix}$是 $\boldsymbol{A}$ 的一个非零的 2 阶子式，3 阶子式全为零解出 a.

$$A=\begin{pmatrix}1&1&2\\2&1&1\\-1&0&1\\0&2&a\end{pmatrix}\to\begin{pmatrix}1&1&2\\0&-1&-3\\0&0&a-6\\0&0&0\end{pmatrix},$$

从而 $a=6$.

练习4.3.6　解： 利用初等行变换把 $\boldsymbol{A}$ 化为阶梯形矩阵得

$$\boldsymbol{A}\to\begin{pmatrix}1&2&3\\0&t-4&-5\\0&5&5\\0&5&5\end{pmatrix}\to\begin{pmatrix}1&2&3\\0&5&5\\0&0&-t-1\\0&0&0\end{pmatrix}.$$

当 $t=-1$ 时，$r(\boldsymbol{A})=2$，从而 $\boldsymbol{Ax}=\boldsymbol{0}$ 的基础解系中含 $3-2=1$ 个向量，故 $\dim \mathrm{Nul}\,\boldsymbol{A}=1$.

当 $t\neq -1$ 时，$r(\boldsymbol{A})=3$，从而 $\boldsymbol{Ax}=\boldsymbol{0}$ 的基础解系不存在，故 $\dim \mathrm{Nul}\,\boldsymbol{A}=0$.

练习4.3.7　解： 记 $\boldsymbol{A}=(\boldsymbol{\alpha}_1^{\mathrm T},\boldsymbol{\alpha}_2^{\mathrm T},\boldsymbol{\alpha}_3^{\mathrm T},\boldsymbol{\alpha}_4^{\mathrm T},\boldsymbol{\alpha}_5^{\mathrm T})$，利用初等行变换将 $\boldsymbol{A}$ 化为（行）阶梯形矩阵得

$$\boldsymbol{A}\to\begin{pmatrix}1&0&3&1&2\\-1&3&0&-1&1\\2&1&7&2&5\\4&2&14&0&6\end{pmatrix}\to\begin{pmatrix}1&0&3&1&2\\0&3&3&0&3\\0&0&0&-4&-4\\0&0&0&0&0\end{pmatrix}.$$

从而（例4.3.8）$\boldsymbol{\alpha}_1$，$\boldsymbol{\alpha}_2$，$\boldsymbol{\alpha}_4$ 是 $\boldsymbol{\alpha}_1$，$\boldsymbol{\alpha}_2$，$\boldsymbol{\alpha}_3$，$\boldsymbol{\alpha}_4$，$\boldsymbol{\alpha}_5$ 的一个极大线性无关组且

$$\mathrm{Span}\{\boldsymbol{\alpha}_1,\boldsymbol{\alpha}_2,\boldsymbol{\alpha}_4\}=\mathrm{Span}\{\boldsymbol{\alpha}_1,\boldsymbol{\alpha}_2,\boldsymbol{\alpha}_3,\boldsymbol{\alpha}_4,\boldsymbol{\alpha}_5\}.$$

从而 $\boldsymbol{\alpha}_1$，$\boldsymbol{\alpha}_2$，$\boldsymbol{\alpha}_4$ 是 H 的一组基.

练习4.3.8　解： 利用高斯消元法将 $\boldsymbol{A}$ 化为（行）最简阶梯形矩阵得

$$\boldsymbol{A}\to\begin{pmatrix}1&1&0&3\\0&0&1&-4\\0&0&0&0\end{pmatrix}.$$

则 $\boldsymbol{Ax}=\boldsymbol{0}$ 与 $\begin{cases}x_1=-x_2-3x_4\\x_3=4x_4\end{cases}$ 的解集相同. 其中 x_2，x_4 是自由变量，分别取

$$\begin{cases}x_2=1\\x_4=0\end{cases},\quad\begin{cases}x_2=0\\x_4=1\end{cases},$$

得 $\boldsymbol{\xi}_1=(-1,1,0,0)^{\mathrm T}$，$\boldsymbol{\xi}_2=(-3,0,4,1)^{\mathrm T}$，则（例4.3.9）$\boldsymbol{\xi}_1$，$\boldsymbol{\xi}_2$ 是 $\mathrm{Nul}\,\boldsymbol{A}$ 的一组基.

练习4.3.9　证明： 记 $\boldsymbol{A}=(\boldsymbol{\alpha}_1,\boldsymbol{\alpha}_2,\boldsymbol{\alpha}_3)$，$\boldsymbol{B}=(\boldsymbol{\beta}_1,\boldsymbol{\beta}_2,\boldsymbol{\beta}_3)$. 则（练习2.2.9）

$$\boldsymbol{B}=\boldsymbol{A}\begin{pmatrix}1&0&1\\t&1&0\\0&1&s\end{pmatrix}.$$

因 $\boldsymbol{\alpha}_1$，$\boldsymbol{\alpha}_2$，$\boldsymbol{\alpha}_3$ 是$\mathbb{R}^3$的一组基，从而 $r(\boldsymbol{A})=3$ 且 $\boldsymbol{A}$ 可逆，故

$$r(\boldsymbol{B})=r\begin{pmatrix}1&0&1\\t&1&0\\0&1&s\end{pmatrix}.$$

因此 $\boldsymbol{\beta}_1$，$\boldsymbol{\beta}_2$，$\boldsymbol{\beta}_3$ 也是$\mathbb{R}^3$的一组基当且仅当 $r\begin{pmatrix}1&0&1\\t&1&0\\0&1&s\end{pmatrix}=3$，即

$$\begin{vmatrix}1&0&1\\t&1&0\\0&1&s\end{vmatrix}=s+t\neq 0.$$

从而得证.

练习 4.3.10　解： 因 $\boldsymbol{0}=(0,0,0)^{\mathrm{T}}$ 不是 $x_1-x_2+5x_3=1$ 的解，从而 $\boldsymbol{0}\in H$，故 H 不是$\mathbb{R}^3$的子空间.

练习 4.3.11　解：（1）显然 $\boldsymbol{\alpha}_1$，$\boldsymbol{\alpha}_2$ 不成比例，故线性无关，因此 $\boldsymbol{\alpha}_1$，$\boldsymbol{\alpha}_2$ 是 V 的一组基，故 $\dim V=2$.

（2）$\boldsymbol{\beta}_1\in V$，$\boldsymbol{\beta}_2\in V$ 当且仅当 $\boldsymbol{\beta}_1$，$\boldsymbol{\beta}_2$ 可由 $\boldsymbol{\alpha}_1$，$\boldsymbol{\alpha}_2$ 线性表出，也就是矩阵方程

$$(\boldsymbol{\alpha}_1,\boldsymbol{\alpha}_2)\boldsymbol{X}=(\boldsymbol{\beta}_1,\boldsymbol{\beta}_2)$$

有解. 将增广矩阵化为阶梯形矩阵得

$$(\boldsymbol{\alpha}_1,\boldsymbol{\alpha}_2,\boldsymbol{\beta}_1,\boldsymbol{\beta}_2)=\begin{pmatrix}2&1&4&3\\3&2&7&4\\1&-1&-1&3\\1&1&3&1\end{pmatrix}\to\begin{pmatrix}2&1&4&3\\0&\frac{1}{2}&1&-\frac{1}{2}\\0&0&0&0\\0&0&0&0\end{pmatrix},$$

从而 $r(\boldsymbol{\alpha}_1,\boldsymbol{\alpha}_2)=r(\boldsymbol{\alpha}_1,\boldsymbol{\alpha}_2,\boldsymbol{\beta}_1,\boldsymbol{\beta}_2)=2$，即 $\boldsymbol{\beta}_1$，$\boldsymbol{\beta}_2$ 可由 $\boldsymbol{\alpha}_1$，$\boldsymbol{\alpha}_2$ 线性表出，因此 $\boldsymbol{\beta}_1\in V$，$\boldsymbol{\beta}_2\in V$.

（3）由于 $\boldsymbol{\beta}_1\in V$，$\boldsymbol{\beta}_2\in V$ 且不成比例，故线性无关，因此（见定理 4.3.3]）$\boldsymbol{\beta}_1$，$\boldsymbol{\beta}_2$ 是 V 的一组基. 记基 $\boldsymbol{\beta}_1$，$\boldsymbol{\beta}_2$ 到基 $\boldsymbol{\alpha}_1$，$\boldsymbol{\alpha}_2$ 的过渡矩阵为 $\boldsymbol{X}$，则

$$(\boldsymbol{\beta}_1,\boldsymbol{\beta}_2)\boldsymbol{X}=(\boldsymbol{\alpha}_1,\boldsymbol{\alpha}_2)$$

有解. 将增广矩阵化为阶梯形矩阵得

$$(\boldsymbol{\beta}_1,\boldsymbol{\beta}_2,\boldsymbol{\alpha}_1,\boldsymbol{\alpha}_2)=\begin{pmatrix}4&3&2&1\\7&4&3&2\\-1&3&1&-1\\3&1&1&1\end{pmatrix}\to\begin{pmatrix}1&0&\frac{1}{5}&\frac{2}{5}\\0&1&\frac{2}{5}&-\frac{1}{5}\\0&0&0&0\\0&0&0&0\end{pmatrix},$$

从而所求过渡矩阵为 $\boldsymbol{X}=\begin{pmatrix}\frac{1}{5}&\frac{2}{5}\\\frac{2}{5}&-\frac{1}{5}\end{pmatrix}$.

A.5 第5章习题解答

习题5.1解答

练习5.1.1 **解**：(1) 设 $\boldsymbol{\alpha}$ 对应的特征值为 λ，则

$$\boldsymbol{A\alpha}=\begin{pmatrix}3\\2+x\\2+y\end{pmatrix}=\lambda\boldsymbol{\alpha}=\begin{pmatrix}\lambda\\\lambda\\\lambda\end{pmatrix},$$

解得 $\lambda=3$，$x=1$，$y=1$.

(2) $\boldsymbol{A}$ 的特征多项式为

$$|\lambda\boldsymbol{I}-\boldsymbol{A}|=\begin{vmatrix}\lambda-1&-1&-1\\-1&\lambda-1&-1\\-1&-1&\lambda-1\end{vmatrix}=\lambda^2(\lambda-3),$$

所以 $\boldsymbol{A}$ 的全部特征值为 $\lambda_1=\lambda_2=0$，$\lambda_3=3$.

对于特征值0，$(0\boldsymbol{I}-\boldsymbol{A})\boldsymbol{x}=\boldsymbol{0}$ 的系数矩阵为

$$\begin{pmatrix}-1&-1&-1\\-1&-1&-1\\-1&-1&-1\end{pmatrix}\to\begin{pmatrix}1&1&1\\0&0&0\\0&0&0\end{pmatrix},$$

由此得到一个基础解系：$\boldsymbol{\alpha}_1=(-1,1,0)^{\mathrm{T}}$，$\boldsymbol{\alpha}_2=(-1,0,1)^{\mathrm{T}}$. 因此 $\boldsymbol{A}$ 的属于0的全部特征向量为：$c_1\boldsymbol{\alpha}_1+c_2\boldsymbol{\alpha}_2$，其中 c_1，c_2 是不全为零的任意常数.

对于特征值3，$(3\boldsymbol{I}-\boldsymbol{A})\boldsymbol{x}=\boldsymbol{0}$ 的系数矩阵为

$$\begin{pmatrix}2&-1&-1\\-1&2&-1\\-1&-1&2\end{pmatrix}\to\begin{pmatrix}1&0&-1\\0&1&-1\\0&0&0\end{pmatrix},$$

由此得到一个基础解系：$\boldsymbol{\alpha}_1=(-1,1,0)^{\mathrm{T}}$，$\boldsymbol{\alpha}_2=(-1,0,1)^{\mathrm{T}}$. 因此 $\boldsymbol{A}$ 的属于0的全部特征向量为：$c_1\boldsymbol{\alpha}_1+c_2\boldsymbol{\alpha}_2$，其中 c_1，c_2 是不全为零的任意数.

对于特征值3,$(3\boldsymbol{I}-\boldsymbol{A})\boldsymbol{x}=\boldsymbol{0}$ 的系数矩阵为

$$\begin{pmatrix}2&-1&-1\\-1&2&-1\\-1&-1&2\end{pmatrix}\to\begin{pmatrix}1&0&-1\\0&1&-1\\0&0&0\end{pmatrix},$$

由此得到一个基础解系：$\boldsymbol{\alpha}_3=(1,1,1)^{\mathrm{T}}$，即 $\boldsymbol{A}$ 的属于3的全部特征向量为：$c_3\boldsymbol{\alpha}_3$，其中 c_3 是任意的非零常数.

练习5.1.2 **解**：因 $\boldsymbol{B}$ 与 $\boldsymbol{A}$ 相似，故（定理5.1.2）$\boldsymbol{B}$ 的特征值分别为 $-(n-1)$，$-(n-2)$，…，-2，-1，0. 进一步 $\boldsymbol{B}+n\boldsymbol{I}$ 全部的特征值为（例5.1.4）1，2，…，n，从而（定理5.1.3）

$$|\boldsymbol{B}+n\boldsymbol{I}|=1\times2\times\cdots\times n=n!.$$

练习5.1.3 **解**：(1) 因0不是 $\boldsymbol{A}$ 的特征值，故（例5.1.3）$\boldsymbol{A}$ 可逆.

（2）由定理 5.1.3 可知 $\operatorname{tr}\boldsymbol{A}=-3+1+2=0$.

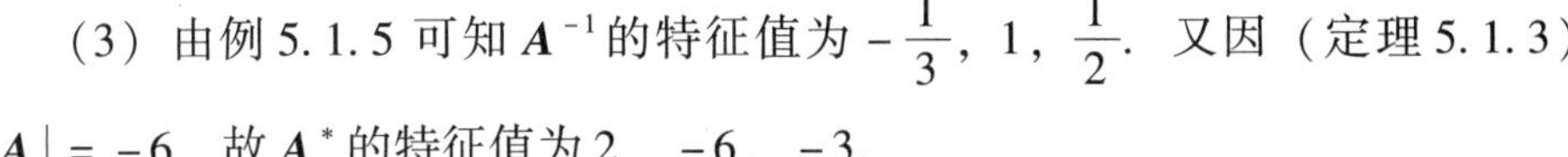

（3）由例 5.1.5 可知 $\boldsymbol{A}^{-1}$ 的特征值为 $-\frac{1}{3}$，1，$\frac{1}{2}$. 又因（定理 5.1.3）$|\boldsymbol{A}|=-6$，故 $\boldsymbol{A}^*$ 的特征值为 2，-6，-3.

（4）由例 5.1.4 可知，$\boldsymbol{A}^3-3\boldsymbol{A}+\boldsymbol{I}$ 全部的特征值为 -17，-1，3. 因此

$$|\boldsymbol{A}^3-3\boldsymbol{A}+\boldsymbol{I}|=|(-17)\times(-1)\times 3|=51.$$

练习 5.1.4　解： 把 $\boldsymbol{A}^2=2\boldsymbol{A}+8\boldsymbol{I}$ 移项可得 $\boldsymbol{A}^2-2\boldsymbol{A}-8\boldsymbol{I}=\boldsymbol{0}$. 设 $\boldsymbol{v}$ 是 $\boldsymbol{A}$ 的对应于特征值 λ 的一个特征向量，则

$$\begin{aligned}\boldsymbol{0}=0\boldsymbol{v}&=(\boldsymbol{A}^2-2\boldsymbol{A}-8\boldsymbol{I})\boldsymbol{v}\\&=\boldsymbol{A}\boldsymbol{A}\boldsymbol{v}-2\boldsymbol{A}\boldsymbol{v}-8\boldsymbol{I}\boldsymbol{v}\\&=\boldsymbol{A}\lambda\boldsymbol{v}-2\lambda\boldsymbol{v}-8\boldsymbol{v}\\&=\lambda^2\boldsymbol{v}-2\lambda\boldsymbol{v}-8\boldsymbol{v}\\&=(\lambda^2-2\lambda-8)\boldsymbol{v}.\end{aligned}$$

因此 $\lambda^2-2\lambda-8=0$，解得 $\lambda=-2$ 或 4.

练习 5.1.5　解： 方法一：因 $\boldsymbol{I}=\boldsymbol{I}^3-\boldsymbol{A}^3=(\boldsymbol{I}-\boldsymbol{A})(\boldsymbol{A}^2+\boldsymbol{A}+\boldsymbol{I})$，故 $\boldsymbol{I}-\boldsymbol{A}$ 可逆. 因 $\boldsymbol{I}=\boldsymbol{I}^3+\boldsymbol{A}^3=(\boldsymbol{I}+\boldsymbol{A})(\boldsymbol{A}^2-\boldsymbol{A}+\boldsymbol{I})$，故 $\boldsymbol{I}+\boldsymbol{A}$ 可逆. 从而选（C）.

方法二：设 $\boldsymbol{v}$ 是 $\boldsymbol{A}$ 的对应于特征值 λ 的特征向量，则 $\boldsymbol{0}=\boldsymbol{A}^3\boldsymbol{v}=\lambda^3\boldsymbol{v}$，因此 $\lambda^3=0$，即 $\boldsymbol{A}$ 全部的特征值为 0，0，0，故 $\boldsymbol{I}-\boldsymbol{A}$ 全部的特征值为 1，1，1，因此 $\boldsymbol{I}-\boldsymbol{A}$ 可逆. 类似可得 $\boldsymbol{I}+\boldsymbol{A}$ 可逆. 从而选（C）.

练习 5.1.6　解： 方法一：根据题意 $\boldsymbol{A}=\begin{pmatrix}1&2&3\\2&4&6\\3&6&9\end{pmatrix}$，从而特征多项式为

$$|\lambda\boldsymbol{I}-\boldsymbol{A}|=\begin{vmatrix}\lambda-1&-2&-3\\-2&\lambda-4&-6\\-3&-6&\lambda-9\end{vmatrix}\xlongequal[r_2-2r_1]{r_3-3r_1}\begin{vmatrix}\lambda-1&-2&-3\\-2\lambda&\lambda&0\\-3\lambda&0&\lambda\end{vmatrix}$$

$$\xlongequal[c_1+3c_3]{c_1+2c_2}\begin{vmatrix}\lambda-14&-2&-3\\0&\lambda&0\\0&0&\lambda\end{vmatrix}=\lambda^2(\lambda-14),$$

所以 $\boldsymbol{A}$ 的全部特征值为 $\lambda_1=\lambda_2=0$，$\lambda_3=14$.

方法二：记 $\boldsymbol{A}=\boldsymbol{\alpha}\boldsymbol{\alpha}^{\mathrm{T}}$，$14=\boldsymbol{\alpha}^{\mathrm{T}}\boldsymbol{\alpha}$，则 $\boldsymbol{A}^2=\boldsymbol{\alpha}(\boldsymbol{\alpha}^{\mathrm{T}}\boldsymbol{\alpha})\boldsymbol{\alpha}^{\mathrm{T}}=(\boldsymbol{\alpha}^{\mathrm{T}}\boldsymbol{\alpha})\boldsymbol{\alpha}\boldsymbol{\alpha}^{\mathrm{T}}=14\boldsymbol{A}$. 设 $\boldsymbol{v}$ 是 $\boldsymbol{A}$ 的对应于特征值 λ 的特征向量，则

$$(\boldsymbol{A}^2-14\boldsymbol{A})\boldsymbol{v}=(\lambda-14)\lambda\boldsymbol{v}=\boldsymbol{0},$$

因此 $(\lambda-14)\lambda=0$，故 $\boldsymbol{\alpha}\boldsymbol{\alpha}^{\mathrm{T}}$ 可能的特征值是 14 和 0. $\boldsymbol{A}\boldsymbol{\alpha}=\boldsymbol{\alpha}\boldsymbol{\alpha}^{\mathrm{T}}\boldsymbol{\alpha}=(\boldsymbol{\alpha}^{\mathrm{T}}\boldsymbol{\alpha})\boldsymbol{\alpha}=14\boldsymbol{\alpha}$，此时 14 是 $\boldsymbol{A}$ 的一个特征值. 因 $1\leqslant r(\boldsymbol{A})=r(\boldsymbol{\alpha}\boldsymbol{\alpha}^{\mathrm{T}})\leqslant 1$，则 $r(\boldsymbol{A})=1$，从而 0 是 $\boldsymbol{A}$ 的 2 重特征根. 故此时 $\boldsymbol{A}$ 全部的特征值为 14，0，0.

※若 $\boldsymbol{\alpha}$，$\boldsymbol{\beta}$ 是不全为零的 n 维列向量，其中 $n\geqslant 2$. 思考一下 $\boldsymbol{\alpha}\boldsymbol{\beta}^{\mathrm{T}}$ 的特征值呢？

练习 5.1.7　证明： 根据题意 $\boldsymbol{v}_1$，$\boldsymbol{v}_2$ 是分别属于 λ_1 和 λ_2 的特征向量. 不

妨设 $\boldsymbol{v}_1+\boldsymbol{v}_2$ 是 $\boldsymbol{A}$ 对应于特征值 λ 的特征向量. 即

$$\boldsymbol{A}(\boldsymbol{v}_1+\boldsymbol{v}_2)=\lambda\boldsymbol{v}_1+\lambda\boldsymbol{v}_2=\boldsymbol{A}\boldsymbol{v}_1+\boldsymbol{A}\boldsymbol{v}_2=\lambda_1\boldsymbol{v}_1+\lambda_2\boldsymbol{v}_2,$$

因此 $(\lambda-\lambda_1)\boldsymbol{v}_1+(\lambda-\lambda_2)\boldsymbol{v}_2=\mathbf{0}$，又因为 $\boldsymbol{v}_1$，$\boldsymbol{v}_2$ 是对应于不同特征值的特征向量，故 $\boldsymbol{v}_1$，$\boldsymbol{v}_2$ 线性无关，从而 $\lambda-\lambda_1=0$ 且 $\lambda-\lambda_2=0$，故 $\lambda_1=\lambda_2$，与题目已知条件矛盾，因而假设不成立，即 $\boldsymbol{v}_1+\boldsymbol{v}_2$ 不是 $\boldsymbol{A}$ 的特征向量.

练习 5.1.8　解：根据题意 $\boldsymbol{A}(3\boldsymbol{b})=\boldsymbol{b}\left(\text{即 }\boldsymbol{A}\boldsymbol{b}=\frac{1}{3}\boldsymbol{b}\right)$，$\boldsymbol{A}\boldsymbol{\eta}_1=\mathbf{0}=0\boldsymbol{\eta}_1$，$\boldsymbol{A}\boldsymbol{\eta}_2=\mathbf{0}=0\boldsymbol{\eta}_2$ 且 $r(\boldsymbol{A})=1$. 从而（定理 5.1.8）$\boldsymbol{A}$ 的特征值为 $\frac{1}{3}$，0，0.

属于特征值 $\frac{1}{3}$ 的全部的特征向量为 $c_1\boldsymbol{b}$，其中 c_1 是任意的非零常数.

属于特征值 0 的全部的特征向量为 $c_2\boldsymbol{\eta}_1+c_3\boldsymbol{\eta}_2$，其中 c_2，c_3 是任意的不全为零的常数.

练习 5.1.9　解：$\boldsymbol{A}$ 的特征多项式为

$$|\lambda\boldsymbol{I}-\boldsymbol{A}|=\begin{vmatrix}\lambda-2 & 0 & 0\\ -1 & \lambda-1 & 0\\ -1 & -1 & \lambda-1\end{vmatrix}=(\lambda-1)^2(\lambda-2),$$

所以 $\boldsymbol{A}$ 的全部特征值为 $\lambda_1=\lambda_2=1$，$\lambda_3=2$.

对于特征值 1，$(\boldsymbol{I}-\boldsymbol{A})\boldsymbol{x}=\mathbf{0}$ 的系数矩阵为

$$\begin{pmatrix}-1 & 0 & 0\\ -1 & 0 & 0\\ -1 & -1 & 0\end{pmatrix}\to\begin{pmatrix}1 & 0 & 0\\ 0 & 1 & 0\\ 0 & 0 & 0\end{pmatrix},$$

从而特征值 1 的代数重数与几何重数不等，即 $3-r(\boldsymbol{I}-\boldsymbol{A})=1\neq 2$，从而 $\boldsymbol{A}$ 不能对角化. 即 $\boldsymbol{A}$ 不与对角矩阵相似.

练习 5.1.10　解：(1) $\boldsymbol{A}$ 的特征多项式为

$$|\lambda\boldsymbol{I}-\boldsymbol{A}|=\begin{vmatrix}\lambda-3 & -1\\ -5 & \lambda+1\end{vmatrix}=(\lambda+2)(\lambda-4),$$

所以 $\boldsymbol{A}$ 的全部特征值为 $\lambda_1=-2$，$\lambda_2=4$.

对于特征值 -2，$(-2\boldsymbol{I}-\boldsymbol{A})\boldsymbol{x}=\mathbf{0}$ 的系数矩阵为

$$\begin{pmatrix}-5 & -1\\ -5 & -1\end{pmatrix}\to\begin{pmatrix}1 & \frac{1}{5}\\ 0 & 0\end{pmatrix},$$

由此得到一个基础解系：$\boldsymbol{\alpha}_1=(-1,5)^{\mathrm{T}}$.

对于特征值 4，$(4\boldsymbol{I}-\boldsymbol{A})\boldsymbol{x}=\mathbf{0}$ 的系数矩阵为

$$\begin{pmatrix}1 & -1\\ -5 & 5\end{pmatrix}\to\begin{pmatrix}1 & -1\\ 0 & 0\end{pmatrix},$$

由此得到一个基础解系：$\boldsymbol{\alpha}_2=(1,1)^{\mathrm{T}}$.

从而 $\boldsymbol{A}$ 有两个线性无关的特征向量，因此可以对角化.

(2) 记 $\boldsymbol{\beta}=(1,-5)^{\mathrm{T}}$，解方程 $x_1\boldsymbol{\alpha}_1+x_2\boldsymbol{\alpha}_2=\boldsymbol{\beta}$，

$$\begin{pmatrix}-1 & 1 & 1\\ 5 & 1 & -5\end{pmatrix}\to\begin{pmatrix}1 & 0 & -1\\ 0 & 1 & 0\end{pmatrix},$$

可得 $\boldsymbol{\beta}=-\boldsymbol{\alpha}_1$，故

$$\boldsymbol{A}^{50}\boldsymbol{\beta}=-\boldsymbol{A}^{50}\boldsymbol{\alpha}_1=-2^{50}\boldsymbol{\alpha}_1.$$

※虽然可以观察到结果,但还是利用普适的方法给大家演示一下.

练习 5.1.11　解：$\boldsymbol{A}$ 的特征多项式为

$$|\lambda\boldsymbol{I}-\boldsymbol{A}|=\begin{vmatrix}\lambda-1 & -4 & 2\\ 0 & \lambda+1 & 0\\ -1 & -2 & \lambda+2\end{vmatrix}=\lambda(\lambda+1)^2,$$

所以 $\boldsymbol{A}$ 的全部特征值为 $\lambda_1=\lambda_2=-1$，$\lambda_3=0$.

对于特征值 -1，$(-1\boldsymbol{I}-\boldsymbol{A})\boldsymbol{x}=\boldsymbol{0}$ 的系数矩阵为

$$\begin{pmatrix}-2 & -4 & 2\\ 0 & 0 & 0\\ -1 & -2 & 1\end{pmatrix}\to\begin{pmatrix}1 & 2 & -1\\ 0 & 0 & 0\\ 0 & 0 & 0\end{pmatrix},$$

由此得到一个基础解系：$\boldsymbol{\alpha}_1=(-2,1,0)^{\mathrm{T}}$，$\boldsymbol{\alpha}_2=(1,0,1)^{\mathrm{T}}$.

对于特征值 0，$(0\boldsymbol{I}-\boldsymbol{A})\boldsymbol{x}=\boldsymbol{0}$ 的系数矩阵为

$$\begin{pmatrix}-1 & -4 & 2\\ 0 & 1 & 0\\ -1 & -2 & 2\end{pmatrix}\to\begin{pmatrix}1 & 0 & -2\\ 0 & 1 & 0\\ 0 & 0 & 0\end{pmatrix},$$

由此得到一个基础解系：$\boldsymbol{\alpha}_3=(2,0,1)^{\mathrm{T}}$.

因此 $\boldsymbol{A}$ 可以对角化. 取

$$\boldsymbol{P}=(\boldsymbol{\alpha}_1,\boldsymbol{\alpha}_2,\boldsymbol{\alpha}_3)=\begin{pmatrix}-2 & 1 & 2\\ 1 & 0 & 0\\ 0 & 1 & 1\end{pmatrix},\ \boldsymbol{\Lambda}=\begin{pmatrix}-1 & & \\ & -1 & \\ & & 0\end{pmatrix},$$

则 $\boldsymbol{P}^{-1}\boldsymbol{A}\boldsymbol{P}=\boldsymbol{\Lambda}$，即 $\boldsymbol{A}=\boldsymbol{P}\boldsymbol{\Lambda}\boldsymbol{P}^{-1}$，从而

$$\begin{aligned}\boldsymbol{A}^{2023}&=\boldsymbol{P}\boldsymbol{\Lambda}^{2023}\boldsymbol{P}^{-1}\\&=\begin{pmatrix}-2 & 1 & 2\\ 1 & 0 & 0\\ 0 & 1 & 1\end{pmatrix}\begin{pmatrix}-1 & & \\ & -1 & \\ & & 0\end{pmatrix}\begin{pmatrix}0 & 1 & 0\\ -1 & -2 & 2\\ 1 & 2 & -1\end{pmatrix}\\&=\begin{pmatrix}1 & 4 & -2\\ 0 & -1 & 0\\ 1 & 2 & -2\end{pmatrix}.\end{aligned}$$

※可以观察到 $\boldsymbol{P}\boldsymbol{\Lambda}^{2023}\boldsymbol{P}^{-1}=\boldsymbol{P}\boldsymbol{\Lambda}\boldsymbol{P}^{-1}=\boldsymbol{P}$.

练习 5.1.12　解：略.

练习 5.1.13　解：(1) 由 $tr\,\boldsymbol{A}=\mathrm{tr}\,\boldsymbol{B}$ 和 $|\boldsymbol{A}|=|\boldsymbol{B}|$ 得 $-4+x=1+y$，$4(x-2)=-2y$，即 $x=3$，$y=-2$.

(2) 因 $\boldsymbol{B}$ 是对角矩阵且 $\boldsymbol{A}$ 与 $\boldsymbol{B}$ 相似，故 $\boldsymbol{A}$ 的全部特征值为 -2，-1，2.

对于特征值 -2，$(-2\boldsymbol{I}-\mathbf{A})\boldsymbol{x}=\mathbf{0}$ 的系数矩阵为

$$\begin{pmatrix} 0 & 2 & -1 \\ -2 & -5 & 2 \\ 0 & 0 & 0 \end{pmatrix} \to \begin{pmatrix} 1 & 0 & \frac{1}{4} \\ 0 & 1 & -\frac{1}{2} \\ 0 & 0 & 0 \end{pmatrix},$$

由此得到一个基础解系：$\boldsymbol{\alpha}_1=(-1,2,4)^{\mathrm{T}}$.

对于特征值 -1，$(-\boldsymbol{I}-\boldsymbol{A})\boldsymbol{x}=\mathbf{0}$ 的系数矩阵为

$$\begin{pmatrix} 1 & 2 & -1 \\ -2 & -4 & 2 \\ 0 & 0 & 1 \end{pmatrix} \to \begin{pmatrix} 1 & 2 & 0 \\ 0 & 0 & 1 \\ 0 & 0 & 0 \end{pmatrix},$$

由此得到一个基础解系：$\boldsymbol{\alpha}_2=(-2,1,0)^{\mathrm{T}}$.

对于特征值 2，$(2\boldsymbol{I}-\boldsymbol{A})\boldsymbol{x}=\mathbf{0}$ 的系数矩阵为

$$\begin{pmatrix} 4 & 2 & -1 \\ -2 & -1 & 2 \\ 0 & 0 & 4 \end{pmatrix} \to \begin{pmatrix} 1 & \frac{1}{2} & 0 \\ 0 & 0 & 1 \\ 0 & 0 & 0 \end{pmatrix},$$

由此得到一个基础解系：$\boldsymbol{\alpha}_3=(-1,2,0)^{\mathrm{T}}$.

令 $\boldsymbol{P}=(\boldsymbol{\alpha}_3,\ \boldsymbol{\alpha}_2,\ \boldsymbol{\alpha}_1)=\begin{pmatrix} -1 & -2 & -1 \\ 2 & 1 & 2 \\ 0 & 0 & 4 \end{pmatrix}$，则 $\boldsymbol{P}^{-1}\boldsymbol{A}\boldsymbol{P}=\boldsymbol{B}$.

练习 5.1.14　解： 记 $\boldsymbol{P}=(\boldsymbol{\alpha}_1,\boldsymbol{\alpha}_2,\boldsymbol{\alpha}_3)$，因 $\boldsymbol{\alpha}_1$，$\boldsymbol{\alpha}_2$，$\boldsymbol{\alpha}_3$ 是三维线性无关列向量，故 $\boldsymbol{P}$ 可逆. 根据题意

$$\begin{aligned} \boldsymbol{A}\boldsymbol{P} &= (\boldsymbol{A}\boldsymbol{\alpha}_1,\boldsymbol{A}\boldsymbol{\alpha}_2,\boldsymbol{A}\boldsymbol{\alpha}_3) \\ &= \boldsymbol{P}\begin{pmatrix} 1 & 1 & 0 \\ -1 & 3 & 0 \\ 2 & -6 & 0 \end{pmatrix}, \end{aligned}$$

记 $\boldsymbol{B}=\begin{pmatrix} 1 & 1 & 0 \\ -1 & 3 & 0 \\ 2 & -6 & 0 \end{pmatrix}$，则 $\boldsymbol{A}$ 与 $\boldsymbol{B}$ 相似，并且具有相同的特征值（定理 5.1.2）.

$\boldsymbol{A}$ 的特征多项式为

$$|\lambda\boldsymbol{I}-\boldsymbol{A}|=|\lambda\boldsymbol{I}-\boldsymbol{B}|=\begin{vmatrix} \lambda-1 & -1 & 0 \\ 1 & \lambda-3 & 0 \\ -2 & 6 & \lambda \end{vmatrix}=\lambda(\lambda-2)^2,$$

所以 $\boldsymbol{A}$ 的全部特征值为 $\lambda_1=0$，$\lambda_2=\lambda_3=2$.

练习 5.1.15　解： 略.

练习 5.1.16　解： 因 $\boldsymbol{A}$ 与 $\boldsymbol{B}$ 相似，故（定理 5.1.2）$\boldsymbol{B}$ 的特征值为$\frac{1}{2}$，$\frac{1}{3}$，$\frac{1}{4}$，$\frac{1}{5}$，$\boldsymbol{B}^{-1}$的特征值为（例 5.1.5）2，3，4，5，$\boldsymbol{B}^{-1}-\boldsymbol{I}$ 的特征值为（例 5.1.4）1，2，3，4，从而（定理 5.1.3）

$$|\boldsymbol{B}^{-1}-\boldsymbol{I}|=1\times2\times3\times4=24.$$

练习 5.1.17　解： 根据题意 $\boldsymbol{A}^*\boldsymbol{\alpha}=\lambda_0\boldsymbol{\alpha}$，等式两边同时左乘 $\boldsymbol{A}$，则

$$-\boldsymbol{\alpha}=|\boldsymbol{A}|\boldsymbol{\alpha}=\boldsymbol{A}\boldsymbol{A}^*\boldsymbol{\alpha}=\lambda_0\boldsymbol{A}\boldsymbol{\alpha},$$

即 $\boldsymbol{A}\boldsymbol{\alpha}=-\frac{1}{\lambda_0}\boldsymbol{\alpha}$. 则

$$\begin{pmatrix}c-a+1\\-b-2\\c-a-1\end{pmatrix}=\begin{pmatrix}\frac{1}{\lambda_0}\\\frac{1}{\lambda_0}\\-\frac{1}{\lambda_0}\end{pmatrix},$$

解得 $\lambda_0=1$，$b=-3$，$c=a$，从而

$$|\boldsymbol{A}|=\begin{pmatrix}a&-1&a\\5&-3&3\\1-a&0&-a\end{pmatrix}=a-3=-1,$$

从而 $a=2$.

综上所述，$a=2$，$b=-3$，$c=2$，$\lambda_0=1$.

练习 5.1.18　解： 根据题意

$$\boldsymbol{Q}=\boldsymbol{P}\begin{pmatrix}0&1&5\\0&1&0\\2&0&0\end{pmatrix}.$$

因此

$$\boldsymbol{Q}^{-1}\boldsymbol{A}\boldsymbol{Q}=\begin{pmatrix}0&1&5\\0&1&0\\2&0&0\end{pmatrix}^{-1}\boldsymbol{P}^{-1}\boldsymbol{A}\boldsymbol{P}\begin{pmatrix}0&1&5\\0&1&0\\2&0&0\end{pmatrix}$$

$$=\begin{pmatrix}0&0&\frac{1}{2}\\0&1&0\\\frac{1}{5}&-\frac{1}{5}&0\end{pmatrix}\begin{pmatrix}1&0&0\\0&1&0\\0&0&2\end{pmatrix}\begin{pmatrix}0&1&5\\0&1&0\\2&0&0\end{pmatrix}$$

※设$\boldsymbol{A}$和$\boldsymbol{P}$是同阶可逆矩阵，请读者思考 $\boldsymbol{A}$，$f(\boldsymbol{A})$，$\boldsymbol{A}^{-1}$，$\boldsymbol{A}^*$，$\boldsymbol{P}^{-1}\boldsymbol{A}\boldsymbol{P}$的特征值与特征向量之间的关系.如果$\boldsymbol{A}$不可逆呢?

$$=\begin{pmatrix}2&0&0\\0&1&0\\0&0&1\end{pmatrix}.$$

练习 5.1.19　解： 记 $\boldsymbol{P}=(\boldsymbol{\alpha}_1,\boldsymbol{\alpha}_2)$，因 $\boldsymbol{\alpha}_1$，$\boldsymbol{\alpha}_2$ 是二维线性无关列向量，故 $\boldsymbol{P}$ 可逆. 根据题意

$$\boldsymbol{AP}=(\boldsymbol{A\alpha}_1,\boldsymbol{A\alpha}_2)=\boldsymbol{P}\begin{pmatrix}0&2\\0&1\end{pmatrix},$$

记 $\boldsymbol{B}=\begin{pmatrix}0&2\\0&1\end{pmatrix}$，则 $\boldsymbol{A}$ 与 $\boldsymbol{B}$ 相似，并且具有相同的特征值（定理 5.1.2）.

显然（例 5.1.1）$\boldsymbol{B}$ 的全部的特征值为 0，1. 从而 $\boldsymbol{A}$ 的非零的特征值为 1.

练习 5.1.20　证明： 略.

练习 5.1.21　解： 选（D）.

练习 5.1.22　解： 因 $\boldsymbol{A}$ 与 $\boldsymbol{B}$ 相似，故存在可逆矩阵 $\boldsymbol{P}$，使得 $\boldsymbol{P}^{-1}\boldsymbol{AP}=\boldsymbol{B}$，从而

$$\boldsymbol{P}^{-1}(\boldsymbol{A}-\lambda\boldsymbol{I})\boldsymbol{P}=\boldsymbol{P}^{-1}\boldsymbol{AP}-\boldsymbol{P}^{-1}\lambda\boldsymbol{IP}=\boldsymbol{B}-\lambda\boldsymbol{I}.$$

则（A）错误，（D）正确.

因无法判断 $\boldsymbol{A}$ 与 $\boldsymbol{B}$ 能否对角化，所以（C）错误. 比如 $\boldsymbol{A}=\boldsymbol{B}=\begin{pmatrix}1&1\\0&1\end{pmatrix}$.

虽然相似矩阵的特征值相同，但特征向量却不一定相同. 比如 $\boldsymbol{A}=\begin{pmatrix}1&0\\1&1\end{pmatrix}$，$\boldsymbol{B}=\begin{pmatrix}1&1\\0&1\end{pmatrix}$. 易得 $\begin{pmatrix}0&1\\1&0\end{pmatrix}^{-1}\begin{pmatrix}1&0\\1&1\end{pmatrix}\begin{pmatrix}0&1\\1&0\end{pmatrix}=\begin{pmatrix}1&1\\1&0\end{pmatrix}$，故两矩阵相似.

$\boldsymbol{A}$ 对应于特征值 1 的全部的特征向量为 $c\begin{pmatrix}1\\0\end{pmatrix}$，其中 c 是非零常数. $\boldsymbol{B}$ 对应于特征值 1 的全部的特征向量为 $c\begin{pmatrix}0\\1\end{pmatrix}$，其中 c 是非零常数. 因此（B）错误.

综上所述，选（D）.

注： 虽然相似矩阵的特征值相同，但特征值相同却得不出两矩阵相似. 比如 $\boldsymbol{A}=\begin{pmatrix}1&0\\0&1\end{pmatrix}$，$\boldsymbol{B}=\begin{pmatrix}1&1\\0&1\end{pmatrix}$，两矩阵的特征值全都是 1，但是两矩阵不相似.

已知 $\boldsymbol{A}$ 与 $\boldsymbol{B}$ 相似，设 $f(x)$ 是一个多项式，则 $f(\boldsymbol{A})$ 与 $f(\boldsymbol{B})$ 相似，$\boldsymbol{A}^*$ 与 $\boldsymbol{B}^*$ 相似.

习题 5.2 解答

练习 5.2.1 解：取 $\boldsymbol{\beta}_1=\boldsymbol{\alpha}_1=(1,0,-1)^{\mathrm{T}}$，

$$\begin{aligned}\boldsymbol{\beta}_2&=\boldsymbol{\alpha}_2-\frac{\boldsymbol{\alpha}_2\cdot\boldsymbol{\beta}_1}{\boldsymbol{\beta}_1\cdot\boldsymbol{\beta}_1}\boldsymbol{\beta}_1\\&=(0,1,-1)^{\mathrm{T}}-\frac{1}{2}(1,0,-1)^{\mathrm{T}}\\&=\left(-\frac{1}{2},1,-\frac{1}{2}\right)^{\mathrm{T}},\end{aligned}$$

$$\begin{aligned}\boldsymbol{\beta}_3&=\boldsymbol{\alpha}_3-\frac{\boldsymbol{\alpha}_3\cdot\boldsymbol{\beta}_1}{\boldsymbol{\beta}_1\cdot\boldsymbol{\beta}_1}\boldsymbol{\beta}_1-\frac{\boldsymbol{\alpha}_3\cdot\boldsymbol{\beta}_2}{\boldsymbol{\beta}_2\cdot\boldsymbol{\beta}_2}\boldsymbol{\beta}_2\\&=\boldsymbol{\alpha}_3-\frac{\boldsymbol{\alpha}_3\cdot\boldsymbol{\beta}_1}{\boldsymbol{\beta}_1\cdot\boldsymbol{\beta}_1}\boldsymbol{\beta}_1-\frac{\boldsymbol{\alpha}_3\cdot(2\boldsymbol{\beta}_2)}{(2\boldsymbol{\beta}_2)\cdot(2\boldsymbol{\beta}_2)}(2\boldsymbol{\beta}_2)\\&=(1,1,1)^{\mathrm{T}}-\frac{0}{2}(1,0,-1)^{\mathrm{T}}-\frac{0}{6}(-1,2,-1)^{\mathrm{T}}\\&=(1,1,1)^{\mathrm{T}},\end{aligned}$$

单位化得

$$\boldsymbol{\gamma}_1=\frac{\boldsymbol{\beta}_1}{\|\boldsymbol{\beta}_1\|}=\left(\frac{1}{\sqrt{2}},0,-\frac{1}{\sqrt{2}}\right)^{\mathrm{T}},$$

$$\boldsymbol{\gamma}_2=\frac{\boldsymbol{\beta}_2}{\|\boldsymbol{\beta}_2\|}=\left(-\frac{1}{\sqrt{6}},\frac{2}{\sqrt{6}},\frac{1}{\sqrt{6}}\right)^{\mathrm{T}},$$

$$\boldsymbol{\gamma}_3=\frac{\boldsymbol{\beta}_3}{\|\boldsymbol{\beta}_3\|}=\left(\frac{1}{\sqrt{3}},\frac{1}{\sqrt{3}},\frac{1}{\sqrt{3}}\right)^{\mathrm{T}}.$$

则 $\boldsymbol{\gamma}_1$，$\boldsymbol{\gamma}_2$，$\boldsymbol{\gamma}_3$ 是与原向量组等价的一个单位正交向量组.

练习 5.2.2 解：$\boldsymbol{A}$ 的特征多项式为

$$|\lambda\boldsymbol{I}-\boldsymbol{A}|=\begin{vmatrix}\lambda-5&4&-2\\4&\lambda-5&2\\-2&2&\lambda-2\end{vmatrix}=(\lambda-10)(\lambda-1)^2,$$

因此 $\boldsymbol{A}$ 的特征值为 $\lambda_1=\lambda_2=1$，$\lambda_3=10$.

当 $\lambda=1$ 时，把 $(\lambda\boldsymbol{I}-\boldsymbol{A})\boldsymbol{x}=\mathbf{0}$ 的系数矩阵化为（行）最简阶梯形矩阵得

$$\lambda\boldsymbol{I}-\boldsymbol{A}=\begin{pmatrix}-4&4&-2\\4&-4&2\\-2&2&-1\end{pmatrix}\to\begin{pmatrix}1&-1&\frac{1}{2}\\0&0&0\\0&0&0\end{pmatrix}$$

从而基础解系为 $\boldsymbol{\alpha}_1=(1,1,0)^{\mathrm{T}}$，$\boldsymbol{\alpha}_2=(-1,0,2)^{\mathrm{T}}$.

当 $\lambda=10$ 时，把 $(\lambda\boldsymbol{I}-\boldsymbol{A})\boldsymbol{x}=\mathbf{0}$ 的系数矩阵化为（行）最简阶梯形矩阵得

$$\lambda\boldsymbol{I}-\boldsymbol{A}=\begin{pmatrix}5&4&-2\\4&5&2\\-2&2&8\end{pmatrix}\to\begin{pmatrix}1&0&-2\\0&1&2\\0&0&0\end{pmatrix},$$

从而基础解系为 $\boldsymbol{\alpha}_3=(2,-2,1)^{\mathrm{T}}$.

用施密特正交化方法化为正交向量组，留意到 $\boldsymbol{\alpha}_3$ 与 $\boldsymbol{\alpha}_1$，$\boldsymbol{\alpha}_2$ 是正交的，则

$$\boldsymbol{\beta}_1=\boldsymbol{\alpha}_1=(1,1,0)^{\mathrm{T}},\boldsymbol{\beta}_2=\boldsymbol{\alpha}_2-\frac{\boldsymbol{\alpha}_2\cdot\boldsymbol{\beta}_1}{\boldsymbol{\beta}_1\cdot\boldsymbol{\beta}_1}\boldsymbol{\beta}_1=\left(-\frac{1}{2},\frac{1}{2},2\right)^{\mathrm{T}},$$

$$\boldsymbol{\beta}_3=\boldsymbol{\alpha}_3=(2,-2,1)^{\mathrm{T}}.$$

※$\boldsymbol{Q}$是正交矩阵，$\boldsymbol{Q}^{-1}\boldsymbol{A}\boldsymbol{Q}=\boldsymbol{Q}^{\mathrm{T}}\boldsymbol{A}\boldsymbol{Q}$.

记 $\boldsymbol{Q}=\left(\frac{\boldsymbol{\beta}_1}{\|\boldsymbol{\beta}_1\|},\frac{\boldsymbol{\beta}_2}{\|\boldsymbol{\beta}_2\|},\frac{\boldsymbol{\beta}_3}{\|\boldsymbol{\beta}_3\|}\right)=\begin{pmatrix}\frac{1}{\sqrt{2}} & -\frac{1}{\sqrt{6}} & \frac{2}{3}\\ \frac{1}{\sqrt{2}} & \frac{1}{\sqrt{6}} & -\frac{2}{3}\\ 0 & \frac{2}{\sqrt{6}} & \frac{1}{3}\end{pmatrix}$，则

$$\boldsymbol{Q}^{-1}\boldsymbol{A}\boldsymbol{Q}=\begin{pmatrix}1&0&0\\0&1&0\\0&0&10\end{pmatrix}.$$

练习 5.2.3　解：略.

练习 5.2.4　解：(1) $\boldsymbol{A}$ 的阶数是 3．令 $\boldsymbol{\xi}_1=(1,0,-1)^{\mathrm{T}}$，$\boldsymbol{\xi}_2=(1,0,1)^{\mathrm{T}}$，则 $\boldsymbol{A}(\boldsymbol{\xi}_1,\boldsymbol{\xi}_2)=(-\boldsymbol{\xi}_1,\boldsymbol{\xi}_2)$，即 $\boldsymbol{A}\boldsymbol{\xi}_1=-\boldsymbol{\xi}_1$，$\boldsymbol{A}\boldsymbol{\xi}_2=\boldsymbol{\xi}_2$；而 $\boldsymbol{\xi}\neq\boldsymbol{0}$，因此 -1，1 是 $\boldsymbol{A}$ 的特征值．由于 $r(\boldsymbol{A})=2<3$，因此 $|\boldsymbol{A}|=0$，从而，$\boldsymbol{A}$ 的第 3 个特征值必然为 0．因此 $\boldsymbol{A}$ 有 3 个互不相同的特征值 -1，1，0.

由于 $\boldsymbol{A}$ 可对角化，因此 $\boldsymbol{A}$ 的分别属于这 3 个特征值的线性无关的特征向量的个数都是 1，属于特征值 -1 的全部特征向量为 $c_1\boldsymbol{\xi}_1$，其中 c_1 为任意非零常数；属于特征值 1 的全部特征向量为 $c_2\boldsymbol{\xi}_2$，其中 c_2 为任意非零常数.

设 $\boldsymbol{\xi}_3=(x_1,x_2,x_3)^{\mathrm{T}}$ 是属于特征值 0 的特征向量．则 $\boldsymbol{\xi}_1\cdot\boldsymbol{\xi}_3=0=\boldsymbol{\xi}_2\cdot\boldsymbol{\xi}_3$，即 $x_1-x_3=0$，$x_1+x_3=0$，其基础解系为 $(0,1,0)^{\mathrm{T}}$．取 $\boldsymbol{\xi}_3=(0,1,0)^{\mathrm{T}}$．则 $\boldsymbol{A}$ 的属于特征值 0 的全部特征向量为 $c_3\boldsymbol{\xi}_3$，其中 c_3 为任意非零常数.

(2) 由 (1)，令 $\boldsymbol{P}=(\boldsymbol{\xi}_1,\boldsymbol{\xi}_2,\boldsymbol{\xi}_3)$，则 $\boldsymbol{P}^{-1}\boldsymbol{A}\boldsymbol{P}$ 为对角矩阵，从而 $\boldsymbol{A}$ 相似于对角矩阵

$$\boldsymbol{P}^{-1}\boldsymbol{A}\boldsymbol{P}=\begin{pmatrix}-1&0&0\\0&1&0\\0&0&0\end{pmatrix}.$$

注：可以求出 $\boldsymbol{A}=\boldsymbol{P}\begin{pmatrix}-1&0&0\\0&1&0\\0&0&0\end{pmatrix}\boldsymbol{P}^{-1}=\begin{pmatrix}0&0&1\\0&0&0\\1&0&0\end{pmatrix}$.

练习 5.2.5　解：略.

练习 5.2.6　解：因 $\boldsymbol{A}$ 是实对称矩阵，一定可以对角化．设 $\boldsymbol{v}$ 是 $\boldsymbol{A}$ 对应于特征值 λ 的特征向量，则

$$\mathbf{0}=0\boldsymbol{v}=(A^2+2A)\boldsymbol{v}=(\lambda^2+2\lambda)\boldsymbol{v},$$

因此 $\lambda_2+2\lambda=0$，故 $\boldsymbol{A}$ 可能的特征值为 0 或者 -2. 又因 $r(\boldsymbol{A})=2$，若特征值 0 的重数为 2，则 $\boldsymbol{A}$ 与 $\begin{pmatrix}0&0&0\\0&0&0\\0&0&2\end{pmatrix}$ 相似，从而 $r(\boldsymbol{A})=1$，与已知矛盾. 因此特征值 2 的重数为 2，故 $\boldsymbol{A}$ 与 $\begin{pmatrix}2&0&0\\0&2&0\\0&0&0\end{pmatrix}$ 相似.

※与 $\boldsymbol{A}$ 相似的对角阵唯一吗?

练习 5.2.7　证明： 因 $\boldsymbol{A}$ 是正交矩阵，故 $\boldsymbol{A}^{\mathrm{T}}\boldsymbol{A}=\boldsymbol{I}$，从而 $\boldsymbol{A}$ 可逆且 $|\boldsymbol{A}|=\pm1$. 因此（命题 5.2.3）$\boldsymbol{A}^{-1}$ 也是正交矩阵. 又因 $\boldsymbol{A}^*=|\boldsymbol{A}|\boldsymbol{A}^{-1}$，从而

$$(\boldsymbol{A}^*)^{\mathrm{T}}\boldsymbol{A}^*=(|\boldsymbol{A}|\boldsymbol{A}^{-1})^{\mathrm{T}}|\boldsymbol{A}|\boldsymbol{A}^{-1}=|\boldsymbol{A}|^2(\boldsymbol{A}^{-1})^{\mathrm{T}}\boldsymbol{A}^{-1}=\boldsymbol{I},$$

也就是 $\boldsymbol{A}^*$ 也是正交矩阵.

练习 5.2.8　证明： 显然 $\boldsymbol{H}^{\mathrm{T}}=\boldsymbol{I}^{\mathrm{T}}-2(\boldsymbol{x}\boldsymbol{x}^{\mathrm{T}})^{\mathrm{T}}=\boldsymbol{I}-2\boldsymbol{x}\boldsymbol{x}^{\mathrm{T}}=\boldsymbol{H}$. 从而 $\boldsymbol{H}$ 是对称矩阵. 又因

$$\begin{aligned}\boldsymbol{H}^{\mathrm{T}}\boldsymbol{H}&=(\boldsymbol{I}-2\boldsymbol{x}\boldsymbol{x}^{\mathrm{T}})(\boldsymbol{I}-2\boldsymbol{x}\boldsymbol{x}^{\mathrm{T}})\\&=\boldsymbol{I}-2\boldsymbol{x}\boldsymbol{x}^{\mathrm{T}}-2\boldsymbol{x}\boldsymbol{x}^{\mathrm{T}}+4\boldsymbol{x}(\boldsymbol{x}^{\mathrm{T}}\boldsymbol{x})\boldsymbol{x}^{\mathrm{T}}\\&=\boldsymbol{I}-2\boldsymbol{x}\boldsymbol{x}^{\mathrm{T}}-2\boldsymbol{x}\boldsymbol{x}^{\mathrm{T}}+4\boldsymbol{x}\boldsymbol{x}^{\mathrm{T}}=\boldsymbol{I},\end{aligned}$$

故 $\boldsymbol{H}$ 是正交矩阵.

练习 5.2.9　证明： 根据题意

$$\begin{aligned}\boldsymbol{B}^{\mathrm{T}}\boldsymbol{B}&=((\boldsymbol{I}-\boldsymbol{A})^{-1}(\boldsymbol{I}+\boldsymbol{A}))^{\mathrm{T}}(\boldsymbol{I}-\boldsymbol{A})^{-1}(\boldsymbol{I}+\boldsymbol{A})\\&=(\boldsymbol{I}+\boldsymbol{A})^{\mathrm{T}}((\boldsymbol{I}-\boldsymbol{A})^{\mathrm{T}})^{-1}(\boldsymbol{I}-\boldsymbol{A})^{-1}(\boldsymbol{I}+\boldsymbol{A})\\&=(\boldsymbol{I}-\boldsymbol{A})(\boldsymbol{I}+\boldsymbol{A})^{-1}(\boldsymbol{I}-\boldsymbol{A})^{-1}(\boldsymbol{I}+\boldsymbol{A})\\&=(\boldsymbol{I}-\boldsymbol{A})((\boldsymbol{I}-\boldsymbol{A})(\boldsymbol{I}+\boldsymbol{A}))^{-1}(\boldsymbol{I}+\boldsymbol{A})\\&=(\boldsymbol{I}-\boldsymbol{A})((\boldsymbol{I}+\boldsymbol{A})(\boldsymbol{I}-\boldsymbol{A}))^{-1}(\boldsymbol{I}+\boldsymbol{A})\\&=(\boldsymbol{I}-\boldsymbol{A})(\boldsymbol{I}-\boldsymbol{A})^{-1}(\boldsymbol{I}+\boldsymbol{A})^{-1}(\boldsymbol{I}+\boldsymbol{A})=\boldsymbol{I},\end{aligned}$$

因此 $\boldsymbol{B}$ 是正交矩阵.

练习 5.2.10　解： $\|\boldsymbol{\alpha}_1-2\boldsymbol{\alpha}_2+3\boldsymbol{\alpha}_3\|=\sqrt{14}$.

练习 5.2.11　解： 显然 $\boldsymbol{A}\boldsymbol{\alpha}=2\|\boldsymbol{\alpha}\|^2\boldsymbol{\alpha}=2\boldsymbol{\alpha}$，$\boldsymbol{A}\boldsymbol{\beta}=\boldsymbol{\beta}$，又因 $\boldsymbol{\alpha}$，$\boldsymbol{\beta}$ 正交，故它们线性无关. 因此 $\boldsymbol{\alpha}$，$\boldsymbol{\beta}$ 是 $\boldsymbol{A}$ 的对应于特征值 2，1 的线性无关的特征向量.

因 $r(\boldsymbol{A})\leqslant r(\boldsymbol{\alpha}\boldsymbol{\alpha}^{\mathrm{T}})+r(\boldsymbol{\beta}\boldsymbol{\beta}^{\mathrm{T}})=2$，故 $\boldsymbol{A}$ 恰有 1 个对应于特征值 0 的线性无关的特征向量.[①] 则 $\boldsymbol{A}$ 全部的特征值为 2，1，0. 故选（A）.

注： 更一般地，设 $\boldsymbol{\alpha}_1$，$\boldsymbol{\alpha}_2$，⋯，$\boldsymbol{\alpha}_m\in\mathbb{R}^n$ 是正交向量组，k_1，k_2，⋯，$k_m\in\mathbb{R}$，则实对称矩阵 $\boldsymbol{A}=k_1\boldsymbol{\alpha}_1\boldsymbol{\alpha}_1^{\mathrm{T}}+k_2\boldsymbol{\alpha}_2\boldsymbol{\alpha}_2^{\mathrm{T}}+\cdots+k_m\boldsymbol{\alpha}_m\boldsymbol{\alpha}_m^{\mathrm{T}}$ 全部的特征值为

① 实际上 $\boldsymbol{A}$ 可以对角化.

$k_1\|\boldsymbol{\alpha}_1\|^2$，$k_2\|\boldsymbol{\alpha}_2\|^2$，…，$k_m\|\boldsymbol{\alpha}_m\|^2$，0，…，0.

练习 5.2.12　解： 记 $\boldsymbol{C}=\boldsymbol{A}-\boldsymbol{B}$，即证 $\forall \boldsymbol{v}\in\mathbb{R}^n$，$\boldsymbol{v}^T\boldsymbol{C}\boldsymbol{v}=0$，则 $\boldsymbol{C}=\boldsymbol{0}$.

设对角矩阵 $\boldsymbol{\Lambda}=\begin{pmatrix}\lambda_1 & 0 & \cdots & 0\\ 0 & \lambda_2 & \cdots & 0\\ \vdots & \vdots & \ddots & \vdots\\ 0 & 0 & \cdots & \lambda_n\end{pmatrix}$，$\boldsymbol{v}=(v_1, v_2, \cdots, v_n)^T$，则

$$\boldsymbol{v}^{\mathrm{T}}\boldsymbol{\Lambda}\boldsymbol{v}=\lambda_1v_1^2+\lambda_2v_2^2+\cdots+\lambda_nv_n^2,$$

取 $\boldsymbol{v}=(1, 0, \cdots, 0)^{\mathrm{T}}$，则$\lambda_1=0$，类似可得 $\lambda_2=\cdots=\lambda_n=0$. 因此 $\boldsymbol{\Lambda}=\boldsymbol{0}$.

设 $\boldsymbol{C}$ 是任意的实对称阵，则存在正交阵 $\boldsymbol{Q}$ 使得 $\boldsymbol{Q}^{\mathrm{T}}\boldsymbol{C}\boldsymbol{Q}=\boldsymbol{Q}^{-1}\boldsymbol{C}\boldsymbol{Q}=\boldsymbol{\Lambda}$. 对任意的 $\boldsymbol{u}\in\mathbb{R}^n$，存在 $v\in\mathbb{R}^n$，使得 $\boldsymbol{u}=\boldsymbol{Q}^{\mathrm{T}}\boldsymbol{v}$，因此 $\boldsymbol{u}^{\mathrm{T}}\boldsymbol{\Lambda}\boldsymbol{u}=\boldsymbol{v}^{\mathrm{T}}\boldsymbol{Q}\boldsymbol{\Lambda}\boldsymbol{Q}^{\mathrm{T}}\boldsymbol{v}=\boldsymbol{v}^{\mathrm{T}}\boldsymbol{C}\boldsymbol{v}=0$，从而 $\boldsymbol{\Lambda}=\boldsymbol{0}$，因此 $\boldsymbol{C}=\boldsymbol{Q}\boldsymbol{\Lambda}\boldsymbol{Q}^{\mathrm{T}}=0$.

习题 5.3 解答

练习 5.3.1　解： 该二次型的矩阵为（例 5.3.1）

$$B=\frac{1}{2}(A+A^{\mathrm{T}})=\begin{pmatrix}1&2&3\\2&4&3\\3&3&9\end{pmatrix},$$

用初等行变换将 B 化为（行）阶梯形矩阵得

$$B\to\begin{pmatrix}1&2&3\\0&-3&-3\\0&0&-3\end{pmatrix},$$

从而该二次型的秩为 3.

练习 5.3.2　解： 略.

练习 5.3.3　解： 略.

练习 5.3.4　解： 该二次型的矩阵为 $A=\begin{pmatrix}2&0&0\\0&3&a\\0&a&3\end{pmatrix}$，由题意可知 A 的特征值为 1，2，5，从而 $|A|=2(9-a^2)=10$，故 $a=\pm2$. 因 $a>0$，故 $a=-2$ 舍去. 从而 $a=2$，$A=\begin{pmatrix}2&0&0\\0&3&2\\0&2&3\end{pmatrix}$. 进一步可得

$$|\lambda I-A|=\begin{vmatrix}\lambda-2&0&0\\0&\lambda-3&-2\\0&-2&\lambda-3\end{vmatrix}=(\lambda-1)(\lambda-2)(\lambda-5),$$

因此 A 的特征值为 $\lambda_1=1$，$\lambda_2=2$，$\lambda_3=5$.

当 $\lambda=1$ 时，把 $(\lambda I-A)x=0$ 的系数矩阵化为（行）最简阶梯形矩阵得

$$\lambda I-A=\begin{pmatrix}-1&0&0\\0&-2&-2\\0&-2&-2\end{pmatrix}\to\begin{pmatrix}1&0&0\\0&1&1\\0&0&0\end{pmatrix},$$

从而基础解系为 $\alpha_1=(0,-1,1)^{\mathrm{T}}$.

当 $\lambda=2$ 时，把 $(\lambda I-A)x=0$ 的系数矩阵化为（行）最简阶梯形矩阵得

$$\lambda I-A=\begin{pmatrix}0&0&0\\0&-1&-2\\0&-2&-1\end{pmatrix}\to\begin{pmatrix}0&1&0\\0&0&1\\0&0&0\end{pmatrix},$$

从而基础解系为 $\alpha_2=(1,0,0)^{\mathrm{T}}$.

当 $\lambda=5$ 时，把 $(\lambda I-A)x=0$ 的系数矩阵化为（行）最简阶梯形矩阵得

$$\lambda I-A=\begin{pmatrix}3&0&0\\0&2&-2\\0&-2&2\end{pmatrix}\to\begin{pmatrix}1&0&0\\0&1&-1\\0&0&0\end{pmatrix},$$

※也可以利用初等行变换将A化为行阶梯形矩阵以后求出a.

从而基础解系为 $\boldsymbol{\alpha}_3=(0,1,1)^{\mathrm{T}}$.

显然 $\boldsymbol{\alpha}_1$，$\boldsymbol{\alpha}_2$，$\boldsymbol{\alpha}_3$ 是正交的，记

$$\boldsymbol{Q}=\left(\frac{\boldsymbol{\alpha}_1}{\|\boldsymbol{\alpha}_1\|},\frac{\boldsymbol{\alpha}_2}{\|\boldsymbol{\alpha}_2\|},\frac{\boldsymbol{\alpha}_3}{\|\boldsymbol{\alpha}_3\|}\right)=\begin{pmatrix}0&1&0\\-\frac{1}{\sqrt{2}}&0&\frac{1}{\sqrt{2}}\\\frac{1}{\sqrt{2}}&0&\frac{1}{\sqrt{2}}\end{pmatrix},$$

则$\boldsymbol{Q}^{\mathrm{T}}\boldsymbol{A}\boldsymbol{Q}=\begin{pmatrix}1&0&0\\0&2&0\\0&0&5\end{pmatrix}$，因此正交变换 $\boldsymbol{x}=\boldsymbol{Q}\boldsymbol{y}$ 化原二次型为标准形 $y_1^2+2y_2^2+5y_3^2$.

练习 5.3.5　解： 略.

练习 5.3.6　解： 略.

练习 5.3.7　解： 略.

练习 5.3.8　解： 该二次型的矩阵为 $\boldsymbol{A}=\begin{pmatrix}0&\frac{1}{2}&\frac{1}{2}\\\frac{1}{2}&0&\frac{1}{2}\\\frac{1}{2}&\frac{1}{2}&0\end{pmatrix}$. $\boldsymbol{A}$ 的特征多项式为

※也可由合同变换化二次型为标准形，然后得到正负惯性指标，进而得到规范形.

$$|\lambda\boldsymbol{I}-\boldsymbol{A}|=\begin{vmatrix}\lambda&-\frac{1}{2}&-\frac{1}{2}\\-\frac{1}{2}&\lambda&-\frac{1}{2}\\-\frac{1}{2}&-\frac{1}{2}&\lambda\end{vmatrix}=\frac{1}{4}(\lambda-1)(2\lambda+1)^2,$$

因此 $\boldsymbol{A}$ 的特征值为 $\lambda_1=\lambda_2=-\frac{1}{2}$，$\lambda_3=1$.

从而二次型 $x_1x_2+x_2x_3+x_1x_3$ 的规范形为 $y_1^2-y_2^2-y_3^2$.

练习 5.3.9　解： $\boldsymbol{A}$ 的特征多项式为

$$|\lambda\boldsymbol{I}-\boldsymbol{A}|=\begin{vmatrix}\lambda&1&-1\\1&\lambda&1\\-1&1&\lambda-2\end{vmatrix}=\lambda(\lambda+1)(\lambda-3),$$

因此 $\boldsymbol{A}$ 的特征值为 $\lambda_1=3$，$\lambda_2=-1$，$\lambda_3=0$. 从而原二次型的正惯性指标为1，负惯性指标为1.

练习 5.3.10　解：该二次型的矩阵为 $\boldsymbol{A}=\begin{pmatrix}t&1&0\\1&t&0\\0&0&t\end{pmatrix}$，该二次型正定当且仅当其顺序主子式全为正．即

$$\Delta_1=t>0,\Delta_2=t^2-1>0,\Delta_3=t(t^2-1)>0,$$

解得 $t>1$.

练习 5.3.11　解：该二次型的矩阵为 $\boldsymbol{A}=\begin{pmatrix}a&-1&1\\-1&a&1\\1&1&a\end{pmatrix}$，该二次型负定当且仅当 $-\boldsymbol{A}$ 正定．即 $-\boldsymbol{A}=\begin{pmatrix}-a&1&-1\\1&-a&-1\\-1&-1&-a\end{pmatrix}$的顺序主子式全为正．也就是

$$\Delta_1=-a>0,\Delta_2=a_2-1>0,\Delta_3=-(a-2)(a+1)^2>0,$$

解得 $a<-1$.

练习 5.3.12　证明：因 $\boldsymbol{A}$ 是 n 阶正定矩阵，从而特征值 λ_1，λ_2，⋯，λ_n 全为正．因此 $\boldsymbol{A}+\boldsymbol{I}$ 的特征值 λ_1+1，λ_2+1，⋯，λ_n+1 全大于1．从而

$$|\boldsymbol{A}+\boldsymbol{I}|=\prod_{i=1}^{n}(\lambda_i+1)>1.$$

练习 5.3.13　证明：设 n 阶实对称矩阵 $\boldsymbol{A}$ 全部的特征值从小到大为 $\lambda_1\leqslant\lambda_2\leqslant\cdots\leqslant\lambda_n$．则 $\boldsymbol{A}-t\boldsymbol{I}$ 全部的特征值为

$$\lambda_1-t\leqslant\lambda_2-t\leqslant\cdots\leqslant\lambda_n-t.$$

当 $\lambda_n-t<0$ 时，即 $\lambda_n<t$ 时，$\boldsymbol{A}-t\boldsymbol{I}$ 全部的特征值都小于零，此时 $\boldsymbol{A}-t\boldsymbol{I}$ 负定．从而得证.

练习 5.3.14　解：因 $\boldsymbol{x}^{\mathrm{T}}\boldsymbol{A}\boldsymbol{x}$ 正定，故取 $\boldsymbol{x}=\boldsymbol{e}_i\in\mathbb{R}^n$，则 $a_{ii}=\boldsymbol{e}_i^{\mathrm{T}}\boldsymbol{A}\boldsymbol{e}_i>0$，从而 $\boldsymbol{A}$ 的所有对角元为正.

设 $\boldsymbol{A}$ 的所有对角元为正，不妨取 $\boldsymbol{A}=\begin{pmatrix}1&1\\1&1\end{pmatrix}$，显然 $f(\boldsymbol{x})=\boldsymbol{x}^{\mathrm{T}}\boldsymbol{A}\boldsymbol{x}=x_1^2+x_2^2+2x_1x_2=(x_1+x_2)^2$ 是半正定的．从而 $\boldsymbol{A}$ 的所有对角元为正推不出 $\boldsymbol{A}$ 正定.

综上所述，$\boldsymbol{A}$ 的所有对角元为正是 $\boldsymbol{A}$ 正定的必要非充分条件．从而选（B）.

练习 5.3.15　解：显然 $\boldsymbol{A}=\boldsymbol{\alpha}\boldsymbol{\alpha}^{\mathrm{T}}$，其中 $\boldsymbol{\alpha}=(1,1,1,1)^{\mathrm{T}}$，从而 $\boldsymbol{A}$ 可以对角化且特征值为 4，0，0，0．从而存在正交矩阵 $\boldsymbol{Q}$，使

$$\boldsymbol{Q}^{\mathrm{T}}\boldsymbol{A}\boldsymbol{Q}=\boldsymbol{Q}^{-1}\boldsymbol{A}\boldsymbol{Q}=\begin{pmatrix}4&0&0&0\\0&0&0&0\\0&0&0&0\\0&0&0&0\end{pmatrix}=\boldsymbol{B},$$

因此实对称矩阵 $\boldsymbol{A}$，$\boldsymbol{B}$ 相似且合同.

注：对任意的 n 阶方阵，$\boldsymbol{A}$，$\boldsymbol{B}$ 相似推不出 $\boldsymbol{A}$，$\boldsymbol{B}$ 合同；$\boldsymbol{A}$，$\boldsymbol{B}$ 合同也推不出 $\boldsymbol{A}$，$\boldsymbol{B}$ 相似. 但是对 n 阶实对称矩阵，$\boldsymbol{A}$，$\boldsymbol{B}$ 相似可以推出 $\boldsymbol{A}$，$\boldsymbol{B}$ 合同；但是 $\boldsymbol{A}$，$\boldsymbol{B}$ 合同推不出 $\boldsymbol{A}$，$\boldsymbol{B}$ 相似.

练习 5.3.16　解：因 $\boldsymbol{A}$，$\boldsymbol{B}$ 为同阶可逆矩阵，故 $\boldsymbol{A}$，$\boldsymbol{B}$ 均为满秩矩阵，又因同阶，故 $r(\boldsymbol{A})=r(\boldsymbol{B})$. 从而 $\boldsymbol{A}$ 与 $\boldsymbol{B}$ 等价.

不妨取 $\boldsymbol{A}=\begin{pmatrix}1 & 2\\ 0 & 2\end{pmatrix}$，$\boldsymbol{B}=\begin{pmatrix}-1 & 0\\ 0 & 1\end{pmatrix}$，可知（B），（C），（D）均错误.

附录 B　Python 实验

B.1　第 1 章实验

Python 解线性方程组

本节主要介绍 Anaconda 的安装与如何在 Jupyter Notebook 里面使用 numpy① 与 sympy.

1. 安装 Anaconda

在官网②下载（见图 B.1.1），一直单击 next 按钮进行安装即可.

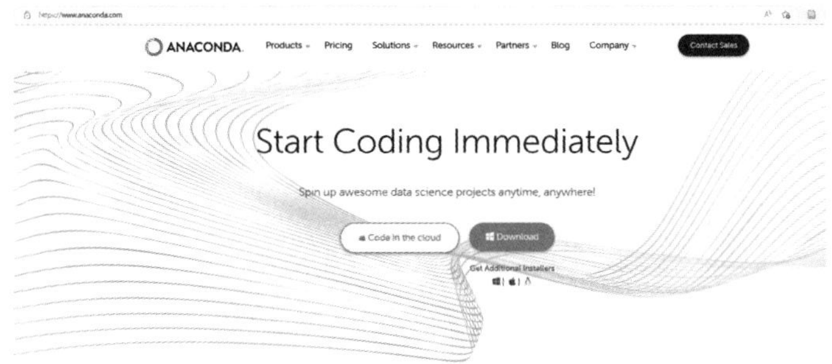

图 B.1.1　Anaconda 官网

2. 安装 numpy 和 sympy

在"开始"菜单（见图 B.1.2）中单击 Anaconda3→Anaconda Prompt→"更多"→"以管理员身份运行"，然后在"命令行"窗口中输入下面两行代码：

```
pip install numpy -i http://mirrors.aliyun.com/pypi/simple/ --trusted-host mirrors.aliyun.com
pip install sympy -i http://mirrors.aliyun.com/pypi/simple/ --trusted-host mirrors.aliyun.com
```

图 B.1.2　以管理员身份运行 Anaconda Prompt

① https://numpy.org/doc/stable/reference/routines.linalg.html.

② https://www.anaconda.com.

接下来运行 Jupyter Notebook（见图 B.1.3）. Jupyter Notebook 会打开浏览器，在里面新建 Python 文件（见图 B.1.4）.

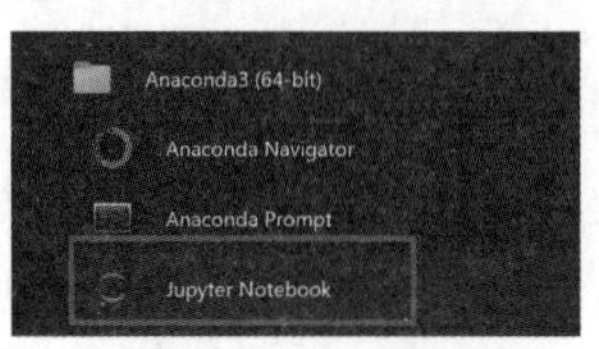

图 B.1.3　运行 Jupyter Notebook

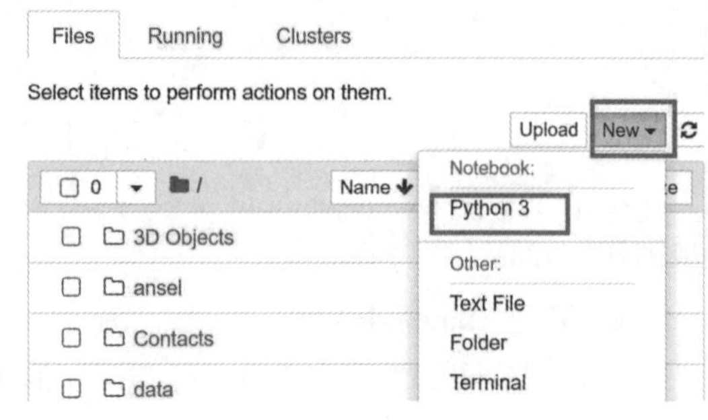

图 B.1.4　新建 Python 文件

3. 例子实训

由于 numpy 不能处理符号，因此凡是遇到符号计算都用 sympy 来处理. 实际上 numpy 在数值计算上的效率是非常高的，所以在遇到数值计算的时候都用 numpy①. 本章主要介绍的是高斯消元法，但是 sympy 只提供了高斯消元法化为（行）最简阶梯形矩阵的最终结果，中间步骤没有体现出来，读者可以尝试自行实现高斯消元法.②

例 B.1.1　③用高斯消元法求 $\begin{cases} x_1 + x_2 - x_3 - x_4 = 0 \\ 2x_1 - 5x_2 + 3x_3 + 2x_4 = 0 \\ 7x_1 - 7x_2 + 3x_3 + x_4 = 0 \end{cases}$ 的解集.

解：运行下面代码.

```
import numpy as np
import sympy

coef_matrix = np.array
    ([[1,2,4],[0,1,-4],[0,0,0]])
const_matrix = np.array([[1],[0],[1]])
# np.linalg.solve(coef_matrix,const_matrix) # 系数矩阵可逆才能用 numpy.
    linalg.solve 来求解
aug_matrix = sympy.Matrix(np.hstack((coef_matrix,const_matrix)))
print(aug_matrix)
print(aug_matrix.rref())
```

输出结果如下.

---

① 也可用 scipy，本书不涉及.

② 如果实现了，欢迎联系杨亮：398167449@qq.com，在再版时分享给大家.

③ 对比例 B.4.4.

```
Matrix([[1, 1, -1, -1, 0], [2, -5, 3, 2, 0], [7, -7, 3, 1, 0]])
(Matrix([
[1, 0, -2/7, -3/7, 0],
[0, 1, -5/7, -4/7, 0],
[0, 0, 0, 0, 0]]), (0, 1))
```

因此原线性方程组与$\begin{cases} x_1 = \dfrac{2}{7}x_3 + \dfrac{3}{7}x_4 \\ x_2 = \dfrac{5}{7}x_3 + \dfrac{4}{7}x_4 \end{cases}$的解集相同，从而原方程组的解集为

$$\left\{ \begin{pmatrix} \dfrac{2}{7}c_1 + \dfrac{3}{7}c_2 \\ \dfrac{5}{7}c_1 + \dfrac{4}{7}c_2 \\ c_1 \\ c_2 \end{pmatrix} \middle| \text{其中 } c_1, c_2 \text{ 是任意常数} \right\}.$$

例 B. 1. 2　已知 $a \neq \dfrac{14}{17}$，用高斯消元法求$\begin{cases} 3x_1 + 5x_2 + x_3 = 6 \\ 2x_1 + 4x_2 + ax_3 = 4 \\ 4x_1 + x_2 = 1 \end{cases}$的解.

解：运行下面代码.

```
import numpy as np
import sympy

a = sympy.symbols("a") # 定义变量 a
coef_matrix = np.array([[3,5,1],[2,4,a],[4,1,0]])
const_matrix = np.array([[6],[4],[1]])
aug_matrix = sympy.Matrix(np.hstack((coef_matrix,const_matrix)))
print(aug_matrix)
print(aug_matrix.rref())
print("系数矩阵的行列式为:",sympy.det(sympy.Matrix(coef_matrix)))
    # 因为系数矩阵是方阵,此处利用 sympy 计算行列式，关于行列式的
    定义见第 3 章.
```

输出结果如下.

```
Matrix([[3, 5, 1, 6], [2, 4, a, 4], [4, 1, 0, 1]])
(Matrix([
[1, 0, 0,      -18*a/(306*a - 252)],
[0, 1, 0, (21*a - 14)/(17*a - 14)],
[0, 0, 1,             -42/(51*a - 42)]]), (0, 1, 2))
系数矩阵的行列式为：17*a - 14
```

因此原线性方程组的解为

$$x_1=\frac{a}{14-17a}\quad x_2=\frac{21a-14}{17a-14}\quad x_3=\frac{14}{14-17a}.$$

B.2 第2章实验

Python 矩阵运算

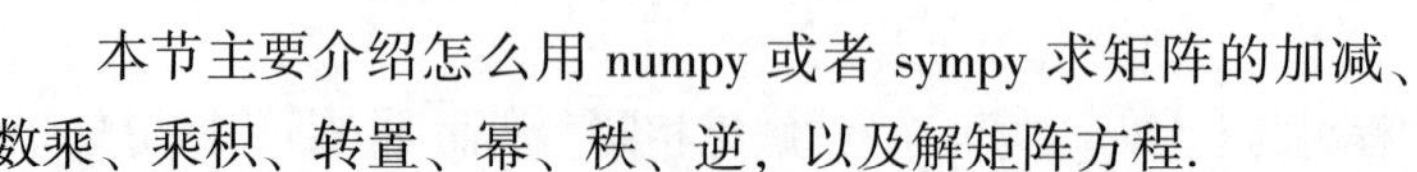

本节主要介绍怎么用 numpy 或者 sympy 求矩阵的加减、数乘、乘积、转置、幂、秩、逆，以及解矩阵方程.

例 B.2.1 设 $\boldsymbol{A}=\begin{pmatrix}1&2&3\\4&5&6\end{pmatrix}$，$\boldsymbol{B}=\begin{pmatrix}1&0&0\\0&2&0\end{pmatrix}$，计算 $\boldsymbol{A}+\boldsymbol{B}$，$\boldsymbol{A}-\boldsymbol{B}$，$3\boldsymbol{A}$.

解：运行下面代码.

```
import numpy as np
A = np.array([
              [1,2,3]
             ,[4,5,6]
             ]) # 定义矩阵 A
B = np.array([
              [1,0,0]
             ,[0,2,0]
             ])
k = 3
print("A+B=\n",A+B)   # 计算 A+B
print("A-B=\n",A-B)   # 计算 A-B
print("3A=\n",3*A)    # 计算 3A
```

输出结果如下.

```
A+B=
 [[2 2 3]
 [4 7 6]]
A-B=
 [[0 2 3]
 [4 3 6]]
3A=
 [[ 3  6  9]
 [12 15 18]]
```

例 B.2.2 在例 B.2.1 的条件下，设 $\boldsymbol{C}=\boldsymbol{B}^{\mathrm{T}}$，计算 $\boldsymbol{AC}$，$\boldsymbol{CA}$.

解：运行下面代码.

```
C=B.T # 求矩阵 B 的转置
```

```
print(C)
print("AC = \n",np.matmul(A,C)) # 计算 A 乘以 C
print("AC = \n",A.dot(C)) # 计算 A 乘以 C
print("AC = \n",A @ C) # 计算 A 乘以 C
print("CA = \n",C @ A) # 计算 C 乘以 A
```

输出结果如下.

```
[[1  0]
 [0  2]
 [0  0]]
AC =
 [[ 1  4]
 [4  10]]
AC =
 [[1   4]
 [ 4 10]]
AC =
 [[ 1  4]
 [ 4 10]]
CA =
 [[ 1  2  3]
 [ 8 10 12]
 [ 0  0  0]]
```

例 B.2.3 设 $\boldsymbol{A}=\begin{pmatrix}1 & 2 & 3\\4 & 5 & 6\\7 & 8 & 9\end{pmatrix}$, 求 $\boldsymbol{A}^2$.

解: 运行下面代码.

```
import numpy as np

A = np.array([
              [1,2,3]
             ,[4,5,6]
             ,[7,8,9]
             ])
print("A^2 = \n",np.linalg.matrix_power(A,2)) # 计算 AA
print("A^2 = \n",A @ A) # 计算 AA
```

输出结果如下.

```
A^2 =
 [[ 30  36  42]
```

```
  [ 66  81  96]
  [102  126  150]]
A^2 =
  [[ 30  36  42]
  [ 66  81  96]
  [102  126  150]]
```

例 B.2.4 ①设 $\boldsymbol{A}=\begin{pmatrix}1&2&3\\4&5&6\\7&8&9\end{pmatrix}$，求 $\boldsymbol{A}$ 的秩，若可逆，则求出其逆矩阵.

解：运行下面代码.

```
import numpy as np
import sympy

A = np.array([
                [1,2,3]
               ,[4,5,6]
               ,[7,8,9]
              ])
print("r(A) =",np.linalg.matrix_rank(A)) # 求 A 的秩，显然 A 不可逆
print("利用 numpy 计算逆矩阵出错:\n",np.linalg.inv(A)) # 求 A 的逆矩阵. 注意：A 不可逆. # 出错的原因是浮点数存储是有误差的
# sym_A = sympy.Matrix(A)
# print(sym_A.inv()) # 会提示矩阵不可逆，出错
```

输出结果如下.

```
r(A) = 2
利用 numpy 计算逆矩阵出错：
 [[ 3.15251974e+15  -6.30503948e+15  3.15251974e+15]
 [ -6.30503948e+15  1.26100790e+16  -6.30503948e+15]
 [ 3.15251974e+15  -6.30503948e+15  3.15251974e+15]]
```

由于求 $\boldsymbol{A}$ 的逆矩阵也就是解矩阵方程 $\boldsymbol{AX}=\boldsymbol{I}$，因此可以用高斯消元法求解. 运行下面代码.

```
coef_matrix = np.array([
                [1,2,3]
               ,[4,5,6]
```

① 对比例 B.4.1

```
                ,[7,8,9]
                ])
const_matrix = np.eye(3,3).astype(np.int32) # np.eye(3,3) 生成 3 阶单位矩阵,.astype(np.int32) 的目的是把数字保存为整型
aug_matrix = sympy.Matrix(np.hstack((coef_matrix,const_matrix)))
print(aug_matrix)
print(aug_matrix.rref())
```

输出结果如下.

```
Matrix([[1, 2, 3, 1, 0, 0], [4, 5, 6, 0, 1, 0], [7, 8, 9, 0, 0, 1]])
(Matrix([
[1, 0, -1, 0, -8/3,  5/3],
[0, 1,  2, 0,  7/3, -4/3],
[0, 0,  0, 1,   -2,    1]]), (0, 1, 3))
```

例 B.2.5 求 $A=\begin{pmatrix}1&1&2&4\\0&1&3&5\\0&0&1&1\\0&0&2&1\end{pmatrix}$的逆矩阵.

解: 运行下面代码.

```
coef_matrix = np.array([
                [1,1,2,4]
                ,[0,1,3,5]
                ,[0,0,1,1]
                ,[0,0,2,1]
                ])
const_matrix = np.eye(4,4).astype(np.int32) # 生成 4 阶单位矩阵, astype(np.int32) 的目的是把数字保存为整型
aug_matrix = sympy.Matrix(np.hstack((coef_matrix,const_matrix)))
print(aug_matrix)
print(aug_matrix.rref())
```

输出结果如下.

```
Matrix([[1, 1, 2, 4, 1, 0, 0, 0], [0, 1, 3, 5, 0, 1, 0, 0], [0, 0, 1, 1, 0, 0, 1, 0], [0, 0, 2, 1, 0, 0, 0, 1]])
(Matrix([
[1, 0, 0, 0, 1, -1, 1, 0],
[0, 1, 0, 0, 0, 1, -7, 2],
[0, 0, 1, 0, 0, 0, -1, 1],
[0, 0, 0, 1, 0, 0, 2, -1]]), (0, 1, 2, 3))
```

因此 $A^{-1}=\begin{pmatrix}1 & -1 & 1 & 0\\ 0 & 1 & -7 & 2\\ 0 & 0 & -1 & 1\\ 0 & 0 & 2 & -1\end{pmatrix}$.

例 B.2.6 [①]设 $A=\begin{pmatrix}1 & -2 & 3 & -4\\ 0 & 1 & -1 & 1\\ 1 & 2 & 0 & -3\end{pmatrix}$，求满足方程 $AB=I$ 的全部的矩阵 B.

解：运行下面代码.

```
coef_matrix = np.array([
                [1, -2,3, -4]
               ,[0,1, -1,1]
               ,[1,2,0, -3]
              ])
const_matrix = np.eye(3,3).astype(np.int32) # 生成 4 阶单位矩阵，as-
    type(np.int32) 的目的是把数字保存为整型
aug_matrix = sympy.Matrix(np.hstack((coef_matrix,const_matrix)))
print(aug_matrix)
print(aug_matrix.rref())
```

输出结果如下.

```
Matrix([[1, -2, 3, -4, 1, 0, 0], [0, 1, -1, 1, 0, 1, 0], [1, 2, 0,
    -3, 0, 0, 1]])
(Matrix([
[1, 0, 0, 1, 2, 6, -1],
[0, 1, 0, -2, -1, -3, 1],
[0, 0, 1, -3, -1, -4, 1]]), (0, 1, 2))
```

因此满足原方程的矩阵 $B=\begin{pmatrix}2-x_{41} & 6-x_{42} & -1-x_{43}\\ 2x_{41}-1 & 2x_{42}-3 & 2x_{43}+1\\ 3x_{41}-3x_{41} & 3x_{42}-4 & 3x_{43}+1\\ x_{41} & x_{42} & x_{43}\end{pmatrix}$，其中 x_{41}，x_{42}，x_{43}是任意常数.

B.3 第 3 章实验

Python 行列式

本节主要介绍如何用 numpy 和 sympy 计算方阵的行列式.

① 对比例 B.4.2.

例 B. 3. 1　设 $\boldsymbol{A}=\begin{pmatrix}2&1&1&4\\3&5&1&3\\1&1&0&2\\4&4&3&3\end{pmatrix}$，求 $|\boldsymbol{A}|$.

解：运行下面代码.

```
import numpy as np
import sympy

np_matrix = np.array([
                [2,1,1,4]
               ,[3,5,1,3]
               ,[1,1,0,2]
               ,[4,4,3,3]
               ])
sympy_matrix = sympy.Matrix(np_matrix)
print("A 的行列式为:",np.linalg.det(np_matrix)) # 用 numpy 计算 A 的行列式
print("A 的行列式为:",sympy_matrix.det()) # 用 sympy 计算 A 的行列式
```

输出结果如下.

```
A 的行列式为: 5.999999999999997
A 的行列式为: 6
```

例 B. 3. 2　设 $\boldsymbol{A}=\begin{pmatrix}2a&1&0&0\\a^2&2a&1&0\\0&a^2&2a&1\\0&0&a^2&2a\end{pmatrix}$，求 $|\boldsymbol{A}|$.

解：运行下面代码.

```
import numpy as np
import sympy

a = sympy.Symbol("a")
np_matrix = np.array([
                [2*a,1,0,0]
               ,[a**2,2*a,1,0]
               ,[0,a**2,2*a,1]
               ,[0,0,a**2,2*a]
               ]) # python 里面 a**2 表示 a 的平方
```

```
sympy_matrix = sympy.Matrix(np_matrix)
print("A 的行列式为:",sympy_matrix.det()) # 用 sympy 计算 A 的行列式
```

输出结果如下.

```
A 的行列式为: 5*a**4
```

B.4 第 4 章实验

Python 向量以及线性方程组的解的结构

第 4 章介绍了线性相关性（计算向量组的秩）、线性表出（解矩阵方程，向量在某组基下的坐标）、极大线性无关组（高斯消元法化为（行）阶梯形矩阵，矩阵的秩）、向量组的秩（矩阵的秩）、线性方程组解的通解（高斯消元法），并简要介绍了最小二乘法、向量空间的维数（高斯消元法化为阶梯形矩阵，矩阵的秩）、过渡矩阵（解矩阵方程）等问题，本质上回到第 2 章的内容，因此求解的时候基本是用前面提到的高斯消元法.

例 B.4.1 ①设 $\boldsymbol{\alpha}_1=(1,4,7)^{\mathrm{T}},\boldsymbol{\alpha}_2=(2,5,8)^{\mathrm{T}},\boldsymbol{\alpha}_3=(3,6,9)^{\mathrm{T}}$，求向量组 $\boldsymbol{\alpha}_1,\boldsymbol{\alpha}_2,\boldsymbol{\alpha}_3$ 的秩. 并求它的一个极大线性无关组，并将其他向量用该极大线性无关组线性表出.

解：运行下面代码.

```
import numpy as np
import sympy

A = np.array([
              [1,2,3]
             ,[4,5,6]
             ,[7,8,9]
             ]) # $A = (\alpha_1, \alpha_2, \alpha_3)$
sym_A = sympy.Matrix(A)
print(sym_A.rref()) # 把 A 化为(行)最简阶梯形矩阵
```

输出结果如下.

```
(Matrix([
[1, 0, -1],
[0, 1,  2],
[0, 0,  0]]), (0, 1))
```

从而该向量组的秩为 2，$\boldsymbol{\alpha}_1$，$\boldsymbol{\alpha}_2$ 为它的一个极大线性无关组，$\boldsymbol{\alpha}_3=-\boldsymbol{\alpha}_1+2\boldsymbol{\alpha}_2$②.

① 对比例 B.2.4

② 把 $\boldsymbol{\alpha}_3$ 用 $\boldsymbol{\alpha}_1$，$\boldsymbol{\alpha}_2$ 线性表出等价于解向量方程 $x_1\boldsymbol{\alpha}_1+x_2\boldsymbol{\alpha}_2=\boldsymbol{\alpha}_3$，增广矩阵恰好是 $\boldsymbol{A}$.

例 B. 4. 2 [①]设 $\boldsymbol{\alpha}_1=(1,0,1)^{\mathrm{T}},\boldsymbol{\alpha}_2=(-2,1,2)^{\mathrm{T}},\boldsymbol{\alpha}_3=(3,-1,0)^{\mathrm{T}},\boldsymbol{\alpha}_4=(-4,1,-3)^{\mathrm{T}}$,判断向量组 $\boldsymbol{\beta}_1=(1,0,0)^{\mathrm{T}},\boldsymbol{\beta}_2=(0,1,0)^{\mathrm{T}},\boldsymbol{\beta}_3=(0,0,1)^{\mathrm{T}}$ 能否由 $\boldsymbol{\alpha}_1,\boldsymbol{\alpha}_2,\boldsymbol{\alpha}_3,\boldsymbol{\alpha}_4$ 线性表出.

解:运行下面代码.

```
coef_matrix = np.array([
                        [1,-2,3,-4]
                       ,[0,1,-1,1]
                       ,[1,2,0,-3]
                      ])
const_matrix = np.eye(3,3).astype(np.int32) # 生成 4 阶单位矩阵, astype(np.int32) 的目的是把数字保存为整型
aug_matrix = sympy.Matrix(np.hstack((coef_matrix,const_matrix)))
print(aug_matrix)
print(aug_matrix.rref())
```

输出结果如下.

```
Matrix([[1, -2, 3, -4, 1, 0, 0], [0, 1, -1, 1, 0, 1, 0], [1, 2, 0, -3, 0, 0, 1]])
(Matrix([
[1, 0, 0,  1,  2,  6, -1],
[0, 1, 0, -2, -1, -3,  1],
[0, 0, 1, -3, -1, -4,  1]]), (0, 1, 2))
```

因此

$$r(\boldsymbol{\alpha}_1,\boldsymbol{\alpha}_2,\boldsymbol{\alpha}_3,\boldsymbol{\alpha}_4)=r(\boldsymbol{\alpha}_1,\boldsymbol{\alpha}_2,\boldsymbol{\alpha}_3,\boldsymbol{\alpha}_4,\boldsymbol{\beta}_1,\boldsymbol{\beta}_2,\boldsymbol{\beta}_3)=3,$$

故 $\boldsymbol{\beta}_1$, $\boldsymbol{\beta}_2$, $\boldsymbol{\beta}_3$ 可由 $\boldsymbol{\alpha}_1$, $\boldsymbol{\alpha}_2$, $\boldsymbol{\alpha}_3$, $\boldsymbol{\alpha}_4$ 线性表出.

例 B. 4. 3 设 $\boldsymbol{A}=\begin{pmatrix}2&3&1\\1&1&1\end{pmatrix}$, 求 $\boldsymbol{Ax}=\boldsymbol{0}$ 的一个基础解系.

解:运行下面代码.

```
import numpy as np
import sympy

A = np.array([ [2,3,1]
              ,[1,1,1]
```

① 对比例 B. 2. 6.

```
                 ])
sym_A  =  sympy. Matrix(A)
print("Ax =0 的基础解系为:\n",sym_A. nullspace())
```

输出结果如下.

```
Ax =0 的基础解系为 :
[Matrix([
[ -2],
[ 1],
[ 1]])]
```

记 $\boldsymbol{\xi}=(-2,1,1)^{\mathrm{T}}$, 则 $\boldsymbol{\xi}$ 是 $\boldsymbol{Ax}=\boldsymbol{0}$ 的一个基础解系.

例 B. 4. 4 [1]求 $\begin{cases} x_1+x_2-x_3-x_4=2 \\ 2x_1-5x_2+3x_3+2x_4=0 \\ 7x_1-7x_2+3x_3+x_4=6 \end{cases}$ 的通解.

解: 运行下面代码.

```
import numpy as np
import sympy

coef_matrix  =  np. array
    ([[1,1, -1, -1],[2, -5,3,2],[7, -7,3,1]])
const_matrix  =  np. array([[2],[0],[6]])
# np. linalg. solve(coef_matrix, const_matrix) # 系数矩阵可逆才能用
    numpy. linalg. solve 来求解
aug_matrix  =  sympy. Matrix(np. hstack((coef_matrix,const_matrix)))
print(aug_matrix)
print(aug_matrix. rref())
```

输出结果如下.

```
Matrix([[1, 1,  -1,  -1, 2], [2,  -5, 3, 2, 0], [7,  -7, 3, 1, 6]])
(Matrix([
[1, 0,  -2/7,  -3/7, 10/7],
[0, 1,  -5/7,  -4/7,  4/7],
[0, 0,      0,      0,     0]]), (0, 1))
```

① 对比例 B. 1. 1.

因此原线性方程组与$\begin{cases} x_1 = \dfrac{10}{7} + \dfrac{2}{7}x_3 + \dfrac{3}{7}x_4 \\ x_2 = \dfrac{4}{7} + \dfrac{5}{7}x_3 + \dfrac{4}{7}x_4 \end{cases}$同解．取 $x_3 = x_4 = 0$，可得特解 $\boldsymbol{\eta} = \left(\dfrac{10}{7}, \dfrac{4}{7}, 0, 0\right)^{\mathrm{T}}$．分别取$\begin{cases} x_3 = 1 \\ x_4 = 0 \end{cases}$，$\begin{cases} x_3 = 0 \\ x_4 = 1 \end{cases}$可得导出组的基础解系[①] $\boldsymbol{\xi}_1 = \left(\dfrac{2}{7}, \dfrac{5}{7}, 1, 0\right)^{\mathrm{T}}$，$\boldsymbol{\xi}_2 = \left(\dfrac{3}{7}, \dfrac{4}{7}, 0, 1\right)^{\mathrm{T}}$．因此原方程组的通解为

$$c_1\boldsymbol{\xi}_1 + c_2\boldsymbol{\xi}_2 + \boldsymbol{\eta},$$

其中 c_1，c_2 是任意常数.

例 B.4.5　有些时候线性方程组 $\boldsymbol{Ax} = \boldsymbol{b}$ 是矛盾方程组，是没有解的，此时转而解 $\boldsymbol{A}^{\mathrm{T}}\boldsymbol{Ax} = \boldsymbol{A}^{\mathrm{T}}\boldsymbol{b}$，称 $\boldsymbol{A}^{\mathrm{T}}\boldsymbol{Ax} = \boldsymbol{A}^{\mathrm{T}}\boldsymbol{b}$ 是原线性方程组的正则方程．称正则方程的解为原方程组的最小二乘解．令 $\boldsymbol{A} = \begin{pmatrix} 1 & 1 & 0 \\ 1 & 1 & 0 \\ 1 & 0 & 1 \\ 1 & 1 & 1 \end{pmatrix}, \boldsymbol{b} = \begin{pmatrix} 1 \\ 3 \\ 8 \\ 2 \end{pmatrix}$:

（1）证明 $\boldsymbol{Ax} = \boldsymbol{b}$ 无解；

（2）求 $\boldsymbol{Ax} = \boldsymbol{b}$ 的最小二乘解.

解：运行下面代码.

```
import numpy as np
import sympy

coef_matrix = np.array([ [1,1,0]
                        ,[1,1,0]
                        ,[1,0,1]
                        ,[1,1,1]
                       ])
const_matrix = np.array([ [1]
                         ,[3]
                         ,[8]
                         ,[2]
                        ])
```

① 注意是代回$\begin{cases} x_1 = \dfrac{2}{7}x_3 + \dfrac{3}{7}x_4 \\ x_2 = \dfrac{5}{7}x_3 + \dfrac{4}{7}x_4 \end{cases}$得到的.

```
# np.linalg.solve(coef_matrix, const_matrix) # 系数矩阵可逆才能用 numpy.linalg.solve 来求解
aug_matrix = sympy.Matrix(np.hstack((coef_matrix,const_matrix)))
coef_sym = sympy.Matrix(coef_matrix)
const_sym = sympy.Matrix(const_matrix)
print(aug_matrix)
print(aug_matrix.rref())
print("最小二乘解为:",coef_sym.cholesky_solve(const_sym))
```

输出结果如下.

```
Matrix([[1, 1, 0, 1], [1, 1, 0, 3], [1, 0, 1, 8], [1, 1, 1, 2]])
(Matrix([
[1, 0, 0, 0],
[0, 1, 0, 0],
[0, 0, 1, 0],
[0, 0, 0, 1]]), (0, 1, 2, 3))
最小二乘解为: Matrix([[8], [-6], [0]])
```

因此 $r(\boldsymbol{A})=3\neq r(\boldsymbol{A},\boldsymbol{b})=4$，从而 $\boldsymbol{Ax}=\boldsymbol{b}$ 无解. 最小二乘解为 $x_1=8$，$x_2=-6$，$x_3=0$.

也可以用 numpy 求解. 运行下面代码.

```
import numpy as np
import sympy

coef_matrix = np.array([ [1,1,0]
                        ,[1,1,0]
                        ,[1,0,1]
                        ,[1,1,1]
                        ])
const_matrix = np.array([ [1]
                         ,[3]
                         ,[8]
                         ,[2]
                         ])
print(np.linalg.lstsq(coef_matrix, const_matrix, rcond=None)[0])
print(np.linalg.lstsq(coef_matrix, const_matrix, rcond=None)) # 最小二乘解、残差平方和、系数矩阵 coef_matrix 的秩、系数矩阵的奇异值。
```

输出结果如下.

```
[[ 8.00000000e+00]
 [-6.00000000e+00]
```

```
  [ 2.02533253e-15]]
(array([[ 8.00000000e+00],
        [ -6.00000000e+00],
        [2.02533253e-15]]), array([2. ]), 3, array([2.72375342,
          1.17761206, 0.44090494]))
```

例 B.4.6　设 $\boldsymbol{\alpha}_1=(1,0,1)^{\mathrm{T}}$，$\boldsymbol{\alpha}_2=(-2,1,2)^{\mathrm{T}}$，$\boldsymbol{\alpha}_3=(3,-1,0)^{T}$，$\boldsymbol{\alpha}_4=(-4,1,-3)^{\mathrm{T}}$，求向量空间 $\mathrm{Span}\{\boldsymbol{\alpha}_1,\boldsymbol{\alpha}_2,\boldsymbol{\alpha}_3,\boldsymbol{\alpha}_4\}$ 的维数及其一组基.

※如果改为求向量组$\boldsymbol{\alpha}_1$, $\boldsymbol{\alpha}_2$, $\boldsymbol{\alpha}_3$, $\boldsymbol{\alpha}_4$的一个极大线性无关组，应该怎么解决呢?

解：运行下面代码.

```
A = np.array([
                [1, -2,3, -4]
               ,[0,1, -1,1]
               ,[1,2,0, -3]
                ]) # 习惯用 numpy. A = (\alpha_1, \alpha_2, \alpha_3, \alpha_4)
A = sympy.Matrix(A)
print(A.rref())
```

输出结果如下.

```
(Matrix([
[1, 0, 0, 1],
[0, 1, 0, -2],
[0, 0, 1, -3]]), (0, 1, 2))
```

从而，该子空间的维数是 3. $\boldsymbol{\alpha}_1$，$\boldsymbol{\alpha}_2$，$\boldsymbol{\alpha}_3$ 是该子空间的一组基.

例 B.4.7　判断 $\boldsymbol{\alpha}_1=(1,0,1)^{\mathrm{T}}$，$\boldsymbol{\alpha}_2=(-2,1,2)^{\mathrm{T}}$，$\boldsymbol{\alpha}_3=(3,-1,0)^{\mathrm{T}}$ 是否为$\mathbb{R}^3$的一组基. 如果是，进一步求 $\boldsymbol{v}=(1,2,3)^{\mathrm{T}}$ 在这组基下的坐标，并求该组基到 $\boldsymbol{\varepsilon}_1=(1,0,0)^{\mathrm{T}}$，$\boldsymbol{\varepsilon}_2=(0,1,0)^{\mathrm{T}}$，$\boldsymbol{\varepsilon}_3=(0,0,1)^{\mathrm{T}}$ 的过渡矩阵.

解：运行下面代码.

```
import numpy as np
import sympy

coef_matrix = np.array([[1, -2,3],[0,1, -1],[1,2,0]])
const_matrix = np.array([[1],[2],[3]])
print("该向量组的秩为:", np.linalg.matrix_rank(coef_matrix))
```

```
aug_matrix = sympy.Matrix(np.hstack((coef_matrix,const_matrix)))
print(aug_matrix.rref())
```

输出结果如下.

```
该向量组的秩为: 3
(Matrix([
[1, 0, 0,  11],
[0, 1, 0, -4],
[0, 0, 1, -6]]), (0, 1, 2))
```

因向量组 $\boldsymbol{\alpha}_1$, $\boldsymbol{\alpha}_2$, $\boldsymbol{\alpha}_3$ 的秩为 $3=\dim \mathbb{R}^3$, 从而是（定理 4.3.3）$\mathbb{R}^3$的一组基. 并且 $\boldsymbol{v}$ 在该组基下的坐标①为 $(11,\ -4,\ -6)^{\mathrm{T}}$.

进一步, 运行下面代码.

```
import numpy as np
import sympy

coef_matrix = np.array([[1,-2,3],[0,1,-1],[1,2,0]])
const_matrix = np.array([[1,0,0],[0,1,0],[0,0,1]])
aug_matrix = sympy.Matrix(np.hstack((coef_matrix,const_matrix)))
print(aug_matrix)
print(aug_matrix.rref())
```

输出结果如下.

```
Matrix([[1, -2, 3, 1, 0, 0], [0, 1, -1, 0, 1, 0], [1, 2, 0, 0, 0,
    1]])
(Matrix([
[1, 0, 0,  2,  6, -1],
[0, 1, 0, -1, -3,  1],
[0, 0, 1, -1, -4,  1]]), (0, 1, 2))
```

则 $\boldsymbol{\alpha}_1$, $\boldsymbol{\alpha}_2$, $\boldsymbol{\alpha}_3$ 到 $\boldsymbol{\varepsilon}_1$, $\boldsymbol{\varepsilon}_2$, $\boldsymbol{\varepsilon}_3$ 的过渡矩阵②为

$$\boldsymbol{P}=\begin{pmatrix} 2 & 6 & -1 \\ -1 & -3 & 1 \\ -1 & -4 & 1 \end{pmatrix}.$$

B.5 第 5 章实验

Python 特征值、特征向量与二次型

这里主要用 numpy 和 sympy 求方阵的特征值与特征向量,

① 也就是解向量方程 $x_1\boldsymbol{\alpha}_1+x_2\boldsymbol{\alpha}_2+x_3\boldsymbol{\alpha}_3=\boldsymbol{v}$.

② 求 $\boldsymbol{\alpha}_1$, $\boldsymbol{\alpha}_2$, $\boldsymbol{\alpha}_3$ 到 $\boldsymbol{\varepsilon}_1$, $\boldsymbol{\varepsilon}_2$, $\boldsymbol{\varepsilon}_3$ 的过渡矩阵等价于解矩阵方程 $(\boldsymbol{\alpha}_1,\ \boldsymbol{\alpha}_2,\ \boldsymbol{\alpha}_3)\boldsymbol{X}=(\boldsymbol{\varepsilon}_1,\ \boldsymbol{\varepsilon}_2,\ \boldsymbol{\varepsilon}_3)$.

用施密特正交化方法将实对称矩阵正交对角化，求二次型的标准形，或者用正交变换化二次型为标准形.

例 B.5.1　设 $A=\begin{pmatrix}\frac{3}{10} & \frac{1}{2} & 0\\ \frac{7}{10} & \frac{1}{2} & 0\\ 0 & 0 & 1\end{pmatrix}$,求 A 的特征值与特征向量.

解：运行下面代码.

```
import numpy as np
import sympy

A = np.array([[3, 5,0]
              ,[7, 5,0]
              ,[0,0,10]
             ])
sym_A  =  sympy.Matrix(A)/10
A  =  A/10
print(A)
eigenvalues, eigenvectors  =  np.linalg.eig(A)
print("特征值为:\n",eigenvalues)
print("特征向量为:\n",eigenvectors)
# print("特征值为:\n",sym_A.eigenvals()) # 以字典方式呈现 {1: 2, -1/5: 1}, 特征值 1 的重数为 2 重, 特征值 -1/5 的重数为 1 重
print("特征向量为:\n",sym_A.eigenvects())
```

输出结果如下.

```
 [[0.3 0.5 0. ]
 [0.7 0.5 0. ]
 [0.  0.  1. ]]
特征值为:
 [ -0.2  1.   1. ]
特征向量为:
 [[ -0.70710678  -0.58123819   0. ]
 [  0.70710678  -0.81373347   0. ]
 [  0.           0.           1. ]]
特征向量为:
 [( -1/5, 1, [Matrix([
[ -1],
[ 1],
[ 0]])]), (1, 2, [Matrix([
```

```
[5/7],
[  1],
[  0]]), Matrix([
[0],
[0],
[1]])])]
```

记 $\boldsymbol{\alpha}_1=(-1,\ 1,\ 0)^{\mathrm{T}}$，$\boldsymbol{\alpha}_2=\left(\frac{5}{7},\ 1,\ 0\right)^{\mathrm{T}}$，$\boldsymbol{\alpha}_3=(0,\ 0,\ 1)^{\mathrm{T}}$. 则 $\boldsymbol{A}$ 对应于特征值 $-\frac{1}{5}$ 的全部的特征向量为 $c_1\boldsymbol{\alpha}_1$，其中 c_1 是任意的非零常数. 对应于特征值 1 的全部的特征向量为 $c_2\boldsymbol{\alpha}_2+c_3\boldsymbol{\alpha}_3$，其中 c_2，c_3 是任意的不全为零的常数. ①

例 B. 5. 2 设 $\boldsymbol{A}=\begin{pmatrix}0&1&0\\0&0&1\\0&0&0\end{pmatrix}$,判断 $\boldsymbol{A}$ 是否能够相似对角化.

解：运行下面代码.

```
import numpy as np
import sympy

A = np.array([[0,1,0]
              ,[0,0,1]
              ,[0,0,0]
             ])
sym_A  =  sympy.Matrix(A)
print(A)
eigenvalues, eigenvectors  =  np.linalg.eig(A)
print("特征值为:\n",eigenvalues)
print("特征向量为:\n",eigenvectors)
print("特征向量为:\n",sym_A.eigenvects())
```

输出结果如下.

```
[[0  1  0]
 [0  0  1]
 [0  0  0]]
特征值为:
 [0.  0.  0. ]
```

① 请读者自行用 numpy 验证 $\boldsymbol{A}\boldsymbol{\alpha}_i=\lambda_i\boldsymbol{\alpha}_i$.

```
特征向量为:
 [[ 1.00000000e+000  -1.00000000e+000   1.00000000e+000]
 [ 0.00000000e+000   3.00625254e-292  -3.00625254e-292]
 [ 0.00000000e+000   0.00000000e+000   0.00000000e+000]]
特征向量为:
 [(0, 3, [Matrix([
[1],
[0],
[0]])])]
```

可以看到 numpy 和 sympy 都给出了特征值全部为零，接下来看线性无关的特征向量. 剔除浮点数导致的误差，numpy 给出的 eigenvectors 的第 2、3 列都与第 1 列是一样的. 也就是只有一个线性无关的特征向量，从而不能相似对角化.

sympy 给出的结果可以明显看到只有一个线性无关的特征向量 $(1, 0, 0)^T$，从而不能相似对角化.

例 B.5.3 ①设 $A=\begin{pmatrix}2&1&1\\3&1&5\\1&1&2\end{pmatrix}$，判断 A 是否与对角矩阵相似，并求 A^3.

解：运行下面代码.

```python
import numpy as np
import sympy

A = np.array([[2,1,1]
              ,[3,1,5]
              ,[1,1,2]
             ])
sym_A = sympy.Matrix(A)
# print(A)
# eigenvalues, eigenvectors = np.linalg.eig(A)
# print("特征值为:\n",eigenvalues)
# print("特征向量为:\n",eigenvectors)
print("特征向量为:\n",sym_A.eigenvects())
```

输出结果如下.

```
特征向量为:
 [(-1, 1, [Matrix([
```

① 对比例 5.1.8.

```
[   1],
[ -4],
[   1]])]), (1, 1, [Matrix([
[ -5/3],
[  2/3],
[     1]])]), (5, 1, [Matrix([
[1],
[2],
[1]])])]
```

从而对应于特征值 -1 的线性无关的特征向量有一个，不妨记为 $\boldsymbol{\alpha}_1=(1,-4,1)^{\mathrm{T}}$；对应于特征值 1 的线性无关的特征向量有一个，不妨记为 $\boldsymbol{\alpha}_2=(-5,2,3)^{\mathrm{T}}$；对应于特征值 5 的线性无关的特征向量有一个，不妨记为 $\boldsymbol{\alpha}_3=(1,2,1)^{\mathrm{T}}$. 因此 $\boldsymbol{A}$ 可以相似对角化. 进一步可以运行下面代码求 $\boldsymbol{A}^3$.

```
print(np.linalg.matrix_power(A,3)) # 求 AAA
print(sym_A.pow(3)) # 求 AAA
```

输出结果如下.

```
[[37 21 46]
 [73 41 95]
 [36 21 47]]
Matrix([[37, 21, 46], [73, 41, 95], [36, 21, 47]])
```

因此 $\boldsymbol{A}^3=\begin{pmatrix}37 & 21 & 46\\ 73 & 41 & 95\\ 36 & 21 & 47\end{pmatrix}$.

例 B.5.4 $\boldsymbol{\alpha}_1=(1,1,2,2)^{\mathrm{T}}$，$\boldsymbol{\alpha}_2=(4,4,4,3)^{\mathrm{T}}$，$\boldsymbol{\alpha}_3=(4,4,4,2)^{\mathrm{T}}$，用施密特正交化方法求一组和该向量组等价的单位正交向量组.

解：运行下面代码.

```
import numpy as np
import sympy

A = np.array([ [1,4,4]
              ,[1,4,4]
              ,[2,4,4]
              ,[2,3,2]
             ]) # A 不是方阵
print(A)
sym_A = [sympy.Matrix(col) for col in A.T] # 把 A 的列向量取出来
# print(sym_A)
```

```
print('施密特正交化方法得到的正交向量组为:\n',sympy.matrices.GramSchmidt(sym_A)) # 施密特正交化得到的正交向量组,没有单位化
print('施密特正交化方法得到的单位正交向量组为:\n',sympy.matrices.GramSchmidt(sym_A,orthonormal = True)) # 施密特正交化得到的正交向量组,且单位化了
```

输出结果如下.

```
[[1 4 4]
 [1 4 4]
 [2 4 4]
 [2 3 2]]
施密特正交化方法得到的正交向量组为:
 [Matrix([
[1],
[1],
[2],
[2]]), Matrix([
[ 9/5],
[ 9/5],
[-2/5],
[-7/5]]), Matrix([
[  -4/43],
[  -4/43],
[  20/43],
[-16/43]])]
施密特正交化方法得到的单位正交向量组为:
 [Matrix([
[ sqrt(10)/10],
[ sqrt(10)/10],
[  sqrt(10)/5],
[  sqrt(10)/5]]), Matrix([
[  9*sqrt(215)/215],
[  9*sqrt(215)/215],
[-2*sqrt(215)/215],
[-7*sqrt(215)/215]]), Matrix([
[    -sqrt(43)/43],
[    -sqrt(43)/43],
[  5*sqrt(43)/43],
[-4*sqrt(43)/43]])]
```

则

$$\boldsymbol{\gamma}_1=\left(\frac{1}{\sqrt{10}},\frac{1}{\sqrt{10}},\frac{2}{\sqrt{10}},\frac{2}{\sqrt{10}}\right)^{\mathrm{T}},$$

$$\boldsymbol{\gamma}_2=\left(\frac{9}{\sqrt{215}},\frac{9}{\sqrt{215}},-\frac{2}{\sqrt{215}},-\frac{7}{\sqrt{215}}\right)^{\mathrm{T}},$$

$$\boldsymbol{\gamma}_2=\left(-\frac{1}{\sqrt{43}},-\frac{1}{\sqrt{43}},\frac{5}{\sqrt{43}},-\frac{4}{\sqrt{43}}\right)^{\mathrm{T}}$$

是和原向量组等价的一组单位正交向量组.

虽然 sympy 的施密特正交化方法给出的结果更便于阅读，但是工程计算中 numpy 的运算效率更高. 接下来看看怎么用 numpy 来实现. 给一组线性无关的向量组 $\boldsymbol{\alpha}_1$，$\boldsymbol{\alpha}_2$，…，$\boldsymbol{\alpha}_s$，由施密特正交化方法（算法 5.2.1）可得一组单位正交向量组 $\boldsymbol{\gamma}_1$，$\boldsymbol{\gamma}_2$，…，$\boldsymbol{\gamma}_s$，$\forall n$，$1\leqslant n\leqslant s$，向量组 $\boldsymbol{\alpha}_1$，…，$\boldsymbol{\alpha}_n$ 和向量组 $\boldsymbol{\gamma}_1$，…，$\boldsymbol{\gamma}_n$ 等价. 记 $\boldsymbol{A}=(\boldsymbol{\alpha}_1,\boldsymbol{\alpha}_2,\cdots,\boldsymbol{\alpha}_s)$，$\boldsymbol{Q}=(\boldsymbol{\gamma}_1,\boldsymbol{\gamma}_2,\cdots,\boldsymbol{\gamma}_s)$，则存在可逆的上三角矩阵 $\boldsymbol{R}$，使得 $\boldsymbol{A}=\boldsymbol{QR}$，该分解也叫 QR 分解. 接下来利用 numpy 计算 QR 分解.

例 B.5.5 设 $\boldsymbol{\alpha}_1=(1,1,2,2)^{\mathrm{T}},\boldsymbol{\alpha}_2=(4,4,4,3)^{\mathrm{T}},\boldsymbol{\alpha}_3=(4,4,4,2)^{\mathrm{T}}$,用施密特正交化方法求一组和该向量组等价的单位正交向量组.

解：运行下面代码.

```
import numpy as np

A = np.array([ [1,4,4]
              ,[1,4,4]
              ,[2,4,4]
              ,[2,3,2]
             ]) # A 不是方阵
print(A)
Q,R = np.linalg.qr(A)
print('施密特正交化方法得到的单位正交向量组为:\n',Q)
```

输出结果如下.①

```
[[1 4 4]
 [1 4 4]
 [2 4 4]
 [2 3 2]]
```

① 请读者用 np.linalg.qr（）计算一下 $\boldsymbol{A}^{\mathrm{T}}$ 的 QR 分解.

```
施密特正交化方法得到的单位正交向量组为:
 [[-0.31622777 -0.61379491  0.15249857]
 [-0.31622777 -0.61379491  0.15249857]
 [-0.63245553  0.13639887 -0.76249285]
 [-0.63245553  0.47739604  0.60999428]]
```

则

$$\gamma_1=(-0.31622777,-0.31622777,-0.63245553,-0.63245553)^T,$$

$$\gamma_2=(-0.61379491,-0.61379491,0.13639887,0.47739604)^T,$$

$$\gamma_3=(0.15249857,0.15249857,-0.76249285,0.60999428)^T$$

是和原向量组等价的一组单位正交向量组.①

例 B.5.6　设 $\boldsymbol{A}=\begin{pmatrix}2&1&-1\\1&3&0\\-1&0&3\end{pmatrix}$,求正交矩阵 $\boldsymbol{Q}$,使得 $\boldsymbol{Q}^{-1}\boldsymbol{A}\boldsymbol{Q}$ 是对角矩阵.

解: 运行下面代码.②

```python
import numpy as np
A = np.array([[2,1,-1]
              ,[1,3,0]
              ,[-1,0,3]
             ]) #
eigenvalue,eigenvectors = np.linalg.eig(A)
print(eigenvalue)
print(eigenvectors)
```

输出结果如下.

```
[1. 4. 3.]
[[-8.16496581e-01  5.77350269e-01  3.14018492e-16]
 [ 4.08248290e-01  5.77350269e-01  7.07106781e-01]
 [-4.08248290e-01 -5.77350269e-01  7.07106781e-01]]
```

这样得到了特征值和特征向量,接下来用施密特正交化方法化为单位正交向量组. 运行下面代码.

```python
Q,R = np.linalg.qr(eigenvectors)
print(Q)
print(R)
```

① 请读者自行用 Python 验证 $\boldsymbol{A}=\boldsymbol{QR}$.

② 请读者尝试用 sympy 解决.

输出结果如下.

```
[[-8.16496581e-01  -5.77350269e-01  -5.04179082e-17]
 [ 4.08248290e-01  -5.77350269e-01   7.07106781e-01]
 [-4.08248290e-01   5.77350269e-01   7.07106781e-01]]
[[ 1.00000000e+00  -1.11022302e-16  -2.52125254e-16]
 [ 0.00000000e+00  -1.00000000e+00  -1.11022302e-16]
 [ 0.00000000e+00   0.00000000e+00   1.00000000e+00]]
```

则

$$\boldsymbol{\gamma}_1=(-8.16496581e-01,4.08248290e-01,-4.08248290e-01)^{\mathrm{T}},$$

$$\boldsymbol{\gamma}_2=(5.77350269e-01,5.77350269e-01,-5.77350269e-01)^{\mathrm{T}},$$

$$\boldsymbol{\gamma}_3=(3.14018492e-16,7.07106781e-01,7.07106781e-01)^{\mathrm{T}}$$

分别是对应于特征值 1，4，3 的单位正交特征向量，取 $\boldsymbol{Q}=(\boldsymbol{\gamma}_1,\boldsymbol{\gamma}_2,\boldsymbol{\gamma}_3)$，则 $\boldsymbol{Q}$ 是正交矩阵[①]，且

$$\boldsymbol{Q}^{-1}\boldsymbol{A}\boldsymbol{Q}=\begin{pmatrix}1&0&0\\0&4&0\\0&0&3\end{pmatrix}.$$

① 即 $\boldsymbol{Q}^{\mathrm{T}}\boldsymbol{Q}=\boldsymbol{I}$.

参 考 文 献

[1] LAY D C, LAY S R, MCDONALD J. Linear algebra and its applications [M]. San Antonio: Pearson Education, 2016.

[2] 谭友军，杨亮，徐友才. 线性代数 [M]. 北京：中国人民大学出版社，2019.

[3] VALENZA R J. Linear algebra: an introduction to abstract mathematics [M]. New York: Springer Science & Business Media, 2012.

[4] YUSTER T. The reduced row echelon form of a matrix is unique: A simple proof [J]. Mathematics Magazine, 1984, 57 (2): 93 - 94.

[5] TIMOTHY GOWERS. 普林斯顿数学指南（第三卷）[M]. 齐民友，译. 北京：科学出版社，2014.